HEYNE BÜCHER

SCIENCE FICTION

Herausgegeben
von Wolfgang Jeschke

HEYNE SCIENCE FICTION JAHRESBAND 1989

zusammengestellt und herausgegeben

von

Wolfgang Jeschke

WILHELM HEYNE VERLAG
MÜNCHEN

HEYNE SCIENCE FICTION & FANTASY
Band 06/4570

Aus dem Englischen und Amerikanischen übersetzt
von Irene Bonhorst, Andreas Brandhorst, Walter Brumm,
Roland Fleissner, Ronald M. Hahn, Malte Heim
und Peter Robert

Illustriert von Birgit Kreimeier, Klaus Porschka,
John Stewart und Jobst Teltschik
Das Umschlagbild schuf Allan Craddock

Redaktion: Wolfgang Jeschke

Printed in Germany 1989
Umschlaggestaltung: Atelier Ingrid Schütz, München
Satz: Schaber, Wels
Druck und Bindung: Ebner Ulm

ISBN 3-453-03148-2

Inhalt

Joe Haldeman

Jahreszeiten

I

Transskripte, nach den Aufzeichnungen der vergangenen paar hundert Stunden herausgegeben:

Maria

Einundvierzig ist zu jung zum Sterben. Man hat mir nie beigebracht, Soldat zu sein. Man hat mir beigebracht, zu überleben, das ist wahr, aber nicht zu töten oder getötet zu werden.

Das ist nicht die richtige Art, zu beginnen. Lassen Sie mich so anfangen.

Wenn meine Berechnungen einigermaßen stimmen, haben wir Mitte Noviembre, AC 238. Ich bin Maria Rubera, Chefxenologin der zweiten Expedition der Confederación nach Sanchrist IV. Momentan stehe ich Wache am Eingang einer Höhle, während meine fünf Kameraden zu schlafen versuchen. Meine Bewaffnung besteht aus einer Steinaxt, einem Speer mit Feuersteinspitze und einem Haufen Steine zum Werfen. Ein kalter Sprühregen fällt, und ich habe nichts als einen steifen Kilt und eine Weste aus nassem dicken Fell an. Ich bin bis auf die Knochen durchgefroren, aber wir wagen kein Feuer zu entzünden. Die Plathy haben einen zu guten Geruchssinn.

Ich spreche diese Aufzeichnung stimmlos in einen dieser künstlichen Backenzähne, wie jeder von uns einen hat; die einzigen nachsteinzeitlichen Artefakte in der

Höhle. Dieser kleine Recorder könnte sogar dann überleben, wenn ich es nicht täte, was wahrscheinlich ist. Oder vielleicht überlebt er nicht. Die Plathy haben die Angewohnheit, die Köpfe der Tiere zuerst zu verzehren; sie zermalmen Schädel und Gehirn mit den Zähnen, während sich die geköpften Leiber zu ihren Füßen winden oder umherwanken, und sie finden es sehr lustig. Eine unschuldige, aber schreckliche Art von Humor. Ich bin fast so weit, sie zu mögen. Was aber nicht heißt, daß ich sie auch verstünde.

Lassen Sie mich versuchen, dieses Dokument so vollständig wie möglich zu gestalten. Es beschäftigt mich. Ich bin davon überzeugt, daß Sie eine Maschine besitzen, die das Klappern meiner Zähne herausfiltern kann. Für eine Weile half mir der Zen-Trick, meine Zähne am Klappern zu hindern. Aber jetzt ist es mir zu kalt dazu. Zudem steht es für mich allzu fest, daß ich sterben werde, und ich habe Angst.

Mein Spezialgebiet ist die Xenologie, aber ich habe noch einen Doktortitel in historisch-kultureller Anthropologie, der für das Studium toter Kulturen anhand der Schriften toter Anthropologen unverzichtbar ist. Im neunzehnten und zwanzigsten Jahrhundert nach der alten Zeitrechnung gab es Dutzende isolierter Kulturen, die ohne Metallverarbeitung und sogar ohne Schrift existierten; und sogar in einigen Fällen ohne Ackerbau oder soziale Strukturen, die über die Familien hinausgegangen wären. Keine einzige dieser Kulturen hat die Berührung mit der Zivilisation länger als ein paar Generationen überdauert; aber die Zivilisation konnte sich damals den Luxus Wissenschaft leisten; daher gibt es hier einigermaßen komplette Aufzeichnungen. Die Aufzeichnungen sind faszinierend; nicht nur wegen ihrer Information über die Primitiven, sondern auch wegen ihrer Richtigstellung unbewußter Vorurteile, die sich immer in die Untersuchungen fremder Kulturen einschleichen. Meine eigene Spezialität waren die Maori- und Eskimostämme, und (durch zwangsläufige Assoziation) die europäischen und amerikanischen Kulturen, die sie studierten und dadurch zerstörten.

Ich will mich bemühen, nicht vom Thema abzuschweifen. Diese Art von Training ist es, die mich zur Anführerin dieser Bande kalter, halbnackter, vermutlich zum Untergang verurteilter, pseudo-primitiver Wissenschaftler bestimmt hat. Wir wiederholen die Fehler unserer Vorgänger nicht. Wir kommen jetzt unter gleichen Bedingungen zu den Primitiven, um ihre gewohnte Lebensweise nicht als Beispiele zivilisatorischer Überlegenheit durcheinanderzubringen. Wir praktizieren nicht mehr Überlegenheit als möglich. Die meisten von uns beißen nicht die Köpfe lebender Tiere ab oder tauschen Grüße aus, indem sie Kostproben vom Kot des anderen nehmen.

Darüber zu reden und daran zu denken zwingt mich dazu, erneut den Hügel hinabzugehen. Wir haben einen Latrinenfels gekennzeichnet, der sich ein paar hundert Meter weiter entfernt erhebt und vom Höhleneingang aus sichtbar ist, zu dem aber kein auffälliger Pfad führt, um ihnen wenigstens vorläufig keine Geruchsspur zu legen. Während dieses Weges werde ich schweigen. Sie besitzen auch ein feines Gehör.

Ich bin zurück. Bin schon zu oft und mit zu wenig Erfolg gegangen. Unsere Diät besteht in der Hauptsache aus rohem Fleisch in geringen Mengen. Die einzige warme Stelle meines Körpers ist der heiße und juckende Anus. Im Steinzeitalter ist keine ausreichende Hygiene möglich. Man findet höchstens einen glatten Stein. Ich kann das Gewimmel der Würmer und Bazillen in meinem Verdauungsapparat förmlich spüren. Aber es ist noch nicht gefährlich; kein Blut. Carlos Fleming fing an, Blut von sich zu geben; und zwei Tage später platzte etwas in ihm, und er starb an einem Blutsturz. Wir haben seine Leiche mit Steinen bedeckt. Der Boden war zu hart gefroren, als daß wir ein Grab hätten ausheben können. Wahrscheinlich ist er freigelegt und gegessen worden.

Es kann nicht an der Ernährung liegen. Auf der Erde habe ich viel Geld für rohes Fleisch und rohen Fisch bezahlt und bin nie krank davon geworden, außer am Beutel. Ich fürchte, es ist ein Virus. Wir alle prophezeien künftige Ereignisse aus der Untersuchung des Stuhls, und deshalb dulden wir die Kopromantie stillschweigend. Findet sich Blut in deinem Kot, ist deine Zukunft kurz bemessen.

Vielleicht war Streß die Todesursache für Carlos. Wir stehen unter außergewöhnlichem Streß. Aber ich schweife wieder ab.

Es war besonders mein Studium der Eskimos, von dem das zuständige Komitee beeindruckt gewesen ist. Die Eskimos waren ein gutmütiges Volk, das in kleinen Verbänden in den polaren Regionen Nordamerikas lebte. Wie die Plathy waren sie Fleischesser ohne Agrikultur, die auf Herden großer Tiere Jagd machten und gelegentlich fischten. Die Plathy haben keinen Bedarf an den Fischerkünsten der Eskimos, denn das Meer hier wimmelt von eßbaren und dummen Lebewesen. Aber sie ziehen es vor, blutiges Fleisch zu essen, die Knochen zu zerbeißen, die Leber zu kauen und Darminhalte und den warmen Hirnbrei aus den Schädeln zu lutschen. Sie sind liebenswert, aber nicht sehr wählerisch. Und nicht berechenbar, wie wir zu unserem Leidwesen feststellen mußten.

Wie die Eskimos mögen die Plathy Kälte und werden in der warmen Jahreszeit ziemlich träge und schlaff. Sanchrist IV hat keine Achsenneigung und kennt daher keine Jahreszeiten im irdischen Sinne, aber seine Umlaufbahn ist extrem lang, so daß während mehr als zwei Drittel des Jahres (dreieinhalb irdische Jahre) Kälte herrscht. Wir haben sechs deutlich unterscheidbare Jahreszeiten ermittelt: Frühling, Sommer, Herbst, Winter, Totenwinter und Schneeschmelze. Das milde Meer überzieht sich Mitte des Herbstes mit einer dünnen Eisdecke.

Wenn man kein völliger wissenschaftlicher Ignorant ist, weiß man, daß Sanchrist einer der äußerst seltenen Planeten ist, auf denen nicht nur erdähnliche Verhältnisse herrschen, sondern auch Lebensformen vorkommen, die unsere DNS-Muster nachbilden. Es gibt verschiedene Theorien, die diesen Zufall erklären, der kein Zufall sein kann, die man aber an anderer Stelle nachlesen kann. Was das in bezug auf unsere xenologische Tätigkeit bedeutete, war, daß wir mit minimalem ökologischen Aufwand vorgehen und vom Ertrag des Landes gut leben konnten. Und von Blut und Fleisch und Mark, was aber ein gewisses Training in Desensibilisierung erforderte. (Für mich weniger als für die übrigen, wie ich schon andeutete, da ich immer schon eine atavistische Vorliebe für Gerichte wie *steak tartare* und *sushi* hatte.)

Satellitenbeobachtungen haben 119 Verbände oder Familien der Plathy gezählt, und von anderen menschenartigen Rassen gibt es auf dem Planeten keine Anzeichen. Sie leben sämtlich auf Inseln eines südlichen subtropischen Meeres – wenigstens wäre es auf der Erde subtropisch –, ein flaches Gewässer, das im Totenwinter bis auf den Grund zufriert und vom Spätherbst bis zu Beginn der Schneeschmelze begehbar ist. In den warmen Monaten – das heißt, wenn sie wahrhaftig ihre müden Knochen aufraffen, um sich an einen anderen Ort zu begeben – staken die Plathy mit Flößen von Insel zu Insel. Während der Ebbe können sie fast den ganzen Weg zu Fuß gehen.

Wir haben unsere Basis in den Tropen errichtet, ein gutes Stück jenseits ihres bevorzugten Gebietes, und im Spätsommer machten wir einen Ausflug nach Süden. Wir trafen auf unserer monatelangen Reise mit einigen Einzelpersonen und kleineren Gruppen zusammen, begegneten aber keiner Familie, bis wir die südlichen Berge erreichten.

Die Plathy sind während der warmen Monate nicht besonders unternehmungslustig, außer in der kurzen Paarungszeit. Sie hängen meistens herum, bewegen sich nicht mehr als nötig und ernähren sich vom geräucherten und in zugedeckten Erdlöchern verwahrten Fleisch der Tiere, die sie in der Schneeschmelze erlegt haben. Wenn das Fleisch zu alt wird oder die Vorräte ausgehen, begnügen sie sich mit Fischen, was nur wenig Mühe macht. Die Flut steigt im Sommer und Herbst ziemlich hoch, und die Fischer müssen nicht mehr tun, als während der Flut ihre Netze an den richtigen Stellen auszuwerfen. Wenn dann die Flut zurückweicht, läßt sie einen silbrigen, quirlenden Überfluß zurück. Aber sie murren und mokieren sich über den Fischgeschmack.

Sie akzeptieren unsere Anwesenheit ohne viel Aufhebens und teilten mit großer Selbstverständlichkeit ihre Nahrung und Unterkünfte mit uns, wie sie es auch bei jedem reisenden Mitglied eines anderen Eingeborenenstammes tun. Aber sie können uns unmöglich für Eingeborene gehalten haben. Das kleinste Junge der Plathy wog doppelt soviel wie das größte Mitglied unserer Gesellschaft. Sie werden etwa zweieinhalb Meter groß und erreichen eine Schulterbreite von anderthalb Metern. Ihre Köpfe sind eher kegelförmig als rechteckig; sie haben außerordentlich kräftige Kiefer und einen Mund, der fast von Ohr zu Ohr reicht. Ihre Augen sind tiefliegend, und sie besitzen Schlitze mit Schleimhautmembranen anstelle unserer vorspringenden Ohren und Nasen. Ihre Körper sind mit dünnem seidigen Fell bedeckt, der auf dem Kopf, auf Schultern, in den Achselhöhlen und in der Leistengegend (bei den Männern zusätzlich am Rücken) dichter wächst. Die Weibchen weisen vier Brustwarzen auf, die den Ecken einer rechtwinkligen Fläche milchproduzierenden fetthaltigen Gewebes entsprechen. Die Körperöffnungen, die wir für Vaginen hielten, befinden sich beinahe im Rükken, während die Ausscheidungsöffnungen weiter vorn liegen. Die männlichen Genitalien sind völlig bauchständig und meistens unter einer Fellschürze verborgen. (Wir mußten eine ganze Weile Detektive spielen, ehe wir es herausfanden; beide Geschlechter tragen einen »sittsamen« Lederlappen, außer in der heißesten Jahreszeit oder während der Brunft.)

Wir hatten sie ungefähr seit drei Wochen beobachtet, als die Weibchen in Hitze gerieten – sämtliche geschlechtsreifen Weibchen, und alle am selben Tag. Ihr Geschlechtstrieb war geradezu phantastisch.

Alle Individuen legten ihre Schürzen ab und verfielen in eine wochenlange, ununterbrochene und zwanghafte sexuelle Aktivität. Es gibt keine Parallele zu irgendwelchen geistig hochstehenden Rassen – und Tierarten! –, die ich je studiert habe. Aber es wäre irreführend, von einer Orgie zu sprechen; und meiner Meinung nach wäre es zudem eine Diffamierung der Plathy. Die stimulierenden Pheromone, die sie produzieren, erwecken eher einen Tropismus, wie wir ihn bei den Pflanzen kennen, als einen der regulären tierischen oder menschlichen Instinkte. Sie taten einfach sechs Tage lang nichts anderes als kopulieren.

Die Erwachsenen in unserer Familie waren zweiundachtzig Männchen und neunzehn Weibchen (der schreckliche Grund für dieses Ungleichgewicht sollte in einem späteren Zyklus offenbar werden), daher wurden die Weibchen pausenlos in Beschlag genommen. Selbst wenn sie schliefen, wurden sie begattet. Während ein Männchen kopulierte, warteten zwei oder drei andere darauf, daß sie an die Reihe kamen; liefen unruhig hin und her oder masturbierten; manchmal befriedigten sie sich mittels eines gleichgeschlechtlichen Partners. (»Befriedigten« ist nicht der richtige Ausdruck. Wir fanden keinerlei Anzeichen dafür, daß sie Vergnügen aus ihren sexuellen Betätigungen gezogen hätten; es hatte eher Ähnlichkeit mit der vorübergehenden Erleichterung eines furchtbaren Drangs, der sich rasch wieder aufbaute.) Sie versuchten, sich mit Jungen und Angehörigen unserer Expedition zu paaren. Glücklicherweise sind sie bei all ihrer Körperkraft ziemlich langsam in den Reaktionen, und trotz des Druckes, den ihr »Verlangen« auf sie ausübte, konnten wir sie leicht abwehren. Ein kräftiger Tritt vors Knie reichte aus, sie in Richtung auf ein anderes »Opfer« davonstaken zu lassen.

Kein erwachsener Plathy aß während jener sechs Tage. Sie schliefen mehr und mehr gegen Ende der Periode; die Männchen fielen gelegentlich inmitten der Kopulation in Schlaf. (Auf der anderen Seite beobachteten wir in mehreren Fällen eine unwillkürliche Erektion, die in einen Samenerguß mündete, im Schlaf.) Als es schließlich vorüber war, saßen alle Plathy eine Weile benommen herum; dann begaben sich die Weibchen zu den Vorratslöchern und kamen mit Armen voll getrockneten und geräucherten Fleisches und Fisches zurück. Jedes Individuum verzehrte bergeweise davon und versank danach in komatösen Tiefschlaf.

Man kann aufschlußreiche Synchronizitäten beobachten. In anderen Zeiten des Jahres würde eine derart lang andauernde Verletzbarkeit die Ausrottung der Familie oder der gesamten Spezies bedeuten, da offenbar sämtliche erwachsenen Plathy zugleich kopulieren. Aber die großen Räuber aus dem Norden schwimmen zu dieser Jahreszeit nicht in südliche Richtung. Und als die Jungen geboren wurden – etwa fünfhundert Tage später –, war die Zeit der leichtesten Nahrungsbeschaffung noch nicht vorüber, in der Herden kleinerer Tiere der Wärme wegen gen Norden zogen.

Natürlich bekamen wir niemals Gelegenheit, einen Plathy zu sezieren. Es wäre sehr wichtig gewesen, den inneren Aufbau zu untersuchen, der für das bizarre Sexualverhalten dieser Spezies verantwortlich ist. Denn die äußerliche Untersuchung vermag nur einen schwachen Eindruck von dieser Seltsamkeit zu vermitteln. Die

Vulva ist eine kleine Öffnung – weniger als einen Zentimeter Durchmesser – die ständig verschlossen ist, außer, wenn das Weibchen in der Brunst ist. Der Penis der Männchen – normalerweise ein kaum sichtbarer Auswuchs – dehnt sich dann zu einem purpurnen Wurm mit der beachtlichen Länge von etwa zwanzig Zentimetern aus. Äußere Testikel gibt es nicht; wir vermuten ein innen gelegenes (ziemlich großes) Reservoir für die Samenflüssigkeit.

Die anatomischen Einrichtungen für Schwangerschaft und Geburt sind sogar noch merkwürdiger. Die Weibchen bewegen sich fast überhaupt nicht mehr und nehmen ungefähr fünfzig Prozent an Gewicht zu. Wenn die Geburt bevorsteht, verformt sich das Skelett der Mutter entsprechend; vergleichbar etwa mit der Art, wie unsere Schlangen die Unterkiefer aushängen, wenn es gilt, ein größeres Beutetier zu verschlucken. Dieser Vorgang ist ganz offensichtlich schmerzhaft. Die Vulva (oder mit welchem Namen auch immer man die Öffnung belegen will) ist bei der Bildung des Geburtskanals nicht beteiligt, statt ihrer entsteht entlang des gesamten perinealen Bereichs ein fast halbmeterlanger Schlitz, der von einer milchig-weißen Membran bedeckt ist. Das Weibchen zerreißt diese Membran mit den Krallen und in einer Serie äußerst heftiger Konvulsionen wird das Junge hinausgepreßt. Dann richtet das Weibchen ihre Beckenknochen unter schrecklichen Mahlgeräuschen wieder ein. Sie verbleibt einige Tage lang bewegungs- und empfindungslos und säugt den Nachwuchs. Die Männchen bringen den Weibchen in dieser Periode Nahrung und säubern sie.

Unter den Aufzeichnungen der ersten Expedition hatten wir keinen Hinweis gefunden, der uns auf diese Dinge vorbereitet hätte. Die Mitglieder jener Expedition waren im Totenwinter angekommen und ein (terranisches) Jahr lang geblieben, daher bekamen sie den Geburtszyklus nicht mit. Sie hatten bemerkt, daß offenbar starke Tabus gegen die Erwähnung sexueller und die Geburt betreffender Dinge existierten. Ich halte »Tabu« jedoch für eine irreführende Bezeichnung. Es verhält sich nicht so, daß die Plathy mit den erwähnten Vorgängen Schuld- oder Schamgefühle verbänden. Sie scheinen vielmehr in einen anderen Zustand des Bewußtseins einzutreten, wenn die Weibchen in Hitze geraten und gebären; in einen Zustand, der offenbar ihre verbale Intelligenz auslöscht. Sie können ebensowenig über ihre Sexualität sprechen, wie Sie oder ich darüber plauschen könnten, was unsere Bauchspeicheldrüse zur Zeit macht.

Ich entsinne mich einer amüsanten und zugleich aufschlußreichen Episode, die stattfand, als wir uns seit einigen Monaten bei der Familie aufgehalten hatten. Ich kam seit einiger Zeit gut mit Tybru voran, einem älteren Weibchen mit ungewöhnlichen linguistischen Fähigkeiten. Sie war von dem erschüttert, was ihr eines der Jungen erzählt hatte.

Die Plathy haben keinen Sinn für Privates; sie gehen nach Belieben in den *maffas* (die jurtenartigen Zelte aus Fellen, die ihnen als Schutz dienen) der anderen zu jeder Tages- und Nachtzeit ein und aus. Es ließ sich nicht vermeiden, daß sie eines Tages Zeugen der menschlichen Variante des Sex wurden. Das Junge, ein Mädchen, hatte ziemlich exakt beschrieben, was es gesehen hatte. Ich hatte schon zuvor versucht, Tybru die menschliche Sexualität zu erklären; schon, um sie zu motivieren, von dieser Seite ihres Lebens zu sprechen. Sie hatte während meines ganzen Berichtes schief gelächelt und dazu genickt; eine Geste, die einen so ziemlich enervieren kann, und mit der sie sonst nur ihre Jungen bedenken, wenn sie unsinniges Zeug brabbeln.

Bei jener Gelegenheit wollte ich rückhaltlos offen sein. Ich öffnete die Türklappe des *maffa,* damit mehr Licht ins Innere kam, dann machte ich meinen Kilt auf und kletterte auf einen Tisch. Ich legte mich mit dem

Rücken darauf und bemühte mich, mit schlichten Worten und Gesten zu erklären, was wohin gehörte und wer was mit wem machte und was neun Monate später geschehen konnte oder auch nicht.

Diesmal war sie eher geneigt, mich ernst zu nehmen. (Das Junge, das die Kopulation beobachtet hatte, war vier Jahre alt gewesen – eine Heranwachsende –, und deshalb zu alt, um seiner Phantasie freien Lauf gelassen zu haben.) Im Anschluß an meine Erläuterungen erkundete sie mich selbst, was nicht besonders angenehm war, weil ihre vierfingrige Hand größer als ein menschlicher Fuß, reichlich schmutzig und dazu mit gefährlichen Fingernägeln ausgerüstet war.

Sie gab zu, nur die Brüste wirklich verstanden zu haben. Sie konnte sich erinnern, im Anschluß an die Zeit, die sie in unbewußtem Zustand verbracht hatte, der in der Sprache der Weibchen »(große) Schmerzen in den Hüften« genannt wird, einige Wochen lang gesäugt zu haben. (Ihr Ausdruck für den anderen unbewußten Zustand lautet wörtlich: »Schmerzen-im-Hintern«.) Sie erkundigte sich sachlich angebracht, ob ich ein Männchen holen und es ihr zeigen könnte.

Nun bin ich tatsächlich Wissenschaftlerin genug, daß ich ihren Vorschlag befolgt hätte – wenn es mir gelungen wäre, einen Mann zu finden, der ebenfalls fähig und willens war, die Gelegenheit wahrzunehmen. Wäre es gegen Ende unseres Aufenthaltes gewesen, hätte ich es vermutlich geschafft. Aber Führerschaft ist eine kitzlige Angelegenheit; selbst dann, wenn man ein Dutzend hochgebildeter und von Amts wegen freigestellter Leute anführt; und wir hatten noch drei Jahre vor uns.

Ich erklärte, daß die Älteste dieser Art Handlungen mit den Männern ablehne, die sie befehlige; und Tybru akzeptierte es. Sie sind nicht eben auf Disziplin versessen, aber sie haben Verständnis für Höflichkeit und soziale Regeln. Sie sagte, sie wolle die anderen menschlichen Weibchen bitten.

Vielleicht hätte ich diejenige sein sollen, die diese Bitte vortrug, aber das sagte ich ihr nicht. Ich war viel zu erleichtert, endlich vom Haken gelassen zu sein; und ich war neugierig, wie meine Leute reagieren würden.

Das Pärchen, das sich bewarb, war das letzte, von dem ich es angenommen hätte. Sie waren beide scheu, fast schüchtern, jedenfalls vor ihren Artgenossen. Gute Feldforscher; aber nicht die Sorte, in deren Gesellschaft man die Hüllen fallen läßt. Ich vermute, sie hatten eine bessere »anthropologische Perspektive« in bezug auf ihr eigenes Verhalten als wir übrigen.

Auf jeden Fall zogen sie sich in das *maffa* zurück, das in der Regel Tybru gehörte, und Tybru stieß den Schrei aus, der »Alle freien Weibchen kommen her« bedeutet. Ich fragte mich, ob unser Pärchen tatsächlich in der Lage sein würde, seine Vorstellung in einer an Pflöcken festgezurrten kleinen Jurte zu geben, die mit schwitzenden und in einer fremden Sprache Fragen stellenden Riesen angefüllt war.

Sämtliche angesprochenen Frauen drängten sich in dem Zelt, und nach einigen Minuten gaben sie seltsame Laute von sich. Anfangs verwunderte mich das Geräusch; aber dann erkannte ich es als Gelächter! Ich hatte das individuelle Lachen der Plathy vernommen; eine Art Krächzen bei eingesogener Luft ... aber neunzehn individuelle Lacher ergaben zusammen einen unirdischen Lärm.

Die beiden hielten sich lange darinnen auf, aber ich fand niemals heraus, ob sie die Demonstration tatsächlich beendet hatten. Als sie aus dem *maffa* kamen, waren ihre Gesichter blutrot, und sie starrten zu Boden, und das Gelächter hinter ihnen war unvermindert laut. Ich habe nie mit einem der beiden über diese Sache geredet, und immer, wenn ich Tybru oder eines der anderen Weibchen fragte, bekam ich nur ein halbersticktes Lachen zu hören. Ich glaube fast, daß wir hier die Urheber des unanständigen Witzes sind. (Auf der anderen Seite bin ich sicher, daß die Plathy-Sexualität schließlich zu einem Gemeinplatz im anstößigen Sprachschatz jeder menschlichen Kultur werden wird.)

Aber lassen Sie mich zu den Anfängen zurückkehren.

Wir kamen auf Sanchrist IV mit einem geringen Wortschatz und einem Gutteil Fehlinformationen versehen an. Ich will damit nichts Herabsetzendes über Fähigkeiten und Vorgehen meiner Kollegen sagen. Die Garcia-Expedition ist nur zur falschen Zeit angekommen und nicht lang genug geblieben.

Den größten Teil ihrer Erfahrungen mit den Plathy haben sie im tiefen Winter gemacht, der ihrer lebhaftesten und gesittetsten Jahreszeit entspricht. Sie verbringen ihre Zeit im Haus damit, die fein gearbeiteten Skulpturen zu schaffen, von denen die künstlerische Welt vor zehn Jahren so beeindruckt gewesen ist, und improvisierte Musikstücke und Tänze vorzutragen, die auf ihre fremde Art Entzücken hervorrufen. Draußen vergnügen sie sich mit komplizierten Spielen und sportlichen Schaukämpfen. Die Speisekammern sind wohlgefüllt, die Zeit des Gebärens und Säugens ist längst vorbei, und die Familie strahlt bis weit in die Zeit der Schneeschmelze hinein Zufriedenheit aus. Wir haben diese Hochstimmung selbst kennengelernt. Ich kann Garcias Leute wegen ihres begeisterten Berichtes nicht tadeln.

Wir wissen noch immer nicht, was geschehen ist. Oder weshalb es so kam. Vielleicht – wenn diese Aufzeichnungen erhalten bleiben – werden die nächsten Forscher ...

Ich zweifle daran.

Gabriel

Ich hatte einen seltsamen Traum, der vom Essen handelte – von richtigem, gekochtem Essen –, als plötzlich

Maria da war; mich am Arm zog und vom Tisch fernhielt. Sie wisperte: »Gab, wach auf!« und ich wachte auf; kalt und voller Schmerzen und hungrig.

»Was ist ...?« Sie legte mir leicht die Hand auf den Mund.

»Jemand ist draußen. Ich denke, es ist Mylab.«

Mylab war in diesem Winter drei Jahre alt geworden und hatte einen Namen erhalten. Wir krochen gemeinsam zum Höhleneingang, sprangen beide – und mein Knöchel knackte scharf.

Es war Mylab, das stimmte; das ansonsten blonde Fell war über einem seiner Ohrläppchen fast weiß. Ich war froh, daß es sich nicht um einen Erwachsenen handelte. Er war nur ungefähr einen Kopf größer als ich. Aber natürlich stärker, und wohlgenährt.

Wir sahen im Schutz des dunklen Höhleneingangs zu, wie er den Latrinenfels untersuchte; er umrundete ihn schnüffelnd und leckend.

»Vielleicht ist er Kundschafter für eine bevorstehende Jagd«, flüsterte ich, »die uns gilt.«

»Ich glaube, dazu ist er zu jung.« Sie reichte mir eine Steinaxt. »Ich hoffe nur, daß wir ihn nicht töten müssen.«

Wie auf dieses Stichwort hin wandte sich der Plathy vom Fels ab und reckte witternd die Nase in die Luft. Sein Kopf schwankte bedächtig vor und zurück, als nehme er eine trigonometrische Berechnung vor. Dann wanderte er in einem Halbkreis umher, blieb stehen und sah in unsere Richtung.

»Rühr dich nicht!«

»Hier im Schatten kann er uns nicht sehen.«

»Hoffen wir, daß du recht hast.«

Die Sehkraft der Plathy ist tagsüber besser als unsere, aber sie sind nachtblind.

Da wurde hinter uns jemand wach und nieste. Mylab horchte auf und trabte zielstrebig auf unsere Höhle zu.

»Verdammt«, wisperte Maria. Sie stand auf und kauerte sich an einer Seite des Höhleneingangs zusammen. »Geh du dort rüber!«

Ich bezog Posten auf der gegenüberliegenden Seite, die dank einer vorspringenden Felsnase noch ein wenig besser geschützt war.

Einige Meter vom Höhleneingang entfernt verlangsamte Mylab seinen Schritt und kam vorsichtig näher, witternd und unter angestrengtem Augenzwinkern. Maria drückte sich noch enger an den Stein und umklammerte ihren Speer mit beiden Händen; bereit, zuzustoßen.

Das Ganze war in ein paar Minuten vorüber, aber in mein Gedächtnis hat sich eine Abfolge verlangsamter Einzelbilder eingebrannt: Er erblickte Maria – oder witterte sie – und tappte direkt auf sie zu; knurrend und mit ausgefahrenen Krallen.

Sie stieß ihm zweimal den Spieß in die Brust, während ich vortrat und einen beidhändigen Axthieb auf seinen Kopf führte.

Dieser Schlag hätte den Schädel eines Menschen bis zum Unterkiefer gespalten. Aber bei dem Plathy prallte die Axt von der dicken Schädeldecke ab und fuhr ihm in die Schulter; dann entwand sie sich meinem Griff.

Mylab schüttelte den Kopf, drehte sich um und streckte seinen langen Arm nach mir aus. Ich wich hastig zurück und gelangte knapp aus seiner Reichweite; nur eine Kralle riß mir Wange und Nasenspitze auf. Blut quoll aus zwei Wunden in seiner Brust. Er trat vor, um mich abzufertigen, und Maria stieß ihm den Speer in den Nacken. Die Feuersteinspitze trat in einer Blutfontäne vorn unter dem Kinn aus dem Hals wieder hervor.

Eine Weile stand er schwankend zwischen uns und versuchte, den Speerschaft hinter seinem Kopf zu ergreifen. Zwei Steine kamen aus dem Höhleninnern geflogen; einer verfehlte ihn, der andere traf ihn krachend an der Schläfe. Er wandte sich um und machte sich mit unsicheren Schritten auf den Rückzug den Hang hinab, während der Speer grotesk in seinem Hals schwankte.

Die sechs übrigen kamen aus der Höhle hervor und gesellten sich zu uns. Brenda, unsere Ärztin, untersuchte meine Wunde und drückte ihr Bedauern über unsere mangelhafte Ausrüstung aus. Ich stimmte ihr zu.

»Wir werden ihm nachgehen müssen«, sagte Derek. »Und ihn töten.«

Maria schüttelte den Kopf. »Er ist immer noch gefährlich. Wenn wir ein paar Minuten warten, können wir der Blutspur folgen.«

»Er ist tot«, sagte Brenda. »Sein Körper weiß es nur noch nicht.«

»Vielleicht hast du recht«, gab Maria zu. Ihre Schultern hingen entmutigt herab. »Trotzdem können wir nicht einfach hierbleiben. Ich hasse es, im Tageslicht draußen zu sein, aber wir haben keine andere Wahl.«

»Wir sind nicht die einzigen, die einer Blutspur folgen können«, gab Herb zu bedenken. Er hatte ein besonderes Talent, das Offensichtliche auszusprechen.

Wir sammelten unsere spärlichen Waffen ein, außerdem die Wasserschläuche und das Bündel mit Essensvorräten, denen wir eben fünf kleine fledermausartige Tiere hinzugefügt hatten, die in der Hauptsache aus Fell und Knochen bestanden. Keiner von uns hatte im Augenblick das Gefühl, je so hungrig werden zu können, daß er sie essen würde.

Die Spur war leicht zu verfolgen; auf jedem Meter Weg fanden sich mehrere hellrote Spritzer. Mylab hatte ungefähr dreihundert Meter zurückgelegt, bis er zusammengebrochen war.

Wir fanden ihn hinter einem Fels in einer sich noch immer vergrößernden Blutlache ausgestreckt; der Spieß ragte steil in die Luft. Als ich ihn herauszog, gab es ein schreckliches gurgelndes Geräusch. Brenda sah nach, ob er wirklich tot war.

Maria sah sehr erregt aus; sie biß sich auf die Lippen, ich glaube, sie bemühte sich, ihre Tränen zurückzuhalten. Sie ist eine merkwürdige Frau. Hart und empfindsam zugleich. Sie behandelt die Plathy wie nach dem Lehrbuch, scheint ihnen aber trotzdem sentimentale Gefühle entgegenzubringen. Ich mag sie in gewisser Hinsicht ebenfalls, aber ich glaube, daß ich keinen von ihnen mit nach Hause nehmen würde.

Brenda ist auch aufgeregt; jetzt fängt sie an zu würgen. Das ist meine Schuld; ich hätte ihr anbieten sollen, die Arbeit mit dem Messer zu übernehmen. Aber sie hat mich nicht darum gebeten.

Ich besinne mich besser auf die Notwendigkeiten. Ich werde die Aufzeichnung jetzt beenden. Ich muß mich völlig darauf konzentrieren, nicht überrascht zu werden.

Maria

Zurück zum Anfang. Es war ziemlich heiß, als wir auf dem tropischen Festland abgesetzt wurden. Es war mitten in der Nacht; wir hatten rasch und ohne Licht gearbeitet (was hätte ich in diesem Moment für ein Nachtglas gegeben), um unsere kuppelförmige Basis zu errichten.

In gewisser Hinsicht ist der Ausdruck »Basis« irreführend, denn wir verließen sie schon in der folgenden Nacht wieder, um für dreieinhalb Jahre nicht mehr zu ihr zurückzukehren. Das dachten wir jedenfalls. Tatsächlich war diese Basis nichts weiter als ein vereinbarter Treffpunkt; ein Ort, an dem wir darauf warten wollten, wieder abgeholt zu werden, wenn unsere Mission beendet war. Wir haben bestimmt nicht vorausgesehen, daß wir würden zu ihm zurücklaufen müssen, um uns vor den Plathy zu verstecken.

Der Platz war notdürftig getarnt; er sah aus wie eine

Felskuppel, die sich inmitten eines dschungelartigen Terrains erhob, das keine weitere Felserhebungen aufwies. Unserem damaligen Wissen zufolge verirrte sich kein Plathy so weit in den Norden, so daß sich unsere Bemühungen um Unauffälligkeit eher aus Gewohnheit als aus einer wirklich vorhandenen oder vermuteten Notwendigkeit erklären ließen. Inzwischen wissen wir, daß einige Plathy auf ihren rituellen Wanderungen so weit herumkommen. Und es erweist sich als ein Segen, daß wir es nicht einfach dabei bewenden ließen, ein Kraftfeld aufzubauen.

Ich finde, der beste Vergleich mit klimatischen Biotopen auf der Erde wäre der Urwald im Amazonasbecken. Zusätzlich gibt es hier Vulkane, die den Aufenthalt ein wenig heißer und spannender machen. Ein veritables Dampfbad mit einem Hauch Schwefeldioxid, der den üppigen Geruch nach modernder Vegetation anreichert. In den Lichtungen das Odeur tropischer Blumen, der bei den vorwiegenden Spezies fatal an faulendes Fleisch erinnert.

Für den ersten Abschnitt unserer Expedition hatten uns moderne Energiewaffen zur Verfügung gestanden, im Innern echt wirkender Speere und Äxte verborgen. Sportlicher wäre es gewesen, der mesozoischen Fauna mit primitiven Waffen entgegenzutreten, aber natürlich mangelte uns der Sinn für diese Art Abenteuer. Oft standen wir unversehens Geschöpfen gegenüber, die an Dinonychus (untere Kreidezeit) erinnerten – sie sind etwa so groß wie ein Mensch, aber unglaublich flink, und sie bestehen nur aus Klauen und Zähnen. Sie ziehen in Rudeln, offensichtlich auf der Jagd nach den großen, friedlichen Pflanzenfressern. Wir beobachteten nie Gruppen, die aus weniger als sechs Exemplaren bestanden, und einmal wurden wir von einem aus zwanzig Tieren bestehenden Rudel bedrängt. Wir mußten sie alle töten; unsere Strahlwaffen zerteilten sie lautlos in dampfende Fleischhaufen. Keines der Geschöpfe

kümmerte sich auch nur im geringsten um das Schicksal seines Nachbarn; sie gingen einfach weiter, beugten sich zu Boden und brüllten.

Ihr Fleisch schmeckte wie Hühnchen, war aber sehr zäh.

Wir brauchten neun Tage, um die Küste zu erreichen, indem wir einem Fluß folgten. (Erwähnte ich schon, daß die Tage hier achtundzwanzig Stunden dauern? Unser Lebensrhythmus hatte sich entsprechend umgestellt, aber es gibt weitere physiologische Faktoren. Die meisten von ihnen verursachen Müdigkeit.) Wir fanden eine geeignete Felsformation und vergruben unsere modernen Waffen hundert Meter nördlich von ihr. Dann vergruben wir die Energiezellen der Waffen weitere hundert Schritte nördlich. Wir behielten nur einen Crazer zur Verteidigung unserer Gruppe, den wir fortwarfen, bevor wir die erste Insel erreichten; ansonsten stand uns nichts weiter zur Verfügung als Feuerstein und Felsbrocken; und Backenzähne mit beglückenden Erinnerungen.

Wir hatten während unseres Trainings auf Selva mehrere Boote mit eben diesen Materialien gebaut; aber hier war natürlich alles ganz anders. Der lange Tag und der Mangel an bequemen Betten, um sich nachts auszuruhen, machten uns zu schaffen. Kein Zelt, das uns vor den Fluginsekten geschützt hätte; keine sauberen, angenehm zu tragenden Kleider, in die wir am Morgen hätten schlüpfen können; kein dies und kein das. Dazu eine furchtbare Hitze und ein allgegenwärtiger Fäulnisgeruch, der uns alle trotz der Antiallergene, mit denen uns unser modifiziertes innersekretorisches System beschickte, schniefen ließ.

Es gelang uns, ein Feuer zu entfachen, das uns Sicherheit und gegrillten Fisch schenkte und uns zudem die Bootsbauerei wesentlich erleichterte. Wir fällten zwei mächtige Bäume, die wir mit Feuer aushöhlten, und fertigten so Auslegerkanus von der Art an, wie sie die Maori benutzten, um den dünn besiedelten Südpazifik zu bevölkern. Wir untersagten uns aber, Segel zu setzen, denn die Plathy kennen diese Technik nicht. Die Segel hätten uns auch ohnehin nicht viel genutzt, weil hier im Sommer meistens eine tödliche Flaute herrscht. Wir sehnten uns nicht gerade danach, in der tropischen Hitze zweihundertfünfzig Kilometer weit zu rudern. Aber wir würden es nach und nach schaffen.

Herb war ein recht guter Töpfer, daher entband ich ihn von der Bootsfertigung und ließ ihn statt dessen mehrere Dutzend Wasserkrüge formen und brennen. Das Wasser war unser größtes Überlebensproblem, denn es war nicht sehr wahrscheinlich, daß es in den Wochen, die wir auf See verbrachten, regnen würde. Die Ernährung hingegen war kein Problem; wir konnten mit den Speeren Fische und vermutlich auch Vögel erlegen (obwohl es nicht gerade zu meinen Lieblingsvorstellungen gehörte, rohe Vögel zu essen), und außerdem hatten wir einen gewissen Vorrat geräuchertes Dinosaurierfleisch.

Ich ließ die Boote so geräumig bauen, daß jedes von beiden uns alle zwölf zu fassen vermochte, wenn es einen Unfall geben sollte. Als weitere Sicherheitsmaßnahme unternahmen wir eine Probefahrt, ruderten einen Tag und eine Nacht und ankerten in Ufernähe. Dann nahmen wir unser letztes Bad in Süßwasser, füllten die Krüge, brachten die Ausrüstung an Bord und stachen bei Sonnenuntergang in See.

Wir hatten vorgehabt, die ganze Nacht über zu rudern, mit zehn Minuten Pause pro Stunde, und nach Sonnenaufgang noch ein paar Stunden weiterzumachen, solange wir unsere Richtung zuverlässig nach dem Sonnenstand bestimmen konnten. Danach wollten wir vor Anker gehen (die See war an keiner Stelle tiefer als zehn oder zwölf Meter) und uns den ganzen Tag über unter Stoffbahnen vor der Sonne zu schützen; fischen und schlafen und uns hochgeistigen Gesprächen zu widmen. Wir wollten weiterrudern, wenn die Sonne niedrig genug stand, um uns anzuzeigen, wo der Norden lag.

Mehrere Tage lang klappte alles wie geplant, dann änderte sich das Wetter.

Es war nur ein feiner Dunst, aber er reichte, uns völlig lahmzulegen. Wir hatten keine Navigationsinstrumente und waren völlig von einem schwach sichtbaren Sterndreieck abhängig, das den Südpol des Himmels kennzeichnete. Keine Sterne, kein Fortkommen.

Das war eine Situation, in der ich feststellte, daß ich meine Leute gut ausgewählt hatte. Als sich der Himmel zwei Nächte darauf wieder aufklarte, äußerte niemand den Wunsch, umzukehren, obwohl jeder selbst in der Lage war, die Krüge zu zählen und sich auszurechnen, wie lange das Wasser noch reichen würde. Noch ein paar Tage Windstille, und wir liefen ernsthaft Gefahr, zu verdursten, da weit und breit kein Land in Sicht war.

Ich rechnete aus, daß wir pro Nacht etwa fünfundzwanzig Kilometer zurückgelegt hatten. Wir pullten heftiger und kürzten die Ruhepausen um fünf Minuten; außerdem legten wir ungefähr eine Ruderstunde nach Sonnenaufgang zu und nahmen das Wagnis eines falschen Kurses auf uns.

Die Tage verstrichen in mißmutigem Schweigen. Wer nicht schlief, verbrachte die Zeit damit, zu fischen, wie ich es ihnen gezeigt hatte. Es war die Methode der Eskimos, obwohl wir nicht auf Eislöcher angewiesen waren: der Arm mit dem Speer erhoben, das Auge unverwandt auf einen Punkt dicht unterhalb der Wasseroberfläche gerichtet; sobald ein Fisch eine Handspanne jenseits dieses Punkts erscheint, wird der Speer geschleudert. Kein Eskimo hat sich dieser Aufgabe je mit größerer Aufmerksamkeit hingegeben; und keiner von ihnen hat je Fische sowohl des Wassers als auch des Fleisches wegen erlegt.

Im Laufe der Tage auf dem Meer lernten wir zu unterscheiden, welche Fischarten so saftiges Fleisch haben, daß man es aussaugen kann, und welche man wegen des salzigen Blutes, das ihre Gewebe durchtränkt, meiden muß.

Wir rationierten das Wasser ziemlich rigoros und teilten es in so kleinen Rationen aus, daß wir eine diesige Nacht von dreien überleben konnten.

Aber wie es sich ergab, gab es keine weiteren nebeligen Nächte mehr; und als wir schließlich Land erblickten, hatten wir noch Wasser genug für vier knappe Tagesrationen. Wir widerstanden der Versuchung, es zur Feier des gesichteten Landes alles auszutrinken; wir mußten schließlich immer noch erst einen Fluß finden.

Ich hatte mir Landkarten und Satellitenfotos eingeprägt, aber die Landschaft sieht *in natura* ganz anders aus. Wir mußten einige Stunden lang die Küste entlang rudern, ehe ich erkennen konnte, wo wir uns befanden; glücklicherweise war die Landmarke ein breiter, flacher Strom.

Ehe wir den Crazer und seine Energieladung fortwarfen, benutzten wir ihn dazu, eine Fackel anzuzünden. Wenn die Plathy auf Reisen gingen, trugen sie glühende Kohlen vom Feuer der vorangegangenen Nacht bei sich, eingebettet in Asche in einem Behälter aus dichten Pflanzenfasern. Wir hatten vor, es genauso zu machen; es war weit besser, als jeden Tag eine Stunde damit zu verbringen, energisch zwei Stücke trockenen Holzes aneinanderzureiben.

Wir zogen die Kanus auf den Strand und zerrten sie mehrere hundert Meter weit ins Landesinnere in ein Gebüsch, wo wir sie notdürftig getarnt zurückließen. Die Chance, daß sie ein ganzes Jahr später noch dort sein würden, war zwar nicht sehr groß, aber es war immer noch besser, als sie einfach offen herumstehen zu lassen.

Wir begaben uns so weit ins Landesinnere, bis sich kein Salz mehr in dem schlammigen Wasser des Flusses fand, und tollten dann wie die Schulkinder darin herum. Dann machten Brenda und ich ein Feuer, während sich die übrigen auf die Suche nach etwas Eßbarem begaben.

Wild gab es mehr als genug in der Nähe des Flusses, aber wir waren keine sehr geschickten Jäger. Es war unmöglich, leise durch das Gras zu gehen, das hier schulterhoch und hart war. So kam es, daß die Jäger mit dem größten Gück diejenigen waren, die sich auf Zehenspitzen die Flußböschung hochschlichen. Sie kamen mit fünf ansehnlichen Schlangen zurück, die wir abhäuteten und säuberten und auf Stöcke gespießt über dem Feuer rösteten.

Nach zwei Wochen rohem Fisch stellte das brutzelnde, fette Schlangenfleisch eine Delikatesse dar, obwohl es den meisten von uns wie Stein die Kehle hinabglitt.

Wir bereiteten uns Lager aus weichem Gras, und die meisten von uns schliefen gut; auf mich traf das jedoch nicht zu. Eine Kombination aus Sorgen und Verdauungsschwierigkeiten ließ mich nur schwer einschlafen. Ich war wach genug, um zu bemerken, daß mehrere Pärchen die Gelegenheit der relativen Abgeschiedenheit des Flußufers nutzten; ich war eifersüchtig und litt an dem Gefühl, ausgeschlossen zu sein. Ich spielte kurz mit der Idee, jemanden aufzufordern; aber statt es zu tun, wartete ich darauf, daß jemand mich ansprach; und es endete damit, daß ich die halbe Nacht lang dem lustvollen Schnaufen der anderen lauschte.

Es folgt eine persönliche Notiz; sie ist aus diesem Zahn, wenn er überlebt, vor Veröffentlichung der Aufzeichnung zu löschen. Sie betrifft Gabriel. Wir Frauen hatten alle seinen entblößten Körper – der sowohl in den Proportionen als auch in seiner Ausstattung recht ansehnlich war – in den beiden letzten Wochen ausgiebig gemustert, und ich nehme an, daß die jüngeren Frauen sogar noch weitergehende theoretische Erwägungen in bezug auf ihn angestellt haben als ich. Daher war ich ziemlich entgeistert, als er sich mit einem Mann zum Flußufer aufmachte – nämlich mit seinem selvanischen Freund Marcus. Ich wußte damals noch nicht, daß ihre Generation auf Selva sehr großzügig mit derlei Fragen umging; aber auch ohne dies hätte ich Anthropologin genug sein müssen, darin objektiver zu sein. Auch ich selbst bin nicht ganz frei von meinen eigenen zivilisatorischen Modeerscheinungen; und das trifft auch (vielleicht in mehr als einem Punkt) auf die irdischen Männer unserer Gesellschaft zu. Als Wissenschaftlerin kann ich die Tatsache erkennen, daß die Homosexualität allgemein verbreitet und natürlich ist, und daß nur ihre Einschätzung dem Wandel unterworfen ist. Die Erde ist aber augenblicklich nicht ganz frei von Vorurteilen gegen dieses Verhalten; ich beschloß, die beiden am nächsten Morgen diskret zu warnen. (Sie sind beide nicht ausschließlich homosexuell, wie sich herausstellte; beide verließen später in jener Nacht ihre Lager und gingen mit Frauen davon; Gabriel sogar mindestens zweimal.)

Wir hatten zwei große, einigermaßen trockene Holzklötze ins Feuer gelegt, bevor wir uns zur Ruhe niederlegten – wir richteten sie so aus, daß der leichte Wind sie entfachte –, und das Feuer brannte lustig die ganze Nacht hindurch ohne Wartung.

Dieser Umstand hat uns wahrscheinlich das Leben gerettet. Als wir das Lager am folgenden Morgen abbrachen und uns auf den Weg in Richtung Süden machten, fanden wir Hunderte von Spuren gegen den Wind; die Fußspuren großer katzenartiger Geschöpfe. Welch eine Idiotin war ich gewesen, daß ich keine Wachen angeordnet hatte! Auch die übrigen sahen recht schafsmäßig drein, weil sie nicht daran gedacht hatten. Die eintönige Routine und harte Anstrengung der vergangenen zwei Wochen hatte uns eingelullt; aber jetzt waren wir vor Furcht wie elektrisiert. Wir erkannten schlagartig, daß wir trotz unseres Überlebenstrainings noch immer die

Instinkte von Stadtbewohnern besaßen, und diese Instinkte waren geeignet, uns alle umzubringen.

Die Insel war annähernd rund, etwa hundert Kilometer im Durchmesser, mit einem zentralen Kratersee. Wir beschlossen, diesem Flußlauf bis zu dem See zu folgen und dann gegen den Uhrzeigersinn zu dem dritten Fluß zu gehen und ihm bis ans südliche Ufer zu folgen. Dann wollten wir von Inselchen zu Inselchen des Archipels hüpfen, ungefähr achtzig Kilometer weit, zu der großen Insel, die unser Ziel war.

Das Gestrüpp der küstennahen Senke wich nach kurzer Zeit einem unwegsamen Wald, dessen hauptsächliche Baumart dem irdischen Banyan glich – ein dicker zentraler Stamm, der von Dutzenden oder Hunderten von Nebenstämmen in seiner Aufgabe unterstützt wurde, einen ausladenden Baldachin aus Geäst zu tragen. Es ließ sich unmöglich bestimmen, wo der Grund und Boden des einen Baumes endete und das des nächsten anfing, aber einige der größten müssen ein oder zwei Ar beansprucht haben. Ihre Rinde war aschfahl; das Weiß wurde von Klecksen farbiger Flechten unterbrochen. Kein direkter Sonnenschein fiel durch ihr dichtes Laubwerk auf den Boden; nur einige wenige dünne Sträucher mit blaßgelben Blättern durchstießen den verrottenden Humus. Wer oder was auch immer versuchen würde, uns hier auf dem Grund anzuschleichen, hätte wohl kaum Erfolg, aber wir hörten über unseren Köpfen Geschöpfe sich regen. Ich fragte mich, ob die Äste kräftig genug sein mochten, um die Tiere zu tragen, die uns in der Nacht zuvor belauert hatten, und ich spürte die unsichtbaren Katzenaugen überall.

Wir machten in einer verzauberten Lichtung Rast, um zu essen. Etwas hatte einen der riesigen Bäume umgebracht; sein modernder Stumpf beherrschte die Lichtung, und die Überreste seiner dünneren Stämme standen wie gespenstische Wächter herum; die meisten von ihnen waren abgestorben, aber einige begannen, grün auszuschlagen. Ich nahm an, daß einer von ihnen schließlich den Platz übernehmen würde.

Nachdem wir in kaltem Schlangenfleisch geschwelgt hatten, übten wir Speerwerfen mit dem morschen alten Baumstumpf als Ziel. Ich war die oberste Schiedsrichterin, sowohl in bezug auf Wurfweiten als auch auf Zielgenauigkeit; wie es auch auf Selvia gewesen war. Als Mädchen hatte ich keinerlei Talent für Sport gezeigt außer Herumtollen und Doktorspielen.

Da brach unvermittelt die Hölle los. Drei Katzenbiester sprangen von dem Wald-Baldachin hinter uns zu Boden und preschten mordlüstern auf uns zu.

Ich warf meinen Speer und erwischte eines von ihnen in der Schulter, und die Wucht des Wurfes ließ mich selbst zu Boden gehen. Brenda tötete das rasende Tier mit einem gutgezielten Wurf. Die beiden anderen bremsten die Geschwindigkeit ihres Angriffs und umschlichen uns wachsam in gebührendem Abstand. Sie wichen unseren Speeren aus; ich schrie den anderen zu, sparsam mit dem Werfen zu sein.

Brenda und ich holten unsere Waffen zurück, und gemeinsam mit Gabriel und Martin stürmten wir auf die Bestien ein und drängten sie von den Speeren auf dem Boden fort. Innerhalb weniger Augenblicke hatten wir alle zwölf einen Kreis um die Tiere gebildet, und mir schoß plötzlich ein alter englischer Spruch durch den Kopf, in dem von einem Tiger die Rede war, den man am Schwanz gepackt hatte. Die Biester waren nur halb so groß wie ein Mensch, aber sie bestanden nur aus Muskeln und Zähnen. Sie knurrten und schnappten nach uns, ihre Köpfe fuhren hin und her, Speichel troff aus ihren Mäulern.

Ich brüllte: »Jetzt, Gab!« – er war der beste Werfer –, und er schleuderte seinen Speer auf die nächste Katze. Er fuhr tief in ihre Seite, und sie fiel um, maunzte und fuhr mit den Pfoten durch die Luft. Die andere Bestie sah ihre Chance und sprang direkt auf Gab zu, der sich instinktiv duckte. Das Tier sprang auf seinen Rücken und in die Sicherheit der Bäume. Sechs oder sieben Speere prasselten harmlos knapp hinter ihm zu Boden.

Gabriel hatte vier von den Katzenkrallen herrührende Stichwunden unter jedem Schulterblatt. Brenda wusch sie gründlich aus, entschied aber gegen einen improvisierten Verband aus Blättern und Ranken. Nur sauberhalten; das war immer ein guter Rat.

Wir häuteten die beiden Katzen ab, weideten sie aus und schnitten ihr Fleisch versuchsweise in lange, schmale Streifen, um sie zu dörren. Der alte Baumstumpf gab ein gutes Feuer für diesen Zweck.

Als es dunkel wurde, entfachten wir daneben ein neues, helleres Feuer.

Ich stellte eine Namensliste für Nachtwachen auf; jedes Team bestand aus drei Personen und mußte drei Stunden lang wachen, während die übrigen schliefen; aber keiner von uns schlief allzu ruhig. Ich war sicher, durch das Prasseln des Feuers hindurch etwas unruhig durch den Wald streichen zu hören. Wenn die Katzen noch in der Nähe gewesen wären, würde ihnen sicherlich der Mut gefehlt haben, uns anzugreifen.

Während meiner Wache ließ sich ein Rudel hundegroßer Tiere mit großen Augen am Rand der Lichtung blicken, die sich an den Därmen der Katzenbiester delektierten. Wir warfen Stöcke nach ihnen, aber sie sahen uns nur an und verzogen sich wieder, als sie sich sattgefressen hatten.

Wenn meine Schätzung zutraf, hatten wir noch ungefähr dreißig Kilometer tiefen Wald zu durchqueren, ehe sich die Gegend zu wellenförmig hügeligem Grasland wandeln würde. Alle waren dafür, daß wir versuchen sollten, die Strecke in einer Tour zurückzulegen. Es war nicht sicher, daß wir auf eine weitere Lichtung stoßen würden, und niemand wünschte sich, eine Nacht unter dem Blätterdach zu verbringen.

Also bündelten wir das gedörrte Katzenfleisch in eine

steife Katzenhaut und machten uns in Richtung Süden auf.

Während wir dem Flußlauf folgten, änderte sich das Erscheinungsbild der Bäume; die Banyans wichen endlich verschiedenen Arten kleinerer Bäume ... verdammt! Zwei von *denen!*

Brenda

Ich war nicht sehr aufmerksam; der Kummer über Mylab saß noch in mir ... tatsächlich galt der Kummer mir selbst; weil ich einen Mord begangen hatte. Ich habe schon erlebt, daß Patienten in meiner Behandlung starben; aber das Gefühl läßt sich nicht im entferntesten damit vergleichen. Seine Augen, als ich ihm den Feuerstein über die Kehle zog ... sie wurden hell vor Schmerzen, und später abrupt trüb.

Wir waren ungefähr eine Stunde lang gegangen, nachdem wir die Höhle verlassen hatten; unser Weg hatte den nördlichen Berghang hinab geführt, als sich Maria, die vorangegangen war, plötzlich zu Boden hockte und uns mit stummen Gesten aufforderte, es ihr gleichzutun. Wir setzten unseren Weg auf allen vieren fort.

Vor uns auf dem Pfad saßen zwei erwachsene Plathy mit den Rücken zu uns und unterhielten sich ruhig beim Essen. Sie waren mit Speeren, Breitäxten und Messern bewaffnet. Ich bezweifle, daß sogar sechs von uns einem im offenen Kampf hätten widerstehen können.

Maria starrte sie an und hatte vermutlich einen Hinterhalt im Sinn, dann bedeutete sie uns mit Gesten, zurückzugehen. Ich sah mehrmals über die Schulter zurück; jedes auch noch so leise Schlurfen und Scharren schwoll in meinen Ohren zu furchtbarer Lautstärke an, und ich erwartete jeden Moment, daß die beiden gewaltigen tierhaften Geschöpfe hinter uns herstürmten. Aber ihre Eßgeräusche müssen den geringen Lärm unseres Rückzuges überdeckt haben.

Wir schlichen einige hundert Meter zurück bis zu einer Gabelung des Pfades und nahmen einen fast parallelen Pfad abwärts, wobei wir so leise wie nur möglich waren.

Die leichte Brise war in unseren Rücken; wir hatten den Plan, an den Plathy vorbei zu sein – mit dem Wind aus ihrer Richtung –, bevor sie mit dem Essen fertig waren. Wir kamen so dicht an ihnen vorbei, daß wir sie reden hörten, aber wir sahen sie nicht.

Ungefähr einen Kilometer weiter verschwand der Pfad, und wir waren gezwungen, uns einen Weg den steilen Abhang hinab zu ertasten, und es ließ sich nicht vermeiden, daß wir dabei Lärm verursachten und sich unter unseren Tritten Steine lösten, die oft zu kleinen polternden Lawinen anwuchsen. Wir waren nur noch wenige Meter vom Beginn der Steilwand entfernt, als die beiden Plathy über uns erschienen.

Sie diskutierten die Angelegenheit kurz und lautstark – sie benutzten das Jagdidiom, das zu erlernen man keinem von uns erlaubt hatte –, dann legten sie ihre Waffen beiseite und nahmen statt ihrer Steine in die Hände.

Als ich das sah, rutschte ich die letzte Strecke zu Tal, eher bereit, ein paar Hautabschürfungen davonzutragen als ein allzu verführerisches Ziel abzugeben. Die meisten der übrigen taten es mir nach.

Herb wurde von einem Stein am Kopf gestreift und fiel wie ein gefällter Baum hintenüber. Ich lief zu ihm; ich hatte Angst, daß er bewußtlos war. Aber Gab war vor mir bei ihm; er zerrte ihn rauh auf die Füße, und ich sah, daß Herb benommen, aber bei Bewußtsein war. Wir ergriffen jeder einen seiner Arme und stolperten so rasch wir konnten fort; und es wurde ein Zickzackkurs daraus, weil Gab ständig zischelte: »nach links« oder »nach rechts«, damit wir ein schwierigeres Ziel abgaben. Ich erhielt einen Volltreffer auf die linke Gesäßbakke, der mich zu Boden gehen ließ. Ich würde eine Weile nur recht unbequem sitzen können, aber im Augenblick schien das ein unwichtiges Detail.

Zu unserem Glück hatten die Plathy kein Seil mitgebracht, wie es eine größere Jagdgesellschaft in den Bergen getan hätte. Sie sind sehr ungeschickte Kletterer (obwohl sie dank ihrer langen Arme sehr schnell einen steilen Hang hochlaufen können). Einer von ihnen machte Anstalten, uns die Felswand hinab nachzuklettern, aber nach einem fast verhängnisvollen Ausrutscher gab er sein Vorhaben auf und kroch zurück.

Wir freuten uns über unseren unverhofften Vorteil. Um uns zu verfolgen, hätten die Plathy einen Umweg von mehreren Kilometern machen müssen, und wir waren bergab ohnehin schneller als sie. Es war anzunehmen, daß sie es vorziehen würden, zu ihrer Hauptgruppe zurückzukehren und sie über unseren Aufenthalt zu informieren, so daß sie uns gemeinsam im Buschland stellen konnten. Auf ebenem Boden wäre es ein leichtes für sie, uns einzuholen, sobald sie erst unsere Witterung aufgenommen hatten.

Maria, Xenologin bis zum Ende, bemerkte, wie glücklich wir uns schätzen könnten, daß sie keine Nachrichtenübermittlung durch Trommeln kannten. Es war seltsam, denn sie benutzen eine Vielzahl von Schlaginstrumenten bei Musik und Tanz.

Und was für eine Musik und was für Tänze. Sie schienen so menschlich.

Unsere einzige Chance zu überleben schien der Versuch zu sein, sie zu verwirren, indem wir uns verteilten. Maria entwarf atemlos einen Plan, während wir den Hang hinabeilten. Sobald wir das Tal erreicht hätten, würden wir uns an dem Fluß orientieren, dem wir bis hierher gefolgt waren, und von dort aus in sechs verschiedene Richtungen gehen, um uns drei Tage später dort wieder zu vereinen, wo der Fluß in den See mündet; bei Anbruch der Nacht sollte dann – wer auch immer da wäre – zur nächsten Insel übersetzen. Selbst bei hohem Wasserstand mußte es möglich sein, den größten Teil der Strecke zu Fuß zurückzulegen.

Ich wandte ein, daß es besser sei, drei Paare zu bilden als sechs Einzelpersonen loszuschicken, aber Maria machte geltend, daß zwei von uns gegen einen bewaffneten Plathy keine größere Chance haben würden, als einer sie hätte – in beiden Fällen sei List die einzige Möglichkeit, sie zu töten. Mord also. Ich gab ihr zu verstehen, daß ich nicht dazu fähig sein würde, und sie nickte nur. Wahrscheinlich dachte sie, daß sie noch vor wenigen Tagen dasselbe gesagt hätte.

Wir pausierten ein paar Minuten auf einem Plateau, um das Buschland zu betrachten, und Maria deutete auf die Wege, die jeder von uns einschlagen sollte, wenn wir ihrem Vorschlag folgten. Herb und Derek sollten die geradeste Route nehmen, mehr oder weniger in nördlicher Richtung, parallel, aber mit wechselseitigen Überkreuzungen ihrer Wege, um die Spuren zu verwirren. Gab, der Schnellste von uns, sollte halbwegs den Berg umrunden und dann einen weiten Bogen in Richtung Norden schlagen. Sie selbst würde sich für die Hälfte der Strecke exakt nordöstlich halten und dann einschwenken; und Martin sollte das gleiche, aber andersherum tun. Ich sollte mich in westlicher Richtung halten, direkt zum Fluß, und ihm abwärts folgen, im Wasser und außerhalb. Wir alle sollten überall dort, wo unsere Wege am auffälligsten vom Nordkurs abwichen, »Witterung hinterlassen«.

Ein Kompaß wäre hübsch gewesen. In der Nacht würden wir es leicht haben, wenn es sich nicht wieder bewölkte, aber bei Tag wären wir darauf angewiesen, unsere Wege durch das hohe Gras nach Gespür zu bestimmen. Ich war froh, einen einfachen Kurs erhalten zu haben.

Wie sich herausstellte, war er nicht ganz so einfach.

Die drei Wasserblasen wurden natürlich denen zugesprochen, die sich am weitesten vom Fluß entfernen mußten. Das bedeutete, daß ich gut einen halben Tag ohne Wasser auskommen mußte. Vorausgesetzt, ich verirrte mich nicht.

Wir trennten uns und machten uns in sechs verschiedene Richtungen auf.

Maria

Wo war ich? Als wir herkamen, haben wir den Kratersee ohne besondere Vorfälle umrundet, aber der Abstieg zum Ufer war schwieriger, als ich geglaubt hatte. Er war nicht besonders steil, aber der dicht mit Ranken und Gestrüpp bewachsene Boden hemmte unser Vorankommen. Nach zwei Tagen erreichten wir das Ufer, bedeckt mit Schrammen und Hautabschürfungen. Wenigstens sind wir keinen größeren Raubtieren begegnet.

Inzwischen fühlte ich wärmste Sympathie für die Minderheit der Faulpelze im Planungskomitee, die durchgesetzt hatten, daß wir die scheinbar übertriebene Vorsicht walten zu lassen hatten, die Basis so weit von der Insel der Plathy entfernt zu errichten. Sie hatten dafür die Insel bestimmt, die nur durch achtzig Kilometer seichter See von unserem Zielgebiet getrennt war. Ich dagegen hatte in Übereinstimmung mit der Mehrheit den nördlichen Kontinent vorgeschlagen; zum Teil wegen meines dämlichen Verlangens nach Abenteuern.

Was sich uns schließlich offenbarte, war eine Kette sechs kleinerer Inseln und zahlloser Sandbänke in einem Tümpel von Meer, der an kaum irgendeiner Stelle tiefer als einen Meter war. Wir wußten aus Garcias Bericht, daß sich ein Boot als nutzlos erweisen würde. Wir bastelten aus Ranken und Treibholz ein Floß, um unsere Waffen und Verpflegung zu transportieren, füllten die Wasserblasen und platschten in Richtung Süden los.

Es war ermüdend. Der Sand unter unseren Füßen war fest, aber durch das flache Wasser zu gehen war, als hätte man schwere Gewichte um die Knöchel gebunden. Trotzdem kamen wir gut voran; die einzige Insel, von der wir sicher wußten, daß es auf ihr Trinkwasser gab, lag etwa vierzig Kilometer weiter südlich.

Wir machten gute fünfundzwanzig Kilometer am ersten Tag und schleppten unsere müden Knochen auf eine Insel, die tatsächlich mit Bäumen bestanden war. Marcus und Gab machten sich auf die Suche nach Wasser, ohne welches zu finden; wir übrigen sammelten mittlerweile Treibholz für ein Feuer oder versuchten halbherzig zu fischen. Nanci spießte ein grausig aussehendes Ding auf, das anzufassen keiner – einschließlich ihrer selbst – Interesse zeigte; sonst fing niemand etwas.

Susan und Brenda brachten dann doch noch zwei schusselige Schellfische auf, die so zuvorkommend waren, beim Rösten zu platzen. Sie schmeckten wie Schnecken in Schwefelsauce.

Während wir uns für die Nacht einrichteten, trafen wir unsere erste Plathy. Ein Weibchen. Sie trat schweigend ans Feuer, als wäre es die normalste Sache der Welt, einem Dutzend Lebewesen von einem anderen Planeten zu begegnen. Sie war jung, nur wenig größer als ich (inzwischen ist uns natürlich klar, daß sie auf der Großen Nordwanderung war). Als ich aufstand und eben ansetzte, im Frauenidiom zu sagen: »Sei uns gegrüßt, Schwester«, schrie sie auf und lief fort. Wir hörten sie noch eine Weile durchs Wasser platschen – eilenden Fußes in die nächste Grafschaft.

Der nächste Tag war härter, obwohl wir nicht so weit gehen mußten. Irgendein geologischer Gremlin hatte quer zu unserer Route Gräben gebuddelt; eine Formation, über die Garcias Expedition nichts berichtet hatte; und wir waren mehrmals gezwungen, etwa zweihundert Meter schwimmend zurückzulegen, ehe wir wieder schlurfen konnten. (Den Göttern sei Dank, daß sie Gab schufen, der auf der Suche nach festerm Untergrund bereitwillig dem Horizont entgegenpaddelte, und Marcus, der so gut schwimmen konnte, daß er nur eine Hand dazu brauchte, während er mit der anderen das Floß hinter sich herzog.)

Es war dunkel, bevor wir die Insel mit der Wasserstelle erreichten, und eine außerfahrplanmäßige Woge hatte unsere glühenden Kohlen gelöscht. Wir froren und waren endgültig verstimmt, aber vom Salzwasser derart ausgedörrt, daß wir wie die Tobsüchtigen umhertanzten und sogar wie Tollhäusler lachten, als wir fieberhaft nach dem artesischen Brunnen suchten, der sich nach Garcias Aufzeichnungen hier befinden mußte. Endlich fand Joanna ihn; stürzte sich mit dem Kopf voran hinein und tauchte hustend und lachend wieder daraus hervor. Wir alle suhlten uns im Wasser und soffen uns voll.

In meinem Fall überwog die Erleichterung die Bedürfnisse von Mund und Kehle und Magen. Bei Sonnenuntergang hatte ich mich ins seichte Wasser gehockt und von Blut dunkle Pisse herausgepreßt. Das hatte mich erschreckt. Aber das frische Wasser hellte meinen Urin sichtbar auf.

Die folgenden beiden Tage des Springens von Insel zu Insel hielten keine weiteren Überraschungen für uns bereit, außer der angenehmen, daß wir eine weitere Wasserquelle ausfindig machten. Wir konnten kein Holz mehr auftreiben, das trocken genug gewesen wäre, um Feuer damit zu machen; aber es wurde in jener Nacht nicht mehr ganz so kalt.

Am Spätnachmittag des zweiten Tages stapften wir in einen Sumpf, der das nördliche Ende der Plathy-Insel darstellte. Die dominierende Lebensform hier war eine gallenfleckige Art von Schlangen, die schwerfällig davonschwammen, als wir uns näherten. Uns war die Nahrung ausgegangen, aber wir machten keine Jagd auf diese Tiere.

Vor Nachtbeginn wich der Sumpf einem ziemlich feuchten Wald; aber wir fanden trockenes Holz in Form abgestorbener Äste und entfachten ein hell loderndes Feuer. Wir gruben eine Knollenfrucht aus, die Garcias Mannschaft als eßbar beschrieben hatte, und rösteten sie. Dann versuchten wir, den Geräuschen in der Dunkelheit zum Trotz zu schlafen.

Beim ersten Tageslicht marschierten wir rascher voran, in dem Wissen, daß der Wald etwa dreißig Kilometer weiter dem offenen Grasland weichen würde.

Der Übergang vom Wald zum Veld war abrupt. Wir waren so glücklich, die Dunkelheit der Bäume zu verlassen – seltsam, daß ich in meiner jetzigen Lage das genau entgegengesetzte Gefühl habe. – Ich komme mir schutzlos vor und eile in das Geborgenheit versprechende dichte Gebüsch und zwischen die eng beieinander stehenden mächtigen Baumstämme. Ich fühle mich so exponiert; so verletzbar. Und ich werde vermutlich kein Wasser finden, bis ich dort bin. Ich werde diesen Zahn für eine Weile abschalten und versuchen, nicht zu schreien.

Also gut. Sehen wir weiter. Auf unserem Weg zu den Plathy gingen wir zwei Tage lang durchs Grasland. Nahrung war genug vorhanden; die *zamri* gleichen unseren Kaninchen, sind aber langsamer. Aus einem unerfindlichen Grund schätzen sie es sehr, sich um den *ecivrel*-Busch zu drängen; eine dornige, übelriechende Pflanze; und alles, was wir tun mußten, um mehrere Exemplare einzusacken, war, einen lockeren Kreis um den Strauch zu bilden, ihn allmählich zu verengen und die Tiere mit dem Knüppel zu erlegen, wenn sie zu entkommen versuchten. Ich würde es schätzen, wenn ich jetzt ein *zamri* hätte. Ihr Blut ist süß.

Es gibt ein Plathy-Lied:

Sim garlish a sim garlish farla tob-!ka.
Soo pan du mairly garlish ezda tob-!ka.
Oe vairly tem se garlish nizga mer-!ka.
Garlish. !ka. Tem se garlish. !ka.

Übersetzt in meine eigene Sprache klingt es nicht sehr gut:

Sacar sangre y sacar sangre para vivir-si
En sangre damos muerte y sacamos vida-si
Alabamos la sangre de vida que Usted nos da-si
Sangre-si-sangre de vida-si

Herb, der Linguist, fertigte eine genauere Übersetzung an: »Nimm Blut und nimm Blut zum Leben-ja/im Blut geben wir Tod und nehmen wir Leben-ja/wir verehren das Blut des Lebens das du uns gibst-ja/Blut-ja-Blut des Lebens-ja!« Aber eigentlich gibt es keine angemessene Übersetzung. Außer in der Liebe zu süßem Blut.

Ich bin zu sehr wie sie geworden. Mein Menscheninstinkt rät mir, fortzulaufen, oder – wenn ich nicht mehr laufen kann – mich zu verstecken. Aber in mir ist auch ein starkes Plathy-Gefühl, das sagt: »Bleib auf einer Lichtung stehen und rufe sie zu dir ... Laß sie über dich kommen ... Gib dich dem Tod in der schrecklichen Ekstase zerreißenden Fleisches und brechender Knochen hin ... Laß sie deine weichen Gedärme aussaugen, so daß du in ihnen leben kannst ...«

O Gott. Ich muß aufhören. Ihr werdet mich für verrückt halten. Vielleicht erreiche ich den Treffpunkt. Weshalb regnet es nicht endlich?

Gabriel

Ich habe den Zahnrecorder eingeschaltet, während ich am Wasser sitze und mich ausruhe. Maria will, daß wir so viel wie möglich aufzeichnen, wenn sich etwas ereignet. Nur, wenn sich etwas ereignet.

Warum, zum Teufel, habe ich mich nur für diese Expedition gemeldet? Dabei wollte ich mit der Xenologie Schluß machen und weiter Wirtschaft studieren. Aber da kam sie auf den Campus, um Leute anzuwerben; und bei ihr waren all diese exotischen Erdfrauen. Sie unterscheiden sich nicht von den Frauen überall anderswo; große Überraschung. Nur sie war eine Ausnahme. Sie ist wirklich unirdisch. Hör gut zu, mein Zahn: Ich habe Verlangen nach ihr. Sie ist ein Mysterium. Vielleicht finde ich den Mut, sie daraufhin anzusprechen, wenn wir diese Sache hier lebend überstehen. Ich werde sie ausloten, sozusagen; sie für mich interessieren, sozusagen; ihr hinter die Fassade schauen, sozusagen. Sie hat für eine Frau in ihren fortgeschrittenen Jahren eine bemerkenswert hübsche Fassade.

Wie kann ich in meiner augenblicklichen Situation an Sex denken? Mit einer Frau, die doppelt so alt ist wie ich. Wenn ein Mitglied einer künftigen Expedition diesen Zahn in einem versteinerten Haufen Plathy-Scheiße finden sollte, möge er mir diese Abschweifung verzeihen. Falls ich überlebe und man mir den Zahn zieht und diese Aufzeichnung abspielt, glaube ich nicht, daß sie meinem wissenschaftlichen Ruf ernsthaft schadet. Und wenn doch, werde ich Gedichte schreiben und als Sekretär in der Exportfirma meines Vaters arbeiten.

Ich bin um den Berg gelaufen. Einmal brach ich zusammen und schlief für ... ich weiß nicht wie lange. Dann stand ich auf und lief zum Fluß. Habe zu viel getrunken. Da sitze ich nun, zu dickbäuchig, um mich rühren zu können. Fände mich jetzt ein Plathy, wäre ich ein leicht erworbenes Mahl für ihn.

Ich fing wirklich an, sie zu mögen, bevor sie sich gegen uns wandten. Sie schienen so träge und friedlich, bis es anfing, kalt zu werden. Da war es, als hätten sie sich in eine andere Lebensform verwandelt. Danach war es keine große Überraschung mehr, als sie sich nochmals verwandelten. Oder daß sie zu einer derartigen Wildheit fähig waren. Wir waren durch ihre große Sanftmut untereinander und Freundlichkeit uns gegenüber eingelullt; und die zarte, fremdartige Anmut ihrer Tänze und Musik und Bildhauerei verzauberte uns. Wir hätten vorsichtiger sein sollen; hätten die beiden anderen Veränderungen festhalten sollen: die über Nacht vollzogene Verwandlung in ausschließlich sexuell orientierte Geschöpfe und die langsame Entwicklung von stumpfsinnigen Primitiven in begnadete Künstler, sobald der Schnee zu fallen begann.

Die Veränderung nach dem ersten Schneefall, der den Boden etwa einen halben Meter hoch bedeckte, war unübersehbar. Die Plathy begannen spontan zu singen und zu lachen. Sie rollten ihre *maffas* zusammen, brachten sie in einer Höhle unter und fingen an, im Schnee zu spielen – oder wenigstens sah es wie Spiel aus, so unbekümmert und kindlich gingen sie zu Werke. Aber in Wahrheit bauten sie eine Stadt aus dem Schnee.

Alle Gebäude, die *lacules*, waren einheitliche Kuppeln, die aus Eisblöcken errichtet wurden. Maria nannte sie Iglus, nach einer ähnlichen, bei bestimmten Primitiven auf der Erde üblichen Bauform; dieser Name blieb an ihnen hängen. Sogar einige Plathy benutzten ihn.

Sie bauten neunundzwanzig Kuppeln, die im Kreis angeordnet waren und untereinander durch Tunnels verbunden waren, als der Schnee eine größere Höhe erreichte. Der Innenkreis wurde freigehalten; der Neuschnee wurde immer sofort in die Lücken zwischen die Kuppeln geschaufelt. Das Resultat war ein hoher kreisförmiger Wall, der den Wind abhielt. Später sollten wir die Erfahrung machen, daß er zudem geeignet war, Menschen *darinnen* zu halten.

Sie unterhielten die meiste Zeit über im Kreismittelpunkt ein Feuer, das als zentraler Ort ihrer täglichen Aktivitäten diente. Sie brachten ihre Zeit mit Musik,

Tanz, Umhertollen, sportlichen Wettkämpfen und Geschichten erzählen zu (was die Geschichten betrifft, so handelte es sich um Lektionen eines phantasievoll ausgeschmückten Geschichtsunterrichts, die mit moralischen Beispielen angereichert waren).

Die Temperatur stieg sogar beim höchsten Stand der Sonne kaum über den Gefrierpunkt; aber die Plathy blühten in der Kälte regelrecht auf. Sie saßen stundenlang auf dem Eis, nur mit ihren Kilts bekleidet, und schauten den Darbietungen zu. Wir trugen Leggins und Stiefel, Jacken und Hüte. Die Plathy zogen nur weitere Kleidung an, wenn sie nachts hinausgingen (was sie häufig taten; aus Gründen, die wir nicht ermitteln konnten oder wollten), und wenn die Temperatur auf vierzig oder sogar fünfzig Grad unter Null fiel.

Ich selbst bin mehrmals nachts draußen gewesen, aber ich bin nicht weit gegangen. Man konnte sich zu leicht verirren. Wenn die Nacht klar war, sah man den Ring aus Iglus gläsern im Sternenlicht schimmern, aber bei trüberem Wetter konnte man die eigene Hand nicht vor Augen sehen.

Das Innere der Iglus war überraschend warm, obwohl die einzige Wärmequelle aus einer oder zwei winzigen Öllampen bestand, und natürlich der Stoffumsatz der Körper. Dieser Stoffwechsel war es auch, der alle Dinge mit dem seltsamen Schweißgeruch der Plathy tränkte, der an faule Apfelsinen erinnerte. Unsere Kuppel war ganz hübsch vom Aroma ungewaschener Menschen erfüllt; wenn ein Plathy zu Besuch kam, blieb er selten länger als eine oder zwei Minuten.

Mir schien es unerklärlich, daß die Plathy einige ihrer Tätigkeiten – wie etwa Musizieren oder Erzählen – nicht in den langen Nächten fortsetzten. Einige widmeten sich in der Nacht den üblichen leichten Hausarbeiten wie Ausbessern oder Aufräumen, andere beschäftigten sich mit Bildhauerei. Die Bildhauer schienen in eine Art Trance zu fallen, in der sie geduldig mit Zähnen und

Klauen an Stein- oder Holzblöcken arbeiteten. Nie sah ich einen von ihnen Werkzeuge benutzen, obwohl sie bei der Fertigung täglicher Gebrauchsgegenstände schnitzten und schnitten. Einmal habe ich einem älteren Mann den ganzen Prozeß hindurch zugesehen. Er suchte einen ganz Haufen Felsblöcke und Holzbohlen durch, bis er einen Stein fand, der ihm zuzusagen schien. Dann setzte er sich zurück und betrachtete ihn aus jedem Blickwinkel; er starrte ihn länger als eine Stunde an, ehe er anfing. Dann machte er die Augen zu und nagte und kratzte. Ich glaube, er hat die Augen nicht eher wieder geöffnet, als bis er fertig war. Als ich ihn später danach fragte, erwiderte er: »Natürlich nicht.«

Er muß sich ungefähr sechzig Stunden mit dem Stein befaßt haben, über sechs Nächte verteilt. Als er seine Darstellung fertig hatte, war es eine zarte, beinahe filigrane abstrakte Skulptur. Die übrigen Plathy kamen herbei, immer einer nach dem anderen, um ihn zu der Arbeit zu beglückwünschen – die älteren unter ihnen erlaubten sich eine milde Kritik –, und nachdem alle es begutachtet hatten, warf er es hinaus, damit die Jungen damit spielen konnten.

Ich rettete es und nahm es an mich; der Künstler fand das komisch. Sein Werk hatte seinen Zweck erfüllt; ebenso, wie er seinen Zweck für das Werk erfüllt hatte: Er hatte seine Seele (sein »Gesicht im Inneren«) gefunden und freigesetzt.

Ich sollte nicht von einer Skulptur reden; das fällt in Herbs Ressort. Die Aufgabe, die mir Maria gegeben hat, war, den Aufbau der athletischen Wettkämpfe aufzuzeichnen. (Ich war in der Schule aktiver Athlet und habe zweimal den Hombre de Hierro für meinen Distrikt gewonnen.) Darüber läßt sich aber nicht allzuviel sagen. Wie hoch kannst du springen, wie schnell laufen, wie weit spucken. Das war ein interessanter Wettkampf. Die Plathy sind äußerst kraftvolle Spucker. Eine weitere spannende Disziplin war das Holzessen. Zwei Bewerber bekommen ähnliche Stücke Holz – Kienspäne, einige Zentimeter dick und einen halben Meter lang – und sie nagen drauflos, bis einer das ganze Stück verputzt hat. Da der andere danach nicht weiteressen braucht, fällt es einem schwer, zu sagen, wer der wirkliche Gewinner ist. Als ich diesen Wettkampf zum ersten Mal sah, glaubte ich, es müsse ihnen einen gewissen Genuß bereiten, Holz zu essen. Als ich aber einen Teilnehmer daraufhin ansprach, erwiderte er: »Es schmeckt furchtbar und schmerzt an beiden Körperöffnungen.« Ich kann es mir lebhaft vorstellen.

Ein anderer unangenehmer Sport ist Schlagen. Der Unterschied zum Boxen besteht darin, daß es nicht mit Aggression verbunden ist; insofern ist es kein echter Kampf. Der eine Teilnehmer schlägt den anderen mit einem Knüppel auf Kopf oder Körper. Dann gibt er (oder sie) den Knüppel dem anderen ab, der die Schläge präzise erwidert. Der Wettkampf endet, sobald einer der beiden zu Boden geht, was mehrere Stunden dauern kann.

Wenn man sie fragt, weshalb sie das tun, wird die Frage von den meisten Plathy nicht verstanden – »weshalb« ist ein wirklich problematischer Begriff in ihrer Sprache; es gibt kein Wort dafür –, aber wenn man eine Antwort erhält, lautet sie etwa: »Es ist ein Teil des Lebens.« Diese Aussage hat zwar keinen Informationswert, ist aber auch nicht besonders fremdartig. Weshalb heben Menschen schwere Gewichte oder laufen, bis sie hinfallen, oder schlagen einander im Ring bewußtlos?

O mein Gott. Eben kommt einer.

Maria

Endlich Wasser. Ich wünschte, ich könnte die Aufzeichnung dieses Zahnes zurückspulen und redaktionell bearbeiten. Ich muß eine Weile deliriert haben, bevor ich ein paar Kilometer von hier entfernt bewußtlos wurde. Ich bin davon aufgewacht, daß ein neugieriges *zamri* mein Gesicht ableckte. Ich brach ihm den Hals, riß seine Kehle auf und trank in tiefen Zügen. Das gab mir die Kraft, herzukommen. Ich trank mich satt und ging dann tausend Schritt flußabwärts durchs kalte Wasser; und jetzt sitze ich hier versteckt hinter einem Strauch und verzehre Häppchen von dem toten *zamri*. Ich glaube, wenn ich auf die Erde zurückkomme, werde ich Vegetarierin.

Dieser Platz liegt sehr nahe an dem Ort, an dem wir den ersten kooperativen Plathy begegneten. Eigentlich waren es drei; ziemlich jung; zwei liefen fort, als sie uns sahen, aber der dritte klatschte eine Begrüßung; und als wir auch klatschten, gesellte er sich zögernd zu uns. Wir haben uns ungefähr eine Stunde lang mit ihm unterhalten, während uns die beiden anderen hinter den Bäumen versteckt beobachteten.

Sie waren zum Glück aus der Tumlil-Familie; es handelte sich um die Familie, die Garcias Expedition beherbergt hatte. Das Männchen, das mit uns sprach, war zu jung, um sich persönlich an die Menschen zu erinnern, aber er hatte Geschichten über sie gehört.

Er erklärte uns die Große Nordwanderung. Im dritten oder vierten Lebensjahr macht sich jeder Plathy allein auf und wandert so weit nach Norden, daß er dorthin kommt, wo »die Dinge anders sind«. Er bringt etwas Merkwürdiges mit. Seine Eltern setzen dann fest, wie mächtig die Seltsamkeit dieses Gegenstandes ist; und entsprechend dieser Macht erhält der Jugendliche seinen vorläufigen Rang innerhalb des Stammes zugewiesen.

(Sie wissen, daß dieser Rang irgendwann den Unterschied zwischen Leben und Tod ausmachen kann. Je höher oben man anfängt, desto wahrscheinlicher ist es, daß man zum Rang eines Ältesten aufsteigt. Denjenigen, die keine Ältesten sind, gestattet man, zu sterben, wenn sie nicht länger für sich selbst sorgen können; die Ältesten werden unbegrenzt lange ernährt und beschützt.)

Die meisten der Nordwanderer gehen bis zur Kraterinsel, aber einige wandern die ganze Strecke bis zum nördlichen Kontinent. Das war auch die Absicht des jungen Plathy, mit dem wir sprachen. Ich fragte ihn nach seinen Vorbereitungen in bezug auf ein Boot, einen Nahrungs- und Wasservorrat aus, und er erwiderte, ein Boot sei gut, aber nicht erforderlich; und das Meer sei voll von Essen und Wasser. Er bedeutet uns, er könne die Strecke in drei Händen Tage schwimmen – also in zwölf Tagen. Wenn er mich nicht auf den Arm nahm, schlafen sie beim Schwimmen und trinken Salzwasser. Das wird unser Entkommen erschweren, wenn sie uns weiter verfolgen.

Ich nehme an, daß die drei ein bißchen mogelten, indem sie zusammenblieben. Derjenige, mit dem wir sprachen, betonte wiederholt, daß sie getrennte Wege gehen würden, sobald sie die Insel erreichten. Ich hoffe, sie blieben den ganzen Weg über zusammen. Ich persönlich hasse es, allein in diesem Wald zu sein. Trotzdem werde ich es vielleicht müssen.

Bevor er ging, zeigte er uns, in welcher Richtung wir seine Familie finden würden; aber wir hatten beschlossen, uns wenigstens eine andere Familie als Garcia auszusuchen; im Interesse der Objektivität und um zu sehen, wieviel an Information zwischen den einzelnen Familien ausgetauscht wurde. Wie sich herausstellte, war es wenig oder gar nichts. Unsere Camchai-Familie wußte von den Tumlils nur, weil sie sich im Spätsommer dasselbe Gebiet des Graslandes geteilt hatten; aber von den Tumlils hatte keiner erwähnt, daß zehn haarlose Zwerge den Winter bei ihnen verbracht hatten.

Nach zwei Tagen einer verhältnismäßig angenehmen Reise fanden wir die Camchai in ihrem Spätsommerdomizil, dem fast völlig baumlosen Grasland am Fuß der südlichen Berge.

Wir wiederholten die Erfahrung der Gruppe Garcias, indem uns ein unterkühltes Willkommen im Stamm zuteil wurde: Man zeigte uns, wo sich die Nahrung befand, und mehrere Plathy organisierten in gemeinsamer Anstrengung Rahmenwerk und die Häute, um für uns ein notdürftiges *maffa* zu bauen. Danach leisteten wir den Mitgliedern der Familie bei ihrer typisch sommerlichen Aktivität Gesellschaft, indem wir mit ihnen herumsaßen.

Nachdem wir ein paar Wochen lang versucht hatten, einige Informationen aus ihnen herauszulocken, wurden wir Zeugen der plötzlichen Explosion sexuellen Tatendrangs, die ich bereits beschrieben habe. Dann ruhten sie wieder ein wenig aus, fünf oder sechs Tage lang, dann fingen sie an, sich zu trollen.

Ihr Vorrat an Nahrungsmitteln begann zu schrumpfen, und die Jagd war in diesem Teil der Steppe schwierig geworden, deshalb mußten sie sich um die Berge herum ans Meeresufer bemühen und mit einer dürftigen Fischdiät vorliebnehmen.

Der Zug wurde von Kalyym organisiert und angeführt, die aufgrund der Tatsache, daß sie die jüngste Älteste war, als maßgebliche Person in solchen praktischen Dingen angesehen wurde. Sie gehörte zu den wenigen Plathy, denen wir begegnet waren, die Schmuck trugen; in ihrem Fall handelte es sich um ein Halsband aus Dinosaurierzähnen, die sie von ihrer Großen Nordwanderung zurückgebracht hatte; die Zähne eines großen Fleischfressers. Sie behauptete, ihn getötet zu haben; aber jedermann wußte, daß es eine Lüge war; und man zollte ihr Respekt, weil sie die Fähigkeit besaß, auch noch nach der Pubertät zu lügen.

Es war deutlich kühler auf der anderen Seite der Berge; an den Abenden verkündigte ein kalter Südwind den Herbstbeginn und das Bevorstehen des Frostes. Die

Plathy faulenzten den Mittag über, aber an den Morgen und Abenden fischten sie mit einer gewissen Energie und bereiteten sich auf den Zug der Beutetiere vor. Sie sammelten größere Mengen Treibholz und Salz, saßen ums Feuer und spalteten zusätzliche Feuersteine, beklagten sich über den ewigen Fisch und sahen dem Überfluß entgegen.

Wir verbrachten mehrere Monate in diesem Übergangsstadium, als endlich eines Morgens ein Späher einen freudigen Schrei ausstieß, und sich die ganze Familie mit Knüppeln bewaffnet hinab ans Ufer begab. Jeder Erwachsene übernahm drei Meter Strand, die Jungen standen mit Messern bewaffnet hinter der Linie.

Wir konnten sie hören, bevor wir sie sahen – die *tolliws*, hasengroße Säuger, die wie Vögel zwitscherten. Sie hörten sich wie einer jener Heuschreckenschwärme an – noch in weiter Ferne –, die in früheren Zeiten das Land überfielen.

Die Plathy lachten erregt.

Dann tauchten sie auf; eine einzige wirbelnde Masse, die sich von Horizont zu Horizont erstreckte, wie ein wogender Teppich aus nassem Fell von der Größe einer Insel. Säuger, die wie Fische in Schulen auftraten. Sie ergossen sich über das trockene Land und rannten blindlings in die Reihe der wartenden Plathy.

Anfangs war die Begeisterung der Leute größer als der Erfolg. Jeder einzelne mußte sein erstes *tolliw* ergreifen und ihm den Kopf abbeißen und den anderen gegenüber seinen vorzüglichen Geschmack preisen; unseren Augen bot sich das gräßliche Schauspiel der schlechtesten Tischmanieren im Bereich der Förderation.

Als die übertrieben zelebrierten ersten Tötungen vorbei waren, gingen die Plathy zur erfolgreichen Routine über: jeder Erwachsene erwählte ein großes und gesund wirkendes Tier aus der endlosen Flut, die ihre Knöchel umspülte, und versetzte ihm einen Rückhandschlag mit

dem Knüppel, der das Tier betäubte und in hohem Bogen nach hinten schleuderte, wo es von einem mit einem Messer bewaffneten Jungen erwartet wurde. Das Junge schnitt dem Tier die Kehle durch und legte es zum Ausbluten auf eine große Haut; dann wartete es voll freudiger Erregung auf das nächste Opfer. Sobald der Kadaver ausgeblutet war, preßte ihn das Junge zusammen und warf ihn auf den Haufen, der sich schon im Sand türmte und allmählich einen ansehnlichen Umfang annahm.

Die Absicht hinter dem systematischen Ausblutenlassen war, auf den ausgebreiteten Fellen einen Fladen aus geronnenem Blut zu erhalten, der, sobald er völlig erstarrt war, in Rechtecke geschnitten und als Imbiß verzehrt wurde.

Große Raubtiere vollbrachten da und dort ihre Arbeit in der wimmelnden Schar der *tolliw;* rehbraune Tiere, die an die irdischen Känguruhs erinnern, aber mit fingerlangen Fängen ausgestattet waren, die über die Unterkiefer reichten. Den meisten von ihnen gelang es, den Plathy zu entgehen, aber ab und zu umringten sie eines der Tiere und knüppelten es unter triumphierendem Kreischen und Singen zu Tode.

So ging es für schätzungsweise knapp zwei Stunden weiter, und während dieser Zeit beschäftigten sich die ältesten der Ältesten damit, einen langgestreckten Graben mit Brennholz zu füllen und nassen Seetang zu sammeln.

Zu der Zeit, als die letzten Nachzügler der Schule aus dem Wasser krochen und ihren Artgenossen auf den Strand folgten, waren die Küste entlang bereits sechzig kegelförmige Haufen toter *tolliws* aufgeschichtet, von denen jeder fast die Größe eines Plathy hatte. Wir konnten die Familie westlich von uns lachen und mit Knüppeln zuschlagen hören.

Die Statistik des Vorganges verwunderte mich. Die Plathy schienen ungefähr eines von hundert Exemplaren getötet zu haben; dann sandten sie die Überlebenden den Strand entlang der nächsten Familie in die Arme, die auf die gleiche Weise vorging; und immer so weiter. Wir wußten, daß es mehr als hundert Familien gab. Wieso gingen ihnen die *tolliws* nicht aus? Tybru hat mir diese Frage einmal offen beantwortet: Sie gehen turnusmäßig vor. Nur sechzehn Familien »sammeln« die Geschöpfe bei jeder Wanderung ein; dabei wechseln sie sich nach dem Rotationsprinzip in einer schon in grauer Vorzeit festgelegten Reihenfolge ab. Die übrigen Familien wurden bei anderen Wanderungen bedacht; Tybru wartete schon seit zwei Jahren darauf, daß ihre Familie mit dem *jukha*-Schlachtfest an der Reihe war. Diese Tiere waren die schmackhaftesten und gesündesten.

Inzwischen fing es an, dunkel zu werden. Ich hatte den Ältesten dabei geholfen, die lange Reihe der Freudenfeuer aufzuschichten; jetzt entzündeten wir sie; und als die Abendkühle vom Meer her kam, war ich für das Prasseln des Holzes und das Lodern der Flammen dankbar.

Tybru zeigte uns die Zubereitung des Fleisches, so daß wir Hand anlegen konnten. Bestimmte innere Organe wurden der Würze wegen in Häute voll Lauge gegeben, dann wurde das Fell abgezogen und die gelbe Fettschicht daran abgeschabt und zur Ölgewinnung in tönerne Gefäße gegeben. Vom Fleisch wurde das noch anhaftende Fett abgeschabt, dann wurden sie in dünne Streifen geschnitten, die über grüne Stöcke gehängt und geräuchert wurden. Sie hatten keine Möglichkeit, das Hirn der Tiere zu konservieren, daher kauten und schmatzten die meisten Plathy die ganze Nacht über bei der Arbeit.

Wir waren nicht kräftig oder auch nicht routiniert genug, um auch nur mit den Jungen Schritt halten zu können, aber wir metzgerten uns tapfer durch die Nacht; sorgfältig darauf bedacht, uns beim Schein der blakenden Fackeln nicht mit den blutverschmierten Feuersteinmessern ins eigene Fleisch zu schneiden. Der Seetang entwickelte einen beißenden, nach Chlorwasserstoff riechenden Rauch, von dem Tybru behauptete, er sei gut für die Lunge. Vielleicht war es auch so, weil er die Lungen beizte.

Die aufgehende Sonne beschien eine Szene á la Hieronymus Bosch. Wirbelnder Rauch über dem blutgetränkten Sand, der von Knochen und Eingeweiden übersät war. Plathy und Menschen blutbesudelt und von den Spuren der durchwachten Nacht gezeichnet.

Wir platschten in das eiskalte Wasser und rieben uns das angetrocknete Blut mit Händen voll Sand ab, dann standen wir im erstickenden Qualm und warteten geduldig, bis wir wieder auftauten.

Es war Zeit, zusammenzupacken und aufzubrechen. Schon war der süßliche Geruch des frischen Blutes von einer Ahnung der Verwesung durchsetzt; die Luft war von summenden Insekten erfüllt, und hartschalige krabbenartige Tiere krochen ans Ufer. Sobald die Sonne höher stünde, wäre es an diesem Ort nicht mehr auszuhalten, selbst für Plathy-Verhältnisse.

Wir banden das geräucherte Fleisch und die Tafeln aus geronnenem Blut in roh gesäuberte Häute zusammen, die später mittels Pflöcken ausgespannt und von der Sonne getrocknet würden, und folgten dem Zug in die Berge hinauf. Wir bauten unsere *maffas* auf einer etwa tausend Meter hoch gelegenen Hochebene auf und warteten geduldig auf den Schnee.

Jemand nähert sich.

Derek

Ich kann in ihnen nichts weiter mehr als gefährliche Tiere sehen. Sie täuschen Menschlichkeit vor – nein, was ich sagen wollte, ist, daß *wir* ihre Handlungen auf menschliche Weise interpretiert haben. Ihr tierisches Verhalten. Tut mir leid, Maria. Ich kann diese Vorgänge nicht länger wissenschaftlich betrachten; nicht mehr. Nicht, nach dem, das ich eben sah.

Herb und ich sollten einen Zickzack-Weg einschlagen, indem wir tausend Schritte in nordöstliche Richtung gingen, dann tausend Schritte nach Nordwesten, und so weiter. Das sollte sie verwirren.

Sie haben Herb eingefangen.

Ich hörte den Schrei. Vielleicht in einem halben Kilometer Entfernung. Ich hätte laufen sollen; obwohl ich wußte, daß ich nichts für ihn tun konnte. Aber Herb und ich waren schon seit der Schule enge Freunde gewesen. Sein Studium war noch nicht abgeschlossen. Und hier ...

Zwei der Plathy hatten ihn auf einer kleinen Lichtung überrascht; ihn getötet und ihm den Kopf abgeschnitten. Es waren ... einer von ihnen war ... Ich kann es nicht sagen.

Ich versteckte mich im Unterholz. Ich hatte nur den Speer bei mir; es gab nichts, was ich hätte tun können. Einer der Plathy war dabei, Herbs ... Geschlechtsteil zu essen. Der andere nahm ihn aus, neugierig; er zerlegte ihn.

Ich lief fort. Es ist ein wahres Wunder, daß sie mich nicht ...

Oh, Scheiße. Da kommen sie.

Gabriel

Ich glaube, mein Handgelenk ist gebrochen. Vielleicht auch nur verstaucht. Aber ich habe den Hurensohn erledigt. Er kam um eine Flußbiegung, und ich fiel mit dem Spieß über ihn her. Das Überraschungsmoment war auf meiner Seite. Ich habe ihm zwei hübsche Stiche in den Brustkorb verpaßt, bevor er mich zu packen bekam ... Wo haben sie nur ihre lebenswichtigen Organe? Jeder Mensch wäre tot umgefallen. Er ergriff mein Handgelenk und zwang mich zu Boden. Ich rollte zur Seite, packte meine Waffe fester und spießte ihn auf, als er auf mich sprang. Er gab eine Menge Geräusche von sich, brachte mir noch ein paar hübsche Kratzer am Arm bei und bequemte sich dann endlich, zu sterben. Aus unerfindlichem Grund war er nicht bewaffnet gewesen. Gott sei Dank. Es war Embrek; derjenige, der mir beigebracht hatte, nach Art der Plathy zu fischen. Wir waren so gut miteinander ausgekommen. Was, zum Teufel, ist geschehen?

Es war das erste Mal, daß es regnete, statt zu schneien. Alle Musik und auch alles übrige hörte auf. Sie hockten den ganzen Tag über trübsinnig herum und schwiegen sich an. Und wenn der Abend kam, wurden sie wild.

Sie platzten in unseren Iglu – zu viert – und fingen an, uns die Kleider vom Leib zu reißen. Nanci, Susan und Marcus leisteten Gegenwehr und wurden ohne Umschweife umgebracht. Jeder mit einem Biß. Wir übrigen wurden entkleidet und in die Kälte hinausgeführt beziehungsweise geschleppt; in den Mittelpunkt des Lagers. Das freundliche Feuer war jetzt nur noch eine schwarze Schmiere aus Asche, halb mit Eis überzogen.

Alle Angehörigen der Familie mit Ausnahme der ältesten der Ältesten waren versammelt; alle standen herum wie Zombies. Niemand sprach; niemand nahm Notiz von den anderen.

Wir standen alle nackt in der Dunkelheit. Schließlich brachte Kalyym eine einzige Öllampe heraus, damit sie uns bei deren flackerndem warmen Lichtschein besser necken konnten.

Der Verlauf des Ritus wurde erst nach mehreren Stunden offenbar. Es handelte sich um einen Ausleseprozeß. Sobald man das Bewußtsein verlor, versammelten sich die übrigen um einen und versuchten, einen wachzustoßen oder -treten. Wenn man aufstand, gingen sie wieder an ihre Plätze zurück und ignorierten einen wieder. Blieb man liegen, starb man. Nach einer bestimmten Anzahl Püffe und Tritte riß Kalyym oder ein anderer Ältester den Brustkorb des Liegenden mit einem einzigen Ruck auf.

Schlimmer noch als das Blut war der plötzliche Ausbruch der Atemluft in die kalte Luft. Die Flucht des Lebens aus dem Körper.

Die Anfälligsten für die Kälte waren die ältesten von den Nicht-Ältesten und die jüngsten Weibchen. Die drei, die als erste geschlachtet wurden, waren drei Mädchen im ersten Lebensjahr. Das also war der Grund dafür, daß die Familie so wenige Weibchen aufwies.

Wir wußten, daß wir diese Nacht nicht überstehen würden. Aber die glatten Eismauern waren unübersteigbar, und die längsten Plathy standen Wache an sämtlichen Eingängen des Ringes aus Iglus.

Nach einer geflüsterten Beratung stimmten wir überein, daß uns nichts als das Nächstliegende zu tun übrig blieb; nämlich die Wache überrennen, die vor unserem Iglu stand. Diejenigen von uns, die diesen Versuch überlebten, sollten hineinstürmen und rasch Kleider und Waffen an sich raffen und versuchen, durch den Hintereingang zu entwischen, bevor die Plathy begriffen, was los war. Dann wollten wir in Richtung der Höhlen rennen.

Wir hatten Glück. Wir stürmten aus sechs Richtungen auf den Wächter. Als er sich duckte, um Derek aufzuschlitzen, wandte er mir den Rücken zu; ich sprang und traf ihn mit beiden Füßen zwischen die Schultern. Er flog kopfüber und mit ausgebreiteten Armen und Beinen in den Schlamm und stand nicht wieder auf.

Wir quetschten uns in den Iglu, und ich postierte mich mit einem Speer am Eingang, während die übrigen das Notwendigste zusammenrafften. Mehrere Plathy steckten die Köpfe in den Eingang und behinderten sich gegenseitig; aber sie schienen genügend Respekt vor meiner Waffe zu haben, um draußen zu bleiben.

Wir wurden nicht unmittelbar verfolgt, und in der ersten Stunde oder ein wenig später gelangten wir ein gutes Stück weit fort. Dann fing es wieder an zu regnen, und wir kamen nur noch sehr langsam voran. Ohne Sterne am Himmel mußten wir uns ganz auf Marias Richtungssinn verlassen, der jedoch ziemlich zuverlässig funktioniert. Wir fanden die Höhlen bei Tagesanbruch und hatten erst ein paar Stunden geschlafen, als Mylab uns entdeckte, und wir ihn töten mußten.

Wie lange kann diese Phase anhalten? Wenn sie so lange wie die Sommer- oder Winterphase dauert, spüren sie uns bestimmt auf. Innerhalb der Kuppel wären wir vielleicht sicher; wenn wir sie erreichen ...

Ein Geräusch ... Maria!

Maria

Ich kann es ebensogut aussprechen. Vielleicht ist es von einem gewissen Interesse. Kein einziger von uns wird am Leben bleiben. Ich bin über jede Aufregung hinaus; jenseits aller Würde. Allerdings gibt es auch nichts, über das man sich aufregen müßte; nicht wirklich.

Es stellte sich heraus, daß das stromaufwärts platschende Ding Gabriel war. Ich lief aus meinem Versteck und umarmte ihn und drückte ihn an mich; und wir waren beide ein wenig hysterisch über unser Treffen. Jedenfalls bekam er eine Erektion, und wir kümmerten uns darum; und dann gingen wir zu meinem Versteck zurück und kümmerten uns erneut darum.

Es war das erste glückliche Ereignis, das ich seit langer Zeit zu vermelden habe. Jetzt sehe ich ihm beim Schlafen zu und unterdrücke den Wunsch, ein drittes Mal zu versuchen. Ein letztes Mal, bevor wir sterben.

Es ist ein seltsamer Zustand; ich fühle mich wieder als

Mädchen; innerlich ganz prickelnd und aufgeregt und zugleich verurteilt. Wie ein Patient mit einer tödlichen Krankheit; von Medikamenten und dem Wissen um den bevorstehenden Tod aufgeputscht.

Es gibt keine Möglichkeit, ihnen zu entkommen. Sie werden uns aufspüren und in Stücke reißen; vielleicht heute noch, vielleicht morgen. Sie werden uns bekommen.

O Gab, wach auf!

Man muß vernünftig sein. Diese Wildheit ist nichts als ein weiteres Stadium. Sie wissen nicht, was sie tun. Wie in den Phasen des Sex und der Geburt. Morgen schon können sie sich wieder in schafsmäßige, liebenswürdige Geschöpfe verwandeln. Oder in Künstler. Oder vielleicht entdecken sie eine Woche lang das Rad. Welch ein seltsamer, beschissener Haufen ...

Es muß ein Überlebenswert darin liegen. Bestimmt dient es dazu, die schwächsten Mitglieder der Rasse zu eliminieren. Und die Tötung der meisten Weibchen vor Beginn der Pubertät schafft einen Ausgleich zur Anzahl des Wurfs – oder könnte die Anzahl der geworfenen Jungen eine Antwort auf den Mangel an Weibchen sein? Lamarckismus ist es auf jeden Fall. Ich kann nicht folgerichtig denken.

Auf keinen Fall kann es sich um instinktives Verhalten uns gegenüber handeln, da wir nicht zu ihrer natürlichen Umwelt gehören. Vielleicht haben wir unwissentlich ein abweichendes Verhalten bei ihnen ausgelöst. Streßreaktion. Unser Geruch als Auslöser. Heftige Verdrängungsmechanismen. Wer will das wissen? Vielleicht findet es jemand heraus, der diesen Zahn abhört. Ihr werdet mich jetzt entschuldigen; aber uns bleibt nicht mehr viel Zeit. Ich werde Gab aufwecken.

Brenda

Maria und Gab erwarteten mich, als ich an der Flußmündung ankam. Gab hat ein böse verstauchtes Handgelenk; ich habe es geschient und verbunden. Sein Griff ist zufriedenstellend, und glücklicherweise ist er Linkshänder. Maria ist in guter körperlicher Verfassung, nur ein wenig erschöpft; aber ich mache mir Sorgen um ihren psychischen Zustand. Sie ist fast euphorisch, was der Situation kaum angemessen scheint.

Wir warteten einen zusätzlichen halben Tag lang, aber die anderen sind entweder tot, oder sie haben sich verirrt. Sie können immer noch bei der Kuppel zu uns stoßen. Wir besitzen eine Axt, einen Speer und zwei Messer. Gab hat ein Messer dazu gebraucht, einen Spieß für mich herzustellen. Und wir haben zwei Wasserblasen. Wir füllten sie, tranken uns satt und wateten ins Meer hinaus.

Das Wasser ist eiskalt; wahrscheinlich mehr als zehn Grad kälter als beim ersten Mal, als wir es durchwateten. Schon nach wenigen Minuten werden wir von der Hüfte abwärts taub. Wenn das Wasser seichter wird, oder wenn man auf einer Sandbank geht, kehrt die Empfindung zurück ... in Form stechender Schmerzen. Wirklich gut, daß wir die zweite wasserführende Insel gefunden haben; so müssen wir nur zehn Kilometer weiter durch nassen Sand waten und hüpfen.

Wir hatten unsere Felle aufgerollt und auf den Schultern getragen, so daß sie vorwiegend trocken blieben. Wir konnten es nicht riskieren, ein Feuer zu entfachen (außerdem hätten wir kaum genug trockenes Brennmaterial gefunden), deshalb kauerten wir uns eng zusammen, um uns gegenseitig zu wärmen. Wir diskutierten flüsternd unser weiteres, den Verhältnissen angemessenes Vorgehen, ohne den Blick vom Süden abzuwenden. Obwohl wir so gut wie hilflos sein würden, wenn uns auch nur ein einziger Plathy verfolgte.

Dreißig Kilometer bis zum nächsten Wasserloch. Wir haben beschlossen, ein paar Tage lang hier zu bleiben, die nach Schwefel schmeckenden Austern zu essen und unsere Kräfte einigermaßen wiederherzustellen. Es würde ein Gewaltmarsch werden müssen, wenn wir die ganze Strecke mit weniger als fünf Liter Wasser zurücklegen wollten.

Tatsächlich blieben wir vier Tage lang. Gab zog sich einen heftigen Durchfall zu, und wir konnten erst aufbrechen, als sein Körper wieder Flüssigkeit bei sich behielt. Uns kam das nicht ungelegen. Wir waren alle erschöpft und aufs äußerste gestreßt.

Am ersten Abend fielen wir einfach auf einen Hamsterhaufen und schliefen wie die Toten. Am nächsten Tag sammelten wir genug weiches, trockenes Gras, um eine notdürftige Matratze anzufertigen, über die wir als Decke die Felle breiteten. Wieder drängten wir uns der Wärme und des Sicherheitsgefühls wegen zusammen; und nach einer gewissen Zeit der nonverbalen Verständigung ließ Gab uns beiden sein ungewöhnliches Talent zu gleichen Teilen zugute kommen.

Es war aufschlußreich. Eine Bemerkung, die Maria machte, deutete darauf hin, daß Gab eine neue Erfahrung für sie war. Und ich hätte geschworen, daß nichts und niemand – männlich oder weiblich, Mensch oder Plathy – vor ihm sicher war. Mag sein, daß ihn bis jetzt Marias Stärke eingeschüchtert hatte, oder ihr Alter. Oder ihre Eigenschaft als Autoritätsperson. Das muß auch der Grund dafür gewesen sein, daß sie in einer so seltsamen Stimmung war, als ich die beiden traf. Aber auf jeden Fall freue ich mich jetzt für sie.

Gab unterhielt uns mit Gedichten und Liedern in drei Sprachen.

Es ist ein merkwürdiger Zufall, daß wir alle drei Englisch sprachen. Maria hatte es für ihr Studium der Eskimos lernen müssen; ich selbst hatte in Massachusetts gelebt. Gab hatte sich das Englisch nur wegen seiner

Schrecken angeeignet; aus demselben Grund hat er weitere irdische Sprachen erlernt wie Spanisch, Pan-Suaheli und alle drei selvanischen Dialekte. Er ist ein Junge geblieben. Maria war die einzige, die noch besser Plathy sprach als er. Die beiden versuchten sich im Duett in den von Blut und Kot handelnden Liedern der Plathy, aber es hörte sich nicht sehr echt an. Man schafft es nicht, die Konsonanten *!ka* und *!ko* richtig auszusprechen, wenn man nicht Zähne wie Bärenfangeisen besitzt.

Der Streß führte dazu, daß ich meine Periode eine Woche zu früh bekam. Als wir unser Iglu fluchtartig verließen, hatte ich nicht genug Zeit gehabt, meine Behelfskonstruktion aus Moospolstern und Lederriemen mitzunehmen, deshalb hatte ich sozusagen die ganze Insel beträufelt. Gab schien sich daran zu stoßen, aber ich hatte nicht die geringste Lust, ständig mit einer Handvoll Gras herumzulaufen, um nur ja nicht seine kostbare männliche Empfindlichkeit zu verletzen. (Außerdem hat sich seine ziemlich widerwärtige Erkrankung auch nicht viel um *meine* Empfindsamkeit geschert; Ärztin oder nicht.)

Wir verbrachten den letzten Tag in dem vergeblichen Bemühen, einen Eimer zu flechten; einen Behälter, der Wasser länger als einige Minuten halten konnte. Wir wußten alle, daß so etwas möglich war; aber wir kriegten es nicht hin; nicht mit dem Gras, das auf der Insel wuchs. Maria gelang es, eine Art Eimer aus ihrem Kilt herzustellen, indem sie ein Rahmenwerk aus Stöcken darum flocht. Das verdoppelt unseren Wasservorrat; aber sie wird das Gebilde mit beiden Armen tragen müssen. Natürlich trinken wir zuerst davon.

Dreißig Kilometer. Ich hoffe, wir schaffen es.

Maria

Der Durst und die Kälte hatten uns fast umgebracht, als wir bei dem Wasserloch auf der Insel ankamen. Zu diesem Zeitpunkt hatten wir längst die Orientierung verloren, weil der Pflanzenbewuchs der Inseln völlig von dem des Sommers verschieden war, zudem hatten sich einige der Küstenlinien verändert. Wir hofften bei jeder größeren Insel, es möge die richtige sein; und schließlich war es eine von ihnen.

Neben dem Wasserloch fanden wir die frischen Überreste eines Feuers. Im ersten Augenblick gab uns das ein wenig Hoffnung, weil wir annahmen, die übrigen Mitglieder unseres Teams hätten uns vielleicht überholt, während sich Gab von seiner Infektion erholte. Aber dann entdeckten wir den Abfallplatz; und die Exkremente stammten von Plathy. Wie es aussah, waren sie zu dritt oder viert gewesen. Sie mußten ungefähr einen Tag vor uns sein.

Wir wußten nicht, was wir tun sollten. Handelte es sich um Jäger, die nach uns suchten, oder eine Gruppe auf der Großen Nordwanderung? Im letzteren Fall war es wohl das beste, wenn wir uns mehrere Tage lang hier aufhielten, damit der Abstand zu ihnen größer wurde. Falls es jedoch Jäger waren, mochten sie sich noch immer auf der Insel aufhalten, und dann wäre es besser für uns, zu verschwinden.

Gab glaubte nicht, daß es Jäger waren, weil sie uns in diesem Fall längst aufgespürt und zu Frühstücksfleisch verarbeitet hätten.

Ich war mir nicht sicher. Es gab zumindest drei natürliche Routen durch das Archipel; sie hätten also eine der beiden anderen einschlagen können. Und weil sie Salzwasser trinken konnten, brauchten sie nicht von ihrem Weg abzuweichen, um zu der Insel zu gelangen, auf der wir uns zuerst aufgehalten hatten.

Keiner von uns fühlte sich imstande, einen Gewaltmarsch durchzuhalten. Eine normale Marschgeschwindigkeit wäre weniger problematisch; aber dann würden wir mindestens zehn Stunden lang bei kleinen Rationen durch eiskaltes Wasser marschieren müssen. Also einigten wir uns auf einen Kompromiß.

Für den Fall, daß sich Jäger auf der Insel aufhielten, schlugen wir ein Lager auf dem Südzipfel der Insel auf (der Wind kam von Norden); auf einer kleinen Lichtung, die fast völlig hinter undurchdringlichem Dornendickicht verborgen war. Wenn wir schon gestellt wurden und kämpfen mußten, gab es wenigstens nur eine Richtung, aus der sie sich nähern konnten.

Wir entzündeten vorsichtshalber kein Feuer und schickten immer nur eine einzelne Person, um Wasser oder Schellfische zu holen. Und einer hielt Wache, während die beiden anderen schliefen.

Unsere Vorsichtsmaßnahmen hätten nicht viel genutzt, wenn wirklich drei oder vier Plathy auf der Insel gewesen und sie alle zugleich über uns gekommen wären. Aber es war möglich, daß sie getrennte Wege gingen; und sowohl Gab als auch ich hatten bewiesen, daß sie nicht unverwundbar waren; zumindest dann nicht, wenn sie einzeln aufkreuzten.

Wir verbrachten zwei ereignislose Tage, während derer wir uns erholten. Gegen Mittag des dritten Tages ging Gab fort, um Wasser zu holen, und kam mit Derek zurück.

Er war vor Durst und Kälte halbtot. Wir flößten ihm kleine Stückchen Schellfisch in Wasser ein, und nach einem Tag, an dem er abwechselnd schlief und im Delirium lag, hatte er sich soweit erholt, daß er berichten konnte.

Er hatte zwei Plathy beobachtet, die dabei gewesen waren, Herb zu verzehren. Sie waren ihm gefolgt, aber er hatte sich mit Todesverachtung ins Dornengestrüpp gezwängt (seine Arme und Unterschenkel waren mit entzündeten Schrammen übersät), und sie schienen ihm nicht länger nachgekommen zu sein. Er hatte den Fluß gefunden und war in blinder Panik ins Meer hinausgelaufen. Er war auf der ersten Wasserinsel angekommen und hatte drei Tage lang flachgelegen. Ob er etwas gegessen hatte, konnte er sich nicht erinnern.

Dann hatte er Plathy gehört – oder geglaubt, sie zu hören – und war in Richtung Norden gelaufen, so weit er konnte. Wie er hier angekommen war, wußte er nicht mehr.

Gab hatte ihn bewußtlos am Meeresstrand gefunden.

Somit haben wir jetzt einen neuen Plan; wir warten hier weitere zwei oder drei Tage, bis Derek glaubt, kräftig genug für den Weitermarsch zu sein.

Die schwierigste Wegstrecke liegt noch vor uns. Selbst, wenn wir keinen Plathy in die Arme laufen ... was ist, wenn die Boote nicht mehr dort sind?

Gabriel

Wir fanden keine weiteren Spuren von den Plathy. Vier Tage später war Derek wieder einigermaßen gut zu Fuß. Einen ganzen Tag lang tranken wir soviel Wasser, wie wir bei uns behalten konnten, und bei Sonnenuntergang brachen wir auf.

Nur an einer einzigen Stelle war das Wasser so tief, daß wir schwimmen mußten. Ich versuchte, Marias Wasserbehälter zu tragen und seitlich zu schwimmen, aber es klappte nicht. So wurden die letzten zwanzig oder fünfundzwanzig Kilometer zu einem Wettrennen gegen den schwindenden Wasservorrat in den beiden Blasen.

Im ersten Morgenlicht war immer noch kein Land in Sicht, und wir mußten nach Gefühl weitermarschieren. (Die Plathy haben dieses Problem offenbar nicht; sie besitzen einen noch nicht erforschten Sinn für das Magnetfeld ihres Planeten, wie einige Arten selvanischer

Zugvögel.) Wir hoben uns ein paar Schluck Wasser auf, das wir erst trinken wollten, wenn endlich Land in Sicht käme.

Etwa eine Stunde lang marschierten wir in Stillschweigen weiter; da hatte Derek einen glänzenden Einfall. Wir suchten den Horizont nur von durchschnittlich einem Meter Höhe über dem Meeresspiegel aus ab; wenn sich aber jemand auf meine Schultern stellte, könnte er doppelt so weit sehen.

Derek war der Größte von uns. Ich duckte mich und hievte ihn auf meine Schultern. Er konnte sich nur einen Atemzug lang oben halten; aber das reichte völlig aus ... er sah einen grünen Farbstreifen in einiger Entfernung linker Hand.

Wir berichtigten unseren Kurs und stapften mit frischer Energie voran. Und sobald alle den grünen Streifen sehen konnten, feierten wir es mit dem letzten Schluck Wasser.

Natürlich war der Fluß, der uns bergauf führen sollte, nirgends zu sehen. Wir taumelten an Land, und es gelang uns, unseren allerschrecklichsten Durst zu löschen, indem wir den Tau vom Laub der Büsche leckten; allerdings verursachte mir der bittere Geschmack leichte Übelkeit.

Wir markierten die Stelle mit einem großen, in den Sand geritzten X und teilten unsere Gruppe in Paare auf. Brenda und ich nahmen eine Richtung, Maria und Derek schlugen eine andere ein; beide Paare trugen eine Wasserblase bei sich, die sie auffüllen sollten, wenn sie auf den Fluß stießen. Wir vereinbarten außerdem, daß die Parteien nach höchstens zehntausend Schritten umkehren sollten. Falls keines der Paare den Fluß innerhalb eines Radius' von zehn Kilometern fände, würden wir uns den Weg bergauf zum Kratersee ohne ihn suchen. Es würde langsamer gehen, als wenn wir dem Flußlauf folgen könnten, aber wir würden es wahrscheinlich schaffen, indem wir Laub ableckten und die wasserspeichernden Stengel einer bestimmten Pflanzenart brachen. Außerdem wäre so die Wahrscheinlichkeit geringer, in einen Hinterhalt der Plathy-Jäger zu laufen.

Wir hatten Glück. Die eine Art. Brenda und ich stießen in weniger als zwei Kilometern Entfernung vom Startpunkt auf den Fluß. Ich trank ausgiebig und trabte dann zurück, um Maria und Derek zu informieren.

Wir schlugen ein Lager für die Nacht in nicht allzugroßer Entfernung vom Fluß auf und gingen dann los, um Nahrung zu beschaffen. Es gab keine Fische an den seichten Stellen des Flusses und auch keine dieser schwefelhaltigen Austern. Wir fanden eine kleine Krabbenart, aber die Tiere waren nur schwer zu fangen und lieferten nur winzige Fleischmengen. Es endete damit, daß wir Knollen ausgruben, die im rohen Zustand nicht besonders gut schmeckten, uns aber ernähren würden, bis wir den See erreichen und Fische im Überfluß fangen würden.

Möglicherweise wäre es ein wenig sicherer gewesen, wenn wir nachts gewandert wären, aber wir dachten daran, wie wir uns an den Dornenranken zerschunden hatten, und beschlossen, die Chance zu ergreifen. Es war ein Fehlbeschluß.

Wie erwartet kamen wir bergauf wesentlich schneller und bequemer als beim Abstieg voran. Die Rutschgefahr war nicht so groß. Allerdings konnten wir nicht übersehen, daß vor uns Plathy diesen Weg genommen hatten, denn wir fanden Fußspuren und frisch abgebrochene Zweige; deshalb kletterten wir so lautlos wie nur möglich.

Vielleicht waren wir trotzdem nicht leise genug gewesen; oder das Glück hatte uns verlassen. Verdammt, jetzt haben wir auch Derek verloren. Er hatte darauf bestanden, der Vorderste des Zuges zu sein.

Maria

Wir konnten die Sonne durch den dichten Baldachin des Waldes nicht sehen, aber anhand der rötlichen Färbung des Lichtes erkannten wir, daß wir uns bald würden entscheiden müssen, ob wir das Lager aufschlagen oder bei Dunkelheit weiterklettern wollten. Gab und ich unterhielten uns eben flüsternd über diese Frage, als die Plathy angriff.

Derek war der Anführer. Der Speer traf ihn mitten in der Brust und trat aus seinem Rücken ein ganzes Stück weit heraus. Ich glaube, er war sofort tot. Die Plathy – ein einzelnes junges Weibchen – stürmte schreiend das Flußtal hinab auf uns zu. Sie stolperte und fiel fast direkt vor unsere Füße. Gab und ich töteten sie mit Speer und Axt. Als sie tot war, hieb ihr Gab den Kopf ab und schleuderte ihn ins Gebüsch.

Wir warteten auf ihre Begleiter, aber anscheinend war sie allein gewesen. Gab tat sich lange Zeit schwer, mit seinem Kummer fertig zu werden.

Als es dunkel wurde, kletterten wir eilig weiter. Der Fluß phosphoreszierte leicht, aber wir mußten unseren Weg trotzdem hauptsächlich ertasten. Eine Pilzart, die auf dem Waldboden immer paarweise vorkam, schimmerte dunkelrot, und wir hatten ständig die Assoziation an trübe Augenpaare, die uns beobachteten.

Wir veranstalteten mehr Lärm, als wir tagsüber gemacht hatten, aber wir schätzten die Gefahr geringer ein. Plathy schlafen wie Tote, und in einem Gelände wie diesem stellen sie nachts keine Wächter auf, weil es hier keine Raubtiere gibt, die groß genug wären, ihnen gefährlich zu werden. Aber das heißt nicht, daß sie nicht groß genug gewesen wären, um eine Bedrohung für *uns* darzustellen. Dreimal gingen wir in der Flußmitte, weil wir zu hören glaubten, daß uns etwas verfolgte.

Die Steigung wurde geringer, bevor die Dunkelheit wich, und bei Tagesanbruch befanden wir uns auf dem

moorigen Grasland, das die Umgebung des Kratersees darstellt.

Wir hatten unglaubliches Glück mit den Fischen des Sees. Hunderte großer Weibchen lagen fast unbewegt an den seichten Stellen. Sie waren voller delikaten Rogen. Wir stopften uns damit voll und schnitten dann das Fischfleisch in Streifen, die wir an der Sonne trockneten. Es ging zwar nicht so rasch wie räuchern, aber wir konnten es nicht wagen, ein Feuer zu entzünden.

Wir kamen überein, daß es am sichersten sein würde, wenn wir getrennt schliefen, falls jemand unsere Spur aufgenommen hätte. Wie Gab suchte ich mir einen Baum, in dessen Geäst ich mich bettete. Brenda fand eben noch rechtzeitig ein Fleckchen Sonnenlicht, breitete ihre Felle auf dem feuchten Boden aus und fiel wie tot darauf. Ich hatte geglaubt, ich sei durch den Tod Dereks zu aufgewühlt, um schlafen zu können – aber in Wirklichkeit blieb mir kaum noch ausreichend Zeit, eine einigermaßen sicher wirkende Astgabel zu finden, bevor sich mein Körper abmeldete.

Unsere aufs Überleben ausgerichteten Reflexe hatten sich verbessert. Wenige Stunden später – es war noch nicht ganz Nachmittag – wachte ich plötzlich durch ein geringfügiges Erzittern der Äste auf. Eines jener katzenartigen Geschöpfe war im Begriff, mich auf einem anderen Ast anzuschleichen.

Natürlich wollte ich den Speer nicht werfen. Also ging ich meinerseits zum Angriff über und näherte mich dem Raubtier kriechend. Es knurrte ärgerlich und wich vorsichtshalber zurück. Als ich noch mehrere Speerlängen von ihm entfernt war, fing ich an, in Richtung seines Gesichts zu stechen. Endlich hatte ich es derart auf einen Zweig getrieben, der zu schwach war, um es zu tragen, und es stürzte zu Boden. Es blieb dort kurz liegen, dann rappelte es sich auf, bedachte niemanden insbesondere mit einem Knurren und hinkte davon.

Ich kehrte zu meiner Astgabel zurück und schlief

noch ein paar Stunden, ohne nochmals gestört zu werden.

Gab weckte mich mit der schlimmen Nachricht, daß Brenda verschwunden war. An ihrem Schlafplatz waren jedoch keine Anzeichen eines Kampfes zu sehen; und schließlich fanden wir sie in einem Baum versteckt, wie wir es gemacht hatten. Sie hatte ein Geräusch gehört.

Wir sammelten unseren getrockneten Fisch auf – daß er nicht geraubt worden war, machte uns Mut – und töteten ein paar frische Fische, um sie für das Mittagessen mitzunehmen. Dann folgten wir in schnellem Marsch dem Fluß, dem wir vor so langer Zeit schon einmal gefolgt waren. Wenn alles gut geht, werden wir es schaffen, unser damaliges Vorgehen in umgekehrter Reihenfolge zu wiederholen: Wir lagern heute nacht auf dieser Seite des Banyan-Waldes, dann überqueren wir in höchster Eile die Lichtung, verbringen die Nacht dort, und beim ersten Frühlicht eilen wir weiter ans Meer.

Gabriel

Das Meer. Noch nie bin ich so froh gewesen, Wasser zu sehen.

Das erste Boot, das wir fanden, war unbrauchbar, in zwei Hälften gebrannt; aber die Wasserkrüge ganz in der Nähe waren merkwürdigerweise unversehrt. Es ist möglich, daß unreife Plathy des Wegs gekommen sind und das Boot nicht als solches erkannt haben; daß sie es für einen hohlen Baumstamm hielten, der teilweise durchgebrannt war. Sie werden es wohl in ihrer Unwissenheit als Brennholz benutzt haben.

Das andere Boot, das wir in größerer Entfernung vom Fluß versteckt hatten, war unberührt. Es mochte sogar in einer noch besseren Verfassung als zuvor sein, denn wir hatten es mit der Aushöhlung nach unten auf zwei

Bohlen aufgebockt. Es war jetzt trockener und gehärteter, und es wies keinen erkennbaren Schaden durch Insekten auf.

Unglücklicherweise war es zu schwer, als daß drei Personen es hätten tragen können; sogar damals, als wir noch zu zwölft gewesen waren, hatten wir Mühe damit gehabt.

Wir wanderten ein paar Kilometer flußaufwärts, denn Maria konnte sich entsinnen, dort eine Ansammlung von Schößlingen gesehen zu haben. Wenn wir sie von ihren Zweigen befreiten, würden sie brauchbare Rollen abgeben. Wir nahmen jeder einen Armvoll mit. Als wir zum Boot zurückkamen, war es dunkel geworden.

Vielleicht wäre es klug gewesen, wenn wir das Boot noch im Schutz der Dunkelheit zu Wasser gelassen hätten und gleich fortgepaddelt wären. Aber wir hatten auf dieser Seite der Insel keine Spuren der Anwesenheit von Plathy bemerkt, und wir waren erschöpft.

Ich übernahm die erste Wache; ich mußte ständig im Kreis ums Lager gehen, um wach zu bleiben. Mehrmals hörte ich Geräusche, als bewege sich etwas im Gras; aber es kam nicht näher. Auch Maria und Brenda hörten es während ihrer Wachen, und vor der Morgendämmerung hörte es auf.

Im ersten Frühlicht machten wir uns daran, das Boot ins Wasser zu rollen. Es waren gut drei Stunden harter Arbeit, denn der Sand behinderte die Funktion der Schößlingsstämme als Rollen stark. Die letzten hundert Meter haben wir das Boot geschleift; einen knochenbrecherischen Fingerbreit nach dem anderen. Als das Boot endlich frei schwamm, warfen wir den Anker aus und blieben lange völlig erschöpft sitzen. Es freute uns, zu bemerken, um wieviel wärmer das Wasser hier war, nur etwa hundert Kilometer nördlich der Plathy-Insel. Die Ursache war Vulkantätigkeit verbunden mit dem größeren Abstand zum Kontinentalsockel.

Wir schleppten uns an unseren Schlafplatz zurück

und mußten feststellen, daß unsere gesamten Nahrungsvorräte verschwunden waren. Es kamen nur Tiere in Frage, denn die Waffen waren nicht angerührt worden. Da wir nur ungern ohne einen gewissen Vorrat an Verpflegung aufgebrochen wären, verbrachten wir den restlichen Vormittag mit der Jagd. Wir erlegten ein Dutzend große Schlangen und sieben Exemplare einer kleinen Gattung, die den *zamri* ähnlich waren, aber sechs Beine besaßen. Wir wagten es, ein Feuer zu entzünden, um sie zu räuchern, was möglicherweise unvorsichtig war. Einer von uns bewachte das Feuer, während die beiden übrigen sämtliche Wasserkrüge füllten und danach eine behelfsmäßige Tragkonstruktion für sie herstellten, indem sie das größte unserer Felle schalenförmig am Heck festzurrten.

Endlich verstauten wir die Verpflegung und Waffen an Bord und stiegen seitlich ins Boot (die Ausleger verhinderten, daß am Heck zuviel Wasser überschwappte). Wir ruderten etwa eine Stunde lang wie die Verrückten; dann – als die Insel nur noch ein kaum wahrnehmbarer dunkler Streifen am Horizont war – warfen wir Anker, um zu schlafen, bis die Leitsterne am Himmel sichtbar sein würden.

Brenda

Es war nett von Maria, einen knackigen jungen Athleten als einen ihrer promovierten Assistenten anzuheuern. Ich glaube kaum, daß sie und ich allein es geschafft hätten, diesen schweren alten Holzklotz zweihundertfünfzig Kilometer weit zu rudern. Wir sind zwar in all den Monaten, in denen wir die Höhlenmenschen gespielt haben, ganz schön zäh und sehnig geworden; aber der Gewaltmarsch hat uns arg mitgenommen. Letzte Nacht habe ich immer wilder gepaddelt, bis ich kurz vor der Morgendämmerung einfach umfiel. Gut, daß Gab hinter mir saß. Er hörte mich vom Sitz fallen und fischte das Ruder aus dem Wasser, als es an ihm vorbeischwamm. Als die Sonne so hoch stand, daß wir aufhören mußten zu rudern, massierte er mir die verspannten Arme und Schultern, und nachdem ich eingeschlafen war, tat er dasselbe bei Maria.

Vielleicht hätten wir uns besser noch soviel Zeit nehmen sollen, bevor wir in See stachen, um einen Sonnenschutz zu weben. Es ist zwar nicht allzu heiß, aber die Sonne scheint dem Gewebe Wasser zu entziehen. Außerdem könnte man unter einer Schutzplane besser schlafen. Aber Martin war der einzige, der gut weben konnte; und er ...

Oh, mein Gott. Mein Gott, wir haben ihn als tot zurückgelassen, und ich habe kein einziges Mal mehr an ihn gedacht, seit wir die Flußmündung verließen. Jetzt haben wir ihn ohne Boot zurückgelassen. Vielleicht war er nur einen Tag oder nur eine Stunde später als wir am Treffpunkt; und wenn es so war, haben wir ihn ermordet.

Maria

Brenda brach plötzlich in Tränen aus und fing wieder mit Martin an. Ich hatte ihn schon abgeschrieben, bevor wir die Plathy-Insel verließen. Seine Route verlief spiegelbildlich zu der meinen, und er war ein wesentlich schnellerer Läufer als ich. Sie müssen ihn erwischt haben.

Ich bemerkte Brenda gegenüber, daß Martin – falls er es bis ans Ufer des Kratersees geschafft hätte – dank seiner atavistischen Fähigkeiten wahrscheinlich unbegrenzt lange überleben könne; zumal es für einen Einzelgänger auch nicht besonders schwierig war, sich vor den Plathy zu verbergen, die gelegentlich dort vorbeikamen. Bestimmt würde er auch klug genug sein, eine regelmäßige Markierung in den Sand zu zeichnen, die vom Satelliten aus sichtbar wäre. Dann könnte ihn die nächste Expedition erlösen.

Diese Darstellung hat sie ein wenig beruhigt. Im Augenblick schläft sie.

Ich beginne zu glauben, daß wir es schaffen können. Wir haben genug Wasser für zwanzig Tage und Essen für die Hälfte dieser Zeit; sogar, wenn wir keine Fische fangen sollten. Zugegeben, es ist schwieriger, einen geradlinigen Kurs zu halten, wenn die Leitsterne hinter einem sind, aber das dürfte die Fahrt nicht doppelt so lang werden lassen wie unsere Reise in den Süden; besonders wenn sich keine Wolken zeigen.

Wenn wir erst einmal das Festland erreichen und wieder in den Besitz moderner Waffen gelangen, wird der Marsch zurück zur Basis ein Kinderspiel. Und das Jahr des Wartens in der Kuppel wird uns geradezu wie sybaritischer Luxus vorkommen. Richtiges Essen. Sessel. Keine Käfer. Bücher. Ich frage mich nur, ob ich überhaupt noch lesen kann.

Gabriel

Sieben Tage ermüdende Routine. Am achten Tag wurde ich am Nachmittag wach, nahm einen Speer und ging an den Bug, um ins Wasser zu schauen. Ich pißte gerade über die Reeling – das lockte manchmal die Fische an –, da sah ich einen Plathy, der geradewegs auf uns zuschwamm. Er hielt ungefähr acht Meter entfernt inne, trat auf der Stelle und starrte mich und den Speer an. Ich rief ihm etwas zu, aber er antwortete nicht. Er starrte nur mehrere Minuten lang, und ich glaubte, sehen zu können, daß er seine Chancen abwog. Dann drehte er sich um und schwamm weiter; in kraftvollen Zügen, die ihm mehr Geschwindigkeit verliehen, als wir je erreichen könnten.

Konnte er unser Boot zum Kentern bringen? Wahrscheinlich nicht, weil er keinen festen Stand finden konnte. Wenn wir aber erst einmal im Wasser wären, würden wir selbst einem einzigen Plathy nichts entgegensetzen können.

Nach einer Woche des ungewohnten Luxus, frei von Angst zu sein, stieg jetzt wieder die Furcht in mir empor. Der Plathy konnte sich uns unter Wasser nähern und uns einen nach dem anderen über Bord zerren. Er konnte, während wir schliefen, einen Ausleger packen und das Boot so lange schaukeln, bis wir ins Wasser fielen. Er konnte sogar – ich schwöre es bei Gott – ein *Loch* in die Bootswand beißen!

Als die Frauen aufgewacht waren, berichtete ich ihnen von der Sache, und wir faßten den naheliegenden Beschluß, Wache zu halten. Insgeheim fragte ich mich jedoch, ob uns das nützen würde. Ich hatte den dringenden Verdacht, daß ein Plathy lange Zeit die Luft anhalten konnte; wenn er unter Wasser angeschwommen kam, war es möglich, daß wir ihn nicht sehen konnten, bis er unmittelbar beim Boot war. Oder er konnte uns in der Dunkelheit überraschen. Ich sprach aber keine dieser speziellen Befürchtungen aus. Sie leiden beide nicht unter einem Mangel an Phantasie, und es würde sie kaum glücklicher machen, wenn ich ihre Schreckensvisionen durch Szenarien aus meiner eigenen Vorstellungskraft vermehrte.

Wie lange noch? Ich habe den Verdacht, daß wir von jetzt an schneller werden.

Maria

Ich habe wiederholt einen Traum gehabt, in dem wir auf eine unklare Art umgedreht wurden und wie die Irrsinnigen zu den wartenen Plathy zurück ruderten. Dieser Alptraum suchte mich sogar in den Wachstunden heim;

besonders gegen Abend, wenn ich in der empfindlichen und schreckhaften geistigen Verfassung war, in die einen große Erschöpfung und unbestimmte Furcht versetzen können.

So kam es, daß ich namenloses Grauen fühlte, als ich beim ersten Frühlicht Land erblickte.

Wir waren nur elf Tage lang gerudert. Wir *mußten* umgedreht haben; es war unmöglich, daß wir die Entfernung in dieser Zeit geschafft haben sollten. Ich starrte den Landstrich lange an, bis Brenda schließlich etwas von der Art murmelte, es sei noch zu früh, das Land anzusteuern.

Dann sah auch Gab die dünne grüne Linie am Horizont, und wir diskutierten eine ganze Weile darüber, während das Boot dahintrieb. Als es heller wurde, konnten wir die purpurnen Kegel weit entfernter Vulkane ausmachen; das brachte meinen Argwohn zum Schweigen.

Die Vulkane vereinfachten die Navigation; ich konnte mich an ihre Konstellation bei unserer Abfahrt erinnern. Es sah so aus, als würden wir zehn oder fünfzehn Kilometer westlich der Mündung des Flusses landen, der zu der Basis führte. Die Frage war, sollten wir unseren Kurs in westlicher Richtung korrigieren, um näher bei der Flußmündung zu landen, oder sollten wir geradeaus weiterrudern und den Strand entlang wandern. Auf dem Wasser waren wir sicherer; aber wir waren das Rudern so leid, daß wir uns für die direkte Annäherung entschieden.

Es dauerte wenig länger als eine Stunde, da setzte unser Kanu mit einem befriedigenden Knirschen auf dem Sandstrand auf. Wir sprangen hinaus und fielen sofort zu Boden. Keine Landbeine mehr. Es gelang mir aufzustehen; aber der Grund schien zu schwanken. Aus einem unerfindlichen Grund war es viel schlimmer, als es bei der vorherigen Fahrt gewesen war. Es hatte diesmal mehr Wellengang gegeben, was als Erklärung gelten mag. Das hätte dann auch die gute Zeit erklärt, die wir gemacht hatten; ein jahreszeitlich bedingtes Phänomen.

Wir übten eine ganze Weile gehen, indem wir die Speere als Stütze benutzten. Sobald wir auch ohne sie einigermaßen gut gehen konnten, rafften wir die Ausrüstung zusammen und marschierten so rasch wie möglich den Strand entlang. Es schien uns wünschenswert, die Waffen zu finden und auszubuddeln, bevor es dunkel wurde.

Endlich kamen wir gut voran, obwohl der Boden noch immer schwankte, sobald wir stehenblieben. Der feuchte Wald roch wahrhaftig anheimelnd und gut.

Wir aßen den Rest der geräucherten Schlange, wobei wir sehnsüchtig über die kulinarischen Genüsse sprachen, die in der Basis unserer harrten. Dort waren genug Nahrungsmittel vorhanden, um mindestens zwölf Personen länger als ein Jahr zu verpflegen; eine Vorsichtsmaßnahme für den Fall einer Katastrophe.

Wir kamen vor Mittag bei der Flußmündung an. Aber als wir den Felspfad verließen und uns der Stelle näherten, an der wir die Waffen unserer Erinnerung nach vergraben hatten, erlebten wir eine häßliche Überraschung: jemand war uns zuvorgekommen. Das Loch war zwar mit Humus ausgefüllt, aber die Grube war noch erkennbar, und die Erde war locker.

Niedergeschlagen und ängstlich gingen wir zur nächsten Stelle, aber auch sie war aufgegraben worden ... wir fanden drei der zutage geförderten Energiezellen im Gebüsch.

Die Plathy hätten selbstverständlich nicht gewußt, wie sie verwendet werden. Selbst wenn sie uns beobachtet hatten, als wir sie vergruben, was vermutlich der Fall gewesen war, hätten sie unmöglich die verborgenen Knöpfe finden können, die gleichzeitig eingedrückt werden müssen, um die getarnten Waffen zu öffnen. Und selbst wenn sie es durch einen Zufall doch geschafft hätten, eine von ihnen zu enttarnen, hätten sie nicht gewußt, wie man die Energiezelle einschraubt und die Waffe entsichert.

Wir gingen zum ersten Versteck zurück, von der schwachen Hoffnung beflügelt, daß sie auch die Waffen fortgeworfen hätten; denn sie waren äußerlich nicht denjenigen überlegen, die sie üblicherweise bei sich trugen, und besaßen durchaus konventionelle Eigenschaften. Unsere Hoffnung erwies sich als begründet: Wir fanden eine Keule und einen Spieß in den Boden gerammt; beide Geräte warteten auf ihre Energiezellen. (Die Waffen waren aus bruuchianischem Eisenholz gefertigt, deshalb konnten ihnen Feuchtigkeit oder Fäulnisbakterien nichts anhaben.)

Wir luden die beiden Instrumente und überzeugten uns von ihrem Funktionieren. Wahrscheinlich lagen noch mehr Waffen tiefer im Gebüsch verborgen, aber wir waren zu erschöpft, um die Suche fortzusetzen. Wir waren den größten Teil des Tages marschiert und hatten viel Adrenalin verbrennen müssen. Die beiden Waffen würden reichen, um uns im Schlaf zu schützen.

Gabriel

Brenda hat mich auf eine entzückende Art geweckt. Ich hatte eben einen interessanten Traum gehabt ... und dann war es gar kein Traum.

Ich hatte die letzte Wachschicht vor Morgengrauen gehabt. Während ich den Umkreis unseres Lagerplatzes nach Feuerholz absuchte, wäre ich fast über eine etwa meterlange, fette und langsame Echse gestolpert. Ich zog ihr die Haut ab, säuberte sie und war eben dabei, sie am Spieß zu rösten, als die Frauen aufwachten.

Nach dem Frühstück verbrachten wir gut zwei Stunden damit, die Umgebung des Loches abzusuchen, in dem sich die Waffen befunden hatten. Wir gingen systematisch in Spiralform vor, aber wir fanden nichts weiter.

Nun, wir konnten von Glück sagen, daß wir überhaupt zwei Waffen hatten. Wir waren in der Handhabung von Speer, Messer und Knüppel um einiges besser, als wir es bei der Landung gewesen waren, aber wahrscheinlich nicht gut genug, um einen ausgedehnten Ausflug ins Landesinnere zu unternehmen. Rudel hungriger Fleischfresser und vielleicht auch Plathy warteten im Unterholz.

Als wir die andere Stelle durchkämmten, fanden wir noch zwei Energiezellen, die zusammen mit den vorher gefundenen völlig ausreichten. Jede Zelle reicht, wenn sie neu ist, für eine Stunde Dauerfeuer, und von denen, die wir fanden, war keine auch nur halb leer. Wir konnten es uns sogar leisten, die Waffen zum Feueranzünden zu benutzen.

So brachen wir ziemlich froh gestimmt auf.

Gegen Mittag waren wir nicht mehr ganz so frisch. Eine einzige ausgiebige Schlafperiode reicht nicht aus, um Nacht-Kreaturen in Tag-Geschöpfe zu verwandeln; und obwohl Gehen leichter als Rudern ist, merkten wir, daß unsere Beinmuskeln vom Nichtgebrauch geschwächt waren.

Inmitten des breiten Flusses ragte eine nackte Felsinsel auf; wir wateten zu ihr und schlugen unser Lager auf ihr auf. Das bedeutete, daß wir unsere Felle ausbreiteten und auf ihnen zusammenbrachen.

Brenda übernimmt gewöhnlich die erste Wache, aber sie konnte ihre Augen nicht offenhalten, also spielte ich »paar oder unpaar« mit Maria und verlor. Und so kam es, daß ich derjenige war, der den ersten Plathy erblickte.

Ich war dabei, Treibholz für das Nachtfeuer zu sammeln. Ich hatte meine Wachsamkeit auf das nähere Flußufer konzentriert, von dem wir gekommen waren. Ich habe keine Ahnung, wie lange der Plathy mich schon beobachtet hatte, der still auf der anderen Seite des Flusses stand.

Unser Ufer war ziemlich offen einsehbar; dichte Büschel bambusartiger Gräser standen alle zehn oder zwanzig Meter, dazwischen niedrige Büsche. Das andere Ufer war dicht bewaldet, deshalb hatten wir es gemieden. Der Plathy hatte sich keine besondere Mühe gegeben, sich zu verstecken, aber er war im wechselnden Schattenspiel nur schwer zu erkennen. Ich fuhr fort, Holz aufzusammeln, und beobachtete ihn aus dem Augwinkel.

Er war ein erwachsenes Männchen und trug einen Speer bei sich. Das war ungünstig. Wäre er ein Junges gewesen, hätte es sich auf der Großen Nordwanderung befinden können und wäre nur durch Zufall auf uns gestoßen. Ein Erwachsener konnte nur einen Grund für seine Anwesenheit hier haben, nämlich uns; und er würde nicht allein hier sein.

Ich kannte ihn nicht. Er gehörte nicht zur Camchai-Familie, was wahrscheinlich bedeutete, daß sie sich die Hilfe anderer Familien gesichert hatte, so daß wir mit einer unbestimmt großen Anzahl von Gegnern rechnen mußten. Aber sicher war ich nicht; ich hatte schon oft Individuen verschiedener sozialer Zugehörigkeiten miteinander verwechselt.

Maria war gut darin, sie auseinanderzuhalten. Ich ging mit einer Armladung Holz zum Lagerplatz zurück, weckte Maria leise auf und berichtete ihr, was ich gesehen hatte. Sie ging zur anderen Seite der Insel, wobei sie gelegentlich einen Stock aufhob, und warf einen Blick hinüber.

Der Plathy war fort.

Wir hielten eine geflüsterte Konferenz ab und beschlossen, auf der Insel zu bleiben. Sie würden sich mächtig anstrengen müssen, wenn sie uns überfallen wollten; das Flußbett war zu schlammig, um es zu Fuß zu durchqueren. Und die Speere würden uns von keinem der beiden Ufer aus erreichen.

Maria hat jetzt die Wache übernommen. Es wurde genug geredet. Ich werde versuchen, zu schlafen.

Brenda

Was für eine schreckliche Nacht. Niemand weckte mich für meine Nachmittagswache, deshalb habe ich bis Anbruch der Dunkelheit geschlafen. Maria sagte, sie habe mich nicht geweckt, weil sie ohnehin viel zu unruhig gewesen sei, um schlafen zu können, und erzählte mir, daß Gab einen Plathy gesehen hätte.

Als die Sonne unterging, zündeten wir das Feuer an, und Gab gesellte sich zu uns. Wir beschlossen, die Wachen zu verdoppeln – immer zwei im Dienst, einer frei –, damit je eine Person mit einem Crazer bewaffnet je ein Ufer im Auge behalten konnte. Maria rollte sich beim Feuer zusammen und versuchte, zu schlafen.

Sie überfielen uns ungefähr eine Stunde vor Mitternacht; sie kamen aus der Richtung Gabs, der das nähere Ufer bewachte. Er rief es uns zu, und ich rannte zu ihm.

Speere kamen aus der Dunkelheit geflogen. Wir hatten das Feuer im Rücken und gaben deshalb hübsche Ziele ab. Schüsse aus Crazern geben nicht viel Licht; wir mußten sie fächern und hoffen, jemanden zu treffen. Wir liefen die ganze Zeit über hin und her, um ihnen das Zielen zu erschweren.

Maria wurde wach, und ich reichte ihr den Keulen-Crazer, dann ging ich auf die andere Seite der Insel zurück, um Gabs Anweisung zu befolgen, ich solle eine eventuelle »Strategie« herauszufinden versuchen. Aber so raffiniert waren die Plathy nicht.

Ich hatte keinen Anhaltspunkt dafür, wieviele von ihnen wir töteten. Die Speere kamen weniger und weniger häufig angeflogen, dann waren es Steine, dann kam nichts mehr. Als die Morgendämmerung einsetzte, lagen Stücke von vier oder fünf zerschnittenen Plathy am Ufer, und eine unbekannte Anzahl Leichen mochte den Fluß hinabgeschwommen sein.

Ich wünschte, ich hätte mich deswegen schuldig gefühlt. Noch zwei Wochen davor hätte ich es getan. Stattdessen muß ich mich dazu bekennen, eine Art manischer Freude empfunden zu haben. Wir haben sie geschlagen. Sie griffen uns an, und wir besiegten sie.

Maria

Wir haben beide Crazer bis auf ein Viertel der Ladung leergeschossen. Ein bißchen mehr als die Hälfte der Ladung befindet sich noch in den Ersatzzellen. Aber ich erwarte keine weiteren Angriffe wie den letzte Nacht. Die Plathy sind nicht so schwer von Begriff.

Soviel zum Obersten Grundsatz. Wir haben Hochtechnologie angewandt. Einige der Angreifer müssen überlebt haben; sie werden zurückgehen und den übrigen von der Magie berichten. Aber wir hatten keine andere Wahl.

Von jetzt an müssen wir natürlich berücksichtigen, daß wir verfolgt werden, und dreifach aufmerksam auf Hinterhalte im Unterholz achten. Das wird sich erst am letzten Tag oder an den letzten beiden zu einem wirklichen Problem auswachsen, wenn wir durch den dichten Wald an beiden Flußufern wandern müssen. Warum mußten wir auch so vorsichtig bei der Wahl des Standorts der Kuppel sein?

Immerhin stellt sich möglicherweise heraus, daß diese Wahl glücklich war. Was ist, wenn sie uns den ganzen Weg bis dorthin folgen? Wenn sie versuchen, die Lichtung zu umstellen und zu warten, bis wir herauskommen, erledigt sie der Wald, und wir müssen nichts dazutun. Die Methoden der Plathy funktionieren bestens auf ihrer freundlichen Insel; aber dort oben, wo die Kuppel steht, könnte eine Jagdgesellschaft mit Keulen und Speeren keine Woche lang überleben. Sie wäre eine willkommene Mahlzeit für die Tierwelt.

Wir müssen rasch weitermarschieren. Inseln wie diese wird es nur geben, solange der Fluß breit ist und gemächlich fließt. Wo der Wald bis an die Ufer reicht, wird der Fluß schmal und gewunden und reißend. Dort gibt es keine schützenden Inseln mehr, aber dafür wird das Rauschen des Wassers das Gehör der Plathy verwirren; sie werden größere Mühe haben, uns aus dem Hinterhalt zu überfallen.

Auf jeden Fall lautet so unser Plan: jeden Tag auf der Ebene, soviel Raum wie nur möglich einnehmen, und nur wenige Stunden Schlaf in den Nächten. Ausruhen erst südlich des Waldes und dann ein Gewaltmarsch; zwei Tage bis zur Kuppel.

Vielleicht ist die Eile überflüssig. Wenn die Plathy ihre normalen, ziemlich sensiblen Persönlichkeiten hätten, würden sie ihren Verlusten ein Ende bereiten und nach Hause gehen. Aber inzwischen haben wir keinen Anhaltspunkt mehr dafür, wie normal sie sind. Es ist möglich, daß sie uns zusetzen, bis wir sie alle getötet haben. Das wäre gut für die Rasse, weil sie zivilisatorisch nicht kontaminiert würde. Und schlecht für uns. Noch ein paar Einsätze wie vergangene Nacht, und wir haben nicht mehr genug Energie in den Crazern, um heil durch den Wald zu gelangen. Ebensogut könnten wir uns an den Fluß stellen und den hungrigen Echsen Blutgesänge vortragen.

Gabriel

Fünf Tage ohne Kontakt; aber ich kann das Gefühl nicht abschütteln, daß wir beobachtet werden. Daß wir den ganzen Weg über beobachtet worden sind. Jetzt hatten wir einen Nachmittag und eine Nacht, um uns auf dieser letzten Insel auszuruhen, und Maria möchte gern, daß wir den ganzen Weg bis zur Kuppel im Eilmarsch zurücklegen.

Ich glaube, physisch ist es machbar. Dieses Terrain ist nicht schwierig, und parallel neben dem Fluß läuft ein Wildpfad bis oben hin. Aber das Wild, das diesen Pfad ausgetreten hat, ist fürchterlich. Es hat uns schon die größten Schwierigkeiten bereitet, als wir noch zu zwölft waren. Und als wir noch nicht mit Plathy rechneten.

Jedenfalls muß ich mir Fragen stellen. Bestimmt hat uns jemand beobachtet, als wir die Waffen vergruben. Wie lange schon hat uns dieser jemand beobachtet? Die Plathy haben behauptet, sie würden niemals aufs Festland gehen – außer jenen unerschrockenen Nordwanderern –, und natürlich lügen sie niemals. Jedenfalls nicht über ihre Erinnerungen.

Ich habe lange nichts aufgezeichnet. Weil ich abwarten wollte, bis sich mein seelischer Zustand bessert. Nach der Nacht des Angriffs habe ich diese Hoffnung begraben. Die Dinge haben sich nicht verbessert, aber ich versuche, mich zu überreden, daß ich für den Rest dieser Wache die Augen offen halte. Ich glaube, Brenda geht es genauso. Sie sitzt auf der anderen Seite der Insel und starrt ins Wasser, und führt Selbstgespräche. Ich sollte zu ihr gehen und sie an ihre Pflicht zur Aufmerksamkeit erinnern. Aber ich kann von hier aus beide Ufer im Auge behalten.

Außerdem, wenn sie vorhaben, uns zu überfallen, wünsche ich mir, daß sie es hier tun. Freie Schußlinien nach allen Seiten. Natürlich werden sie es nicht tun; sie lernen aus ihren Fehlern. Sagt Maria.

Ich benehme mich paranoid. Sie sind verschwunden. Aber was ist mit diesem Gefühl, beobachtet zu werden? Die ganze Zeit über, seit es Derek erwischte, bin ich ... bin ich ... ist mein Denken aus den Fugen geraten. Ich bemühe mich, diese Panik zu kontrollieren. Sie erwarten Stärke von mir; selbst Maria erwartet sie ... aber ich habe nur Muskeln ... Kiefermuskeln, um die Schreie zurückzuhalten. Als dieser Plathy, der im Meer in unsere Nähe schwamm, auf das Festland zuhielt, wußte ich, daß wir tief in der Scheiße steckten.

Derek hat Glauben besessen. Wir haben lange Nächte darüber diskutiert. Was würde er jetzt tun ... beten? *»Nuestro Señor que vives en el cielo, alabado sea tu nombre...«* Er war ein guter Speerwerfer. Ich vermisse ihn so.

Niemand wird diesen Zahn mit seinem schwachen Signalgeber je finden. Wenn sie zurückkommen und die Kuppel leer finden, wird das das Ende dieser Affäre bedeuten. Das Budget reicht für die Durchsuchung eines offenbar feindlichen Territoriums nicht aus. Dieser Planet weist nicht genug Bodenschätze auf, um jemandem den Wunsch einzugeben, ihn zu erforschen; daher wird man kein Geld lockermachen, um unsere Zahnrecorder zu suchen. Wir werden in die Legenden der Plathy eingehen und vergessen oder bis zur Unkenntlichkeit verzerrt dargestellt werden.

Das ist gut für sie. Wenn es hier etwas von Nutzen für uns gäbe, würden wir dieselbe Rolle wie die Anthropologen bei den Eskimos spielen, von denen uns Maria erzählt hat; die Geheimnisse einer Rasse aufzeichnen und sie allein durch die Tatsache dieser Aufzeichnung zum Untergang verurteilen. Wie es aussieht, bleiben den Plathy noch Millionen Jahre einer ungestörten Evolution. Vielleicht erlernen sie bis dahin Tischsitten.

Ich habe Angst vor ihnen, aber ich kann nicht richtig wütend auf sie sein. Selbst nach der Sache mit Derek nicht. Sie sind, wie sie sind – und wir hätten vorsichtiger sein sollen. Vielleicht wird jetzt – im letzten Augenblick – noch ein richtiger Xenologe aus mir. Derek würde sagen, daß ich mich bemühte, mich in einen Zustand der Gnade zu versetzen. Angesichts meines Todes.

Es hat mich wütend gemacht, daß er immer Antworten parat hatte. Ich hatte immer nur Fragen.

Noch ein zweitägiger Gewaltmarsch, dann sollen wir in der Kuppel in Sicherheit sein. Essen und Filme und Bücher – und Speere prallen ab. Aber vielleicht habe ich zuviel gelesen, zuviel geschrieben; die Muster scheinen unentrinnbar. Wir stehen an der Pforte des Todes. Am Haupteingang in den Tod. Wenn wir es bis in die Kuppel schaffen sollten, haben wir die Regeln gebrochen.

Cálmate. Beruhige dich. Vielleicht projiziere ich, indem ich Muster zu erkennen glaube. Hier gibt es nur reale Dinge; Ursachen, Folgen, Zufälligkeiten, Entropie ... Dein Tod ist wie das Fallen eines Blattes, sagte Derek; wie der Fall der Blätter; es ist eine kleine Tragödie, aber notwendig. Wenn alles ewig leben würde, wäre das Universum bald überfüllt.

Ich sollte nicht spinnen. Es geht um Realität, nicht um Philosophie. Wir ruhen, deshalb können wir wach sein. Wenn wir wach genug sind, werden wir dem Urwald widerstehen. Wir können den Plathy widerstehen, die nicht hier sind. Es ist alles nur in meinem Kopf. Für die beiden folgenden Tage muß ich meinen Kopf von kreisförmigen Gedanken freihalten. Nur Reflexe. Riechen, hören, beobachten. Reagiere schnell genug, und du bleibst am Leben.

Nur kann ich nicht aufhören, an Derek zu denken. Er erfuhr nie, wer ihn tötete.

Brenda

Gab hat mich gebeten, für eine Weile beide Ufer im Auge zu behalten, damit er Maria noch vögeln kann, ehe es dunkel wird. Es ist schwer, beide Ufer zu beobachten, während ich den Wunsch habe, ihn zu beobachten. Männer sehen aus dieser Perspektive so verwundbar aus, wenn ihr Hinterteil so auf und ab hüpft; das ist eine neue Perspektive für mich. Ich bin nie Zuschauerin gewesen – außer beim Holo-Fernsehen. Aber das ist nicht dasselbe.

Zugegeben, ich bin eifersüchtig auf sie. Sie ist fünfzehn Jahre älter als ich und zeigt es auch. Aber er will sie nur noch dieses letzte Mal. Das habe ich am Ton seiner Stimme gehört. Ich glaube, in gewisser Weise ist er so verschreckt wie ich.

Wenn er glaubt, es sei das letzte Mal, weiß er nicht viel über Frauen. Maria wird es mir überlassen, ihn zu wecken, wenn unsere Wache vorüber ist. Wenn ich so lange warten kann. Ich habe ihn im Schlaf beobachtet; seine Zeitspanne der Erholung ist die eines Zwölfjährigen. Um genau zu sein: Ich weiß aus eigener Beobachtung, daß er es zweimal hintereinander tun kann und trotzdem eine Erektion im Schlaf bekommt. Es gibt keine Privatsphäre unter den jetzigen Umständen.

Ein seltsam anheimelndes Geräusch; man hört es nicht, wenn man es selbst tut ... was war das? Ein Rascheln?

Nur eine Echse, nehme ich an. Jetzt hat es aufgehört. Wir haben sie die letzten beiden Tage über dem Rand des Urwaldes beobachtet, gegen Abend und im Schein unseres Feuers. Sie gehen nicht ins Wasser. Was wird nur morgen nacht geschehen; keine Insel, kein Feuer. Ich möchte nicht so sterben; von einem Rudel Saurier zerrissen. Und ich möchte auch nicht, daß mir ein empfindsamer Primitiver den Kopf abbeißt. Ich wollte nur Großmutter werden und auf der Veranda sitzen und Arztgeschichten erzählen und ruhig sterben.

Weshalb greifen sie nicht an? Ich weiß, daß sie da draußen auf der Lauer liegen. Wenn sie jetzt kämen, könnte ich so sterben. Dieses Gefühl kenne ich wenigstens schon; fünfzig oder hundert von ihnen gegen drei von uns mit zwei Crazern. Vielleicht ist das nicht fair; aber Gott, hat es gut getan; dieses Adrenalin in allen Adern von Kopf bis Fuß. Dieses Warten und Fürchten. Es entflammt einen.

Ich breite das nasse Holz zum Trocknen aus. Es beschäftigt mich, während die beiden dem Höhepunkt entgegenarbeiten. Sie sind still, wegen meiner Sensibilität; oder wegen der ihren. Nur der Atem wird schwerer und der Rhythmus der schmatzenden Geräusche schneller.

Ich bin diesem unausgesprochenen Gesetz gefolgt; wir sind nicht mehr alle drei beisammen gewesen, seit dem Wasserloch. Sie hat ihn seitdem siebenmal gehabt; ich nur viermal. Soviel ich weiß. Weshalb zähle ich eigentlich nach? Sie waren von vorneherein füreinander geschaffen. Eiserner Mann, eiserne Frau.

Ich war ein- oder zweimal verliebt, und weiß, daß es bei ihnen etwas anderes ist. Nicht nur Sex; ich habe das gleiche auch schon erlebt. Hysterie ist ein Teil davon, aber nicht in der altmodischen Bedeutung, die Hysterie nur den Frauen zuschrieb. Herrschaft des Mutterbauches. Das hier ist eine Gewißheit-des-Todes-Hysterie, um einen neuen Fachterminus zu prägen. Es gibt einen Unterschied zur nackten Angst. Es ist wie ... ist wie ... ich weiß es nicht. Als hätte man nie zuvor Wasser geschmeckt, oder Farben gesehen – und wird plötzlich mit einer kühlen Quelle oder einem Regenbogen konfrontiert. Abzüglich der Freude. Nur etwas Erstmaliges, das mit nichts von dem Ähnlichkeit hat, das man schon kennt. Gibt das einen Sinn? Wir befinden uns schon wer weiß wie lange in ständiger Gefahr. Aber das ist nicht dasselbe. Bisher gab es immer Hoffnung. Jetzt sind wir nur noch zwei Tage vom totalen Zufluchtsort entfernt, und aus einem unerfindlichen Grund weiß ich, daß wir es nicht schaffen werden.

Ich erinnere mich vom Psychologie-Unterricht her an eine Vorlesung über Menschen, die zu wissen schienen, wann sie sterben würden. Keine Kranken; Soldaten, Abenteurer, deren plötzlicher und gewaltsamer Tod eine in der Zeit rückwärts wirkende Resonanz hervorzurufen schien – sie berichteten ihren Freunden, daß sie irgendwie genau spürten, wie es sein würde; und, bei Gott, es geschah genau so. Man kann es als Zufall bezeichnen oder eine logische Kette von Ursache und Wirkung konstruieren – sie waren nervös, deshalb unachtsam, und deshalb starben sie –, aber hier und jetzt glaube ich, daß mehr dahinter steckt. Falls ich sicher in der Kuppel landen sollte, werde ich einen Widerruf veröffentlichen. Aber im Augenblick fühle ich meinen Tod ebenso stark wie das Bedürfnis nach diesem Mann in mir.

Maria

Irgendwie haben wir es überlebt.

Wir waren vielleicht seit zwölf Stunden in diesem Wald, die Dämmerung brach herein, als uns ein Echsenrudel überfiel, oder besser gesagt, zwei Rudel; eines von vorn, das andere von hinten. Der Pfad ist kaum zwei Meter breit, das rettete uns. Die Leichen türmten sich übereinander und hielten ihren Angriff auf. Wir haben etwa vierzig Stück getötet, sie waren mannsgroß oder ein wenig kleiner, und gehörten nicht zu der Spezies, die wir weiter unterhalb gesehen hatten.

Besitzen sie genug Intelligenz, um ihren Angriff zu koordinieren, oder ist es eine Art instinktives Angriffsmuster? Jedenfalls war es furchtbar. Wir haben eine Menge Energie verbraucht. Wenn es noch ein paarmal geschieht ... nun, dann geschieht es. Sinnlos, darüber nachzudenken.

Immerhin scheint sich die Aktion positiv auf unsere Moral ausgewirkt zu haben. Die beiden haben Mutlosigkeit und Angst ausgestrahlt, seit wir heute morgen aufgebrochen sind. Sie verstärkten gegenseitig ihre Vorahnungen des Verhängnisses. Ich hätte sie bei der Wachablösung nicht zu ihm gehen lassen sollen, oder ich hätte sie ermutigen sollen, zu ficken statt zu reden.

Es ähnelte zu stark einem Abschied. Ich hatte auch bei Gab letzte Nacht dieses Gefühl, aber ich habe wenigstens versucht, ihn zu beruhigen. Mit Worten.

Nach meiner Schätzung haben wir einen Marsch von vierzehn bis achtzehn Stunden vor uns, das hängt davon ab, wie weit wir ohne Licht kommen. Wir haben uns natürlich gegen Fackeln entschieden. Die Plathy jagen normalerweise nachts nicht, aber es ist so sicher wie die Hölle, daß sie uns in der Dunkelheit angreifen.

Der natürliche Trieb rät uns, auf einen Baum zu klettern und den Morgen abzuwarten. Aber das wäre Selbstmord. Das Laubdach ist dicht, und darunter verbirgt sich eine eigene, sehr aktive Tierwelt. Wir können nicht durchs Wasser gehen, weil die Strömung zu stark ist; selbst wenn wir gewillt wären, die Schlangen in Kauf zu nehmen.

Wir werden auf Tuchfühlung bleiben; Gab vorneweg, weil er das beste Gehör besitzt. Brenda hört besser als ich, deshalb sollte sie eigentlich den Schluß machen; aber ich glaube, sie geht besser in der Mitte, weil sie sich dann geschützter fühlt. Außerdem möchte ich selbst eine unserer beiden Waffen tragen.

Gabriel

Niemals möchte ich noch so eine Nacht erleben. Ich war schließlich so nervös, daß ich bei jedem Geräusch geschossen habe. Aber einige Male lauerte tatsächlich etwas vor uns auf dem Weg; und einmal war es keine Echse. Ein großes, zottiges Tier, das sich auf den Hinterbeinen aufgerichtet hatte und uns überragte; ganz Zähne und Klauen und ein Glied von der Größe meines Armes. Es war zu blöd, um zu merken, daß es tot war, und hangelte sich tatsächlich unverdrossen weiter auf uns zu, nachdem ich seine Beine in Höhe der Knie durchtrennt hatte. Wenn wir nur ein paar Schritte weitergegangen wären, bevor ich feuerte, würde es zumindest mich erwischt haben; vielleicht uns alle. Das Crazer-Licht war fast hell in der pechschwarzen Finsternis, ein schimmernder Lichtbalken. Ich habe eine Energieladung völlig aufgebraucht und mußte nach Gefühl neu laden.

Zumindest brauchen wir uns keine Sorgen wegen der Plathy zu machen. Nichts, das auch nur entfernt eßbar aussieht, könnte eine solche Nacht ohne Energiewaffen überstehen.

Als ich diesen Gedanken Maria gegenüber erwähnte, sagte sie, daß sie sich dessen nicht sicher sei. Sie hätten uns schon einmal durch den Urwald verfolgt. Wenn es auch nicht dieselben sein könnten. Aber verglichen mit diesem Wald war der andere fast ein Park.

Wir sind todmüde, kommen aber schnell voran. Wir halten nach einem rosafarbenen Granithügel Ausschau. Von dort aus fünfzig Schritte flußaufwärts führt ein kleinerer Pfad nach rechts, dem man etwa einen halben Kilometer weit folgen muß, um zu der Lichtung zu gelangen, auf der die Kuppel steht. Es kann nur noch wenige Stunden dauern.

Brenda

Dort ist er! Der Fels! Es fällt mir schwer, zu ... reden ... laufen ...

Maria

Beruhige dich! Sei vorsichtig! So ist es besser. Ganz still jetzt.

Gabriel

O nein. Scheiße; nein.

Brenda

Haben sie ... es verbrannt?

Gabriel

Speere ...

Maria

Nimm seine Waffe! In Deckung! Hier!

Brenda

Ich ... Oh!

Maria

Also ... so endete es. Gab starb vor ungefähr zehn Minuten; gleich zu Beginn des Angriffs. Ein Speer drang ihm in den Hinterkopf. Brenda wurde gleich nach ihm getötet, durch einen Speer, der ihr in die Schulter fuhr und am Rücken wieder austrat. Sie hat jedenfalls noch einige Minuten gelebt und sich selbst gebührend gerächt, als die Plathy anstürmten. Ich glaube, wir töteten sie alle; nach meiner Zählung waren es siebenunddreißig. Wenn sich noch welche im Wald befinden sollten, werden sie für alle Zeiten dort bleiben.

Sie müssen Holz um die Kuppel geschichtet und ein Feuer unterhalten haben, bis sich das Energiefeld überhitzte und endlich zusammenbrach. Ein derartiger Rachefeldzug war bei seiner Konstruktion offensichtlich nicht bedacht worden.

Von den Überresten war nicht mehr viel zu gebrauchen. Die Rationen waren vernichtet, die Energiezellen in der Hitze explodiert. Eine Werkzeugkiste ist nicht sehr beschädigt. Aber es gibt nichts mehr, das man mit ihr reparieren könnte. Vielleicht könnte ich, wenn ich nachgrübe, noch ein paar Rationen finden, die nur überhitzt wurden. Aber ich möchte meine Zeit nicht mit Suchen verschwenden. Ohnehin ist es zweifelhaft, ob ich noch lange genug lebe, um noch eine Mahlzeit zu brauchen.

Mein Versagen. Elf gute Leute sind tot, und wer weiß wie viele Wilde, weil ich nicht klug genug war. Bei jenem ersten Wechsel in der Lebensweise, dem rasenden Zeugen, hätte ich befehlen müssen, daß wir uns auf Zehenspitzen davonmachten. Noch ein Jahrzehnt Satellitenüberwachung, und wir hätten erfahren, welche Zeiten sicher genug waren, um eine Studie aus nächster Nähe zu erlauben. Jetzt ist alles in Scherben.

Rassische Eitelkeit ist ein Teil des Problems, nehme ich an; oder meine persönliche Eitelkeit. Zu denken, wir könnten nackt in eine schwerbewaffnete Steinzeitkultur kommen und dank unserer überlegenen Intelligenz und fortgeschrittenen Wissenschaft überleben. Vorher hat es einmal geklappt. Aber hier ist nicht Obelobel.

Ich schätze, das einzige, was ich jetzt noch tun kann, ist, dafür sorgen, daß eine Aufzeichnung erhalten bleibt. Diese Zähne könnten im Verdauungssystem eines Plathy oder einer Echse zu Schaden kommen. Ich werde ... Ich werde eine Zange aus dem Werkzeugkasten benutzen. Ich werde die Zähne hier in dieser Ruine zurücklassen. Sie so tief vergraben, daß kein Plathy sie so leicht finden kann. Ein höllischer Preis, den wir von unserer Großen Nordwanderung mitbringen.

Ich habe nur noch ungefähr eine Zehntel-Energieladung zur Verfügung. Brenda hat alle übrigen aufgebraucht, bevor sie starb. Das ist zu wenig, um aus dem Wald hinauszukommen, selbst dann, wenn ich es bei Tageslicht versuchte. Eine Frau allein hat keine einzige gottverdammte Chance auf dieser Welt.

Ich will es auf dem Fluß versuchen. Vielleicht gelingt es mir, einen Balken zu finden, der mich hinab ins Grasland trägt. Dann könnte ich an die Küste wandern. Wenn ich es bis dorthin schaffe, könnte es mir vielleicht gelingen, eine Weile am Leben zu bleiben. Wenn ich immer mit einem offenen Auge schlafe. Ich muß es ausprobieren. Haltet dort nach mir Ausschau. Aber haltet euch nicht zu lange damit auf, nach mir zu suchen. Jetzt die Zange.

Tut mir leid, Brenda.

Tut mir leid ... Gab. Süßer Gab. Du bist noch warm.

Jetzt zu meinem Geschäft. Ein einziger Ruck. Ein bißchen Blut, ein bißchen Schmerz. *Tem se garlish. !ka.*

An: Ahmadou Masire, Koordinator
Erholungscenter des Selva-Sektors
Amtsgebäude der Confederación, Suite 100
Bolivar, 243 488 739
Selva

Von: Frederico Santesteban, Publicity-Direktor
Büro für die Erschließung von Ressourcen
Chimbarazo Interplanetario
Ecuador 3874658
Terra

Dr. Masire:

Ich hoffe, Sie haben eine Verwendung für das beigefügte Transscript. Ihre Assistentin, Sra. Videla, erwähnte die Möglichkeit einer dokumentarischen Holovisions-Show, die Interesse an Jagdausflügen nach Sanchrist IV erwecken kann. Nach meiner Meinung ergäbe es eine anrührende Geschichte, wenn man ein romantisches Element hineinbrächte – Opfermut, Tragödie, tapfere junge Menschen im Kampf gegen nie gesehene exotische Feinde.

Wir könnten Ihnen die Produktionskosten verringern helfen, indem wir durch unsere xenologische Abteilung auf Perrins Welt einige Plathy in Ihr Studio verschiffen lassen. Wir haben ungefähr hundert Plathy hier und halten den Bestand durch Klone auf gleicher Höhe. Sie werden jemanden brauchen, der Ihnen einen bewilligten Antrag verschafft, laut dem die Plathy zu einem legalen wissenschaftlichen Zweck benutzt werden. Garcia Belaunde an Ihrem Instituto Xenológico ist sehr hilfsbereit, wie Sie vermutlich wissen. Lassen Sie ihn mit Leon Jawara in der PW Xenologischen Austausch-Kommission reden. Er wird garantieren, daß Sie die Biester im richtigen Abschnitt ihres Lebenszyklus erwischen. Sonst würden sie all Ihre Schauspieler auffressen.

Ich habe einige Fäden gezogen, aber ich fürchte, es gibt keine Möglichkeit, Ihnen eine Erlaubnis zu verschaffen, daß Sie eine Mannschaft auf der Plathy-Insel selbst absetzen. Sie ist mittlerweile ein xenologisches Reservat, durch ein Energieschild geschützt; die wenigen überlebenden Plathy werden ständig durch fliegende Minimonitoren überwacht. Sie können auf dem Festland schießen, wenn Ihre Schauspieler so verrückt wie Ihre Jäger sind; oder Sie nehmen die Insel mit dem Kratersee. Dort streifen immerhin ein paar wilde Plathy herum, also lassen Sie Vorsicht walten, ganz gleich, welche Saison ist. Benutzen Sie ein Schutzschild, falls Ihr Budget es erlaubt; ansonsten könnte der netteste Plathy Ihre Leute umbringen, sobald er sie sieht – bedauerlicherweise. Ihre Verhaltensmuster werden unregelmäßig, wenn sie länger als ein Jahr von ihren Familien getrennt sind.

Die Suchmannschaft, die wir hinter Dr. Ruberas Expedition herschickten, konnte nur vier der Zahnrecorder finden. Es gab keine weiteren Spuren von Maria Rubera; auch keine Überreste.

Eine traurige Geschichte; aber ich glaube, sie ist für Ihre Zwecke nützlich. Sie verleiht Ihren Expeditionen einen dramatisch-historischen Kontext.

Lassen Sie es mich wissen, wenn ich noch etwas für Sie tun kann. Und schicken Sie uns auf jeden Fall eine Kopie des Holovision-Filmes, wenn Sie sich entscheiden sollten, ihn zu produzieren.

Ihr ergebener Diener,
Federico Santesteban

Originaltitel: »Seasons«

(aus »Alien Stars«, hrsg. von Elizabeth Mitchell)
Aus dem Amerikanischen übersetzt von Malte Heim
Illustriert von John Stewart

Karen Joy Fowler

Ein Mensch mit Seltenheitswert

Seine erste Reaktion ist, daß ich mit den größeren theoretischen Problemen eben einfach nicht zurechtkomme. Er hat diese neue Erkenntnis, die er Verdrängungstheorie nennen möchte, und ich kapiere sie nicht. Der stille Praktiker mit dem Herz für Minderheiten, wie er im Buche steht. Ein Mensch mit Seltenheitswert. Kato. Spock. Ich. Aber das stimmt nicht.

Ich erinnere mich noch an die beiden gängigen Theorien über den Verlauf der Geschichte, die man uns im Reservat beigebracht hat. Die erste nannten wir die Theorie der Großen Menschen. Ihre These lautete, daß die kritischen Entscheidungen in der Entwicklung der Menschheit von Individuen getroffen worden seien, von Ausnahmemenschen mit einer besonderen charakterlichen Begabung, die vom Schicksal dazu bestimmt waren. Die zweite nannten wir die Wellentheorie. Sie besagte, daß in Wirklichkeit nur die Massen den Lauf der Geschichte bestimmen könnten. Die hervorstechenden Individuen, die als Führer der großen Bewegungen auftraten, seien eigentlich nur Menschen, die zufällig der bereits gewählten Richtung Ausdruck verliehen. Sie seien ebensosehr Gefangene des Prozesses wie jedes andere einzelne Individuum. Treibgut. Running Dog und ich hatten früher stundenlang über dieses Thema diskutieren können.

Es stimmt, daß mich diese spezielle Frage nicht mehr sonderlich interessiert. Eine ganz ähnliche Frage beschäftigt mich jedoch weit mehr. Ich habe den größten Teil meines vierzigsten Geburtstags ganz allein hier gesessen und mir immer wieder Pachelbels *Kanon* angehört, und ich frage mich: Sind manche Menschen etwas

Besonderes? Sind manche Menschen besonderer als andere? *Habe ich mein ganzes Leben aufs falsche Pferd gesetzt?*

Ich meine, ich hatte Geburtstag, und keine Menschenseele rief an.

Um vier Uhr nachmittags gab ich schließlich auf und rief ihn an. »He, Poncho«, sage ich. »Was ist los?«

»He, Cisco«, antwortet er. »Herzlichen Glückwunsch zum Geburtstag.«

»Danke.« Ich weiß nicht, was mich mehr nervt: das Wissen, daß er sich daran erinnert und trotzdem nicht angerufen hat, oder vorher der Glaube, daß er es vergessen hätte.

»Der Große Vierzigste«, sagt er. »Wart mal 'ne Sekunde, Kumpel. Ich dreh' eben die Musik leiser.« Die *Ouvertüre* zu *Wilhelm Tell* dröhnt aus seiner Anlage. Immer dröhnt die *Ouvertüre* zu *Wilhelm Tell* aus seiner Anlage. Ich sage nicht, der Mann hat ein Problem, aber als wir letztesmal zusammen bei Safeway waren, behauptete er, er sähe, wie drüben bei der Tiefkühlkost eine Frau von einem Silberbaron gekidnappt würde. Er riß die Ringlasche von einem Bier und warf die Dose in hohem Bogen in die Eiskrem. »Gib mir Deckung!« ruft er und stürmt mit dem Einkaufswagen im Zickzack durch die Suppen. Ich mußte allen erzählen, er hätte einen Vietnam-Flashback gehabt.

Und die Maske. Es gibt Zeiten und Gelegenheiten, wo eine Maske von Nutzen ist; ich wäre der letzte, der das bestreiten würde. Zum Beispiel, es ist Thanksgiving, man ist Indianer und hat das noch nie als seinen Lieblingsfeiertag angesehen, und man hat keine Familie, weil man seine Jugend damit verbracht hat, den Helfer für einen bescheuerten Macho zu spielen, der sich keine Blöße geben konnte, und hier ist man nun und *steht in der Schlange*, um sich »Rocky IV« anzuschauen, und dann kommt jemand vorbei, den man kennt. Ich meine, genau das ist mir passiert. Aber im Alltag, im normalen Leben, fällt man mit einer Maske nur um so mehr auf. Es hat etwas Exhibitionistisches an sich. Eine Menge. Wenn man mich fragt.

So, nun ist er wieder am Telefon. Er seufzt. »Gott«, sagt er. »Ich vermisse diese aufregenden Zeiten damals.«

Sehen Sie? Wir haben noch keine zwanzig Sekunden miteinander gesprochen, und schon geht es um *seine* Probleme. Seine Langeweile. Seine Angst. »Ich hab' eine Affäre«, erkläre ich ihm. Vor zwei Jahren hätte ich das nicht gesagt. Vor zwei Jahren war er gerade mit seinem EST-Training fertig und hätte mir erzählt, ich müßte die Verantwortung auf mich nehmen. Jetzt hat er's mit Biofeedback und Astrologie. Jetzt sind wir für nichts mehr verantwortlich.

»Ja?« sagt er. Er denkt einen Moment lang nach. »Du bist nicht verheiratet«, bemerkt er.

Ich sehe nicht, wieso das von Bedeutung ist. »Sie aber«, erzähle ich ihm.

»Ja?« sagt er wieder, nur daß dieses »ja« etwas Fieses hat; dieses »ja« sagt mir, daß da jemand nach sensationellen Einzelheiten lechzt. Das ist nicht das »ja« eines teilnahmsvollen Freundes. Trotzdem kann ich nicht anders, ich muß darauf einsteigen. Jahrelang habe ich diesem Mann das Pferd gehalten, während er vom Dach auf seinen Rücken gesprungen ist. Jahrelang habe ich ihm von einem Felsen aus Deckung gegeben, während er auf die Hintertür zugehetzt ist. Jetzt bin ich vierzig. Es ist Zeit, daß ich etwas von ihm zurückbekomme. Also mache ich Andeutungen über den maßvollen Gebrauch gewisser Substanzen. Die Rede ist von Peyote *und* Kokain. Ich erwähne Pornographie. Illegal importiert. Aus Dänemark. Natürlich ist das in Wirklichkeit nicht *meine* Affäre. Können Sie mir folgen? Meine Affäre ist still und leidenschaftlich. Die hier habe ich mir von einem anderen Freund ausgeborgt. Es zeigt, was ich alles anstellen muß, bis mir mal jemand zuhört.

Kann sein, daß ich schließlich zu weit gegangen bin. Jetzt hat es ihm wirklich die Sprache verschlagen. »Frauen«, sagt er endlich. »Man kann nicht mit ihnen leben, und ohne sie auch nicht.« Was aus seinem Mund ein Witz ist. Seine Nummer mit dem alleinstehenden Mann, der ganz allein seinen verwaisten Neffen großzieht, läuft so geschmiert, daß sich die Frauen bei ihm die Klinke in die Hand geben. Oder vielleicht liegt es an der Maske und dem Leder. Was wollen die Frauen? Wer weiß das schon?

»Ist das alles?« frage ich ihn. »Die Gesamtsumme deiner Ratschläge? Sie will ihren Mann nicht verlassen. Mensch, mein *Herz* ist gebrochen.«

»Oh«, sagt er. Lange Pause. »Laß dir's nicht anmerken«, empfiehlt er. Dann seufzt er wieder. »Ich vermisse diesen alten Schimmel«, erklärt er mir. Und wissen Sie, was ich mache? Ich lege einfach auf. Und wissen Sie, was er macht? Er ruft nicht wieder an.

Das tut wirklich weh.

Weil ich ihm nun nicht zuhören will, wie er mir seine neuen Theorien erklärt, ist seine zweite Reaktion, daß er sagt, ich wäre anscheinend wegen irgendwas sauer, und er kann sich gar nicht vorstellen, weswegen. Und das läßt sich schon schlechter bestreiten.

Am Tag nach meinem Geburtstag fuhr ich mit meinem Wagen spazieren, einem kleinen weißen Saab mit meinem individuellen Nummernschild. KEMO* steht drauf. Vielleicht klingelt das Telefon, vielleicht auch nicht. Mir geht's besser, wenn ich es nicht weiß. So, er vermißt also sein Pferd. Hey, ich war nie mehr derselbe, seit mein kleiner Schecke in die ewigen Weidegründe eingegangen ist, aber ich versuche meine Freunde nicht damit zu belasten. Ich versuche meine Freunde mit nichts zu belasten. Ich pflege sie nur wieder gesund, wenn die Cavendish-Bande sie für tot hält und liegen-

* KEMO: ein Rundfunksender

läßt. Ich komme nur mitten in der Nacht mit dem Medizinmann, wenn Klein Britt Fieber hat und das Tylenol nichts nützt. Ich organisiere nur die Überraschungsparty, wenn ein Freund vierzig wird.

Wollen wir wetten, daß es selbst für Attila den Hunnenkönig an seinem Vierzigsten eine Party gegeben hat? Wollen wir wetten, daß es schwer war, ihn zu überraschen? Wer hat die Ballons aufgeblasen und dafür gesorgt, daß sich alle unter den Teppichen versteckten, und dann rein mit den Ziegen? Der Name ist für alle Zeiten vergessen.

Ich fuhr aufs Land hinaus, wo mich jeder Kaktus an etwas erinnert, wo sich hinter jedem Felsvorsprung einmal ein Outlaw versteckt hat. Vor zehn Jahren war das Gelände noch so rauh, daß ich den »Internationalen Pfadfinder« gebraucht hätte, um mich zurechtzufinden. Jetzt ist es ein asphaltierter Highway, der geradewegs zum Galgenbaum führt. Ich fuhr aufs Bankett, schaltete den Motor aus und saß einfach da. Ich dachte an die Zeit zurück, als Mrs. Peggy Cooper auf der Suche nach ihrer kleinen Tochter, die mit Freunden schwimmen gegangen war und keinen Gedanken darauf verschwendet hatte, ihrer Mutter etwas davon zu sagen, in den Bankraub der Wilcox-Bande hineinstolperte. Wir waren gerade unterwegs, um mit Colonel Davis in Fort Comanche über ein paar Viehdiebstähle zu sprechen. Von dem Bankraub hatten wir nichts gehört. Deshalb wurden wir total überrumpelt.

Mein Pony und ich schluckten wie üblich den Staub des Maskierten, als mich etwas von hinten traf. Arnold Wilcox, ein Schrank von einem Mann, der um acht morgens einen Fünf-Uhr-Schatten warf, sprang mich von dem großen Felsen über dem Butterfield Trail aus an, und ich ging wie ein Sack Kartoffeln zu Boden. Ich hörte, wie von links und rechts Pferde auf uns zukamen, und sein weißer Riesenhengst entschwand wie ein großer Vogel. Ich verpaßte Arnold eins an sein Stoppelkinn, aber er schlug mich mit dem Kolben seiner Pistole k.o., und ich habe keinen Schimmer, was dann passiert ist. Als ich wieder zu mir komme, ist es schon dunkel, und ich bin verschnürt wie ein Truthahn zum Braten. Mrs. Cooper liegt neben mir; ihre Hände sind mit einem roten Tuch hinter dem Rücken gefesselt, und um ihre Füße ist ein Seil gebunden. Sie ist ein bißchen derangiert, aber hübsch; ihre Augen sind groß, und ich kann erkennen, daß sie nicht allzu begeistert ist, hier neben einem Indianer zu liegen. Ihr Kleid ist bis zum Kinn zugeknöpft, deshalb denke ich, daß sie ihr zumindest in dieser Hinsicht nichts getan haben, Gott sei Dank. Es ist kalt, obwohl wir so dicht beisammenliegen. Die Wilcox-Brüder kauern um das Feuer herum und zählen Geld, und der Rauch steigt in einer geraden weißen Linie in den Himmel, die man meilenweit sehen kann. Nun, das sind noch mehr gute Neuigkeiten, und ich denke, daß die Wilcoxes schon immer ein Haufen dämlicher Weißer waren: keine Ahnung von den elementarsten Dingen über das Verhalten in der freien Natur. Ich frage mich gerade, wie sie es fertigbringen, so einen Bankjob abzuziehen, als ich Pferdehufe höre, und meine Frage wird beantwortet. Pierre Cardeaux, ein Frankokanadier, springt vom Pferderücken, geht schnurstracks zum Feuer und tritt es aus.

»Ihr hirnverbrannten Idioten!« sagt er zu ihnen, nur daß er diesen starken Akzent hat, so daß es als »Ihr 'irnverbrahntöhn Idiotöhn« herauskommt.

Die Wilcoxes sind ein bißchen beleidigt. »Hör auf damit, Hombre!« sagt Andrew Wilcox. »Bloß weil wir die Banksache nach deinem Plan gedreht und deinen Fluchtweg benutzt haben, bist du hier noch lange nicht der Boß«, und Pierre schenkt ihm ungefähr soviel Beachtung wie einer Ameise, auf die das Pferd gerade treten will. Er kommt zu uns herüber und legt Mrs. Cooper irgendwie nachdenklich die Hand unters Kinn. Sie spuckt ihn an, und er lacht.

»Mumm«, sagt er, »das gefällt mir.« Ich meine, ich nehme an, daß er das sagt, weil sie das immer sagen, aber in Wahrheit verstehe ich bei seinem Akzent kein Wort.

Andrew Wilcox ist noch nicht fertig. Er knabbert an so einem dicken Hühnerbein, und es tropft ihm aufs Kinn, deshalb wischt er sich mit dem Arm übers Gesicht. Damit verteilt er das Fett in Wirklichkeit nur noch mehr, und überhaupt hat er dieses Stück Huhn zwischen den Schneidezähnen, so daß Pierre nur mit Mühe ein ernstes Gesicht beibehalten kann, als er den Mund aufmacht. »Ich verstehe ja, warum wir die Frau behalten«, sagt Andrew. »Die ist – brauchbar. Aber die Rothaut da. Ist doch bloß Ballast. Ich will ihn kaltmachen.«

»Mon ami«, sagt Pierre, »selbst pour vous, diese Dümmhait makt misch spraklos.« Er küßt seine Finger, um sein Argument zu veranschaulichen, als ob er ein richtiger Franzose wäre und nicht bloß ein Frankokanadier, der wahrscheinlich noch nie im Leben wirklich guten Wein getrunken hat. Ich liege im Staub, und was sie mir auch um die Handgelenke gebunden haben, es schneidet mir die Zirkulation ab, so daß sich meine Hände anfühlen, als ob jemand mit Stachelschweinstacheln hineinstäche. Selbst jetzt kann ich mich noch an den Geruch des Rauchs erinnern, der nicht mehr da war, an die Wilcoxes, die es noch waren, und an das Lavendelparfüm, das Mrs. Cooper benutzte. Und an Pferde und Staub und Schweiß. Das waren die herrlichen Zeiten, aber man könnte durchaus fragen, für wen, und selbst wenn ich darauf Antwort gäbe, was würde das schon ändern?

Der Geruch von Andrew Wilcox steigt Mrs. Cooper in die Nase, und sie muß husten.

»Er hat recht, kleiner Bruder«, sagt Russell Wilcox, mit dreihundert und ein paar Pfund der Zwerg des Wurfs und ein bißchen schneller von Kapee als der Rest der Familie. »Hast du schon mal was von einem Mann gehört, der 'n Schimmel reitet, 'ne schwarze Maske trägt und 'ne ziemlich gute Kugel schießt? Die Rothaut hier ist sein Compadre.«

»Oui, oui, oui, oui«, stimmt Pierre zu. Das kleine Schweinchen. Er zeigt auf mich und hebt die Augenbrauen, eine nach der anderen. »Avec le sauvage können wir, wie sagt man? Ein 'andöl maken.«

»Votre mere«, erkläre ich ihm. Er gibt mir einen kräftigen Tritt in die Rippen, und weil er diese spitzen Cowboyboots anhat, merke ich auch ordentlich was davon. Endlich höre ich das Geräusch, auf das ich gewartet habe, einen Eulenschrei in den Bäumen hinter Mrs. Cooper, und dann kommt *er* herangeritten. Er hat noch nicht mal seine Waffe in der Hand. »Keine Bewegung«, sagt er zu Pierre, »oder ich wäre gezwungen, zu ziehen«, aber er ist noch nicht fertig mit dem Satz, als Russell Wilcox mir schon den Arm um den Hals gelegt hat und mir die Spitze seines Messers in den Rücken bohrt.

»Wir geben dir die Rothaut«, sagt er, »oder das Mädchen. Beide kriegst du nicht. Kapiert, Partner?«

Also wenn er mich gefragt hätte, dann hätte ich gesagt, kümmere dich nicht um mich, rette die Frau. Und wenn er gezögert hätte, würde ich darauf bestanden haben. Aber er fragte mich nicht und er zögerte nicht. Er hievte Mrs. Cooper nur vor sich in den Sattel und zog ihr den Rocksaum herunter, damit ihre Beine nicht zu sehen waren. »In Springfield gibt es ein kleines Mädchen, das mächtig froh sein wird, Sie zu sehen, Mrs. Cooper«, höre ich ihn sagen, und ihr Gesichtsausdruck läßt mich argwöhnen, daß sie jedenfalls nicht auf direktem Wege nach Springfield reiten werden. Und das war's. Kein einziges Wort für mich.

Natürlich kommt er zurück, aber da sind die Wilcoxes und Pierre schon um das erloschene Lagerfeuer herum eingeschlafen, und ich mußte mich wie eine Schlange Zoll für Zoll auf der Seite durch den Staub arbeiten, zu

Russell Wilcox' Messer hinüber, das ihm aus der Hand gefallen war, als er beim Schnitzen eingenickt war. Ich mußte mir selbst die Fesseln durchschneiden, und das mit den Händen hinter dem Rücken, so daß ich auch ein bißchen an meinem Daumen herumschnitze. Die ganze Zeit liege ich direkt unter Russell, und er schnaubt und schnüffelt und bewegt sich, als ob er aufwachen würde. Mir bleibt fast das Herz stehen. Es ist ein Wunder, daß meine Hände nicht amputiert werden müssen, so lange waren sie ohne Blut. Und dann gibt es eine mordsmäßige Schießerei, und ich gebe ihm eine Menge Deckung. Ein paar Tage verstreichen, bevor mir danach ist, mit ihm über die Sache zu reden.

»Du hast Mrs. Cooper zuerst gerettet«, rufe ich ihm ins Gedächtnis. »Und das war auch richtig; ich sage nicht, daß es falsch war; mißverstehe mich nicht. Aber ich hatte den Eindruck, daß du dich ziemlich schnell entschieden hast. Es kam mir nicht wie eine schwere Entscheidung vor.«

Er langt über den Sattel und legt seine Hand auf meine. Die blauen Augen hinter der schwarzen Maske sind mitfühlend und fürsorglich. »Natürlich wollte ich dich retten, alter Freund«, sagt er. »Wenn's bloß nach mir gegangen wäre, hätte ich genau das getan. Aber es schien mir, als hätte ich der unschuldigeren Partei gegenüber eine höhere Verantwortung. Es war eine schwere Entscheidung. Mag sein, daß sie dir schnell vorgekommen ist, aber glaub mir, ich hab' schwer damit gerungen.« Er zieht seine Hand weg, gibt seinem Pferd die Sporen und reitet ein Stück vor, weil sich der Pfad verengt. Ich ducke mich unter den Ast einer Steppenfichte. »Außerdem«, sagt er über die Schulter, »konnte ich doch eine Frau nicht bei solchen Tieren wie Pierre Cardeaux und den Wilcoxes lassen. Eine so gutaussehende Frau. Einsam. Schutzlos.«

Ich erzähle ihm, was eine Rassistenbande wie Pierre Cardeaux und die Wilcoxes mit einem einsamen und schutzlosen Indianer machen könnte. Arnold Wilcox wollte meinen Skalp. »*Ich* erinnere mich an Alamo«, sagte er dauernd und meinte vielleicht Little Big Horn; ich hatte keine Lust, genauer nachzufragen. Pierre versicherte ihm ständig, daß später noch genug Zeit für »Trophäen« sein würde. Und Andrew brachte die alte Kamelle, nur ein toter Indianer sei ein guter Indianer. Es war keineswegs ein Vergnügen gewesen, dazuliegen und sich das alles anzuhören. Aber ich sagte es nicht. Mittlerweile war die Kluft zwischen uns nämlich schon so groß, daß ich hätte schreien müssen, und in der ethnischen Frage waren wir beide sowieso schon immer ein bißchen empfindlich gewesen. Ich wünschte, ich hätte einen Nickel für jedesmal, wo ich ihn sagen gehört habe, daß einige seiner besten Freunde Indianer seien. Und ich weiß auch, daß es schlechte Indianer gibt; ich bestreite es nicht, und es stört mich auch nicht, gegen sie zu kämpfen. Ich fand bloß immer, ich müßte herausfinden können, welche die schlechten waren.

Ich blieb bis zum Sonnenuntergang im Wagen sitzen.

Aber am nächsten Tag ruft er an. »Ist dir schon mal aufgefallen, wie nahe das heilige Wort ›om‹ an unserem westlichen Wort ›Heim‹ ist?« fragt er. Das ist seine Einleitung. Kein hi, wie geht's dir? Er fragt nie, wie es mir geht. Wenn er es täte, würde ich ihm erklären, daß es mir gut geht, wie sich das gehört. Ich würde ihn nicht mit meinen Problemen belasten. Ich möchte nur gern gefragt werden, verstehen Sie?

Aber er muß ein Argument anbringen, und es hat etwas mit Dorothy im *Zauberer von Oz* zu tun. Wie sie die Hacken zusammenschlägt und immer wieder »Es ist nirgends wie daheim, es ist nirgends wie daheim«, sagt, wie ein Mantra, und sie kann tatsächlich durch den Weltraum reisen. »Im Buch nicht«, erkläre ich ihm.

»Ich *weiß*«, sagt er. »Im Film.«

»Ich dachte, es läge an den Schuhen«, erwidere ich.

Und seine Stimme wird leiser; so aufgeregt ist er. »Was ist, wenn es die Worte waren?« fragt er. »Ich hab' ein Mantra.«

Natürlich, das ist mir bekannt. Es hat mich schon immer verrückt gemacht, daß er mir nicht sagen wollte, wie es lautete. Dein Mantra, sagt er, verliert seine Kraft, wenn es laut ausgesprochen wird. So langsam beginne ich zu ahnen, was sein Mantra sein könnte. »Ein Haufen Leute, die ich kenne, hatten alle denselben Guru«, erzähle ich ihm. »Und eines Tages beschlossen sie, einander die Mantras zu verraten, die er ihnen gegegeben hatte. Jeder schrieb sein Mantra auf ein Stück Papier, und dann ließen sie die herumgehen. Und weißt du was? Sie hatten alle *dasselbe* Mantra. Soviel zur Individualisierung.«

»Denen fehlte der Glaube«, betont er.

»Zu recht.«

»Ich muß weg«, erklärt er mir. Die Musik im Hintergrund erreicht das Crescendo und wird mit einem Klikken abgeschnitten. Stille. Er sagt nicht auf Wiedersehen. Ich weigere mich, ihn wieder anzurufen.

Die Wahrheit ist, ich habe es satt, immer für ihn da zu sein.

Deshalb höre ich erst an diesem Morgen wieder etwas von ihm, als er mit seiner großartigen Verdrängungstheorie anruft. Mittlerweile bin ich schon zehn Tage lang vierzig, wenn man dem Geburtsschein Glauben schenken kann, den die Reservation ausgestellt hat, und ich finde, daß eine Menge Ungenauigkeiten aufgetaucht sind, als sie Monde in Monate übersetzt haben. Deshalb wußte ich nie so recht, was mein Sternzeichen im Aszendenten ist. Nicht daß mir das etwas ausmacht, aber auf einmal ist es für ihn wichtig; anscheinend kann man jemand ohne das nicht erfolgreich analysieren. Er glaubt, daß ich ein Fisch im Aszendenten bin; er wäre begeistert, wenn sich herausstellen sollte, daß er recht hat.

»Wir können zurück, alter Junge«, sagt er. »Ich hab' den Weg zurück gefunden.«

»Warum sollten wir das wollen?« frage ich. Die Sonne scheint, und draußen ist es kalt. Ich hatte daran gedacht, einen Ausflug zu machen.

Hört er mich? Ungefähr so wie immer. »Ich hab's rausgekriegt«, sagt er. »Es ist eine Kombination aus Biofeedback und dem Mantra ›daheim‹. Ich hab' ununterbrochen dran gearbeitet. Ich konnte immer weg, weißt du, das war nie das Problem, aber ich konnte nie ankommen. Irgendwas außerhalb von mir hat mich aufgehalten und mich gezwungen, wieder hierher zu kommen.« Hier macht er eine Pause, und ich denke, daß ich jetzt etwas sagen soll, aber ich bin zu genervt. Er redet weiter. »Werde ich zu theoretisch für dich? Jetzt wird's nämlich noch schlimmer. Versuch mir zu folgen. Das Schlüsselwort ist *›Verdrängung‹*.« Er sagt das, als würde er dabei erschauern. »Ich konnte nicht zurück, weil da kein Platz für mich war. Der einzige Weg zurück ist ein Austausch. Jemand anders muß nach vorn kommen.«

Er legt wieder eine Pause ein, und diese Pause dauert und dauert. Schließlich grunze ich. Ein Rothaut-Laut. Unverbindlich.

Seine Stimme ist streng. »Das ist zu wichtig, als daß du's verpassen kannst, nur weil du wegen Gott weiß was sauer bist, Pilger«, sagt er. »Ich rede von der Reise durch Raum *und* Zeit.«

»Du redest Quatsch«, erkläre ich ihm. Ich bin ungewöhnlich grob, gröber als jemals während der Urschrei/Zurück in den Mutterleib-Phase. Wenn eh keiner zuhört, was macht's dann schon?

»Verdrängung«, wiederholt er, und seine Stimme ist ganz leise und bedeutungsschwanger. »Frag dich selbst, Kumpel, *was ist mit dem Büffel passiert?*«

Ich glaube, ich habe nicht richtig gehört. »Wie war das?«

»Komm mit mir zurück!« sagt er, und dann ist er endgültig weg, aber diesmal hat er nicht aufgelegt; diesmal kann ich noch die *Ouvertüre* zu *Wilhelm Tell* mit der Wiederholung des Hufschlag-Teils hören. Draußen vor dem Haus ertönt ein Geräusch, deshalb gehe ich zur Tür, und ich will verdammt sein, wenn da nicht ein Büffel auf meinen Ziererdbeeren herumschlurft und überrascht dreinschaut. »Das nennst du Gras?« fragt er mich. Er blickt mit wachsender Bestürzung die Straße hinauf und hinab. »Wo ist die Prärie, Mann? Wo ist die Eisenbahn?«

Also es freut mich für ihn. Wirklich.

Aber ich gehe nicht mit. Soll er diesmal doch alleine herumstreifen. Er wird's schon schaffen. Wie Rambo.

Aber dann taucht ein weiterer Büffel auf. Und noch einer. Und bald steht eine ganze Herde draußen vor dem Haus, die meinen Gemüsegarten abzufressen versucht und Anstalten macht, sich zu übergeben. Und winselt. »Das Wasser schmeckt komisch. Hast du Wasser mit Heuschrecken drin?« Ich glaube, es ist kein Zufall, daß ich hier dieselbe Anzahl von Büffeln habe, wie es Männer in der Cavendish-Gang gibt. Plus einen. Ich warte darauf, daß noch welche auftauchen; vielleicht geht jemand anders zurück und hilft ihm. Aber es kommen keine mehr. Das war's.

Sie erinnern sich doch an die Geschichtstheorien, von denen ich Ihnen erzählt habe. Ganz am Anfang? Nun, vielleicht gibt es zwischen den großen Männern und den Massen noch eine dritte Art von Menschen. Solche, die zuhören. Solche, die zu helfen versuchen. Von solchen Menschen hört man nicht viel, also gibt es wahrscheinlich nicht viele davon. Oh, von den Versagern hört man, das stimmt, von den Scharlatanen: Brutus, John Alden, Rasputin. Und vielleicht denken Sie, daß es überhaupt keine gibt, daß niemand einen anderen mehr lieben könnte als sich selbst. Nur weil Sie es nicht können. Hey, mir ist es eigentlich egal, was Sie denken. Ich bin nämlich hier, und die Hacken meiner Mokassins schlagen zusammen, und ich könnte sie nicht aufhalten, selbst wenn ich es versuchen würde. Und das ist okay. Wirklich. So bin ich nun mal. So läuft das bei mir eben.

Ich verlasse Sie jetzt mit einem Stückchen Theorie, über das Sie nachdenken können. So was wie ein Rätsel. Es gibt gute Indianer, es gibt schlechte Indianer und es gibt tote Indianer. Was bin ich?

Vielleicht gibt es mehr als eine richtige Antwort.

Originaltitel: »The Faithful Companion at Forty«

(erstmals erschienen in
»Isaac Asimov's Science Fiction Magazine«, Juli 1987);
mit freundlicher Genehmigung der Autorin
und der Vega-Agentur Luserke, Friolzheim
Aus dem Amerikanischen übersetzt von Peter Robert

Walter Jon Williams

Dinosaurier

Die Shars zitterten im matten Licht ihrer roten Sonne. Spitze Gesichter wandten sich dem Himmel zu, schnupperten nach dem Duft des Fremden und rochen nur Kohlenwasserstoff, ferne Vegetation, feuchten Pelz, Schweißdünste der Aufregung und Furcht. Trübe Augen starrten nach oben, und in den Pupillen glänzten Hoffnung und Sorge. Sterne funkelten am Himmel und bildeten sonderbare Konstellationen. Da und dort wurde ein erregt klingendes Bellen und Grunzen laut, aber die meisten Shars sangen traurig, heulten leise von plötzlichen Angriffen, von Verheerung, Krieg in fernen Regionen, der Hoffnung auf Frieden.

Die Menge wandte sich nach links, dann nach rechts. Einzelne Wesen stemmten sich auf ihrem dritten Bein in die Höhe, blickten über ihre Artgenossen hinweg und sahen nur ein Meer aus Schädeln, die Ohren gespitzt, die Schnauzen gen Himmel gerichtet.

Plötzlich schrie jemand, und das Heulen wiederholte sich, lauter und schriller diesmal. Erneut kam Unruhe in die Masse.

Irgend etwas bewegte sich am Firmament.

Das Menschenschiff war gewaltig, größer als alles, was die Shars jemals gesehen hatten, wie ein Mond, der sich ihnen langsam entgegensenkte. Die Wesen schlossen die Augen und schauderten entsetzt. Das Kreischen wich dumpfem Stöhnen. Einige Shars sprangen umher, bleckten die Zähne und bellten trotz ihrer Furcht. Die Luft roch nach Grauen, beginnender Panik und Zorn.

Krieg! brüllte jemand. *Frieden!* antworteten andere Geschöpfe.

Das Heulen dauerte an. *Wir klagen, wir klagen*, ertönte es. *Wir beklagen unsere toten Milliarden.*

Wir haben Angst, hieß es da und dort.

Lautlos kam das Menschenschiff heran und stülpte einen dunklen Schatten übers Land. Viele Shars wandten sich zur Flucht, liefen fort von der finsteren Zone und balancierten auf ihrem dritten Bein.

Das Raumschiff setzte auf, und die stumpfe Außenhülle reflektierte das matte Licht der roten Sonne.

Die Shars sangen ein grunzendes Lied der Furcht und des Kummers. Und sie warteten darauf, daß die Menschen ausstiegen.

Hier? Ja. Hier. Der menschliche Botschafter Drill blickte durch die Videofenster und starrte auf die vielen Shars, beobachtete, wie Tausende von ihnen umhersprangen und stöhnten und ächzten. Innerhalb der riesigen Masse entdeckte er eine Gruppe, die sich zielstrebig bewegte und sich wie auf seine Anweisung hin der Luftschleuse näherte. Drills neue Erinnerung vibrierte nervös in der gepanzerten Nische auf seinem Kopf. *In Bereitschaft bleiben,* signalisierte er.

Seine Knie knackten, als er in Richtung Schleuse schritt, und die silberne Kugel seines Translators rollte vor ihm über die Decke. Die Wände veränderten sich, als er an ihnen vorbeikam, zeigten ihm einen violetten Himmel, polygonale Gebäude in der Ferne, kaltes Grün am Horizont – und eine weite Ebene, auf der sich Tausende von Shars versammelt hatten.

Als er die Schleuse erreichte, schwang das Schott auf. Drill rümpfte die Nase, als ihm fremde Gerüche entgegenwehten: Hitze, Staub, die moschusartigen Ausdünstungen der Shars.

Der Pulsschlag des Botschafters beschleunigte sich, als er spürte, daß sich sein Traum erfüllte. Sein ganzes Leben lang hatte er auf diesen Tag gewartet.

Protein! Protein! wimmerte Metahirn. Drill forderte es zum Schweigen auf. Metahirn protestierte leise, fügte sich dann aber.

Anschließend wies Drill das Metahirn an, aktiv zu werden. Kühle Luft strich über seine Haut. Die Shars schrien auf, stöhnten und wichen zurück. Sie wirkten wie ein großer zischender Ozean aus spitzen Ohren und dunklen, fragend blickenden Augen. Die Gruppe, die sich der Luftschleuse genähert hatte, verschwand inmitten der scheuen Menge – ein Kiesel, der von einer Gezeitenwelle fortgespült wurde. Unter seinen Füßen fühlte Drill weiche Vegetation. Der Translator schwebte vor ihm in der Luft. Faszination prägte das emotionale Gefüge in seinem Innern, aber Metahirn sorgte dafür, daß er in Bewegung blieb.

Die Shars wichen weiter zurück und gaben ein klagendes Grunzen von sich.

Drill war fünfeinhalb Meter groß und hatte zwei säulenartige Beine. Seine Spreizfüße wiesen hornige Sohlen und rudimentäre Nägel auf. Die Haut war schwarz und bildete lange, schlaffe Falten an seinem nackten Leib. Der lange, dicke Penis schwang wie ein großer Kolben hin und her, als er ging. Während er über die offene Fläche schritt, wurde ihm einmal mehr klar, daß er das jüngste Produkt einer neun Millionen Jahre langen menschlichen Evolution darstellte – einer Entwicklung, die zu einem breiten genetischen Spektrum geführt hatte, zu körperlich-geistiger Ausweitung, Veränderung und Perfektion, den neuen Maßstäben der menschlichen Existenz.

Er blickte auf die kleinen Shars hinab, betrachtete ihre weiße Haut, den goldenen Pelz, ihre seltsam steifen Tribeine, die schmalen Schnauzen, die voller Ehrfurcht in seine Richtung deuteten. *Wenn eure Spezies überlebt,* dachte er zufrieden, *seht ihr in einigen Millionen Jahren vielleicht ebenso aus wie ich.*

Die zielstrebige Gruppe in der Menge war deutlich zu erkennen, als die anderen Shars weiter zurückwichen. Am Rande standen einige Wesen, die Stäbe in ihren feingliedrigen Händen hielten – möglicherweise Waffen. In der Mitte sah Drill mehrere Shars, die dekorative Bänder mit Metallplaketten trugen. *Rangabzeichen*, sagte Erinnerung. *Ignorieren*. Der Schatten des Translators tanzte ihnen entgegen, als sich Drill näherte. Metallisch glänzende Objekte lösten sich aus der Gruppe und schwebten über ihr.

Recorder, teilte Erinnerung mit. *Artifizielle Entsprechungen meiner Existenz. Vielleicht auch Sicherheitsapparaturen. Nicht von Bedeutung.*

Die Entfernung zu der Gruppe verringerte sich, und Drill richtete neue Anweisungen an Metahirn, das daraufhin mit der Zensynch-Phase begann. Sie machte Metahirn zwar hungriger, aber andererseits verringerte sie die Wahrscheinlichkeit von unliebsamen Zwischenfällen.

Die Shars mit den Stäben traten zurück. Die Menge heulte leise, als eins der Wesen auf Drill zuhielt. Die breiten Streifen an den Schultern verbargen nicht die vier prallen Säugetierbrüste. Transparente Kunststoffblasen schützten die trüben Augen. In Zensynchronisation mit Erinnerung und Metahirn wankte Drill an die weibliche Shar heran und vollführte eine freundliche Geste. Das kleinere Wesen zuckte unwillkürlich zusammen.

»Mein Name ist Drill«, sagte er. »Ich bin Botschafter und Mensch.«

Die Shar sah zu ihm auf und rümpfte die Nase, als sie der donnernden Stimme aus dem Translator lauschte. Ihre Antwort bestand aus einer raschen Folge von scharfen und fast schrill klingenden Lauten, die sich irgendwie disharmonisch anhörten. Drill wartete darauf, daß der Translator für ihn übersetzte.

»Ich bin Präsidentin Gram von der Intersharianischen Freundesgesellschaft der Nationen und Planeten.« So lautete die Transkription. Erinnerung erläuterte Drill mit einigen Hinweisen die Bedeutung der Bezeichnung »Nationen«.

»Danke, Präsidentin Gram«, sagte Drill. »Sollen wir jetzt mit den Friedensverhandlungen beginnen?«

Präsidentin Grams Ohren neigten sich nach vorn und dann wieder zurück. Einige Sekunden lang herrschte Stille, und kurz darauf stimmten die anderen Shars ein schier ohrenbetäubendes Geheul an. Die akustische Woge traf den menschlichen Botschafter wie eine Flutwelle.

Sie freuen sich über deine Worte, sagte Erinnerung.

Das entspricht auch meiner Interpretation, erwiderte Drill. *Glaubst du, wir kommen zurecht?*

Erinnerung gab keine Antwort und machte es sich im Sattel auf Drills Schädel bequemer. Ihre Aufgabe bestand darin, dem Botschafter Fakten zu liefern; Schlußfolgerungen fielen nicht in ihren Zuständigkeitsbereich.

»Wenn Sie mir ins Raumschiff folgen würden ...«, sagte Drill. »Dort können wir anfangen.«

»Lernen wir dort die anderen Mitglieder Ihrer Delegation kennen?«

Drill zwinkerte und blickte auf die Shar hinab. Einige Büschel ihres Schulterpelzes hatten sich gesträubt, und offenbar versuchte die Präsidentin, sich ihre Unruhe nicht anmerken zu lassen.

»Es gibt keine anderen Mitglieder«, entgegnete Drill. »Die Delegation besteht nur aus mir.«

Seine Knie schmerzten, und er beobachtete, wie die Angehörigen der Empfangsgruppe verwunderte Blicke wechselten.

»Keine Sekretäre oder Assistenten?« vergewisserte sich die Präsidentin.

»Nein«, sagte Drill. »Keine. Ich bin die einzige bewußte Entität an Bord des Schiffes. Können wir jetzt beginnen?«

Essen! Essen! knurrte Metahirn. Drill befahl ihm, Ruhe zu geben. Sein Magen knurrte.

»Vielleicht wäre es besser, noch einige Stunden zu warten«, erwiderte Präsidentin Gram zögernd und betrachtete das gewaltige Schiff. »Ich sollte zu meinem Volk sprechen. Möchten Sie zuhören?«

Nicht nötig, sagte Erinnerung. *Ich überwache alles.*

»Danke, nein«, meinte Drill. »Ich kehre ins Schiff zurück, um dort zu essen und meinen Sexualtrieb zu befriedigen. Bitte geben Sie mir Bescheid, wenn Sie bereit sind. Sie können all die Dinge mitnehmen, die Sie für ihr Wohlbefinden brauchen. Ich fürchte, die Einrichtungsgegenstände an Bord sind nicht für Sie geeignet. Vielleicht ergibt sich später eine Gelegenheit, derartige Dinge nach Maß zu clonen.«

Wie auf ein geheimes Signal hin stülpten sich die Ohren aller Shars nach vorn. Drill leitete erneut die Zensynch-Phase ein, zwang seinen massigen Körper herum und marschierte in Richtung Luftschleuse. Die Geräusche von der Menge hinter ihm klangen so, als flüstere Wind in den Wipfeln hoher Bäume.

Frieden, dachte der Botschafter später, als er an den Proteintanks stand und sich den Magen füllte. *Eigentlich eine ganz einfache Sache. Wie lange mag es dauern, um eine entsprechende Übereinkunft zu treffen?*

Lange, sagte Erinnerung. *Sehr lange.*

Diese Vorstellung bereitete Drill Unbehagen. Er entsann sich an die erste Begegnung und glaubte, sie sei gut verlaufen.

Der Sex nach seiner Mahlzeit gefiel ihm nicht besonders.

Erinnerung überwachte die Geschehnisse außerhalb des Schiffes, und als Drill sich sexuelle Befriedigung verschafft hatte, erhielt er einen kurzen Bericht. *Die ganze Bevölkerung ist informiert worden*, teilte ihm Erinnerung mit.

Präsidentin Gram hatte sich auf eine Anhöhe begeben und von dort aus eine Rede gehalten. Drill fand ihre Ansprache interessant. Gram formulierte ihre Worte in einem rhythmischen und beschwörenden Tonfall; ihre

Stimme klang melodisch und eindringlich, und um die gewünschte Wirkung zu erzielen, wiederholte sie dann und wann einige Sätze. Die Menge reagierte, kommentierte ihre Ausführungen mit aufgeregtem Bellen oder kummervollem Grunzen, und manchmal brummten die Shars verwirrt, wenn sie bestimmte Fragen oder Bemerkungen nicht verstanden. Erinnerung unterrichtete Drill nur von den wichtigsten Passagen der Rede. »Unbekannt ... Angreifer ... Milliarden von Toten ... Verhandlungen stehen unmittelbar vor dem Beginn ... zur Selbstverteidigung bereit ... Friedensangebot ... Licht in der Dunkelheit ... Hoffnung ... unbekannt ... die Bereitschaft mitbringen, ein Risiko einzugehen ... Frieden ... Frieden ... hoffnungsvoller Duft ... Frieden.« Als Gram ihre Ansprache beendete, sangen die anderen Shars: »Frieden! Frieden!«, und die Präsidentin tanzte auf ihrem steifen Hinterbein.

Klingt gut, dachte Drill. *Aber warum gibt sie sich solche Mühe, den Enthusiasmus ihres Volkes zu wecken?*

Erinnerung antwortete sofort.

Vergiß nicht, daß die Shars eine kollektive Spezies sind, sagte sie. *Präsident Grams Macht und ihre Verhandlungsmöglichkeiten gründen sich auf das Ausmaß, in dem sie von den anderen Shars unterstützt wird. Daher bleibt ihr nichts anderes übrig, als Entscheidungen in aller Öffentlichkeit zu erklären und zu diskutieren, damit die Bevölkerung weiterhin ihre Politik befürwortet.*

Primitiv, dachte Drill.

In der Tat.

Warum läßt man sie nicht einfach ihre Arbeit machen? fragte der Botschafter.

Daraufhin schwieg Erinnerung.

Nach dem Austausch einiger Signale versammelten sich die Shars an der Luftschleuse. Einige von ihnen trugen Tische und Stühle. Drill schickte einen Frosch, um die Gruppe von der Schleuse dorthin zu eskortieren, wo er sich aufhielt. Der Frosch verharrte kurz vor den Shars, drehte sich dann um und hüpfte durch die breiten und hohen Korridore des Raumschiffes. Er war darauf programmiert, in der Sprache der Shars immer wieder »Folgt mir! Folgt mir!« zu rufen.

Drill wartete halb zurückgelehnt auf einer Platte. Dabei handelte es sich um eine organische Subspezies, die als Einrichtungsgegenstand benutzt wurde. Platten verfügten nur über einen kleinen Zerebralbereich, der sie befähigte, menschlichen Befehlen zu gehorchen. Die Shars traten zögernd ein und zwinkerten im hellen Licht. »Willkommen, ehrenwerte Präsidentin«, sagte Drill. »Hoch, Platte.« Platte stemmte den Botschafter in die Höhe, so daß er wieder auf seinen Beinen stehen konnte. Unterdessen brachten die Shars Tische und Stühle in den großen Raum.

Frosch sprang umher, und wenn er auf dem Boden landete, klang es, als werde eine gallertartige Masse zusammengepreßt. »Folgt mir! Folgt mir!« rief er dauernd.

Die Angehörigen der Shar-Delegation, die Rangstreifen trugen, blieben ruhig stehen, während ihre Artgenossen die mitgebrachten Möbelstücke aufstellten. Als ihn Platte auf die Beine hebelte, bemerkte Drill, daß die kleinen Wesen die Nase rümpften. Er fragte sich, was das bedeuten mochte.

Seine Knie knackten, als er sich aufrichtete. »Bitte machen Sie es sich bequem«, sagte er. »Frosch führt Ihre Bediensteten zur Schleuse zurück.«

»Exzellenz, haben Sie etwas dagegen, wenn wir die Unterredung mit einem Gerät aufzeichnen?« fragte Präsidentin Gram. Sie hob die eine Hand und beschattete ihre Augen.

»Keineswegs.« Einige Metallinstrumente stiegen empor und schwebten über der Gruppe. Drill überlegte, ob es möglich sei, den Shars separate Erinnerungen zur Verfügung zu stellen. Vielleicht waren menschliche Biogenetiker imstande, Erinnerungen an die besondere

Physiologie dieser Geschöpfe zu adaptieren. Er bat seine eigene Erinnerung darum, diesen Gedankengang zu speichern, damit er später auf dieses Thema zu sprechen kommen konnte.

»Folgt mir! Folgt mir!« rief Frosch. Die Bediensteten, die inzwischen alle Möbel montiert hatten, folgten ihm auf den Korridor.

»Euer Exzellenz«, begann Präsidentin Gram, »erlauben Sie mir die Ehre, Ihnen die anderen Mitglieder meiner Delegation vorzustellen?«

Es waren insgesamt sechs, und sie trugen Titel wie »Sekretär für Synkopierte Sprache« und »Sonderbeauftragter für Externe Kohärenz«. Darüber hinaus gab es einen »Minister für die Verbreitung Überzeugender Lügen« – in diesem Zusammenhang argwöhnte Drill eine fehlerhafte Übersetzung – und einen »Gegnerischen Generalsekretär für die Vollständige Ausrottung fremder Aggressoren«. Der Gegnerische Generalsekretär hieß Vang und war selbst für einen Shar auffallend klein. Er schien die Nase stärker zu rümpfen als die anderen. Der Name des Sonderbeauftragten für Externe Kohärenz lautete Cup, und er wirkte scheckig: Im Bereich von Schultern, Armen und Kopf zeigten sich weiße Hautflecken im Pelz.

Er ist alt, sagte Erinnerung.

Das dachte ich mir schon.

»Runter, Platte«, sagte Drill. Er lehnte sich an die Subspezies und nahm eine bequemere Haltung ein.

Dann musterte er die Shars und lächelte. Fell sträubte sich auf Schultern und an Nacken. »Können wir jetzt Frieden schließen?«

»Zunächst möchten wir einen Punkt klären, den Sie zuvor erwähnten«, erwiderte Präsidentin Gram. »Sie meinten, Sie seien die einzige ... ah ... bewußte Entität an Bord dieses Schiffes und die Delegation bestehe nur aus Ihnen. Wurde dieser Hinweis richtig übersetzt?«

»Ja«, bestätigte Drill. »Warum sollte mehr als ein Botschafter erforderlich sein?«

Die Shars wechselten erstaunte Blicke, und der Sonderbeauftragte für Externe Kohärenz erwiderte behutsam:

»Es ist also nicht nötig, daß Sie sich mit Ihren Vorgesetzten beraten? Sie haben volle Handlungs- und Entscheidungsfreiheit?«

Drill verzog das Gesicht. »Wir Menschen haben natürlich keine Regierung«, antwortete er. »Ich bin ein Diplomat mit angemessener Erinnerung und entsprechender Ausbildung. Es gibt kein Problem, auf das ich nicht vorbereitet bin.«

»Entschuldigen Sie bitte, Eure Exzellenz«, sagte Cup. Er beugte sich vor, und seine kleinen Augen tränten. »Ich bin alt, und daher brauche ich vielleicht etwas länger, um eine bestimmte Situation zu verstehen. Wenn bei Ihnen keine Regierung existiert, wer beauftragte Sie dann mit dieser Mission?«

»Ich bin Diplomat. Das ist mein Fachgebiet. Ich brauche keine Aufträge. Die Menschheit wird alle Entscheidungen akzeptieren, die ich bei Verhandlungen treffe. Gerade darin besteht die Aufgabe von uns Spezialisten: zu beurteilen und zu beschließen. Kein Angehöriger der menschlichen Rasse wird die Analyse eines Spezialisten in Frage stellen.«

»Aber warum ausgerechnet *Sie?* Als Person, meine ich.«

Drill zuckte die breiten und massigen Achseln. »Ich gehörte zur nächstliegenden diplomatischen Enklave und war als Individuum zu jenem Zeitpunkt nicht beschäftigt.« Er musterte die Shars nacheinander. »Ich bin sehr froh darüber, daß sich mir eine solche Chance bietet, ehrenwerte Delegierte«, sagte er. »Die meisten menschlichen Diplomaten bekommen nie die Gelegenheit, mit den Angehörigen eines fremden Volkes zu sprechen. Für gewöhnlich vermitteln wir nur bei Interessenkonflikten zwischen den einzelnen Spezialistengruppen meiner Spezies.«

»Und die Menschheit wird sich an die von Ihnen getroffenen Entscheidungen halten?«

»Selbstverständlich.« Diese Frage überraschte Drill. »Warum zweifeln Sie daran?«

Cup lehnte sich zurück, und seine Ohren erschlafften plötzlich. Kurze Stille folgte.

»Wir haben eine Eröffnungsansprache vorbereitet«, sagte Präsidentin Gram. »Ich würde sie gern zu einem Teil unserer Aufzeichnung machen. Aber wenn Sie zuerst das Wort an uns richten möchten ...«

»Das ist nicht nötig«, erwiderte Drill. »Ich höre.«

Cup und die Präsidenten sahen sich an. Gram zögerte einige Sekunden lang, holte tief Luft und begann.

Lange, sagte Erinnerung. *Sehr lange.*

Drill verglich den Vortrag mit demjenigen, den die Präsidentin ihrem Volk gehalten hatte. Sie benutzte den gleichen rhythmischen Tonfall und formulierte ähnliche Worte. Dann und wann brummten die anderen Shars zustimmend. Drill döste und lauschte in erster Linie dem melodischen Klang.

»Ich danke Ihnen, ehrenwerte Präsidentin«, sagte er anschließend. »Das war eine sehr nette Rede.«

»Wir möchten eine Tagesordnung für die Konferenz vorschlagen«, sagte Gram. »Erster Punkt: der Waffenstillstand und die Voraussetzungen für die Einstellung aller Feindseligkeiten. Zweitens: die Festlegung sicherer Grenzen zwischen unseren beiden Einflußsphären, eine Garantie dafür, daß unsere Völker genügend Expansionsraum bekommen. Drittens: Handelsverträge, Kulturabkommen. Viertens: Reparationszahlungen und die Zurückgabe besetzter Territorien.«

Drill nickte. »Ich glaube, die Lösung der von Punkt zwei bis Punkt vier genannten Probleme ergibt sich als ein Ergebnis der Übereinkunft, die wir in bezug auf den ersten Tagesordnungspunkt treffen. Mit anderen Worten: Der Waffenstillstand ist die Voraussetzung für eine allgemeine Normalisierung unserer Beziehungen.«

»Sind Sie mit der Tagesordnung einverstanden?«

»Meinetwegen. Eigentlich spielt sie gar keine Rolle.«

Ohren neigten sich vor und wieder zurück. »Sie sind also bereit, zuerst über den Abzug der an den Kämpfen beteiligten Truppen zu sprechen?«

»Ja. Allerdings weiß ich nicht, welche Streitkräfte auf Ihrer Seite mobilisiert wurden. Die Menschheit hat noch keine ausgeschickt.«

Die Shars schwiegen eine Zeitlang. »Ihre Spezies hat unseren Planeten angegriffen, Botschafter. Ohne jede Vorwarnung. Ohne einen einzigen Versuch, Kontakt mit uns aufzunehmen.« Gram sprach seltsam monoton. Vielleicht, dachte Drill, versuchte sie, ihre Erregung zu verbergen.

»Ja«, sagte er. »Aber dabei handelte es sich nicht um militärische Einheiten, sondern um Terraforming-Schiffe. Sie führten keinen Angriff im eigentlichen Sinn, waren sich Ihrer Existenz nur am Rande bewußt. Ihre Aufgabe bestand darin, auf den Welten Organismen anzusiedeln, die das menschliche Leben erleichtern. Ihr Volk hatte das Pech, daß jene Organismen zum Teil die Funktion hatten, einheimische Lebensformen zu vernichten.«

Die Shars berieten sich kurz, und der Gegnerische Generalsekretär wirkte dabei besonders nervös. Nach einer Weile wandte sich Präsidentin Gram an Drill.

»Diese Darstellung können wir nicht akzeptieren, Euer Exzellenz«, sagte sie. »Man griff uns an, und als wir versuchten, uns zu verteidigen, wurden wir überwältigt.«

»Unsere Terraformer verstehen ihr Handwerk«, erwiderte Drill. »Es sind Spezialisten. Unsere Würger, Wühler und Wüster sind Meister ihres Elements. Aber es fehlt ihnen an Intelligenz. Im Gegensatz zu uns Menschen handelt es sich bei ihnen nicht um intelligente

Entitäten. Sie erkannten Ihre Zivilisation nicht als solche, sahen nur Nahrung an Ihnen.«

»Wollen Sie etwa behaupten, sie *bemerkten uns überhaupt nicht?*« fragte Generalsekretär Vang scharf. *»Sie wußten gar nicht, daß sie uns töteten?«* Seine Stimme überschlug sich, und Präsidentin Gram legte unwillkürlich die Ohren an.

»Sie wußten nicht, daß sie intelligente Geschöpfe fraßen«, stellte Drill richtig.

Präsidentin Gram stand auf. »Euer Exzellenz, ich fürchte, mit solchen Erklärungen können wir uns nicht abfinden«, sagte sie. »Ich schlage vor, wir vertagen die Konferenz, bis wir uns einig geworden sind, wie wir auf Ihre erstaunliche Einstellung reagieren sollen.«

Drill war verwirrt. »Was habe ich denn gesagt?«

Die anderen Shars erhoben sich ebenfalls. Präsidentin Gram drehte sich um und eilte auf ihren drei Beinen in Richtung Ausgang. Ihre Begleiter folgten ihr.

»Warten Sie!« sagte Drill. »Gehen Sie noch nicht! Zuerst rufe ich Frosch. Hoch, Platte, hoch!«

Als es Platte schließlich gelang, Drill in die Höhe zu stemmen, waren die Shars fort. Das Schiff teilte ihm mit, sie hätten selbst den Weg zur Luftschleuse gefunden. Drill blieb nichts anderes übrig, als die Schleuse anzuweisen, die Delegation von Bord gehen zu lassen.

»Warum sollte ich lügen?« fragte der Botschafter verwundert. »Warum sollte ich die Wahrheit vor ihnen verbergen?« Eigentlich, so meinte er, war doch alles ganz einfach.

Drill verlagerte sein Gewicht von einem Bein aufs andere und überlegte erneut, ob er irgendeinen Fehler gemacht hatte. Er bat Erinnerung um Auskunft darüber, was es jetzt zu unternehmen galt, aber Erinnerung verfügte über keine Informationen, die ihn hätten beruhigen können. Sie antwortete nur mit sachlichen Berichten über ähnliche Verhandlungen auf anderen Planeten. Der nüchterne Monolog langweilte Drill, und er befahl Erinnerung zu schweigen. Dann begann er eine unruhige Wanderung durch die Korridore des Raumschiffes. Nach wie vor war ihm die empörte Reaktion der Shars ein Rätsel.

Seine Nervosität erweiterte sich auf Metahirn. *Protein,* signalisierte es leise. *Nahrung. Sex.*

Sei still, dachte Drill.

Sex, Sex, erwiderte Metahirn.

Drill spürte, wie eine Erektion begann. Er fügte sich dem Unvermeidlichen und machte sich auf den Weg zum Quartier des Surrogats.

Surrogat wohnte in einem matt erhellten, stillen Zimmer, in dem man nur das leise Pochen seines Herzschlags hören konnte. Es war eine menschliche Subspezies, etwa so intelligent wie Metahirn, dazu geschaffen, Reisende zu unterhalten – insbesondere während langer Raumflüge, die sexuelle Kontakte mit anderen vollbewußten Menschen beschränkten. Surrogats Körper wies eine Vielzahl von Geschlechtsorganen auf, um allen Wünschen der verschiedenen menschlichen Subspezies und ihrer sexuellen Orientierungen zu genügen. Darüber hinaus gehörten zu seinem Leib große Brüste, die eine nahrhafte Milch absonderten, und ein rudimentärer Kopf mit einem Gehirn, das zu einfachen Gedankengängen und Überlegungen in der Lage war.

Kleine Mäuse, die Surrogat und das Schiff sauberhielten, sausten davon, als Drill den Raum betrat. Surrogat hob den Schädelansatz.

»Es freut mich, dich wiederzusehen«, sagte es.

»Ich heiße Drill.«

»Es freut mich, dich wiederzusehen, Drill«, meinte Surrogat. »Es freut mich, daß du wieder bei mir bist.«

Drill begann damit, an den Brustwarzen zu saugen. Eins der männlichen Geschlechtsteile Surrogats versteifte sich. »Ich bin verwirrt, Surrogat«, sagte der Botschafter. »Ich weiß nicht, wie ich mich verhalten soll.«

»Warum bist du verwirrt, Drill?« fragte Surrogat. Es

hob einen Arm und streichelte Drills Kopf. Eigentlich fand gar kein richtiges Gespräch statt: Surrogate waren nur darauf programmiert, einfache Bemerkungen zu machen, die Worte des Partners zu analysieren und schlichte Fragen zu stellen.

»Die Dinge entwickeln sich nicht so, wie ich dachte«, antwortete Drill. Er saugte erneut, und warme Milch lief ihm über die Wangen. Surrogats männliches Geschlechtsorgan hatte einen Orgasmus. Sofort eilten Mäuse herbei, um die klebrige Flüssigkeit vom Boden zu entfernen.

»Warum entwickeln sich die Dinge nicht so, wie du dachtest?« fragte Surrogat. »Ich bin sicher, es kommt alles in Ordnung.«

Metahirn hatte ebenfalls einen Orgasmus, den Drill als vages Wohlbefinden wahrnahm. Er saugte weiterhin und spürte, wie ihn die Nähe Surrogats mit angenehmen Empfindungen erfüllte. Er genoß das dumpfe Pochen des Herzschlags, die Berührungen des großen, warmen und idiotischen Körpers.

Es wird alles in Ordnung kommen, dachte Drill.

»Ich bin froh, daß du gekommen bist, Drill«, sagte Surrogat. »Ja, Drill, ich bin wirklich *froh.*«

Die vielen Shars auf der Ebene gingen nicht fort, als die Dunkelheit der Nacht heranzog. Sie standen unter schwebenden Kugeln, von denen ein mattes, rötliches Glühen ausging, das sich gespenstisch auf spitzen Ohren und schmalen Schnauzen widerspiegelte. Einige von ihnen setzten Mützen auf oder streiften Hemden über, um sich vor der Kühle zu schützen. Drill beobachtete sie durch die Videofenster des Kontrollraums und fühlte sich an eine andächtige Menge erinnert, die sich den Folgen einer schrecklichen Katastrophe gegenübersah.

Die Shars schwiegen nicht. Sie bildeten kleine Gruppen und führten aufgeregt Gespräche. Manchmal stimmten sie die Klagelieder an, die Drill bereits früher gehört hatte, und ab und zu gaben sie ein schrilles Heulen von sich.

Präsidentin Gram wandte sich an sie, nachdem sie das Raumschiff verlassen hatte. »Der Mensch hat zugegeben, daß seine Spezies uns angriff«, sagte sie. »Aber er lehnt die Verantwortung dafür ab. Wir sollten ihn dazu auffordern, einen realistischeren Standpunkt zu vertreten.«

»Einen Standpunkt vertreten«, wiederholte Drill, noch mehr verwirrt. »Es geht doch nicht um irgendwelche *Standpunkte*, sondern um die Wahrheit. Warum verstehen sie das nicht?«

Der Gegnerische Generalsekretär Vang war besonders aufgebracht. »Wir haben jetzt eine wesentlich bessere Vorstellung von der moralischen Wertigkeit der Menschen«, führte er aus. »Zwischen den Kulturen unserer Völker gibt es praktisch nichts Gemeinsames. Wir dürfen nicht zulassen, daß das Grauen, mit dem die Menschen fünf unserer Welten heimsuchten, fortgesetzt wird. Und ich weigere mich entschieden, eine Entschuldigung zu akzeptieren, die als Grund für die Katastrophe mangelnde Achtsamkeit von seiten unseres Feindes nennt.«

»Jenes Individuum zeichnet sich ganz offensichtlich durch eine mangelnde Analysefähigkeit aus«, murmelte Drill.

Er suchte sein Schlafquartier auf und befahl Platte, entspannende Musik für ihn zu spielen. Trotz des melodischen Summens und Brummens, das Platte von sich gab, dauerte es ziemlich lange, bis Drills Nervosität nachließ und er Ruhe fand.

Die Diplomatie, dachte er, als er einschlief, hält ständig Überraschungen parat.

Am nächsten Morgen warteten die Shars noch immer vor dem großen Raumschiff. Sie sangen und klagten, trippelten hin und her, bewegten sich wie die Gezeiten eines Meeres, das aus Tausenden von pelzigen Körpern bestand. Während Drill bei den Proteintanks frühstückte, beobachtete er sie durch die Videowände. »Präsidentin Gram hat dir eine Nachricht geschickt«, verkündete Erinnerung. »Sie möchte dich per Funk sprechen.«

»Wie sie wünscht.«

»Botschafter Drill«, sagte die Präsidentin und sprach dabei wieder kühl und monoton. Drill bedauerte es, daß sie Schwierigkeiten hatte, mit Streß und Anspannung fertigzuwerden.

»Guten Morgen, Präsidentin Gram«, antwortete er. »Ich hoffe, Sie haben eine angenehme Nacht verbracht.«

»Ich möchte Ihnen unsere Entscheidung mitteilen. Wir sehen uns leider dazu gezwungen, die Friedensverhandlungen mit Ihnen als Repräsentanten Ihrer Spezies abzubrechen, wenn Sie nicht bereit sind, die Schuld Ihres Volkes am Angriff auf unsere Planeten einzugestehen.«

»Sie erwarten von mir, daß ich dafür im Namen der Menschheit die Verantwortung übernehme?« vergewisserte sich Drill. »Gern. Warum auch nicht?«

In der Ferne vernahm Drill einige dumpfe, bellende Laute, die der Translator nicht übersetzte. Offenbar hatte nicht nur Präsidentin Gram seine Antwort gehört.

»Sie geben zu, dafür verantwortlich zu sein?« Selbst in der Transkription war das Erstaunen der Präsidentin unüberhörbar.

»Natürlich. Macht das irgendeinen Unterschied?«

Auf diese Frage gab Gram keine Antwort, schlug statt dessen eine neuerliche Begegnung für den Nachmittag vor:

»Ich bin jederzeit bereit, mit Ihnen zu sprechen.«

Erinnerung zeichnete die Rede auf, die Präsidentin Gram vor ihrem Volk hielt, und Drill befaßte sich damit, bevor er die Shar-Delegation an der Luftschleuse empfing. In ihrer Ansprache betonte Gram mehrmals, Drill habe zugegeben, daß die Menschheit den Krieg begonnen hätte. Die Shars hüpften umher, schrillten und bellten und sangen, als seien sie plötzlich übergeschnappt. Drill fragte sich nach dem Grund ihrer Aufregung.

Der Botschafter leitete zusammen mit Erinnerung und Metahirn die Zensynch-Phase ein, um bei der Schleuse nicht unabsichtlich auf Gram oder einen der anderen Shars zu treten. Er lächelte, begrüßte jeden Delegationsangehörigen mit seinem Namen und führte sie in den Konferenzraum.

»Ich glaube«, ließ sich Cup vernehmen, »wir könnten weitere Mißverständnisse vermeiden, wenn Euer Exzellenz so freundlich wäre, uns über seine Spezies zu informieren. Wir sind recht verwirrt aufgrund Ihrer Unterscheidung zwischen ›intelligenten‹ und ›nicht intelligenten‹, zwischen ›bewußten‹ und ›unbewußten‹ Entitäten. Würden Sie uns bitte erklären, was es damit auf sich hat?«

»Selbstverständlich«, entgegnete Drill. »Im Gegensatz zu Ihrem Volk hat unsere Rasse ein hohes Niveau der Spezialisierung erreicht. Vor rund acht Millionen Jahren waren wir wie Sie – auf einem niedrigen Evolutionsstand ist ein kleiner und nichtspezialisierter Speziestypus durchaus vorteilhaft. Doch wenn die betreffende Art eine komplexere soziale und technische Entwicklungsstufe erreicht, werden Experten benötigt. Sowohl durch natürliche Evolution als auch genetische Manipulation hat sich die Menschheit von einer generalisierten Spezies in eine extrem spezialisierte Lebensform verwandelt. Einzelne Gruppen üben dabei bestimmte Funktionen aus und sind für klar abgegrenzte Aufgabenbereiche zuständig. Wir halten diesen Prozeß für einen notwendigen Schritt bei der allgemeinen Weiterentwicklung.

Während der Forschungen in Hinsicht auf eine Veränderung unserer Erbmasse stellten wir fest, daß sich große Informationsmengen am besten in unserer eigenen Zellstruktur speichern lassen – in der DNS. Für Aufgaben, die größere oder kleinere Datenbestände erforderten, bereiteten wir – soweit das möglich war – organische Entitäten vor, menschliche Subspezies. Wir wollten hochentwickeltes Bewußtsein, wie es unseren beiden Völkern zu eigen ist, nicht mit langweiligen Arbeiten belasten, die meistens nur aus Wiederholungen mechanischer Tätigkeiten bestehen. Sie haben bereits einige unbewußte Entitäten kennengelernt. Frosch zum Beispiel, oder die Platte, auf der ich liege. Viele Komponenten meines Raumschiffes sind zwar lebendig, aber nicht intelligent.«

»Das erklärt den Geruch«, brummte eines der Delegationsmitglieder.

»Die Terraformer, die Ihre Planeten angriffen«, fuhr Drill fort, »waren ebenfalls Exemplare einer unbewußten Subspezies – für eine ganz bestimmte Aufgabe geschaffen.«

Die Shars zwinkerten überrascht und musterten Drill aus ihren kleinen Augen. »Aber warum?« erkundigte sich Cup.

»Das Terraformen ist ein ziemlich langweiliger Vorgang, der viele Jahre dauert. Ein bewußter Verstand fände daran gewiß keinen Gefallen.«

»Doch dadurch droht die Gefahr, daß ihr Volk einen Krieg auslöst, ohne etwas davon zu ahnen. Und wenn Ihre früheren Ausführungen wahr sind, ist das bereits geschehen.«

Drill zuckte die Achseln. »Das passiert von Zeit zu Zeit. Manchmal griffen uns andere Rassen, die den gleichen Entwicklungsstand wie wir erreicht haben, auf ähnliche Weise an. Wenn so etwas geschieht, führen wir Friedensverhandlungen.«

»Halten Sie solche Angriffe etwa für normal?« entfuhr es dem Gegnerischen Generalsekretär Vang.

»Die gelegentlichen Konfrontationen erscheinen mir als natürliche Folge der Evolution«, sagte Drill.

Vang wandte sich an den Shar neben ihm und gab einige kläffende Laute von sich. Drill verstand mehrere Worte: »Milliarden Tote ... fünf Planeten ... Grauen ... *natürliche Folge!*«

»Ich fürchte, wir kommen vom eigentlichen Thema ab«, warf Präsidentin Gram ein.

Vang sah sie an. »Sie haben recht, ehrenwerte Präsidentin. Bitte entschuldigen Sie.«

»Es geht darum, einen Waffenstillstand zu vereinbaren«, sagte Gram. »Sie müssen Ihre Terraformer zurückziehen, und anschließend legen wir Grenzen fest.«

Spezies auf diesem Entwicklungsniveau neigen zu territorialem Denken, meldete sich Erinnerung. *Ihre politische Mentalität basiert auf dem Konzept von Begrenzungen. Die Vorstellung einer grenzenlosen Gemeinschaft von verschiedenen Rassen könnte als bedrohlich empfunden werden.*

Ich werde versuchen, sie zu beruhigen, erwiderte Drill.

»Wir verändern die Programmierung der Erinnerungen an Bord unserer Terraforming-Schiffe, um Ihren Forderungen zu entsprechen«, sagte Drill. »Im Anschluß daran droht Ihrem Volk keine Gefahr mehr.«

»Was uns angeht: Es wird einige Monate dauern, bevor der Rückzugsbefehl alle unsere Truppenteile erreicht«, meinte Präsidentin Gram. »Wie lange brauchen Sie, um die Schiffe zu benachrichtigen?«

»Etwa ein Jahrhundert.« Die Shars starrten den Botschafter groß an. »Zuerst justieren wir die Erinnerungen in der für diesen Raumsektor zuständigen Forschungsstation. Die veränderten Einheiten führen eine Reprogrammierung der Terraforming-Erinnerungen durch, wenn die Schiffe zurückkehren, um neue Vorräte aufzunehmen.«

»Soll das heißen, wir müssen *hundert Jahre lang* mit weiteren Angriffen rechnen?« In Vangs Stimme vibrierten ungläubige Entrüstung und Zorn.

»Unsere Terraforming-Raumer sind in der Regel ziellos unterwegs und kehren erst dann zu den Basen zurück, wenn sie gewartet werden müssen oder Ausrüstungsmaterialien brauchen. Wir erfahren erst dann, wo sie gewesen sind, wenn sie Bericht erstatten. Zwar werden sie bestimmt auf einigen weiteren Planeten landen, die von Ihnen beansprucht werden, aber ich bin sicher, daß Ihre Spezies überlebt. Gewiß bleiben genügend Individuen übrig, um die Rassenevolution fortzusetzen. Sie können die Zeit nutzen, um andere Welten zu suchen und sich dort niederzulassen. Wahrscheinlich bietet Ihnen der gegenwärtige Konflikt sogar einen historisch-evolutionären Vorteil.«

»Haben Sie überhaupt keine Achtung vor dem Leben?« fragte Vang scharf. Drill dachte eine ganze Zeitlang nach, bevor er antwortete.

»Alle Individuen sterben, Gegnerischer Generalsekretär«, sagte er. »Das ist ein Naturgesetz, über das sich bisher noch niemand hinwegsetzen konnte. Nur Spezies überleben. Einzelne Personen sind leicht zu ersetzen. Nun, Sie werden zwar einige Planeten und viele Individuen verlieren, aber ihrem Volk droht keineswegs die Ausrottung. Ganz im Gegenteil: Es hat sogar einen Entwicklungsschub zu erwarten. Und könnte sich eine Rasse oder ihre delegierten Repräsentanten mehr wünschen?«

Es funkelte in den Augen des Gegnerischen Generalsekretärs, als er zu Drill aufsah. Er bleckte die Zähne, seine Ohren stülpten sich nach vorn. Er blieb völlig still.

»Wir möchten einen echten Waffenstillstand vereinbaren«, sagte Präsidentin Gram. Ihre Hände zitterten krampfhaft. »Wir haben nicht die geringste Absicht, über hundert Jahre hinweg die langsame Auslöschung zumindest eines großen Teils unseres Volkes zuzulassen. Ihr Standpunkt entsetzt uns. Ich fürchte, weitere Diskussionen haben keinen Sinn, solange Sie Ihre Meinung nicht ändern.«

»Meine Meinung? Es geht nicht um irgendwelche Meinungen, ehrenwerte Präsidentin. Nur die Wahrheit zählt.«

»Wir haben Ihnen nichts mehr zu sagen.«

Niedergeschlagen folgte Drill der Delegation zur Luftschleuse. »Ich habe nicht gelogen, Präsidentin Gram«, stellte er fest. Aber Gram wandte sich wortlos von ihm ab und verließ das Raumschiff. Draußen erwartete sie der stumme Glanz der Sterne.

Die Sendungen der Shars waren nicht besonders ermutigend. Der Gegnerische Generalsekretär Vang wählte besonders ausdrucksstarke Worte. Drill machte sich mit dem Inhalt seiner Rede vertraut, indem er ein Speicherungsderivat von Erinnerung durchging. »Erbarmungslose Gleichgültigkeit ... keine Grundlage für eine Verständigung ... Indifferenz gegenüber Schrecken und Grauen ... Grausamkeit als zivilisatorischer Faktor ... kein Respekt vor dem Individuum ... Selbstverteidigung ... der Gestank im Schiff.«

Die Shars reagierten auf die Ansprache, indem sie umhersprangen und kläfften. Einige von ihnen stimmten ein schrilles Gelächter an, das in Drill neues Unbehagen nährte.

»Wir hoffen, doch noch einen Weg zum Frieden zu finden«, sagte Präsidentin Gram. »Ich habe eine Krisensitzung einberufen, um mich mit allen Ministern zu beraten.« Das war alles.

Während der folgenden Nacht bildeten die klagenden Shars einen Kreis um das Raumschiff. Das Lachen nach dem Vortrag Vangs war noch nicht ganz verstummt. Drill fragte sich, warum sie nicht einfach nach Hause gingen und sich schlafen legten.

Lange, lange, sagte Erinnerung. Diese Auskunft spendete dem Botschafter keinen Trost.

Früh am nächsten Morgen, noch vor der Dämmerung, traf eine Nachricht von Präsidentin Gram ein. »Ich würde gern privat mit Ihnen sprechen. In Abwesenheit der anderen Delegationsmitglieder. Und ohne daß die Unterredung aufgezeichnet wird.«

»Dazu bin ich nur zu gern bereit«, erwiderte Drill und spürte, wie sich ein Hauch von Optimismus in ihm regte.

»Ich möchte nicht noch einmal die Luftschleuse benutzen, durch die ich mit der Delegation eintrat. Können Sie eine andere öffnen?«

Drill gab der Präsidentin einige Hinweise und holte sie bei der anderen Schleuse ab. Gram trug einen langen Kapuzenmantel, und in dieser Aufmachung hatten ihr die Shars vor dem Raumschiff keine Beachtung geschenkt.

»Ich danke Ihnen, daß Sie mich unter diesen Umständen empfangen«, sagte sie, strich die Kapuze ein wenig zurück und sah zu dem Botschafter auf. Als Drill lächelte, schauderte sie.

»Es freut mich, Ihnen zu Diensten sein zu können«, sagte er.

Protein! verlangte Metahirn. Seit dem Beginn der Zensynch-Phase hatte es geschwiegen. Drill formulierte ein drohendes telepathisches Knurren, und daraufhin gab Metahirn keinen Laut mehr von sich.

»Hier entlang, ehrenwerte Präsidentin«, sagte er. Er führte sie in seine Schlafkammer – einen kleinen, nur etwa zwanzig Quadratmeter großen Raum. »Soll ich einen Frosch beauftragen, einen Stuhl für Sie zu holen?« fragte er.

»Nein, ich bleibe stehen. Mit meinen drei Beinen scheine ich es bequemer zu haben als Sie mit ihren zwei.«

»Ja.«

»Botschafter Drill, wäre es vielleicht möglich, daß Sie das grelle Licht ein wenig dämpfen? Es blendet mich sehr.«

Drill kam sich wie ein Narr vor und fragte sich, warum er nicht gleich daran gedacht hatte. »Bitte entschuldigen Sie«, erwiderte er. »Ich gebe sofort eine entsprechende Anweisung. Ich wünschte, Sie hätten mich gleich darauf hingewiesen.« Er lächelte nervös, als er die Intensität des Lichts reduzierte und sich auf Platte stützte.

»Ehrenwerter Botschafter«, sagte Gram zögernd und unsicher. »Wissen Sie, ich möchte Ihnen nicht zu nahe treten ... könnten Sie mir erklären, was es mit Ihrem Mienenspiel auf sich hat, insbesondere der zähneblekkenden Grimasse?«

»So etwas bezeichnet man als ein Lächeln. Es soll beruhigend und freundlich wirken.«

»Bei uns gilt es als Drohung, wenn man die Zähne zeigt, ehrenwerter Botschafter. Einige von uns interpretierten Ihr *Lächeln* als ein Zeichen dafür, daß Sie uns fressen wollen.«

Drill war verblüfft. »Lieber Himmel!« entfuhr es ihm. »Ich esse kein Fleisch, ernähre mich nur von pflanzlichen Proteinen!«

»Ich wies meine Minister bereits darauf hin, daß sich Ihre Zähne nicht für das Kauen von Fleisch eignen. Andererseits jedoch ...«

»Ich werde versuchen, nicht mehr zu lächeln. Fleisch verspeisen! Was für eine Vorstellung. Einige unserer militärischen Spezialisten essen solche Dinge, ja, und natürlich auch die Würger und Wühler und so weiter ...« Drill wies seine Erinnerung an, in der Gegenwart von Shars alle entsprechenden Gesichtsmuskeln streng zu kontrollieren.

Gram lehnte sich auf ihr breites Hinterbein. Der Kapuzenmantel öffnete sich und zeigte sowohl die Streifen und Plaketten, die den Rang der Präsidentin verdeutlichten, als auch ihre vier pelzigen Brüste. »Ich möchte Sie von gewissen Problemen unterrichten, Botschafter Drill«, sagte sie. »Es fällt mir immer schwerer, meine

Koalition zusammenzuhalten. Die Fraktion des Generalsekretärs Vang gewinnt an Einfluß. Er versucht, die Shars davon zu überzeugen, daß Sie zur Gewaltanwendung neigen, daß man Ihnen nicht vertrauen kann. Es spielt keine Rolle, ob er das wirklich glaubt oder derartige Konzepte nur verwendet, um die Koalition zu destabilisieren – angesichts der Tatsache, daß uns Ihre Spezies grundlos angreift, werden solche Vorstellungen immer populärer. Außerdem behauptet er immer wieder, das Militär sei in der Lage, unsere Planeten vor Ihrem Volk zu schützen.«

Erinnerung gab Drill detaillierte Informationen über Begriffe wie »Fraktion« und »Koalition«. Die Bedeutung des letzten Satzes allerdings wurde dem Botschafter sofort klar.

»Das ist eine sehr törichte Einstellung, ehrenwerte Präsidentin«, antwortete er.

»Seinen diesbezüglichen Versicherungen mangelt es an Überzeugungskraft.« Es glänzte in den Augen Grams, und ihre Stimme klang sehr ernst. »Geben Sie mir irgend etwas in die Hand, Botschafter. Etwas, das ich benutzen kann, um die Wogen zu glätten und die öffentliche Meinung zu beruhigen. Wir müssen nach einem Ausweg aus diesem Dilemma suchen. Ich habe es Ihnen bereits gesagt: Wir Shars können uns nicht damit abfinden, im Verlaufe der nächsten hundert Jahre eine unbestimmte Anzahl von Planeten zu verlieren. Ich beschwöre Sie, Botschafter: Gibt es denn keine Möglichkeit, neuerliche Katastrophen zu verhindern? Wenn es uns nicht gelingt, weitere Angriffe zu verhindern ...« Sie sprach den Satz nicht zu Ende.

Protein, wimmerte Metahirn. Drill ignorierte es. Zusammen mit Erinnerung leitete er die Zensynch-Phase ein und dachte über verschiedene Lösungsalternativen nach. Schweiß bildete sich auf seiner Stirn und rann über die massigen Schultern.

»Ja«, sagte er schließlich. »Ja, vielleicht gibt es tatsächlich eine Möglichkeit. Wenn Sie uns die Koordinaten aller von Shars bewohnten Planeten nennen, könnten wir Schiffe zu den betreffenden Welten schicken, beladen mit vorbereiteten Erinnerungen. Wenn Terraforming-Einheiten eintreffen, werden die Erinnerungen sofort ausgetauscht, und dann droht Ihnen keine Gefahr mehr.«

Präsidentin Gram schwieg einige Sekunden lang. »Erinnerungen«, murmelte sie. »Sie haben diese Bezeichnung schon mehrfach verwendet, aber ich verstehe sie noch immer nicht.«

»Es existieren große Informationsmengen, die gespeichert werden müssen«, führte Drill aus. »Zwar verfügen die Körper von uns Menschen über eine stattliche Masse, aber manchmal stehen uns nicht die Daten zur Verfügung, die wir brauchen, um allen Aspekten unserer Spezialistenaufgaben zu genügen. Unsere Gehirne sind in Hinsicht auf Funktionsfaktoren separiert. Ich habe ein Metahirn, das sich dicht über dem Becken am Rückgrat befindet. Es kontrolliert die Motorik der unteren Leibsegmente, überwacht den Zustand des Körpers und ist für die Aufnahme von Nahrung, Ausscheidungen und den Sexualtrieb zuständig. Wahrnehmungsbereiche, Kurzzeitgedächtnis, Persönlichkeit und Logiksektoren werden von dem Gehirn im Schädel gesteuert – der klassischen Zerebraleinheit, wenn Sie so wollen. Das borkenartige Gebilde, das Sie auf meinem Kopf sehen, nimmt die Funktion eines Langzeit-Gedächtnisses wahr und enthält spezielle Informationen – meine Erinnerung. Sie zeichnet alles detailliert auf, und der Zugriff selbst auf umfangreiche Datenbestände erfolgt innerhalb von Sekundenbruchteilen. Darüber hinaus sind in meiner Erinnerung Angaben in Hinsicht auf die Verhandlungen zwischen der Menschheit und anderen extraterrestrischen Gruppen gespeichert. Sie ist mit dem Nervensystem verbunden und ernährt sich von meinem Körper. Spezifische Daten lassen sich von einer lebenden Erinnerung in eine andere übertragen. Wenn es notwendig werden sollte, könnte ich meine Erinnerung einem anderen Menschen übergeben und somit einen vollständigen Transfer durchführen. Ich habe noch eine andere Erinnerung an Bord, die ich derzeit nicht benutze, eine Piloten-Erinnerung, die mich in die Lage versetzt, zu navigieren und das Schiff zu fliegen. Jene Denkerweiterung benutze ich während des Transits im Raum. Außerdem stehen mir Ersatz-Erinnerungen zur Verfügung – falls mein Primärspeicher eine Fehlfunktion aufweisen sollte. Wie Sie sehen, beeinträchtigt die Spezialisierung nicht unsere Anpassungsfähigkeit. Alle Informationen, die ein Mensch benötigt, können ihm innerhalb kurzer Zeit übertragen werden. Und mechanische Aufzeichnungsmedien wären wohl kaum imstande, derart große Datenbestände zu verwalten.«

»Sie könnten also zu Ihrer Basis zurückkehren und Piloten-Erinnerungen zu unseren Welten schicken«, stellte Gram fest. »Erinnerungen, die beauftragt sind, Ihren Terraforming-Schiffen Einhalt zu gebieten.«

»Das stimmt.« Gerade noch rechtzeitig verhinderte Erinnerung, daß Drills Gesichtsmuskeln ein Lächeln andeuteten. Zuversicht erfüllte ihn. Vielleicht schaffte er es doch noch, einen Frieden zu vereinbaren.

»Ich fürchte, das können wir nicht akzeptieren, Euer Exzellenz«, sagte Präsidentin Gram. Die Enttäuschung schuf eine taube Leere in dem Botschafter.

»Warum denn nicht?«

»Der Gegnerische Generalsekretär hielte einen solchen Vorschlag sicher für den naiven Versuch, die Koordinaten der von uns besiedelten Planeten in Erfahrung zu bringen, um sie gezielt anzugreifen.«

»Ich habe es gut gemeint, Präsidentin Gram«, versicherte Drill.

»Ich weiß.«

Drill runzelte die Stirn, initiierte noch einmal die Zensynch-Phase und ignorierte das mentale Winseln, mit dem Metahirn nach Protein und Sex, nach Sex und Protein verlangte. In Gedanken errichtete er komplexe Vorstellungsgebäude. Er spürte, wie er eine Erektion bekam, aber Erinnerung beanspruchte den größten Teil des Blutes, und daraufhin erschlaffte sein Penis wieder. Schweißgeruch breitete sich im Zimmer aus. Präsidentin Gram rümpfte die Nase und lehnte sich auf ihr drittes Bein zurück.

»Ich glaube, ich habe eine Lösung gefunden«, sagte Drill schließlich. »Ja. Mit Hilfe meiner Piloten-Erinnerung kann ich Ihnen die Koordinaten einer gleichen Anzahl unserer Planeten nennen. Die Welten auf beiden Seiten sind der Sicherheitspfand.«

»Eine gute Idee, Botschafter«, entgegnete Präsidentin Gram ruhig. »Ich glaube, das bringt uns wirklich einen Schritt weiter. Verzeihen Sie mir jedoch einen Einwand: Möglicherweise sind einige meiner Minister nicht bereit, Ihren Angaben zu vertrauen. Wir müssen Raumschiffe ausschicken, um die Koordinaten zu bestätigen.«

»Wenn Ihre Schiffe zunächst meinen Heimatplaneten anfliegen«, warf Drill ein, »so wäre es ganz angebracht, wenn sie eine meiner Ersatz-Erinnerungen mitnehmen. Sie soll mein Volk von Ihren Absichten unterrichten und die anderen Menschen anweisen, mit Ihnen zu kooperieren. Des weiteren ist es erforderlich, eine Verbindung zwischen Ihren mechanischen Kommunikatoren und meiner Erinnerung zu schaffen ... Vielleicht kann mein Schiff eine solche Verständigungsbrücke wachsen lassen.«

Präsidentin Gram richtete sich auf und schritt in einer seltsam hüpfenden Gangart umher. »Ich schätze, dafür gewinne ich Unterstützung im Rat, ja«, sagte sie nachdenklich. »Ich sehe einen neuen Hoffnungsschimmer.« Sie blieb stehen, stülpte die Ohren nach vorn und blickte zu Drill hoch. »Ehrenwerter Botschafter, würden Sie mir erlauben, diesen Vorschlag den Ministern als meine eigene Idee zu präsentieren?« fragte sie. »Dann sind sie bestimmt nicht ganz so mißtrauisch.«

»Wie Sie wünschen«, erwiderte Drill. Präsidentin Gram blickte gedankenverloren in die Ferne.

»Das riecht gut«, sagte sie. Es gelang Drill erneut, ein Lächeln zu unterdrücken.

»Es freut mich, dich wiederzusehen.«

»Ich heiße Drill.«

»Es freut mich, dich wiederzusehen, Drill.«

»Ich glaube, wir schaffen es, einen Frieden zu erreichen.«

»Es wird alles in Ordnung kommen, Drill. Ja, Drill, ich bin sicher, es wird alles gut.«

»Es macht mich stolz, eine solche Chance bekommen zu haben. Es ist die Chance meines Lebens.«

»Ach, Drill, es freut mich ja *so sehr*, dich wiederzusehen.«

Am nächsten Tag meldete sich Präsidentin Gram und bat darum, einen neuen Vorschlag unterbreiten zu dürfen. Drill meinte, es sei ihm eine Ehre, sie zu empfangen. Er erwartete die Delegation an der Luftschleuse und dachte diesmal daran, das Licht zu dämpfen. Außerdem bemühte er sich sehr, nicht zu lächeln.

Sie nahmen in einem nur matt erhellten Zimmer Platz, und Präsidentin Gram erläuterte ihren Plan. Drill gab vor, darüber nachzudenken, und anschließend erklärte er sich einverstanden. Einzelheiten wurden ausgearbeitet. Zuerst mußten die Koordinaten einer Menschenwelt genannt und überprüft werden – die Shar-Entsprechung dazu stellte der Planet dar, auf dem Botschafter Drill gelandet war. Später sollten beide Seiten zwei weitere Welten nennen, nach der erfolgten Überprüfung jeweils vier und so weiter. Zwar dauerte es bestimmt viele Monate, um in bezug auf die Koordinaten Gewißheit zu erlangen, aber Drill glaubte, daß es innerhalb von fünf Jahren gelingen müßte, einen dauerhaften Frieden zu schaffen.

Am folgenden Abend gerieten die Shars außer Rand und Band. Nach der Ansprache Präsidentin Grams entzündeten sie große Feuer, tanzten, kreischten und sangen. Drill beobachtete sie durch die Videofenster des Raumschiffs und nahm ihren Rhythmus als ein dumpfes Pochen hinter seiner Stirn wahr.

Er lächelte. Stundenlang.

Gehorsam ließ das Schiff einen Kommunikator wachsen und verband ihn mit einer der Ersatz-Erinnerungen Drills. Das neu entstandene, semiorganische Instrument wurde an Bord eines Shar-Schiffes gebracht, das kurz darauf startete und Kurs auf Drills Heimatplaneten nahm. Drill vertrieb sich die Zeit, indem er sich Unterhaltungsvideos der Shars ansah. Die Dramen verstand er nicht besonders gut, aber an den Komödien fand er großen Gefallen. Mit ihren überaus geschmeidigen Körpern und seltsamen Tribeinen konnten die Shars die erstaunlichsten Dinge anstellen. Drill empfand es als sehr angenehm, ihnen zuzusehen.

Vielleicht sollte ich einige Videos mit nach Hause nehmen, dachte er. *Sie sind ausgesprochen unterhaltsam.*

Die vielen tausend Shars, die vor dem Schiff des Botschafters gewartet hatten, gingen nach und nach davon, und es blieben nur einige hundert übrig. Sie sangen mit leisen und triumphierend klingenden Stimmen. Manchmal lauschte Drill ihrem Gesang, wenn er sich in sein Schlafquartier zurückzog. Das Murmeln und Brummen half ihm dabei, sich zu entspannen.

In Abständen von rund zehn Tagen stattete ihm Präsidentin Gram offizielle Besuche ab. Drill führte sie in seinem Raumschiff herum, zeigte ihr die Piloten-Erinnerung, das Frosch-Segment, die gewaltigen Aggregate des Sternenantriebs und die aus menschlichen Subspezies bestehenden Interfaces. Er machte sie auch mit Surrogat vertraut, dessen Anblick die Präsidentin zu erregen schien.

»Dient der Sex bei Ihrem Volk nicht zur Fortpflanzung?« fragte Gram. »Oder als Ausdrucksmittel für Zuneigung und Liebe?«

»Natürlich. Ich habe bereits viele Nachkommen gezeugt. Es gibt nie genug Diplomaten, und deshalb benutzen wir häufig Subspezies, um unseren Sexualtrieb zu befriedigen und neue Entitäten zu schaffen. Was Zuneigung und Liebe angeht ... Ich kann guten Gewissens sagen, daß ich mit allen meinen Partnerinnen Spaß hatte.«

Gram musterte ihn ernst. »Ihr Volk hat viele Planeten besiedelt, Drill«, sagte sie. »Es expandiert ziellos in alle Richtungen, trifft dabei auf andere Rassen – und rottet sie manchmal aus. Gibt es einen bestimmten Grund dafür?«

»Einen Grund?« Drill überlegte. »Es erscheint uns völlig normal. Soweit wir wissen, handelt es sich dabei um die natürliche Folge der Evolution einer intelligenten Spezies.«

»Nein, ich meine einen bewußten Grund. Agieren Sie schlicht und einfach mechanisch, oder steckt eine Art Plan dahinter?«

»Warum sollten wir extra einen Plan dafür entwikkeln?«

»Es gibt bei Ihnen also nicht so etwas wie eine Philosophie konstanter Expansion? Keine Ideologie?«

»Ich weiß nicht, was solche Worte bedeuten«, sagte Drill.

Gram schloß die Augen und senkte den Kopf. »Entschuldigen Sie«, sagte sie.

»Das ist nicht nötig. Es existieren keine Konflikte in unseren Vorstellungen oder dem Leben, das wir führen. Unsere Daseinsform stellt uns voll und ganz zufrieden.«

»Ja. Vermutlich könnten Sie nicht einmal dann unglücklich sein, wenn Sie es versuchten.«

»Da haben Sie recht«, bestätigte Drill fröhlich. »Offenbar verstehen Sie jetzt.«

»Ja«, sagte Gram. »Ich glaube schon.«

»In einigen Millionen Jahren«, meinte Drill, »wird Ihnen alles klar.«

Das erste Shar-Schiff kehrte von Drills Heimatplaneten zurück und meldete einen Erinnerungs-Transfer. Erneut versammelten sich Tausende von pelzigen Wesen auf der Ebene, tanzten und kreischten glücklich. Andere Erinnerungen brachten Anweisungen zu den Terraforming-Einheiten, und man gab die Koordinaten von zwei weiteren Welten preis. Raumschiffe mit vorbereiteten Erinnerungen starteten.

Es klappt, wandte sich Drill an seine Erinnerung.

Lange, lautete die Antwort. *Sehr lange.*

Aber Erinnerung konnte die Freude des Botschafters nicht trüben. Sein ganzes Leben lang hatte er auf die Chance gehofft, mit einem extraterrestrischen Volk einen Frieden vereinbaren zu können, und jetzt spürte er, daß sich ein Erfolg abzeichnete. Zukünftige Erinnerungen würden seine Tätigkeit als Musterbeispiel für Verhandlungen mit anderen Spezies speichern. Surrogat hatte recht: Es wurde alles gut.

Eines Nachts änderte sich das Verhalten der Shars vor dem Raumschiff. Aus ihrem Gesang wurde wieder ein kummervolles Klagen, und viele der pelzigen Wesen stöhnten und ächzten und heulten traurig. Drill war verwirrt.

Die Präsidentin schickte ihm eine Nachricht. »Cup ist tot«, sagte sie.

»Ich verstehe«, entgegnete Drill. »Wer tritt seine Nachfolge an?«

Er vermochte Grams Gesichtausdruck nicht zu deuten. »Das steht noch nicht fest. Cup war eine starke Persönlichkeit, und er mochte keine anderen Individuen mit ähnlichem Charakter in seiner Nähe. Es finden bereits Auseinandersetzungen darüber statt, wer seinen Platz einnehmen soll, aber ich fürchte, Cups Fraktion bricht auseinander.« Grams Ohren zitterten. »Vielleicht schwächt sich dadurch meine Position.«

»Diese Entwicklung tut mir leid«, sagte Drill.

»Ja«, sagte die Präsidentin. »Mir auch.«

Die zweite Flottille kehrte zurück, und es wurden weitere Erinnerungen ausgeschickt. Beide Seiten hielten sich an die Vereinbarungen.

An Bord von Drills Schiff fand eine Konferenz statt, um die Übereinkunft zu bestätigen. Cups Nachfolger war Brook – ein großer und älterer Shar, dessen goldener Pelz einen stumpfen Glanz hatte. Es handelte sich um einen Kompromiß-Kandidaten, erklärte Präsidentin Gram, dessen Wahl die politischen Kontroversen der vergangenen Wochen beendete. Er genoß kein sonderlich hohes Ansehen, und Cups alte Fraktion verlor bereits einen Teil ihres einstigen Einflusses.

»Vielleicht könnten Sie uns die Möglichkeit geben, Ihre Sprache zu erlernen, Euer Exzellenz«, sagte Brook, nachdem sie den offiziellen Teil hinter sich gebracht hatten. »Bestimmt verfügen Sie an Bord Ihres Schiffes über leistungsstarke Übersetzungsmodule, denn sonst hätten Sie unsere Sprache wohl kaum so rasch lernen können. Schon wenige Stunden nach der Rückkehr in den Realen Raum sendeten Sie uns Ihre Friedensbotschaft.«

»Ich habe kein solches Instrumentarium«, erwiderte Drill. »Unsere Kenntnisse in bezug auf Ihre Sprache stammten von gefangenen Shar.«

»Von Gefangenen?« Die Ohren der Shars stülpten sich vor. »Davon wußten wir nichts«, meinte Brook.

»Nachdem unsere Basis-Erinnerungen Diskrepanzen registrierten«, erläuterte Drill, »schickten wir einige Suchschiffe nach Ihnen aus. Wir entdeckten eine Ihrer

Einheiten, brachten sie heim und befragten die Gefangenen nach Ihrer Sprache und den Koordinaten des zentralen Shar-Planeten. Andernfalls hätte es Monate gedauert, um diese Welt zu finden und Ihren Kommunikationscode zu entschlüsseln.«

»Dürfen wir Sie darum bitten, die Freilassung jener Gefangenen zu veranlassen?«

»Oh«, machte Drill. »Das ist leider nicht möglich. Nachdem wir alle notwendigen Informationen in Erfahrung gebracht hatten, beendeten wir das Leben der Gefangenen. Sie hielten sich in einem Bereich auf, der zu einem Garten gestaltet werden sollte. Die Landschaftsformer wollten sich so schnell wie möglich an die Arbeit machen.« Drill vollführte eine beruhigende Geste. »Es freut mich, Ihnen mitteilen zu können, daß die Leichen der Gefangenen einen ausgezeichneten Dünger abgaben. Das Ergebnis war sehr zufriedenstellend.«

»Ich glaube«, sagte Präsidentin Gram langsam, »wir sollten darauf verzichten, diese Informationen an unsere Medien weiterzugeben. Sie könnten den Entspannungsprozeß zwischen unseren Völkern stören.«

Generalminister Vang legte die Ohren an, und die anderen Shars folgten seinem Beispiel. Aber sie fügten sich der Anweisung ihrer Präsidentin.

»Es wird Zeit zu gehen«, sagte Präsidentin Gram.

»Ich wünsche Ihnen einen angenehmen Nachmittag«, erwiderte Drill.

»Es ist wichtig.« Das Schiff hatte Drill noch vor dem Morgengrauen geweckt, als die Präsidentin versuchte, sich mit dem Botschafter in Verbindung zu setzen. »Eins Ihrer Schiffe hat erneut einen unserer Planeten angegriffen.«

Plötzliche Sorge vertrieb die Müdigkeit Drills. »Bitte kommen Sie zur Luftschleuse«, antwortete er.

»Innerhalb einer Stunde wird die Bevölkerung Bescheid wissen.«

»Beeilen Sie sich!« drängte Drill.

Die Präsidentin kam mit einigen Assistenten, die in der Schleuse blieben. Sie trugen Stöcke. »Mein Volk wird mit Empörung reagieren«, sagte Gram. »Die Lage könnte sich schnell zuspitzen.«

»Welcher Planet wurde betroffen?« fragte Drill.

Gram rieb sich die Ohren. »Eine der Welten, deren Koordinaten wir Ihnen kürzlich nannten.«

»Offenbar ist die neue Erinnerung nicht rechtzeitig eingetroffen.«

»Diese Antwort werde ich an mein Volk richten. Ich bin sicher, es handelt sich um eine unglückliche Fügung des Schicksals, einen Zufall. Und ich möchte dafür sorgen, daß unsere Planeten schneller als bisher neue Erinnerungen erhalten – mit einer Verdopplung der Koordinatenquote.«

»Eine gute Idee.«

»Ich muß Brook entlassen. Generalsekretär Vang wird seinen Posten einnehmen. Wenn ich Vang mehr Macht gebe, bleibt er vielleicht in der Koalition und bewirkt keine Regierungskrise.«

»Sie wissen am besten, was zu tun ist.«

Präsidentin Gram sah zu Drill auf und hob so zögernd den Kopf, als laste ein schweres Gewicht auf ihr. »Mein Sohn«, sagte sie leise. »Er befand sich auf dem Planeten, als der Angriff erfolgte.«

»Sie haben andere Nachkommen«, sagte Drill.

Gram musterte ihn wortlos, und ihre Augen tränten plötzlich. »Ja«, erwiderte sie leise. »Das stimmt.«

Wieder fand sich auf der Ebene vor dem Raumschiff des menschlichen Botschafters eine große Menge ein. Kreischende und heulende Stimmen hallten übers Land, doch die gleichgültige Masse des Schiffes reagierte nicht auf das Klagen der Shars. Die Sendungen während der nächsten Wochen verwunderten Drill. Koalitionen lösten sich auf und bildeten einzelne Fraktionen. Vang sprach immer wieder von Bereitschaft. Präsidentin Gram gelang es, eine Verdopplung der Koordinatenquote durchzusetzen – obgleich sie gegen heftigen Widerstand ankämpfen mußte.

Einige Tage später folgte eine zweite Nachricht. »Einer unserer Kommandeure«, sagte Präsidentin Gram, »hielt sich in der Nähe des angegriffenen Planeten auf. Er gehört zu den Anhängern Vangs. Auf seine Initiative hin gab er unserer militärischen Basis den Einsatzbefehl und eröffnete das Feuer auf Ihre Terraforming-Einheit.«

»Haben Sie sie zerstört?« fragte Drill nervös. Noch gibt es Hoffnung, dachte er.

»Machen Sie sich keine Sorgen über die Menschen an Bord«, erwiderte Gram. »Das Schiff wurde zwar beschädigt, konnte jedoch entkommen.«

»Der Verlust einiger hundert Milliarden unbewußter Organismen ist kein Anlaß zur Beunruhigung«, sagte Drill. »Ganz im Gegensatz zu dem Umstand, daß sich das angegriffene Terraforming-Schiff absetzen konnte. Es wird unsere Streitkräfte alarmieren. Mit anderen Worten: Uns steht ein wirklicher Krieg bevor.«

Präsidentin Gram befeuchtete sich die Lippen. »Was bedeutet das?«

»Sie kennen bereits die Würger und Wühler. Sie halten keinen Vergleich mit unseren Soldaten stand. Die Kämpfer sind vollständig bewußte Entitäten, auf verschiedene Arten der Kriegführung spezialisiert. Ihre Funktion besteht darin, zu vernichten und zu zerstören, und sie können große körperliche Schäden hinnehmen, ohne eine Regeneration zu benötigen. Sie ernähren sich von Fleisch, und ihr Bewußtsein ist nur auf Taktik und Strategie konzentriert, auf Verheerung. Normalerweise leben sie auf Planetoiden, fern von den anderen Spezialistengruppen der Menschheit. Selbst wir Menschen empfinden ... Unbehagen in ihrer Nähe.« Drill sprach so drängend, wie er es vermochte. »Ehrenwerte Präsidentin, bitte nennen Sie mir sofort die Koordinaten Ihrer restlichen Welten! Wenn wir Erinnerungen zu ihnen schicken, in denen Daten über den vereinbarten Frieden gespeichert sind, schaffen wir es vielleicht, sie vor der Vernichtung zu bewahren.«

»Ich werde es versuchen. Aber die Koalition ...« Gram wandte sich vom Kommunikator ab. »Bestimmt behauptet Vang, einen Sieg errungen zu haben.«

»Es droht die schlimmste aller denkbaren Katastrophen«, sagte Drill.

Grams Stimme klang sehr ernst, als sie entgegnete: »Ich glaube Ihnen.«

Mit wachsender Unruhe verfolgte Drill die Sendungen der Shars. Zornig kommentierte man die Exekution der Gefangenen, und der Botschafter hörte wütende Kommentare, bei denen es um Blumengärten, Dünger und moralische Prinzipien ging, die Drill nicht verstand. Offenbar hatte irgend jemand das Geheimnis verraten. Präsidentin Gram besuchte die einzelnen Gruppen vor dem Raumschiff und versuchte, die Shars von der Notwendigkeit ihres Plans zu überzeugen. Die meisten hörten ihr nicht einmal zu. Drill spürte, daß sie warteten. Als bekanntgegeben wurde, daß Vang die Koalition verlassen hatte, ertönte triumphierendes Heulen aus Hunderten von Kehlen. Andere Shars stöhnten nur.

Vang – jetzt einfach nur General Vang – traf vor dem Raumschiff des menschlichen Botschafters ein. Seine Anhänger gerieten ganz außer sich vor Begeisterung, tanzten wie wild umher, als er sprach, und untermalten seinen Vortrag mit enthusiastischem Kreischen. »Vereint erringen wir den Sieg!« ertönte es. »Die Menschen sind nicht unschlagbar! Der Verrat muß gerächt werden! Den Frieden von einer Position der Stärke aus erringen! Wir finden die Menschenwelten und drohen damit, sie in Schutt und Asche zu legen!«

Das krächzende Gelächter der Shars schien überhaupt nicht mehr zu verklingen, und ihr Freudentanz dauerte die ganze Nacht lang. Am nächsten Morgen wurde die Nachricht vom Ende der Koalition gesendet. Vang war jetzt Generalpräsident.

Drill lag in seiner Schlafkammer, blickte durch die Videofenster und schluchzte.

»Man hat mich gebeten, Ihnen eine Botschaft Vangs zu überbringen«, sagte Gram. Sie wirkte geschrumpft und stützte sich unsicher auf ihr hinteres Bein. »Er hat eine besondere Art von ... von Humor.«

»Wie lautet die Botschaft?« fragte Drill. Alle seine Muskeln schienen zu schmerzen. Metahirn schwieg, eingehüllt in einen Kokon aus Elend und Niedergeschlagenheit.

»Ich hoffte«, sagte Gram, »daß sein Standpunkt nur dazu diente, Macht zu erlangen. Ich wollte glauben, daß er die diplomatischen Bemühungen fortsetzt, sobald er zum Präsidenten geworden ist. Aber offenbar handelt es sich bei seiner Einstellung nicht nur um ein Mittel zum Zweck.« Leiser fügte sie hinzu: »Vielleicht hat er bereits die Kontrolle über seine Gefolgsleute verloren.«

»Also Krieg«, sagte Drill.

»Ja.«

Du hast versagt, teilte ihm Metahirn mit. Drill zuckte unwillkürlich zusammen.

»Sie werden ihn verlieren«, sagte er.

»Vang meint, wir seien klüger als Sie.«

»Vielleicht hat er sogar recht damit. Aber Klugheit kann Erfahrung nicht aufwiegen. Wir Menschen haben bereits Hunderte solcher kleinen Kriege geführt – und dabei ist es uns immer gelungen, den Feind auszulöschen. In unseren Erinnerungen sind alle Daten über jene Konflikte gespeichert. Ihr Volk kann es nicht mit einigen Jahrmillionen spezialisierter Evolution aufnehmen.«

»Das ist noch nicht alles. Vang läßt Ihnen mitteilen, daß Sie bis zum Einbruch der Dunkelheit Zeit haben, mit Ihrem Schiff von unserem Planeten zu starten. Sechs Tage bleiben Ihnen, um den Realen Raum zu verlassen.«

»Er läßt mich am Leben?« Drill war verblüfft.

»Ja. Das ist unser ... Brauch.«

Verwirrt schüttelte Drill den massigen Schädel. »Ich bedaure es sehr, daß wir keinen Erfolg hatten.«

»Ich ebenfalls.« Eine Zeitlang schwieg Gram. »Gibt es noch irgendeine Möglichkeit, den Krieg zu verhindern?«

»Wenn Vang eine Menschenwelt angreift, nachdem die Erinnerungen mit der Friedens-Übereinkunft eingetroffen sind, schlagen unsere Soldaten zu«, antwortete Drill. »Dann kann sie nichts mehr aufhalten.«

»Wieviel Zeit bleibt uns noch?« fragte Gram.

»Einige Jahre. Höchstens zehn.«

»Ihre Streitkräfte werden unsere Spezies ausrotten.«

»Ja. Unsere Soldaten verstehen ihr Handwerk.«

»Sie töten uns«, sagte Gram. »Sie zerstören die Kultur, die wir im Verlaufe von Jahrtausenden geschaffen haben – und verschwenden nicht einmal einen Gedanken daran. Die Menschheit denkt nicht mehr über die Folgen ihrer Handlungen nach. Sie agiert einfach, wie ein einzelliger Organismus, der alles verschlingt, was sich in seiner Reichweite befindet. Sie erklärten mir, Ihre Spezies bestehe aus bewußten Entitäten, aber das stimmt nicht. Ihre Entscheidungen gründen sich auf Instinkte, beziehungsweise Reflexe.«

»Ich verstehe nicht«, erwiderte Drill.

Gram zitterte. »Und genau das ist Ihre Tragödie«, sagte sie.

Eine Stunde später hob das Raumschiff ab. Die Shars lachten triumphierend und herausfordernd, hüpften umher und tanzten, sich ihres Sieges gewiß.

Ich habe versagt, wandte sich Drill an Erinnerung.

Du wußtest, wie gering die Aussichten waren, erwiderte

Erinnerung. *Bei Verhandlungen mit derart primitiven Spezies konnten nur wenige Erfolge erzielt werden, denen Hunderte von Fehlschlägen gegenüberstehen.*

Ja, räumte Drill ein. *Es ist trotzdem schade. Wenn ich überlege, wieviele Monate ich fern der Heimat verbracht habe ...*

Protein! Protein! verlangte Metahirn.

Lichtjahre entfernt machten sich die menschlichen Soldaten mit ihren sechzig Kilometer langen Kampfschiffen auf den Weg.

Originaltitel: »Dinosaurs«

(erstmals erschienen in
»Isaac Asimov's Science Fiction Magazine«, Juni 1987);
mit freundlicher Genehmigung
des Autors und der Agentur Utoprop
Aus dem Amerikanischen übersetzt von Andreas Brandhorst

PHILLIP MANN

Lux in Tenebris

Aus der Chronik der Abtei von Langevin:

»... und in der Nacht, etwa zwei Stunden vor Tagesanbruch, geschah es, daß der Brunnen mit einem schönen und strahlenden Licht zu leuchten begann, und alle Menschen standen in Staunen und Ehrfurcht.«

Gerard, ein Steinmetz, eilte durch die Abenddämmerung heimwärts. Die Nacht war eine ungute Zeit, um sich im Freien aufzuhalten. Auf dem gebeugten Rücken trug er eine aus Weidenzweigen geflochtene Kiepe, die sein Handwerkszeug enthielt, Fäustel, Schlegel und Meißel. Die Luft war feucht, und er zog seinen Umhang fröstelnd enger um die Schultern. Den ganzen Tag lang, während er im Steinbruch gearbeitet und die rohen Brocken zu glatten Hausteinen geformt hatte, hatte er den Regen erwartet. Er hatte tiefhängende schwere Regenwolken gesehen und fernes Donnergrollen gehört, und einmal hatte ein Blitz den Himmel erhellt und seinen Schatten geworfen, wo er gekauert hatte. Das war furchterregend gewesen. Gerard hatte auch früher schon des öfteren Blitzschläge gesehen. Er kannte das seltsame Licht, das sich vor einem Gewitter über das Land legte, und wie die Erde einen Grabesgeruch auszuatmen schien. Diesmal aber war das Gewitter vorbeigezogen, und nun schienen die Wolken sich mit der Erde zu verbinden und brachten ein frühes, trübes Dämmerlicht, einen Vorgeschmack des kommenden Winters.

Der Weg, den Gerard nahm, war uralt, ausgetreten von den ersten Männern und Frauen, die das Land durchzogen hatten. Er folgte der Linie des geringsten Widerstandes, und dies bedeutete, daß es viele Umwege gab. Ausgefahren und uneben, war er gerade breit genug, daß zwei Tragtiere aneinander vorbeigehen konnten. Die schlimmsten Schlammlöcher waren mit Geröll und flachen Flußsteinen aufgefüllt, aber es gab noch immer genug Stellen, wo man ausgleiten konnte. An manchen Stellen führte der Weg zwischen lehmigen Böschungen dahin, und dort bildeten Schwarzdorn und Holunder ein höhlenartiges Laubdach über ihm. Gerard kannte jedes Wegstück. Er war diese Strecke beinahe jeden Tag seines Arbeitslebens gegangen.

Der gefährlichste Teil seines Heimwegs lag jetzt vor ihm. Hier wurde der Weg abschüssig und folgte der Flanke eines Hügels in ein enges Tal. Im Talgrund wurde er sumpfig, wo er einen Bach überquerte und ein Stück durch den Wald führte. Als junger Mann, Lehrling war er damals gewesen, war Gerard dort einmal überfallen und beraubt und als tot zurückgelassen worden. Sein Männergesicht trug noch immer die Narben der Schläge. Jetzt freilich war er bei weitem kräftiger. Sein Beruf hatte ihm zu harten Muskeln und einer geschickten Zielgenauigkeit der Hand verholfen. Jedem Räuber würde er Gleiches mit Gleichem vergelten und mit Zinsen ... Gleichwohl eilte Gerard mit gesenktem Kopf weiter, schaute weder nach links noch nach rechts und drückte den Daumen fest in die Gabelung seines Wanderstabs. Die Wahrheit ist, daß Gerard sich nicht mehr wegen irdischer Räuber sorgte; wie die meisten Menschen seiner Zeit fürchtete er die Dunkelheit.

Es war eine traurige Zeit in der Geschichte Europas. Längst vergangen waren die Tage der Harmonie zwischen Mensch und Natur. Gerard der Steinmetz wußte nichts von der Geborgenheit und der heiteren Ehrfurcht von Naturmenschen, die einst lächelnde Dryaden in den Schatten von Bäumen und gutartige Geister in Wasserfällen gesehen und ihren Nachthimmel mit Helden und Liebenden bevölkert hatten. Seine Welt war eine Welt der Finsternis und Bedrohung: gefahrvolle, feindliche Welt des gefallenen Menschen. Hier lauerten Teufel, die Glut der Hölle in den Augen, in der Dunkelheit, die unvorsichtige Seele einzufangen; hier gingen krankhafte und bösartige Ungeheuer um und drohten, den unachtsamen Wanderer zu verschlingen.

Gerard war nach der Art seiner Zeit ein frommer Mann. Die Worte, die er sonntags hörte, waren für ihn absolute Wahrheit. Er wußte, daß er ein Sünder war. Als Sohn Adams war er in Sünde geboren, würde in Sünde sterben und die Ewigkeit in den Feuern der Hölle verbringen, wäre nicht die Hoffnung auf das Einsehen einer mitleidigen göttlichen Barmherzigkeit. Wenn er an die Hölle und ihre Qualen dachte, sah er sich wie ein Stück Wildbret in der Halle eines großen Mannes auf dem Bratspieß stecken und über den Flammen geröstet werden. Gerard stellte nicht viele Fragen. Er wollte keine Fragen. Wie die meisten Menschen, wollte er Ruhe und Frieden. Er war dankbar, wenn das Glück ihn begünstigte, und betete um einen leichten, raschen Tod. Sein Instinkt sagte ihm, daß Fragen Verdruß bedeuteten. Fragen waren die Samenkörner des Zweifels. Und Zweifel war eines der gefährlichsten Mittel des Teufels. Das hatte er vom Priester gehört. Dennoch war Gerard ein Mensch, und Gott hatte ihm Augen und ein Gehirn gegeben, und er konnte nicht umhin, zu sehen und zu denken.

Als er, auf den Stock gestützt, den steilen Pfad zum Fluß beging, dachte Gerard an zu Hause. Er dachte an Anne, seine kräftige junge Frau, und den kleinen Sohn, der geweint hatte, als er früh am Morgen fortgegangen war. Er hoffte, daß es tagsüber keine Schwierigkeiten gegeben habe, und daß beide ihn erwarten würden, wenn er heimkäme. Sein Zuhause war eine rechteckige Hütte mit Wänden aus lehmbeworfenem Flechtwerk, geschützt durch eine niedrige Dornhecke. Er hatte die Hütte kurz vor seiner Heirat selbst gebaut. Im Innern gab es eine ausgehobene und mit Steinen eingefaßte Feuergrube in der Mitte. Gerard dachte an diese Feuerstelle, die jetzt, als Anne, den Kopf zur Seite geneigt und das Haar aufgehoben, daß es nicht in die Asche falle, in die Glut blies. Bald würden Flammen emporlekken, und über ihnen ein geschwärzter Kochtopf hängen, der Gemüse und das Fleisch eines Kaninchens enthielt. Der Säugling würde auf dem Fell liegen und zu den Schatten aufschauen, die das Feuer über die Rundhölzer und das Stroh der Bedachung tanzen ließ. Anne würde ihn um diese Zeit bereits gestillt haben.

Das war sein Zuhause. Gerard hatte noch einige Meilen zu gehen, bis er es erreichte.

Mit dem Wanderstab balancierend, überquerte Gerard den Bach auf den abgenutzten und schlüpfrigen Trittsteinen, über die er schon ungezählte Male gegangen war. Er bemerkte, daß der Bach mehr Wasser führte als am Morgen. Das bedeutete, daß es in den Bergen geregnet hatte.

Jenseits des Wasserlaufes führte der Weg in ein Birkengehölz und dann direkt in den wilden Wald. In seinem Innern herrschte bereits dunkle Nacht. Gerard hielt den Stock vor sich, um die niedrig hängenden Zweige abzuwehren. Daß er sich verlaufen könnte, war nicht zu befürchten, obwohl er straucheln und fallen mochte. Nur dieser eine Weg führte durch den wilden Wald.

Gerard murmelte ein Gebet: »O Herr, stehe mir armem Sünder bei, der ich durch dieses Tal der Finsternis gehe ...« Es bedrückte ihn, daß er sich nicht vollständig an den Wortlaut erinnern konnte. Auch hatte er mit einer hartnäckigen Furcht zu kämpfen, daß er verfolgt wurde.

Der Weg führte nicht lange durch den wilden Wald. Wo er am tiefsten in ihn eindrang, führte er unter den mächtigen Ästen alter Eichen hindurch und wand sich aufwärts in höheres Gelände. Gerard umging einen gestürzten Stamm und blieb verblüfft stehen. Vor ihm, tief im Wald, waren Lichter. Und es war nicht der Schein von Fackeln, wie er sie oft gesehen hatte und die bedeuten würden, daß ein großer Herr mit Wachen und Dienern des Weges kam. Diese Lichter brannten mit einem gleichmäßigen bläulichen Schein, der scharfe Bahnen durch das Waldesdunkel schnitt. Ein Schreckensschrei brach ihm von den Lippen, ehe er den Mund schließen konnte, und er kauerte rasch nieder, denn nun hörte er auch Geräusche: ein Rauschen und Knacken von Unterholz, als hätte er einen Auerochsen aufgescheucht. In den Wipfeln war auch ein Brausen wie von dem Wind, der einem Gewitter vorausgeht, obwohl keine Bäume schwankten. Dann schwenkte eines der Lichter plötzlich her und leuchtete ihn an. Er war überrascht und geblendet und versuchte, sich am Waldboden zu verbergen. Aber es war zu spät. Ganz in der Nähe knackten Zweige, und mehrere Gestalten kamen auf ihn zu.

Er konnte nicht beten, obwohl er es wollte. Er konnte nicht denken. Die Gedärme wühlten in seinem Leib. Durch die fest zugedrückten Augen sah er Röte.

Ein Zweig knackte neben ihm, und er stieß einen stummen Schrei aus. Zu seinem Entsetzen fühlte er eine Berührung an der Schulter. Es war wie ein Beschnüffeln durch ein Tier. Da er nichts anderes als den Tod erwartete, war es lächerlich, daß er an seinen kleinen Sohn denken mußte, der mit dem Kopf stieß und den Mund aufsperrte, um zu saugen.

Kurz darauf ließ der Lichtschein von ihm ab. Aber wo er zuvor eine sanfte Berührung verspürt hatte, waren es jetzt beharrliche Stöße. Er zwang sich, die Augen zu öffnen, in der Erwartung, eine Verkörperung des Teufels und der Pestilenz zu sehen, die gräßlich in der Dunkelheit über ihm stünde; eine Ausgeburt der Hölle mit spitzen Zähnen und Hörnern. Aber was er sah, konnte er nicht verstehen. Da waren keilförmige Gestalten in Weiß. Sie standen bei ihm und stießen ihn an. Engel?

Teufel? Gerard wußte es nicht. Er sah stummelige Arme wie bloßgelegte Eingeweide, und Beine wie Schweinsblasen.

Aber die Köpfe ... Es waren glänzende schwarze Kugeln, die das Laubdach des Waldes spiegelten, wo es vom Licht getroffen wurde. Gerard starrte sie an und sah sein eigenes Gesicht gespiegelt. Das Gesicht, das ihm entgegenblickte, war sein eigenes, aber mit aufgeblähter Nase, so daß er sich selbst wie ein Wiesel vorkam.

Nun, da seine Augen offen waren, hörten die Stöße auf. Der knollige weiße Arm zog sich in den Körper zurück. An seiner Spitze sah Gerard einen kleinen schwarzen Mund, der ihn an ein Neunauge gemahnte. Die Gestalten schienen ihn zu studieren. Andere kamen durch das Unterholz gestampft, und bald sah Gerard sich vollständig umringt. Sie alle leuchteten mit ihren Lichtern auf ihn herab.

Er zitterte vor Entsetzen wie ein Hund mit einem Alptraum, und dann kam eine barmherzige Ohnmacht über ihn.

Über dem dunklen Wald öffneten die Regenwolken ihre Schleusen. Es prasselte auf das Laubdach, und mit dem Regen kam eine Veränderung in der Atmosphäre, und ein Wind erhob sich. Der Regen tröpfelte aus den hohen Bäumen und machte die Blätter im Unterholz nicken. Er tropfte auf Gerards Gestalt, die wie leblos bei einem umgestürzten Stamm lag. Über ihm knarrten und beugten sich die Bäume im Wind.

Gerard kam zu sich. Sein erster Gedanke war an Schmerz. Aber er hatte keine Schmerzen, nur ein Gefühl von Taubheit. Er konnte die feuchte Erde riechen, hörte das Rauschen des Regens im hohen Laubdach. Er merkte, daß sein Umhang sorgsam um ihn gelegt und bis zur Nase heraufgezogen war. Sein Tragkorb mit dem Werkzeug lag an seiner Brust.

Vorsichtig streckte er die Beine, wälzte sich herum und setzte sich auf. Es gab keine fremdartigen Lichter, keine anderen Geräusche als die der Natur. Er tastete umher, fand seinen Stock und stand vorsichtig auf, den Krampf in seinem Bein zu lindern. Als er dies tat, fiel etwas aus den Falten seines Umhangs auf den Boden. Gerard fühlte um seine Füße den Waldboden ab und fand etwas Festes und Glattes, nicht unähnlich einem Meißel oder dem Griff eines Hammers. Es lag gut in der Hand, wie man es von einem ordentlichen Werkzeug erwartete, und unter seinem Daumen war ein kleiner Buckel. Ohne zu überlegen, drückte Gerard darauf, und ein greller Strahl bläulichen Lichts schoß heraus.

Mit einem Aufschrei ließ Gerard den Gegenstand fallen und rannte blindlings ins Dickicht. Brombeerranken und Waldreben rissen an seiner Kleidung und brachten ihn zu Fall. Er grub die Finger in die feuchte Erde und lag still.

Zehn Minuten lang blieb er ohne Bewegung liegen und spähte durch die Blätter und Zweige eines Schwarzdorns zu dem strahlenden Licht, das am Waldboden entlangschien, und die Unterseiten der Zweige beleuchtete. Er sah große Wassertropfen, die sich aus den Blättern des Laubdachs lösten, durch das bläuliche Licht herabfallen. Er sah einen Igel ins Licht trotten, zwischen altem Laub und morschen Ästen schnüffeln und in die Dunkelheit fortwandern. Er schien unverletzt.

Langsam kroch Gerard vorwärts, bis er der Lichtquelle nahe war, aber an ihrer dunklen Seite. Er streckte die Hand aus und tauchte die Fingerspitzen in das Licht. Er fühlte nichts. Kein Prickeln. Kein Brennen. Mit einem Stoßgebet faßte Gerard nach dem Gegenstand und hob ihn auf. Der Lichtstrahl bewegte sich mit ihm, stach da und dort in die Wildnis und ließ die Schatten umherspringen.

Er drückte auf den Buckel, und das Licht ging aus.

Drückte wieder, und es schien. Wieder aus. Ein. Aus. Ein. Voll Verwunderung sammelte Gerard seine Sachen auf und machte sich wieder auf den Weg. Er beleuchtete den Pfad mit einer Helligkeit, die die Welt noch nicht gesehen hatte.

Das Dorf lag dunkel und still. Die Luft war bitter vom Rauch der niedergebrannten Herdfeuer. Gerard stand auf dem Dorfanger nahe dem Brunnen und ließ den Lichtstrahl in die Runde wandern. Die Häuser schienen sich aufzubäumen, als er sie anleuchtete. Irgendwo schlug ein Hund an. Andere antworteten. Stimmen wurden hörbar, ein Mann rief etwas, andere Stimmen antworteten. Ein Fenster glomm rötlich auf, wo ein Feuer angeblasen wurde.

Plötzlich begriff Gerard. Er schaltete das Licht aus, aber nicht bevor sein tastender Lichtstrahl einen Mann erfaßt hatte, der mit einem Okuliermesser in der Hand aus einem Eingang schlich.

Die Furcht, eine Zeitlang vom Staunen zurückgedrängt, brach sich wieder Bahn. Was war das Ding in seiner Hand? Was für ein Teufelszeug? Was würde geschehen, wenn sie es bei ihm fänden? Fragen würde es geben ... und vielleicht Schlimmeres als Fragen.

Im Schutz der Dunkelheit ließ er den Gegenstand schnell in den Dorfbrunnen fallen. Und war entsetzt, als Augenblicke später aus der Tiefe seines klaren Wassers ein blendendes Licht drang. Wie betäubt wankte er von der Steinumfassung des Brunnenschachts zurück und stürzte davon in die Dunkelheit. Hinter ihm strahlte das Licht durch die dunstige Luft empor wie eine blaue Flammensäule.

Gerard kletterte halb und fiel halb über seine Dornhecke und stolperte in die Hütte. Seine Frau Anne, das Gesicht gerötet im Widerschein der Glut, den Säugling in den Armen, starrte ihn mit offenem Mund an. Er verschloß ihr den Mund mit der Hand, bevor sie schreien konnte. Sie hatte nicht geschlafen. Sie hatte gewacht und auf ihn gewartet und sich gesorgt, und dann war die nächtliche Unruhe über das Dorf gekommen. Er beruhigte sie, indem er die Arme um sie legte, ihren Kopf an seine Brust zog und ihr übers Haar strich. Es war keine Zeit für Erklärungen ... und was für eine Erklärung gab es überhaupt?

Draußen herrschte verwirrtes Durcheinander – rennende Schritte, durcheinanderrufende Männer, Rindergebrüll, das Gegacker von Hühnern ... Die Dorfglocke begann zu bimmeln. Mit unheilverkündendem Geklapper wurden Heugabeln und Dreschflegel, die traditionellen Waffen der Dorfbewohner, von den Dachbalken der Hütten gezogen.

Gerard und seine Frau saßen an der Herdstelle und hatten die Arme umeinandergelegt. »Was ...?« fing Anne an, aber Gerard legte ihr einen Finger an den Mund. Vor ihrer Hütte wurden Schritte hörbar, dann schlug jemand an die Tür.

»Auf, heraus!« Es war die Stimme Vallés, des Schäfers. »Auf, Gerard. Wir brauchen deine Kräfte. Es ist eine Teufelei geschehen. Bring Hammer und Spieker mit!«

»Komme schon«, rief Gerard und stand auf. Um seine Frau zu warnen, legte er nochmals den Zeigefinger an seine Lippen, dann hob er den Tragkorb auf. Der Schlegel war nicht da. Er fragte sich, ob er ihn draußen im wilden Wald verloren haben könnte. Aber er glaubte es nicht. Der Schlegel war ihm genommen worden ... vielleicht im Austausch ...

Während der verbleibenden Stunden dieser langen Nacht hielten die Männer des Dorfes Wache. Sie standen mit Heugabeln und Dreschflegeln um den leuchtenden Brunnen.

Als es Tag wurde, verblaßte die Helligkeit des Lichts zu einem klaren, schimmernden Dunst.

Simon der Schmied, ein Mann mit Schultern wie ein

Ochse und karottenrotem Haar, näherte sich vorsichtig der Brunnenöffnung und schaute hinab. Sein blasses, sommersprossiges Gesicht war in hellen Schimmer getaucht. Er wankte zurück und rief, er sei geblendet, aber dann hob sich die Verfinsterung von seinen Augen, und er warf sich vor den versammelten Männern des Dorfes in die Brust, stolz auf seinen Mut.

Die Sonne ging auf, und nun krochen auch Frauen und Kinder aus den Hütten und gesellten sich zu ihren Männern. Schweigend stand die gesamte Dorfbevölkerung um den Brunnen und starrte und wartete.

Noch in der Nacht war ein Bote zur nahen Abtei Langevin gelaufen. Der Abt dieses Klosters, dem im Austausch gegen Abgaben an Naturalien und Spanndienste die geistige Wohlfahrt des kleinen Dorfes oblag, mußte entscheiden, was von dieser Erscheinung zu halten war. Bald kamen Mönche mit Sandalen und wehenden Kutten ins Dorf geeilt. Sie machten bedenkliche und erstaunte Mienen, als sie im Licht der Morgensonne den Brunnen mit seinem schwachen blauen Schein sahen. Simon berichtete mit ausholenden Gebärden, wie er in den Brunnen geschaut hatte, und der Abt, der schließlich mit einem Karren auf dem Dorfanger angelangt war, streckte die Hand über den Brunnenrand und sah mit Staunen, wie seine Handfläche vom geheimnisvollen Lichtschein blau angestrahlt wurde.

»Sancta Maria.«

Sancta Maria, in der Tat. Der Abt hatte nicht als erster bemerkt, daß die Farbe des Lichts aus dem Brunnen derjenigen des Gewandes ähnelte, das die Jungfrau Maria im fleckigen Glasfenster der Abteikirche trug. Diese Beobachtung machte ihn vorsichtig. Die Abgefeimtheit des Teufels war nicht zu unterschätzen. Er verlangte nach Gebeten und Psalmen und Weihwasser. Die Mönche und die Dorfbewohner knieten vor dem Brunnen nieder. Vor ihnen stand der Abt mit einem Kruzifix in der hochgehaltenen Hand.

Der Gesang schwoll an, während aller Augen in den Sonnenschein blinzelten und der Dinge harrten, die da kommen sollten. Dann wurde gebetet, und schließlich spritzte der Abt Weihwasser in den Brunnen. »In Nomine Patris et Filii et Spiritus Sancti. Amen.«

Nichts geschah. Wenn ein Teufel in dem Brunnen steckte, hätte der fromme Gesang ihn zumindest herausfordern müssen. Das Weihwasser hätte ihn brennen sollen. Er hätte brüllend aus dem Brunnen fahren und in einer übelriechenden Rauchwolke das Weite suchen sollen. Aber nichts geschah. Der Abt näherte sich vorsichtig dem Brunnenrand, und als er dies tat, verbarg sich die Sonne hinter einer Wolke. Wie durch einen Zauber, so schien es, leuchtete der Brunnen noch heller. Und alle Herzen bis auf eines nahmen es als ein Zeichen. Als der Abt die Dorfbewohner zu ihrer Arbeit entließ, stand Gerard mit den anderen auf und klopfte sich die anhaftende Erde von den Knien. Er bekreuzigte sich und blickte hinüber zu seiner Frau. Sie wich seinem Blick aus und schaute zu Boden.

Die Ereignisse begannen sich zu überstürzen. Schon am Tag nach der Erscheinung des Lichtes kam der Bischof, Jean de Lautremont mit Namen, zu Pferd aus der Stadt. Mit ihm war ein großes Gefolge von dunkelgekleideten Priestern, Schreibern, theologischen Beratern und Wachen. Der Bischof übernahm die Leitung.

Jean de Lautremont war ein kraftvoller und energischer Mann Anfang fünfzig, mit einem glänzenden, von der Sonne gebräunten Kahlkopf. Seine Augenbrauen waren hell und buschig über tiefliegenden blauen Augen, und er hatte die Gewohnheit, etwas oder jemand ohne Zwinkern anzustarren, so daß er den Gegenstand seines Interesses zu verschlingen schien. Breitschultrig und mit mächtigem Brustkorb, stolzierte er wie ein Krieger einher ... der er in gewissem Sinne auch war. Er betrachtete sich als einen Krieger Gottes und einen

Wächter göttlicher Wahrheit. Der Bischof war ein erleuchteter Mann. Er war ein berühmter Gelehrter, der sich nicht scheute, Gottes Geheimnissen nachzugehen, sei es mit dem Pendel oder mit Logik, und dem es Freude machte, mit Häretikern zu diskutieren. Er hatte vielen Ketzerverbrennungen beigewohnt.

Sobald er an Ort und Stelle eintraf, schwang sich der Bischof vom Pferd und befahl, daß ein Eimer voll »Lichtwasser« heraufgezogen werde. Er kostete das Wasser mit der Zungenspitze, schmeckte es mit den Lippen und erklärte es für wohlschmeckend. Dann segnete er den Brunnen und spähte hinein. Er sah den hellen Lichtquell in der Tiefe des Brunnens und war beunruhigt. Er wußte, daß Feuer im Wasser nicht brennen konnte, und dies sah auch nicht wie Feuer aus. Es schien mit einem gleichmäßigen, unveränderlichen Licht. Es war wie ... Jean de Lautremont suchte in seinem Gedächtnis. Auch er dachte an die Jungfrau Maria und erinnerte sich einer Zeit, als er ein Junge gewesen war und nach der Messe in der Kathedrale gestanden hatte. Sonnenschein war durch eines der hohen, bunten Glasfenster eingefallen und hatte ihn ganz umschlossen. Er war ohnmächtig geworden und hingesunken, da er geglaubt hatte, Maria habe ihren Mantel um ihn gelegt. Und nun war er wieder in blaues Licht getaucht. Aber er war ein Mann, der in den weltlichen Dingen wohlbewandert war, und weit davon entfernt, in Ohnmacht zu fallen. Mit einem Seufzer wandte sich der Bischof vom Brunnen weg. Wie schön wäre es, dachte er, wenn der Glaube wirklich eine einfache Sache von farbigem Licht wäre.

Die Schönheit der Strahlung war nicht zu leugnen, und de Lautremont mit seinem klaren, urteilsfähigen Verstand konnte viele zukünftige Probleme sehen. Dieser einfache Dorfbrunnen mit seinem geheimnisvoll leuchtenden Wasser besaß alles, was von einer Wundererscheinung erwartet wurde. Wunder waren kitzlige

Angelegenheiten, und die Kirche Christi war sehr vorsichtig, wenn es darum ging, mit dem Übernatürlichen umzugehen. Die Kirche mußte über volkstümlichen Aberglauben erhaben sein, ohne jedoch einfältig oder blind zu scheinen. Der Bischof war gewiß nicht der Mann, der auf seine Mitwelt leichtgläubig wirken wollte. Seiner Meinung nach waren jene Wunder die besten, die sich in der Diözese eines anderen ereigneten. Gerade hier galt es, vorsichtig zu sein. Die Erscheinung mußte auf hoher Ebene diskutiert werden. Einstweilen aber würde es Geplapper und Gerüchte geben ... das war unvermeidlich. Im gewöhnlichen Lauf der Natur fingen Brunnen nicht plötzlich an, schönes blaues Licht zu verbreiten. Ein Wunder, wenn dies ein Wunder war und nicht bloß ein *Lusus naturae*, würde Zeit erfordern, um seine Wirkungen und seine Bedeutung zu erweisen. Bischof de Lautremont beschloß, dem leuchtenden Brunnen Zeit zu lassen.

Er behielt diese Gedanken für sich, sprach ruhig mit seinen Beratern und ließ die Möglichkeit eines Wunders unerwähnt. Dann richtete er das Wort an die Dorfbewohner und warnte sie vor dem Unglauben. Dies getan, ließ er einige Flaschen mit dem Brunnenwasser füllen und ritt zurück zur Stadt.

Wie er erwartet hatte, waren die Dorfbewohner nicht vorsichtig. Die Nachricht von einem Wunder verbreitete sich im Land. Schon am Nachmittag des Tages, an dem der Bischof das Dorf besucht hatte, wurden die Kranken und Siechen des Dorfes auf Strohsäcken herausgebracht, um ihre Glieder im Licht vom Brunnen zu baden und sich mit seinem Wasser zu waschen. Es gab Heilungen. Gerard sah zu seiner Verblüffung, wie ein Mann, der seit seinem vierzehnten Jahr blind und taub gewesen war, zu grunzen begann, als seine Zunge sich löste, und dann Lobpreisungen rief, als das Tageslicht in seine Augen drang.

Benachbarte Dörfer erfuhren von der Wundererscheinung, und bald war der Brunnen das Tagesgespräch der Provinz. Innerhalb von Tagen waren die schmalen Wege, die von der Außenwelt zu Gerards Dorf führten, dunkel von den Kapuzen der Pilger. Über Nacht entstanden Zelte und Hütten aus Flechtwerk auf dem Dorfanger, und der Brunnen wurde zum leuchtenden Mittelpunkt einer zusammengewürfelten Menge Menschheit.

Während all der Aufregung blieb Gerard still. Niemand brachte ihn mit dem Licht des Brunnens in Verbindung, aber seine Frau sah ihn seltsam an. Jeden Morgen machte er sich auf den langen und mühseligen Weg zum Steinbruch, und jeden Abend kehrte er zurück. Immer gelang es ihm, in Begleitung zu sein, wenn er zu dem Wegabschnitt kam, der durch den dunklen Wald führte. Aber eines Tages war er dann doch allein auf dem Heimweg, und die Neugierde überwand seine Furcht.

Es war noch hell, und Sonnenstrahlen brachen schräg durch die stille, dunstige Luft des Waldes. Er kam zu der Stelle, wo der Pfad den umgestürzten Baumstamm berührte. Dort blickte er umher und durchsuchte das Unterholz neben dem Weg. Schon nach wenigen Augenblicken fand er Hinweise auf die unförmigen Fremden. Schößlinge lagen zersplittert, ein paar größere Bäume waren eine Handspanne über dem Boden durchschnitten, die Stämme fortgeschleift. In getrocknetem Schlamm fand Gerard keilförmige Fußabdrücke. Ein Stück weiter gelangte er zu einer Lichtung, wo er aufblicken und einen kreisförmigen Ausschnitt vom Himmel sehen konnte. Etwas Gigantisches hatte hier geruht und die Büsche so platt gedrückt, daß sie in den Waldboden gepreßt waren. Drei kleine Flächen waren vollkommen ihres natürlichen Bewuchses beraubt. In der Mitte jeder dieser Flächen war der Erdboden umgegraben. Für einen Landbewohner wie ihn war es offensichtlich, daß dort etwas gepflanzt worden war, oder begraben.

Er war drauf und dran, eine der umbrochenen Stellen mit den Händen aufzugraben, als er auf dem Weg Stimmen hörte und niederkauerte. Und als die Stimmen verklungen waren, fand er, daß der Mut ihn verlassen hatte, und brach eilig durch das Dickicht, gelangte wieder auf den Weg und eilte heim.

Als er sich dem Dorf näherte, konnte Gerard die Menge hören. Es klang wie das Summen zorniger Bienen, wenn eine Kuh den Bienenkorb umgestoßen hat. Mehrere hundert Menschen lagerten auf dem Dorfanger, um an den Segnungen des Brunnens teilzuhaben. Mit Mühe arbeitete Gerard sich durch die Menge, vorbei an Marktschreiern, Bettlern und Quacksalbern, an Kindern mit Geschwüren, alten Männern mit Kröpfen und Frauen, die bleich auf Tragbahren lagen. In jedem Antlitz war trotz des Gestankes und des Rauches und der beengten Verhältnisse das Licht der Hoffnung. Und überall hörte Gerard Geschichten von den neuesten Heilungen.

Nachdenklich erreichte er seine kleine Hütte und trat ein.

An diesem Abend saßen Anne und Gerard beisammen, während sie den Säugling stillte. Dann hielt Gerard das Kind und rieb ihm den Rücken und ließ es an seinem Finger knabbern, denn es wollte zahnen. Anne ging in einen Winkel und kam mit einem Becher Wasser, den sie dem Kind an die Lippen hielt.

»Es ist vom heiligen Brunnen«, erklärte sie. »Ich mußte darum kämpfen.«

Da um den Dorfbrunnen solch ein Gedränge herrschte, waren die meisten Dorfbewohner dazu übergegangen, ihr Wasser aus dem Fluß zu holen, der sich durch die Talwiesen schlängelte.

Gerard schlug den Becher vom Mund des Kindes,

und der Inhalt platschte auf den Boden. »Er wird nichts davon bekommen«, sagte er und gab Anne das Kind zurück. Sie sah ihn überrascht und zornig an, blieb aber still.

Während des restlichen Abends versuchte sie, das Kind ruhig zu halten, denn es war leicht zu sehen, daß Gerard aufgeregt war, und sie fürchtete, daß irgendein Geräusch ihn reizen könnte.

Endlich schlief das Kind. Gerard saß vor der Feuergrube und stocherte mit einem Stecken in der Asche. Von Zeit zu Zeit hob er an zu sprechen und versank dann wieder in brütendes Schweigen.

Schließlich kauerte Anne bei ihm nieder, legte ihm den Arm über die Knie und flüsterte: »Sag es mir. Sag mir, was dich sorgt.«

Gerard legte den Arm um sie und drückte. Stockend berichtete er ihr, so gut er konnte, was ihm an jenem Abend widerfahren war, als er spät heimgekehrt war. Ihre Augen wurden groß und rund vor Staunen und Furcht, als er seine Begegnung mit den fremden Geschöpfen im Wald beschrieb, und wie sie das Instrument, welches das Licht machte, in seinem Umhang bei ihm zurückgelassen hatten. Als er geendet hatte, umfaßte er ihre Handgelenke mit seinen starken Steinmetzhänden und ließ sie Geheimhaltung schwören. Sie tat es und klammerte sich an ihn.

In dieser Nacht liebten sie sich unter der rauhen Decke auf ihrem Strohsack. Später flüsterte Anne: »Du solltest es jemandem sagen. Der Brunnen mag ein Wunder sein. Vielleicht waren es Engel, denen du im Wald begegnet bist. Du solltest zur Abtei hinaufgehen und ihnen von dem Licht erzählen.«

Gerard nickte in der Dunkelheit. »Du hast recht. Morgen werde ich gehen.«

Aber er tat es nicht.

Die Tage gingen dahin. Ein milder Spätherbst ging über in die ersten grauen Regentage des Winters, und der Dorfanger wurde zu einer Schlammfläche. Trotz aller Unbilden kamen noch immer Leute zum Brunnen, und noch immer gab es Wunderheilungen. Das Dorf gedieh. Reiche Männer zahlten mit Gold, um in dem Wasser aus dem Brunnen gebadet zu werden. Maler versuchten, den leuchtenden Brunnen auf Leinwand zu bannen, und wiederholt trafen Gelehrte ein und nahmen sorgfältige Messungen vor und kratzten sich verwundert den Kopf, bevor sie wieder abreisten. Alles wurde aufgezeichnet. Seit der Gründung ihres Ordens hatten die Mönche der Abtei Langevin die Geschichte der Gegend aufgeschrieben. Nun verzeichneten sie sorgsam alle Heilungen, die bewirkt wurden, und berichteten von den Besuchen großer Männer. Sie führten auch die Buchhaltung.

Nach und nach hörte Gerard auf, sich um den Brunnen zu sorgen. Er schien dem Dorf Glück gebracht zu haben. Und in jedem Fall hatte er zuviel zu tun, um sich den Kopf zu zerbrechen. Da er ein guter Handwerker war, hatte er den Auftrag erhalten, die ausgetretenen Bodenplatten im alten Kloster zu erneuern. Ein zweites Kind war unterwegs, und er mußte für den Winter Vorkehrungen treffen.

Bischof de Lautremont wurde ein häufiger Besucher des Brunnens, und nicht selten blieb er bis zu drei Tagen in der Abtei von Langevin. Er sprach mit jenen, die geheilt worden waren und schrieb nieder, was sie sagten. Es war weithin bekannt, daß er vom Brunnenwasser trank, um seine Verdauungsstörungen zu beheben. Es war auch bekannt, daß er lange Gespräche mit seinem Erzbischof und mit einem von Rom geschickten Kardinal geführt hatte.

Diese alten Kirchenfürsten rieten zur Vorsicht, und de Lautremont befolgte ihren Rat. Aber allmählich wurde der Geist dieses kraftvollen und eigenwilligen Mannes verführt. Er wurde stolz auf diesen bescheidenen Winkel seiner Diözese, und auf den Brunnen, der bei jedem Wetter sein Licht verströmte. Für diejenigen, die ein Zeichen sehen wollten, dachte er, war dies sicherlich der rechte Ort. Der arme Jean de Lautremont erkannte nicht, daß er selbst einer von jenen war, die greifbare Beweise für Gottes Nähe und Fürsorge begehrten. Stundenlang kniete er neben dem Brunnen und blickte hinab in sein Licht. Dieses Licht schien durch Augen, Nase und Mund in ihn einzudringen.

Einmal betete er mit lauter Stimme, wie einer, der eine Erleuchtung empfangen hatte. So groß war seine Inbrunst, daß er ohnmächtig niederfiel. Seine besorgten Begleiter trugen ihn zurück zum Kloster, wo er sich langsam erholte.

Im Schlaf hatte er eine Vision. Die Jungfrau Maria beugte sich mit strahlendem Antlitz vom Himmel herab und berührte ihn, und augenblicklich war er erfüllt vom klaren blauen Licht göttlicher Liebe. Als er erwachte, war er wohlauf, sein Denken von ruhiger Klarheit. Wie weggeblasen waren die Hypothesen und Argumente und geheimen Zweifel. Er empfand eine Einfachheit und Reinheit, die er zuvor nie gekannt hatte. Er war eins mit seinem Glauben. Gütig lächelte er auf die Welt herab. In seiner Dankbarkeit ersuchte er die Mönche von Langevin, eine illustrierte Geschichte des Brunnens zu verfassen.

Dann hielt der Winter Einzug, und es war ein harter, bitterkalter Winter.

Schneeverwehungen machten die Wege unbegehbar. Hungrige Wölfe kamen in Rudeln aus dem Norden und heulten bei Nacht um das Dorf. Der Mühlenteich gefror. Schwarzes Eis wuchs in den Bäumen, und selbst der Fluß bedeckte sich mit Eis. Aber der Brunnen gefror nicht. Bei Nacht war es wundersam anzusehen, wie die Schneeflocken gleich Geistern durch den blauen Lichtschein schwebten, bevor sie in die Dunkelheit niedersanken.

In diesem Winter erfroren viele Menschen, und sie konnten nicht begraben werden, ehe Tauwetter einsetzte.

Anne wurde krank, und Gerard sorgte für sie und seinen kleinen Sohn, der inzwischen gehen konnte. Die Familie überlebte mit knapper Not, und als der Frühling kam, waren sie dem Ende ihrer Kräfte nahe.

Eines Nachts im Frühling, beinahe sechs Monate nach dem Tag, als der Brunnen angefangen hatte zu leuchten, erhob sich im Dorf ein großes Geschrei. Gerard trat vor seine Hütte, um zu sehen, was geschehen war, und begriff sofort. Das Licht aus dem Brunnen hatte nachgelassen.

In der nächsten Nacht begann es zu flackern, und ein Bote wurde in die Stadt geschickt, es dem Bischof zu melden. Die Dorfbewohner und jene, die auf dem Anger lagerten, versammelten sich schweigend um den Brunnen, dessen Licht einen vergeblichen Kampf gegen die Finsternis führte. Eine Stunde vor Tagesanbruch flackerte es ein letztes Mal auf, um dann ganz zu erlöschen.

Als sie am nächsten Morgen Wasser aus dem Brunnen zogen, fanden sie es milchig trüb und erfüllt von feinen Blasen. Es schmeckte sauer und brannte auf den Lippen. Am nächsten Tag begann der Brunnen üblen Geruch zu verströmen, und an diesem Tag traf Bischof de Lautremont ein.

Er inspizierte den Brunnen. Er starrte in seine Tiefe, dann wankte er schnaufend und mit tränenden Augen zurück. Er sah die Dunkelheit und roch ihren schlechten Atem. Er verstand nicht. Und doch wußte er, daß etwas Schreckliches geschehen war.

Am Abend kniete er in der Abtei auf dem kalten Steinboden vor einem einfachen Holzkreuz und versuchte zu beten. Aber die Worte waren ihm nicht zu

Willen. Sie schienen abzusterben, kaum daß er sie hervorbrachte. In seinem Geist war eine widerhallende Dunkelheit, wie die Finsternis am Grund des stinkenden Brunnens, in den er geblickt hatte. Dies war schlimmer als jeder körperliche Schmerz, den er je gekannt hatte. Er fühlte sich schuldig in einer Weise, die er nicht beschreiben konnte.

Spät in der Nacht erhob er sich steif und verließ die kleine Kapelle.

Am Morgen war der vom Brunnen ausgehende Gestank schlimmer. Wohin die Dorfbewohner sich auch wandten, die Luft war erfüllt davon, und die Brise brachte keine Erleichterung. Die Menschen gingen mit nassen Tüchern, die sie vor Mund und Nase banden, ihren Geschäften nach, weil der Geruch vom Brunnen in den Lungen brannte. Schließlich befahl Bischof de Lautremont den Männern des Dorfes, den Brunnen mit Geröll und Steinen aufzufüllen. Gerard wurde von seiner Arbeit in der Abtei freigestellt und erhielt den Auftrag, einen alten Mühlstein so zu behauen, daß er eine Art Stopfen abgab, und dieser wurde von schwitzenden, würgenden Männern in den aufgefüllten Brunnenschacht gesenkt. Der Mühlstein wurde mit frischer Erde bedeckt, die Erde wurde mit einem Rechen geglättet und mit Weihwasser besprengt.

Jean de Lautremont sah mit müden, blutunterlaufenen Augen zu. Er wußte, daß jede Wirkung ihre Ursache hatte. Gott hatte seine Gnade zurückgezogen, und dies war die Wirkung. Er, Bischof de Lautremont, war die Ursache. Er hatte es irgendwie am Glauben fehlen lassen. Gott hatte ihn zum Wächter des Brunnens gemacht, um ihn auf die Probe zu stellen, und er hatte zu wünschen übrig gelassen. Gottes Vergeltung war gerecht, auf Erden wie im Himmel. Der Bischof gelobte am selbigen Tag, daß er fortan ein Leben in so großer Armut und Entbehrung führen würde, daß die Bettler ihn bemitleiden müßten. »Denn die Tore der Hölle sind breiter als eine Lebenszeit«, dachte er. »Und jene, die besitzen, sollen nichts haben, und nur die Armen sollen Gott kennen.«

Er brachte es nicht über sich, zu den Dorfbewohnern zu sprechen, sondern verließ die Abtei gegen Mittag, um barfuß zurück zur Stadt zu gehen.

Nicht so der Abt von Langevin. Er sah ein Ende der reichlichen Einnahmen und machte seinem rechtschaffenen Zorn Luft. Er rief alle Dorfbewohner und die anderen zusammen, die noch dort verweilten, und ließ sie an der Stelle niederknien, wo der Brunnen gewesen war. Dort hielt er ihnen eine Strafpredigt. »Dies ist eine Strafe Gottes. Wie könnte es etwas anderes als eine Strafe sein? Jemand hat das Übel genährt. Und dieser Ort des Lichtes und der Heilung und des Wunders ist zu einem Ärgernis geworden.« Er blickte auf die gebeugten Köpfe der Dorfbewohner und nickte bei sich. O ja, er würde es ihnen eintränken. »Geradeso wie ihr einen Dorn, den ihr euch eingetreten habt, nicht im Fuß laßt, dürft ihr dem Übel nicht erlauben, in eurer Mitte zu gedeihen. Erkennt den Übeltäter. Reißt ihn mit den Wurzeln heraus, sage ich, denn die Höllenfeuer sind ewig, und die Qualen immerwährend. Amen.«

»Amen«, murmelten die Dorfbewohner.

Gerard, der neben den Männern und Frauen kniete, die er seit seiner Kindheit kannte, wurde übel, als er die Worte vom Höllenfeuer vernahm. Und als er am Ende der Predigt mit den anderen aufstand, schwankte er, und für einen Moment wurde ihm schwarz vor Augen, obwohl er nicht fiel. Er hegte keine Zweifel, was die Identität des Übeltäters betraf, und glaubte, daß alle es wissen müßten. Doch als er sich erholte, fand er, daß niemand ihm besondere Aufmerksamkeit schenkte. Niemand schaute zu ihm her oder zu den jeweiligen Nachbarn. Alle schauten schuldbewußt drein.

In dieser Nacht hielten Gerard und Anne einander fest umschlungen. Keiner der beiden schlief. In Annes Leib bewegte sich das neue Kind, und Gerard küßte ihren geschwollenen Bauch.

Am Morgen gab es schlimmere Nachrichten. Ein sich weitender dunkler Kreis umgab die Stelle, wo der zugeschüttete Brunnen war, und innerhalb dieses Kreises starben alle Pflanzen ab. Diejenigen, welche während der letzten Tage vor dem Erlöschen des Lichts vom Brunnenwasser getrunken hatten, klagten über Krankheit. Ein junger Mann verlor sein Haar büschelweise. Eine alte Frau bekam Zahnfleischbluten. Zwei Kinder starben, und eine Frau hatte eine Fehlgeburt.

An diesem Tag ging Gerard nicht zur Arbeit, sondern blieb im Dorf und half bei den Begräbnissen. Der ganze Ort hatte den Geruch des Todes.

Gerard fühlte sich schuldig. Er saß da, den Kopf in den aufgestützten Händen, und überlegte, was er tun könnte. Er wußte, daß es sein Problem war, und seines allein. Er war derjenige, der das Licht zum Brunnen gebracht hatte. Er hatte versäumt, seine Geschichte zu erzählen, als die Wunder sich ereignet hatten. Er war dabei gestanden und hatte zugesehen, wie andere Dorfbewohner krank geworden waren ...

Beichte war eine Möglichkeit, aber Gerard verwarf sie. Denn Beichte würde nur zu Fragen führen, und Fragen würden zu weiteren Fragen führen, und das würde kein Ende nehmen ... außer nach langen Qualen im Feuer des Scheiterhaufens.

Er beschloß zu fliehen.

Einige Stunden vor Tagesanbruch weckte er Anne aus ihrem unruhigen Schlaf und hieß sie das Kind anziehen. Sie murrte und klagte, aber Gerard hörte nicht auf sie. Er trug ihre wenigen Habseligkeiten zusammen und rollte sie in eine Decke. Diese band er auf seinen Tragkorb mit dem Werkzeug. Er machte eine zweite

Traglast für Anne, dann drängte er sie und das Kind aus der Hütte. Sie waren nicht die einzige Familie, die in dieser Nacht aufbrach, wie es schien. Das halbe Dorf war bereits auf den Beinen.

Sie zogen südwärts, fort von dem dunklen Wald, und nach zwei Tagen Wanderschaft kamen sie zu einer Stadt nahe der See. Anne hatte Verwandte, die dort lebten, und bei ihnen konnten sie Zuflucht finden.

Das Glück war ihnen hold. Steinmetzen waren nach dem harten Winter gefragt, und Gerard gelang es, Arbeit in der Ausbesserung von Schafställen zu finden. Die Steine dazu wurden aus einem alten römischen Theater genommen. Sie begannen ein neues Leben, und die einzige Geschichte, die sie über ihr altes Dorf erzählten, war, wie das Licht aus dem Brunnen plötzlich erloschen war.

Das erste Jahr war hart.

Aber im zweiten Jahr ging es ihnen besser. Gerard konnte sich in eine Genossenschaft von Steinmetzen einkaufen und begann die Arbeit an einer Kirche. Somit hatte er für viele Jahre sichere Beschäftigung. Nach fünf Jahren war er imstande, seinen ersten Lehrling aufzunehmen.

Während Gerard an der Kirche arbeitete, kam die Nachricht vom Tode des Bischofs de Lautremont. Man erzählte sich, daß dieser arme, unglückliche Mann sich selbst zu Tode gehungert habe und allein gestorben sei. Weder Gerard noch Anne dachten länger darüber nach. Sie hatten sich um eine wachsende Familie und die Erfordernisse des Geschäfts zu kümmern. Und außerdem sprachen sie niemals von der Vergangenheit und versuchten, nicht daran zu denken.

Die Jahre gingen dahin.

In einem Herbst ergab es sich, daß Gerard in Geschäften die Stadt besuchen mußte, und er beschloß, seinen ältesten Sohn Pierre mitzunehmen, der zu einem kräftigen jungen Mann von zwanzig Jahren herangewachsen war. Für ihre Wanderschaft boten sich zwei Routen an. Die erste war direkt, eine richtige Straße mit Gasthöfen, die von vielen Reisenden begangen und befahren wurde. Die zweite Route folgte einem uralten Handelsweg und wand sich durch das Hügelland; sie führte durch das kleine Dorf, wo Gerard und Anne einst gelebt hatten, und wo ihr erster Sohn Pierre geboren worden war. Der Weg war heutzutage nicht viel mehr als eine Pfadspur und wurde selten benutzt.

Gerards Sohn sah überrascht zu ihm her, als Gerard sein Pferd von der Straße und auf den schmalen Pfad lenkte.

»Dachte, du würdest gern sehen, wo du geboren wurdest«, sagte Gerard und zog den Kopf ein, um tiefhängenden Ästen auszuweichen. Pierre machte ein Gesicht. Er hatte sich auf die Vergnügungen der Stadt gefreut, erhob jedoch keine Einwände und folgte seinem Vater.

Der Abend fand sie nahe der alten Stelle im Dorf, wo der Brunnen einst geleuchtet hatte. Es war eine Wüstung; niemand lebte mehr hier. Das Dorf war bald nach dem Zuschütten des Brunnens und dem Auftreten der unerklärlichen Erkrankungen verlassen worden, und ein neues Dorf war eine halbe Wegstunde entfernt in den Talauen am Fluß entstanden. Dort war es im Frühjahr feuchter als im alten Dorf, und es war dem Westwind ausgesetzter, aber das Wasser war rein und der Boden dunkel und fruchtbar.

Im späten Schein der untergehenden Sonne stand Gerard an der Stelle des alten Brunnens. Noch immer wuchs dort nichts. In einem Umkreis von zwanzig Schritten gedieh kein Grashalm. Die Erde war kahl und hart. Außerhalb dieses Kreises hatten sich niedrige Stauden und Büsche angesiedelt, und hinter der überwachsenen Dorfstelle begannen die Felder und Weiden.

»Also, wo wurde ich geboren, Vater«, fragte Pierre mit der Hoffnung, den Vater aus seinen Betrachtungen aufzurütteln. Gerard hob den Kopf. Er hatte sich erinnert. Er hatte an jene Nacht zurückgedacht, als er heimgegangen war, in der Hand das Ding, das die wundersame blaue Helligkeit verströmte, deren Strahl Bäume und Hütten beleuchtete. Niemand außer ihm hatte das Licht in seiner ganzen strahlenden Kraft gesehen.

»Geboren? Ach ja, dort wurdest du geboren«, sagte Gerard und führte ihn weg von der kahlen Lichtung, bahnte den Weg durch brusthohe Stauden. »Viele von uns lebten damals hier. Es gab eine Menge Hütten, und auf dem Dorfanger tummelten sich die Schweine und Gänse und Hühner.«

Einige der alten Hütten standen noch, wiewohl halb umgesunken und mit faulendem, eingefallenem Dachstroh, aus dem die nackten Sparren ragten. Die meisten waren längst eingestürzt und verwittert. Gerard konnte nur noch die Stelle finden, wo seine selbsterbaute Hütte einst gestanden hatte. Sie war vollständig überwuchert und unterschied sich in nichts von ihrer Umgebung.

»Danke, daß du mir die Stelle gezeigt hast, Vater«, sagte Pierre. »Aber vielleicht sollten wir jetzt nach einer Gelegenheit Ausschau halten, wo wir die Nacht verbringen können.«

Sie saßen auf und ritten ins Tal hinab. »Denk daran«, sagte Gerard, »daß du niemandem sagst, wer wir sind. Sollte jemand fragen, sagst du, daß wir Reisende sind, die eine Abkürzung durch das Bergland nehmen. Erwähne meinen Namen nicht.« Pierre verstand nicht, warum sein Vater so sehr auf dieser Heimlichtuerei beharrte, aber er ließ es auf sich beruhen. Es gab vieles an dieser Reise, was er nicht verstand.

Sie fanden Unterkunft in einem Stall. Eine zahnlose Alte begrüßte sie in dieser bescheidenen Herberge, und eine junge Frau schüttete ihnen Stroh auf und brachte Haferfladen und Bier. Gerard dankte ihr. »Es kommen sehr selten Fremde hier durch«, sagte sie neugierig.

»Das überrascht mich nicht«, erwiderte Gerard. »Das alte Dorf hat eine seltsame Vergangenheit.«

»Seid ihr dort gewesen?«

Gerard bejahte.

»Dann seid ihr mutiger als ich. Ich gehe nicht dorthin.«

»Warum nicht?«

»Teufel tanzen dort. Rund um die Stelle, wo sie diesen Brunnen hatten. Jeder weiß das.«

Gerard fragte nach den alten Einwohnern des Dorfes, aber sein Wissensdurst blieb unbefriedigt. Das Mädchen interessierte sich nicht für die Vergangenheit, wußte kaum etwas darüber und wollte nicht daran denken. Als er ihr sagte, daß sie daran dächten, den alten Weg durch den wilden Wald zu nehmen, der am Steinbruch vorbeiführte, warf sie die Hände in die Höhe. »Kein Mensch geht dorthin«, sagte sie. »Nicht einmal die Priester.«

»Warum nicht?«

Sie antwortete nicht. Sie bekreuzigte sich und zog sich von ihnen zurück, als ob sie bereits verdammt wären und sie irgendwie anstecken könnten.

»Und warum nehmen wir diesen Weg, Vater?« fragte Pierre, als sie sich im Stroh ausstreckten.

»Weil es mich interessiert«, sagte Gerard und wälzte sich auf die Seite.

Am nächsten Morgen brachen sie frühzeitig auf. Sie ritten über die Talwiesen und erreichten die Gabelung, wo der neue Weg vom Dorf in den alten Pfad mündete. Dieser führte abwärts, und nachdem er ein Stück dem Flußlauf gefolgt war, bog er ins bewaldete Hügelland ab. Gerard fand, daß sich in den Jahren wenig verändert hatte; er erkannte sogar einzelne Bäume. Aber er und sein Sohn tasteten unwillkürlich nach ihren Hirschfängern, als sie ins Waldesdunkel eindrangen. Gerard murmelte ein Gebet, und Pierre flüsterte ein tief empfundenes »Amen«.

Tatsächlich war dem Wald etwas Furchteinflößendes eigen, eine brütende, gleichsam lauernde Stille, welche die Pferde unruhig machte und die Stimmen der einsamen Reiter dämpfte. Der Weg, obschon überwachsen, war leicht zu erkennen, aber tiefhängende Äste zwangen sie immer wieder, die Gesichter zu beschirmen oder sich tief über die Pferdehälse zu beugen.

Nach einiger Zeit fiel ihnen ein eigentümlicher Geruch auf, ein Geruch von Limonen. Auch die Pferde blähten die Nüstern und witterten. Die Männer klopften ihnen den Hals, flüsterten ermutigende Worte und trieben sie an. Pierre fühlte ein leichtes Brennen in den Augen und wäre am liebsten umgekehrt, aber sein Vater ritt voran, und er war zu stolz, seine Furcht zu zeigen.

Sie kamen in eine Gegend, an die sich Gerard gut erinnerte. Der Weg umging hier einen großen umgestürzten Baumstamm, der allmählich zerfiel und mit Pilzen, Efeu und Farn bewachsen war. Der Limonengeruch war sehr stark, und hier saß Gerard ab.

»Wohin willst du, Vater?«

»Warte hier. Ich möchte mir etwas ansehen.«

Gerard verließ den Weg und arbeitete sich durch den Unterwuchs, dessen Zweige hinter ihm zusammenschlugen und eine dichte Wand bildeten. Schon nach wenigen Sekunden hatte Pierre ihn aus den Augen verloren.

Gerard wußte, wohin er ging. Er kämpfte sich in gerader Linie durch das Dickicht, zerbrach dürre Zweige, bog Haselsträucher und Holunder auseinander und befreite seinen Umhang von den zäh festhaltenden Dornen der Brombeerranken und Berberitzen. Er hob einen Zipfel des Umhangs und hielt ihn vor den Mund, um sich vor dem durchdringenden Limonengeruch zu schützen, der hier beinahe überwältigend war.

Stolpernd durchbrach Gerard ein Dickicht von Holunder und Stechpalmen und sah sich unvermittelt an einem Ort, wo es weder Bäume noch Sträucher gab. Über ihm breitete sich ein schwarzes Laubdach. Das Licht war trüb, und seine Augen brannten und tränten, aber Gerard konnte sehen, daß auf der halbdunklen Fläche voraus drei Bäume wuchsen. Sie hatten keine Ähnlichkeit mit Bäumen, die Gerard kannte, und er war wie die meisten Menschen seiner Zeit durchaus vertraut mit den heimischen Bäumen und Sträuchern. Diese Bäume aber waren kohlschwarz. Äste entwuchsen den Stämmen wenige Spannen über dem Boden und breiteten sich weit aus. Wo sie auf bestehende Waldbäume gestoßen waren, hatten sie diese umschlungen und waren dann weitergewachsen. Auf diese Weise stützten kräftige heimische Bäume wie Eiche und Esche und Hainbuche, in halber Höhe verkümmert, das Gewicht des ausladenden schwarzen Laubdaches. Die Rinde, welche Stämme und Äste der schwarzen Bäume bedeckte, hatte die gleiche weiche, lebendige Beschaffenheit wie der samtige Bast, der das Sommergeweih eines Hirsches bedeckt. Gerard streckte sich und berührte einen der Äste. Er spürte ein leichtes Brennen in den Fingerspitzen und zog die Hand zurück. Etwas von der Rinde blieb an den Fingerspitzen haften, wie ein Schmierer von klebrigem Pech.

Nichts gedieh unter dem Laubdach, und keine Waldtiere konnten dort gehen. Als er den Boden untersuchte, sah Gerard die Knochen und die verwesenden Kadaver kleiner Waldbewohner, die in der übersättigten Luft entweder erstickt oder von ihr vergiftet worden waren. Sie begann auch Gerard zuzusetzen. Er atmete keuchend und merkte, daß er unwillkürlich den Atem angehalten hatte. In seinen Händen und Füßen breitete sich prickelnde Taubheit aus. Er machte kehrt und stolperte zurück und konnte erst etwas freier atmen, als er das schwarze Blätterdach hinter sich hatte.

»He, Vater, ich führe die Pferde weiter. Sie vertragen die Luft nicht.« Es war die Stimme seines Sohnes, die aus einiger Entfernung durch die Waldesstille drang. Gerard brach im Laufschritt zum Weg durch und eilte seinem Sohn nach. Einige Minuten später holte er ihn ein. Eines der Pferde ließ sich am Zügel ziehen und den Kopf hängen. Gerard versetzte ihm einen kräftigen Schlag auf die Kruppe, der es in Bewegung brachte.

Sie marschierten, so schnell sie konnten. Nicht lange, und sie erreichten den Waldrand und kamen beim Bachlauf in reine, sonnendurchstrahlte Luft hinaus. Aufatmend platschten sie durch das Wasser und folgten dem Weg aufwärts und hinaus aus dem Tal. Oben warfen sie sich im Sonnenschein ins Gras, um zu verschnaufen.

Die Pferde erholten sich bereits. Immer wieder warfen sie die Köpfe auf und sogen mit geblähten Nüstern und aufgestellten Ohren die Luft ein, aber dann begannen sie, friedlich zu grasen.

»Was war dort, Vater?« fragte Pierre. Es waren die ersten Worte, die er an seinen Vater gerichtet hatte, seit sie aus dem Wald gekommen waren. Sein Vater antwortete nicht. »Ich wußte nicht, was ich tun sollte ... ob ich dir nachgehen sollte oder nicht. Die Pferde taumelten. Ich wollte sie hinausführen und dann zu dir zurückkommen.« Sein Vater schwieg noch immer. »Ich hoffe ...«

»Du hast recht getan«, sagte Gerard. »Es war töricht von mir, herzukommen.«

Pierre wußte darauf nichts zu sagen. Er kehrte zurück zu seiner ersten Frage. »Hast du dort etwas gesehen? War es ein Teufel?«

»Ich sah Bäume«, sagte Gerard. »Bloß Bäume. Schwarze Bäume. Sie waren es, die den Geruch erzeugten.«

»Aber ...«, fing Pierre an, doch Gerard ließ ihn nicht weiterreden.

»Das war *alles*, was ich sah, und wenn wir in die Stadt kommen, und später, wenn wir heimkommen, sagen wir nichts davon. Zu keinem Menschen. Nicht einmal zu deiner Mutter. Ist das klar?«

»Wie du willst, Vater.«

Gerard blickte auf seine Hand. Die Finger waren noch geschwärzt, wo er den Baum berührt hatte. Er wischte sie am taufeuchten Gras, dann streckte er seinem Sohn die Hand hin. Sie bekräftigten ihre Übereinkunft mit einem Händedruck.

Der Weg stieg weiter an, vorüber an dem Steinbruch, wo Gerard als junger Mann gearbeitet hat, und weiter zu einem Paß im Bergland.

Als sie die Höhe erreichten, standen Gerard und sein Sohn in den Steigbügeln und überblickten das Land, durch das sie gekommen waren. Sie konnten das Tal überblicken, und jenseits davon den wilden Wald, und sogar die Wüstung von Gerards altem Dorf. Der Sonnenschein hob die Farben des Waldes hervor, wo er gesund war: Das helle Grün der Ulmen und Eschen vermischte sich mit dem dunkleren Grün von Weißtanne und Eiche. Der Sonnenschein enthüllte auch einen schwarzen Flecken, der sich wie ein Mantel von Dunkelheit über den Wald ausbreitete, wie der Schatten Satans selbst, als wollte er das Tal in Besitz nehmen und die Hügel jenseits davon. Beide glaubten, von Ferne den schwachen Limonenduft zu wittern.

Postskriptum:
Aus der Chronik der Abtei Langevin. Die Eintragung datiert aus der Zeit kurz nach den in dieser Geschichte zuletzt beschriebenen Ereignissen.

»... und im selben Jahr wurden unsere Leiden nach der schädlichen Pestilenz und der großen Hitze und Dürre des Sommers vermehrt durch ein gewaltiges Feuer, das im Wald ausbrach, und während dreier Tage wütete, so daß der Rauch die Sonne verdunkelte. Groß war der Verlust an Menschenleben, Getreide, Viehfutter und Weidetieren. Wir danken der Fürsprache unserer Gottesmutter Maria, daß das Kloster verschont blieb, obwohl die Feuersbrunst bis an seine Mauern drang.«

George R. R. Martin

Der Seuchenstern

»Nein«, sagte Kaj Nevis mit fester Stimme zu den übrigen. »Das könnt ihr euch abschminken. Wir wären schön blöd, wenn wir uns mit einer der großen Transcorps einließen.«

»Ach, Quatsch«, knurrte Celise Waan zurück. »Wir müssen schließlich irgendwie hinkommen, hab ich recht? Also brauchen wir ein Schiff. Ich habe schon vorher Schiffe von Starslip gechartert; es ist absolut nichts gegen sie zu sagen. Die Mannschaften sind zuvorkommend, und die Küche ist mehr als anständig.«

Nevis bedachte die Sprecherin mit einem vernichtenden Blick. Sein Gesicht war für derartige Blicke wie geschaffen; scharfgeschnitten und kantig, das Haar streng zurückgekämmt, ein großer Krummsäbel von einer Nase, die kleinen dunklen Augen halb von den buschigen schwarzen Brauen verdeckt. »Zu welchem Zweck haben Sie diese Schiffe gechartert?«

»Wieso? Für Studienreisen natürlich«, erwiderte Celise Waan. Sie griff nach einer neuen Cremekugel in der vor ihr stehenden Schale, nahm sie geziert zwischen Daumen und Zeigefinger und stopfte sie sich in den Mund. »Ich war die beaufsichtigende Person bei einer ganzen Reihe bedeutender Erkundigungsflüge. Das Center hat die Mittel zur Verfügung gestellt.«

»Lassen Sie mich wenigstens versuchen, eine Kleinigkeit in Ihren verdammten Schädel zu bekommen«, erwiderte Nevis. »Wir haben keine Studienreise vor. Wir stecken unsere Nasen nicht in die Hochzeitsbräuche primitiver Eingeborener. Wir buddeln nicht nach zweifelhaften Artefakten, um die sich ein geistig normaler Mensch keinen Furz schert; wie Sie es gewohnt sind. Unsere kleine verschwiegene Unternehmung hat das

Ziel, nach einem Schatz von unmeßbarem Wert zu suchen. Und wenn wir ihn finden, haben wir nicht die Absicht, ihn den zuständigen Fachleuten zu überlassen. Ihr braucht mich, weil ich für seinen Verkauf durch nicht ganz legale Kanäle sorgen kann. Und ihr traut mir so wenig, daß ihr mir nicht sagen wollt, wo sich der verdammte Schatz befindet, bis wir unterwegs sind; und Lion hier hat eine Leibwache angeheuert. Gut, das soll mich nicht kümmern. Aber ihr müßt eines verstehen: Ich bin bestimmt nicht der einzige vertrauenswürdige Mann auf ShanDellor. Hier steht der Verlust von Profit auf dem Spiel, und vergeudete Energie. Wenn Sie darauf bestehen, mir weiter mit *Schiffsküchen* in den Ohren zu liegen, haue ich ab. Ich habe bestimmt besseres zu tun als mir eure hübschen Visagen anzuschauen.«

Celise Waan schnob verächtlich durch die Nase. Sie war eine große, rundliche, rotgesichtige Frau, und ihr Schnauben war laut und feucht. »Starslip ist eine ehrenwerte Firma«, sagte sie. »Außerdem sind die Bergungsgesetze ...«

»... völlig bedeutungslos«, ergänzte Nevis. »Es gibt einen Katalog von Gesetzen hier auf ShanDellor, einen anderen auf Kleronomas und einen dritten auf Maya, und sie alle bedeuten nicht das geringste. Und wenn das ShanDi-Gesetz Anwendung fände, stünde uns nur ein Viertel des Wertes zu, den der Fund hat – wenn wir überhaupt etwas finden. Angenommen, der Seuchenstern, von dem ihr redet, ist wirklich das, wofür ihn Lion hält, und weiter angenommen, er ist noch in brauchbarer Verfassung, wird sich derjenige, der ihn kontrolliert, einer überwältigenden militärischen Bewachung in diesem Raumsektor versichert haben. Starslip und die anderen großen Transcorps sind genau so habgierig und skrupellos wie ich, das kann ich euch versichern. Außerdem sind sie so groß und mächtig, daß ihnen die planetaren Regierungen genauestens auf die Finger sehen. Für den Fall, daß dieser Punkt eurer Aufmerksamkeit entgangen sein sollte, laßt mich darauf hinweisen, daß wir nur vier sind. Fünf, wenn ihr die Söldnerin mitzählt«, fuhr er fort und deutete mit einem Kopfnicken in Richtung Rica Dawnstars, die ihm ein kaltes Grinsen schenkte. »Ein großer Liner hat mehr als fünf Konditormeister. Selbst auf einem kleinen Kurierschiff wäre mehr Personal, als wir zählen. Und wenn diese Leute erst einmal mitbekämen, was wir bei uns hätten ... glaubt ihr denn wirklich, sie würden uns auch nur einen Augenblick lang erlauben, es zu behalten?«

»Wenn sie uns bestehlen, verklagen wir sie«, sagte die fette Anthropologin mit einem Anflug von Verdrossenheit in der Stimme. Sie nahm sich die letzte Cremekugel.

Kaj Navis lachte ihr ins Gesicht. »Vor welchem Gericht? Auf welcher Welt? Selbst angenommen, daß man uns am Leben läßt, was nicht eben sehr wahrscheinlich ist. Sie sind eine bemerkenswert dumme und häßliche Frau.«

Jefri Lion hatte dem Wortstreit bisher mit unbehaglichem Gesichtsausdruck zugehört. »He, he«, unterbrach er jetzt. »Keine Beleidigungen, Nevis. Dazu besteht kein Anlaß. Wir hängen schließlich alle in dieser Geschichte.« Lion, ein gedrungener und vierschrötiger Mann, trug eine Jacke aus Chamäleon-Stoff von militärischem Zuschnitt, mit Knopfreihen einer vergessenen Kompanie geschmückt. Das Gewebe hatte in der trüben Beleuchtung des kleinen Lokales ein verstaubtes Grau angenommen, ein Grau, das genau mit der Farbe seines gesträubten spatenförmigen Bartes harmonierte. Auf seiner breiten, gewölbten Stirn lag ein dünner Schweißfilm. Kaj Nevis macht ihn nervös; der Mann besaß schließlich einen gewissen Ruf. Lion sah sich nach Unterstützung durch die übrigen um.

Celise Waan starrte mit vorgeschobener Unterlippe auf die leere Schale vor sich, als könne ihr Blick sie erneut mit Cremekugeln füllen. Rica Dawnstar – die

»Söldnerin«, wie Nevis sie genannt hatte – lehnte sich mit einem Ausdruck spöttischer Belustigung in den hellen Augen zurück. Ihr langer, sehniger Körper wirkte unter ihrem sandfarbenen Reisedress und dem silbernen Kettenhemd entspannt, fast träge. Es schien ihr nicht die Spur auszumachen, wenn ihre Auftraggeber die Absicht hatten, die ganze Nacht hindurch in den Tag zu diskutieren.

»Beleidigungen sind nutzlos«, sagte Anittas. Es war schwer zu sagen, was der Kybertech dachte; sein Gesicht bestand aus ebensoviel poliertem Metall und durchsichtigem Plastik wie Fleisch, und seine Ausdrucksfähigkeit war sehr begrenzt. Die schimmernden Stahlfinger seiner rechten Hand waren mit den mokkafarbenen, aus Fleisch bestehenden Fingern seiner Linken verschränkt; er fixierte Nevis aus glänzenden Silberaugen, die sich reibungslos in ihren Plastik-Höhlen bewegten. »Kaj Nevis hat auf einige wichtige Punkte hingewiesen. Er kennt sich in diesen Dingen aus, wir tun es nicht. Weshalb hätten wir ihn hinzugezogen, wenn wir nicht auf seinen Rat hören wollen?«

»Ja, da haben Sie recht«, stimmte Jefri Lion zu. »Was also schlagen Sie vor, Nevis? Wenn wir uns vor den Transcorps hüten müssen, wie sollen wir den Seuchenstern erreichen?«

»Wir brauchen ein Schiff«, sagte Celise Waan, womit sie das Offensichtliche aussprach.

Kaj Nevis lächelte. »Die Transcorps hat kein Monopol auf Schiffe. Das ist der Grund, aus dem ich vorgeschlagen habe, daß wir uns heute lieber hier als in Lions Büro treffen sollten. Diese Bruchbude steht nahe am Hafen. Der Mann, den wir brauchen, ist hier zu finden; da bin ich sicher.«

Jefri Lion machte ein sehr bedenkliches Gesicht. »Ein Unabhängiger? Einige dieser Leute besitzen einen ziemlich ... ah ... üblen Ruf; ist es nicht so?«

»Wie ich«, rief ihm Nevis in Erinnerung.

»Sprechen Sie leise. Ich hörte Gerüchte über Schmuggel ... sogar von Piraterie. Sollen wir uns wirklich einem solchen Risiko aussetzen, Nevis?«

»Wir werden uns nicht dem geringsten Risiko aussetzen«, erwiderte Kaj Nevis. »Man muß nur die richtigen Leute kennen. Ich kenne eine Menge Leute. Die richtigen Leute. Die falschen Leute.« Er deutete eine Handbewegung an. »Dort zum Beispiel, im Hintergrund, die dunkle Frau mit dem schwarzen Geschmeide. Das ist Jessamyn Caige, Besitzerin der *Eigenes Risiko.* Sie würde uns das Schiff zweifellos vermieten. Zu einem sehr vernünftigen Charterpreis.«

Celise Waan verdrehte den Hals, um sich umzuschauen. »Dann ist sie die Richtige? Ich hoffe nur, ihr Schiff besitzt ein Schwerkraftgitter. Schwerelosigkeit macht mich krank.«

»Wann werden Sie an sie herantreten?« erkundigte sich Jefri Lion.

»Gar nicht«, erwiderte Kaj Nevis. »Oh, ich habe Jessamyn eine Ladung oder zwei anvertraut, aber ich würde nie das Wagnis eingehen, selbst mit ihr zu fliegen; und ich würde nicht im Traum daran denken, sie in eine so große Sache wie unsere einzuweihen. Die *Eigenes Risiko* hat eine neunköpfige Crew – völlig ausreichend, um mit mir und der Söldnerin fertigzuwerden. Das soll keine Beleidigung sein, Lion, aber ihr übrigen zählt nicht.«

»Ich muß Sie darauf hinweisen, daß ich ein Soldat bin«, sagte Jefri Lion in gekränktem Ton. »Ich habe schon viele Schlachten mitgeschlagen.«

»Das ist hundert Jahre her«, erwiderte Nevis. »Wie ich schon sagte, ihr übrigen zählt nicht. Und Jessamin würde uns alle im Handumdrehen umbringen.« Die kleinen, dunklen Augen musterten alle Versammelten der Reihe nach. »Das ist auch der Grund, weshalb ihr mich braucht. Ohne mich wärt ihr naiv genug, um Jessamin oder eine der Transcorps einzuspannen.«

»Meine Nichte arbeitet für einen sehr erfolgreichen und unabhängigen Händler«, sagte Celise Waan.

»Und wie ist sein Name?« erkundigte sich Kaj Nevis.

»Noah Wackerfuß«, erwiderte sie, »der Besitzer der *Welt des Handels.*«

Nevis nickte. »Der fette Noah«, sagte er. »Das wäre ein toller Spaß, das steht fest. Ich sollte vielleicht erwähnen, daß in *seinem* Schiff beständig Schwerelosigkeit herrscht. Gravitation würde den alten degenerierten Kerl umbringen ... nicht, daß das schade wäre. Wackerfuß ist nicht übermäßig blutgierig, das ist wahr. Die Chance steht fünfzig zu fünfzig, daß er uns nicht töten würde. Jedenfalls ist er genauso gierig und gerissen wie die übrigen auch. Zumindest würde er einen Weg finden, uns die Hälfte der Beute abzujagen. Im schlimmsten Fall würde er alles an sich nehmen. Und sein Schiff hat eine zwanzigköpfige Besatzung ... alles Frauen. Haben Sie Ihre Nichte je nach ihren tatsächlichen Pflichten gefragt?«

Celise Waan errötete. »Muß ich mir die Unverschämtheiten dieses Mannes anhören?« fragte sie Lion. »Schließlich habe ich diese Entdeckung gemacht. Ich lasse mich nicht von einem drittklassigen Gangster beleidigen, Jefri.«

Lion machte ein unglückliches Gesicht. »Also, jetzt ist wirklich Schluß mit diesem unnützen Geschwätz. Nevis, Sie haben keinen Anlaß, mit Ihrer Sachkenntnis anzugeben. Wir haben Sie aus guten Grund in dieser Angelegenheit zu Rate gezogen, und ich glaube, das geben alle hier zu. Sie haben bestimmt eine Idee, wen wir einstellen können, daß er uns zum Seuchenstern bringt, hab ich recht?«

»Selbstverständlich«, stimmte Nevis zu.

»Also wen?« drängte Anittas.

»Der Mann ist ein unabhängiger Händler, wenn man so will. Nicht besonders erfolgreich. Er sitzt jetzt schon seit einem geschlagenen halben Standardjahr auf

ShanDellor und wartet auf eine Ladung. Er muß inzwischen ziemlich verzweifelt sein ... ich meine, verzweifelt genug, um eine solche Gelegenheit zu ergreifen. Er hat ein kleines, heruntergekommenes Schiff mit einem langen, unsinnigen Namen. Es ist nicht besonders luxuriös, aber es wird uns bringen, wohin wir wollen; und das ist alles, was wir brauchen. Es gibt keine Crew, um die wir uns Sorgen machen müßten, nur den Besitzer selbst. Und er – nun, er ist ebenfalls ein bißchen unsinnig. Er wird uns keine Schwierigkeiten machen. Er ist groß, aber weich; innen und außen. Wie ich hörte, hält er Katzen. Von den Menschen hält er nicht viel. Er säuft eine Menge Bier und ißt zuviel. Ich bezweifle, ob er überhaupt eine Waffe bei sich trägt. Es heißt, daß er kaum über die Runden kommt, indem er von Welt zu Welt flitzt und lächerlichen Plunder und völlig wertlosen Kleinkram von seinem alten Klapperkasten aus verscherbelt. Wackerfuß hält den Mann für einen Witz. Aber sogar wenn er sich irrt; was kann ein Mann allein tun? Wenn er so wehrhaft ist, wie man sagt, können die Söldnerin und ich leicht mit ihm fertig werden und ihn an seine Katzen verfüttern.«

»Nevis, ich werde solche Gespräche nicht dulden!« begehrte Jefri Lion auf. »Auf dieser Reise wird niemand getötet.«

»Wirklich nicht?« erwiderte Nevis. Er hob das Kinn in Rica Dawnstars Richtung. »Weshalb haben Sie dann sie angeworben?« Er grinste hinterhältig; und sie revanchierte sich mit einem Lächeln, das boshaften Spott ausdrückte. »Aha«, sagte Nevis, »ich wußte ja, daß wir hier richtig sind. Eben trifft unser Mann ein.«

Keiner der übrigen mit Ausnahme von Rica Dawnstar war in der heiklen Kunst der Verschwörung sonderlich versiert; die drei übrigen drehten sich um und starrten die Tür und den Mann an, der soeben eintrat.

Er war sehr groß, fast zweieinhalb Meter, und sein großer, weicher Bauch quoll über den schmalen Metallgürtel. Er hatte große Hände, ein langgezogenes Gesicht, in dem ein ständig erstaunter Ausdruck stand, und er wirkte steif und linkisch. Seine Haut war an allen sichtbaren Stellen weiß wie Knochen, die in der Sonne gebleicht waren, und es sah so aus, als sei er nirgendwo behaart. Er trug eine glänzende blaue Hose und ein kastanienbraunes Hemd, dessen Puffärmel an den Rändern ausgefranst waren.

Er mußte ihre neugierigen Blicke gespürt haben, denn er wandte ihnen den Kopf zu und erwiderte ihr Starren, wobei sein blasses Gesicht ausdruckslos blieb. Er hielt es lange aus.

Celise Waan wandte den Blick zuerst ab, dann sah Jefri Lion weg, und schließlich auch Anittas. »Wer ist das?« wollte der Cyborg von Kaj Nevis wissen.

»Wackerfuß nennt ihn Tuffy«, erwiderte Nevis. »Sein richtiger Name lautet, soviel ich weiß, Haviland Tuf.«

Haviland Tuf nahm die letzte der grünen Sternenfesten mit einer zierlichen Bewegung auf, die in Widerspruch zu seiner Massigkeit stand, dann streckte er sich und betrachtete das Spielbrett mit sichtlicher Befriedigung. Der ganze Haufen war rot; Kreuzer und Schlachtschiffe und Sternforts und alle Kolonien; rot, soweit das Auge reichte. »Ich sehe mich gezwungen, den Sieg für mich zu beanspruchen«, sagte er.

»Schon wieder«, erwiderte Rica Dawnstar. Sie reckte sich, um die Verkrampfungen zu lockern, die durch das stundenlange Beugen über das Spielbrett hervorgerufen worden waren. Sie besaß die tödliche Geschmeidigkeit einer Löwin, und unter dem silbernen Kettenhemd saß der Nadler geborgen in seinem Schulterholster.

»Vielleicht sollte ich die Kühnheit wagen, eine Wiederholung zu erbitten«, sagte Haviland Tuf.

Die Dawnstar lachte auf. »Nein, vielen Dank«, sagte sie. »Sie sind zu gut darin. Ich bin zwar eine Spielernatur, aber mit Ihnen als Gegner ist dies kein Spiel. Ich bin es leid, immer nur die Zweite zu sein.«

»Bei den bisherigen Spielen habe ich nur Glück gehabt«, sagte Haviland Tuf. »Zweifellos ist meine Glückssträhne jetzt beendet, und Sie werden meine armseligen Kräfte beim nächsten Versuch mit Leichtigkeit überrennen.«

»Oh, zweifellos«, erwiderte Rica Dawnstar grinsend. »Aber Sie müssen mir verzeihen, daß ich unseren nächsten Versuch verschiebe, bis mich die Langeweile übermannt. Zumindest bin ich besser als Lion. Stimmt's, Jefri?«

Jefri Lion saß in einer Ecke des Schiffskontrollraumes, wo er einen Stapel alter militärischer Schriften durchlas. Sein Jackett aus Chamäleon-Stoff hatte dasselbe Braun angenommen wie die Syntha-Holz-Verkleidung der Trennwand hinter ihm. »Das Spiel gibt nicht die tatsächlichen militärischen Regeln wider«, sagte er in leicht tadelndem Ton. »Ich habe dieselbe Strategie angewandt, derer sich Stephen Cobalt Nothstar bediente, als die Dreizehnte Menschliche Flotte Hrakkean umklammerte. Tufs Gegenschlag war unter diesen Umständen ganz falsch. Wären die Regeln der Wirklichkeit entsprechend geschrieben worden, hätte er den Rückzug antreten müssen.«

»In der Tat«, sagte Haviland Tuf, »Sie sind mir über, Sir. Aber schließlich besitzen Sie den Vorteil, Militärhistoriker zu sein, wohingegen ich nur ein bescheidener Händler bin. Ich bin weit davon entfernt, mich Ihrer Vertrautheit mit den großen Schlachten der Geschichte rühmen zu können. Um so günstiger ist es daher für mich, daß dieses Spiel mit Unzulänglichkeiten behaftet ist; und welch unverschämtes Glück, daß Sie meiner Unwissenheit entgegenkommen. Dennoch würde ich jede Gelegenheit begrüßen, meinen Mangel in der Kenntnis der militärischen Disziplinen vermindern zu können. Wenn Sie mir nur noch ein Spiel gönnen würden, könnte ich Ihre subtilen Strategien sorgfältig studieren, so daß ich bei künftigen Gelegenheiten eine richtigere und der Wirklichkeit angemessenere Form meines unbeholfenen Spieles anzuwenden in der Lage wäre.«

Jefri Lion, dessen Silberflotte bei jedem bisherigen Spiel in den vergangenen Wochen als erste vom Brett geputzt worden war, räusperte sich und schaute unbehaglich drein. »Ja, also ... schauen Sie, Tuf ...«, fing er an.

Er wurde durch einen plötzlichen Aufschrei mit einer sich anschließenden Serie von Flüchen aus seiner Verlegenheit erlöst, die aus der angrenzenden Koje drangen.

Haviland Tuf war sogleich auf den Füßen; Rica Dawnstar folgte gleich darauf.

Sie liefen in den Flur hinaus, gerade, als Celise Waan aus den Unterkünften geschossen kam; sie verfolgte eine kleine, behende, schwarz-und-weiße Gestalt, die an ihnen vorbei in den Kontrollraum huschte. »Fangt sie!« schrie ihnen Celise Waan zu. Ihr Gesicht war rot und dick geschwollen, und ihr Blick war wild.

Die Tür war klein, und Haviland Tuf war groß. »Aus welchem Grund, wenn mir die Frage erlaubt ist?« sagte er und füllte die Tür aus.

Die Anthropologin hielt ihm die linke Hand hin. Auf der Handinnenseite quoll Blut aus drei kurzen, tiefen Kratzern. »Sehen Sie nur, was sie mir angetan hat!« sagte sie.

»Ich sehe«, erwiderte Haviland Tuf. »Und was haben Sie ihr angetan?«

Kaj Nevis kam aus dem Quartier; auf seinem Gesicht lag ein dünnes, grimmiges Lächeln. »Sie hob sie auf, um sie durch den Raum zu schleudern«, erklärte er.

»Sie lag auf meinem Bett!« sagte Celise Waan. »Ich wollte mir ein Nickerchen gönnen, und da schlief das verdammte Vieh auf meinem Bett!« Sie wirbelte herum und starrte Nevis an. »Und Sie, sorgen Sie gefälligst dafür, daß dieses Grinsen aus Ihrem Gesicht verschwindet. Es ist schon schlimm genug, daß wir alle in diesem schäbigen kleinen Schiff eingepfercht sind. Ich weigere mich einfach, den ohnehin engen Raum auch noch mit schmutzigen kleinen *Viechern* zu teilen. Es ist *Ihr* Fehler, Nevis. Sie haben uns diese Sache eingebrockt. Und jetzt unternehmen Sie etwas. Ich verlange, daß Sie Tuf veranlassen, uns von diesem tückischen Ungeziefer zu befreien; verstehen Sie mich; ich *verlange* es!«

»Entschuldigen Sie mich«, sagte Rica Dawnstar hinter Tuf.

Er warf ihr über die Schulter einen Blick zu und trat zur Seite.

»Ist dies ein Exemplar des Ungeziefers, von dem Sie eben sprachen?« fragte die Dawnstar grinsend, während sie auf den Flur trat. Sie barg mit der linken Hand eine Katze an der Brust und kraulte sie mit der rechten. Es war ein mächtiger Kater mit langem, weichem, grauem Fell und anmaßenden gelben Augen; er mußte an die zwanzig Pfund wiegen; aber Rica trug ihn so mühelos, als wäre er ein junges Kätzchen. »Was soll Tuf Ihrer Meinung nach mit dem alten Mushroom anstellen?« fragte sie, während der Kater zu schnurren begann.

»Es war die andere, die mich verletzt hat; die schwarzweiße«, erklärte Celise Waan, »aber diese hier ist genauso bösartig. Sehen Sie sich mein Gesicht an! Schauen Sie, was sie mir angetan hat! Ich kann kaum atmen, und ich habe die ganze Zeit über Ausschlag; und jedesmal, wenn ich versuche, ein bißchen Schlaf zu bekommen, wache ich auf, weil eines dieser Biester auf meiner Brust hockt. Gestern habe ich einen kleinen Happen zu mir, und ich legte ihn nur einen Augenblick beiseite; als ich zurückkam, hatte die Schwarzweiße meinen Teller umgeworfen und rollte meine Pfeffernüsse durch den Dreck, als wären es Spielzeuge! Nichts ist vor diesen Biestern sicher. Ich habe zwei Lichtschreiber und meinen schönsten rosa Ring verloren. Und jetzt auch noch *dies;* dieser *Angriff!* Wirklich, es ist unerträglich. Ich muß darauf bestehen, daß diese Bestien umgehend unten in den Laderaum gesperrt werden. *Umgehend,* hören Sie?«

»Mein Gehör ist ganz intakt, danke der Nachfrage«, sagte Haviland Tuf. »Wenn das Eigentum, das Sie vermissen, nicht bis zum Ende dieser Reise wiederaufgetaucht ist, wird es mir ein großes Vergnügen sein, Ihnen den Schaden zu ersetzen. Ihre Forderung in bezug auf Mushroom und Havoc hingegen muß ich mit dem Ausdruck größten Bedauerns abschlägig beantworten.«

»Aber ich bin Passagier auf diesem Witz von einem Sternenschiff!« schrie ihn Celise Waan an.

»Müssen Sie meine Intelligenz in gleicher Weise wie zuvor mein Gehör beleidigen?« erkundigte sich Tuf. »Ihr Status als Passagier hier ist offenkundig, meine Dame; es ist absolut unnötig, daß Sie darauf hinweisen. Erlauben Sie mir jedoch, Sie darauf hinzuweisen, daß dieses kleine Schiff, das mit so häßlichen Worten zu belegen Sie so frei waren, mein Heim und mein Lebensunterhalt darstellt, während Sie unleugbar ein Passagier darauf sind und sich daher gewisser Vorrechte und Bedingungen erfreuen, die folgerichtigerweise nicht ganz so umfänglich sein können als diejenigen Mushrooms und Havocs, da dieser Ort sozusagen ihren ständigen Wohnsitz darstellt. Es gehört nicht zu meinen Gewohnheiten, Passagiere an Bord meines *Füllhorns Ausgewählter Güter zu Niedrigen Preisen* zu nehmen. Wie Sie bemerkt haben dürften, ist der zur Verfügung stehende Raum kaum für meine eigenen Bedürfnisse ausreichend zu nennen. Bedauerlicherweise habe ich in letzter Zeit eine Reihe von Mißhelligkeiten erdulden müssen, und die Tatsache läßt sich nicht leugnen, daß sich meine Versorgung mit dem Lebensnotwendigsten dem Zustand der Gefährdung näherte, als sich Kaj Nevis an mich wandte. Ich habe das Äußerste getan, um Ihren Aufenthalt an Bord dieses Schiffes zu ermöglichen, bis zu jenem Maße, daß ich den Wohnbereich meines Schiffes für Ihre gesellschaftlichen Bedürfnisse geräumt und mein eigenes armseliges Lager im Kontrollraum aufgeschlagen habe.

Trotz meiner zugegebenen Not gelange ich nun zu jenem Punkt, meinen törichten und altruistischen Impuls zu bedauern, der mich dazu veranlaßte, diese Charter zu übernehmen; besonders in Anbetracht der Tatsache, daß die Bezahlung, die ich von Ihnen erhalten habe, kaum ausreichte, um genügend Treibstoff und Proviant für diese Reise aufzunehmen und die Landegebühr auf ShanDi zu entrichten. Sie haben einen schlimmen Vorteil aus meiner mißlichen Situation gezogen, wie ich befürchten muß. Dennoch; ich bin ein Mann, der zu seinem Wort steht, und ich werde mein Bestes tun, um Sie zu Ihrem mysteriösen Bestimmungsort zu bringen. Jedoch, für die Dauer der Reise muß ich Sie ersuchen, Mushroom und Havoc zu dulden; ebenso, wie ich Sie erdulde.«

»Nun; was mich betrifft; ich werde sie nicht dulden«, erklärte Celise Waan.

»Daran hege ich nicht den mindesten Zweifel«, erwiderte Haviland Tuf.

»Ich werde mich mit diesem Zustand nicht länger abfinden«, sagte die Anthropologin. »Es besteht kein Grund dafür, daß wir allesamt in einen Raum gezwängt sein müssen wie Soldaten in einer Kaserne. Das Schiff war von außen gesehen nicht halb so klein.« Sie deutete mit ihren plumpen Arm auf eine Tür. »Was liegt dort hinten?« erkundigte sie sich.

»Fracht- und Laderäume«, sagte Haviland Tuf gleichmütig. »Es sind insgesamt sechzehn. Zugegebenermaßen besitzt selbst der kleinste von ihnen die doppelte Größe meines spärlichen Wohnquartiers.«

»Aha!« sagte Waan. »Und haben wir irgendeine Ladung an Bord?«

»Compartment Sechzehn ist mit Plastik-Reproduktionen cooglischer Festmasken gefüllt, die auf ShanDellor zu verkaufen mir unglücklicherweise nicht gelungen ist; wegen des Umstandes, daß ich unmittelbar neben dem Ladeneingang Noah Wackerfuß' lag, der meine Preise unterbot und mich so der Hoffnung selbst auf den kleinsten Profit beraubte. In Compartment Zwölf habe ich gewisse Dinge meines persönlichen Unterhalts verstaut, verschiedene Ausrüstungsgegenstände, Angesammeltes und Nippes. Der Rest des Schiffes ist völlig leer, meine Dame.«

»Ausgezeichnet!« sagte Celise Waan. »In diesem Fall werden wir die kleineren Compartments in private Räume für jeden einzelnen von uns umwandeln. Es dürfte nicht allzu schwierig sein, unsere Betten umzustellen.«

»Das ist die einfachste Sache von der Welt«, erwiderte Haviland Tuf.

»Dann tun Sie es!« fuhr Celise Waan ihn an.

»Wie Sie wünschen«, sagte Tuf. »Möchten Sie einen Druckanzug mieten?«

»Was?«

Rica Dawnstar grinste. »Die Frachträume gehören nicht zum lebensunterstützenden System des Schiffs«, sagte sie. »Keine Luft. Keine Wärme. Kein Druck. Nicht einmal Schwere.«

»Dürfte gerade Ihnen recht sein«, warf Kaj Nevis ein.

»Das ist wahr«, stimmte Haviland Tuf zu.

Tag und Nacht bedeutet nichts an Bord eines Sternenschiffs – aber die uralten Rhythmen des menschlichen Körpers fordern immer noch ihr Recht, und die Technik mußte darauf eingehen. Deshalb hatte die *Füllhorn,* wie alle außer den riesenhaften Kriegsschiffen und Transcorp-Linienschiffen, auf denen in drei Schichten gearbeitet wurde, ihre Schlafperiode – eine Zeit der Dunkelheit und Stille.

Rica Dawnstar erhob sich von ihrem Feldbett und

überprüfte ihren Nadler im Zuge einer langjährigen Gewohnheit. Celise Waan schnob laut durch die Nase; Jefri Lion warf sich herum und bäumte sich auf; gewann Schlachten in seinem Kopf; Kaj Nevis war in Träumen von Reichtum und Macht befangen. Der Kybertech schlief ebenfalls, obwohl es sich bei ihm um eine tiefere Art von Schlaf handelte. Um der Langeweile der Reise zu entfliehen, hatte sich Anittas auf ein Feldbett abgelegt, an den Schiffscomputer angeschlossen und sich abgeschaltet. Seine Cyberhälfte beobachtete seine Biohälfte über Monitor. Sein Atem war so langsam wie ein Gletscher und sehr regelmäßig, seine Körpertemperatur niedrig, sein Energieverbrauch auf nahezu Null gesunken; aber die lidlosen Silbersensoren, die ihm als Augen dienten, schienen sich von Zeit zu Zeit leicht zu bewegen, einer ungesehenen Vision zu folgen.

Rica Dawnstar verließ leise den Raum.

Oben im Kontrollraum saß ein einsamer Haviland Tuf. Sein Schoß wurde vollständig von einem grauen Kater ausgefüllt; seine großen blassen Hände huschten über die Computertasten. Havoc, die kleinere schwarz-weiße Katze spielte um seine Füße. Sie hatte einen Lichtschreiber erbeutet und war im Begriff, ihn mit der Pfote hin und her über den Boden zu schleudern. Tuf konnte Rica nicht eintreten gehört haben; niemand konnte Rica Dawnstar sich bewegen hören, wenn sie es nicht wollte.

»Sie sind noch immer auf«, sagte sie von der Tür her und lehnte sich an den Rahmen.

Tufs Sitz schwang herum, und er beäugte sie verärgert. »Eine außerordentlich bemerkenswerte Deduktion«, sagte er. »Hier sitze ich vor Ihnen, tätig, fleißig, getrieben von den Bedürfnissen meines Schiffes. Und aus dem spärlichen Zeugnis ihrer Augen und Ohren wagen Sie den Sprung zu dem logischen Schluß, daß ich noch nicht schlafe. Die Macht ihrer Vernunft ist ehrfurchtgebietend.«

Rica Dawnstar schlenderte in den Raum und streckte sich auf Tufs Feldbett aus, das offensichtlich seit der letzten Schlafperiode nicht mehr benutzt worden war. »Ich bin auch wach«, sagte sie lächelnd.

»Ich vermag es kaum zu glauben«, erwiderte Haviland Tuf.

»Glauben Sie es ruhig«, sagte Rica. »Ich schlafe nicht viel, Tuf. Zwei oder drei Stunden pro Nacht. Es kommt mir in meinem Beruf sehr zugute.«

»Zweifellos«, sagte Tuf.

»An Bord eines Schiffes hat es allerdings einen negativen Aspekt. Ich langweile mich, Tuf.«

»Möchten Sie vielleicht ein Spiel machen?«

Sie lächelte. »Vielleicht ein anderes Spiel.«

»Ich bin immer begierig, ein neues Spiel zu erlernen.«

»Gut. Spielen wir das Verschwörungs-Spiel.«

»Ich bin nicht mit seinen Regeln vertraut.«

»Oh, die sind ganz einfach.«

»Wenn Sie es sagen. Vielleicht wären Sie so freundlich, sie mir zu erläutern.« Tufs langes Gesicht blieb unbewegt und neutral.

»Sie hätten das letzte Spiel niemals gewinnen können, wenn die Waan zugleich mit mir aufgegeben hätte, wie ich es ihr vorschlug«, sagte Rica im Gesprächston. »Bündnisse, Tuf, können für alle Beteiligten vom Vorteil sein. Sie und ich, wir sind die Außenstehenden in diesem Fall. Wir sind die Gemieteten. Wenn Lion in dem, was er über den Seuchenstern sagt, recht hat, werden sich die übrigen Reichtümer teilen, die über jedes Begreifen hinaus gewaltig sind, und Sie und ich, wir werden unseren Sold empfangen. Mir scheint das nicht ganz gerecht zu sein.«

»Gerechtigkeit ist häufig schwer zu erkennen, und noch schwieriger zu erreichen«, sagte Haviland Tuf. »Ich mag mir wünschen, daß mein Entgelt großzügiger bemessen wäre, aber zweifellos könnten viele andere die gleiche Klage erheben. Immerhin handelt es sich um die Gebühr, die ich ausgehandelt und akzeptiert habe.«

»Verhandlungen können wiedereröffnet werden«, gab Rica Dawnstar zu bedenken. »Sie brauchen uns. Uns beide. Es kam mir in den Sinn, daß wir – falls wir zusammenarbeiten – es schaffen könnten ... ah ... bessere Bedingungen zu erreichen. Volle Teilung. Sechs gleiche Teile. Was halten Sie davon?«

»Eine faszinierende Vorstellung, für die vieles spricht«, erwiderte Tuf. »Jemand könnte einwenden, daß es unmoralisch sei, das ist wahr; aber der wirklich Weise behält sich moralische Flexibilität vor.«

Rica Dawnstar studierte das lange, weiße, ausdruckslose Gesicht eine Weile, dann grinste sie. »Sie kaufen es mir nicht ab, nicht wahr, Tuf? Tief innen sind sie jemand, der fanatisch an Regeln festhält.«

»Regeln sind das Wesen der Spiele, ihre wahre Seele, wenn Sie so wollen. Sie verleihen unseren unbedeutenden Kämpfen Ordnung und Sinn.«

»Manchmal ist es lustiger, einfach vor das Spielbrett zu treten«, sagte Rica Dawnstar, »und auch effektvoller.«

Tuf schlug sich die Hände vors Gesicht. »Unbeschadet der Tatsache, daß ich mit dem schmalen Entgelt nicht zufrieden bin, muß ich meinen Vertrag mit Kaj Nevis erfüllen. Ich muß vermeiden, daß er über mich oder meine *Füllhorn Ausgewählter Güter zu Niedrigen Preisen* schlecht redet.«

Rica lachte. »Oh, ich bezweifle, daß er schlecht von Ihnen spricht, Tuf. Ich bezweifle, daß er überhaupt von Ihnen spricht, wenn Sie erst einmal Ihren Zweck erfüllt haben und er sie entlassen hat.« Sie war erfreut, zu sehen, daß ihre Bemerkung Tuf zu einem erregten Zwinkern veranlaßt hatte.

»In der Tat«, sagte er.

»Sind Sie nicht neugierig auf die ganze Geschichte? Über unseren Bestimmungsort und über den Grund, weshalb die Waan und Lion das Ziel geheimgehalten haben, bis wir an Bord waren? Über den Grund, weshalb Lion eine Leibwächterin angeheuert hat?«

Haviland Tuf streichelte Mushrooms langes, graues Fell, aber sein Blick ruhte weiterhin auf Rica Dawnstars Gesicht. »Neugier ist mein großes Laster. Ich fürchte, Sie haben in mich hineingesehen und einen Blick auf mein Herz getan, und jetzt suchen Sie nach einem Weg, sich meine Schwäche nutzbar zu machen.«

»Neugier hat die Katze getötet«, sagte Rica Dawnstar.

»Eine unerfreuliche Vorstellung, aber im Augenblick nicht sehr wahrscheinlich«, kommentierte Tuf.

»Aber die Statisfaktion hat ihn ins Leben zurückgebracht«, führte Rica aus. »Lion weiß, daß es sich um eine gewaltige Sache handelt. Und um eine gewaltige Gefahr. Um unter diesen Umständen zu bekommen, was sie haben wollen, haben sie Nevis oder jemanden wie ihn gebraucht. Sie haben eine säuberliche Teilung durch vier ausgearbeitet, aber Kajs bekannter Ruf läßt es überaus fraglich erscheinen, daß er sich mit einem Viertel zufriedengibt. Ich bin hier, um darauf zu achten, daß er es dennoch tut.« Sie zuckte die Achseln und tätschelte das Schulterholster, in dem der Nadler steckte. »Übrigens bin ich außerdem eine Versicherung gegen jede andere Komplikation, die sich ergeben könnte.«

»Ist es mir erlaubt, auf den Umstand hinzuweisen, daß Sie selbst eine zusätzliche Komplikation darstellen?«

Sie lächelte eisig. »Solange es nicht Lion ist, den sie darauf hinweisen«, erwiderte sie, erhob und reckte sich. »Denken Sie darüber nach, Tuf! Mir scheint, Nevis hat Sie unterschätzt. Machen Sie jetzt nicht den Fehler, ihn zu unterschätzen. Oder mich. Unterschätzen Sie vor allem mich nie, nie, *niemals.* Die Zeit könnte kommen, in der Sie sich wünschen, einen Verbündeten zu haben. Und Sie könnte früher kommen, als Ihnen lieb ist.«

Nachdem sie sich drei Tage lang nicht hatte blicken lassen, beklagte sich Celise Waan wieder einmal über das Essen. Tuf hatte ein gewürztes Gemüse-Brouhaha auf halagreenische Art serviert; ein pikantes Gericht, das aber schon zum sechsten Mal während der Reise aufgetragen wurde.

Die Anthropologin stocherte in dem Gemüse auf ihrem Teller herum, verzog das Gesicht und sagte: »Weshalb gibt es nicht einmal eine wirkliche Mahlzeit?«

Tuf stutzte, spießte geschickt einen beachtlichen Pilz auf seine Gabel und hob ihn vor die Augen. Er begutachtete ihn eine Weile stumm, änderte seinen Blickwinkel und beäugte den Pilz erneut; drehte die Hand und verschaffte sich so einen dritten Blickwinkel; schließlich stupste er sanft mit dem Finger gegen das Pilzgewebe. »Mir ist leider der Sinn Ihrer Frage nicht klargeworden, meine Dame«, sagte er schließlich. »Zumindest dieser Pilz scheint meinen unzureichenden Sinnen real genug. Zugegeben, es stellt nur einen kleinen Teil der gesamten Mahlzeit dar. Möglicherweise ist das ganze übrige Brouhaha illusionistisch. Aber es fällt mir schwer, das zu glauben.«

»Sie wissen genau, was ich meine«, erwiderte Celise Waan mit vor Ärger hoher Stimme. »Ich will Fleisch.«

»In der Tat«, sagte Haviland Tuf. »Auch mich verlangt nach unermeßlichem Reichtum. Derartige Phantasien steigen einem leicht in den Kopf, aber sie zu realisieren ist nicht so leicht.«

»Ich bin dieses läppische Gemüse satt!« kreischte Celise Waan. »Wollen Sie etwa behaupten, daß auf diesem ganzen läppischen Schiff kein Bröckchen Fleisch aufzutreiben ist?«

Tuf legte die Finger zu einer Kirchturmspitze zusammen. »Es lag ganz gewiß nicht in meiner Absicht, eine derartige irreführende Information zu verbreiten«, erwiderte er. »Ich bin persönlich kein Fleischesser, aber es gibt einige kleine Fleischportionen an Bord der *Füllhorn*

Ausgewählter Güter zu Niedrigen Preisen; das gestehe ich freimütig.«

Der Ausdruck wilder Befriedigung huschte über Celine Waans Gesicht. Der Reihe nach faßte sie die übrigen Dinierenden ins Auge. Rica Dawnstar bemühte sich nach Kräften, ein Grinsen zu unterdrücken; Kaj Nevis versuchte es gar nicht erst; Jefri Lion sah verdrießlich aus. »Seht ihr«, sagte sie schließlich, »ich habe es euch ja gesagt; er reserviert das gute Essen für sich selbst.« Mit Bedacht ergriff sie ihren Teller und schleuderte ihn quer durch den Raum. Er prallte von einem metallenen Schott ab und lud seine Last gewürztes Brouhaha auf Rica Dawnstars ungemachtes Bett ab.

Rica lächelte süßlich. »Wir haben soeben unsere Betten getauscht, Waan«, sagte sie.

»Das ist mir gleich«, erwiderte Celine Waan. »Ich werde sofort ein anständiges Essen bekommen. Ich nehme an, ihr übrigen möchtet inzwischen daran teilnehmen.«

Rica lächelte. »O nein, meine Liebe. Es gehört alles Ihnen.« Sie aß ihr Brouhaha zu Ende und wischte den Teller mit einem Stück Zwiebelbrot ab.

Lion sah unbehaglich aus, und Kaj Nevis sagte: »Wenn Sie Tuf dieses Fleisch abschwatzen können, gehört es Ihnen allein.«

»Ausgezeichnet!« rief sie erfreut aus. »Tuf, servieren Sie mir das Fleisch!«

Haviland Tuf betrachtete sie gleichmütig. »Es trifft zu, daß der Vertrag, den ich mit Kaj Nevis geschlossen habe, mich dazu verpflichtet, daß ich Sie für die Dauer der Reise ernähre. Es stand jedoch nichts über die Zusammensetzung dieser Verpflegung darin. Immer bin ich der Dumme. Jetzt scheint es, als wäre ich verpflichtet, zu liefern, wonach Ihre kulinarischen Gelüste verlangen. Wohlan, wenn es denn mein Los sein soll! Aber – was ist das? Ich selbst fühle mich plötzlich von einem Gelüste übermannt. Wenn ich Ihrem Gelüste willfahren muß, ist es dann nicht nur gerecht, wenn Sie sich Ihrerseits meinem Gelüste beugen?«

Waan sah ihn mißtrauisch an. »Wovon sprechen Sie?«

Tuf spreizte die Hände. »Es ist nichts von Bedeutung, wirklich nicht. Als Gegenleistung für das Fleisch, das Sie beanspruchen, erbitte ich nichts als einen Augenblick der Nachsicht. Ich bin seit kurzem sehr neugierig geworden, und ich möchte diese Neugier befriedigen. Rica Dawnstar warnte mich, daß unbefriedigte Neugier mit Sicherheit meine Katzen töten wird.«

»Das entspricht meinen Wünschen«, erwiderte die fette Anthropologin.

»In der Tat«, sagte Tuf. »Dennoch muß ich fest bleiben. Ich biete Ihnen einen Handel an – eine Mahlzeit von der Art, die Sie so melodramatisch verlangt haben, gegen ein paar nutzlose bruchstückhafte Informationen, deren Preisgabe Sie nicht das geringste kostet. Wir werden in Kürze das System Hro B'rana erreichen, der Bestimmungsort ihrer bezahlten Reise. Ich würde gerne wissen, weshalb wir dorthin reisen, und welcher Art dasjenige ist, das Sie auf dem Seuchenstern vorzufinden erwarten, über den ich Sie habe reden hören.«

Celise Waan wandte sich erneut den übrigen zu. »Wir haben gutes Standardgeld fürs Essen bezahlt«, sagte sie. »Das ist Erpressung. Jefri, machen Sie sich bereit!«

»Um«, sagte Jefri Lion. »Es besteht wirklich kein Anlaß, Celise. Er findet es ohnehin heraus, wenn wir ankommen. Vielleicht ist es an der Zeit, daß er es erfährt.«

»Nevis«, sagte Celise Waan, »wollen Sie denn nichts unternehmen?«

»Weshalb?« verlangte der Angesprochene zu wissen. »Es spielt keine Rolle. Sagen Sie es ihm und lassen Sie sich Ihr Essen geben, oder lassen Sie es sein. Mir ist es gleich.«

Die Waan sah Kaj Nevis wild an, und dann warf sie dem kühlen, bleichen Gesicht Haviland Tufs einen noch wilderen Blick zu, kreuzte die Arme und sagte: »Also gut, wenn es denn sein muß, werde ich für meine Mahlzeit singen.«

»Ihre normale Sprechstimme dürfte völlig ausreichend sein«, erwiderte Tuf.

Celise Waan ging nicht darauf ein. »Ich werde es kurz und schmerzlos machen. Die Entdeckung des Seuchensterns stellt meinen größten Triumph dar, den Schlußstein meiner Karriere; aber keiner von euch besitzt die Einsicht oder auch nur den Anstand, die Arbeit zu würdigen, die damit verbunden gewesen ist. Ich bin Anthropologin beim ShanDellor-Zentrum für den Fortschritt von Kultur und Wissen. Meine wissenschaftliche Spezialität ist das Studium der primitiven Kulturen einer bestimmten Kategorie – Kulturen auf Kolonialwelten, die im Gefolge des Großen Krieges der Isolation und dem technischen Niedergang überlassen wurden. Naturgemäß waren viele Welten der Menschen davon betroffen, und einige davon sind intensiv untersucht worden. Ich habe auf weniger bekannten Gebieten gearbeitet – das Studium nichthumaner Kulturen, besonders von der Art der ehemaligen hranganischen Sklavenwelten. Und eine dieser Welten, die ich untersucht habe, war Hro B'rana. Früher einmal eine blühende Kolonie; ein Ort, an dem sich Hruun und Daktyloide und mindere hranganische Sklavenrassen vermehrten, ist der Planet heute eine einzige Wüste. Die fühlenden Lebewesen, die dort noch ein kurzes, häßliches und ständig von Gewalt bedrohtes Leben führen, besitzen wie die meisten Überlebenden untergegangener Kulturen Erzählungen, die vom vergangenen goldenen Zeitalter berichten. Aber das interessanteste Phänomen auf Hro B'rana ist eine Legende; eine einzigartige Legende … der Seuchenstern.

Lassen Sie mich betonen, daß die Verwüstung Hro B'ranas extrem ist und die Unterbevölkerung dramatisch, trotz der Tatsache, daß die Umwelt nicht besonders lebensfeindlich ist. Weshalb? Nun, die degenerierten Abkömmlinge sowohl der Hruun als auch der daktyloiden Kolonisten, deren Kulturen ansonsten völlig verschieden und äußerst verfeindet sind, haben eine gemeinsame Antwort auf diese Frage; nämlich den Seuchenstern. In jeder dritten Generation, also gerade, wenn sie anfangen, sich aus ihrem Elend herauszuarbeiten, weil die Bevölkerung auf eine fruchtbare Zahl angewachsen ist, wird der Seuchenstern größer und größer an ihrem nächtlichen Himmel. Und in dem Moment, in dem dieser Stern der größte am ganzen Himmel geworden ist, beginnt die Zeit der Seuchen. Pestilenzen kommen über Hro B'rana, eine schrecklicher als die vorangegangene. Die Heiler sind machtlos. Die Früchte verderben, Tiere verenden, und dreiviertel der überlebenden Bevölkerung sterben. Die wenigen, die verschont wurden, sind wieder in den brutalsten Kampf ums Überleben zurückgeworfen. Dann zieht sich der Seuchenstern wieder zurück, und mit ihm verschwinden die Plagen von Hro B'rana für die nächsten drei Generationen. So lautet die Legende.«

Haviland Tufs Gesicht war ausdruckslos gewesen, während er Celise Waans Bericht gelauscht hatte. »Interessant«, sagte er jetzt. »Aber ich kann mich der Vermutung nicht entziehen, daß diese Expedition nicht ausschließlich inszeniert wurde, um Ihre Karriere zu festigen, indem sie diese ergreifende Volkserzählung untersucht.«

»Nein«, gab Celise Waan zu. »Das ist früher einmal meine Absicht gewesen. Die Legende schien mir ein ausgezeichnetes Thema für eine Monographie. Ich habe mich beim Zentrum um Unterstützung für eine Felduntersuchung beworben, aber man lehnte meinen Antrag ab. Ich war verärgert, und zu Recht. Diese kurzsichtigen Narren. Ich habe über meinen Ärger und seine Ursache mit meinem Kollegen Jefri Lion gesprochen.«

Lion räusperte sich. »Ja«, sagte er. »Und mein Gebiet

ist, wie Sie wissen, die Militärgeschichte. Natürlich war mein Interesse geweckt. Ich vertiefte mich in die Datenbank der Zentrale. Unsere Dateien sind nicht annähernd so komplett wie die von Avalon und Newholme, aber es blieb nicht mehr genug Zeit für weitere Untersuchungen. Wir mußten rasch handeln. Sehen Sie, meine Theorie – nun, es ist mehr als eine Theorie; das versichere ich Ihnen – ich glaube, oder besser gesagt, ich bin beinahe sicher, zu wissen, um was es sich bei dem Seuchenstern handelt. Es ist keine Legende, Tuf! Es ist Wirklichkeit. Es muß sich um ein vergessenes Relikt handeln, ja – verlassen, aber noch funktionstüchtig; es führt immer noch sein vorgegebenes Programm aus, mehr als ein Jahrtausend nach dem Kollaps. Verstehen Sie? Erraten Sie es?«

»Ich muß mich geschlagen geben«, sagte Tuf, »da mir Ihre Erfahrung mit dem betreffenden Objekt fehlt.«

»Es ist ein Kriegsschiff, Tuf, ein Kriegsschiff in einer langgestreckten elliptischen Bahn um Hro B'rana. Es handelt sich um die verheerendste Waffe der Alten Erde, die je im Krieg gegen die Hranganer eingesetzt wurde; auf ihre Weise ebenso schrecklich wie jene mythologische Höllenflotte, die in den letzten Tagen vor dem Zusammenbruch aufgetaucht sein soll. Aber dieses Schiff hat ebenso verlorenes Potential des Guten wie auch des Bösen an Bord! Es ist eine Fundgrube der größten Fortschritte der Biogenetik der Weltraumföderation; ein betriebsbereites Artefakt, vollgepackt mit Geheimnissen der Wissenschaft, die für den Rest der Menschheit verloren schienen.«

»In der Tat«, sagte Tuf.

»Es ist ein Saatschiff«, fuhr Jefri Lion fort, »ein zur Kriegsführung bestimmtes Saatschiff der Gesellschaft für Ökologische Gentechnik.«

»Und es ist *unser*«, fügte Kaj Nevis mit zufriedenem Grinsen hinzu.

Haviland Tuf sah ihn kurz prüfend an, nickte mit dem

Kopf und erhob sich. »Meine Neugier ist befriedigt«, sagte er. »Jetzt muß ich meinen Teil der Abmachung erfüllen.«

»Ahhh«, sagte Celise Waan. »Mein Fleisch.«

»Es existiert ein reichlicher Vorrat, aber die Vielfalt der Arten ist, wie ich zugeben muß, gering«, erwiderte Haviland Tuf. »Ich werde Ihnen die Aufgabe überlassen, das Fleisch auf eine Ihrem Gaumen zusagende Art zuzubereiten.« Er trat vor einen Vorratsschrank, tippte einen Code ein und entnahm dem Schrank einen kleinen Karton, den er sich unter den Arm klemmte und zum Tisch zurückbrachte. »Das ist das einzige Fleisch an Bord meines Schiffes. Für Geschmack und Qualität kann ich nicht persönlich bürgen. Aber ich habe noch nie Klagen irgendwelcher Art gehört.«

Rica Dawnstar platzte mit Lachen heraus, und Kaj Nevis kicherte. Und Haviland Tuf entnahm dem Karton geziert und methodisch ein Dutzend Dosen Katzenfutter und stellte sie vor Celise Waan hin. Havoc sprang auf den Tisch und begann zu schnurren.

»Es ist nicht so groß, wie ich erwartet habe«, sagte Celise Waan so verdrießlich wie immer.

»Meine Dame«, erwiderte Haviland Tuf, »die Augen trügen einen häufig. Mein Haupt-Beobachtungs-Bildschirm ist zugegebenermaßen bescheiden, nur einen Meter in der Diagonale, und naturgemäß vermindert dieser Umstand die scheinbare Größe aller Objekte, die darauf erscheinen. Das Schiff selbst ist von beachtlicher Größe.«

Kaj Nevis trat vor. »Wie beachtlich?«

Tuf faltete die Hände über die Wölbung seines Bauches. »Ich kann es nicht genau sagen. Die *Füllhorn Ausgewählter Güter zu Niedrigen Preisen* ist nur ein bescheidenes Handelsschiff, und seine Ausstattung mit maschinellen Sensoren ist nicht so komfortabel, wie sie sein könnte.«

»Dann nennen Sie eben einen annähernden Wert«, knurrte Kaj Nevis.

»Annähernd«, wiederholte Tuf. »Unter Berücksichtigung des Winkels, in dem mein Aussichtsschirm das Objekt zeigt, und vorausgesetzt, man einigt sich dahingehend, die längste Achse als ›Länge‹ zu bezeichnen, scheint das Schiff, dem wir uns nähern, annähernd dreißig Standard-Kilometer lang zu sein, annähernd fünf Kilometer in der Breite, und annähernd drei Kilometer in der Höhe – außer der überkuppelten Sektion mittschiffs, die sich ein wenig über den Rest erhebt, und dem vorn gelegenen Turm, der annähernd einen zusätzlichen Kilometer über das Deck emporragt, dem er entspringt.«

Sie waren alle im Kontrollraum versammelt, sogar Anittas, der aus seinem computerüberwachten Schlaf erwacht war, als der Antrieb gedrosselt wurde. Schweigen bemächtigte sich ihrer; selbst Celise Waan schien vorübergehend um Worte verlegen zu sein. Alle starrten auf den Aussichtsschirm, auf den langen, schwarzen, seltsam geformten Schatten, der vor den Sternen trieb, an einigen Stellen von matt schimmernden Lichtern unterbrochen und unter unsichtbaren Energieströmen vibrierend.

»Ich hatte recht«, murmelte Jefri Lion schließlich, um das Schweigen zu brechen. »Ein Saatschiff ... ein Saatschiff der G.Ö.G.! Nichts sonst könnte derart groß sein!«

Kaj Nevis lächelte. »Verdammt«, war alles, was er sagte.

»Das System muß verlassen sein«, überlegte Anittas laut. »Die Imperialisten der Erde besaßen eine Logik, die von der unseren sehr verschieden war. Vermutlich handelt es sich um eine Künstliche Intelligenz.«

»Wir sind reich«, brabbelte Celise Waan, von dieser Aussicht so überwältigt, daß sie sogar zu nörgeln vergaß. Sie ergriff Jefri Lions Hände und vollführte mit ihm

einen ziemlich täppischen Tanz im Kreis. »Wir sind reich, reich; wir sind reich und *berühmt;* wir sind alle reich!«

»Das ist nicht ganz korrekt«, sagte Haviland Tuf. »Ich bezweifle zwar nicht, daß Sie in der Tat in naher Zukunft reich werden; im Augenblick hingegen enthalten Ihre Taschen nicht mehr Standards als noch vor einem Moment. Zudem teilen weder Rica Dawnstar noch ich selbst Ihre Aussichten auf eine ökonomische Verbesserung.«

Nevis starrte ihn durchbohrend an. »Wollen Sie sich beklagen, Tuf?«

»Diese Absicht liegt mir fern«, erwiderte Tuf leichthin. »Ich hatte lediglich die Absicht, Celise Waans Feststellung zu korrigieren.«

Kaj Nevis nickte. »Gut«, sagte er. »Und jetzt, bevor einer von uns auch nur die Spur reicher wird, müssen wir an Bord dieses Dings gelangen und uns davon überzeugen, wie es von innen aussieht. Selbst ein verlassenes Wrack sollte uns zu einem hübschen Finderlohn verhelfen, aber wenn dieses Schiff noch funktionstüchtig sein sollte, wird der Reichtum keine Grenzen haben; überhaupt keine Grenzen.«

»Es ist offensichtlich funktionstüchtig«, sagte Jefri Lion. »Es hat seit tausend Standardjahren Seuchen über jede dritte Generation der Hro B'rana ausgeschüttet.«

»Ja«, erwiderte Nevis, »das stimmt, aber das ist nur ein Teil der Geschichte. Zur Zeit fliegt es in einem konstanten Orbit. Was ist mit der Antriebsenergie? Mit der Sammlung genetischer Codizes? Wir müssen eine Menge Untersuchungen anstellen. Wie kommen wir an Bord, Lion?«

»Vielleicht gelingt es uns, anzudocken«, erwiderte Jefri Lion und streckte den Finger aus. »Tuf, sehen Sie diese Kuppel?«

»Meine Sehfähigkeit ist unvermindert.«

»Aha – also, ich glaube, daß darunter das Landedeck

liegt. Es ist so groß wie ein Raumflughafen. Wenn es uns gelingt, diese Kuppel zu öffnen, können Sie Ihr Schiff direkt dort hineinlenken.«

»Wenn«, sagte Haviland Tuf. »Ein äußerst schwieriges Wort. So kurz, und so häufig mit Enttäuschung und Frustration belastet.« Wie um seine Aussage zu unterstreichen, leuchtete in diesem Moment unter dem Beobachtungsschirm ein kleines rotes Licht auf. Tuf hob den langen, bleichen Zeigefinger. »Geben Sie acht!« sagte er.

»Was ist das?« fragte Nevis.

»Eine Mitteilung«, erklärte Tuf. Er beugte sich vor und berührte einen Knopf mit starken Gebrauchsspuren auf seinem Lasercom.

Der Seuchenstern verschwand vom Bildschirm. An seiner Stelle erschien ein erschöpft aussehendes Gesicht ... es gehörte einem Mann in mittleren Jahren, der in einem Kommunikationsraum saß. Auf seiner Stirn hatten sich tiefe Furchen eingegraben, seine Wangen waren hohl, seinen Kopf schmückte ein dichter, schwarzer Haarschopf, seine blau-grauen Augen blickten müde. Er trug eine Uniform aus einem historischen Lehrfilm, und auf seinem Kopf saß eine grüne Kappe, die in einer Spitze auslief und ein goldenes Theta als Emblem trug. »Hier ist die *Ark*«, sagte er. »Sie sind in unsere Verteidigungssphäre eingedrungen. Identifizieren Sie sich, sonst feuern wir. Dies ist die erste Warnung.«

Haviland Tuf drückte die Sendetaste ein. »Hier ist die *Füllhorn Ausgewählter Güter zu Niedrigen Preisen*«, sagte er klar und deutlich. »Unter dem Kommando von Haviland Tuf. Wir sind harmlose Händler ohne Bewaffnung von ShanDellor, *Ark.* Wir bitten um Erlaubnis, uns nähern zu dürfen, um andocken zu können.«

Celise Waans Mund stand offen. »Es ist bemannt«, sagte sie. »Die Besatzung ist immer noch am Leben!«

»Eine faszinierende Vorstellung«, bemerkte Jefri Lion und zupfte an seinem Bart. »Vielleicht ist er ein Abkömmling der G.Ö.G.-Originalbesatzung. Oder sie haben eine Zeitspindel installiert! Sie könnten jeden Faden des Zeitgewebes einzeln spinnen, um sie zu beschleunigen oder anzuhalten; ja, es ist möglich, daß sie sogar das vermocht haben. Die Zeitspindel! Denken Sie nur!«

Kaj Nevis brummte verächtlich. »Tausend verdammte Jahre, und Sie wollen mir weismachen, daß immer noch jemand am Leben ist? Wie, zum Teufel, sollen wir Ihnen das abnehmen?«

Das Abbild auf dem Schirm wurde vorübergehend unscharf. Dann sagte derselbe müde aussehende Mann in der Uniform der Imperialisten der Erde: »Hier ist die *Ark*. Sie fliegen durch unsere Verteidigungszone. Identifizieren Sie sich, oder wir feuern. Dies ist die zweite Warnung.«

»Sir«, sagte Haviland Tuf, »ich muß protestieren! Wir sind unbewaffnet und schutzlos. Wir haben keine Angriffsabsicht. Wir sind friedliebende Händler; Schüler und Brüder der Menschen. Unsere Absichten sind nicht feindlich, und mehr noch: wir haben nicht die geringste Ursache, ein Schiff zu beschädigen, das so bewundernswert wie Ihre *Ark* ist. Ist es denn nötig, daß man uns so kriegsmäßig empfängt?«

Der Schirm flackerte. »Hier ist die *Ark*. Sie haben unseren Verteidigungsschirm durchdrungen. Identifizieren Sie sich unverzüglich, sonst werden Sie vernichtet. Dies ist die dritte und letzte Warnung.«

»Aufzeichnungen«, sagte Kaj Nevis beinahe enthusiastisch. »Das ist des Rätsels Lösung! Keine Unterkühlungstanks, kein verdammtes Stasisfeld. Es ist niemand an Bord. Ein Computer spielt uns Stimmaufzeichnungen vor.«

»Ich fürchte, Sie haben recht«, sagte Haviland Tuf. »Es erhebt sich nur die Frage: wenn der Computer programmiert ist, sich nähernden Schiffen aufgezeichnete Botschaften vorzuspielen; zu was mag er noch programmiert sein?«

Jefri Lion platzte heraus: »Die Codes! Ich habe ein ganzes Archiv Codes der Weltraumföderation und Identifizierungs-Sequenzen auf Kristallchips in meiner Datenbank! Ich werde sie holen gehen.«

»Ein ausgezeichneter Vorschlag«, erwiderte Haviland Tuf, »aber leider ist er mit einem einzigen offensichtlichen Mangel behaftet: uns bleibt uns nicht genug Zeit, diese codierten Chips zu finden und anzuwenden. Wenn wir die Muße hätten, es zu schaffen, würde ich Ihrem Vorschlag zustimmen, aber ich fürchte, wir haben sie nicht. Die *Ark* hat soeben auf uns geschossen.«

Haviland Tuf streckte die Hand aus. »Ich werde den Antrieb einschalten«, verkündete er.

Aber während seine langen, bleichen Finger noch über die Tasten huschten, ging eine heftige Erschütterung durch die *Füllhorn*.

Celise Waan quiekte und sank zu Boden; Jefri Lion stolperte und fiel gegen Anittas; sogar Rica Dawnstar mußte nach der Rückenlehne des Kapitänssessels greifen, um nicht das Gleichgewicht zu verlieren. Dann erloschen sämtliche Lichter.

Haviland Tufs Stimme ließ sich in der Dunkelheit erneut vernehmen: »Ich fürchte, ich habe zu früh geredet. Oder vielleicht sollte ich besser sagen, ich habe zu langsam gehandelt.«

Für eine kleine Ewigkeit waren sie verloren in Stille und Dunkelheit und Furcht, in Erwartung des zweiten Schlages, der ihr Ende bedeuten würde.

Und dann hellte sich die Finsternis ein wenig auf; matte Lichter glommen an allen Konsolen um sie auf und zeigten an, daß die Instrumente der *Füllhorn* zu einem flackernden halben Leben erwachten.

»Wir sind nicht völlig hilflos«, verkündete Haviland Tuf von seinem Kommandosessel aus, auf dem er angespannt saß. Seine großen Hände schwebten über der Computertastatur. »Ich werde jetzt einen Bericht über das genaue Ausmaß der Beschädigungen einholen. Vielleicht sind wir noch in der Lage, den Rückzug anzutreten.«

Celise Waan machte ein seltsames Geräusch; es war ein hohes, schwaches, hysterisches Wimmern, das kein Ende nehmen wollte. Sie lag immer noch auf Deck ausgebreitet.

Kaj Nevis wandte sich an sie. »Halt endlich das Maul, du verdammte Kuh!« fuhr er sie an und trat nach ihr. Aus ihrem Wimmern wurde ein Schluchzen. »Wir sind tot, wenn wir nicht bald etwas unternehmen«, sagte Nevis laut. »Der nächste Schuß bläst unser Schiff in Stücke. Verdammt, Tuf, setzen Sie das verdammte Ding in Bewegung!«

»Unsere Bewegung dauert unvermindert an«, erwiderte Tuf. »Der Schuß, den wir abbekamen, hat unsere Geschwindigkeit nicht verringert, noch hat er zu der geringsten Abweichung von unserer vorherigen Flugbahn in Richtung der *Ark* geführt. Möglicherweise ist dieser Umstand auch die Erklärung dafür, daß jetzt nicht mehr auf uns geschossen wird.« Er studierte die blaßgrünen Diagramme, die sich auf einem der kleineren Bildschirme entwickelten. »Ich fürchte, mein Schiff hat gewisse Beeinträchtigungen erfahren. In diesem Zustand den Antrieb einzustellen, dürfte nicht ratsam sein; die damit verbundene Belastung würde uns zweifellos in Stücke reißen. Unsere Lebenserhaltungssysteme sind ebenfalls beschädigt. Die Darstellungen zeigen, daß uns in etwa neun Standardstunden der Sauerstoff ausgehen wird.«

Kaj Nevis fluchte; Celise Waan, die noch immer auf dem Deck lag, biß sich in die Knöchel.

»Ich kann Sauerstoff sparen helfen, indem ich mich noch einmal abschalte«, bot Anittas an. Niemand achtete darauf.

»Wir können die Katzen töten«, schlug Celise Waan vor.

»Können wir uns bewegen?« erkundigte sich Rica Dawnstar.

»Die Manövrieranlage ist betriebsfähig«, erwiderte Tuf, »aber wir haben die Fähigkeit verloren, auf Sternenantrieb umzuschalten; wir brauchen demnach ungefähr zwei ShanDish-Jahre, um auch nur Hro B'rana zu erreichen. Vier Personen könnten Schutz in Druckanzügen finden. Die modifizierten Viren in den Luftaggregaten können unbegrenzt Sauerstoff synthentisieren.«

»Ich weigere mich, zwei Jahre lang in einem Druckanzug zu leben«, sagte Celise Waan nachdrücklich.

»Ausgezeichnet«, sagte Tuf. »Da mir nur vier Anzüge zur Verfügung stehen, stellt das eine große Erleichterung für mich dar. Ihre vornehme Selbstlosigkeit wird unvergessen bleiben, meine Dame. Bevor wir jedoch diesen Plan in die Wirklichkeit umsetzen, sollten wir meiner Meinung nach eine weitere Möglichkeit bedenken.«

»Und welche wäre das?« fragte Nevis.

Tuf drehte sich in seinem Kommandosessel herum und faßte in der Dämmerung des Kommandoraums jeden der Anwesenden einzeln ins Auge. »Wir dürfen die Hoffnung nicht aufgeben, daß Jefri Lions kristalline Chips tatsächlich den richtigen Annäherungscode enthalten; dann könnten wir es schaffen, an der *Ark* anzudocken, ohne zu Zielen der uralten Waffensysteme zu werden.«

»Der Chip!« rief Lion. Er war schwer zu erkennen. In der Dunkelheit hatte seine Chamäleonjacke ein tiefes Schwarz angenommen. »Ich werde gehen und ihn holen!« Er wandte sich um und eilte in Richtung der Wohnquartiere davon.

Mushroom kam lautlos durch den Raum getrottet und sprang Tuf in den Schoß. Tuf legte ihm die Hand auf das Fell, und der schwere Kater begann laut zu schnurren. Das Geräusch nahm ihnen einen Teil der

Spannung. Vielleicht würde sich alles noch zum besten wenden.

Aber Jefri Lion blieb lange fort.

Als sie ihn endlich zurückkommen hörten, war sein Schritt schleppend, als sei er bedrückt.

»Nun?« sagte Nevis. »Wo ist der Chip?«

»Fort«, erwiderte Lion. »Ich habe überall nachgesehen. Er ist fort. Ich hätte geschworen, daß ich ihn bei mir gehabt hätte. Meine Dateien ... Kaj, es ist wahr; ich war der festen Überzeugung, die mitgebracht zu haben. Ich konnte natürlich nicht alles mitnehmen, aber ich habe die meisten wichtigen Aufzeichnungen kopiert; Daten, von denen ich glaubte, daß wir sie würden brauchen können ... Material über den Krieg, über die G.Ö.G. und geschichtliche Fakten über diesen Raumsektor. Mein grauer Koffer; Sie kennen ihn. Darin waren mein kleiner Computer und mehr als dreißig Kristallchips. Ich habe einige noch letzte Nacht im Bett überprüft, erinnern Sie sich nicht? Ich habe das Material über die Saatschiffe gesichtet, das wenige, das wir wissen; und Sie haben gesagt, ich würde Sie wachhalten. Ich hatte einen ganzen Chip voll alter Codes. Ich weiß es ganz genau; und ich habe wirklich geglaubt, ihn mitgenommen zu haben. Aber er ist nicht da.« Er kam näher. Sie sahen, daß er den Handcomputer bei sich trug; er hielt ihn ihnen fast wie eine Opfergabe entgegen. »Ich habe den Koffer viermal durchsucht, und ich habe alle Chips durchsucht, die ich auf mein Bett ausgebreitet hatte, auf dem Tisch, überall. Er ist nicht da. Es tut mir leid. Hat ihn einer von euch an sich genommen?« Jefri Lion sah sich im Raum um. Niemand sagte ein Wort. »Ich muß die Codes in ShanDellor zurückgelassen haben«, sagte er. »Wir hatten es so eilig, zu starten. Ich ...«

»Sie seniler alter Narr«, sagte Kaj Nevis. »Ich sollte Sie ohne Umstände töten und Ihre Atemluft für uns aufsparen.«

»Wir sind tot«, jammerte Celise Waan, »wir sind tot, tot, tot.«

»Meine Dame«, sagte Haviland Tuf und kraulte Mushroom hinter den Ohren, »Sie sind voreilig, wie gewohnt. Sie sind in diesem Augenblick ebensowenig tot, wie Sie einen Moment zuvor gesund waren.«

Nevis wandte ihm sein Gesicht zu. »Das hört sich an, als hätten Sie eine Idee, Tuf?«

»In der Tat«, erwiderte Haviland Tuf.

»Nun?« drängte Nevis.

»Die *Ark* stellt unsere einzige Rettungsmöglichkeit dar«, erwiderte Tuf. »Wir müssen an Bord gelangen. Ohne Jefri Lions Code-Kristall können wir die *Füllhorn Ausgewählter Güter zu Niedrigen Preisen* nicht nahe genug an das Schiff manövrieren, um anzudocken, ohne Gefahr zu laufen, daß wir erneut beschossen werden. Soviel ist offensichtlich. Dennoch ist mir ein interessantes Manöver eingefallen.« Er hob einen Finger. »Vielleicht benimmt sich die *Ark* angesichts eines kleineren Zieles weniger feindselig ... sagen wir, ein Mann in einem Druckanzug, von einem Düsenaggregat angetrieben ...«

Kaj Nevis sah ihn nachdenklich an. »Und angenommen, dieser Mann erreicht die *Ark,* was dann? Soll er vielleicht an das Wrack anklopfen?«

»Das wäre schwer zu bewerkstelligen«, gab Haviland Tuf zu. »Und doch glaube ich, eine Methode gefunden zu haben, wie wir das Problem lösen können.«

Sie warteten. Tuf streichelte Mushroom. »Fahren Sie fort!« sagte Kaj Nevis ungeduldig.

Tuf blinzelte. »Ich soll fortfahren? In der Tat. Ich muß Sie um Nachsicht ersuchen. Mein Denken ist aufs äußerste abgelenkt. Mein armes Schiff hat einen schrecklichen Schaden erlitten. Mein bescheidener Lebensunterhalt ist ruiniert und vernichtet; und wer wird für die erforderlichen Reparaturen geradestehen? Wird mich Kaj Nevis, der sich bald eines so großen Reichtumes erfreuen wird, mit seiner Großzügigkeit überschütten? Ich fürchte, er wird es nicht tun. Werden mir Jefri Lion und Anittas ein neues Schiff kaufen? Das ist sehr unwahrscheinlich. Wird mir die achtbare Celise Waan einen Bonus über die Pacht hinaus gewähren, um mich für meinen großen Verlust zu entschädigen? Sie hat bereits angekündigt, gesetzliche Maßnahmen gegen mich zu ergreifen; mein armes Schiff konfiszieren und meine Landeerlaubnis widerrufen zu lassen. Wie kann ich unter solchen Voraussetzungen hoffen, mich von diesem Schlag erholen zu können? Wer wird mir nur beistehen?«

»Machen Sie sich darüber keine Gedanken!« herrschte ihn Kaj Nevis an. »Wie kommen wir ins Innere der *Ark?* Sie haben gesagt, Sie sähen einen Weg!«

»Habe ich das?« fragte Haviland Tuf. »Ich glaube, Sie haben recht, Sir. Aber leider, fürchte ich, das Gewicht meiner persönlichen Sorgen hat die Methode aus meinem armen, verwirrten Verstand gewischt. Ich habe es vergessen. Ich vermag an nichts anderes als an meine eigene bedauernswerte wirtschaftliche Lage zu denken.«

Rica Dawnstar lachte und klopfte Tuf geräuschvoll auf den breiten Rücken.

Er sah zu ihr hoch. »Und jetzt werde ich zusätzlich grob gepufft und beinahe geschlagen; von der unbeherrschten Rica Dawnstar. Bitte, fassen Sie mich nicht an, meine Dame.«

»Das ist Erpressung!« schrie Celise Waan. »Dafür werden wir Sie ins Gefängnis bringen!«

»Und jetzt wird meine Ehrenhaftigkeit beleidigt, und ich werde mit Drohungen überhäuft. Ist es ein Wunder, daß ich unter solchen Umständen nicht denken kann, Mushroom?«

Kaj Nevis knurrte: »Also gut, Tuf. Sie haben gewonnen.« Er blickte sich in der Runde um. »Hat jemand

Einwände, daß wir Tuffy zu unserem vollgültigen Partner machen? Eine Teilung durch fünf?«

Jefri Lion räusperte sich. »Das ist das mindeste, das er verdient, wenn sein Plan gelingt.«

Nevis nickte. »Sie sind dabei, Tuf.«

Haviland Tuf erhob sich mit unnachahmlicher, umständlicher Würde und fegte Mushroom vom Schoß. »Mein Gedächtnis kehrt zurück!« verkündete er. »Dort drüben im Schließfach befinden sich vier Druckanzüge. Wenn einer von Ihnen so freundlich wäre, einen davon anzuziehen und mir seine Hilfe zu leihen, werden wir gemeinsam daran gehen, einen außerordentlich nützlichen Gegenstand aus Compartment Zwölf zu holen.«

»Was im Namen der Hölle ...«, rief Rica Dawnstar, als die beiden zurückkamen und ihr Mitbringsel zwischen sich trugen. Sie lachte.

»Was ist das?« wollte Celise Waan wissen.

Haviland Tuf, der in seinem silbern-blauen Druckanzug hoch aufragte, stellte die Beine auf den Boden und half Kaj Nevis, es aufzurichten. Dann nahm er seinen Helm ab und betrachtete ihre Beute mit Befriedigung. »Es handelt sich um einen Raumanzug, meine Dame; ich hätte gedacht, soviel sei offensichtlich.«

Das Ding *war* ein Raumanzug; gewissermaßen; aber es hatte keine Ähnlichkeit mit einem Anzug, den einer von ihnen je zuvor gesehen hatte; und wer immer ihn konstruiert haben mochte, hatte offenbar keinen Menschen als Träger im Sinn gehabt. Das Ding überragte sie alle, sogar Tuf; der schmückende Busch auf dem großen, vorgewölbten Helm war gut drei Meter vom Deck entfernt und berührte fast den oberen Rand des Schotts. Es hatte vier dicke Arme mit je zwei Gelenken, die beiden oberen endeten in schimmernden, gezahnten Zangen; die Beine waren umfangreich genug, um die Stämme kleinerer Bäume zu umkleiden, und die Fußsohlen waren große, runde Teller. Auf den breiten, gekrümmten Rücken waren voluminöse Tanks montiert; eine Radarantenne entragte der rechten Schulter; und das solide, schwarze Metall, aus dem das Ganze bestand, war überall mit fremdartigen, wirbelartigen Mustern in Rot und Gold verziert. Der Anzug stand zwischen ihnen wie ein bewaffneter Gigant der Alten.

Kaj Nevis wies mit dem Daumen auf den Panzer. »Jetzt ist es hier«, sagte er, »was nun? Soll uns diese Monstrosität helfen?« Er schüttelte den Kopf. »Für mich sieht es wie ein Stück Abfall aus.«

»Bitte«, sagte Tuf. »Dieser Mechanismus, den Sie derart herabsetzen, ist eine Antiquität, die Geschichte hat. Ich habe dieses faszinierende Alien-Artefakt zu einem nicht eben geringen Preis auf Unqui erstanden, als ich einst durch jenen Sektor gereist bin. Es handelt sich um einen authentischen unquinischen Kampfanzug, Sir, der die hameriinische Dynastie präsentiert, die vor rund fünfzehnhundert Jahren unterging; lange bevor die Menschheit die unquinischen Sterne erreicht hat. Er wurde vollständig restauriert.«

»Was *kann* der Anzug, Tuf?« fragte Rica Dawnstar, die es immer eilig hatte, auf den Punkt zu kommen.

Tuf blinzelte. »Seine Fähigkeiten sind vielfältiger und unterschiedlicher Art. Zwei davon haben einen direkten Bezug zu unserer gegenwärtigen Verlegenheit. Der Raumanzug ist mit einem stabilen Exoskelett ausgestattet, das die Kraft seines Trägers bei voller Inbetriebnahme annähernd verzehnfacht. Außerdem gehört ein ausgezeichneter Trenn-Laser zu seiner Ausstattung, der angelegt wurde, durch Dur-Legierungen von einem halben Meter Dicke zu schneiden, oder durch eine entsprechend erheblich dickere Stahlplatte, wenn er direkt auf den Punkt konzentriert wird. In Kürze läßt sich sagen, daß dieser schon uralte Kampfanzug unser Garant dafür sein wird, daß wir in das uralte Kriegsschiff eindringen können, das unsere einzige Rettung zu sein scheint.«

»Großartig!« sagte Jefri Lion und klatschte begeistert in die Hände.

»Soweit könnte es funktionieren«, kommentierte Kaj Nevis. »Wo ist der Haken?«

»Ich muß gewisse Schwächen der Einrichtungen für die Manövrierfähigkeit im tiefen Weltraum zugeben«, erwiderte Tuf. »Unsere Ausstattung umfaßt vier Standard-Druckanzüge, aber nur zwei Düsenaggregate. Der unquinische Kampfanzug hingegen besitzt – und ich bin erfreut, Ihnen das mitteilen zu können – seine eigenen Antriebsdüsen. Ich schlage daher folgende Vorgehensweise vor. Ich werde den Kampfanzug tragen und die *Füllhorn Ausgewählter Güter zu Niedrigen Preisen* verlassen, begleitet von Rica Dawnstar und Anittas in den Druckanzügen mit Düsenaggregaten. Wir werden uns der *Ak* mit größtmöglicher Geschwindigkeit nähern. Wenn wir diese Reise heil überstehen, werden wir die ausgezeichneten Fähigkeiten des Kampfanzuges einsetzen, um uns durch eine Luftschleuse Einlaß zu verschaffen. Man sagte mir, Anittas sei Experte in bezug auf historische kybernetische Systeme und veraltete Computer. Das trifft sich sehr gut. Wenn wir uns erst einmal im Innern der *Ark* befinden, wird er zweifellos keine großen Schwierigkeiten damit haben, die Kontrolle über das Schiff zu erlangen und die feindseligen Programme auszutauschen, die zur Zeit in Tätigkeit sind. In diesem Stadium wird Kaj Nevis fähig sein, mein beinahe zum Wrack geschossenes Schiff heranzumanövrieren und anzudocken, und wir alle werden in Sicherheit sein.«

Celise Waans Gesicht überzog sich mit glühendem Rot. »Sie lassen uns allein und überantworten uns dem Tod!« quiekte sie. »Nevis, Lion, wir müssen das verhindern! Wenn die drei erst einmal auf der *Ark* sind, schießen sie uns in Stücke! Wir können ihnen nicht trauen.«

Haviland Tuf zwinkerte. »Weshalb muß meine Moral ständig durch derartige Unterstellungen in Zweifel gezogen werden?« fragte er. »Ich bin ein ehrenwerter Mann. Selbstverständlich sind mir Aktionen der von Ihnen erwähnten Art niemals in den Sinn gekommen.«

»Es ist ein guter Plan«, sagte Kaj Nevis. Er lächelte und begann seinen Druckanzug zu entsiegeln. »Anittas, Söldner, legen Sie den Anzug an!«

»Wollen Sie wirklich zulassen, daß sie uns hilflos hier zurücklassen?« wollte Celise Waan von Jefri Lion wissen.

»Ich bin sicher, daß sie uns nicht übelwollen«, erwiderte Lion und strich sich über den Bart. »Und wenn doch, wie sollte ich es anstellen, sie von ihrem Vorhaben abzuhalten, Celise?«

»Laßt uns den Kampfanzug zur Hauptluftschleuse schaffen«, sagte Haviland Tuf zu Kaj Nevis, während die Dawnstar und der Kybertech ihre Anzüge anlegten.

Nevis nickte, kämpfte sich aus seinem Schutzanzug und ging, um Tuf zu helfen.

Unter nicht unerheblichen Mühen schafften sie den ungefügen unquinischen Kampfanzug an die Hauptschleuse der *Füllhorn*. Tuf legte seinen Schutzanzug ab und entriegelte die gepanzerte Eingangsluke, dann zog er eine Trittleiter heran und begann vorsichtig hineinzuklettern.

»Einen Augenblick, Tuffy«, sagte Kaj Nevis und ergriff ihn bei der Schulter.

»Sir«, erwiderte Haviland Tuf, »ich schätze es ganz und gar nicht, angefaßt zu werden. Also lassen Sie mich los.« Er wandte sich um und blinzelte überrascht. Kaj Nevis hatte ein Vibrationsmesser in der Hand. Die vibrierenden Konturen der schmalen, summenden Klinge, die mühelos durch soliden Stahl schneiden konnte, war weniger als einen Zentimeter von Tufs Nase entfernt.

»Ihr Plan ist gut«, sagte Kaj Nevis, »aber wir wollen eine Kleinigkeit ändern. Ich werde den Superraumanzug tragen und mit Anittas und der kleinen Rica gehen. Sie bleiben hier und sterben.«

»Ich weise diese Unterstellung von mir«, sagte Haviland Tuf. »Ich bin äußerst betrübt, zu hören, daß auch Sie sich diesen unbegründeten Verdacht in bezug auf meine Motive anschließen. Ich versichere Ihnen, wie ich es bereits Celise Waan versichert habe, daß mir der Gedanke an Betrug niemals in den Sinn gekommen ist.«

»Das ist seltsam«, erwiderte Kaj Nevis, »denn *mir* ist er in den Sinn gekommen. Und es schien mir eine verflucht gute Idee zu sein.«

Haviland Tuf entsandte einen Blick, der ganz gekränkte Würde war. »Ihr gemeiner Plan ist zum Scheitern verurteilt, Sir«, stellte er fest. »Anittas und Rica Dawnstar sind bereits hinter Ihnen. Es ist allgemein bekannt, daß Rica Dawnstar angeheuert wurde, um eben solche Dinge wie Ihre Idee zu verhindern. Ich rate Ihnen dringend, sich zu ergeben. Es wäre für Sie selbst am besten.«

Kaj Nevis grinste.

Rica trug ihren Helm unter den Arm. Sie beobachtete die Szene, schüttelte sanft ihren hübschen Kopf und seufzte. »Sie hätten mein Angebot annehmen sollen, Tuf. Ich habe Ihnen vorausgesagt, daß die Zeit kommen würde, da Sie es bedauern, keinen Verbündeten zu haben.« Sie setzte ihren Helm auf, verschloß ihn und nahm ein Düsenaggregat an sich. »Lassen Sie uns gehen, Nevis!«

Endlich huschte der Ausdruck des Verstehens über Celise Waans breitflächiges Gesicht. Um aufrichtig zu sein, muß man sagen, daß sie diesmal nicht hysterisch reagierte. Sie sah sich nach einer Waffe um, fand nichts Geeignetes und packte schließlich Mushroom, der dicht neben ihr gestanden und die Ereignisse voller Interesse verfolgt hatte.

»Sie, Sie, SIE!« rief sie und schleuderte die gewichtige Katze quer durch den Raum.

Kaj Nevis duckte sich. Mushroom schrie markerschütternd und prallte von Anittas ab.

»Bitte, seien Sie so freundlich, es zu unterlassen, meine Katzen umherzuwerfen«, sagte Haviland Tuf.

Nevis, der sich rasch von dem Schrecken erholt hatte, schwang mit höchst unfreundlicher Miene das Vibro-Messer gegen Tuf, und Tuf wich behutsam zurück. Nevis nahm sich die Zeit, Tufs abgelegten Druckanzug aufzuheben und geschickt in ein Dutzend lange, silber-blaue Streifen zu zerlegen. Dann stieg er bedächtig in den unquinischen Kampfanzug, und Rica Dawnstar versiegelte ihn.

Nevis benötigte eine Weile, um sich mit den fremdartigen Kontrollen zurechtzufinden, aber nach ungefähr fünf Minuten fing die vorgewölbte Sichtscheibe an in unheilvollem, blutigem Rot zu glosen, und die wuchtigen oberen Gliedmaßen rührten sich schwerfällig. Versuchsweise schaltete er zu den unteren in Zangen auslaufenden Armen um, während Anittas die innere Tür der Schleuse öffnete. Kaj Nevis tappte unter dem Klakken seiner Zangen in die Schleuse, gefolgt von dem Kybertech und schließlich Rica Dawnstar.

»Tut mir wirklich leid, Leute«, bemerkte Rica, als die Tür zuglitt. »Es ist nicht persönlich gemeint. Nur Arithmetik.«

»In der Tat«, sagte Haviland Tuf. »Subtraktion.«

Haviland Tuf saß in seinem Kommandosessel, erhöht in der Dunkelheit, und beobachtete die blinkenden Instrumente vor sich. Mushroom, dessen Würde arg ramponiert war, hatte sich in seinem Schoß zusammengerollt und genoß dankbar das besänftigende Streicheln.

»Die *Ark* feuert nicht auf unsere ehemaligen Landsleute«, sagte Tuf zu Jefri Lion und Celise Waan.

»Das Ganze ist mein Fehler«, sagte Jefri Lion.

»Nein«, widersprach Celise Waan, »es ist *sein* Fehler.« Sie wies mit ihrem fetten Daumen zu Tuf hinüber.

»Sie sind keine sonderlich dankbare Dame«, gab Haviland seine Beobachtung bekannt.

»Dankbar? Wofür soll ich denn dankbar sein?« erwiderte sie ärgerlich.

Tuf legte die Hände zusammen. »Wir sind nicht gänzlich ohne Ressourcen. Um damit anzufangen, Kaj Nevis hat uns einen funktionsfähigen Druckanzug hinterlassen«, er streckte den Finger aus.

»Und kein Düsenaggregat.«

»Unsere Luft wird doppelt so lange vorhalten, weil sich unsere Zahl verringert hat«, sagte Tuf.

»Aber sie wird trotzdem zu Ende gehen«, sagte Celise Waan anklagend.

»Kaj Nevis und seine Kohorten haben den unquinischen Kampfanzug nicht dazu benutzt, die *Füllhorn Ausgewählter Güter zu Niedrigen Preisen* zu zerstören, nachdem sie von Bord gegangen sind; und sie hätten es durchaus tun können.«

»Nevis zog es vor, uns einen langsamen Tod sterben zu lassen«, erwiderte die Anthropologin.

»Das glaube ich nicht. Es ist sowohl wahrscheinlicher als auch realistischer, daß er die Absicht hatte, dieses Schiff als letzte Zufluchtsmöglichkeit zu erhalten, für den Fall, daß sein Plan, an Bord der *Ark* zu gelangen, fehlschlagen sollte«, überlegte Tuf laut. »Einstweilen bleiben uns eine Unterkunft, Verpflegung, und eine, wenn auch begrenzte, Manövrierfähigkeit.«

»Was wir in Wahrheit haben, ist ein funktionsuntüchtiges Schiff, dessen Luftvorrat sich ständig verringert«, sagte Celise Waan. Sie machte Anstalten, fortzufahren, aber in diesem Augenblick kam Havoc mit abgezirkelten Bewegungen in den Kontrollraum getänzelt; ganz Energie und Spannung; sie war einem Schmuckstück hart auf den Fersen, das sie mit der Pfote vor sich hertrieb. Es landete vor Celise Waans Füßen; Havoc besprang es und schlug es mit einem weiteren trockenen Hieb voran.

Celise Waan schrie auf. »Das ist mein Glowstone-Ring! Wie ich ihn gesucht habe! Verdammt sollst du sein, du schmutzige Diebin!« Sie bückte sich und griff nach dem Ring. Havoc ging mit ihrer Hand in den Clinch, und Celise Waan boxte kräftig nach der Katze. Sie verfehlte sie. Havocs Krallen waren weit treffsicherer. Celise Waan schrie vor Schmerz.

Haviland Tuf verließ seinen Sessel. Er schnappte sich die Katze und den Ring, klemmte sich Havoc unter den Arm, um eine Hand freizuhaben, und reichte den Ring barsch seiner blutenden Besitzerin. »Ihr Eigentum«, sagte er.

»Bevor ich sterbe – das schwöre ich – packe ich dieses Vieh am Schwanz und schlage sein Hirn am Schott zu Brei. Wenn es überhaupt ein Hirn besitzt.«

»Unterschätzen Sie die Fähigkeiten der Felinen nicht«, erwiderte Tuf, während er an seinen Platz zurückging. Er besänftigte Havocs aufgewühlte Gefühle, wie er es zuvor bei Mushroom getan hatte. »Katzen sind intelligente Tiere. In der Tat hört man oft, daß alle Katzen Ansätze parapsychischer Fähigkeiten besitzen. Die Primitiven der Alten Erde waren dafür bekannt, daß sie Katzen verehrt haben.«

»Ich habe Primitive studiert, die Fäkalien verehrten«, erwiderte die Anthropologin gereizt. »Dieses Tier ist ein schmutziges Vieh!«

»Die Felinen sind peinlich sauber«, sagte Tuf unbeirrt. »Havoc ist fast noch ein Kätzchen; ihre Verspieltheit und ihr wildes Temperament sind noch voll ausgeprägt«, fuhr er fort. »Sie ist ein sehr eigenwilliges Geschöpf, aber eben das macht einen großen Teil ihres Charms aus. Seltsamerweise ist sie dennoch ein Gewohnheitstier. Wem würde es nicht warm ums Herz, wenn er ihre Freude beim Spiel mit kleinen Dingen sieht, die jemand versehentlich liegen ließ? Wer empfände kein Vergnügen, wenn er sieht, wie häufig sie ihr Spielzeug in ihrer Täppischkeit so weit unter die Konsolen in diesem Raum stößt, daß sie nicht mehr darankommt? Ich glaube, da könnte kaum einer widerstehen.

Nur außerordentlich mürrische und herzlose Personen.« Tuf zwinkerte rasch einmal, zweimal, dreimal. Auf seinem langen, unbewegten Gesicht malte sich ein Aufruhr der Gefühle ab. »Geh runter, Havoc«, sagte er und wischte sich die Katze sanft vom Schoß. Er stand auf und ging mit würdigem Gesichtsausdruck in die Knie. Auf Händen und Knien begann Haviland Tuf, im Raum herumzukriechen und mit den Händen unter den Konsolen herumzutasten.

»Was tun Sie denn da?« wollte Celise Waan wissen.

»Ich fahnde nach Havocs verlorenem Spielzeug«, erwiderte Tuf.

»Ich blute, und uns geht allmählich der Sauerstoff aus, und Sie suchen nach *Katzenspielzeug!*« rief Celise Waan aufgebracht.

»Ich glaube, das ist der Inhalt dessen, was ich eben sagte«, erwiderte Tuf. Er förderte eine Handvoll kleiner Gegenstände von unter der Konsole zutage, dann eine weitere Handvoll. Nachdem er seinen Arm nochmals ganz ausgestreckt und die Hand systematisch hin- und herbewegt hatte, gab er schließlich auf, sammelte seine Funde ein, staubte sich selbst ab und begann, die gefundenen Kleinodien ebenfalls vom Staub zu befreien. »Interessant«, sagte er.

»Was ist interessant?« fragte Celise Waan.

»Das hier gehört Ihnen«, sagte er zu ihr. Er händigte ihr noch einen Ring und zwei Lichtschreiber aus. »Und das hier gehört mir«, fuhr er fort, indem er zwei weitere Stifte, drei rote Raumkreuzer, ein gelbes Schlachtschiff und ein silbernes Sternenfort beiseite schob. »Und dies ist, glaube ich, Ihr Eigentum.« Er hielt den Gegenstand, von dem er gesprochen hatte, Jefri Lion hin. Einen künstlich geformten Kristall von der Größe eines Daumennagels.

»Lion sprang auf. »Der Chip!«

»In der Tat«, sagte Haviland Tuf.

Nachdem Tuf die Nachfrage um die Erlaubnis zum Anlegen gelasert hatte, folgte ein scheinbar endloser Moment der Spannung. Zuerst erschien ein feiner Spalt in der Mitte der großen schwarzen Kuppel; danach ein weiterer, der einen spitzen Winkel zum ersten bildete. Dann ein dritter, ein vierter; mehr und mehr. Die Kuppel teilte sich in hundert Segmente in der Form von Tortenstückchen, die in die Hülle der *Ark* zurückwichen.

Jefri Lion stieß heftig den Atem aus. »Es funktioniert«, sagte er, und in seiner Stimme klangen Verwunderung und Erleichterung mit.

»Diese Erkenntnis habe ich bereits vor einer ganzen Weile gewonnen«, sagte Tuf, »als wir diesen Verteidigungsschirm durchdrangen, ohne auf Widerstand zu stoßen. Was wir jetzt erleben, ist nur eine Bestätigung.«

Sie beobachteten die Vorgänge auf dem Bildschirm. Unter der Kuppel wurde ein Landedeck sichtbar, das ebenso groß wie die Flughäfen kleinerer Planeten war. Das Deck war mit kreisförmigen Landemarken übersät, von denen mehrere besetzt waren. Während sie zusahen, flammte rings um einen der freien Plätze ein Ring aus blau-weißen Lichtern auf.

»Es liegt mir fern, euch vorzuschreiben, was ihr zu tun habt«, sagte Haviland Tuf, die Augen auf die Instrumente geheftet, die Hände in behutsamen, methodischen Bewegungen begriffen. »Dennoch würde ich empfehlen, daß jeder von euch Sicherheitsgurte anlegt. Ich fahre das Landegestell aus und programmiere die Landung auf dem angewiesenen Platz, aber ich bin nicht sicher, in welchem Umfang das Landegestell zu Schaden gekommen ist; ich weiß nicht einmal genau, ob sich alle drei Beine an ihren Orten befinden. Ich empfehle daher größtmögliche Vorsicht.«

Das dunkle Landedeck erstreckte sich unter ihnen. Die *Füllhorn* senkte sich in den höhlenartigen Abgrund hinab. Auf einem der Monitorschirme wurde der erleuchtete Ring des Landeplatzes größer und größer; ein zweiter zeigte den flackernden Widerschein des Lichts, das von den Gravitationsmaschinen der *Füllhorn* ausging, auf den weit entfernten Metallwandungen und den Umrissen der anderen Schiffe. Auf einem dritten Bildschirm sahen sie, wie sich die Kuppel wieder bildete; mehrere Dutzend scharfer Zähne, die sich schlossen; und den Beobachtern kam es so vor, als hätte sie soeben ein unermeßlich großes, im Weltraum jagendes Raubtier verschluckt.

Die Landung war überraschend sanft. Ihr Schiff setzte mit einem Seufzer und einem Wispern und einer kaum wahrnehmbaren Erschütterung am vorgesehenen Platz auf.

Haviland Tuf stellte die Maschinen ab und verbrachte eine Weile damit, die Instrumente und Szenen auf den Teleschirmen zu beobachten.

Dann wandte er sich den übrigen zu. »Wir haben angedockt«, erklärte er, »und die Zeit ist gekommen, Pläne zu machen.«

Celise Waan war damit beschäftigt, sich von den Gurten zu befreien. »Ich möchte nichts weiter, als hier rauskommen«, sagte sie, »Nevis und diese Hure Rica ausfindig machen und ihnen beiden ein wenig von dem mitteilen, was ich von ihnen denke.«

»Ein wenig von dem, was Sie denken, könnte man leicht als Oxymoron auffassen«, sagte Haviland Tuf. »Ich halte Ihren Vorschlag für äußerst unklug. Wir müssen unsere ehemaligen Kollegen jetzt als Rivalen betrachten. Nachdem sie uns kürzlich dem sicheren Tod überlassen haben, werden sie unzweifelhaft erstaunt sein, zu entdecken, daß wir noch am Leben sind, und wir wären gut beraten, wenn wir Schritte unternähmen, diese Widersprüchlichkeit gar nicht erst auftauchen zu lassen.«

»Tuf hat recht«, bemerkte Jefri Lion. Er ging von einem Bildschirm zum nächsten, um fasziniert darauf zu starren. Das uralte Saatschiff hatte seine Lebensgeister und seine Vorstellungskraft wiedererweckt, und er knisterte förmlich vor Energie. »Das Gebot lautet: Wir gegen sie, Celise. Es bedeutet Krieg. Sie werden uns töten, wenn sie können, daran kann kein Zweifel bestehen. Wir müssen ebenso rücksichtslos vorgehen! Es ist an der Zeit für eine geschickte Taktik.«

»Ich beuge mich Ihrem martialischen Ratschlag«, sagte Tuf. »Welche Strategie schlagen Sie also vor?«

Jefri Lion strich sich über den Bart. »Nun«, sagte er, »nun – lassen Sie mich nachdenken. Wie ist die Situation? Sie haben Anittas. Der Mann ist selbst ein halber Computer. Wenn er sich erst an das Steuersystem der *Ark* angeschlossen hat, sollte er in der Lage sein, festzustellen, inwieweit sie funktionstüchtig ist, ja, und vielleicht wäre er auch fähig, eine gewisse Kontrolle über die Schiffsfunktionen auszuüben. Das könnte gefährlich werden. Möglicherweise versucht er es eben jetzt. Wir wissen, daß sie als erste an Bord gekommen sind. Es ist möglich, daß sie schon von unserer Anwesenheit hier wissen. Vielleicht haben wir aber auch den Vorteil der Überraschung auf unserer Seite.«

»Sie haben den Vorteil der gesamten Waffenausrüstung auf ihrer Seite«, sagte Haviland Tuf.

»Das stellt kein Problem dar«, erwiderte Jefri Lion. Er rieb sich tatendurstig die Hände. »Das hier ist schließlich ein Kriegsschiff. Es stimmt natürlich, daß die G.Ö.G. auf biologische Kriegsführung spezialisiert war, aber die *Ark* ist ein militärisches Schiff, und ich bin sicher, daß die Mannschaft Handwaffen aller möglichen Art trug. Wir brauchen sie nur noch zu finden.«

»In der Tat«, sagte Haviland Tuf.

Lion hatte sich in Fahrt geredet. »Unser Vorteil ... Also, ich möchte nicht unbescheiden sein; aber ich selbst stelle unseren Vorteil dar. Abgesehen davon, was Anittas mittels des Schiffscomputers herausfinden kann, werden sie mehr oder weniger im dunkeln tappen. Aber ich habe mich eingehend mit den alten Schiffen der Weltraumföderation befaßt. Ich weiß alles über sie.« Er legte die Stirn in Falten. »Nun, alles zumindest, was nicht verloren oder als geheim klassifiziert war. Wenigstens kenne ich die wesentlichen Grundzüge des Konstruktionsplanes dieser Saatschiffe. Als erstes müssen wir die Waffenkammer finden, und es ist anzunehmen, daß sie verschlossen ist. Es war allgemein üblich, die Waffen in der Nähe der Landedecks zu verstauen, weil sich das zum Beispiel bei Landungen bewährt hat. Nachdem wir uns bewaffnet haben, sollten wir nach der ... hmmm, lassen Sie mich nachdenken ... ich hab's; wir müssen nach der Zellbibliothek suchen, das ist von entscheidender Bedeutung. Die Saatschiffe besaßen ungeheure Zellbibliotheken, Klon-Material von buchstäblich Tausenden von Welten, das in einem Stasisfeld konserviert wurde. Wir müssen herausfinden, ob dieses Zellmaterial noch lebensfähig ist! Wenn das Stasisfeld zusammengebrochen ist und die Zellen verdorben sind, haben wir nichts weiter als ein sehr großes Schiff erbeutet. Aber wenn die Systeme noch arbeiten, ist die *Ark* buchstäblich unbezahlbar.«

»Es liegt mir fern, die Bedeutung der Zellbibliothek zu bestreiten«, sagte Tuf, »aber trotzdem scheint es mir von noch größerer Priorität, daß wir die Lage der Kommandobrücke auskundschaften. Wenn wir von der vielleicht unberechtigten, aber zweifellos wünschenswerten Voraussetzung ausgehen, daß nach Verstreichen eines Jahrtausends von der ursprünglichen Besatzung der *Ark* niemand mehr am Leben ist, sind wir auf diesem Schiff allein mit unseren Feinden, und die Partei, die als erste die Kontrolle über die Schiffssysteme erlangt, wird sich eines ziemlich entscheidenden Vorteils erfreuen können.«

»Das ist ein wichtiger Punkt, Tuf!« sagte Lion. »Also dann, laßt uns gehen, die Brücke zu suchen!«

»In Ordnung«, sagte Celise Waan. »Ich möchte aus dieser Katzenfalle heraus.«

Haviland Tuf hob den Zeigefinger. »Einen Augenblick noch, bitte. Es stellt sich ein Problem. Wir sind zu dritt, und wir haben nur einen einzigen Druckanzug.«

»Aber wir befinden uns in einem *Schiff*«, sagte Celise Waan in einem Ton, der von Sarkasmus troff, »wozu brauchen wir Druckanzüge?«

»Möglicherweise brauchen wir sie nicht«, gab Tuf zu. »Es trifft zu – wie Sie feststellten –, daß dieses Landefeld als eine sehr große Luftschleuse zu fungieren scheint; meine Instrumente zeigen an, daß wir zur Zeit von einer durchaus atembaren Sauerstoff-Stickstoff-Atmosphäre umgeben sind, die hereingepumpt wurde, als sich die Kuppel wieder vollständig geschlossen hatte.«

»Also wo liegt das Problem, Tuf?«

»Zweifellos bin ich übervorsichtig«, erwiderte Haviland Tuf. »Dennoch kann ich mich einer gewissen Beunruhigung nicht erwehren. Diese *Ark*, obwohl vielleicht verlassen und aufgegeben, tut nichtsdestoweniger weiterhin ihre Pflicht. Als Zeugnis dafür sei die Tatsache erwähnt, daß Hro B'rana immer noch von Seuchen heimgesucht wird. Als Zeugnis möge außerdem die Wirksamkeit gelten, mit der sich das Schiff gegen unsere Annäherung verteidigt hat. Im Augenblick können wir noch nicht wissen, aus welchem Grund die *Ark* verlassen wurde, oder an welchen Ursachen die letzten Mitglieder der Besatzung gestorben sind; aber es scheint, als hätten sie gewollt, daß die *Ark* weiter funktioniert. Vielleicht stellt der äußere Abwehrschirm nur die erste einer ganzen Reihe von automatischen Verteidigungseinrichtungen dar.«

»Eine anregende Vorstellung«, sagte Jefri Lion. »Denken Sie an Fallen?«

»An eine ganz bestimmte Art von Fallen. Die Atemluft, die uns erwartet, könnte von Krankheitserregern durchsetzt sein; von Bakterien und mutierten Viren. Können wir dieses Risiko auf uns nehmen? Ich persönlich würde mich jedenfalls in einem Druckanzug sicherer fühlen; aber selbstverständlich steht es jedem von Ihnen frei, selbst zu entscheiden.«

Celise Waan sah verunsichert aus. »Ich sollte den Anzug bekommen«, sagte sie. »Wir haben nur einen einzigen, und Sie schulden mir einiges, nachdem Sie mich so gemein behandelt haben.«

»Wir brauchen die Diskussion darüber wirklich nicht schon wieder aufzugreifen, meine Dame«, sagte Tuf. »Wir befinden uns auf einem Landedeck. In unserer Nachbarschaft kann ich neun weitere Raumfahrzeuge unterschiedlicher Konstruktionen erkennen. Eines davon ist ein hruunisches Kampfboot, eines ein rhiannesisches Handelsschiff; zwei sind von einer mir unbekannten Bauart. Und fünf sind einfache Raumfähren von derselben Art, größer als mein eigenes armseliges Gefährt; zweifellos gehören sie zur originalen Ausstattung der *Ark.* Meine Erfahrung lehrt mich, daß Raumfähren unvermeidlich mit Druckanzügen bestückt sind. Daher ist es meine Absicht, in unseren einzigen Anzug zu steigen, hinauszugehen und diese uns benachbarten Schiffe zu durchsuchen, bis ich Anzüge für Sie alle gefunden habe.«

»Mir gefällt das nicht«, nörgelte Celise Waan. »Sie gehen hinaus, und wir sind immer noch hier gefangen.«

»Solcherart sind nun einmal die Wechselfälle des Lebens«, sagte Tuf. »Wir alle müssen zuweilen etwas akzeptieren, das uns nicht behagt.«

Die Luftschleuse machte ihnen gewisse Schwierigkeiten. Es war eine kleine Notschleuse mit manuellen Kontrollen. Sie hatten kein Problem, die äußere Tür zu öffnen, einzutreten und die Tür hinter sich zu versiegeln. Die innere Tür aber stellte eine komplizierte Angelegenheit dar.

Die Atmosphäre kam wieder in die große Kammer geflutet, sobald die äußere Tür geschlossen war; aber die innere Tür schien aus einem unerfindlichen Grund zu blockieren. Rica Dawnstar versuchte es als erste; das mächtige Stahlrad ließ sich nicht drehen, und der Hebel rührte sich nicht von der Stelle.

»AUS DEM WEG«, sagte Kaj Nevis mit einer Stimme, die dank den in den unquinischen Kampfanzug integrierten fremdartigen Schaltkreisen zu einem rasselnden Krächzen verzerrt war und ohrenbetäubend aus den Außenlautsprechern schallte. Er stapfte an ihr vorbei, die großen Untertassenfüße dröhnten laut auf dem Boden, die mächtigen oberen Arme des Kampfanzugs packten das Rad und drehten daran. Es widerstand eine Weile, dann verbog und verkrümmte es sich, und schließlich löste es sich völlig von der Tür.

»Gute Arbeit«, sagte Rica über den Lautsprecher ihres Druckanzuges. Sie lachte.

Kaj Nevis brummte etwas, das sich wie Donner anhörte, aber nicht zu verstehen war. Er ergriff den Riegel und versuchte ihn zu bewegen, aber es gelang ihm nur, ihn abzubrechen.

Anittas trat näher an den widerspenstigen inneren Schloßmechanismus. »Eine Reihe Knöpfe mit Codierungen«, sagte er und zeigte darauf. »Wenn wir die richtige Zahlenfolge wüßten, würden wir zweifellos automatisch eingelassen. Hier ist auch eine Computerschnittstelle. Wenn ich mich daran anschließen könnte, würde es mir vielleicht gelingen, dem System den richtigen Code zu entlocken.«

»WAS HÄLT SIE DAVON AB?« wollte Kaj Nevis wissen. Seine Gesichtsplatte glühte unheilvoll.

Anittas hob die Arme und drehte die Handflächen in einer hilflosen Gebärde nach oben. Jetzt, da die offensichtlich organischen Partien seines Körpers vom Silber-Blau seines Druckanzuges bedeckt waren, und seine silber-metallischen Augen durch das Plastik herausstarrten, sah er mehr denn je wie ein Roboter aus.

Kaj Nevis, der hoch vor ihm aufragte, sah wie ein weit größerer Roboter aus.

»Dieser Anzug«, sagte Anittas, »ist nicht dazu entworfen. Ich kann mich nicht anschließen, ohne ihn auszuziehen.«

»DANN ZIEHEN SIE IHN AUS!« sagte Nevis.

»Ist das auch sicher?« fragte Anittas. »Ich wage es nicht.«

»Hier drinnen ist Luft«, warf Rica Dawnstar ein. Sie wies auf die entsprechenden Anzeigen.

»Keiner von Euch hat seinen Anzug ausgezogen«, gab Anittas zu bedenken. »Wenn ich den Fehler machen würde, die äußere statt der inneren Tür zu öffnen, könnte ich sterben, bevor es mir gelänge, den Anzug wieder zu versiegeln.«

»DANN MACHEN SIE EBEN KEINEN FEHLER!« dröhnte Kaj Nevis.

Anittas verschränkte die Arme. »Die Luft könnte ungesund sein. Das Schiff ist seit tausend Standardjahren verlassen, Nevis. Selbst das ausgeklügeltste technische System versagt von Zeit zu Zeit, Erfahrungen versagen oder führen in die Irre. Ich habe nicht die Absicht, mein Leben aufs Spiel zu setzen.«

»WIRKLICH NICHT?« donnerte Nevis. Es gab ein schleifendes Geräusch. Einer der unteren Arme kam gemächlich hoch; die gezahnte Metallschere öffnete sich, packte Anittas um die Mitte seines Körpers und fixierte ihn gegen die nächste Wand.

Der Kybertech schrie protestierend auf.

Einer der unteren Arme kam hoch, und eine mächtige Metallhand machte sich unterhalb des Kragens an dem Druckanzug zu schaffen. Der Helm und das ganze Oberteil des Anzugs wurden Anittas vom Körper gezerrt. Beinahe hätte auch sein Kopf dran glauben müssen.

»MIR GEFÄLLT DIESER ANZUG«, verkündete Kaj Nevis. Er ließ Anittas seine Zange spüren. Metallenes Gewebe zerriß, und Blut sprudelte heraus. »SIE ATMEN, ODER NICHT?«

Anittas bekam tatsächlich fast ein Zuviel an Sauerstoff. Er nickte.

Der Kampfanzug schleuderte ihn zu Boden. »DANN MACHEN SIE SICH AN DIE ARBEIT!« wies Nevis ihn an.

An diesem Punkt wurde Rica Dawnstar nervös. Sie wich zurück, lehnte sich in größtmöglicher Entfernung von Nevis an die Tür und dachte über die Situation nach, während Anittas die Reste seines zerfetzten Schutzanzuges und die Handschuhe auszog und die blauen Stahlfinger der rechten Hand in die anschlußbereite Computerschnittstelle einführte.

Rica Dawnstar trug ihr Schulterholster über den Druckanzug geschnallt, um leichter an den Nadler kommen zu können; aber in dieser Situation schien ihr der Nadler nicht mehr so viel Sicherheit wie üblich zu bieten. Sie überlegte, wie dick der unquinische Kampfanzug sein mochte und fragte sich, ob ihre Wahl des Verbündeten möglicherweise unbesonnen gewesen war. Bei einer Dreiteilung würde mehr als Jefri Lions karger Sold herausspringen, das war sicher. Aber was war, falls Nevis feststellen würde, daß er nicht durch drei teilen wollte?

Sie hörten einen scharfen, dumpfen Knall, und die innere Tür glitt auf. Hinter ihr erstreckte sich ein schmaler Korridor, der sich in der Dunkelheit verlor.

Kaj Nevis ging zur Tür und spähte in die Schwärze; seine glühend rote Gesichtsplatte warf einen rötlichen Schimmer an die Wände. Dann wandte er sich schwerfällig um.

»SIE, SÖLDNERIN!« rief er dröhnend nach Rica Dawnstar. »GEHEN SIE UND FINDEN SIE HERAUS, WOHIN DIESER GANG FÜHRT!«

Sie gelangte zu einer schnellen Entscheidung. »Zu Befehl, Gruppenleiter«, sagte sie. Sie zog ihren Nadler, eilte zur Tür und den Korridor hinab, folgte ihm ungefähr zehn Meter weit bis zu einem Quergang.

An der Kreuzung blickte sie sich um.

Nevis, gewaltig und wuchtig in seinem Kampfanzug, füllte den Eingang der Luftschleuse aus. Anittas stand neben ihm. Der Kybertech – gewöhnlich so schweigsam, unauffällig und tüchtig – zitterte sichtlich.

»Bleibt, wo ihr seid«, rief ihnen Rica zu. »Es ist nicht sicher hier!« Dann wandte sie sich um und rannte wie der Teufel.

Haviland Tuf brauchte weit länger als vorgesehen, um die Schutzanzüge zu finden. Das nächste der anderen Raumschiffe war der hruunische Jagdkreuzer, eine plumpe, grüne Maschine, die von Waffen starrte. Sie war überaus gut gesichert, und obwohl sie Tuf mehrere Male umrundete und die Instrumente untersuchte, die den Zweck zu haben schienen, einen Einlaß zu ermöglichen, hatte weder sein Zerren, noch das Rütteln, Drükken oder die übrigen Versuche den gewünschten Erfolg, und er sah sich schließlich gezwungen, aufzugeben und seine Suche bei einem anderen Objekt fortzusetzen.

Der Eingang zum nächsten Schiff, eines der fremdartigen, stand weit offen, und er betrat es mit nicht unerheblicher intellektueller Neugier. Das Innere des Schiffes war ein Labyrinth enger Korridore, deren Wände so unregelmäßig und bucklig wie die einer Naturhöhle waren. Die Instrumente blieben ihm unverständlich. Die Druckanzüge – wenn das die Bestimmung der Artefakte war, die er fand – mochten funktionieren, aber niemand, der größer als einen Meter oder achsialsymmetrisch war, hätte sie benutzen können.

Das rhiannesische Handelsschiff, sein dritter Versuch, war ausgeraubt worden; Tuf fand nichts Nützliches darin.

Schließlich blieb ihm nichts weiter übrig, als sich auf den Weg zu einem der fünf weiter entfernten Lastraumer zu machen, die dort Seite an Seite standen, unter säuberlicher Einhaltung des erforderlichen Rangierabstandes. Es waren große Schiffe, größer als die *Füllhorn Ausgewählter Güter zu Niedrigen Preisen,* mit schwarzen, narbenbedeckten Rümpfen und schnittigen Flügeln, aber sie waren offensichtlich menschlicher Herkunft und anscheinend in gutem Zustand.

Tuf verschaffte sich nach einer Weile Einlaß in eines der Schiffe, an dessen Landebucht eine Metalltafel aufgestellt war, die die Silhouette eines phantastischen Tiers und eine Inschrift trug, nach der zu urteilen der Name des Schiffes *Greif* lautete.

Druckanzüge befanden sich dort, wo sie hingehörten. Sie waren in ausgezeichneter Verfassung, wenn man bedachte, daß sie schon tausend Jahre alt waren, und recht eindrucksvoll außerdem: von dunkelgrüner Farbe, die Helme, Handschuhe und Stiefel golden, und ein goldenes Theta auf den Brustteilen dargestellt.

Tuf wählte zwei der Anzüge aus und trug sie vom Widerhall seiner Schritte begleitet über die im Dämmerlicht liegende Ebene des Landedecks zu der pockennarbigen, raumuntüchtigen Träne zurück, die seine auf drei ausgefahrenen Beinen kauernde *Füllhorn* darstellte.

Als er das untere Ende der Rampe erreichte, die zur Hauptschleuse hochführte, wäre er fast über Mushroom gestolpert.

Der mächtige Kater hatte auf dem Deck gehockt. Jetzt erhob er sich, gab einen klagenden Laut von sich und rieb sich an Tufs Beinen.

Haviland Tuf blieb einen Augenblick lang stehen und sah auf den alten grauen Kater hinab. Er bückte sich unbeholfen, hob ihn auf und streichelte ihn. Als er die Rampe zur Luftschleuse hochging, folgte ihm Mushroom, und Tuf hielt es für nötig, ihn zu verscheuchen. Er kletterte in die Schleuse, unter jeden Arm einen Druckanzug geklemmt.

»Es wurde aber auch Zeit«, sagte Celise Waan, als Tuf eintrat.

»Ich habe Ihnen ja gesagt, daß Tuf uns nicht im Stich lassen würde«, sagte Jefri Lion.

Haviland Tuf ließ die Druckanzüge aufs Deck fallen, wo sie wie grün-goldene Lachen lagen. »Mushroom ist draußen«, sagte Tuf beiläufig mit desinteressierter Stimme.

»Ja, natürlich«, erwiderte Celise Waan. Sie hob einen der Anzüge auf und begann sofort, sich in das grüne Metallgewebe zu quetschen. Es saß stramm um ihre Taille; die Mitglieder der Gesellschaft für Ökologische Gentechnik waren offenbar weniger füllig als sie gewesen. »Hätten Sie mir keinen Anzug passender Größe mitbringen können?« fragte sie in klagendem Ton. »Sind Sie sicher, daß die Dinger nach all der Zeit noch funktionsfähig sind?«

»Sie scheinen robust konstruiert zu sein«, erwiderte Tuf. »Vermutlich müssen wir die Lufterneuerungspatronen mit den lebenden Bakterien bestücken, die von den Kulturen auf dem Schiff noch übrig sind. Wie kommt es, daß Mushroom draußen war?«

Jefri Lion räusperte sich unbehaglich. »Ach ... äh ...«, fing er an, »... Celise hatte Angst, daß Sie nicht zurückkommen würden, Tuf. Sie sind so lange fortgeblieben. Sie dachte, Sie würden uns alleinlassen.«

»Ein völlig grundloser Verdacht«, sagte Tuf.

»Äh ... ja«, erwiderte Lion. Er wandte den Blick ab und streckte die Hand nach seinem Druckanzug aus.

Celise Waan zog einen goldenen Stiefel an und verschloß ihn. »Es war Ihr eigener Fehler«, sagte sie zu Tuf. »Wenn Sie nicht so lange fortgeblieben wären, wäre ich nicht unruhig geworden.«

»In der Tat«, erwiderte Tuf. »Was – wenn mir diese Frage erlaubt ist – hat Ihre Unruhe mit Mushroom zu tun?«

»Nun ... also ... ich dachte, Sie würden nicht zurückkommen, und wir würden die *Füllhorn* verlassen müssen«, erwiderte die Anthropologin. Sie schloß ihren zweiten Stiefel. »Sie haben mich mit Ihrem Gerede über Seuchen wirklich nervös gemacht, wissen Sie. Also habe ich die Katze durch die Luftschleuse expediert. Ich habe versucht, die verdammte schwarz-weiße zu erwischen, aber sie fauchte mich an und lief fort. Die graue ließ sich von mir auf den Arm nehmen. Ich warf sie vor die Tür, und wir beobachteten sie auf dem Monitor. Ich dachte mir, wenn es ihr schlechter ginge, würden wir es sehen. Wenn ihr gesundheitlicher Zustand unverändert bliebe, wäre es auch für uns unbedenklich, wenn wir hinausgingen.«

»Ich begreife das Prinzip«, sagte Haviland Tuf.

Havoc kam in den Raum geschlendert; sie trieb etwas mit der Pfote vor sich her. Sie erblickte Tuf und hielt auf ihn zu; ihr Gang war übertrieben prahlerisch.

»Jefri Lion«, sagte Tuf, »wenn es Ihnen nichts ausmacht, fangen Sie Havoc bitte ein, bringen Sie die Katze in die Wohnquartiere zurück und sperren Sie sie dort ein.«

»Äh ... sicher«, erwiderte Lion. Er hob Havoc auf, die eben an ihm vorbeistrich. »Weshalb?«

»Ich würde es bei weitem vorziehen, wenn ich Havoc künftig getrennt von Celise Waan und in Sicherheit wüßte«, erwiderte Tuf.

Celise Waan klemmte sich den Helm unter den Arm und stieß ein spöttisches Schnauben aus. »Ach, Unsinn. Der Grauen geht es gut.«

»Erlauben Sie mir, einen Umstand zu erwähnen, der Ihrer Aufmerksamkeit möglicherweise entgangen ist«, sagte Haviland Tuf. »Die Medizin berichtet uns von einem Phänomen, das sie als Inkubationszeit bezeichnet.«

»ICH WERDE DIESE HURE UMBRINGEN«, wetterte Kaj Nevis, als er gemeinsam mit Anittas den dunklen Korridor hinabging. »VERDAMMT SOLL SIE SEIN. ES IST NICHT MEHR MÖGLICH, EINE ANSTÄNDIGE SÖLDNERIN AUFZUTREIBEN.« Das mächtige Kopfteil des Kampfanzugs drehte sich in Richtung des Cybertechs, die Sichtplatte glühte. »BEEILEN SIE SICH!«

»Ich kann nicht mit Ihnen Schritt halten«, sagte Anittas und beeilte sich. Er hatte schon Seitenstechen durch seinen Versuch, an Nevis' Seite zu bleiben; seine Kyberhälfte war stark wie Metall und schnell wie elektronische Schaltungen, aber seine Biohälfte war armes, erschöpftes und gepeinigtes Fleisch, und aus den Schnitten, die ihm Nevis in der Taille beigebracht hatte, sikkerte noch immer Blut. Er fühlte sich erhitzt und benommen. »Es ist jetzt nicht mehr weit«, sagte er. »Noch diesen Gang hinab und bis zur dritten Tür links. Es ist eine wichtige Nebenstation. Ich habe es gespürt, als ich angeschlossen war. Ich werde mich dort mit dem Hauptsystem verbinden können.« *Und endlich ausruhen,* dachte er. Er war unbeschreiblich schwach, und seine Biohälfte schmerzte und pochte.

»ICH WILL, DASS DIE VERDAMMTEN LICHTER ANGEHEN«, befahl Nevis. »UND DANN MÖCHTE ICH, DASS SIE MIR DAS WEIB FINDEN. HABEN SIE DAS VERSTANDEN?«

Anittas nickte und trieb sich zu größerer Geschwindigkeit an. Zwei kleine glühendheiße Nadeln stachen in seine Wangen, die seine Silber-Metall-Augen nicht sehen konnten, und einen Moment lang war sein Gesichtsfeld verschwommen und schwankte, und er hörte ein lautes Summen. Er blieb stehen.

»WAS IST DENN JETZT SCHON WIEDER LOS?« erkundigte sich Nevis.

»Ich habe gewisse Ausfälle von Funktionen zu verzeichnen«, erwiderte Anittas. »Ich muß den Computerraum erreichen und mein System checken.« Er versuchte weiterzugehen und stolperte. Dann verließ ihn das Gleichgewicht gänzlich, und er stürzte zu Boden.

Rica Dawnstar war sicher, die anderen abgehängt zu haben. Kaj Nevis in seiner metallenen Riesenaffenrüstung konnte einem schon durch den bloßen Anblick einen Schreck einjagen, dazu kam noch seine Lautstärke. Rica hatte Augen, die so gut wie die einer der Katzen Tufs waren, ein weiterer Vorteil in ihrem Beruf. Wo sie sehen konnte, konnte sie auch laufen; in den Fluren, die völlig finster waren, ertastete sie sich den Weg, so rasch und leise sie konnte. In dieser Region war die *Ark* ein Irrgarten aus Räumen und Korridoren. Sie erarbeitete sich ihren Weg durch das Labyrinth, kehrte um, folgte neuen Abzweigungen und kehrte wieder um, sah bereits vertraute Gänge wieder und lauschte angestrengt auf Nevis' hallenden Schritt, der immer schwächer und schwächer zu hören war und schließlich gänzlich verstummte.

Erst dann, als sie sich in Sicherheit wußte, begann Rica Dawnstar mit der genaueren Untersuchung des Irrgartens, in dem sie sich befand.

In die Wände waren Lichtfelder eingesetzt. Einige davon reagierten auf die Berührung ihrer Hand, andere nicht. Sie erhellte ihren Weg, wo immer es möglich war.

Die erste Sektion, die sie durcheilte, war als Wohnbereich erkenntlich – kleine Schlafkammern, die an engen Korridoren lagen und jede mit Bett, Schreibtisch und Computerterminal mit Bildschirm ausgestattet waren. Einige Räume waren leer und ohne Einrichtung, in anderen fand sie ungemachte Betten und auf dem Boden verstreute Kleidungsstücke vor. Alles war ordentlich und säuberlich. Entweder waren die Wohnquartiere erst in der Nacht zuvor verlassen worden, oder dieser ganze Bereich der *Ark* war wegen Reparaturarbeiten verschlossen und unberührt geblieben, bis ihr Eindringen diese Absperrung aus unbekanntem Grund aufgehoben hatte.

Der folgende Bereich war nicht so gut in Schuß. Hier fand Rica Dawnstar Räume voller Staub und Schutt, und einmal sah sie sogar ein uraltes Skelett – es stammte von einer Frau – auf einem formlosen Haufen Moder,

der vor Jahrhunderten ein Bett gewesen war. *Was ein wenig frische Luft zustandebringt,* dachte Rica.

Die Korridore führten auf weitere Korridore, die breiter waren. Rica blickte in Vorratskammern, in Räume, die voller Ausrüstungsgegenstände waren, und andere, die bis unter die Decke mit leeren Käfigen vollgepackt waren, in eine endlose Folge makellos weißer Laboratorien links und rechts eines Korridors, der so breit wie die Boulevards von Shandicity war. Dieser Gang hinwieder führte sie zu einer Kreuzung mit einem noch breiteren Flur.

Sie zögerte kurz, entschied sich für Vorsicht und zog den Nadler. *Das ist der Weg zum Kontrollraum,* dachte sie; *oder jedenfalls zu einer wichtigen Einrichtung.* Sie betrat den Hauptweg und sah etwas in einer Ecke; undeutliche Umrisse, in kleine Wandnischen gekauert. Vorsichtig näherte sich Rica ihnen.

Als sie näherkam, lachte sie und steckte ihre Waffe ins Holster zurück. Die dunklen Schatten waren eine Art Motorroller – kleine, dreirädrige Fahrzeuge, von denen jedes zwei Sitze und große, elastische Ballonreifen hatte. Sie standen in ihren Unterständen bereit.

Rica zog einen der Roller hervor, schwang sich auf den Fahrersitz und stellte den Motor an. Die Anzeigen standen auf ›voll‹. Es gab sogar einen Scheinwerfer, dessen Lichtstrahl die Finsternis und die Schatten voraus mühelos durchschnitt. Lächelnd fuhr Rica den breiten Korridor entlang. Es ging nicht sonderlich schnell, aber was soll's; sie würde endlich ihr Ziel erreichen können.

Jefri Lion führte sie zur Waffenkammer. Es war der Ort, an dem Haviland Tuf Mushroom tötete.

Lion schwang eine Fackel mit weitausholenden Bewegungen umher und schrie beim Anblick eines Stapels von Lasergewehren, Explosivwaffen, Schallgewehren und Lichtgranaten erfreut auf.

Celise Waan beklagte den Umstand, daß sie nicht im Umgang mit Waffen geschult war; sie glaubte, sie sei ohnehin nicht in der Lage, jemanden zu töten. Sie sagte, schließlich sei sie Wissenschaftlerin und keine Soldatin, und sie hielte das alles für barbarisch.

Haviland Tuf hielt Mushroom in den Armen. Der große Kater hatte laut geschnurrt, als Tuf wieder aus der *Füllhorn* gekommen war und ihn aufgehoben hatte, aber danach nicht mehr. Jetzt gab er einen leisen, wehen Laut von sich, der halb Miauen und halb Keuchen war. Als Tuf ihn streichelte, blieben ganze Büschel der langen Haare des weichen grauen Fells in seiner Hand. Mushroom schrie jämmerlich. Etwas zwang die Kiefer des Katers auseinander, wie Tuf sah; ein Gespinst aus dünnen, schwarzen Haaren wimmelte aus einer schwarzen Pilzmasse. Mushroom schrie erneut, noch lauter, und kämpfte, um sich aus Tufs Armen zu befreien, indem er seine Krallen nutzlos in den metallenen Schutzanzug schlug. Seine großen, gelben Augen waren wie von einem Film bedeckt.

Die übrigen hatten nichts bemerkt; ihre Aufmerksamkeit galt wichtigeren Dingen als der Katze, die Tuf auf all seinen Reisen begleitet hatte. Jefri Lion und Celise Waan unterhielten sich miteinander.

Tuf hielt Mushroom trotz seiner Befreiungsversuche ganz fest. Er streichelte ihn ein letztes Mal und sprach mit sanfter Stimme auf ihn ein. Dann brach er dem Kater mit einem einzigen, raschen Griff den Hals.

»Nevis hat schon einmal versucht, uns zu töten«, sagte Jefri Lion eben zu Celise Waan. »Ich kann wirklich keine Rücksicht auf Ihre Empfindlichkeit nehmen. Sie müssen Ihre Pflicht erfüllen. Sie können nicht erwarten, daß Tuf und ich die Last der Verteidigung allein auf uns nehmen.« Hinter der dicken Gesichtsplatte aus Plastik legte Jefri die Stirn in Falten. »Ich wünschte, ich wüßte mehr über den Kampfanzug, den Nevis trägt«, sagte er dann. »Tuf, meinen Sie, daß ein Laser diese unquinische Panzerung durchdringt? Oder wäre ein Explosivgeschoß wirkungsvoller? Ich glaube, wir sollten es mit dem Laser versuchen. Tuf?« Er wandte sich um und schwang dabei so heftig die Fackel, daß die Schatten an der Wand der Waffenkammer einen wilden Tanz aufführten. »Tuf, wo sind Sie denn? Tuf?«

Aber Haviland Tuf war gegangen.

Die Tür zum Computerraum ließ sich nicht öffnen. Kaj Nevis trat davor. Das Metall beulte sich nach innen ein, und der obere Teil der Tür brach aus der Füllung. Nevis trat noch einmal, und dann nochmals; sein schwerer, gepanzerter Fuß prallte mit furchtbarer Gewalt gegen das dünnere Metall der Tür. Dann schob er die verbogenen Überreste des Hindernisses beiseite und trat ein; Anittas trug er auf dem angewinkelten unteren Armpaar wie ein Baby. »MIR GEFÄLLT DIESER VERDAMMTE ANZUG ALLMÄHLICH«, sagte er.

Anittas stöhnte.

Die Station war von einem feinen, subsonischen Summen erfüllt; dem Raunen der Furcht. Kleine bunte Lichter wurden wie Feuerfliegen sichtbar und verschwanden wieder.

»Ich muß in den Schaltkreis«, sagte Anittas. Er bewegte kraftlos die Hand; es konnte ebensogut eine Geste wie ein Krampf sein. »Schließen Sie mich an den Schaltkreis an«, wiederholte er. Seine organischen Teile sahen furchtbar aus. Seine Haut war mit schwarzen Schweißperlen bedeckt; feine Tropfen einer Feuchtigkeit wie verflüssigtes Ebenholz traten aus jeder seiner biologischen Hautporen hervor. Schleim floß ungehindert aus seiner Nase, und er blutete aus dem organischen Ohr. Er konnte weder stehen noch gehen, und seine Sprache klang zunehmend undeutlich. Der düstere rote Schimmer, der aus dem Helm des Kampfanzugs drang, verlieh ihm eine tiefrote Aura, die sein Aussehen noch furchtbarer machte. »Beeilen Sie sich doch!«

sagte er. »Ich muß in den Schaltkreis; bitte, schließen Sie mich an den Schaltkreis an!«

»HALTEN SIE DEN MUND, SONST LASSE ICH SIE HIER AUF DEN BODEN FALLEN«, erwiderte Nevis.

Anittas erbebte, als fühle er die verstärkte Stimme Nevis' in Form einer körperlichen Erschütterung. Nevis scannte den Raum, bis er die Schnittstelle ausfindig gemacht hatte. Er schleppte den Kybertech dorthin und setzte ihn in einem weißen Plastiksessel ab, der aus der Konsole und dem Deck zu wachsen schien. Anittas schrie.

»HALTEN SIE DEN MUND!« erwiderte Nevis. Er ergriff den Arm des Kybertechs so hart, daß er ihn beinahe aus der Halterung gerissen hätte. Er hatte Schwierigkeiten, seine Stärke in diesem verdammten Anzug richtig einzuschätzen, und feinere Manipulationen waren sogar noch schwieriger, aber er hatte nicht die Absicht, ihn auszuziehen ... er *mochte* diesen Anzug, ja, er *mochte* ihn.

Wieder schrie Anittas. Nevis ignorierte es, spreizte die blauen stählernen Finger des Technikers und stieß sie in die Schnittstelle. »HIER IST ES«, sagte er und trat zurück.

Anittas sank vornüber, sein Kopf prallte gegen das Metall und Plastik der Konsole. Sein Mund stand offen. Blut rann aus den Mundwinkeln, gemischt mit einer merkwürdigen dicken, schwarzen Flüssigkeit, die an Öl erinnerte.

Nevis war ärgerlich. Hatte er ihn zu spät hergebracht? War der gottverdammte Kybertech etwa in seinen Armen verreckt?

Dann blinkten die Lichter eifriger; und das feine, leise Summen verstärkte sich; und all die kleinen bunten Lämpchen gingen wieder an und aus, an und aus, an und aus. Anittas war an den Schaltkreis angeschlossen.

Rica Dawnstar fuhr den Hauptkorridor entlang; beinahe kam sie sich allem übrigen zum Trotz ausgelassen vor, als die Schwärze vor ihr in flammende Helle verwandelt wurde. Über ihr erwachten die Deckenpaneele aus ihrem langen Schlummer, eines nach dem anderen, rasten die Kilometer entlang und verwandelten die Nacht in einen Tag, der so hell war, daß er ihr anfangs in den Augen weh tat.

Erschrocken hielt sie an und sah, wie die Lichtwoge an den Anfang zurückwich. Sie warf einen Blick zurück. Jenseits der Stelle, von der sie gekommen war, war der Flur nach wie vor in Dunkelheit gehüllt.

In der Dunkelheit nahm sie etwas wahr, das sie zuvor nicht bemerkt hatte. In den Korridorboden waren sechs parallele Steifen eingelassen, halb durchscheinende Richtungsweiser aus Plastik in Rot, Blau, Gelb, Grün, Silber und Purpur. Jeder dieser Streifen führte zweifellos irgendwohin. Schade, daß sie nicht wußte, welcher wohin führte.

Aber während sie daraufstarrte, begann der Silberstreifen in einem inneren Licht zu erglühen. Das Glühen streckte sich vor ihr aus; ein feiner, schimmernder Silberfaden. Zugleich wurde das Deckenpaneel direkt über ihrem Kopf dunkel.

Rica schob ihr Motorrad ein paar Meter weiter, aus dem Schatten heraus ins Licht zurück. Aber noch während sie unschlüssig verharrte, erlosch auch das Licht, das jetzt über ihr war. Der Silberstreif im Boden pulsierte hypnotisch.

»Also gut«, sagte Rica, »ich nehme den vorgeschlagenen Weg.« Sie warf ihren Motorroller an und fuhr den Korridor hinunter; und hinter ihr erloschen die Lichter.

»Er ist gekommen!« kreischte Celise Waan, als sich der Korridor erhellte. Jefri Lion hatte den Eindruck, als spränge sie einen guten Meter hoch in die Luft.

Er wich keinen Zentimeter von seinem Standort und

runzelte unmutig die Stirn. Er hielt ein Lasergewehr in der Hand. Eine Pistole, die hochexplosive Pfeile verschießen konnte, ruhte in einem Holster an seiner Hüfte, und ein Schallgewehr war an seine andere Hüfte geschnallt. Auf seinem Rücken war eine Plasma-Kanone für Zwei-Mann-Bedienung befestigt. Er trug einen Gurt mit Bomben, die durch Gedankenkraft gezündet wurden, über der rechten Schulter, und einen Gurt mit Licht-Granaten über der linken; und an die Hüfte hatte er sich ein großes Vibrationsmesser geschnallt.

Lion lächelte in seinem goldenen Helm und hörte sein Blut angeregt pulsieren. Er war auf alles vorbereitet. Seit über einem Jahrhundert hatte er sich nicht mehr so gut gefühlt; seit er das letzte Mal einen Kampf der Freiwilligen von Skaeglay gegen die Schwarzen Engel gesehen hatte. Zur Hölle mit dem ganzen akademischen Kram. Jefri Lion war ein Mann der Tat, und er fühlte sich wieder jung.

»Seien Sie still, Celise!« sagte er. »Niemand ist gekommen; hier sind nur wir selbst. Die Lichter sind angegangen; das ist alles.«

Celise Waan sah nicht überzeugt aus. Sie war ebenfalls bewaffnet, aber sie ließ nicht davon ab, das Lasergewehr übers Deck zu schleifen, weil es zu schwer war, wie sie sagte, und Jefri Lion fürchtete sich ein wenig davor, was geschehen mochte, wenn sie versuchen würde, eine ihrer Licht-Granaten zu laden und abzuschießen.

»Sehen Sie nur«, sagte sie und wies nach unten. »Was ist das?«

In den Boden waren zwei bunte Plastikstreifen eingelassen, wie Jefri Lion sah. Einer war schwarz, der andere orange. Jetzt wurde der orangefarbene hell.

»Das ist eine Art automatischer Wegweiser«, sagte er. »Wir werden ihm folgen.«

»Nein«, erwiderte Celise Waan.

Jefri Lion runzelte erneut unmutig die Stirn. »Hören Sie zu! Ich bin der Kommandant, und Sie werden tun, was ich Ihnen sage. Wir können mit allem fertigwerden, das uns über den Weg läuft. Und jetzt gehen Sie weiter!«

»Nein!« sagte Celise Waan störrisch. »Ich bin erschöpft. Es ist nicht sicher. Ich werde genau hier bleiben.«

»Ich gebe Ihnen den ausdrücklichen Befehl, weiterzugehen«, sagte Jefri Lion ungeduldig.

»Ach, Quatsch! Sie können mir gar keine Befehle erteilen. Ich bin vollgültige Wissenschaftlerin, und Sie sind nur außerordentlicher Professor.«

»Wir sind hier nicht im Center«, erwiderte Lion irritiert. »Kommen Sie jetzt oder nicht?«

»Nein«, erwiderte sie, setzte sich mitten auf den Flur und kreuzte die Arme.

»Auch gut. Ich wünsche Ihnen viel Glück.« Und Jefri Lion wandte ihr den Rücken zu und begann, allein der oragenen Leitlinie zu folgen. Hinter ihm sah seine Armee störrisch und verdutzt seinem Verschwinden zu.

Haviland Tuf war an einem seltsamen Ort angelangt.

Er war durch endlose, dunkle, schmale Korridore gewandelt, hatte Mushrooms schlaffen Leichnam mit sich getragen, kaum seiner Umgebung bewußt, ohne Plan oder Ziel. Schließlich war er aus einem dieser Flure in eine Art langgestreckte Höhle gelangt. Die Wände wichen zu allen Seiten vor ihm zurück, Finsternis verschluckte ihn, und seine Schritte warfen Echos von fernen Wänden zurück.

Es gab Geräusche in der Dunkelheit ... ein tiefes Brummen, an der Grenze der Hörbarkeit, und ein lauteres Geräusch; ein Plätschern wie von einem unterirdischen Ozean.

Aber er war nicht unter der Erde, rief sich Haviland Tuf in Erinnerung. Er war an Bord eines uralten Sternenschiffes namens *Ark* gestrandet, und er war von

Schurken umgeben; und Mushroom war von seiner eigenen Hand getötet worden.

Er ging weiter. Wie lange, hätte er nicht zu sagen gewußt. Seine Schritte hallten wider. Der Boden war eben und schien sich ins Endlose fortzusetzen.

Schließlich stieß er gegen etwas in der Finsternis. Er hatte sich nur langsam bewegt, deshalb verletzte er sich nicht; aber er ließ Mushroom bei dem Zusammenprall fallen. Er tastete und versuchte herauszufinden, was ihn angehalten hatte, aber durch das Gewebe seiner Handschuhe war es nur schwer zu ermitteln. Es war groß und gekurvt.

In diesem Augenblick gingen die Lichter an.

Für Haviland Tuf war es kein Aufflammen; die Beleuchtung in diesem Raum war nur ein schwacher und unzureichender Lichtschein. Er warf konturlose schwarze Schatten in alle Richtungen und verlieh den erleuchteten Teilen einen seltsamen grünlichen Schimmer, als wären sie mit einer strahlenden Moosart bedeckt.

Tuf sah sich um.

Es handelte sich wohl eher um einen Tunnel als eine Höhle. Er hatte ihn ganz durchschritten; eine Strecke von zumindest einem Kilometer, wie ihm schien. Aber die Breite des Tunnels war gering verglichen mit seiner Länge; er mußte das ganze Schiff durchmessen, die Längsachse; denn sie schien sich in beiden Richtungen im Nichts zu verlieren. Die Decke über ihm war ein Schleier aus grünen Schatten; hoch, hoch über seinem Kopf ahnte er ihre Krümmung.

Dort standen Maschinen, eine riesige Anzahl von Maschinen; Computerterminals, in die Wand eingelassen, merkwürdige Vorrichtungen, wie sie Haviland Tuf nie zuvor gesehen hatte, ebene Arbeitstische, in die Waldos und Mikromanipulatoren eingebaut waren. Aber das wichtigste dieses ganzen riesigen, echowerfenden Tunnels waren die Bottiche.

Überall gab es Bottiche. Sie säumten beide Wände, so weit das Auge reichte, in beiden Richtungen; und ein paar hingen von der Decke herunter. Einige der Bottiche waren von enormen Ausmaßen, ihre halbdurchsichtigen Wandungen wölbten sich so weit, daß sie die *Füllhorn* hätten aufnehmen können. Anderswo gab es Behälter von der Größe einer Männerhand, Tausende; sie stiegen in Reihen vom Boden die Wände empor wie Honigwaben aus Plastik. Die Computer und Terminals wirkten neben ihnen unbedeutend; kleine Details, die man leicht übersehen konnte.

Und jetzt machte Haviland Tuf den Ursprung des Gluckerns und Platschens aus, das er gehört hatte. Die meisten der Bottiche waren leer, wie er durch den grünlichen Schimmer hindurch sehen konnte; aber einige, einer hier, einer dort, zwei ein wenig weiter, schienen mit farbigen Flüssigkeiten gefüllt zu sein, in denen Blasen aufstiegen, oder die unter den schwächlichen Bewegungen der kaum zu erkennenden Gestalten erzitterten, die sich darin befanden.

Haviland Tuf betrachtete lange Zeit, was sich seinen Augen bot; die ungeheure Ausdehnung des Ganzen bewirkte, daß er sich winzig vorkam. Aber schließlich wandte er sich doch ab und bückte sich, um Mushroom wieder aufzuheben.

Im Knien sah er, wogegen er in der Dunkelheit gelaufen war; ein Bottich von mittlerer Größe, dessen transparente Wände sich vor ihm wölbten. Dieser Bottich war mit einer dicken, trüben, gelblichen Flüssigkeit gefüllt, in der sich Wirbel von Rot schlängelten. Tuf vernahm ein schwaches Gurgeln und und spürte leichte Vibrationen, als rege sich etwas im Innern des Bottichs. Er beugte sich vor, spähte hinein, dann ruckte sein Kopf wieder zurück.

Aus dem Bottich, schwankend, noch ungeboren und dennoch lebendig, starrte ein Tyrannosaurier ihn an.

Im Schaltkreis existierte kein Schmerz. Im Schaltkreis besaß er keinen Körper. Im Schaltkreis war er Denken, nichts als reines, angenehmes Denken; und er war Teil eines unermeßlichen und machtvollen und unendlich größeren Ganzen, als er selbst es war; größer als jeder andere der Gruppe. Im Schaltkreis war er mehr als Mensch, mehr als Kyborg, mehr als Maschine. Im Schaltkreis war er etwas Gottähnliches. Die Zeit bedeutete nichts im Schaltkreis; er war rasch wie ein Gedanke, rasch, wie sich ein Stromkreis öffnet und schließt, rasch wie die Botschaften, die die supraleitfähigen Fasern entlangrasten, rasch wie die Blitze der Mikrolaser, die ihre unsichtbaren Netze in die zentrale Matrix webten. Im Schaltkreis besaß er tausend Ohren und tausend Augen und tausend Hände, die er zu Fäusten ballen, und mit denen er zuschlagen konnte; im Schaltkreis konnte er überall zugleich sein.

Er war Anittas. Er war die *Ark.* Er war Kybertech. Er war mehr als fünfhundert Satellitenstationen und Monitore, er war zwanzig Imperial 7400er, die alle zwanzig Abteilungen des Schiffes von zwanzig strategisch verteilten Substationen aus überwachten; er war der Schlachtenlenker, Codebrecher, Astrogator, Antriebsspezialist; Medcenter, Schiffslogbuch, Bibliothekar, Bio-Bibliothekar, Mikrochirurg, Klonwärter, Wartung und Instandhaltung, Kommunikation und Verteidigung. Er war die Gesamtheit der Hardware und der Software und der Backupsysteme und der sekundären und tertiären Backupsysteme. Er war zwölfhundert Jahre alt und dreißig Kilometer lang, und sein Herz war die zentrale Matrix, kaum zwei Meter im Quadrat und alles andere als unermeßlich groß. Er berührte hier und dort und überall und bewegte sich unablässig, sein Bewußtsein raste die Schaltkreise hinab, sich verzweigend, tanzend, auf Lasern reitend. Wissen durchflutete ihn wie ein reißender Strom, wie ein mächtiger Fluß, der über die Ufer trat, mit der ganzen kalten unerschöpflichen prickelnden weißen Energie eines Starkstromkabels. Er war die *Ark*. Er war Anittas. Und er war im Begriff zu sterben.

Tief innen in seinen Eingeweiden, in den inneren Organen des Schiffes, unten in Substation Siebzehn an Luftschleuse Neun, bewegte Anittas seine Silberaugen und stellte sie auf Kaj Nevis ein. Er lächelte. Es wirkte grotesk auf seinem halbmenschlichen Gesicht. Seine Zähne waren aus verchromtem Stahl.

»Sie Narr«, sagte er zu Nevis.

Der Kampfanzug trat einen erschütternden Schritt näher. Eine Zange hob sich mit einem quietschenden, metallischen Laut, öffnete und schloß sich. »PASSEN SIE AUF, WAS SIE SAGEN!«

»Ich sagte: Sie Narr; und Sie sind ein Narr«, sagte Anittas. Sein Lachen war ein furchterregendes Geräusch; es war voller Schmerz und metallischen Untertönen, und seine Lippen bluteten ständig und hinterließen glänzende Röte auf den schimmernden Silberzähnen. »Sie haben mich umgebracht, Nevis, und für nichts ... aus Ungeduld. Ich hätte es ihnen ganz überlassen können. Es ist leer, Nevis. Das Schiff ist leer; sie sind alle tot. Und das System ist ebenfalls leer. Ich bin allein hier drin. Kein anderes Bewußtsein ist im Schaltkreis. Es ist ein Idiot, Kaj Nevis. Die *Ark* ist ein idiotischer Riese. Sie hatten Angst, diese Imperialisten der Erde. Sie haben eine wirkliche Künstliche Intelligenz geschaffen. O ja, sie haben ihre großen Kriegsschiffe mit KI gebaut; ihre Robotflotten; aber die KIs hatten ihre eigenen Ideen, und sie waren Mißerfolge. Es steht in den Geschichten geschrieben – es gab Kandabaer und die Tätigkeit des Lear und den Aufstand der Alecto und des Golem. Die Saatschiffe waren zu mächtig, das erfuhren sie, nachdem sie sie erbaut hatten. Die *Ark* hatte Beschäftigung für zweihundert Leute – Strategen und Wissenschaftler und Öko-Ingenieure und Mannschaften und Offiziere – und sie konnte darüber hinaus mehr als tausend Soldaten transportieren und sie alle ernähren, und zugleich mit voller Kraft operieren, und Welten in Wüsten verwandeln; o ja. Und alles das wurde durch das System möglich, Nevis; aber es ist ein sicheres System, ein großartiges System, ein denkendes System, ein System, das sich selbst reparieren kann und sich selbst verteidigen kann und tausenderlei Dinge zugleich erledigen kann – wenn man es entsprechend anweist. Die zweihundert Mann Besatzung haben es effizient gemacht, aber es hätte auch mittels eines einzigen funktionieren können. Nicht effizient, nein, nicht annähernd mit seiner vollen Kapazität; aber es wäre möglich gewesen. Es kann nicht aus sich selbst heraus funktionieren ... Es hat keinen Verstand, keine KI; es ist auf Befehle angewiesen – ein Mensch kann ihm sagen, was es tun soll. Ein einziger Mensch! Ich hätte es leicht tun können. Aber Kaj Nevis wurde ungeduldig und hat mich umgebracht.«

Nevis trat noch näher heran. »SIE HÖREN SICH FÜR MICH NICHT TOT AN«, sagte er und öffnete und schloß seine Zange mit einem plötzlichen, bedrohlichen Klacken.

»Aber ich bin es«, erwiderte Anittas. »Ich zapfe Energie vom System, verstärke meine Kyber-Hälfte und verschaffe mir eine gewisse Fähigkeit zu sprechen. Aber trotzdem sterbe ich unaufhaltsam. Die Seuchen, Nevis. Das Schiff war schrecklich unterbemannt in jenen letzten Tagen; nur zweiunddreißig Leute waren noch übriggeblieben, und es hat einen Angriff gegeben, eine hruunische Attacke. Sie knackten den Code, öffneten die Kuppel und landeten. Sie stürmten die Hallen; es waren mehr als hundert. Sie waren im Begriff, zu gewinnen und drohten, die Herrschaft über das Schiff zu erlangen. Die Verteidiger kämpften bis zuletzt. Sie versiegelten ganze Sektoren der *Ark,* ließen die Luft entweichen, drehten die Energie ab. Auf diese Art erledigten sie einige der Angreifer. Sie legten Hinterhalte, kämpften um jeden Meter. Es gibt immer noch Stellen, die von jenem Kampf beschädigt sind, funktionsuntüchtig, der Reparaturkapazität der *Ark* entzogen. Sie setzten biologische Waffen ein, ließen Seuchen frei und Parasiten, und sie ließen ihre hübschen Alptraumkreaturen aus ihren Bottichen; und sie kämpften, und starben, und gewannen. Am Ende waren alle Hruun tot. Und wissen Sie was, Nevis? Auch die Verteidiger waren alle tot bis auf vier. Und einer dieser vier war schwer verwundet, zwei waren krank, und der letzte war in seinem Innern tot. Möchten Sie gerne die Namen wissen? Nein, das dachte ich mir. Sie haben keine Neugier, Kaj Nevis. Es ist nicht wichtig. Tuf wird es wissen wollen, und der uralte Lion auch.«

»TUF? LION? WORÜBER REDEN SIE? SIE SIND TOT, BEIDE SIND TOT.«

»Das trifft nicht zu«, erwiderte Anittas. »Sie sind beide in diesem Augenblick an Bord. Lion hat die Waffenkammer gefunden. Er ist ein wandelndes Waffenarsenal, und er ist auf der Suche nach ihnen. Tuf hat sogar etwas noch Wichtigeres gefunden. Rica Dawnstar folgt der Silberlinie in den Hauptkontrollraum, zum Sessel des Kapitäns. Sie sehen, Kaj Nevis, die ganze Bande ist hier. Ich habe jeden Teil der *Ark* aktiviert, der noch funktionsfähig ist, und ich führe sie alle bei der Hand.«

»DANN HALTEN SIE SIE AUF!« befahl Nevis. Er handelte sofort. Die mächtige Metallzange schoß hervor und umschloß Anittas Kehle aus Biometall. Schwarzer Schweiß rann auf die gezackte Zange. »HALTEN SIE SIE SOFORT AUF!«

»Ich habe meine Geschichte noch nicht beendet, Kaj Nevis«, sagte der Kybertech. Sein Mund war voller Blut. »Die letzten Imperialisten wußten, daß sie am Ende waren. Sie legten das Schiff still, überließen es dem Vakuum, der Stille und der Leere. Sie verwandelten es in ein Wrack. Aber nicht ganz, müssen Sie wissen. Sie fürchteten einen neuerlichen Angriff, seitens der Hruun oder vielleicht anderer Rassen, die damals noch nicht bekannt waren. Also wiesen sie die *Ark* an, sich selbst zu verteidigen. Sie bestückten die Plasmakanone und die Außenlaser und hielten die Verteidigungssphäre aufrecht, wie wir zu unserem Nachteil erfahren mußten. Und sie haben das Schiff programmiert, furchtbare Rache für sie zu nehmen, immer wieder und wieder nach Hro B'rana zurückzukehren, wo die Hruun hergekommen waren, und ihr Gift der Seuchen und tausend Tode über den Planeten auszuschütten. Und um zu verhindern, daß die Hruun Immunität entwickelten, setzten sie ihre Seuchentanks ständiger Strahlung aus und erzeugten derart einen endlosen Mutationsprozeß, und sie gaben ein Programm für eine automatische genetische Manipulation ein, das immer neue und tödlichere Viren erzeugen sollte.«

»ICH GEBE KEINEN FURZ DARAUF«, sagte Kaj Nevis. »HABEN SIE DIE ANDEREN AUFGEHALTEN? KÖNNEN SIE SIE TÖTEN? ICH WARNE SIE ... TUN SIE ES SOFORT, ODER SIE SIND TOT.«

»Ich bin ohnehin tot, Kaj Nevis«, erwiderte Anittas. »Das habe ich Ihnen schon gesagt. Die Seuchen. Sie haben einen zusätzlichen Verteidigungsmechanismus eingebaut. Für den Fall, daß die *Ark* ein zweites Mal angegriffen würde, war sie programmiert, sich selbst zu aktivieren und die Korridore mit Atmosphäre zu erfüllen; ja; aber mit einer Atmosphäre, die mit einem Dutzend unterschiedlicher Krankheitserreger angereichert war. Die Seuchentanks brodeln und kochen seit einem Jahrtausend, Kaj Nevis, und die Erreger haben immer wieder und wieder mutiert. Es gibt keine Bezeichnung für das, was ich mir zugezogen habe. Ich glaube, es handelt sich um eine Sporenart. Es gibt Antigene, Medikamente und Impfstoffe – ja, die *Ark* hat auch diese Dinge hergestellt –, aber für mich ist es zu spät. Viel zu spät. Ich habe das Zeug eingeatmet, und es frißt meine Biohälfte bei lebendigem Leibe auf. Meine Kyberhälfte ist ungenießbar. Ich hätte dieses Schiff übernehmen können, Kaj Nevis. Gemeinsam hätten wir die Macht eines Gottes haben können. Statt dessen sterben wir.«

»*SIE* STERBEN«, korrigierte Nevis. »UND DAS SCHIFF IST MEIN.«

»Ich glaube nicht. Ich habe den idiotischen Riesen erweckt, Kaj Nevis, und er ist wieder hellwach. Immer noch ein Idiot, o ja, aber wach und bereit, Befehle zu befolgen, die zu erteilen Sie weder das Wissen noch die Fähigkeiten besitzen. Ich führe Jefri Lion direkt hierher, und Rica Dawnstar erreicht eben in diesem Augenblick den zentralen Kontrollraum. Und was noch mehr ist ...«

»KEIN MEHR«, unterbrach ihn Nevis.

Die Zange schloß sich, schnitt durch Metall und Knochen und trennte den Kopf des Kybertech mit einem einzigen, kurzen Schnappen vom Rumpf. Der Kopf prallte von Anittas' Brust ab, schlug auf dem Boden auf und rollte davon. Blut schoß aus dem Halsstumpf; ein dickes Kabelende schnellte hervor, gab ein letztes, nutzloses elektrisches Summen von sich und sprühte blauweiße Funken, bevor der Körper gegen die Computerkonsole sackte.

Kaj Nevis schwang den Arm und schmetterte ihn immer wieder gegen das Terminal, bis es zertrümmert war und Hunderte von Plastik- und Metallfetzen über den Boden verstreut lagen.

Ein hohes Winseln setzte ein.

Kaj Nevis drehte sich um – die Gesichtsplatte erglühte in hellem Blutrot – und suchte nach dem Ursprung des Geräusches.

Der Kopf auf dem Boden blickte ihn an. Die Augen – diese schimmernden Silberaugen – rollten in ihren Höhlen, bis sie Kaj Nevis im Blickfeld hatten. Der Mund verzog sich zu einem ironischen Grinsen. »Und was noch mehr ist«, fuhr er fort, »ich habe die letzte Verteidigungslinie aufgerufen, die von diesen letzten Imperialisten programmiert wurde. Das Stasisfeld ist desaktiviert. Jetzt marschieren die Alpträume auf. Die Wächter werden kommen und Sie vernichten.«

»VERDAMMT SOLLEN SIE SEIN!« brüllte Nevis. Er setzte seinen riesigen Fuß auf den Kopf des Kybertech und trat mit seinem ganzen Gewicht zu. Stahl und Knochen gaben unter dem Druck nach, und Nevis trat immer wieder zu, zermalmte den Kopf, bis nur noch eine rot-graue Schmiere unter seinem Stiefel war, durchsetzt von weißen und silbernen Partikeln.

Endlich war Stille.

Eine lange Strecke, zwei Kilometer oder mehr, verliefen die sechs Richtungslinien auf dem Boden parallel, aber nur die silberne schimmerte hell. Die rote brach als erste aus und verlief an einer Kreuzung nach rechts. Die purpurne endete einen Kilometer weiter vor einer breiten Tür, die sich als Eingang zu einem makellos sauberen automatischen Komplex von Kantine und Messe entpuppte.

Rica Dawnstar war versucht, eine Rast einzulegen und sich die Räume näher anzusehen, aber die silberne Spur pulsierte, und die Lichter über ihr gingen eines nach dem anderen aus, nötigten sie, ihren Weg den Hauptgang entlang fortzusetzen.

Endlich gelangte sie an das Ende. Der Korridor, dem sie gefolgt war, krümmte sich allmählich nach links und traf auf einen zweiten, ebenso breiten Gang. Ein halbes Dutzend schmalere Gänge zweigte hier ab wie Speichen eines Rades. Die Decke war hoch über Ricas Kopf. Sie blickte empor und machte zumindest drei weitere Stockwerke aus, mit Laufstegen, Brücken und weitläufig geschweiften Galerien verbunden. In der Nabe des Rades stand ein einziger mächtiger Schaft, der aus dem Boden kam und in die Decke mündete; ganz offensichtlich ein Aufzug.

Die blaue Spur folgte einer Speiche, die gelbe einer

zweiten, die grüne einer dritten. Die schimmernde silberne Spur führte geradewegs auf die Aufzugtür zu.

Als Rica Dawnstar näherkam, öffnete sich die Tür. Sie lenkte ihren Motorroller auf den Aufzug zu, hielt an, stieg ab und zögerte. Der Aufzug war verlockend. Aber er sah auch verteufelt nach einem Käfig aus.

Sie zögerte zu lange.

Sämtliche Lichter gingen aus.

Nur die Silberspur leuchtete noch; eine einzelne, feine Linie wie ein Finger, der geradeaus wies. Und der Aufzug selbst, dessen Lampen noch brannten.

Rica Dawnstar zog ihren Nadler und trat hinein. »Aufwärts bitte«, sagte sie. Die Türen schlossen sich, und der Aufzug setzte sich in Bewegung.

Jefri Lion ging mit beschwingtem Schritt weiter, trotz des Gewichts der Waffen, die er mit sich trug. Er fühlte sich sogar noch besser, seit Celise Waan zurückgeblieben war; diese Frau war ohnehin nichts als eine Plage, und er zweifelte daran, daß sie bei einem Handgemenge von großem Nutzen gewesen wäre. Er hatte die Möglichkeit erwogen, sich davonzustehlen, und sie verworfen. Er fürchtete sich nicht vor Kaj Nevis und seinem Kampfanzug. Sicher, er stellte eine nicht zu verachtende Rüstung dar, das bezweifelte er keinen Augenblick lang; aber immerhin war er ein Alien-Produkt, und Lion war mit den todbringendsten Waffen der Irdischen Imperialisten ausgerüstet, die in der technischen und militärischen Glanzzeit der Weltraumföderation der Alten Erde hergestellt worden waren, die ihrem Zusammenbruch vorangegangen war. Er hatte nie auch nur von den Unquiniern gehört; also war kaum einzusehen, daß ihre Waffen besonders berühmt sein sollten. Zweifellos handelte es sich bei ihnen um eine obskure hranganische Sklavenrasse. Mit Nevis würde er kurzen Prozeß machen, wenn er ihm über den Weg lief; das galt ebenso für die verräterische Rica Dawnstar mit ihrem dämlichen Nadler. Es würde ihm ein Vergnügen sein, sich mit eigenen Augen davon zu überzeugen, wie sich ein Nadler gegen eine Plasma-Kanone behauptete. Ja, das würde er wirklich gerne sehen.

Lion fragte sich, welche Pläne Nevis und seine Kohorten mit der *Ark* haben mochten. Zweifellos waren sie illegal und unmoralisch. Nun, es spielte gar keine Rolle, denn er würde das Schiff übernehmen – er, Jefri Lion, außerordentlicher Professor für Militärgeschichte am ShanDellor-Center und zeitweise Zweiter Strategie-Analytiker des Dritten Flügels der Freiwilligen von Skaeglay. Er war dabei, ein Saatschiff der Gesellschaft für Ökologische Gentechnik zu übernehmen, vielleicht mit Tufs Hilfe, wenn er ihn auftreiben konnte, aber er würde es auf jeden Fall schaffen. Hinterher würde er nicht zulassen, daß sein Schatz für so triviale Zwecke wie persönliche Ansprüche verkauft wurde. Nein, er würde das Schiff die ganze Strecke nach Avalon lenken, zu der großen Akademie für Menschliches Wissen, und es dieser Einrichtung überlassen; unter der Bedingung, daß er allein mit seinem Studium betraut wurde. Es war ein Projekt, das ihn für den Rest seines Lebens unterhalten würde; und wenn es mit Jefri Lion, dem Gelehrten und Kriegsmann, zu Ende ging, würde man seinen Namen im selben Atemzug wie den Kleronimas persönlich nennen, der die Akademie zu dem gemacht hatte, was sie war.

Lion schlenderte in der Mitte des Korridors daher, den Kopf hoch aufgerichtet, und folgte der orangefarbenen Spur; und während er dahinschritt, begann er, ein flottes Marschlied zu pfeifen, das er vor gut und gerne vierzig Jahren bei den Freiwilligen von Skaeglay gelernt hatte. Er pfiff und ging, ging und pfiff.

Bis die Spur endete.

Celise Waan saß lange auf dem Boden, die Arme fest vor der Brust verschränkt, die Stirn nachdenklich in Falten gelegt. Sie blieb sitzen, bis die Schritte Lions verklungen waren. Sie saß dort und grübelte über all die Beleidigungen und Unterstellungen nach, die sich anzuhören sie gezwungen gewesen war. Sie waren untragbar gewesen, alle, ohne Ausnahme. Sie hätte es besser wissen sollen, als sie sich mit einer Schiffsmannschaft einließ, die samt und sonders aus respektlosen Versagern bestand. Anittas war mehr eine Maschine als ein Mensch, Rica Dawnstar war eine aufsässige kleine Streberin, Kaj Nevis war nichts anderes als ein gewöhnlicher Krimineller, und Haviland Tuf war einfach indiskutabel. Sogar Jefri Lion, ihr Kollege, hatte sich am Ende als nicht vertrauenswürdig erwiesen. Der Seuchenstern war *ihre* Entdeckung; sie hatte diese Leute zu ihm geführt; und was hatte es ihr eingebracht? Entbehrungen, Grobheiten, und schließlich hatte man sie im Stich gelassen. Nun, Celise Waan würde sich das nicht länger bieten lassen. Sie hatte beschlossen, das Schiff mit keinem von ihnen zu teilen. Es war ihr Fund; sie würde nach Shandicity zurückkehren und es kraft der Bergungsgesetze von ShanDellor beanspruchen, wie es ihr Recht war; und wenn einer ihrer jämmerlichen Genossen Einwände hatte, würden sie ihr einen Prozeß machen müssen. Bis dahin hatte sie nicht die Absicht, mit einem von der Crew zu reden; niemals mehr.

Ihr Hinterteil wurde allmählich taub, und auch ihre Beine drohten einzuschlafen. Sie hatte zu lange in derselben Stellung verharrt. Ihr Rücken schmerzte ebenfalls, und sie war hungrig.

Sie fragte sich, ob es an Bord dieses Wracks einen Ort geben mochte, an dem sie eine anständige Mahlzeit bekommen konnte. Vielleicht gab es ihn. Die Computer schienen zu funktionieren, ebenso das Verteidigungssystem und sogar die Beleuchtung; also war es leicht vorstellbar, daß auch die Verpflegungsstelle intakt war. Sie erhob sich und beschloß, sich auf die Suche zu machen.

Es war offensichtlich für Haviland Tuf, daß etwas vor sich ging.

Der Geräuschpegel in dem großen Mittelgang wurde höher, langsam aber merklich. Er konnte jetzt ganz deutlich ein tiefes Brummen hören, und diese gurgelnden Geräusche waren ebenfalls lauter geworden. Die Nährflüssigkeit in dem Tyrannosaurier-Bottich schien sich zu verdünnen und die Farbe zu wechseln. Die roten Schlieren waren verschwunden oder aufgelöst worden, und die gelbe Flüssigkeit wurde ständig durchsichtiger. Tuf sah, wie sich an einer Seite des Fasses ein Waldo entfaltete. Es schien, als gebe er dem Reptil eine Injektion, obwohl Tuf Schwierigkeiten hatte, Details auszumachen, weil die Beleuchtung so schwach war.

Haviland Tuf erwog einen strategischen Rückzug. Er löste sich vom dem Saurier-Bottich und strebte zurück in den Gang. Kurz darauf gelangte er an eine der Computerstationen und Laboreinrichtungen, die ihm schon zuvor aufgefallen waren. Tuf legte eine Pause ein.

Es hatte ihm keine allzugroßen Schwierigkeiten bereitet, die Beschaffenheit und den Verwendungszweck der Kammer zu erraten, auf die er zufällig gestoßen war.

Die *Ark* barg im Herzen eine unermeßliche Zell-Bibliothek, die Gewebeproben von buchstäblich Millionen verschiedenen pflanzlichen, tierischen und viralen Lebensformen einer Unzahl von Welten enthielt; jedenfalls hatte ihn Jefri Lion dahingehend informiert. Diese Gewebeproben waren geklont worden, weil es die Taktiker und Öko-Ingenieure des Schiffes offenbar für sinnvoll gehalten hatten, so daß die *Ark* und ihre verschollenen Schwesternschiffe Krankheiten ausschicken konnten, um die Bevölkerung einer ganzen Welt zu dezimieren; Insekten, um ihre Ernten zu vernichten, rasch anwachsende Armeen kleiner Lebewesen, um die Ökologie des Planeten und damit ihre Nahrungskette zu zerstören, oder sogar schreckliche außerweltliche Raubtiere, um tödliche Furcht ins Herz des Feindes zu säen.

Aber trotz der Vielfalt hatte alles mit Klonen angefangen.

Tuf hatte den Raum gefunden, in dem die Klone hergestellt wurden. Die Laboranlagen waren mit Ausrüstungen versehen, die offensichtlich für komplexe Mikro-Manipulationen gedacht waren, und die Bottiche stellten zweifellos die Behälter dar, in denen die Gewebeproben reiften. Lion hatte ihm auch von der Zeitspindel erzählt, jenem verschollenen Geheimnis der Irdischen Imperialisten; einem Feld, das buchstäblich das Gewebe der Zeit selbst verändern konnte, wenn auch nur in kleinen Bereichen und unter enormem Energieaufwand. Auf diese Weise konnten die Klone innerhalb weniger Stunden zur Reife gebracht werden, oder für Jahrtausende unverändert und lebendig gehalten werden.

Haviland Tuf stellte Überlegungen an, in denen das Labor, die Computerstation und Mushroom – dessen kleinen Körper er noch immer mit sich trug – eine Rolle spielten.

Klonen begann mit einer einzigen Zelle.

Die Techniken waren zweifellos aus dem Computer abrufbar. Vielleicht war sogar ein Instruktionsprogramm gespeichert. »In der Tat«, sagte Haviland Tuf zu sich selbst. Es schien völlig logisch. Er war kein Kybertech, das nicht; aber er war ein intelligenter Mann, der praktisch während seines ganzen Lebens mit den unterschiedlichsten Computertypen gerarbeitet hatte.

Haviland Tuf betrat das Labor, legte Mushroom behutsam unter den Bildschirm des Mikromanipulators und schaltete das Computerterminal an. Anfangs fand er sich mit den Kommandos nicht zurecht, aber er blieb beharrlich.

Schon nach wenigen Minuten war er intensiv in seine Arbeit vertieft; so intensiv, daß er das laute Gurgeln hinter sich nicht hörte, das entstand, als die dünne gelbe Flüssigkeit im Saurier-Bottich abzufließen begann.

Kaj Nevis bahnte sich mit den Fäusten seinen Weg aus der Substation des Schiffssystems, auf der Suche nach etwas, das er töten konnte.

Er war wütend ... wütend über sich selbst, weil er nicht nachgedacht hatte und so ungeduldig gewesen war. Anittas hätte nützlich sein können; Nevis hatte einfach nicht an die Möglichkeit einer infizierten Atemluft an Bord des Schiffes gedacht. Der verdammte Kybertech hätte letztlich auf jeden Fall getötet werden müssen; das war selbstverständlich; aber das wäre nicht schwierig gewesen. Jetzt war alles verdorben. Nevis war zwar sicher in seinem Kampfanzug, aber er fühlte sich nicht ganz wohl darin. Es gefiel ihm nicht, daß, wie er gehört hatte, Tuf und die übrigen auf unbekannte Weise an Bord gekommen waren. Tuf wußte schließlich mehr über diesen verdammten Anzug als er selbst; möglicherweise kannte er seine Schwächen.

Einen dieser Schwachpunkte hatte Kaj Nevis bereits selbst herausgefunden ... Die Luftversorgung wurde allmählich knapp. Ein moderner Druckanzug wie der, den Tuf trug, war mit einem Lufterneuerer ausgestattet. Die Bakterien, die in seinem Filter waren, wandelten Kohlendioxid so rasch in Sauerstoff um, wie ein Mensch Sauerstoff in Kohlendioxid verwandeln konnte, so daß niemals Gefahr bestand, daß die Atemluft knapp wurde, es sei denn, die verdammten Mikroben starben. Aber dieser Kampfanzug war primitiv; er enthielt einen großen, aber nicht unbegrenzten Luftvorrat in den vier mächtigen Tanks, die er auf dem Rücken trug. Und die Anzeige in seinem Helm zeigte an – wenn er sie richtig deutete –, daß einer dieser Tanks nahezu leer war. Somit blieben ihm immer noch drei, was ihm vermutlich ausreichend Zeit lassen würde, sich der übrigen zu entledigen, wenn er sie nur fände. Und doch fühlte sich Nevis unbehaglich. Er war rings von absolut atembarer Luft umgeben, soviel war sicher, aber er wollte verdammt sein, wenn er seinen Helm zerschlüge, nach

PORSCHKA '87

dem, was mit dem Kybertech geschehen war. Die organischen Teile von Anittas' Körper waren schneller verfallen, als Nevis hatte glauben wollen, und der schwarze Schleim, der den Kybertech von innen her aufgefressen hatte, war ein derart ekelhafter Anblick gewesen, daß Kaj nie etwas Ähnliches gesehen hatte, in einem Leben, das eine Menge ekelhafter Anblicke für ihn bereitgehalten hatte. Lieber würde er ersticken, hatte Kaj Nevis beschlossen.

Aber diese Gefahr bestand nicht. Wenn die verdammte *Ark* verseucht werden konnte, konnte sie auch wieder desinfiziert werden. Er würde den Kontrollraum suchen und herausfinden müssen, wie es funktionierte. Ein gesäuberter Sektor reichte aus. Anittas hatte zwar gesagt, Rica Dawnstar sei schon im Kontrollraum, aber das störte ihn nicht. Tatsächlich freute ihn die Aussicht auf dieses Wiedersehen sogar.

Er wählte eine Richtung und machte sich auf den Weg; seine gepanzerten Füße ließen den Boden erdröhnen. Sollten sie ihn doch hören – ihn scherte es nicht. Er *mochte* diesen Anzug.

Rica Dawnstar fläzte sich im Kapitänssessel und überflog den Text, den sie auf den Hauptbildschirm hatte projizieren lassen. Der Sessel, gut gepolstert, ausladend und großzügig mit altmodischem Plastik bezogen, gab ihr das Gefühl, auf einem Thron zu sitzen. Ein guter Platz, um sich auszuruhen. Das Dumme war, man konnte sich wirklich nur *ausruhen*. Die Brücke war offensichtlich so angelegt, daß der Kapitän auf seinem Thron saß und Befehle austeilte, und die Offiziere – es gab neun weitere Operationsbasen auf der oberen Brücke und zwölf in der Kontrollstation auf der unteren Ebene – waren für die Programmierungen und Knopfdrücke zuständig. Rica, die nicht geahnt hatte, daß sie mit neun Versagern an Bord kommen würde, war bei ihrem Versuch, die *Ark* wieder zum Leben zu erwecken, gezwungen, kreuz und quer über die Brücke hin- und herzueilen, von einer Station zur nächsten.

Sie brauchte eine Weile, es war eine langwierige Arbeit, und wenn sie Befehle von der falschen Substation aus eingab, geschah nichts. Aber ganz allmählich, Schritt für Schritt, bekam sie den Bogen heraus. Wenigstens hatte die das Gefühl, Fortschritte zu machen.

Und sie war sicher. Es war ihre erste Maßnahme gewesen, den Aufzug zu blockieren, so daß niemand sonst hochkommen und sie überraschen konnte. Solange sie hier war und die anderen unten blieben, hielt Rica Dawnstar alle Trümpfe in der Hand. Jeder Sektor des Schiffes besaß seine eigene Substation, und jeder Spezialfunktion – von der Verteidigung und dem Klonen bis dem Antrieb und der Datenspeicherung – war ein eigener Subnexus und Kommandostand zugeordnet, aber von hier aus war sie in der Lage, sie alle zu überwachen und jedes Kommando zu stornieren, das jemand sonst einzugeben versuchen sollte. Wenn sie es merkte. Und wenn sie herausfand, wie es gemacht wurde. Das war das Problem. Sie konnte immer nur eine Station zur selben Zeit besetzen, und sie konnte nur etwas bewirken, wenn sie die richtige Reihenfolge herausfand, in der die Kommandos eingegeben werden mußten. Sie schaffte es wohl, mittels der Methode Versuch und Irrtum, aber es war ein zeitraubender und umständlicher Prozeß.

Sie lehnte sich in ihrem behaglichen Thron zurück und las die Computerschrift, und sie war in vielerlei Hinsicht stolz auf sich. Sie hatte es geschafft, einen Zustandsbericht des gesamten Schiffes zu erhalten, wie es schien. Die *Ark* hatte ihr bereits einen vollständigen Check der Beschädigungen in jenen Sektoren und Systemen aufgestellt, die seit tausend Jahren brachlagen, weil sie Reparaturen benötigten, die das Schiff nicht selbst ausführen konnte. Und eben jetzt erfuhr sie, welche Programme zur Zeit Gültigkeit besaßen.

Die Auflistung der Bio-Verteidigung war besonders beeindruckend – und erschreckend. Sie nahm und nahm kein Ende. Von Dreivierteln der Krankheiten, die freigesetzt worden waren, um sie zu empfangen, hatte Rica nie zuvor gehört, aber der Beschreibung nach schienen sie außerordentlich unangenehm zu sein. Anittas war in diesem Augenblick ohne jeden Zweifel eins mit dem Großen Programm des Universums. Es lag auf der Hand, worin ihre nächste Maßnahme zu bestehen hatte: sie mußte versuchen, die Brücke vom übrigen Schiff abzuschotten, sie zu bestrahlen und zu desinfizieren und den Raum mit entseuchter Atemluft zu füllen. Wenn es ihr nicht gelang, würde ihre Suite in einem Tag oder zwei hübsch ungesund werden.

Auf dem Bildschirm stand:

BIO-VERTEIDIGUNGSPHASE EINS (MIKRO)
CHECK VOLLSTÄNDIG
BIO-VERTEIDIGUNG PHASE ZWEI (MAKRO)
CHECK EINGELEITET

Rica runzelte die Stirn. Makro; Was, zum Teufel, bedeutete das? Große Seuchen?

ZUR VERFÜGUNG STEHENDE UND
EINSATZBEREITE BIO-WAFFEN: 47

stand auf dem Monitor, und es folgte eine unverständliche Information, eine umfangreiche Liste numerierter Spezies. Es war eine langweilige Liste. Wieder ließ sich Rica im Thron des Kapitäns zurücksinken.

Als die Liste beendet war, waren neue Botschaften auf dem Schirm zu lesen.

SÄMTLICHE KLONPROZESSE ABGESCHLOSSEN
FEHLFUNKTIONEN IN DEN
BOTTICHEN 671, 3312, 3379

FEHLFUNKTIONEN ABGEBROCHEN
STASISFELDER AUFGEHOBEN
ENTLASSUNGSPROZESS EINGELEITET

Rica Dawnstar war sich nicht sicher, ob sie Grund zum Frohlocken hatte. *Entlassungsprozeß,* dachte sie. Was sollte entlassen werden? Auf der einen Seite war Kaj Nevis noch immer irgendwo dort draußen; wenn ihn diese zweite Phase der Verteidigung behinderte, ablenkte oder außer Gefecht setzte, geschah alles zu ihrem Wohl. Auf der anderen Seite sah sie voraus, daß sich ihr die Aufgabe stellen würde, das Schiff wieder von diesen Seuchen zu befreien. Sie hatte auch so schon genug Probleme. Der Text huschte jetzt mit größerer Geschwindigkeit über den Bildschirm.

SPEZIES # 22-743-88639-04090
HEIMATWELT: VILKAKIS
GEMEINER NAME: HAUBENVAMPIR

stand dort. Rica setzte sich aufrecht. Sie hatte schon von Vilkakis und seinen Haubenvampiren gehört. Es waren häßliche Kreaturen. Eine Gattung fliegender Blutsauger, glaubte sie, sich erinnern zu können. Nicht sonderlich intelligent, aber unglaublich empfänglich für Töne und furchtbar aggressiv.

Die Schrift verblaßte. An ihrer Stelle erschien eine einzelne Zeile.

BEGINN DER ENTLASSUNG

meldete der Schirm. Die Zeile blieb eine Weile stehen und wurde dann durch eine kürzere ersetzt, ein einziges Wort, das einmal, zweimal, dreimal aufblinkte und verschwand:

ENTLASSEN

Ob ein Haubenvampir Kaj Navis zum Frühstück verspeisen konnte? *Wahrscheinlich nicht,* dachte Rica, nicht, solange er diesen dämlichen gepanzerten Anzug trug. »Na großartig«, sagte sie laut. Sie selbst besaß keinen Kampfanzug, so daß die *Ark* im Begriff war, Probleme für sie zu produzieren, und nicht für Nevis.

SPEZIES # 13-612-71425-88812
HEIMATWELT: ABBATOIR
GEMEINER NAME: HÖLLENKATZE

Rica hatte keine Ahnung, was eine Höllenkatze war, aber sie spürte kein allzugroßes Verlangen, es herauszufinden. Von Abbatoir hatte sie natürlich gehört – eine seltsame kleine Welt, die drei verschiedene Kolonistengruppen aufgerieben hatte; man war allgemein der Ansicht, daß ihre Lebensformen ausnahmslos sehr wild seien. So wild, daß sie sich durch Nevis' Kampfanzug beißen würden? Das schien zweifelhaft.

BEGINN DER ENTLASSUNG

Wieviele Kreaturen würde das Schiff wohl noch produzieren? Etwas mehr als vierzig, erinnerte sie sich. »Wie furchtbar«, sagte sie verärgert. Das Schiff würde sich mit über vierzig hungrigen Monstern füllen, von denen jedes fähig wäre, sich an ihrer Mutter Tochter zu delektieren. Nein, dazu würde es nicht kommen; ganz bestimmt nicht.

Rica stand auf und überblickte die Brücke. Also, was mußte sie unternehmen, um diesem Unsinn ein Ende zu bereiten?

ENTLASSEN

Rica schwang sich über den Kapitänssessel, ging eilig und mit großen Schritten in den Bereich zurück, den sie als Verteidigungszentrale identifiziert hatte, und tippte in das Terminal ein, daß das laufende Programm abgebrochen werden sollte.

SPEZIES # 76-102-95004-12965
HEIMATWELT: JAYDEN ZWEI
GEMEINER NAME: WANDERNETZ

Lichter blitzten vor ihr auf, und der kleine Monitorschirm teilte ihr mit, daß der äußere Verteidigungsschirm der *Ark* aufgehoben worden war. Aber die Parade auf dem Hauptschirm ging weiter.

BEGINN DER ENTLASSUNG

Rica stieß eine Reihe von Flüchen aus. Ihre Finger liefen rasch über die Tasten, und sie versuchte, dem System zu erklären, daß es nicht der äußere Schirm gewesen war, den sie hatte aufheben wollen, sondern die Bio-Verteidigung Phase zwei. Der Computer schien sie nicht zu verstehen.

ENTLASSEN

Endlich bekam sie eine Antwort vom System. Es teilte ihr mit, daß sie sich am falschen Terminal befand. Sie brummte eine unfreundliche Bemerkung und sah sich um. Sie befand sich in der äußeren Verteidigung. Waffensysteme. Es mußte außerdem eine Bio-Kontrollstation geben.

SPEZIES # 54-749-37377-84921
HEIMATWELT: PSC92, TSC749,
OHNE SONSTIGE BEZEICHNUNG
GEMEINER NAME: ROLLERAM

Rica ging zur nächsten Station.

BEGINN DER ENTLASSUNG

Das System beantwortete ihren Abbruchbefehl mit einer erstaunten Rückfrage. In diesem Subsystem lief zur Zeit kein Programm.

ENTLASSEN

Nummer Vier, dachte Rica wütend. »Das reicht«, sagte sie laut. Sie ging zur nächsten Station hinüber, tippte einen Abbruchbefehl ein, ging weiter, ohne auf das Ergebnis zu warten, blieb an einem anderen Terminal stehen, um einen neuen Abbruchbefehl einzugeben, und ging weiter.

SPEZIES # 67-001-00342-10078
HEIMATWELT: ERDE (AUSGESTORBEN)
GEMEINER NAME: TYRANNOSAURUS REX

Rica lief inzwischen, tippte den Befehl ein und rannte weiter, tippte …

BEGINN DER ENTLASSUNG

Sie machte eine Runde durch die ganze Brücke, so rasch sie nur konnte. Als sie es endlich geschafft hatte, wußte sie nicht einmal mit Sicherheit, welches Kommando an welchem Terminal schuld daran war. Auf dem Bildschirm erschien die Nachricht:

ENTLASSUNGSZYKLUS BEENDET
BIO-WAFFEN NICHT ENTWICKELT: 3
BIO-WAFFEN ENTLASSEN: 5
BEREITGEHALTENE BIO-WAFFEN: 39

BIO-VERTEIDIGUNG PHASE ZWEI (MAKRO)
CHECK VOLLSTÄNDIG

Rica Dawnstar stand da, die Hände in die Hüften gestemmt, und runzelte die Stirn. Fünf waren freigelassen. Das hielt sich in Grenzen. Sie hatte geglaubt, es nach der vierten geschafft zu haben, aber sie mußte einen Sekundenbruchteil zu langsam gewesen sein. Also gut. Was, zum Teufel, war ein Tyrannosaurus Rex?

Wenigstens hielt sich niemand außer Nevis dort draußen auf.

Als er sich nicht mehr nach der Leitlinie richten konnte, hatte sich Jefri Lion sofort im Labyrinth der Kreuzungen und Korridore verirrt. Schließlich dachte er sich eine einfache Strategie aus: er würde die breiteren gegenüber den weniger breiten Gängen bevorzugen, nach rechts abbiegen, wenn die beiden ineinander mündenden Korridore gleich breit waren, und abwärts gehen, wann immer sich die Möglichkeit bot.

Da hörte er ein Geräusch.

Er schmiegte sich eng an die Wand, obwohl dieser Versuch wegen der unförmigen Plasma-Kanone, die er über den Rücken geschnallt hatte, unvollständig bleiben mußte. Er lauschte. Jetzt hörte er es deutlich. Es war vor ihm. Schritte. *Laute* Schritte, zwar noch in einiger Entfernung, aber sie kamen auf ihn zu ... Kaj Nevis in seinem Kampfanzug.

Jefri Lion lächelte in erwartungsvoller Vorfreude, nahm die Plasma-Kanone vom Rücken und klappte ihr Dreibein aus.

Der Tyrannosaurier brüllte.

Es war in den Ohren Haviland Tufs ein furchteinflößender Laut. Er preßte erbittert die Lippen zusammen und drückte sich noch einen halben Schritt tiefer in seine Nische. Er fühlte sich ganz entschieden unbehaglich. Tuf war ein großer Mann, und hier drinnen war nur wenig Platz. Er saß dort mit unbequem untergeschlagenen Beinen auf dem Boden, den Rücken schmerzlich vornübergebeugt, und dennoch wurde sein Kopf gegen die Decke der Laboreinrichtung gedrückt. Trotzdem war er nicht undankbar. Es war zwar eine enge Nische, aber sie bot ihm einen gewissen Schutz. Glücklicherweise war er rasch genug gewesen, diese Unterkunft aufzusuchen. Ein weiterer glücklicher Umstand war, daß die Laboreinrichtung mit ihren Waldos und Mikromanipulatoren und dem Computerterminal auf einer schweren, dicken Metallplattform montiert war, die in Boden und Wänden verankert war, und nicht eine zerbrechliche Anordnung aus Einrichtungsgegenständen, die leicht beiseite gewischt werden konnte.

Dessen ungeachtet war Haviland Tuf nicht ganz zufrieden mit sich selbst. Er fühlte sich wie ein Narr; seine Würde war entschieden verletzt. Zweifellos war seine Fähigkeit, sich auf dringliche Aufgaben zu konzentrieren, in gewisser Hinsicht beachtlich. Aber es beunruhigte ihn, daß der Grad dieser Konzentration durch das Auftauchen eines sieben Meter hohen fleischfressenden Reptils beeinträchtigt wurde.

Der Tyrannosaurier brüllte erneut.

Tuf fühlte die Laboreinrichtung über seinem Kopf erbeben. Der gewaltige Kopf des Sauriers erschien keine zwei Meter von seinem Kopf entfernt, als sich das Riesenvieh vornüber beugte, wobei es seinen mächtigen Schwanz als Gleichgewicht benutzte, und versuchte, in Tufs Unterschlupf zu gelangen. Glücklicherweise war sein Kopf zu dick, und die Nische zu eng. Das Reptil machte einen Rückzieher und brüllte seine Frustration heraus; sein Schrei hallte von Wänden und Decke der zentralen Klon-Station wider. Sein Schwanz peitschte umher und schmetterte auf die Plattform, die unter der Wucht des Aufpralls erzitterte; oben ging etwas zu Bruch, und Tuf winselte.

»Verschwinde!« sagte er, so bestimmt er nur konnte.

Er verschränkte die Arme über seinem Bauch und bemühte sich, streng auszusehen.

Der Tyrannosaurier schenkte ihm keine Beachtung.

»Diese heftigen Ausbrüche werden dir wenig nützen«, sagte Tuf eindringlich. »Du bist zu groß, und diese Plattform ist zu widerstandsfähig erbaut worden; diese Umstände wären dir ohne weiteres ersichtlich, wenn dein Gehirn größer als ein Pfifferling wäre. Überdies bist zu unzweifelhaft ein Klon, reproduziert anhand einer genetischen Aufzeichnung, die einem Fossil entnommen wurde. Daraus läßt sich unschwer folgern, daß mein Anspruch auf Leben höher zu bewerten ist als deiner; besonders, wenn man bedenkt, daß deine Spezies ausgestorben ist, und daß es tunlichst dabei bleiben sollte. Hebe dich also hinfort!«

Die Antwort des Tyrannosauriers bestand in einem wütenden Ausfall und geiferndem Gebrüll, das Tuf mit einem feinen Sprühregen aus Saurierspeichel überschüttete. Erneut schlug der Schwanz hernieder.

Als sie das erste Mal eine Bewegung aus dem Augenwinkel wahrnahm, schrie Celise Waan angsterfüllt auf.

Sie wich zurück und wirbelte den Kopf herum, um – was zu sehen? Dort war nichts. Aber sie war sicher gewesen, etwas gesehen zu haben, dort nahe der offenen Tür. Aber wo war es jetzt? Nervös zog sie die Pfeilpistole aus dem Holster. Das Lasergewehr hatte sie schon vor einer Weile zurückgelassen. Es war schwer und äußerst hinderlich gewesen, und es hatte sie erschöpft, es ständig mitschleppen zu müssen. Außerdem bezweifelte sie, daß sie damit etwas hätte erlegen können. Die Pistole war ihrer Meinung nach bei weitem vorzuziehen. Wie Jefri Lion erklärt hatte, verschoß die Pistole explosive Plastikpfeile, was bedeutete, daß sie das Ziel nicht unbedingt direkt *treffen,* sondern nur in seine Nähe kommen mußte.

Vorsichtig näherte sie sich der offenstehenden Tür. Neben der Öffnung blieb sie stehen, erhob die Pistole, entsicherte sie und warf dann einen raschen Blick in den Raum.

Nichts war zu sehen.

Wie sie sah, handelte es sich um eine Art Vorratsraum mit plastikversiegelten Ausrüstungsgegenständen, die hoch auf schwebende Plattformen gestapelt waren. Unbehaglich sah sie sich um. Hatte sie sich die Bewegung nur eingebildet? Nein. Sie war schon im Begriff, den Raum wieder zu verlassen, da sah sie es erneut: eine kleine Gestalt, die an der Grenze ihres Gesichtsfeldes daherhuschte und verschwand, bevor sie sie genauer betrachten konnte.

Aber dieses Mal hatte Celise Waan gesehen, wohin das Ding gehuscht war. Sie eilte dorthin; jetzt, nachdem sie gesehen hatte, wie klein das Wesen war, fühlte sie sich mutig.

Sie hatte es in die Ecke gedrängt, wie sie bemerkte, als sie die hochaufragenden Maschinen umrundet hatte. Aber was war es? Celise Waan näherte sich, die Pistole im Anschlag.

Es war eine Katze.

Sie starrte sie unverwandt an, ihr Schwanz peitschte hin und her. Es war eine recht merkwürdige Katze. Sehr klein ... tatsächlich noch ein Kätzchen. Es war hauptsächlich weiß, mit lebhaften roten Streifen, unverhältnismäßig großem Kopf und verblüffend leuchtenden roten Augen.

Noch eine Katze, dachte Celise Waan. Das war genau, wonach ihr der Sinn stand; nach noch einer Katze.

Sie fauchte sie an.

Celise Waan wich zurück, leicht erschrocken. Tufs Katzen hatten sie gelegentlich ebenfalls angefaucht, besonders die widerliche schwarz-weiße, aber nicht *so.* Dieses Fauchen klang beinahe, nun ja, wie bei einem Reptil. Auf jeden Fall furchteinflößend. Und diese

Zunge ... diese Katze schien eine lange, sehr eigenartige Zunge zu besitzen.

Wieder fauchte sie.

»Komm, Pussie«, sagte Celise Waan. »Komm nur, Pussie!«

Die Pussie starrte sie an, ohne zu zwinkern, kalt, stolz. Dann legte sie den Kopf in den Nacken und spie Celise Waan an. Der Speichel traf genau in der Mitte der Sichtplatte des Helmes auf. Es war dickes, grünliches Zeug, und eine Weile verdunkelte es ihre Aussicht, bis sie es mit dem Unterarm wegwischte.

Celise Waan beschloß, daß ihr Bedarf an Katzen gedeckt war.

»Nettes Kätzchen«, sagte sie. »Komm her, nettes Kätzchen! Ich habe ein Geschenk für dich.«

Das Kätzchen fauchte erneut und legte den Kopf zurück, um zu spucken.

Celise Waan brummte mißbilligend und sprengte das Tier in die Hölle.

Die Plasma-Kanone würde mit Kaj Nevis spielend fertig, davon war Jefri Lion überzeugt. Die Dicke der Panzerung dieses Alien-Kampfanzuges stellte einen unbekannten Faktor dar. Wenn sie mit den gepanzerten Kampfanzügen vergleichbar war, die von den Sturmtruppen der Weltraumföderation im Tausendjährigen Krieg getragen wurden, dürfte sie in der Lage sein, Laserfeuer auszuhalten, kleineren Explosionen standzuhalten und sonischen Angriffen zu widerstehen, aber die Plasma-Kanone konnte sich durch fünf Meter dicke solide Duralplatten schmelzen. Ein mittlerer Plasma-Ball würde jede Art von Rüstung ohne Zeitverlust in Schlacke verwandeln, und Nevis würde eingeäschert, ehe er auch nur begriffen hätte, was über ihn gekommen war.

Das Problem war die Größe der Plasma-Kanone. Sie war sehr unhandlich, und auch die sogenannte tragbare

Version mit der kleinen Energieladung brauchte nach jedem Schuß fast eine ganze Standard-Minute, um einen neuen Plasmaball in ihrer Druckkammer zu erzeugen.

Jefri Lion war sich sehr genau dessen bewußt – und er war nicht sehr glücklich darüber –, daß er, falls er Kaj Nevis verfehlte, kaum Gelegenheit zu einem zweiten Schuß haben würde. Mehr noch, selbst auf ihrem Dreifuß war die Plasma-Kanone schwer zu bedienen, und es war schon viele Jahre her, seit er zuletzt an einer Schlacht teilgenommen hatte, und schon damals hatte seine Stärke mehr in seinem Verstand und seinem taktischen Sinn gelegen als in seinen Reflexen. Nach so vielen Jahrzehnten am ShanDellor-Center besaß er kein allzugroßes Vertrauen mehr in seiner Zusammenarbeit zwischen Auge und Hand.

Also ersann Jefri Lion einen Plan.

Zum Glück waren Plasma-Kanonen schon oft als automatische Verteidigungs-Vorposten eingesetzt worden, und sein Exemplar war mit der Standard-Minimal-Intelligenz und automatischem Schußprogramm ausgestattet.

Jefri Lion stellte das Dreibein in der Mitte des breiten Korridors auf, etwa zwölf Meter von einer größeren Kreuzung entfernt. Er programmierte eine extrem geringe Streuung ein und kalibrierte den Zielbereich mit äußerster Sorgfalt. Dann gab er die automatische Schußsequenz ein und trat befriedigt zurück. Er sah, wie sich der Plasma-Ball in der Energiezelle formte; heller und heller aufglühte; und nach einer Minute leuchtete die Anzeige auf. Die Kanone war jetzt schußbereit. Und ihre Minimal-Intelligenz war weit reaktionsschneller und tödlicher, als Lion je zu sein hoffen konnte, wenn er von Hand feuerte. Sie war auf das Zentrum der Kreuzung als Ziel ausgerichtet, aber sie würde nur auf Objekte feuern, deren Größe gewisse vorprogrammierte Grenzen überschritt.

Deshalb konnte Jefri Lion furchtlos durch den Zielbereich laufen, aber Kaj Nevis, der ihm in seinem widersinnig großen Kampfanzug folgte, würde eine heiße Überraschung erleben.

Jetzt kam es nur noch darauf an, Nevis in die vorgesehene Position zu locken.

Es war ein Streich, des taktischen Genies eines Napoleon oder Chin Wu oder Stephan Cobalt Northstar würdig. Jefri Lion war überaus zufrieden mit sich selbst.

Die schweren Schritte waren lauter geworden, während Lion mit der Plasma-Kanone beschäftigt gewesen war, aber seit etwa einer Minute hatten sie begonnen, sich zu entfernen; Nevis hatte offensichtlich eine falsche Abzweigung genommen und würde freiwillig nicht an den richtigen Ort kommen. *Auch gut,* dachte Jefri Lion, *dann bringe ich ihn eben her.*

Er ging in vollem Vertrauen auf seine eigenen Fähigkeiten genau ins Zentrum des Feuerbereichs, blieb dort kurz stehen, lächelte und machte sich auf den Weg zum kreuzenden Gang, um die Aufmerksamkeit seines ahnungslosen Opfers auf sich zu ziehen.

Oben auf dem großen, gekrümmten Bildschirm kreiste die *Ark* um ihren dreidimensionalen Querschnitt.

Rica Dawnstar, die den Kapitäns-Thron mit einem weniger komfortablen, aber dafür effektiveren Posten auf einer der Brücken-Stationen vertauscht hatte, betrachtete das Display und die darunter stehenden Daten mit einer gewissen Trauer. Es schien, als hätte sie weit mehr Gesellschaft, als sie geahnt hatte.

Das System stellte eindringende Lebensformen als leuchtend rote Lichtpunkte dar. Es gab sechs solcher Markierungen zu sehen. Einer davon war auf der Brükke. Da Rica ganz allein war, sollte er offenbar sie darstellen. Aber fünf weitere? Selbst, wenn Anittas noch am Leben war, hätten es nur zwei weitere Punkte sein dürfen. Es ergab keinen Sinn.

Vielleicht war die *Ark* gar nicht ganz verlassen; vielleicht war immer noch jemand von der alten Besatzung an Bord. Nur, daß das System angab, autorisierte Personen der *Ark* würden als grüne Punkte dargestellt – und es waren keine grünen Punkte zu sehen.

Andere Freibeuter? Höchst unwahrscheinlich. Es mußte bedeuten, daß Tuf, Lion und die Waan schließlich doch noch einen Weg gefunden hatten, hier anzudocken. Das war noch am wahrscheinlichsten. Und tatsächlich: das Schiff behauptete, eine eindringende Lebensform befinde sich in einem Schiff auf dem Landedeck.

Also gut. Das reimte sich zusammen. Sechs rote Punkte bedeuteten sie selbst und Nevis und Anittas (wie hatte er nur diese verdammten Seuchen überlebt? Das System beharrte darauf, daß es nur *lebende* Organismen anzeige) außerdem Tuf und Waan und Lion. Einer von den übrigen war noch auf der *Füllhorn,* und die anderen ...

Es war nicht schwer, Kaj Nevis ausfindig zu machen. Das System zeigte auch Kraftquellen an, in Form kleiner gelber explodierender Sterne – und nur einer der roten Punkte war vom Halo einer kleinen gelben Sternenexplosion umgeben. Das mußte Navis in seinem Kampfanzug sein.

Aber was bedeutete dann dieser zweite gelbe Fleck, der in einem leeren Korridor auf Deck Sechs ganz für sich allein so hell aufflammte? Eine höllische Energiequelle; aber was war es? Rica konnte es sich nicht vorstellen. In unmittelbarer Nähe war ein zweiter roter Punkt gewesen, aber er hatte sich fortbewegt, und jetzt schien er Nevis zu folgen; er kam ihm immer näher.

Inzwischen waren schwarze Markierungspunkte aufgetaucht: die Bio-Waffen der *Ark.* Die Zentralachse – ein durchgehender Hohlraum im asymmetrischen, konisch zulaufenden Zylinder des Schiffskörpers – wimmelte nur so von schwarzen Nadelstichen, aber sie blieben wenigstens an Ort und Stelle. Andere schwarze Punkte, die die bereits fertiggestellten Bestien sein mußten, bewegten sich durch die Korridore. Es waren aber mehr als fünf. Es gab eine Zusammenballung – dreißig oder mehr gesonderte Organismen –, die sich *en masse* wie ein gestaltloser schwarzer Klumpen über den Bildschirm bewegte, der von Zeit zu Zeit Teile seiner selbst abstieß. Einer dieser Teile war in die Nähe eines roten Lichtpunktes gekommen und ausgelöscht worden.

In jener zentralen Region war auch eine der roten Marken.

Rica verlangte eine detaillierte Ansicht der Stelle, und der Schirm lieferte ihr eine stark vergrößerte Wiedergabe der Kreuzung. Dem roten Licht war einer der sich bewegenden schwarzen Punkte sehr nahe gekommen – offenbar stand eine Konfrontation bevor. Sie las die Kommentarzeile unter der graphischen Darstellung. Dieser schwarze Punkt stand für die Spezies # 67-001-00342-10078, das war der Tyrannosaurus Rex. Es war ohne Zweifel ein gewaltiges Exemplar.

Nicht ohne Interesse verfolgte Rica, daß sich jenes rote Licht und einer der wandernden schwarzen Punkte soeben Kaj Nevis näherten. Das konnte spannend werden. Dann sah es so aus, als könne sie die Begegnung nicht weiter verfolgen, denn dort unten brach die Hölle los.

Und sie befand sich hier oben, in Sicherheit und an den Kontrollen. Rica Dawnstar lächelte.

Kaj Nevis wurde wütender und wütender, während er einen Korridor hinabwanderte. Da wurde der Gang von einer heftigen Detonation erschüttert. Der Schall war im Innern seines Helmes furchtbar laut. Die Gewalt der Explosion schleuderte ihn nach vorn und brachte ihn aus dem Gleichgewicht. Er schlug mit dem Gesicht voran auf den Boden, ehe er den Fall mit den Armen auffangen konnte.

Aber der Anzug fing den größten Teil der Beschleunigung auf, und Nevis blieb unverletzt. Im Liegen überprüfte er die Anzeigen und grinste wölfisch; der Kampfanzug war nirgends beschädigt oder eingerissen. Er rollte sich auf den Rücken und erhob sich schwerfällig auf die Füße.

Zwanzig Meter entfernt, an einer Kreuzung, stand ein Mann in einem grün-goldenen Druckanzug, bewaffnet, als hätte er ein Militärmuseum geplündert, und richtete eine Pistole auf ihn. »So treffen wir uns also wieder, Verbrecher!« rief die Gestalt über die Außenlautsprecher des Anzugs.

»DAS IST RICHTIG, LION«, erwiderte Nevis. »SEHR ERFREUT, SIE ZU SEHEN. KOMMEN SIE NUR NÄHER, DASS WIR UNS DIE HÄNDE SCHÜTTELN KÖNNEN!« Er schloß mit einem schnappenden Geräusch seine Zangen. Die rechte war noch vom Blut des Cybertech befleckt; er hoffte sehr, daß Jefri Lion es bemerkt hatte. Bedauerlich, daß sein Trennlaser nur eine kurze Reichweite besaß, aber es war nicht wichtig. Er würde Lion einfach ergreifen, ihm die Waffen abnehmen und eine Weile mit ihm spielen ... ihm vielleicht die Beine ausreißen und ein Loch in seinen Anzug schneiden, damit die verdammte Luft den Rest übernahm.

Kaj Nevis stapfte voran.

Jefri Lion blieb breitbeinig stehen, hob die Pfeilpistole mit beiden Händen, zielte sorgfältig und schoß.

Der Pfeil traf Nevis in der Brust. Es gab eine laute Explosion, aber dieses Mal hatte er sich darauf eingestellt. Seine Ohren taten weh, aber er wankte nicht einmal. Ein Teil des komplizierten Filigrans auf der Rüstung war geschwärzt, aber das war auch schon die gesamte Beschädigung.

»DU BIST VERLOREN, ALTER MANN«, sagte Nevis. »ICH LIEBE DIESEN ANZUG!«

Jefri Lion erwiderte nichts und zwang sich zur Konzentration. Er steckte die Pfeilpistole in ihr Holster zurück, schnallte das Lasergewehr ab, hob es an die Schulter, zielte und feuerte.

Der Laserstrahl wurde von Nevis' Schulter abgelenkt, traf auf eine Wand und brannte ein kleines, geschwärztes Loch hinein.

»Deflektive Mikro-Schicht«, sagte Jefri Lion. Er senkte das Lasergewehr.

Nevis hatte inzwischen dank seiner langen, dröhnenden Schritte mehr als Dreiviertel des Abstandes zwischen ihnen zurückgelegt. Endlich schien Jefri Lion zu begreifen, in welcher Gefahr er sich befand. Er verstaute das Lasergewehr, wandte sich um und rannte um die nächste Ecke, außer Sicht.

Kej Nevis verlängerte seine Schritte und nahm die Verfolgung auf.

Haviland Tufs hervorstechendste Eigenschaft war die Geduld.

Er saß still, die Hände über den mächtigen Bauch gefaltet, sein Kopf schmerzte von den wiederholten Schwanzschlägen, die der Tyrannosaurus Rex auf der Plattform gelandet hatte. Er bemühte sich nach Kräften, das metallische Dröhnen über seinem Kopf zu ignorieren, und das ihn noch mehr peinigende Gebrüll der Bestie, das ihm das Blut stocken ließ; diesen ausdrucksstarken und dramatischen Ausdruck des Appetits, den dieser Fleischfresser auf ihn hatte, und der jedesmal laut wurde, wenn sich der Saurier herabbeugte und die zahlreichen großen Zähne knapp vor Tuf in seinem Unterstand zuschnappen ließ. Tuf lenkte sich ab, indem er an süße rodelyanische Knallbeeren, in Honigbutter geschwenkt, dachte; er versuchte, sich zu erinnern, auf welchem Planet die kräftigsten und auch würzigsten Ale-Sorten gebraut wurden, und er entwarf eine ausgezeichnete Strategie, wie er Jefri Lion besiegen konnte, wenn sie je wieder miteinander spielen sollten.

Schließlich trug seine gegenwärtige Taktik Früchte. Die Bestie trollte sich enttäuscht und entmutigt.

Haviland Tuf wartete, bis draußen kein Laut mehr zu hören war. Er drehte sich behutsam auf den Bauch und blieb so liegen, solange die Nadelstiche in seinen Beinen seltener wurden und schließlich ganz aufhörten. Dann robbte er nach vorn und spähte vorsichtig aus seinem Versteck.

Dämmriges grünes Licht. Tiefes Summen, und in weiterer Entfernung gurgelnde Geräusche. Nichts bewegte sich.

Der Saurier hatte die kläglichen sterblichen Überreste Mushrooms mehrmals mit seinem mächtigen Schwanz getroffen. Der daraus resultierende Anblick erfüllte Haviland Tuf mit grenzenloser, bitterer Trauer. Die hiesige Laboreinrichtung war ein Trümmerhaufen.

Aber es gab noch weitere Labors, und er benötigte nur eine einzige Körperzelle.

Haviland Tuf nahm eine Gewebeprobe und ging schwerfällig zur nächsten Laboreinrichtung. Diesmal achtete er auf das Geräusch von Saurierpranken hinter sich.

Celise Waan war befriedigt. Sie hatte sich recht geschickt verhalten, daran bestand kein Zweifel. Dieses widerwärtige kleine Katzengeschöpf würde sie nicht mehr belästigen. Die Gesichtsplatte ihres Druckanzugs war ein wenig verschmiert, wo der Katzenspeichel aufgetroffen war, aber ansonsten war sie relativ unbeschadet aus der Begegnung hervorgegangen. Sie steckte ihre Pistole ins Holster zurück und trat wieder auf den Korridor hinaus.

Der Fleck auf der Gesichtsplatte störte sie ein wenig. Er befand sich ausgerechnet in Augennähe und machte ihre Sicht undeutlich. Sie wischte mit dem Handrücken darüber, aber das schien den Schmierer nur zu verbreitern. Wasser, das war es, was sie brauchte. Also gut. Sie mußte ohnehin nach Essen Ausschau halten, und wo Essen war, gab es auch Wasser.

Sie schritt forsch aus, bog um eine Ecke und blieb erschrocken stehen.

Weniger als einen Meter entfernt stand noch eines von diesen verdammten Katzenviechern und starrte sie unverschämt an.

Diesmal handelte Celise Waan rasch und entschlossen. Sie griff nach der Pistole. Irgendwie hatte sie jedoch gewisse Schwierigkeiten, die Waffe aus dem Holster zu bekommen, und ihr erster Schuß verfehlte die ekelhafte Kreatur und sprengte die Tür aus dem nächsten Eingang. Die Explosion war erschreckend laut.

Die Katze fauchte, wich zurück, spie wie ihre Vorgängerin und suchte das Weite.

Diesmal traf der Speichel Celise Waan nahe der linken Schulter. Sie versuchte einen zweiten Schuß anzubringen, aber der Schmierer auf der Gesichtsplatte erschwerte ihr die Sicht auf das Ziel.

»Scheiße!« sagte sie vor Erregung laut. Es fiel ihr schwerer und schwerer, etwas zu sehen. Das Plastik vor ihren Augen schien sich zu trüben. An den Rändern war die Sichtscheibe noch klar, aber wenn Celise geradeaus sehen wollte, war alles verschwommen und undeutlich. Sie mußte den Helm wirklich säubern.

Sie schlug die Richtung ein, in der das Katzen-Vieh ihrer Meinung nach gegangen war, und bewegte sich langsam, um nirgendwo anzustoßen. Sie lauschte. Sie hörte ein leises Tappen, als hielte sich die Kreatur in ihrer Nähe auf, aber sicher war sie sich dessen nicht.

Die Sichtplatte wurde trüber und trüber. Celise Waan kam es so vor, als sehe sie durch Milchglas. Alles war weißlich und verschwommen. *So geht das nicht weiter,* dachte sie. So konnte es überhaupt nicht weitergehen. Wie sollte sie diese scheußlichen Geschöpfe abschießen, wenn sie halb blind war? Und wie sollte sie überhaupt feststellen, wohin sie ging? Ihr blieb keine andere Wahl; sie mußte diesen dämlichen Helm abnehmen.

Aber sie schrak vor diesem Gedanken zurück; sie erinnerte sich an Tufs eindringliche Warnungen vor Krankheitserregern in der Luft. Nun, ja; aber andererseits war Tuf ein Mann, den man kaum ernstnehmen konnte. Hatte sie je einen Beweis für seine Behauptungen gesehen? Nein, niemals. Sie hatte seine große, graue Katze zur Probe ausgesetzt, und sie hatte ganz bestimmt keinen sichtbaren Schaden erlitten. Tuf hatte sie mit sich herumgetragen, als sie ihn das letzte Mal sah. Natürlich hatte er diesen großartigen theatralischen Vortrag über Inkubationszeiten gehalten, aber wahrscheinlich hatte er sie damit nur einschüchtern wollen. Es schien ihm Spaß zu machen, sich an ihrer Sensibilität zu ergötzen; wie er bei dieser widerwärtigen Geschichte mit dem Katzenfutter gezeigt hatte. Zweifellos würde es ihm auch ein perverses Vergnügen bereiten, wenn sie wochenlang in diesem engen, ungemütlichen und riechenden Druckanzug stak.

Plötzlich wurde ihr klar, daß Tuf vermutlich für diese Katzen-Geschöpfe verantwortlich war, die ihr über den Weg liefen. Allein die Vorstellung machte Celise Waan wütend. Dieser Mann war ein barbarischer Kerl!

Inzwischen konnte sie kaum noch etwas sehen. Das trübe Zentrum der Sichtplatte war fast völlig undurchsichtig.

Ärgerlich entschlossen löste Celise Waan ihren Helm, nahm ihn ab und schleuderte ihn so weit den Korridor hinab, wie sie nur konnte.

Sie tat einen tiefen Atemzug. Die Schiffsluft war kühl und roch ein wenig streng, aber sie war immer noch weniger dumpf als die Luft aus der Wiederaufbereitung des Druckanzuges. Sie war wirklich angenehm. Celise lächelte. Diese Luft war ganz in Ordnung. Sie freute sich auf ein Wiedersehen mit Tuf, bei dem sie ihm die Zunge herausstrecken würde.

Dann sah sie zufällig nach unten und keuchte erschrocken.

Ihr Handschuh – auf dem linken Handrücken; dem Rücken der Hand, mit der sie versucht hatte, den Katzenspeichel wegzuwischen, war ein großes Loch in der Mitte des goldenen Gewebes erschienen, und sogar das Metallgeflecht darunter sah – nun, *korrodiert* aus.

Diese Katze! Diese verdammte Katze! Nun, wenn der Speichel ihre bloße Haut getroffen hätte, würde er ... Unvermittelt fiel ihr ein, daß sie keinen Helm mehr trug.

Ein Stück weiter den Korridor hinab kam das Katzen-Vieh plötzlich aus einem offenen Raum geschossen.

Celise Waan schrie sie an, riß die Pistole hoch und feuerte dreimal rasch hintereinander. Aber das Geschöpf war zu schnell. Es lief fort und verschwand um eine Ecke.

Celise Waan würde sich nicht eher wieder sicher fühlen, bis das Höllenvieh erledigt war. Wenn sie es entkommen ließ, konnte es sie in einem unachtsamen Augenblick anspringen, wie es auch die Angewohnheit des verhaßten schwarz-weißen Lieblings Tufs gewesen war. Sie öffnete ihre Pistole, legte einen neuen Ladestreifen explosiver Pfeile ein und machte sich an die Verfolgung.

Das Herz Jefri Lions schlug so laut wie schon seit Jahren nicht mehr; seine Beine taten weh, und sein Atem ging in harten, kurzen Stößen. Adrenalin raste durch seine Adern. Er zwang sich zu immer größerer und größerer Eile. Nur noch ein Stückchen weiter; diesen Flur hinab, um die Ecke, und dann vielleicht noch zwanzig Meter bis zur nächsten Kreuzung.

Der Boden unter seinen Füßen erbebte jedesmal, wenn Kaj Nevis auf einem seiner schweren, gepanzerten Untertassen-Füße landete, und ein paarmal wäre Jefri Lion beinahe gestolpert, aber die drohende Gefahr schien ihn aufrecht zu halten. Er rannte, wie er zuletzt als Junge gerannt war, und sogar die weitausgreifenden Schritte Nevis' reichten nicht aus, ihn einzuholen, obwohl er merkte, daß ihm der andere allmählich näherkam.

Er hatte im Lauf eine Lichtgranate hervorgezogen. Als er eine dieser verfluchten Greifzangen Nevis' knapp einen Meter hinter seinem Hals schnappen hörte, entsicherte Jefri Lion die Granate, warf sie über die Schulter hinter sich, trieb sich zu noch größerer Eile an und raste um die letzte Krümmung des Korridors.

Er verdrehte den Kopf, als er die Kurve nahm, eben zur rechten Zeit, um einen geräuschlosen Blitz zu sehen, dessen blauweißes Leuchten den Korridor erhellte, den er eben erst hinter sich gelassen hatte. Selbst der Widerschein an den Wänden neben ihm blendete Jefri Lion vorübergehend. Er trat zurück, wobei er die Kreuzung im Auge behielt. Wenn er die Explosion direkt gesehen hätte, würde die Lichtgranate seine Retina zerstört haben, und die Strahlung hätte ihn innerhalb weniger Sekunden getötet.

Das einzige Anzeichen von Nevis war ein mächtig ragender vollständig schwarzer Schatten auf der gegenüberliegenden Seite der Kreuzung.

Jefri Lion wich zurück, wankte rückwärts, keuchte.

Kaj Nevis trat bedächtig auf die Kreuzung hinaus. Seine Sichtplatte war so dunkel, daß sie fast schwarz aussah; aber noch während Lion hinsah, kehrte der rote Schimmer zurück und wurde heller und heller.

»VERDAMMT SOLLEN SIE SEIN MITSAMT IHREN DÄMLICHEN SPIELZEUGEN«, brüllte Nevis.

Nun, es spielt keine Rolle, dachte Jefri Lion. Die Plasma-Kanone würde ihre Arbeit tun, daran gab es keinen Zweifel, und er war nur noch etwa zehn Meter von der Feuerzone entfernt. »Geben Sie etwa auf, Nevis«, fragte er und trat leichtfüßig zurück. »Ist Ihnen der alte Soldat zu schnell?«

Aber Kaj Nevis rührte sich nicht.

Einen Augenblick lang war Jefri Lion verunsichert. Hatte die Strahlung seinen Widersacher doch noch erwischt, durch den Schutzanzug? Nein, das war ausgeschlossen. Und bestimmt würde Nevis die Jagd jetzt nicht abblasen; er durfte einfach nicht, nachdem ihn Lion so verdammt nahe an die Feuerzone seiner Plasma-Ball-Überraschung geführt hatte.

Nevis lachte.

Er richtete seinen Blick auf etwas, das sich über Lions Kopf befinden mußte.

Jefri Lion blickte ebenfalls hoch; eben noch rechtzeitig, um zu sehen, wie sich etwas von der Decke löste und flappend auf ihn senkte. Es war ganz und gar rußige Schwärze und flog mit weitgespannten, schwarzen Fledermausschwingen; und Jefri hatte kurz die Vision von gelben Schlitzaugen mit schmalen roten Pupillen. Dann senkte sich die Schwärze wie ein Cape über ihn, und ledriges, feuchtes Fleisch schloß sich um ihn und erstickte seinen plötzlich hervorbrechenden Schrei.

Das ist alles recht interessant, dachte Rica Dawnstar.

Wenn man sich erst einmal mit dem System zurechtfand und die erforderlichen Kommandos ermittelt hatte, konnte man alles mögliche herausfinden. Zum Beispiel die annähernden Massen und Gestalten all dieser kleinen Lichter, die sich über den Bildschirm bewegten. Der Computer war sogar bereit, ein dreidimensionales Modell auszuarbeiten, wenn man ihn nur hübsch darum bat. Rica bat ihn hübsch.

Jetzt fügte sich alles zusammen.

Anittas war doch tot. Der sechste Eindringling, der sich jetzt wieder auf der *Füllhorn* befand, war eine der Katzen Tufs.

Kaj Nevis in seinem Superanzug jagte Jefri Lion im Schiff herum. Nur, daß er sich soeben einer der schwarzen Punkte – der Haubenvampir – Lions bemächtigt hatte.

Der rote Punkt, der für Celise Waan stand, bewegte sich nicht mehr, obwohl er nicht erloschen war. Die kriechende schwarze Masse näherte sich ihr.

Haviland Tuf befand sich allein in der zentralen Achse, gab etwas in ein Klon-Bottich und bemühte sich darum, das System dazu zu bringen, daß es die Zeitspindel aktivierte. Rica gab das entsprechende Kommando ein.

Alle übrigen Bio-Waffen waren draußen in den Korridoren.

Rica beschloß abzuwarten, bis sich die Dinge von allein ein wenig mehr geklärt hatten, ehe sie eingriff.

Inzwischen hatte sie das Programm ausfindig gemacht, das das Schiffsinnere von den Seuchen säubern würde. Als erstes würde sie alle Nottüren schließen und jeden Sektor für sich abschotten müssen. Dann konnte der Prozeß in Kraft treten. Absaugen der Atmosphäre. Filtrierung, Bestrahlung, Einbau erheblicher Überkapazitäten aus Sicherheitsgründen; und wenn die erneuerte Atmosphäre zurückflutete, war sie mit allen nötigen Antigenen gesättigt. Der Vorgang war kompliziert und zeitraubend – aber effizient.

Und Rica hatte keine besondere Eile.

Ihre Beine versagten als erstes.

Celise Waan lag mitten auf dem Korridor, wo sie gefallen war, die Kehle vor Angst zugeschnürt. Alles war so plötzlich gekommen. Noch vor einem Augenblick war sie in größter Eile den Flur hinab gerannt, in Verfolgung des Katzenviehs, dann war eine Welle der Benommenheit über ihr zusammengeschlagen, und plötzlich war sie zu schwach gewesen, um weiterzugehen. Sie hatte beschlossen, für einen Augenblick auszuruhen, und sich hingehockt, bis sich ihr Herzschlag normalisiert hätte. Aber es hatte nichts genützt. Sie hatte sich nur noch schlechter gefühlt, und beim Versuch, aufzustehen, hatten ihr die Beine den Dienst versagt, und sie war vornüber aufs Gesicht gefallen.

Danach hatte sie die Beine nicht mehr bewegen können. Inzwischen konnte sie sie nicht einmal mehr fühlen. Sie spürte tatsächlich unterhalb der Taille überhaupt nichts mehr, und die Lähmung kroch unaufhaltsam höher. Aber noch konnte sie die Arme bewegen, obwohl es schmerzte, und die Bewegungen bleiern und unbeholfen waren.

Ihre Wange wurde gegen den unnachgiebigen Boden gepreßt. Sie versuchte den Kopf zu heben, aber es ging nicht. Ihr Oberkörper erzitterte unter stechendem Schmerz.

Zwei Meter entfernt spähte das Katzen-Geschöpf um die Ecke. Es starrte sie an, die Augen groß und schrecklich. Das Maul öffnete sich zu einem Fauchen.

Celise Waan bemühte sich, einen Schrei zu unterdrücken.

Die Pistole lag noch in ihrer Hand. Langsam, ruckweise, hob sie die Waffe in Höhe ihres Gesichts. Jeder Zentimeter war schmerzvoll. Sie hob den Lauf, zielte so genau sie nur konnte, und feuerte.

Der Pfeil traf tatsächlich.

Celise Waan wurde mit einem Schauer aus den Überresten des Katzen-Geschöpfs überschüttet. Ein Fetzen, rauh und naß und ekelhaft, landete direkt auf ihrer Wange.

Jetzt fühlte sie sich ein wenig besser. Zumindest hatte sie das Vieh umgebracht, das sie gepeinigt hatte. Zumindest war sie davor sicher. Natürlich war sie immer noch krank und hilflos. Vielleicht brauchte sie nur ein bißchen Ruhe. Ein Nickerchen; ja, nach einem Nickerchen würde sie sich gewiß besser fühlen.

Da kam eine neue Katzen-Kreatur auf den Flur geschnürt.

Celise Waan stöhnte auf, versuchte sich zu bewegen, und gab auf. Ihre Arme wurden schwerer und schwerer.

Eine zweite Katze folgte der ersten.

Celise zwang die Pfeilpistole noch einmal an ihre Wange und versuchte zu zielen. Sie wurde durch das Erscheinen einer dritten Katze abgelenkt. Der Pfeil flog weit und explodierte harmlos ein ganzes Stück den Korridor hinunter.

Eine der Katzen spie nach ihr. Der Speichel traf sie genau zwischen die Augen.

Der Schmerz war unglaublich. Wenn sie dazu fähig gewesen wäre, hätte sie sich die Augen aus den Höhlen gerissen, sich auf dem Boden gewälzt und die Haut von der Stirn gekratzt. Aber sie konnte sich nicht rühren. Sie schrie.

Ihre Sicht verdämmerte zu einem abscheulichen Farbgemisch und verschwand dann gänzlich.

Sie hörte Schritte; leichtfüßiges Tappen. Katzenschritte.

Wie viele mochten es sein?

Celise fühlte ein Leichtgewicht auf dem Rücken. Dann ein zweites, und ein drittes. Etwas stupste an ihr nutzloses rechtes Bein; sie nahm schwach wahr, daß es gehoben wurde.

Sie hörte ein Geräusch des Speiens, und der Schmerz tobte in ihrer Wange.

Sie waren überall um sie; auf ihr; krochen über sie. Sie spürte gesträubtes Fell an der Hand. Etwas biß sie in den Nacken. Sie schrie auf. Mehr Bisse. Kleine spitze Zähne schlugen sich in ihr Fleisch, zerrten daran und bereiteten ihr Pein.

Eine biß ihr in den Finger. Der Schmerz verlieh ihr Kraft. Sie schlug nach dem Peiniger, riß ihre Hand zurück. Als sie sich bewegte, erklang rings um sie eine Fauch-Kakophonie, als protestierten die Katzenkreaturen. Sie bissen sie ins Gesicht, in den Hals, in die Augen. Etwas versuchte, sich in ihren Druckanzug zu quetschen.

Ihre Hand bewegte sich schwerfällig und unter Schmerzen. Sie wischte Katzengeschöpfe beiseite, wurde gebissen, gab nicht auf. Sie nestelte an ihrem Gürtel, und plötzlich fühlte sie es: rund und hart in ihrer Hand. Sie zerrte es vom Gürtel, hob es ans Gesicht, hielt es so fest sie nur konnte.

Wo war der Auslöser-Knopf? Ihr Daumen suchte. *Hier.* Sie drehte den Knopf halb und drückte ihn ein, wie Lion es ihr beigebracht hatte.

Fünf, zählte sie leise für sich. *Vier drei zwei eins.*

Im letzten Augenblick ihres Lebens sah Celise Waan das Licht.

Kaj Nevis brach in lautes Gelächter aus, als er die Show sah.

Er hatte keine Ahnung, was für ein verfluchtes Ding das war, aber für Jefri Lion reichte es völlig aus. Seine Flügel schlugen über ihm zusammen, als es auf ihn hinabstieß, und mehrere Minuten lang schrie er und kämpfte, wälzte sich über den Boden, während das Ding seinen Kopf und die Schultern umschloß. Er sah aus wie ein Mann, der mit einem Regenschirm kämpfte. Es war wie in einem Comic.

Nach einer Weile lag Lion still, nur die Beine zuckten noch krampfartig. Das Schreien verstummte. Ein saugendes Geräusch erfüllte den Korridor.

Nevis amüsierte sich und war entzückt, aber er war klug genug, Eventualitäten vorzubeugen. Das Ding war vollauf mit Fressen beschäftigt. Nevis näherte sich ihm so leise wie nur möglich, was nicht sonderlich leise war, und ergriff es. Es gab ein schmatzendes Geräusch, als er das Ding von dem zerrte, was von Jefri Lion übrig war.

Verdammt, dachte Nevis, *es hat saubere Arbeit geleistet.* Die ganze Vorderseite von Lions Helm war eingedrückt. Das Ding besaß eine Art knöchernen Saug-Schnabel, der sich ohne Umstände durch die Sichtplatte des Helmes gebohrt und den größten Teil seines Gesichtes aufgeschlürft hatte. Häßlich. Das Fleisch sah verflüssigt aus, und die Knochen schimmerten hindurch.

Das Untier flatterte wild in seinem Griff und gab einen hohen, unangenehmen Ton von sich, der sich halb nach Quieken und halb einem Winseln anhörte.

Kaj Nevis hielt es eine Armlänge von sich entfernt und ließ es zappeln, während er es genau betrachtete. Es hackte mit dem Schnabel immer wieder ergebnislos nach seinem Arm. Ihm gefielen diese Augen; richtig gemeine, schreckliche Augen. *Dieses Ding könnte sich als nützlich erweisen,* dachte er. Er stellte sich vor, wie es sein würde, wenn er eines Nachts mehrere hundert von diesen Kreaturen über Shandicity abwürfe. Oh, sie würden seinen Preis akzeptieren. Sie würden ihm verdammt noch mal alles geben, was er verlangte – Geld, Frauen, Macht; den ganzen verfluchten Planeten, wenn er es wäre, was er verlangen würde. Es mußte ein Spaß sein, dieses Schiff zu besitzen.

In der Zwischenzeit konnte diese Kreatur hier jedenfalls lästig werden.

Kaj Nevis ergriff mit jeder Hand einen Flügel und riß ihn halb ab. Dann ging er mit einem Lächeln den Weg zurück, den er gekommen war.

Haviland Tuf überprüfte noch einmal die Instrumente und brachte eine kleine Korrektur bei der Flüssigkeitszufuhr an. Zufrieden legte er die Hände über dem Bauch zusammen und bezog seinen Posten bei dem Bottich.

In dem Behälter wirbelte und schäumte die undurchsichtige rotschwarze Flüssigkeit. Tuf hatte beim Zusehen ein Schwindelgefühl; es war, wie er wußte, ein Nebeneffekt der Zeitspindel. In dem Bottich, der so klein war, daß er ihn mit seinen Händen fast ganz umfassen konnte, waren unermeßliche Ur-Energien am Werk, und die Zeit selbst hörte auf sein Kommando. Er empfand ein einzigartiges Gefühl von Erhabenheit und Ehrfurcht.

Das Nährbad verdünnte sich allmählich, wurde

schließlich beinahe durchsichtig. Tuf hatte den Eindruck, darin einen dunklen Schatten Gestalt annehmen sehen zu können; glaubte zu sehen, wie etwas wuchs, sichtbar wurde ... die Seinswerdung fand vor seinen Augen statt. Vier Pfoten, ja – er konnte sie sehen. Und einen Schwanz. Ein sehr exakt geformter Schwanz, fand Tuf.

Er ging zu den Instrumenten zurück. Es wäre schlecht, wenn seine Schöpfung für die Krankheitserreger anfällig wäre, die Mushroom getötet hatten. Er rief sich die Schutzimpfung vor Augen, die der Tyrannosaurier kurz vor seiner unerwarteten und Unannehmlichkeiten verheißenden Entlassung empfangen hatte. Zweifellos existierte eine Methode, die angebrachten Antigene und prophylaktischen Drogen zu applizieren, bevor der Geburtsvorgang abgeschlossen war. Haviland Tuf hatte die Absicht, sie anzuwenden.

Die *Ark* war beinahe gesäubert.

Rica hatte zwei Drittel aller Abteilungen des Schiffes abgeschottet, und das Sterilisationsprogramm wurde mit der ihm eigenen unausweichlichen maschinellen Logik ausgeführt. Die Zustandsanzeige auf dem Bildschirm wies inzwischen für Landedeck, Maschinenraum, Antriebskammer, Kontrollturm, Brücke und neun weitere Sektoren das entsprechende klinische Blaßblau auf. Nur die große Zentralachse, die Hauptkorridore und die unmittelbar benachbarten Laboratorienbereiche waren noch mit jenem Rostrot eingefärbt, das eine mit Krankheiten und Tod in Myriaden Erscheinensformen gesättigte Atmosphäre signalisierte.

So war es Rica Dawnstar eben recht. In jenen miteinander verbundenen zentralen Bereichen lief eben ein anderer Prozeß mit ähnlich unerbittlicher Logik ab. Und der schließliche Gleichgewichtszustand, daran hegte sie keinen Zweifel, würde ihr die alleinige und uneingeschränkte Kontrolle über das Saatschiff und alles in ihm vorhandene Wissen, die Macht und den Reichtum verschaffen.

Jetzt, da ihre Umwelt keimfrei und sicher war, hatte Rica dankbar ihren Helm entfernt. Zudem hatte sie Essen für sich angefordert – es handelte sich um einen dicken weißen Brei aus Proteinen, der aus einem Geschöpf hergestellt wurde, das als Fleischtier bezeichnet wurde und von der *Ark* seit einem Jahrtausend in frischem Zustand erhalten worden war. Sie spülte den Brei mit einem hohen, gekühlten Glas süßen Wassers hinunter, das ein wenig nach milidianischem Honig schmeckte. Sie genoß den Imbiß, während sie die Fortschrittsberichte auf dem Schirm beobachtete.

Die Dinge hatten sich hier unten erheblich vereinfacht. Jefri Lion existierte nicht mehr. Eigentlich schade; denn auf seine Art war er ziemlich harmlos gewesen, wenn auch unglaublich naiv. Celise Waan war ebenfalls aus dem Verkehr gezogen, und verblüffenderweise hatte sie die Höllenkatzen mit in den Tod genommen. Kaj Nevis hatte den Haubenvampir erledigt.

Es war niemand mehr übrig außer Nevis und Tuf – und sie selbst.

Rica grinste.

Tuf stellte kein Problem dar. Er war damit beschäftigt, eine Katze herzustellen. Seiner konnte man sich leicht auf die eine oder andere Art annehmen. Nein, das eigentliche Hindernis, das jetzt noch zwischen ihr und dem Preis stand, war Kaj Nevis in seinem unquinischen Kampfanzug. Kaj fühlte sich im Augenblick vermutlich ganz und gar zuversichtlich. *Gut. Soll er,* dachte sie.

Rica Dawnstar beendete ihr Mahl und leckte sich die Finger ab. Es war an der Zeit für ihren Zoologie-Unterricht, dachte sie. Sie rief Informationen über die drei Biowaffen auf den Schirm, die noch immer draußen durchs Schiff streiften. Wenn es keine von ihnen schaffte, nun, was sollte es; ihr standen immer noch neununddreißig in Stasis befindliche Kreaturen zur Verfügung, die nur darauf warteten, von ihr freigesetzt zu werden. Sie konnte den Vollstrecker auswählen.

Ein Kampfanzug? Was sie hatte, war mehr wert als hundert Kampfanzüge.

Als sie mit der Lektüre der zoologischen Beschreibungen fertig war, grinste Rica Dawnstar von einem Ohr bis zum anderen.

Sie konnte die Reserven getrost vergessen. Das einzige Problem bestand darin, die richtigen Anweisungen zu lesen.

Sie holte die Geographie auf den Bildschirm und versuchte herauszufinden, wie raffiniert der Verstand des alten Kaj Nevis sein mochte.

Nicht annähernd raffiniert genug, glaubte sie erkannt zu haben.

Die verdammten Korridore nahmen und nahmen kein Ende, und sie schienen immer nur auf weitere Flure zu führen. Seine Meßanzeigen zeigten an, daß er seine Luft bereits aus dem dritten Tank bezog. Kaj Nevis war sich dessen bewußt, daß er die anderen schnell finden und beiseite schaffen mußte, um sich mit der Frage befassen zu können, wie dieses verdammte Schiff funktionierte.

Er ging eben einen besonders breiten Korridor hinab, als plötzlich ein Plastikstreifen aufleuchtete, der in den Boden eingelassen war.

Nevis blieb mit gerunzelter Stirn stehen.

Die Spur glomm bedeutungsvoll. Sie führte exakt geradeaus und bog bei der nächsten Kreuzung nach rechts ab.

Nevis tat einen einzigen Schritt. Das Licht in dem Teil des Korridors, den er eben zurückgelegt hatte, ging aus.

Er sollte an einen bestimmten Ort geführt werden. Anittas hatte etwas von einer Leitlinie gemurmelt, die einen durchs Schiff führte, bevor er seinen kleinen Haarschnitt verpaßt bekommen hatte. Das hier mußte diese Einrichtung sein. War es möglich, daß der Kybertech noch auf eine verzwickte Art lebte und durch den Computer der *Ark* geisterte?

Nevis bezweifelte es. Anittas hatte für ihn verdammt tot ausgesehen, und er hatte eine reichhaltige Erfahrung darin, wie man Leute ins Jenseits befördert. Aber wer war denn für diese Leitlinie verantwortlich? Die Dawnstar natürlich. Sie mußte dahinter stecken. Der Kybertech hatte gesagt, er hätte sie in den Kontrollraum geführt.

Also wohin wollte sie ihn lenken?

Kaj Nevis dachte einen Moment lang über diese Frage nach. Er fühlte sich in seinem Anzug nahezu unbesiegbar. Weshalb aber sollte er das Risiko auf sich nehmen? Außerdem war die Dawnstar eine hinterhältige kleine Nutte. Es war ihr ohne weiteres zuzutrauen, daß sie ihn immer im Kreis herumführte, bis ihm die Luft ausging.

Er wandte sich entschlossen ab und schlug die Richtung ein, die der von der verführerischen silbernen Leitlinie vorgeschlagenen entgegengesetzt war.

An der nächsten Kreuzung erwachte eine grüne Spur zum Leben und nötigte ihn nach links.

Kaj Nevis ging nach rechts.

Der Gang endete als Sackgasse an einem Pärchen spiraliger Gleittreppen. Als Nevis innehielt, fing eine der Treppen an, sich aufwärts zu schrauben. Er verzog das Gesicht und stieg auf der stillstehenden abwärts.

Er stieg drei Decks tief. Der Korridor auf dem dritten Deck war eng und dunkel und führte in zwei Richtungen. Ehe Nevis seine Wahl treffen konnte, erklang ein metallisches Rasseln, und eine Gleittür kam aus einer Wand hervor und verschloß den nach rechts führenden Gang.

Die Hure ist mir also immer noch auf den Fersen, dachte er wild. Er blickte den nach links führenden Korridor hinunter. Er schien sich weiter fort ein wenig zu erweitern, aber er wurde auch dunkler und wurde an verschiedenen Stellen von den buckligen Formen uralter Maschinen verengt. Nevis gefiel das nicht.

Wenn die Dawnstar glaubte, sie könnte ihn in eine Falle treiben, indem sie ein paar Türen schloß, mußte sie sich schon etwas anderes einfallen lassen. Nevis wandte sich um, der Barrikade vor dem rechten Gang zu, holte aus und trat zu. Der Lärm war ohrenbetäubend. Er trat wieder zu, dann nahm er seine gepanzerten Fäuste zur Hilfe. Er benutzte die gesamte Kraftverstärkung des in den Kampfanzug eingebauten Exoskeletts.

Grinsend stieg er über die Überreste der Trennwand und trat in den dämmrigen, engen Gang, den die Dawnstar versucht hatte, für ihn unbetretbar zu machen. Unter seinen Füßen war blankes Metall; die Wände streiften fast seine Schultern. Es mußte sich um einen Notgang handeln, wie Nevis dachte, aber vielleicht führte er an einen wichtigen Ort. Weshalb sonst hätte die Dawnstar versuchen sollen, ihn fernzuhalten?

Seine Untertassenfüße klangen laut auf dem Metallboden. Er schritt aus. Es wurde dunkler, aber Kaj Nevis blieb seinem Entschluß treu.

Später machte der Gang eine scharfe Rechtsbiegung, die für Nevis in seinem Kampfanzug fast zu eng war. Er mußte sich an der engsten Stelle mit an den Körper gedrückten Armen und halb eingeknickten Beinen hindurchzwängen.

Als er die Biegung hinter sich hatte, erschien über seinem Kopf ein kleines erleuchtetes Quadrat. Nevis ging darauf zu. Dann blieb er abrupt stehen. Was war das?

Dort über ihm hing eine schwarze Kugel in der Luft, wie er sie nie zuvor gesehen hatte.

Kaj Nevis näherte sich ihr vorsichtig.

Die dunkle Kugel war ziemlich klein, kaum so groß wie eine Männerfaust. Nevis hielt einen Meter Abstand zu ihr ein und betrachtete sie eingehend. Ein Geschöpf – und zudem verflucht häßlich – so häßlich wie dasjenige, das Jefri Lion verspeist hatte – aber fremdartiger. Ein brauner Klumpen, dessen Haut aussah, als bestünde er aus Fels. Tatsächlich sah das Ding wie ein Felsbrocken aus; Nevis erkannte nur an dem Maul, daß es lebte; ein feuchtes, schwarzes Loch in der felsigen Haut. Das Innere des Mauls war schleimig und grün und in ständiger Bewegung, und er konnte eine Art Zähne erkennen; oder zumindest etwas, das wie Zähne aussah, nur, daß sie metallisch blitzten. Er glaubte, drei Reihen solcher Zähne ausmachen zu können, die halb in gummiartigem, grünem Fleisch staken, das ständig träge erzitterte.

Das Seltsamste an dem Ding war jedoch seine unglaubliche Starrheit. Anfangs dachte Nevis, es schwebe mittels einer unbekannten Methode in der Luft. Aber dann trat er ein Stück näher heran und sah, daß er sich geirrt hatte. Das Geschöpf hing im Zentrum eines erstaunlich feinen Gewebes, dessen Fäden so zart waren, daß er sie kaum sehen konnte. Die Enden der Fäden waren tatsächlich unsichtbar. Nevis machte die dicksten Fadenstellen in der Umgebung des Zentrums aus, wo die Kreatur bebend hockte, aber das Gespinst schien immer feiner zu werden, je weiter es von der Mitte entfernt war, und die Stellen, an denen es eine Wand oder den Boden oder die Decke berührte, konnte Nevis nicht erkennen, so sehr er sich auch bemühte.

Demnach war es eine Art Spinne. Eine fremdartige Spinne. Ihr felsartiges Aussehen ließ in Nevis die Vermutung aufkommen, daß es sich um eine Lebensform auf Silikonbasis handelte. Er hatte schon von derartigen Spekulationen gehört, und hier stand er vor einer von ihnen. Ein gottverdammter Glücksfall. Er hatte wahrhaftig eine Silikonspinne gefunden. Das war ein Fund!

Kaj Nevis trat näher heran. *Verdammt,* dachte er. Das Netz, oder was er für ein Netz gehalten hatte ... zum Teufel, das verdammte Ding saß gar nicht in einem Netz

... es war ein *Teil* des Netzes. Diese feinen, dünnen, schimmernden Gespinstfäden wuchsen direkt aus dem Leib der Kreatur hervor, wie Nevis sah. Er konnte die Übergangsstellen kaum erkennen. Und es waren mehr Fäden, als er gedacht hatte; Hunderte, vielleicht sogar Tausende; und die meisten waren zu dünn, um selbst aus größter Nähe sichtbar zu sein; aber wenn man den richtigen Blickwinkel herausbekam, konnte man das Licht sehen, das sie reflektierten; ein silbriges Schimmern.

Nevis trat einen Schritt zurück; er fühlte sich trotz der Sicherheit seines gepanzerten Anzugs unbehaglich; er hätte nicht sagen können, wieso. Hinter der Silikonspinne schien Licht vom anderen Ende des Notgangs. Dort mußte sich etwas Wichtiges befinden; so wichtig, daß sich Rica Dawnstar große Mühe gegeben hatte, zu verhindern, daß er dorthin gelangte.

Das muß es sein, dachte er mit grimmiger Befriedigung. Es war vermutlich der verdammte *Kontrollraum,* und Rica hockte darin, und die blöde Spinne war ihre letzte Verteidigung. Das Biest verursachte ihm eine Gänsehaut, aber was blieb ihm sonst übrig?

Kaj Nevis hob seine zangenbewehrten Arme und öffnete die rechte Zange, um das Gespinst zu durchtrennen.

Die schimmernden, blutgehärteten, gezackten Metallschneiden schlossen sich um den nächsten sichtbaren Faden, glatt und leicht. Schimmernde, blutgehärtete und gezackte Splitter unquinischen Metalles fielen klappernd zu Boden.

Das Netz begann zu vibrieren.

Kaj Nevis starrte auf seinen unteren rechten Arm. Die Hälfte der Zange war abgetrennt.

Die Galle stieg ihm in die Kehle. Er wich einen Schritt zurück, einen zweiten, dann einen dritten; brachte Abstand zwischen sich und das *Ding.*

Tausend Spinnfäden, dünner als Garn, wurden zu

tausend Beinen. Sie wurden aus tausend Löchern in den Metallwänden gezogen, und sie verschrammten den Boden bei der leichtesten Berührung.

Nevis rannte. Er behielt seinen Vorsprung, bis er an die enge Stelle kam, wo der Gang einen Knick machte.

Er war noch immer damit beschäftigt, die mächtigen Arme des Kampfanzugs an den Körper zu ziehen, um sich hindurchzuquetschen, als ihn das Wandernetz einholte. Es pendelte leicht hin und her, während es sich auf ihn zubewegte, und sandte tausend unsichtbare Beine aus; das Maul erzitterte.

Nevis gurgelte voller Entsetzen. Tausend monomolekulare Silikonarme umfingen ihn.

Nevis hob die maschinell verstärkte riesige Hand, um den Kopf des Ungetüms zu ergreifen und zu zermatschen, aber die Beine waren allgegenwärtig; spannen und woben ihn beharrlich ein. Er bäumte sich gegen ihre Umklammerung auf, und sie schnitten durch Metall, Fleisch und Knochen. Blut sprang aus dem Stumpf seines Handgelenks. Er schrie kurz auf.

Dann vollendete das Wandernetz seine Umarmung.

Ein haarfeiner Riß erschien in der Kunststoffwandung des von Flüssigkeit geleerten Bottichs. Das Kätzchen schlug mit der Pfote dagegen. Der Riß erweiterte sich.

Haviland Tuf griff in den Bottich, hob das Kätzchen mit seiner großen Hand heraus und hielt es sich dicht vors Gesicht. Es war winzig und ein wenig kraftlos; vielleicht hatte er die Geburt zu rasch eingeleitet. Beim nächsten Versuch würde er vorsichtiger sein, aber diesmal hatte die Ungesichertheit seiner Lage, verbunden mit der Notwendigkeit unermüdlicher Wachsamkeit – von einer Unterbrechung seiner Arbeit durch umherwandernde Tyrannosaurier ganz zu schweigen – zu einer gewissen unangemessenen Hast geführt.

Nichtsdestoweniger verbuchte er seinen Versuch als Erfolg.

Das Kätzchen miaute. Haviland Tuf entschied, daß es nötig sei, es von Hand mit Milch aus einer Pipette zu füttern, und er hegte nicht den geringsten Zweifel daran, daß er diese Aufgabe meistern würde. Die Augen des Kätzchens waren kaum offen, und sein langhaariges, graues Fell war noch feucht von der Flüssigkeit, in der es noch vor kurzem eingetaucht gewesen war. War Mushroom wirklich jemals so klein gewesen?

»Ich kann dich nicht Mushroom nennen«, teilte er seinem neuen Gefährten feierlich mit. »Genetisch gesehen bist du er, das ist wahr; aber Mushroom war Mushroom, und du bist du, und ich möchte dich nicht unnötig verwirren. Ich werde dich Chaos nennen; das ist ein passender Begleiter Havocs.« Das Kätzchen bewegte sich in seiner Hand und öffnete und schloß eines seiner Augen, als hätte es ihn verstanden; aber andererseits besaßen alle Katzen – wie Tuf wußte – einen Hauch von Psi.

Er sah sich um. Hier gab es nichts mehr zu tun. Vielleicht war es an der Zeit, daß er sich auf die Suche nach seinen ehemaligen und unwürdigen Kollegen machte und sich um eine Art Einigung zu gegenseitigem Nutzen mit ihnen bemühte. Er bettete Chaos auf seinem Arm und machte sich auf den Weg.

Bis auf das Geschrei ist alles vorüber, sagte sich Rica Dawnstar, als das rote Licht, das Nevis versinnbildlichte, auf dem Bildschirm erloschen war. Jetzt lag alles bei Tuf und ihr, und das bedeutete, daß sie allen vernünftigen Annahmen zufolge die Herrin der *Ark* war.

Sie fragte sich, was sie damit anfangen sollte. Schwer zu sagen. Sollte sie es an ein Waffenkonsortium oder die meistbietende Welt verkaufen? Beides schien ihr nicht ratsam. Sie traute niemandem, der soviel Macht besaß. Macht korrumpierte schließlich. Vielleicht sollte sie das Schiff behalten und lenken. Sie war schon korrupt genug; sie sollte immun werden. Aber es wäre ein schrecklich einsames Leben, allein in dieser Leichenhalle. Natürlich konnte sie eine Crew anheuern – konnte Freunde an Bord holen, Liebhaber und Lakaien. Nur – wie hätte sie ihnen trauen können? Rica runzelte die Stirn. Nun, es war ein verzwicktes Problem, aber ihr stand eine lange, lange Zeit zur Verfügung, es zu lösen. Sie würde sich später damit befassen.

Im Augenblick hatte sie ein dringenderes Problem zu lösen. Tuf hatte inzwischen die zentrale Klon-Kammer verlassen und wanderte durch die Korridore. Was sollte sie mit ihm anstellen?

Sie betrachtete das Display. Das Wandernetz befand sich noch in seinem behaglichen und warmen Schlupfwinkel und war wohl immer noch mit Fressen beschäftigt. Das Rolleram – die ganzen vier Tonnen Lebendgewicht – entdeckte sie unten auf Deck sechs im Hauptkorridor, wo es hin- und herrollte und von den Wänden abprallte; eine überdimensionierte und von berserkerhaftem Leben erfüllte Kanonenkugel, unablässig auf der fruchtlosen Suche nach Organischem, das es überrollen, zermalmen und verdauen konnte.

Der Tyrannosaurier hielt sich auf dem richtigen Deck auf. Womit war er beschäftigt? Rica stellte eine größere Schärfe ein und lächelte. Wenn sie die dargestellten Details richtig interpretierte, fraß der Saurier. *Was* fraß er? Im Augenblick hatte sie keine Idee. Dann dämmerte es ihr. Das Tier mußte eben die Überreste des alten Jefri Lion und den Haubenvampir verschlungen haben. Der Ort der Mahlzeit stimmte.

Genau genommen hielt sich die Echse in unmittelbarer Nähe von Tuf auf. Bedauerlicherweise schlug sie die falsche Richtung ein, als sie sich wieder bewegte. Vielleicht gelang es Rica, ein Zusammentreffen zu arrangieren.

Aber sie durfte Tuf nicht unterschätzen. Er war dem Reptil schon einmal entkommen und konnte es wieder schaffen. Selbst wenn sie ihn auf das Deck manövrierte, auf dem das Rolleram herumfuhrwerkte, bestand dasselbe Problem. Tuf besaß eine gewisse Eingeborenenschläue. Es war ihr nie gelungen, ihn auf die gleiche Weise an der Nase herumzuführen wie Nevis. Er war zu gerissen. Sie rief sich die Spiele ins Gedächtnis, die sie an Bord der *Füllhorn* gespielt hatten. Tuf hatte sie ausnahmslos gewonnen.

Sollte sie weitere Bio-Waffen entlassen? Es wäre leicht.

Rica Dawnstar zögerte. *Zur Hölle,* dachte sie. Es gab einen leichteren Weg. Es war Zeit, persönlich einzugreifen.

Über eine Armlehne des Kapitänsthrones hing ein schmales Krönchen aus schimmerndem Metall, das Rica zuvor aus einem Vorratsraum mitgenommen hatte. Sie nahm es an sich, hielt es kurz unter den Scanner, um seine Schaltkreise zu überprüfen, und setzte es sich verwegen auf den Kopf. Dann stülpte sie sich den Helm über, versiegelte den Druckanzug und nahm den Nadler an sich – und stürzte sich erneut ins Getümmel.

Bei seiner Wanderung durch die Korridore der *Ark* fand Haviland Tuf ein spezielles Fahrzeug: einen kleinen offenen dreirädrigen Wagen. Er war schon seit einer ganzen Weile auf den Beinen, und davor hatte er im Versteck unter einem Tisch gehockt. Er war heilfroh, sich setzen zu können.

Er fuhr erschütterungsfrei mit gleichmäßiger, beachtlicher Geschwindigkeit, lehnte sich an die gepolsterte Rückenlehne und blickte geradeaus. Chaos lag in seinem Schoß.

Tuf fuhr durch mehrere Kilometer Korridore. Er war ein umsichtiger und methodischer Fahrer. An jeder Kreuzung hielt er an, sah nach rechts, sah nach links, und traf seine Wahl, ehe er weiterfuhr. Zweimal drehte er um, das erste Mal unter dem Diktat der unbeugsamen Logik, das zweite Mal aus purer Laune; aber in den meisten Fällen folgte er den breitesten Fluren. Einmal hielt er an und stieg aus, um eine Reihe von Türen zu untersuchen, die interessant aussahen. Er entdeckte nichts, trat nirgends ein. Chaos rührte sich hin und wieder in seinem Schoß.

Dann tauchte Rica Dawnstar vor ihm auf.

Haviland Tuf ließ seinen Wagen mitten auf einer Kreuzung anhalten. Er blickte nach rechts und nach links. Dann blickte er geradeaus, die Hände über dem Bauch gefaltet, und schaute zu, wie sie langsam auf ihn zukam.

Sie blieb in ungefähr fünf Metern Entfernung stehen.

»Kleine Vergnügungsfahrt?« erkundigte sie sich. In der rechten Hand trug sie den gewohnten Nadler. In der linken Hand hielt sie ein Gewirr von Schnüren, die bis auf den Boden hingen.

»In der Tat«, erwiderte Haviland Tuf. »Ich war eine Weile beschäftigt. Wo sind die übrigen?«

»Tot«, sagte Rica Dawnstar. »Hinüber. Ausgelöscht. Aus dem Spiel genommen. Wir sind die letzten, Tuf.«

»Eine vertraute Situation«, sagte Tuf leichthin.

»Dies ist das endgültige Spiel, Tuf«, sagte Rica Dawnstar. »Keine Revanche. Und diesmal gewinne ich.«

Tuf streichelte Chaos und erwiderte nichts.

»Tuf«, sagte sie liebenswürdig, »Sie sind unschuldig an allem, was geschehen ist. Ich habe nichts gegen Sie. Nehmen Sie Ihr Schiff und verschwinden Sie!«

»Falls Sie sich auf die *Füllhorn Ausgewählter Güter zu Niedrigen Preisen* beziehen sollten«, erwiderte Haviland Tuf, »muß ich Sie daran erinnern, daß sie erhebliche Schäden erlitten hat, die noch der Reparatur harren.«

»Dann nehmen Sie sich ein anderes Schiff.«

»Ich glaube nicht, daß ich das tun werde«, sagte Tuf. »Mein Anspruch auf die *Ark* ist möglicherweise geringer als der einer Celise Waan, eines Jefri Lion oder Kaj Nevis und Anittas, aber Sie haben mir soeben mitgeteilt, daß sie alle verstorben sind; und mein Anspruch ist ganz gewiß dem Ihren ebenbürtig.«

»Nicht ganz«, erwiderte Rica Dawnstar. Sie hob den Nadler. »Das hier verleiht mir ein gewisses Übergewicht.«

Haviland Tuf sah auf das Kätzchen in seinem Schoß hinab. »Nehmen Sie es als erste Lektion in den unbeugsamen Methoden des Universums«, sagte er. »Was bedeutet Fairness, wenn eine Partei im Besitz einer Waffe ist und die andere nicht? Pure rücksichtslose Gewalt herrscht überall, und Intelligenz und guter Wille werden überall mit Füßen getreten.« Er wandte seinen Blick wieder Rica Dawnstar zu. »Meine Dame«, sagte er, »ich nehme Ihren Vorteil zur Kenntnis. Aber ich möchte dennoch protestieren. Die verstorbenen Mitglieder unserer Gruppe haben mir einen vollen Anteil an diesem Abenteuer zugesprochen, ehe wir an Bord der *Ark* kamen. Meines Wissens wurden Sie niemals in vergleichbarer Weise berücksichtigt. Daher erfreue ich mich einer gesetzlichen Vorrangstellung Ihnen gegenüber.« Er hob den Zeigefinger. »Darüber hinaus möchte ich den Einwand geltend machen, daß Besitz durch Nutzung und die Fähigkeit zur Nutzung definiert werden kann. Die *Ark* sollte, wenn möglich, unter dem Kommando derjenigen Person stehen, die das Talent, den Verstand und den Willen bewiesen hat, daß sie die optimale Nutzung der ungezählten Möglichkeiten garantieren kann, die das Schiff besitzt. Ich behaupte, daß ich diejenige Person bin.«

Rica Dawnstar lachte. »Ach, wirklich?« sagte sie.

»In der Tat«, erwiderte Haviland Tuf. Er schob die Hand unter den Bauch des Kätzchens und hob es hoch, damit Rica Dawnstar es betrachten konnte. »Hier ist mein Beweis. Ich habe dieses Schiff erforscht und die Geheimnisse des Klonens ergründet, die den Irdischen Imperialisten vertraut waren. Es war eine ehrfurchtgebietende und berauschende Erfahrung, und eine, die ich zu wiederholen wünsche. In der Tat habe ich mich entschlossen, den törichten Beruf des Kaufmannes aufzugeben und die vornehmere Profession eines ökologischen Ingenieurs zu ergreifen. Ich hoffe, Sie versuchen nicht, mir dabei im Wege zu stehen. Ruhen Sie unbesorgt, ich werde Sie schon mit einer Transportgelegenheit zurück nach ShanDellor ausstatten und mich auch persönlich darum kümmern, daß Ihnen bis auf den letzten Penny der Lohn zuteil wird, der Ihnen von Jefri Lion und den übrigen zugesagt wurde.«

Rica Dawnstar schüttelte verwundert den Kopf. »Sie sind einfach unbezahlbar, Tuf«, sagte sie. Sie trat einen Schritt zurück und ließ ihren Nadler um den Zeigefinger kreisen. »Sie sind also der Ansicht, daß Ihnen das Schiff zusteht, weil Sie es nutzen können, und ich es nicht kann?«

»Sie haben es im wesentlichen erfaßt«, stimmte Tuf zu.

Rica lachte erneut. »Hier; das brauche ich nicht mehr«, sagte sie leichthin und warf Tuf den Nadler zu.

Er fing ihn aus der Luft auf. »Mir scheint, als hätte mein Anspruch eine unerwartete und entscheidende Unterstützung erfahren. Jetzt kann ich Ihnen drohen, Sie zu erschießen.«

»Aber Sie werden es nicht tun«, erwiderte Rica. »Regeln, Tuf. Sie halten sich bei unserem Spiel an die Regeln. Und ich bin das Gör, das immer gegen die Regeln verstößt.« Sie hängte sich die miteinander verwickelten Schnüre über die Schulter, um die Hände freizubekommen. »Wissen Sie, womit ich mich beschäftigt habe, während Sie ein Kätzchen geklont haben?«

»Offenkundig nicht«, erwiderte Haviland Tuf.

»Offenkundig nicht«, wiederholte Rica ironisch. »Ich war auf der Brücke, Tuf, habe mit dem Computer gespielt und alles erfahren, was ich über die Gesellschaft für Ökologische Gentechnik und ihr Saatschiff wissen wollte.«

Tuf blinzelte. »In der Tat.«

»Dort oben ist ein phantastischer Tele-Schirm«, sagte sie. »Stellen Sie ihn sich einfach als ein großes Spielbrett vor, Tuf. Ich habe jede Bewegung auf dem Schiff verfolgt. Die roten Punkte, die Sie und die übrigen darstellten. Und mich selbst. Und die schwarzen Punkte. Die Bio-Waffen, wie das System sie zu nennen beliebt. Ich persönlich ziehe das Wort *Monster* vor. Es ist kürzer und nicht so formell.«

»Aber mit starken Vorurteilen befrachtet«, gab Tuf zu bedenken.

»Oh, sicher. Aber zur Sache! Wir sind durch die Verteidigungssphäre gelangt, sind sogar mit der Seuchenverteidigung fertig geworden; aber Anittas sorgte für seinen eigenen Tod und entschloß sich zu einer kleinen Rache; also rief er die Monster-Verteidigung auf den Plan. Und ich habe dort oben gesessen und zugesehen, wie sich die Roten und die Schwarzen gegenseitig verfolgten. Aber etwas fehlte, Tuf. Wissen Sie, was es war?«

»Ich vermute, das ist eine rhetorische Frage«, sagte Tuf.

»In der Tat«, höhnte Rica Dawnstar lachend. »Die *Grünen* fehlten, Tuf! Das System war programmiert, Eindringlinge in Rot zu zeigen, seine eigenen Bio-Waffen in Schwarz, und autorisiertes Personal der *Ark* in Grün. Natürlich gab es keine Grünen. Nur das gibt mir zu denken, Tuf. Die Monster-Verteidigung war offensichtlich als letzte Maßnahme im Falle eines Rückzugs gedacht; das ist klar. Aber war ihr Einsatz wirklich nur für den Fall gedacht, daß das Schiff aufgegeben und verlassen würde?«

Tuf faltete die Hände. »Ich glaube nicht. Die Existenz des Teleschirm-Displays mit seinen Fähigkeiten impliziert die Existenz jemandes, der besagtes Display beobachtet. Zudem, wenn das System programmiert war, Personal, Eindringlinge und monströse Verteidiger zugleich und in verschiedenen Farben anzuzeigen, dann muß die Möglichkeit berücksichtigt worden sein, daß sich alle drei Gruppierungen zugleich an Bord befanden.«

»Sie haben recht«, sagte Rica Dawnstar. »Jetzt komme ich zu der Kernfrage.«

Tuf bekam im Korridor hinter Rica Dawnstar eine Bewegung mit. »Bitte, entschuldigen Sie ...«, begann er.

Sie bedeutete ihm mit einer Handbewegung, zu schweigen. »Wenn sie bereit waren, diese eingesperrten Horror-Kreaturen freizulassen, um Enterer im Notfall zurückzuschlagen – *wie haben sie dann ihre eigenen Leute davor bewahrt, getötet zu werden?*«

»Ein interessantes Dilemma«, gab Tuf zu. »Ich bin voll Ungeduld und Hoffnung, die Antwort darauf kennenzulernen. Aber ich fürchte, ich werde auf dieses Vergnügen verzichten müssen.« Er räusperte sich. »Es liegt mir fern, eine derart faszinierende Überlegung unterbrechen zu wollen; aber ich fühle mich leider verpflichtet, darauf hinzuweisen ...« Der Boden erbebte.

»Ja?« fragte Rica grinsend.

»Ich fühle mich verpflichtet, darauf hinzuweisen«, wiederholte Tuf, »daß hinter Ihnen auf dem Korridor ein ziemlich großer fleischfressender Dinosaurier aufgetaucht ist, der augenblicklich versucht, unser beider habhaft zu werden. Er stellt es allerdings nicht eben geschickt an.«

Der Tyrannosaurier brüllte.

Rica Dawnstar zeigte keinerlei Anzeichen von Erregung. »Tatsächlich?« erwiderte sie lachend. »Sie erwarten doch sicher nicht, daß ich auf den alten Hinter-dirsteht-ein-Dinosaurier-Trick hereinfalle, oder? Von Ihnen hätte ich wirklich mehr erwartet, Tuf.«

»Ich protestiere! Ich spreche ganz im Ernst.« Tuf warf den Motor seines Wagens an. »Sehen Sie nur die Geschwindigkeit, mit der ich mein Fahrzeug in Gang gesetzt habe, um dem sich nähernden Geschöpf zu entfliehen. Wie können Sie bezweifeln, was ich sage, Rica Dawnstar? Sicher haben Sie die donnernde Annäherung der Bestie vernommen, den furchtbaren Klang ihres Gebrülls?«

»Was für ein Gebrüll?« fragte Rica. »Nein, im Ernst, Tuf, ich war im Begriff, Ihnen etwas mitzuteilen. Die Antwort. Wir haben ein kleines Teil des Puzzles übersehen.«

»In der Tat«, erwiderte Tuf. Der Tyrannosaurier kam mit beängstigender Geschwindigkeit auf sie zu. Er war in übler Laune, und sein Gebrüll erschwerte es Tuf, Rica Dawnstars Erwiderung zu verstehen.

»Die Gesellschaft für Ökologische Gentechnik konnte mehr als nur klonen, Tuf. Sie waren militärische Wissenschaftler. Sie waren in erster Linie *Geningenieure.* Sie konnten die Lebensformen Hunderter Planeten neu erschaffen und in ihren Bottichen zum Leben erwecken; aber das war bei weitem nicht alles, was sie konnten. Sie schafften es, die DNS selbst zu rekombinieren; sie konnten diese Lebensformen *verändern;* sie ihren eigenen Bedürfnissen gemäß mit neuen Eigenschaften versehen!«

»Natürlich«, erwiderte Tuf. »Verzeihen Sie mir, aber ich fürchte, ich muß mich jetzt auf die Flucht vor dem Saurier machen.« Der Tyrannosaurier war zehn Meter hinter Rica. Er hielt inne. Sein peitschender Schwanz schlug gegen die Wand, und Tufs Wagen erbebte unter der Erschütterung. Geifer troff von den Fängen der Echse, und ihre verkümmerten Vorderbeine fuhren in häßlicher Unbeherrschtheit durch die Luft.

»Das wäre sehr ungehörig«, sagte Rica. »Sehen Sie, Tuf, da haben sie die Antwort. Diese Bio-Waffen, diese Monster ... sie befinden sich seit tausend Jahren in Stasis; wahrscheinlich sogar noch länger. Aber es waren keine gewöhnlichen Monster. Sie wurden zu einem speziellen Zweck geklont: um das Schiff gegen Eindringlinge zu verteidigen, und sie wurden genau zu diesem Zweck genetisch manipuliert.« Der Tyrannosaurier tat einen Schritt, zwei, drei Schritte, und jetzt war er direkt hinter ihr, sein Schatten verdeckte sie.

»Wie manipuliert?« erkundigte sich Haviland Tuf.

»Ich dachte schon, Sie würden niemals fragen«, erwiderte Rica Dawnstar. Der Tyrannosaurier bog seinen enormen Hals, brüllte, sperrte seine riesigen Kiefer auf, schloß sie um ihren Kopf. »Psionik«, sagte sie aus dem Innern des Mauls.

»In der Tat«, erwiderte Tuf.

»Eine einfache psionische Empfänglichkeit«, dozierte Rica hinter den Zähnen des Tyrannosaurier. Sie streckte den Arm aus und ergriff etwas zwischen diesen Zähnen; es zischte leise. »Einige dieser Monster besaßen fast keinen Verstand; nur Instinkt. Sie hatten nur eine fundamentale instinktive Aversion. Die komplexeren Monster wurden mit psionischer Gehorsamkeit ausgestattet. Die Kontrollinstrumente waren Psi-Verstärker. Hübsche kleine Geräte, wie Kronen. Ich trage im Augenblick eines davon. Es überträgt keine Psi-Energie oder etwas ähnlich Dramatisches. Es bewirkt nur, daß mir einige der Monster aus dem Weg gehen, während andere mir gehorchen.« Sie ließ sich halb aus dem Maul des Saurier gleiten und tätschelte klatschend seinen Unterkiefer. »Kopf runter, Bursche!« sagte sie.

Der Tyrannosaurier brüllte und senkte den Schädel. Rica Dawnstar wickelte ihre Zügel vom Sattel und befestigte beides. »Ich habe ihn die ganze Zeit während unseres Gespräches kontrolliert«, sagte sie beiläufig. »Ich habe ihn auch hergerufen. Er ist *hungrig*. Er hat Lion gefressen, aber Lion war ziemlich klein, außerdem war er schon tot, und das Vieh hat seit tausend Jahren nichts mehr gefressen.«

Haviland Tuf blickte auf den Nadler in seiner Hand. Er schien weniger als wertlos. Außerdem war Tuf ohnehin ein miserabler Schütze. »Es würde mir große Freude bereiten, einen Stegosaurier aus ihm zu klonen.«

»Nein; kein Bedarf«, sagte Rica und zurrte das Zaumzeug fest. »Sie können das Spiel jetzt nicht mehr verlassen. Sie wollten schließlich spielen, Tuffy, und ich fürchte, Sie haben alles verloren. Sie hätten fortgehen sollen, als ich Ihnen die Chance geboten habe. Lassen Sie uns nochmals über Ihren Anspruch reden; ist Ihnen das recht? Lion und Nevis und die anderen boten Ihnen einen vollen Anteil; das ist richtig; aber wovon? Ich fürchte, Sie erhalten jetzt einen vollen Anteil, ob Sie wollen oder nicht – einen Anteil an allem, das sie auch erhielten. Soviel zu Ihrem gesetzlichen Argument. Was Ihren moralischen Anspruch betrifft, auf der Basis eines größeren Nutzens«, sie grinste und tätschelte den Saurier erneut, »so denke ich, demonstriert zu haben, daß ich die *Ark* effektiver nutzen kann, als Sie es vermögen. Noch ein Stück tiefer.« Die Bestie beugte sich tiefer, und Rica Dawnstar sprang in den im Nacken befestigten Sattel. »Hoch!« rief sie. Die Bestie erhob sich.

»Aus diesem Grund fegen wir Legalität und Moral beiseite und kehren zur Gewalt zurück«, sagte Tuf.

»Ich fürchte, so ist es«, erwiderte Rica hoch oben von der tyrannischen Echse herab. Sie kam langsam näher, als müsse sie sich ihren Weg ertasten. »Sagen Sie nicht, ich hätte nicht fair gespielt, Tuf. Ich habe den Saurier, aber Sie haben meinen Nadler erhalten. Vielleicht gelingt Ihnen ein glücklicher Schuß. Wir sind beide bewaffnet.« Sie lachte. »Nur, daß ich bis an die Zähne bewaffnet bin.«

Haviland Tuf reckte sich und warf ihr den Nadler geschickt wieder zu. Es war ein guter Wurf. Rica beugte sich ein wenig zur Seite und fing die Waffe auf. »Was bedeutet das?« wollte sie wissen. »Geben Sie auf?«

»Ihre Bedenken in bezug auf die Fairness haben mich beeindruckt«, erwiderte Tuf. »Ich wollte keinen Vorteil für mich in Anspruch nehmen. Sie haben Ihren Anspruch, ich habe einen Anspruch. Sie haben ein Tier.« Er streichelte sein Kätzchen. »Ich habe ebenfalls ein Tier. Jetzt haben Sie ein Gewehr.« Er stellte seinen Wagen an und rollte von der Kreuzung, fuhr rasch in den Korridor hinter sich, oder wenigstens so rasch, wie das Fahrzeug im Rückwärtsgang fahren konnte.

»Wie Sie wollen«, sagte Rica Dawnstar. Für sie war das Spiel beendet. Sie fühlte leichtes Bedauern.

Tuf wendete seinen Wagen, um das Gesicht auf der Flucht nach vorn zu haben.

Der Tyrannosaurier öffnete weit das Maul, und Geifer troff von seinen halbmeterlangen Fängen. Er stieß einen Schrei aus, der unverfälschter, blutroter, eine Million Jahre alter Hunger war, und stürmte brüllend hinter Tufs Fahrzeug her.

Er raste brüllend aus dem Korridor auf die Kreuzung.

Zwanzig Meter entfernt – auf dem kreuzenden Korridor – nahm die Minimale Intelligenz der Plasmakanone Kenntnis von der Tatsache, daß etwas von der programmierten Größe das Zielfeld betrat. Es gab ein kaum hörbares Klicken.

Haviland Tuf wandte sich abrupt von dem Feuerblitz ab und schützte Chaos mit seinem großen Körper vor der Hitze und dem schrecklichen Lärm. Beides dauerte nur einen Augenblick, glücklicherweise – obwohl der Geruch nach verschmorter Echse diesem Ort noch jahrelang anhaften und Teile des Bodens und der Wände reparaturbedürftig sein würden.

»Ich hatte auch eine Waffe«, sagte Haviland Tuf zu seinem Kätzchen.

Später, viel später, als die *Ark* gesäubert war, und er und Havoc und Chaos behaglich in der Suite des Kapitäns wohnten, und er all seine persönlichen Sachen hergeschafft und sich aller Leichen angenommen und alle Reparaturen, die in seinen Kräften standen, ausge-

PORSCHKA '87

führt und sich schon Gedanken darüber gemacht hatte, wie er die unglaublich geräuschvolle Kreatur beschwichtigen konnte, die dort unten auf Deck Sechs lebte – begann Haviland Tuf, das Schiff methodisch zu durchsuchen. Am zweiten Tag fand er einen Vorrat an Kleidung, aber die Männer und Frauen der G.Ö.G. waren kleiner gewesen, als er es war, daher paßte ihm keine der Uniformen.

Er fand jedoch eine Kappe, zu der er eine gewisse Zuneigung faßte. Es handelte sich um eine grüne entenschnäblige Kappe, und sie saß ausgezeichnet auf seinem kahlen milchig-weißen Kopf. Vorn auf der Kappe war in Gold das Theta abgebildet, das das Abzeichen des Corps gewesen war.

»Haviland Tuf«, redete er sich selbst im Spiegel an, »Ökologischer Ingenieur.«

Es besitzt einen besonderen Klang, dachte er bei sich.

Aus dem Amerikanischen übersetzt von Malte Heim
Illustriert von Klaus Porschka

Lucius Shepard

Delta Sly Honey

Da gab's so 'nen Typen, den ich in Noc Linh kannte, der war zum Leichendienst abkommandiert, einen Typen namens Randall J. Willingham; er war ein dürrer, rothaariger Junge aus dem Süden, mit Sommersprossen übersät und mit Augen so blau wie Pokerchips, und manchmal, wenn er high war, marschierte er hinauf zur Funkstation und ließ allerhand Scheiß über den Radiosender ab, erzählte was von seiner Heimatstadt und seinem Hund, was er vom Krieg hielt (er war dagegen) und wie es war, wenn er es mit seiner Freundin im Bett machte; und er sprach wirklich nett und voller Sehnsucht über die Art, wie sie's machte, über die Dinge, die sie dabei flüsterte, und wie sie die Knie bis an die Brust hochzog, damit er richtig tief reinkam. In seiner Stimme war etwas Reines und Friedliches, und auch in der Wahl seiner Worte, und wenn man ihm zuhörte, spürte man, wie der Krieg von einem abfiel, und bald erinnerte man sich an sein eigenes Mädchen, an seinen Hund und seine Heimatstadt, nicht mit herzzerreißender Sehnsucht, sondern mit Freude über das Bewußtsein, daß man zumindest soviel von der Süße des Lebens genossen hatte. Für viele von uns wurde seine Stimme zum Orakel des Glücks, des Überlebens, und sogar der Spieß, der ihn zum Schweigen bringen wollte, erkannte schließlich, daß er zur Stärkung der Truppenmoral mehr beitrug als jeder Offizier. Es kam sogar so weit, daß jedesmal, wenn einem der Krieg eine kleine Ruhepause gönnte und etwas Sendekapazität frei war, man Randall rief und ihn fragte, ob er keine Lust hätte, ein bißchen zu reden.

Das Komische war, daß man aus Randall, wenn er nicht gerade ein Mikrofon in der Hand hielt, kaum mal ein Wort herausquetschen konnte. Er war vom ersten Tag seiner Dienstzeit an ein Einzelgänger, der seine Unterhaltung beschränkte auf »Hey« und »Wie geht's?« und ähnliches, und sein Status als Berühmtheit machte ihn noch weniger gesprächig. Sein Charakter ließ sich am besten mit den Worten erklären, die er uns selbst einmal durch den Äther schickte. »Wenn ihr dem ollen Randall mal auf der Straße begegnet, werdet ihr sagen: ›Was; das kann doch nicht Randall sein! Dieser dümmlich dreinblickende Hillbilly kann doch nicht solche gotteslästerlichen Flüche loslassen und schon gar nicht die verdammt heißeste Persönlichkeit im Südvietnam-Radio sein!‹ Und ihr hättet den Nagel auf den Kopf getroffen, denn Randall J.'s IQ muß man mal zwei nehmen, damit er überhaupt was hergibt, und er hat nicht so viel Phantasie wie ein Holzklotz, und wenn man ihm verbieten würde, ›Howdie‹ zu sagen, dann wüßte er wahrscheinlich auf nichts mehr eine Antwort. Aber eins will ich euch sagen, wenn er seine Stimme durchs Mikro schickt, dann wird der olle Randall J. eins mit den Wellen, und das Licht, das in ihm erloschen war, glimmt hell auf, und sein Geist strömt aus über den Donnerpfad und entlang dem Napalmstreifen, vermischt sich mit dem Ozon und verwandelt sich in Randall J. Willingham, den Hohenpriester der Seelenwahrheit und den Heiligen Geist der Sechzig Zyklen!«

Der Stützpunkt lag auf einem sanft ansteigenden Hügel zwischen anderen Hügeln, die alle einmal Teil einer Kautschukplantage von Michelin gewesen, jetzt aber fast vollkommen entlaubt und zu braunen Staubhaufen geworden waren. Ungefähr siebentausend Männer waren hier stationiert und lebten in Zelten und Bunkern, die wie Flecken die Hänge sprenkelten, und das einzige Gebäude mit einem gewissen Grad an Beständigkeit war ein Schuppen, in dem das PX untergebracht war. Er stand direkt an der Innenseite des Drahtzauns am Fuß des Hügels. Ich gehörte zum MP-Kontingent, und ich vermute, ich war für Randall das, was einem Freund am nächsten kam. Wir hatten keine besonders enge Beziehung zueinander, aber da ich auch aus einer kleinen Stadt im Süden stammte, als Sohn des Landadels sozusagen, war mir dieser Typ vertraut – weltfremde, stille Farmerboys mit einer tiefsitzenden Verletzbarkeit –, und ich empfand für ihn sowohl Mitleid als auch Verantwortung. Mein Mitleid war berechtigt: Es gab keinen schlimmeren Job als seinen, und erschwerend kam hinzu, daß ihn sein vorgesetzter Sergeant, ein glupschäugiger, vierschrötiger Berufssoldat mit Bürstenhaarschnitt namens Andrew Moon, zum Prügelknaben auserkoren hatte. Jeden Morgen kam ich an dem blechbedeckten Unterstand vorbei, wo die Leichen abgeladen wurden (er befand sich ebenfalls direkt an der Innenseite des Zauns, wie das PX, aber auf der anderen Seite des Hügels), und dort war Randall, der zwischen den Leichensäcken schuftete, die ringsherum wie große Früchte aufgestapelt lagen, während Moon im Hintergrund herumschwirrte und düster dreinblickte. Ich hatte es mir zur Gewohnheit gemacht, einen Moment stehenzubleiben und mit Randall zu reden, um ihn für kurze Zeit von Moons Tyrannei zu befreien, und obwohl er niemals seine Dankbarkeit dafür zum Ausdruck brachte oder überhaupt viel sagte, ging er bald dazu über, mich beim Vornamen zu nennen, Curt, anstatt mich mit meinem Dienstgrad anzusprechen. Jedesmal, wenn ich Anstalten machte weiterzugehen, sah ich, wie sein Gesicht wieder den angespannten Ausdruck bekam, und bevor ich außer Hörweite war, vernahm ich schon wieder Moons Schimpftiraden. Ich glaube, es waren jene Tage, an denen er in Bauchhöhlen, in verkohlte Herzen und Gehirne sehen mußte, während Moon ihn die ganze Zeit anbrüllte ... ich glaube, das war es, was zum Anschwellen der poetischen Ader in Randall und zur Geburt seiner Radioseele führte.

Ich versuchte, Moon zu einem anderen Verhalten zu

bewegen. Eines Nachmittags stellte ich ihn in seinem Zelt zur Rede und fragte, warum er Randall so schlecht behandelte. Natürlich wußte ich die Antwort. Männer wie Moon, die sich ein kleines Zipfelchen Macht ergattert haben und sich durch ihre Anwendung aufplustern, brauchen keine Begründung für Brutalität; in ihnen steckt so viel Bösartigkeit, daß sie sich zwangsweise auf jemanden entladen muß. Aber – da ich dachte, ich könnte besser mit ihm umgehen als Randall – ich hatte beschlossen, seine Bösartigkeit umzuleiten, mich selbst zur Zielscheibe zu machen, und dies schien ein guter Eröffnungszug dafür zu sein.

Er biß jedoch nicht an; er lag ungerührt auf seinem Feldbett, sah mich von der Seite an und nickte bedächtig, als ob er mein Spiel durchschaute. Seine Wangen waren getupft von einem mehrere Tage alten Stoppelbart, Haare so spärlich und schwarz wie Schweineborsten. »Wissen Sie«, sagte er, »ich konnte mir einfach nicht vorstellen, warum Sie sich so mit dem Schwachkopf abgeben, deshalb habe ich in Ihrer Akte nachgesehen.« Er lachte grunzend. »Jetzt blicke ich durch.«

»Aha?« sagte ich und blieb kühl.

»Sie haben 'nen ganz eindrucksvollen Stammbaum, mein Sohn. Das adelige Blut des Südens, mit all den toten Generälen und Senatoren. Als ich das gesehen hab', hab' ich zu mir selbst gesagt: ›Nimm dir den Fall des Jungen nich' so sehr zu Herzen, Andy. Er versucht nur, so wie sein Großvater zu sein und hie und da mal etwas Gutes für die Nigger und den armen weißen Abschaum zu tun.‹ Stimmt's nich?«

Ich konnte nicht leugnen, daß in dem, was er sagte, ein Körnchen Wahrheit steckte, aber ich wehrte mich dagegen, mich von ihm aus der Reserve locken zu lassen.

»Meine Motive stehen hier nicht zur Debatte«, erklärte ich.

»Nun, meine auch nich' – jedenfalls nich' an maßgebender Stelle.« Er schwang die Beine über die Seite des Feldbetts und richtete sich auf. »Sie verrichten 'nen angenehmen Dienst hier, mein Sohn, wenn Sie sich aber mit mir anlegen, sorge ich dafür, daß Sie mit dem Arsch auf der Stelle in Quanh Tri sitzen, bevor Sie einmal zwinkern können. Verstanden?«

Ich hatte das Gefühl, als ob ich in Eiswasser getaucht worden wäre. Ich wußte, daß er seine Drohung wahr machen konnte – jeder, der es bis zum Hauptsergeant gebracht hatte, hatte sich auch ein paar einflußreiche Freunde erworben –, und ich wollte mit Quanh Tri nichts zu tun haben.

Er sah meine Angst und lachte. »Los jetzt, raus!« sagte er, und als ich durch die Tür ging, fügte er noch hinzu: »Sie können jederzeit wieder zu unserem Schuppen kommen, mein Sohn. Ich hab' nichts gegen *Noblesse oblige.* Ich schau' mir das sogar richtig gern an.«

Ich entfernte mich und wußte, daß Randall verloren war.

Im Rückblick wird klar, daß Randall schon sehr früh unter Moons Schikane zerbrochen war und daß seine Radio-Plapperei symptomatisch für seinen Abbau war. An einem anderen Ort und zu einer anderen Zeit hätte bestimmt jemand seinen Zustand erkannt, aber in Vietnam erschienen alle seine Handlungen als normale Reaktionen auf die Verrücktheit des Krieges, sogar ein wenig gelassener als normal, und wir hätten ihn tatsächlich für übergeschnappt gehalten, wenn er sich nicht sonderbar verhalten hätte. Wie die Dinge lagen, hielten wir ihn einfach für einen komischen Kauz, der aber nicht so beschränkt war, daß man nicht einen Scherz mit ihm hätte machen können, und ich glaube, es war dieses Mißverständnis, das die Dinge auf die Spitze trieb ...

Doch ganz sicher bin ich mir dessen nicht.

Einige Abende nach meinem Gespräch mit Moon

hatte ich Dienst in der Funkstation, als Randall wieder mal auf Sendung war. Er verwendete immer ausgefallene Signalzeichen und versuchte, mit Geisterpatrouillen Verbindung aufzunehmen, von denen er behauptete, daß sie die Freifeuerzone heimgesucht hätten. Anstatt so gewöhnliche Rufsignale wie Charlie Baker Abel zu benutzen, erfand er andere, die dem Country-Stil seiner Redeweise entsprachen, wie Lobo Angel Silver und Prairie Dawn Omega.

»Delta Sly Honey«, sagte er in jener Nacht. »Hört ihr mich? Ende.«

Er saß einen Moment lang da und lauschte auf ein knisterndes Störgeräusch, das von irgendwoher kam.

»Ich weiß, daß ihr da draußen seid, Delta Sly Honey«, fuhr er fort. »Ich sehe euch ganz genau, wie ihr über die Hochebene des Black Virgin Mountain wandert, euch durch Nebelschwaden wie durch Schlachtenqualm bewegt und ein bißchen Angst habt, denn obwohl ihr die Welt verlassen habt, gibt es eine Welt zwischen dem hier und dem Jenseits. Meldet euch, Delta Sly Honey, und erzählt mir, was läuft.« Er hörte einen Augenblick lang auf zu senden und ging auf Empfang, und als er keine Antwort erhielt, sprach er wieder. »Vielleicht könnt ihr euch nicht vorstellen, daß ich eure Probleme verstehe, Brüder. Aber ich tue es wirklich. Ich kenne eure Hoffnungen und eure Ängste, und ich weiß, daß der Bann von zuviel Gift und Feuer und fliegendem Stahl die chemische Zusammensetzung des Schicksals durcheinandergebracht und euch veranlaßt hat, euch in den Krieg der Geister abzusetzen, anstatt im Grab Ruhe zu finden. Meine Seele wandert euch hinterher auf dem Weg höher und höher, in Richtung Frieden, der am Ende von allem steht, und während ihr durch Granatfeuer wandelt, die dicke Klumpen von Stille emporschleudern, mit Engeln, die euch wie Spurensucher den Weg weisen, und ihr dem kalten weißen Lied der heranflutenden Sterne lauscht ... Meldet euch doch,

Delta Sly Honey! Hier spricht euer guter Kumpel Randall J., der auf der Erde festsitzt in Noc Linh. Hört ihr mich?«

Es entstand ein lautes Knistern, und dann antwortete eine Stimme, die sagte: »Randall J., Randall J.! Hier ist Delta Sly Honey. Ich verstehe dich laut und klar.«

Ich lachte, und die Offiziere, die am anderen Ende des Bunkers saßen, wandten den Kopf und grinsten. Aber Randall starrte voller Entsetzen das Radio an, als ob daraus Blut käme und nicht nur ein Störknistern. Er drückte den Daumen auf den Sendeknopf und sagte mit bebender Stimme: »Wie lautet eure Position, Delta Sly Honey? Ich wiederhole: Wie lautet eure Position?«

»Ich denke, man könnte sagen, unsere Position ist sozusagen relativ«, kam die Antwort. »Aber was dich betrifft, Mann, für dich sind wir nur ein Stück die Straße runter. Is' noch Platz für dich bei uns, Randall J. Wir warten auf dich.«

Randalls Adamsapfel hüpfte auf und ab, und er befeuchtete sich die Lippen. Im grellen Licht des Bunkers stachen seine Sommersprossen deutlich hervor.

»Weißt du, wie das ist, wenn man vom Feuerhagel an den Boden genagelt wird?« fuhr die Stimme fort. »Wenn man flach auf der Erde liegt und die Kugeln ein paar Zentimeter über dem Kopf über einen hinwegzischen? Und man fängt an darüber nachzudenken, wie leicht es wäre, einfach den Kopf zu heben und die Sache endlich hinter sich zu bringen ... Hast du dieses Gefühl jemals kennengelernt, Randall J.? Meistens bleibst du dann doch flach liegen, denn die Dinge sind immer noch nicht schlimm genug, um dich diesen Weg wählen zu lassen. Aber wie die Dinge für dich aussehen, Mann, der du Tag und Nacht mit den Händen in totem Fleisch wühlen mußt ...«

»Halt's Maul!« zischte Randall mit dünner, gepreßter Stimme.

»... und dann dieses Arschloch Moon, der deine

Seele in den Dreck zieht; vielleicht ist es an der Zeit, daß du mal über deine Möglichkeiten nachdenkst.«

»Halt's Maul!« schrie Randall, und ich packte ihn an der Schulter. »Mach dir nichts draus«, versuchte ich ihn zu beruhigen, »das ist nur irgendein Witzbold, der sich einen Spaß mit dir erlaubt.« Er schüttelte mich ab, die Ader an seiner Schläfe pochte sichtbar.

»Ich versuch' nich', dich zum Narren zu halten, Mann«, sagte die Stimme. »Ich will dir nur was klarmachen, dir zeigen, daß du keine echte Wahl hast. Ich kenn' all die verrückten Gedanken, die dir im Kopf rumgegangen sind, und ich weiß, wie sehr du versucht hast, sie zu verscheuchen. Hat keinen Sinn mehr, sie zu verscheuchen, Randall J. Du gehörst jetzt zu uns. Das einzige, was du tun mußt, ist, die Straße ein bißchen weiter runter zu gehen, dort warten wir auf dich. Wir haben einige schwierige Hürden vor uns, Mann. Draußen am Napalmstreifen entlang, über das Hochland ...«

Randall machte einen Satz zur Tür, aber ich fing ihn ab und drehte ihn herum. Er atmete heftig mit geöffnetem Mund, und seine Augen hatten einen allzu strahlenden Glanz – etwa wie eine alte Glühbirne noch einmal hell aufflackert, bevor sie für immer erlischt. »Laß mich los!« sagte er. »Ich muß sie finden. Ich muß ihnen sagen, daß es für mich noch nicht Zeit ist.«

»Da treibt doch jemand nur einen verdammten Scherz mit dir«, sagte ich, und plötzlich dämmerte es mir. »Moon steckt dahinter, Randall. Du weißt, daß es zu ihm paßt, jemanden zu so was anzustiften.«

»Ich muß sie finden!« wiederholte er, und mit mehr Kraft, als ich ihm zugetraut hätte, stieß er mich weg und rannte in die Dunkelheit hinaus.

Er kam nicht zurück, nicht in jener Nacht, nicht am nächsten Morgen, und wir meldeten sein unerlaubtes Entfernen von der Truppe. Wir suchten den Stützpunkt nach ihm ab und die nahegelegenen Siedlungen, ohne

Erfolg, und da es in der Gegend von Gruppen der Nationalen Befreiungsfront und des Vietcong wimmelte, lag die logische Vermutung nahe, daß er getötet oder gefangengenommen worden war. Während der nächsten Tage dementierte Moon mehrfach öffentlich, irgend etwas mit der Sache zu tun zu haben, aber niemand nahm es ihm ab. Er hatte sich angewöhnt, mit offener Pistolentasche und lauerndem Gesichtausdruck herumzulaufen. Obwohl Randall keine echten Freunde gehabt hatte, hatten viele von uns seine Sendung sehr gemocht, und unter seinen Anhängern waren etliche Männer ... nun, ein Psychiater im Zivilleben hätte sie als instabil bezeichnet, in Wirklichkeit waren es jedoch Männer, die sich dafür entschieden hatten, ihre Instabilität zu kultivieren, ihre Gestörtheit zu einem Ritual zu machen als Mittel zur Aufrechterhaltung ihres Gleichgewichts in einem instabilen Umfeld: Es war wahrscheinlich, daß einige von ihnen den Versuch machen würden, Rache zu üben. Moons größte Hoffnung war, daß irgend etwas ihre Aufmerksamkeit von ihm ablenken würde, doch drei Tage nach Randalls Verschwinden wurde im Funkraum eine merkwürdige Sendung empfangen; sie lief über den gleichen Kanal wie alle Sendungen von Randall, und damit war Moons Schicksal besiegelt.

»Howdie, Noc Linh«, sagte Randall oder jemand, der sich genau wie er anhörte. »Hier spricht Randall J. Willingham, auf Patrouille mit Delta Sly Honey, ich spreche zu euch von der anderen Seite des Napalmstreifens. Wir haben uns die meiste Zeit des Tages durch Regen und Nebel gearbeitet, ohne eine Spur vom Feind, nur ein paar Dämonen schlängelten sich aus dem Grau und verschwanden wieder, als wir uns näherten, und jetzt haben wir uns alle ums Radio herum hingehauen, um uns bis morgen auszuruhen. Ihr wißt, Brüder, daß ich mir immer vor Angst in die Hose gemacht habe, daß ich im großen Nichts aufwachen könnte, aber jetzt ist es passiert, und ich finde, es ist gar nicht so schlecht. Wenigstens habe ich das Gefühl, daß ich ein Stück vorangekommen bin, während ich mich in Noc Linh immer im Kreis gedreht habe und nahe daran war, den Verstand zu verlieren. Ich haßte den alten Sergeant Moon, und ich haßte ihn noch mehr, als er jemanden angestachelt hatte, mich übers Radio verrückt zu machen. Aber jetzt, obwohl ich annehme, daß er immer noch ziemlich hassenswert ist, erkenne ich, daß er unter dem Einfluß einer höheren Weisung gehandelt hat, eines Jemands, der mir helfen wollte, aus Noc Linh herauszukommen ... etwas, das sein mußte, auch wenn ich dafür sterben mußte. Mir scheint, das ist die Natur des Krieges: All die Gewalt bewirkt, daß ein klein wenig Magie in die Welt sickert, um einen Ausgleich zu schaffen ...«

Für die meisten von uns war diese Sendung ein Zeichen, daß Randall lebte, aber wir wußten auch, welchen Schluß Moon daraus ziehen mußte. Und deshalb war ich auch nicht allzu überrascht, als er mich am nächsten Morgen in sein Zelt beorderte. Zunächst spielte er sich als Sergeant auf und befahl mir, mich mit ihm zu verbünden, aber als er einsah, daß er damit keinen Erfolg hatte, bat er mich um meine Hilfe. Er war in einem schlechten Zustand: mit rotunterlaufenen Augen, unrasiert, eines seiner Augenlider zuckte.

»Ich kann absolut nichts tun«, erklärte ich.

»Sie sind doch sein Freund!« sagte er. »Wenn Sie den anderen sagen, daß ich nichts mit der Sache zu tun habe, wird man Ihnen glauben.«

»Einen Dreck wird man mir glauben. Sie werden denken, daß ich mit Ihnen gemeinsame Sache mache.« Ich sah ihn einige Sekunden lang eindringlich an und genoß seine Angst. »Wer hat Ihnen geholfen?«

»Ich war es nicht, verdammt!« Seine Stimme hatte sich zu einem Schreien erhoben, und er mußte sich anstrengen, nicht die Fassung zu verlieren. »Ich schwöre es, ich war es nicht!«

Meine innere Verfassung war in diesem Moment sehr widersprüchlich. Ich merkte, daß ich ihm glaubte – ich hielt ihn nicht für fähig, Ehrlichkeit vorzutäuschen –, und gleichzeitig glaubte ich plötzlich alles mögliche andere: daß Randall sowohl tot als auch lebendig war, daß Delta Sly Honey existierte und gleichzeitig nicht existierte, daß sich in allen Ereignissen sämtliche Möglichkeiten manifestierten, in denen Wahrheit und Lüge den gleichen Stellenwert hatten, in denen die Realität und die Illusion untrennbar miteinander verknüpft waren. Und im Mittelpunkt dieser komplexen Gegebenheiten stand ein stämmiges, schwitzendes Monster – Moon. Vielleicht unschuldig. Aber auf jeden Fall schuld am Keim eines Verbrechens.

»Ich kann Ihnen jeden Gefallen tun«, sagte er. »Hawaii ... wollen Sie nach Hawaii versetzt werden? Ich kann dafür sorgen. Mein Gott, ich kann Sie sogar nach Hause schicken lassen.«

Plötzlich kam er mir vor wie eine allmächtige Fee, die mir die Erfüllung von drei Wünschen anbot, und die Tatsache, daß er diese Macht hatte, brachte mich in Wut. »Wenn Sie all das können«, sagte ich, »dann brauchen Sie sich in dieser Welt keine Sorgen zu machen.« Und dann schlenderte ich davon mit dem Gefühl, daß sich mein Urteil als richtig erwiesen hatte.

Zwei Nächte später, als ich auf dem Rückweg zu meinem Schlafplatz war, machte ich zwei Männer in Shorts mit Tigermuster aus, die einen großen und offensichtlich bewußtlosen Jemand an den Rand des Maschendrahtzauns neben dem PX trugen – ich wußte, daß es Moon sein mußte. Ich zog meine Pistole, schlich mich hinter das PX, und als sie mit mir auf gleicher Höhe waren, trat ich heraus und forderte sie auf, ihre Last abzulegen. Sie hielten inne, ließen Moon aber nicht los. Beide hatten sich die Gesichter mit Schminke geschwärzt und zusätzlich mit verrückten Mustern in Rot, Blau und Gelb verziert, so daß sie wie Wilde aussahen.

Sie hielten Kampfmesser in den Händen, und in ihren Augen spiegelte sich funkelnd der Schein der Umgrenzungsscheinwerfer. Es war eine heiße Nacht, und in ihrer Nähe war die Hitze noch größer, als ob ihre Besessenheit Strahlen aussendete. »Das geht dich keinen Scheiß nich' an, Curt«, sagte der größere der beiden; trotz seiner schlechten Grammatik hatte er eine weiche, wohlklingende Stimme, und ich glaubte, eine Spur von Belustigung darin zu entdecken.

Ich starrte ihn an, aber es gelang mir nicht, ihn unter der Bemalung zu erkennen. Ich sagte ihnen noch mal, sie sollten Moon hinlegen.

»Sorry«, sagte der Große. »Der Mann muß für seine Verbrechen bezahlen.«

»Er hat nichts getan«, entgegnete ich. »Ihr wißt verdammt gut, daß Randall einfach desertiert ist.«

Der Große kicherte, und der andere sagte: »Ne, davon wissen wir nix.«

Moon stöhnte und versuchte, den Kopf zu heben, doch er fiel wieder zurück.

»Egal, wasser getan hat oder nich'«, sagte der Große, »der Mann verdient's nich' anders.«

»Yeah«, sagte sein Kamerad. »Und wenn wir es nich' sind, die's machen, dann machen's andere.«

Ich wußte, daß er recht hatte, und der Gedanke, zwei Männer zu töten, um einen dritten zu retten, dessen Schicksal auf jeden Fall feststand, war nicht sehr einleuchtend. Doch obwohl mein Pflichtgefühl nicht besonders ausgeprägt war, wenn es um Moon ging, so war es immerhin nicht ganz eingeschlafen. »Laßt ihn los!« sagte ich.

Der Große grinste, und der andere schüttelte den Kopf, um sein Mißfallen über meine Sturheit auszudrücken. Sie schienen vollkommen unbeeindruckt von der Pistole zu sein, besessen von einem irrationalen Vertrauen. »Mach kein' Quatsch, Curt!« sagte der Große. »Das bringt nix.«

Ich konnte seine Unverfrorenheit kaum fassen. »Siehst du das hier?« fragte ich und schwenkte die Pistole. »Is' 'n Schießeisen, verstehste? Ich werd' dich Scheißer damit erschießen, wennde ihn nich' los läßt.«

Moon stöhnte erneut auf, und der große Kerl schlug ihm mit dem Messergriff kräftig auf den Hinterkopf.

»He«, sagte ich und richtete die Pistole auf seine Brust.

»Hör mal, Curt ...«, setzte er an.

»Wer, zum Teufel, seid ihr?« Ich trat näher, aber ich konnte ihn immer noch nicht identifizieren. »Ich kenne euch nicht.«

»Randall hat uns von dir erzählt, Curt. Er is' 'n Kumpel von uns, is' der olle Randall. Wir sind von Delta Sly Honey.«

Im ersten Bruchteil einer Sekunde glaubte ich ihm. Mein Mund wurde pelzig, und meine Hände zitterten. Aber dann brachte ich ein Lachen zustande. »Na klar seid ihr das. So, legt den anderen jetzt hin!«

»Willste das wirklich, hm?«

»Verdammt genau das!« sagte ich. »Los jetzt!«

»Okay«, sagte er. »Kannste haben.« Und mit einem schwungvollen Schlag schnitt er Moon die Kehle durch.

Moons Augen quollen hervor, als das Messer durch sein Gewebe schnitt, und das – nicht etwa das Blut, das auf den Boden tropfte – ließ mich zu Eis erstarren: diese hervorquellenden Augen, in denen eine schreckliche Erkenntnis dämmerte und sofort erlosch. Sie ließen ihn mit dem Gesicht nach unten zu Boden fallen. Seine Beine zappelten krampfartig, und seine rechte Hand zuckte. Lange Zeit starrte ich ihn fassungslos an, während das Blut unter seinem Kopf eine Pfütze bildete, und als ich wieder aufblickte, sah ich, daß die beiden Männer davonhasteten und gerade im Begriff waren, um die Biegung des Hügels zu verschwinden. Ich konnte mich nicht überwinden zu schießen. In meinem Denken vermischte sich die Einsicht, daß es keinem

Zweck dienen würde, sie zu töten, mit der Angst, daß meine Kugeln ohnehin wirkungslos wären. Ich blickte nach rechts, nach links und hinter mich, um mich zu vergewissern, daß mich niemand beobachtete, und dann rannte ich den Hang hinauf zu meiner Unterkunft.

Unter meinem Feldbett stand eine Flasche mit kratzigem Fusel. Ich zog sie raus und nahm zwei Schluck, um mich zu beruhigen, aber ich konnte mich nicht beruhigen. Ich knipste eine Taschenlampe an, setzte mich mit überkreuzten Beinen hin und hörte dem Schnarchen meines Kojenkameraden zu. Auf meinem Seesack lag ein unvollendeter Brief nach Hause, einer, den ich vor beinahe zwei Wochen angefangen hatte; ich bezweifelte jetzt, daß ich ihn jemals zu Ende schreiben würde. Was sollte ich meinen Leuten erzählen? Daß ich mehr oder weniger eine Exekution gebilligt hatte? Daß ich, verdammt noch mal, dabei war, den Verstand zu verlieren? Normalerweise pflegte ich ihnen zu schreiben, daß alles in bester Ordnung sei, aber nach der Szene, deren Zeuge ich soeben geworden war, hatte ich das Gefühl, zu solchem seichten Geplauder nicht mehr in der Lage zu sein. Ich schaltete die Lampe aus und lag im Dunkeln, die Flasche ruhte auf meiner Brust. Ich trank ein drittes Mal und ein viertes, und schließlich verlor ich den Überblick über die Anzahl und dann das Bewußtsein.

Ich hatte eine Woche R & R-Urlaub* gut, und ich nahm ihn wahr in der Hoffnung, daß ein paar ausschweifende Erlebnisse mich aufrichten würden. Doch dann verbrachte ich die meiste Zeit dieser Woche mit dem Versuch, meine Passivität unter dem Gesichtspunkt des Unvermeidlichen und Übernatürlichen zu rechtfertigen, doch der Versuch schlug fehl. Sehen Sie, damals wie heute, wenn man unbedingt meine Meinung wissen

---

* Fronturlaub

will, würde ich sagen, daß die Geschehnisse von Noc Linh die traurige Folge eines danebengegangenen Scherzes waren, eines Krieges, der zu einer dämonischen Übung entartet war. Auf diese Weise konnte man alles erklären. Und doch ist es unverkennbar, daß etwas Übernatürliches mit im Spiel war, daß – wie Randall gesagt hatte – ein klein wenig Magie in die Welt sickerte. In Vietnam, mit all seinem Schrecken und seiner Fremdheit, ist es schwierig, zwischen dem Magischen und dem Realen zu unterscheiden, und es ist möglich, daß Tausende von übernatürlichen Ereignissen als solche unerkannt stattfinden, versteckt hinter der Bitterkeit von Tod und Angst, und zu verdrängten Erinnerungen werden, die einem möglicherweise Jahre später in den Kopf schießen, wenn man gerade beim Geschirrspülen ist oder den Hund spazieren führt. Einen Moment lang wird man erstarren, von einem gespenstischen Gefühl befallen, das jedoch fast auf der Stelle wieder von den Mühlen des Alltags zermahlen wird. Aber ich bin sicher, daß meine Einschätzung auf der Tatsache beruht, daß ich es mir einfach wünschte, ein klein wenig Magie möge mit im Spiel sein, irgend etwas, das meine Schuld minderte, das ein etwas weniger verdammendes Licht auf die Perversität und Hinterhältigkeit meiner Waffenbrüder wirft.

Als ich nach Noc Linh zurückkam, stellte ich fest, daß auch Randall zurückgekommen war. Er behauptete, unter Gedächtnisverlust gelitten zu haben, und er leugnete beharrlich, die Sendung ausgestrahlt zu haben, die die Ermordung Moons ausgelöst hatte. Die Klapsdoktoren waren zu dem Schluß gekommen, daß er es darauf anlegte, für unzurechnungsfähig erklärt zu werden, und hatten ihn zurück in die Leichenabteilung geschickt. Jetzt konnte man Randall also wieder sehen, wie er in dem blechgedeckten Unterstand arbeitete und den Inhalt von Leichensäcken in Aluminiumsärge umbettete. Oberflächlich gesehen schien sich wenig geändert zu haben. Aber Randall war zu einem Ausgestoßenen geworden. Man beleidigte ihn, flüsterte alles mögliche über ihn und ging ihm aus dem Weg. Wo immer er auftauchte, versteiften sich die Genicke und erstarb jede Unterhaltung. Wenn er Moon eigenhändig ins Jenseits befördert hätte, hätte man ihm zugejubelt, aber das Wissen, daß er seinen Einfluß ausgenutzt hatte, um diese dreckige Arbeit von jemand anderem ausführen zu lassen, entsprach nicht den herrschenden Vorstellungen einer ehrenvollen Rache. Obwohl ich versuchte, mich dagegen zu wehren, konnte ich nicht verhindern, daß auch ich ihm gegenüber ein ungutes Gefühl hatte. Es war verrückt. Ich konnte mich ihm mit den besten Absichten nähern, doch wenn ich ihm dann gegenüberstand, sträubten sich mir sozusagen die Federn, und ich ging in feindseligem Schweigen an ihm vorbei, als ob er eine chemische Substanz ausströmte, die meine Verachtung auslöste. Ich kam ihm jedoch nahe genug, um zu sehen, daß der Glanz des Wahnsinns aus seinen Augen gewichen war; ich hatte das Gefühl, daß überhaupt jeder Glanz von ihm gewichen war, daß das Talent, welcher Art es auch gewesen sein mochte, das ihn zu seinen Sendungen befähigt hatte, erloschen war.

Als ich eines Morgens am PX vorbeikam, dessen glänzende Fassade die Sonnenstrahlen in einem dynamitweißen Schimmer widerspiegelten, bemerkte ich eine Ansammlung von Männern, die sich vor der Eingangstür drängten, anscheinend in dem Bestreben, einen Blick auf etwas im Innern zu erhaschen. Ich bahnte mir einen Weg durch sie hindurch und sah einen der Kantinenangestellten – einen mageren Jungen mit schwarzem Haar und einem wölfischen Gesicht –, der gerade dabei war, Randall zusammenzuschlagen. Ich zog ihn weg, warf ihn gegen einen Tisch und kniete neben Randall nieder, der am Boden zusammengebrochen war. Seine Wangen waren geschwollen und farblos, Blut strömte aus seiner Nase, tröpfelte aus seinem

Mund. Sein Blick traf den meinen, und ich spürte keine Regung in ihm, er schien weggetreten, ohne Antrieb, als ob er schwer unter Drogen stünde.

»Sie wollen mich fertigmachen, Curt«, murmelte er.

Mein Mitgefühl war mit einemmal wieder in voller Stärke da. »Es ist alles in Ordnung, Mann«, sagte ich. »Früher oder später wächst Gras drüber.« Ich reichte ihm mein Halstuch, und er betupfte sich damit ohne große Wirkung die Nase, um den Blutstrom zu stoppen. Während ich ihn beobachtete, erinnerte ich mich daran, wie Moon meine Motivation für meine Freundschaft mit ihm beschrieben hatte, und ich begriff jetzt, daß meine wahren Motive weniger mit unserem verwandten sozialen Hintergrund zu tun hatte, als vielmehr mit dem Glauben, daß er gerettet werden konnte, daß ich – nachdem ich monatelang hilflos dabeigestanden hatte, während die Unrettbaren ihrem Schicksal entgegengingen – dachte, ich könnte im kleinen Bereich etwas Gutes tun. Das mag als Altruismus von einem Grad erscheinen, der an Naivität grenzt, und vielleicht war es auch so, vielleicht hatte die schwefelartige Schwüle des Krieges aus dem Bodensatz alter Predigten, die ich mal gehört und nie befolgt hatte, irgendeinen albernen christlichen Reflex ausgelöst; doch der Drang in mir war stark, und ich erkannte, daß ich mich darauf versteift hatte, als Voraussetzung für meine eigene Rettung.

Randall gab mir das Halstuch zurück. »Wird kein Gras drüber wachsen«, sagte er. »Nich' bei diesen Kerlen.«

Ich packte ihn am Ellbogen und zog ihn auf die Füße. »Was für Kerle?«

Er sah sich um, als hätte er Angst vor heimlichen Lauschern. »Delta Sly Honey.«

»Herr im Himmel, Randall! Komm!« Ich versuchte, ihn zur Tür zu schieben, aber er entwand sich mir.

»Sie wollen mich fertigmachen. Sie haben gesagt, ich wär' übergetreten, und sie hätten sich dafür um Moon gekümmert ... und dann bin ich ihnen wieder entwischt.« Er grub seine Finger in meinen Arm. »Aber ich kann mich an nichts erinnern, Curt. Ich kann mich an gar nichts erinnern!«

Meine erste Eingebung war, ihm zu empfehlen, daß er die Schau mit dem Gedächtnisverlust aufgeben sollte, aber dann dachte ich an die bemalten Männer, die Moon die Kehle durchgeschnitten hatten. Wenn sie hinter Randall her waren, dann war er in ernsten Schwierigkeiten. »Jetzt wollen wir dich erst mal wieder zusammenflicken lassen«, sagte ich. »Über das andere reden wir später.«

Er starrte mich an, dumpf und verständnislos. »Du willst mir helfen?« fragte er in ungläubigem Ton.

Ich bezweifelte, daß ihm noch irgend jemand helfen konnte, und vielleicht, so dachte ich, war auch das ein Teil meiner Motivation – das Verlangen, die hehre Sünde des ehrlichen Versagens kennenzulernen. »Klar«, versicherte ich ihm. »Wir werden uns was ausdenken.«

Wir bewegten uns in Richtung Tür, aber als Randall die Männer bemerkte, die sich dort versammelt hatten, wich er zurück. »Was wollt ihr von mir?« rief er und machte dabei eine merkwürdige ausholende Armbewegung wie ein Dreschflegel, als ob er sie so vertreiben könnte. »Was wollt ihr Scheißer?«

Sie starrten ihn kalt an, und diese Bilder waren wie böse Antworten. Er ließ den Kopf hängen und behielt diese Haltung auf dem ganzen Weg zur Krankenstation bei.

In der Nacht, als ich mich auf den Weg machte, um Randall mit der Absicht zu besuchen, ihm zu einem Geständnis zu raten, eine Taktik, in der ich die einzige Hoffnung für sein Überleben sah, hatte ich eigentlich geplant gehabt, am frühen Abend zu ihm zu gehen, aber ich wurde zum Spätdienst befohlen und bekam erst einige Zeit nach Mitternacht frei. Der Stützpunkt war ruhig und machte einen verlassenen Eindruck. Nur ein paar Lichter zeichneten Punkte auf die dunklen Hänge, und wären die Hitze und der Gestank nicht gewesen, hätte man leicht glauben können, daß der Hügel mit seinen beleuchteten Höhlen ein Ort sanfter Verzauberung wäre, bewohnt von Elfen und ängstlichen Männern. Der Mond war fast voll, und in seinem Schein glänzte das PX wie ein riesiger silberner Rhombus. Obwohl es schon vor einer Stunde geschlossen hatte, waren die Fenster noch hell erleuchtet, und – da mein MP-Instinkt alarmiert war – ich spähte hinein. Randall stand mit dem Rücken zur Theke und hielt ein Messer an den Hals des wolfsgesichtigen Kantinenangestellten, der ihn zusammengeschlagen hatte. In einem lockeren Kreis um ihn herum zwischen den Tischen hatten sich fünf Männer in Shorts mit Tigermuster verteilt, deren Gesichter mit wilden Mustern bemalt waren. Ich zog meine Pistole, schlich mich zum Vordereingang und – da ich mit meinem Eintreten einen Überraschungseffekt erzielten wollte – trat die Tür auf.

Die fünf Männer wandten sich zu mir um, schienen jedoch nicht im geringsten aus der Fassung gebracht zu sein. »Na, wie isses, Curt?« fragte einer, und an seiner weichen Stimme erkannte ich den großen Kerl, der Moon die Kehle aufgeschlitzt hatte.

»Sag ihnen, sie sollen mich in Ruhe lassen«, kreischte Randall schrill.

Ich heftete den Blick auf den großen Kerl und sagte mit einer durch die Pistole unterstützten Drohung: »Heute nacht mache ich keine Faxen mit euch. Macht jetzt, daß ihr rauskommt, oder ich mach' euch fertig!«

»Du kannst mir nix anhaben, Curt«, sagte der Große. »Erzähl mir nich' so'n Scheiß von wegen Geistern und so. Halt mich nicht zum Narren, sonst wirst du es wirklich mit Delta Sly Honey zu tun kriegen.«

»Selbst wenn du recht hättest, Curt, hätte ich keine Angst vorm Sterben. Ich war schon nach der Hälfte meiner Dienstzeit rechtmäßig tot.«

An der Bar entstand ein Handgemenge, und ich sah, daß Randall den Angestellten zu Boden gerungen hatte. Er umklammerte den Körper des Angestellten scherenartig mit den Beinen und riß seinen Kopf an den Haaren zurück, um die Kehle freizulegen. »Laß mich los«, wimmerte der Kantinenjunge. Jeder Nerv in seinem Gesicht zuckte.

»Laß ihn los, Randall!« sagte der große Kerl. »Wir sind nich' auf unschuldiges Blut aus. Wir wollen nur, daß du einen kleinen Spaziergang machst ... daß du wieder rüberkommst zu uns.«

»Mach, daß du rauskommst!« brüllte ich ihn an.

»Du reitest dich ganz schön tief rein, Mann«, sagte er.

»Diesmal ist es kein Scheiß«, sagte ich. »Ich *werde* schießen.«

»Sieh mal, Curt«, erwiderte er. »Nimm mal an, wir sind nur 'n paar gewöhnliche alte Schweine. Willst du uns alle erschießen? Und wenn du das tust, glaubst du nich', wir ham Freunde, die das übel nehmen? Wie du die Sache auch anpackst, du kriegst dadurch bloß 'ne silberne Kiste und 'nen freien Lufttransport in die Heimat.«

Er machte einen Schritt auf mich zu, und ich sagte: »Sei vorsichtig, Mann!« Er kam noch einen Schritt näher; seine teuflische Maske war durch ein grimmiges Grinsen gespalten. Mein Herz fühlte sich heiß und massig in meiner Brust an, und ich spürte es nicht schlagen. Ich überlegte: Er ist ein Geist, sein Fleisch ist Rauch, die Bemalung nur eine Farbtäuschung in meinen Augen. »Bleib, wo du bist!« warnte ich ihn.

»Willste mich umbringen?« Wieder grinste er. »Nur zu!« Er machte einen Ausfallschritt nach vorn, was sich jedoch als Finte herausstellte, doch ich drückte bereits ab.

Die Pistole klemmte.

Wenn ich jetzt daran denke, daß mich das erstaunte, dann muß ich mich über meine eigene Idiotie wundern. Die Pistole klemmte häufig. Es war ein richtiges Scheißding, diese Waffe. Aber in jenem Moment schien ihr Versagen eine magische Fügung zu sein, ein Widerspruch zum Gesetz der Wahrscheinlichkeit. Doch die Reaktion der Männer vergrößerte mein Erstaunen noch: Sie bewegten sich keinen Schritt auf Randall zu, als ob sich keine Chance für sie ergeben hätte und keine Gefahr um Haaresbreite an ihnen vorübergegangen wäre. Nur der große Kerl sah etwas verdutzt zu mir herüber.

Randall ließ einen wimmernden Laut vernehmen, und der Ton erinnerte mich an meine Aufgabe. Ich zwängte mich zwischen die Tische und stellte mich neben ihn. »Laßt mich ihm das Messer abnehmen«, schlug ich vor. »Is' ja Quatsch, wenn'se alle beide sterben.«

Der große Kerl holte tief Luft, als ob er sich selbst wieder zur Besinnung bringen wollte. »Meinste, daß de das kannst, Curt?«

»Vielleicht. Wenn ihr Jungs draußen wartet, is' er nich' so nervös, und vielleicht kann ich es dann kriegen.«

Sie starrten mich mit unergründlichen Blicken an.

»Gebt mir 'ne Chance!«

»Wir sind hinter keinem unschuldigen Blut nich' her.« Der Tonfall des großen Kerls war bestimmt, als hätte er einen politischen Leitsatz ausgesprochen. »Aber ...«

»Bloß 'n paar Minuten«, sagte ich. »Länger brauch' ich nich'.«

Ich konnte förmlich hören, wie der große Kerl seine Entscheidung traf. »Okay«, sagte er schließlich. »Aber versuch ja nich', irgend'n Trick zu machen, Curt.« Und dann, an Randall gewandt: »Wir warten, Randall J.«

Sobald sie aus der Tür waren, kniete ich neben Randall nieder. Dem Angestellten stand Speichel auf den Lippen, und als Randall das Messer eine winzige Spur verrückte, rollte er die Augen gen Himmel. »Laß mich in Ruhe!« sagte Randall. Er hätte zur Luft sprechen können, zu den Wänden, zur Welt.

»Gib auf!« sagte ich.

Er blinzelte nur.

»Laß ihn los, dann helfe ich dir«, sagte ich. »Wenn du ihn aufschlitzt, biste einsam und verlassen. Willste das?«

»Äh – ne.«

»Also, dann gib ihn frei!«

»Ich kann nich'«, sagte er mit belegter Stimme. »Ich bin ganz starr. Wenn ich mich bewege, schneide ich in ihn rein.« Schweiß rann ihm in die Augen, und er blinzelte wieder.

»Wie wär's, wenn ich dir's abnehmen würde. Wennde dich ganz still hältst, wennde es mich dir aus der Hand nehmen läßt, vielleicht schaffen wir's dann.«

»Ich weiß nich' – vielleicht bring' ich 'nen Wurm rein.«

Der Angestellte stieß ein langes bebendes Seufzen aus und drückte die Augen fest zu.

»Du wirst es schaffen«, sagte ich zu Randall. »Sieh mich nur fest an, dann wird's gutgehen.«

Ich streckte die Hand aus. Der Angestellte zitterte, Randall zitterte, und als ich die Klinge berührte, vibrierte sie so sehr, daß sie sich lebendig anfühlte, als ob alle Energie im Raum sich in ihr konzentrierte. Ich versuchte, sie vom Hals des Angestellten wegzuziehen, aber sie rührte sich nicht von der Stelle.

»Du mußt loslassen, Randall«, sagte ich.

Ich versuchte es noch einmal, indem ich die Klinge zwischen Zeigefinger und Daumen nahm, und es gelang mir, sie vielleicht einen Zentimeter von der blutigen Linie wegzuschieben, die sie gezogen hatte. Meine Finger waren glitschig vor Schweiß, das Metall war glatt, und die Klinge fühlte sich an, als ob sie mit einer Feder verbunden wäre und jede Sekunde zurückschnellen und tief einschneiden würde.

»Meine Finger rutschen ab«, sagte ich, und der Angestellte winselte.

»Kann ich auch nix für.« Randall sagte das in einem um Vergebung heischenden Tonfall, als ob er sich vortasten wollte, um das Potential seiner Schuld und seiner Unschuld zu prüfen, und ich erkannte, daß er mich an der Nase herumführte, wie er es mit Moons Killern getan hatte. Es war ein kindischer Versuch, verglichen mit dem anderen, aber ich wußte, daß seine Gedankengänge die gleichen waren.

»Und ob du was dafür kannst, zum Teufel«, sagte ich. »Tu's nich', Mann!«

»Ich kann nix dafür«, wiederholte er beharrlich.

»Randall!«

Ich spürte seine Absicht im Beben des Messers. Mit meiner freien Hand packte ich den Oberarm des Angestellten, und als das Messer abrutschte, stieß ich ihn zur Seite. Die Klinge spaltete seinen Kiefer, und er kreischte, doch die Wunde war nicht tödlich.

Behutsam nahm ich das Messer aus Randalls Hand; ich hätte Lust gehabt, ihn umzubringen. Doch ich hatte zuviel in seine Rettung investiert. Ich zog ihn hoch und hinüber zum Fenster; ich schlug das Glas mit einem Stuhl ein und warf ihn hindurch. Dann sprang ich hinterher. Als ich auf die Füße kam, sah ich, wie die bemalten Männer vom Vordereingang des PX her uns immer enger einkreisten, und ich – immer noch mit Randall im Schlepptau – huschte um die Ecke des Gebäudes den Hang hinauf, wobei ich um Hilfe brüllte. Lichter wurden eingeschaltet, und Köpfe schoben sich aus Zelteingängen. Aber als sie Randall erblickten, zogen sie sich wieder zurück.

Ich hatte Angst, aber Randalls entmutigte Hilflosigkeit – seine Augen rollten wie die eines verstümmelten

Kalbes, seine Hände klammerten sich schutzsuchend an mich – half mir, meine Fassung wiederzuerlangen. Die bemalten Männer schienen überall zu sein. Sie tauchten hinter den Zelten auf, in Bunkeröffnungen, irrsinnig grinsend und mondbeschienene Messer schwenkend, und ließen uns in eine andere Richtung Haken schlagen, kreuz und quer über den Hügel. Immer wieder dachte ich, sie hätten uns erwischt, und bei mehreren Gelegenheiten entging ich nur um Haaresbreite dem Hieb eines Messers, das so aussah, als trüge es eine Ladung blinkender silberner Energie in seiner Spitze. Meine Kraft ließ nach, ich stolperte und japste, und ich war sicher, daß wir nicht mehr viel länger durchhalten könnten. Aber wir flüchteten weiter vor ihnen, und langsam kam in mir der Verdacht auf, daß sie es eilig hatten, die Jagd zu beenden; ihre Verfolgung hatte weniger einen Hauch von Raserei an sich als vielmehr den einer rituellen Heimsuchung, und schließlich, gerade als wir zum Eingang der Funkstation taumelten und damit in Richtung Sicherheit – so dachte ich –, hatten sie uns eingeholt. Ich schob Randall ins Innere und blickte von dem mit Sandsäcken gesicherten Eingang aus zurück. Die fünf Männer standen einen Augenblick lang reglos da, in einer Entfernung von vielleicht fünfzehn Metern, dann verschmolzen sie mit der Dunkelheit.

Ich berichtete dem MP, der im Bunker Dienst tat, was geschehen war; er war ein grobschlächtiger Typ namens Cousins, und obwohl er Randall nicht gerade ins Herz geschlossen hatte, war er von der pflichtbewußten Sorte und erteilte uns die Erlaubnis, die Nacht im Innern zu verbringen. Randall fiel an die Wand gelehnt in sich zusammen, er bettete den Kopf zwischen seine Knie – ein Bild der Verzweiflung. Aber ich glaubte, daß sein Überleben gesichert sei. Nach der Aussage des Angestellten, so dachte ich, hätten die Psychiater keine andere Wahl, als ihn irgendwohin zu schicken, wo man ihn eingehend untersuchen und vielleicht in Gewahrsam nehmen würde. Ich hatte ein gutes Gefühl, das Gefühl, etwas vollbracht zu haben, und ich verbrachte die Nacht damit, eine Zigarette nach der anderen zu rauchen und dummes Zeug mit Cousins zu quatschen.

Dann, als der Morgen dämmerte, erklang eine Stimme aus dem Radio. Sie war von vielen Störungen überlagert, aber sie klang sehr nach Randall.

»Randall J.«, sagte sie. »Hier ist Delta Sly Honey. Hörst du mich? Ende.«

Randall blickte auf, er lauschte auf das Knistern und Knarren der Störung.

»Ich weiß, daß du dort draußen bist, Randall J.«, fuhr die Stimme fort. »Ich kann dich ganz deutlich sehen, wie du dasitzt mit den Schatten der Balken auf deiner Seele und Blut an den Händen. Es ist kein ehrenvolles Blut, das stimmt. Aber es befleckt dich trotzdem. Melde dich, Randall J.! Wir müssen miteinander reden, du und ich.«

Randall ließ den Kopf sinken, mit einem Finger zog er eine Linie in den Staub am Boden.

»Welchen Sinn hat es, dieses Spiel weiterzuspielen, Randall J.?« fragte die Stimme. »Du hast den besten Teil von dir hiergelassen, den seelenvollen Teil, und du kommst nicht mehr lange ohne ihn zurecht. Es ist Zeit, daß du diesen kleinen Spaziergang ernst nimmst, Mann. Es ist Zeit, daß du dir darüber klar wirst, was du getan hast, und dich in das fügst, was sein muß. Wir warten auf dich gleich nördlich vom Stützpunkt, Randall J. Zwing uns nicht dazu, dich zu holen!«

Ich hatte vor, etwas zu Randall zu sagen, um den unseligen Bann zu brechen, den die Stimme ihm aufzuerlegen schien, doch ich mußte feststellen, daß ich ihm nichts mehr zu geben hatte, daß mein Vorrat an Altruismus aufgebraucht und ich die ganze Sache eigentlich leid war ... genauso, wie er es sein mußte.

»Hier draußen gib's nix, wovor man Angst haben

muß«, sagte die Stimme. »Nur den Wind und das trübe Flüstern vom Phantom Charlie und die Spur, die von der Welt wegführt. Es erwartet dich eine angenehme Gesellschaft hier, Randall J. Gibt'n Mann hier, der wo 'n Poet war, der wird dir Geschichten erzählen vom Wilden König des Nordens und der Kristallfrau. Gibt noch 'nen anderen Typen, einen, der in Indonesien gelebt hat, und der kennt auch jede Menge Geschichten, wie er Tiger beobachtet hat, die zum Scheißen auf die Highways rauskamen, und von Städten mit Männern, die wie Frauen angezogen sind, und von Inseln, wo noch Drachen leben. Und dann ist da dieser Junge aus Opelika, der behauptet, er kennt welche von deinen Leuten, und wenn er spricht, dann geht richtig der gute alte Farmermond auf, schwebt groß und gelb über einer Scheune und scheint auf das schwarze Pflaster, daß es wie poliertes Pech aussieht; und du kannst verrückte Musik hören, die aus den Dixieland-Cafés kommt, und die parfümierte Hitze riechen, die die Brüste der jungen Mädchen verströmen. Laß uns nich' mehr länger warten, Randall J. Es gibt viel zu tun. Vielleicht ist es auch gar nicht soviel, wir müssen uns nur eine Spur bahnen und zum Ziel wandern. Und mit scharfen Augen nach Dämonen Ausschau halten ... aber du kannst Gift darauf nehmen, daß das besser ist, als die Leichen zu versorgen, meinst du nich'?« Eine lange Pause. »Mach schon, Randall J., mach den Spaziergang. Wir bereiten dir 'nen freundlichen Empfang, das verspreche ich dir. Hier ist Delta Sly Honey. Ende.«

Randall zog sich auf die Füße und machte ein paar schwankende Schritte auf den Eingang des Bunkers zu. Ich stellte mich ihm in den Weg, und er sagte: »Laß mich gehen, Curt.«

»Sieh mal, Randall«, sprach ich auf ihn ein. »Ich schaffe es vielleicht, daß du heimkommst, wenn du noch ein bißchen durchhältst.«

»Heim.« Der Begriff schien ihn zu belustigen, als ob

es etwas von so zweifelhafter Realität wäre wie der Himmel oder die Hölle. »Laß mich gehen!«

Damals glaubte ich, in seinen Augen all seine auseinandergebrochenen Teile zu sehen, eine zusammenhanglose Bewegung von Licht und Dunkelheit, und als ich sprach, hatte ich das Gefühl, eine weitreichende Übereinstimmung anklingen zu lassen, eine, die wir ohne Abstimmung oder vernunftmäßige Auseinandersetzung erreicht hatten. »Wenn ich dich jetzt gehen lasse«, sagte ich, »wird es besser sein, wenn du diesmal nicht zurückkommst.«

Er starrte mich an, sein Gesicht war erschlafft, und er nickte.

Draußen war kaum jemand, doch ich hatte die Vorstellung, daß uns alle beobachteten, wie wir den Hügel hinuntergingen; unter einem bleiernen Dunst lag der Stützpunkt in einer dichten, schweigenden Stimmung, wie sie in einer regnerischen Morgendämmerung unter Guillotinen geherrscht haben mochte. Die Wachtposten an der Hauptpforte ließen Randall ohne Fragen passieren. Er ging ein paar Schritte auf der Straße voran, dann drehte er sich um; sein Gesicht war so blaß wie ein Stern in der Abenddämmerung, und ich fragte mich, ob er dachte, daß wir flüchteten, oder ob er glaubte, daß er in eine bessere Welt berufen worden sei. Im Herzen wußte ich, was davon der Fall war. Schließlich setzte er sich wieder in Bewegung, war bald nur noch als Schatten zu sehen, dann als Hauch eines Schattens, dann war er verschwunden.

Als ich wieder den Hügel hinaufging, versuchte ich, meine Gedanken zu ordnen, mir klar über meine Gefühle zu werden, und es mag ein Beweis dafür sein, wie verrückt ich war, wie verrückt wir alle waren, daß ich weniger Bedauern darüber empfand, daß ein Mann verloren war, als Befriedigung darüber, daß irgendeiner perversen Gerechtigkeit Genüge getan worden war, daß die Welt des Krieges – die durch diese unmilitärischen Vorgänge und die Tatsache, daß wir uns darauf konzentriert hatten, etwas aus ihrer Bahn geraten war – sich jetzt wieder ordnungsgemäß drehen konnte.

An diesem Abend gab es in der Kantine Brathähnchen und Vanille-Eiscreme, und anschließend einen Film über einen sinnvolleren Krieg, in dem es von schurkischen Deutschen mit Dracula-Akzent wimmelte und heldenhaften Schweinen, die niemals mehr als Fleischwunden davontrugen. Als er vorbei war, ging ich zu meiner Unterkunft zurück und stand rauchend vor dem Eingang. Am nördlichen Himmel war ein flackerndes orangefarbenes Glühen, das vom Grollen der Artillerie begleitet war. Es war, so kam mir in den Sinn, so ziemlich genau die Zeit, zu der Randall mit seiner Sendung anzufangen pflegte. Auch jemand anderes mußte auf diese Idee gekommen sein, denn im gleichen Moment wurde der entsprechende Kanal eingeschaltet. Ich rechnete halb damit, daß Randall Neuigkeiten über Delta Sly Honey verkünden würde, aber es ertönte nur ein Störgeräusch, das wie das Knistern von gigantischen Flammen klang. Während ich ihm lauschte, war ich im Innern vollkommen durcheinander, fühlte mich sehr verletzbar, als ob irgendeine riesige schwarze Wesenheit im Begriff stünde, mich zu verschlingen. Und dann sprach eine Stimme. Es war nicht die von Randall, doch hatte sie einen ähnlichen ländlichen Akzent, und obwohl die Worte nicht ganz so flüssig kamen, erinnerte sie stark an seine alte Sprücheklopferei, mit einem volkstümlichen Verständnis der Unendlichkeit des Kosmos, für die Abartigkeit des Krieges. Ich konnte nicht sagen, ob es die Stimme war, die Randall zu seinem Spaziergang veranlaßt hatte und die jetzt im Originalton kam, aber ich glaubte, ihren weichen, wohlklingenden Tonfall zu erkennen. Aber all das war gleichgültig. Ich war so dankbar für die Beendigung der Stille, so erleichtert, daß ich in meine Koje ging und – gut ausgerüstet mit

Lügen – mich hinsetzte und meinen unterbrochenen Brief nach Hause vollendete.

Originaltitel: »Delta Sly Honey«

Aus dem Amerikanischen übersetzt von Irene Bonhorst
Illustriert von Birgit Kreimeier

James Tiptree, jr.

Yanqui Doodle

Natürlich müssen sie ein Krankenhaus besuchen. Um ihre Betroffenheit zu zeigen. Aber welches Krankenhaus? Kein großes Krankenhaus an einem Stützpunkt, aber auch kein Lazarett an der Front – die Mitglieder des Streitkräfte-Komitees des Kongresses sind viel zu wertvoll, um irgendwohin zu gehen, wo ihnen wirklich die Brocken um die Ohren fliegen könnten. Ganz zu schweigen von dem Wert des halben Dutzend Generäle, die die Inspektionstour – »um sich ein Bild vor Ort zu machen« – an die bodéguanische Front begleiten.

Ein geeignetes Krankenhaus wird gefunden. Die Stadt San Izquierda, direkt hinter der bodéguanischen Grenze, ist schließlich durch amerikanische Truppen befreit worden, nachdem die Libras ein paarmal dran geknabbert haben und jedesmal von den Guévaristas zurückgeschlagen worden sind. Nach der sechsten Niederlage wurden die GI's ausgeschickt, um die Stadt endgültig zu besetzen – oder jedenfalls das, was noch davon übrig war. Jetzt war die Front also um fünfundzwanzig, beziehungsweise fünfzig Kilometer nach vorn verschoben, je nachdem, wessen Landkarte man zugrunde legte, und ein großes, herrschaftliches Haus, das früher einem Gefolgsmann des Diktators gehört hat, ist in ein Übergangs-Rehabilitationszentrum umgewandelt worden. Die Patienten bestehen aus einer Mischung von GI's, die wieder zur Truppe zurückkehren werden, und einigen anderen, deren Zustand so schlecht ist, daß sie als Invaliden zurück zum Stützpunkt oder sogar in die Heimat gebracht werden sollen.

Jetzt fährt die Gruppe also in Richtung San Izzy und versucht, etwas Zeit aufzuholen. Dies ist der letzte

Punkt im Tagesprogramm der Senatoren, und ihr Aufenthalt im Stützpunkt Hona hat sich etwas in die Länge gezogen. US-Kampfausbilder haben die Demonstration eines Hindernislaufes zum besten gegeben, außerdem gab es eine Parade von Libra-Gruppen und jede Menge Reden. Dadurch entstand die Verzögerung; sogar General Sternhagen hat sich bewogen gefühlt, mehr als nur ein paar Worte zu sagen.

Senator Biller, das ranghöchste Mitglied des Komitees, sitzt im Fond des langgestreckten Mercedes mit zwei amerikanischen Fahnen auf den Kotflügeln. Ihm folgen zwei nagelneue 98er Caddies mit dem Rest des Komitees und weiteren Generälen; sie sind ähnlich beflaggt. Alle übrigen Begleitfahrzeuge sind mit Zwillingsfahnen bestückt, einer amerikanischen und einer offiziellen Libra-Fahne, die etwas unter Zeitdruck gestaltet worden ist und nicht immer mit vollständiger Sicherheit identifiziert werden kann.

Der Senator sitzt zwischen General Schlehl und der Übersetzerin. Sie ist eine ansehnliche junge Dame mit einer erotischen Ausstrahlung, die so starke Begriffe wie »Gründungsväter« gebraucht, was vielleicht ein wenig anfechtbar ist, so kommt es wenigstens Senator Biller vor. Er hätte ihr gern eine kurze Unterweisung in der Geschichte Amerikas – ah ... der Vereinigten Staaten – erteilt.

Er denkt auch über die Libra-Gruppen nach, mit denen er sich nach ihrer Parade unterhalten hat. Die Freiheitskämpfer. Der durchschnittliche Freiheitskämpfer neigte auf bejammernswerte Weise dazu, wie ein fünfzehnjähriger hispanischer Todeskandidat auszusehen, der eine M-30 umarmt.

»Was haben dir die Guévaritas getan?« hat er einen der Jugendlichen gefragt. »Warum bist du hier?«

Der Junge blickte zu Boden, dann ins Leere. »Guéyas sehr schlecht«, antwortet er schließlich der Übersetzerin, die noch hinzufügt: »Viel Unterdrückung.«

Biller bleibt beharrlich. »Was haben sie dir getan? Wie haben sie dich unterdrückt?«

Der Junge gibt eine Antwort von rätselhaftem Inhalt. »Sie wollten ihn in die Armee einziehen«, erklärt die Übersetzerin.

»Aber jetzt bist du doch auch in der Armee«, entgegnete Biller wider bessere Einsicht.

»Gué-Armee sehr schlecht!« Die Übersetzerin lächelt hingerissen. »Hier ist viel besser.«

Wenn er sich seine Umgebung ansieht, die stabilen Unterkünfte von Hona, die neue Uniform und die Stiefel des Burschen, die kleine, aber deutlich wahrnehmbare Wölbung unter seinem Gürtel, dann glaubt ihm Senator Biller.

Der Junge fügt noch etwas hinzu und scharrt dabei mit dem großen Zeh im Staub.

»Nur wegen seiner Mamma macht er sich Sorgen«, fährt die Übersetzerin fort. Das kann Biller gut verstehen. Er klopft dem Jungen beruhigend auf die Schulter und lächelt.

»Er hat Angst, sie wird sein Motorrad verkaufen«, beendet die Übersetzerin den Satz.

Einige Libras hören der Unterhaltung zu. Senator Biller läßt den Blick über die jungen Gesichter schweifen und erklärt ihnen, was für wundervolle junge Männer sie seien und welcher guten Sache sie dienten, indem sie dem Marxismus-Leninismus in ihrem Land Einhalt geboten und die Demokratie erhielten – was die Übersetzerin stark gekürzt wiederzugeben scheint.

Dann ertönt ein bellender Befehl, und alle stehen gehorsam stramm, mit ausdruckslosen Gesichtern. Der Senator geht weiter.

In der Zwischenzeit beschäftigen sich seine Kollegen, von denen einige spanisch sprechen, in ähnlicher Weise mit der Truppe und sammeln unschätzbare Eindrücke aus erster Hand darüber, was in den Köpfen und Herzen der Menschen vor sich geht, zu deren Unterstützung ihr Land seine militärische Macht und das Blut seiner Söhne bereitgestellt hat. Anschließend ruft Senator Moverman aus: »Hervorragende, tapfere Jungen! Wenn man sich vorstellt, daß sie mit bloßen Händen gegen sowjetische Waffen hätten kämpfen müssen, wenn wir ihnen keine Hilfe geschickt hätten!«

Ein anderes Mitglied der Legislative erkundigt sich, ob sie viele Kubaner gefangengenommen hätten. Ein Ausdruck lauernder Spannung breitet sich auf den Gesichtern seiner Informanten aus. »Fidelistas sehr schlecht. Sehr schlechte Soldaten.« Es stellt sich heraus, daß sie »gefährlich« meinten.

»Wo sind sie? Können wir einige der Kubaner sehen, die ihr gefangengenommen habt?«

Es werden ein paar Worte im Plauderton gewechselt, dann sagte jemand »Fidelisto!« und lacht auf sonderbare Weise, die in Senator Biller ernste Befürchtungen im Hinblick auf die Genfer Konvention aufsteigen läßt. Ein landesverräterischer Gedanke schießt ihm durch den Kopf; er denkt an andere Kindmänner in anderen Uniformen, die in die Fremde geschickt werden, um für die sowjetische Geopolitik zu sterben. Er vertreibt ihn mit einem Achselzucken. Der Krieg ist schlimm. Unter kommunistischer Tyrannei zu darben aber ist schlimmer.

An diesem Punkt äußert der greise Senator Longmast den Wunsch, sich an die versammelten Libra- und US-Truppen zu wenden, und er verliert sich in seiner zusammenfassenden Erklärung über Den-Sinn-Eures-Kampfes mit solcher Hingabe, daß ihr Zeitplan vollends durcheinandergerät. Als man ihn daran erinnert, daß sie noch ein Krankenhaus besuchen müßten, sagt er: »Das sind wir ihnen schuldig« und fährt fort zu reden.

Jetzt versucht die Gruppe, die verlorene Zeit wieder hereinzuholen, auf der Straße nach San Izquierda, die vor Schlaglöchern und anderen Hindernissen strotzt. In diesem Augenblick sind sie auf eine Herde knochigen

Viehs gestoßen, die zwischen den steilen Rändern der Gebirgsstraße eingekesselt ist.

Die Wagen halten an, die Insassen steigen aus, um die Glieder zu recken. Unter ihnen bietet sich ein herrlicher Ausblick auf San Izquierda in der Abendsonne, das um eine fast unversehrte Kathedrale herum gebaut ist. Schattige Bergkämme, mit Pinienwäldern bewachsen, erstrecken sich in die andere Richtung. Senator Biller greift zur Kamera, ebenso wie die anderen.

Sie befinden sich an einer Kreuzung mit einer schmalen Straße. Auf der Nebenstraße hat ein verrosteter Überlandbus ebenfalls angehalten, Leute steigen aus. Die Szene ist sehr friedlich. Tropenvögel verbreiten exotische Abendklänge. Weit entfernt ist das Rumpeln von schweren Lastwagen auf einer anderen Straße zu hören; wahrscheinlich eine Militärkolonne.

Neben dem Senator tauchen die Umrisse von etwas auf, das wie eine aus eigener Kraft angetriebene, gewaltige Ladung von Zweigen aussieht. Es entpuppt sich als der Kopf einer kleinen alten Frau. Biller kommt in den Sinn, daß sie und ihre Stadt noch vor ein paar Wochen unter der eisernen Knute der Guévaristas gestanden habe. Er spürt den neugierigen Blick auf sich und grinst breit, als er sagt: »Libertad!«

»Si! Si!« Ein Grinsen erhellt ihr Gesicht. Das Leben ist gut; gerade heute morgen hat sie ihre zwölfjährige Tochter für vierhundert Pesos an drei *Yanquis* verkauft, das sind ungefähr zwanzig Dollar.

Senator Biller zwingt die Regung in sich nieder, seinen Fahrer anzuweisen, daß er ihr beim Tragen der schweren Last hilft. (Sie haben es immer so gemacht, so leben sie nun mal.) Er wendet sich wieder dem Photographieren der Stadt im Tal zu.

Vor ihnen zerstreut sich die Viehherde. Die Gesellschaft begibt sich wieder in die Wagen. In der Nebenstraße setzt sich der Bus ebenfalls in Bewegung.

»Dort – Krankenhaus!« bemerkt der Fahrer über die

Schulter nach hinten und deutet armwedelnd auf ein großes Gebäude inmitten eines Gartens, das soeben einige Kilometer vor ihnen im Tal in Sicht gekommen ist.

Es handelte sich um jenes Krankenhaus, in dem der Soldat Donald Still vor gut zwei Wochen wieder ins Leben zurückgekehrt war. Das letzte, an das er sich erinnerte, war, daß er seinen Truppenführer brüllen hörte und dann mit einem unglaublichen Schmerz an der Innenseite des Schenkels zu Boden fiel. Er konnte sich auch daran erinnern, daß er gedacht hatte, der Pfad hinter dem Hügelkamm, auf dem sie sich voranbewegten, müsse eigentlich ein ideales Gelände für Minen sein, aber er war so kampfesdurstig, daß er keine Einwände erhob. Sie waren einem Haufen Gués dicht auf den Fersen, die direkt hinter dem höchsten Grat des Berges davonrannten und sich versteckten. Vor ihnen wurde der Baumbewuchs kahler. Don knackte sich noch eine KZ-Pille und freute sich schon darauf, ein paar gute Treffer zu landen.

Jetzt lag er flach auf dem Rücken, mit einem dick verpackten Bein, und fühlte sich schrecklich. Das Bett war mit Stahlstangen versehen. Über ihm fiel die Nachmittagssonne gedämpft durch schmuckvolle Fenster in einer hohen Kuppel. Um ihn herum herrschte überwiegend Stille, keine Schüsse, keine rennenden Schritte. Dies war kein Feldlazarett. Die Hubschrauber mußten ihn den ganzen weiten Weg bis zu diesem Ort gebracht haben, wo immer er sich auch befinden mochte. Er hatte das Gefühl, daß viel Zeit vergangen war, seit er hier eingetroffen war: Zeit voller Träume vom Kampf, Träume, in denen er schrie.

Sein Mund und seine Augen waren quälend trocken, sein Kopf tat weh, er fühlte sich innerlich schwach und zitternd, und sein Bein schmerzte entsetzlich. Automatisch wollte er nach einer Durchhalte-Pille greifen. Aber seine Pillenschachtel war nicht da. Er trug einen Krankenhausschlafanzug; keine Taschen, keine Pillen – *nada.*

»He! Hallo!«

Ein schwindelerregend hübsches Mädchengesicht tauchte verschwommen vor ihm auf. Doch nein, beim zweiten Hinsehen war es nicht mehr ganz so atemberaubend, nur noch ordentlich und sauber.

»Wo bin ich? Was ist mit meinem Bein los?«

Sie hielt einen Klemmblock mit einigen Bogen Papier vor sich. »Sie sind im Übergangs-Rehabilitations-Zentrum Nummer Fünfzehn in San Izquierda. Ihr Bein ist in Ordnung; wenn morgen der Verband abkommt, werden Sie wieder laufen können. Sie haben Glück gehabt, Sie haben nur viel Blut verloren.« Sie lächelte bedeutungsvoll. »Großes Glück.«

»Ich brauche eine D-Pille.«

»Oh, oh!« Sie zog die Stirn kraus. »A-l-s-o. Morgen fangen Sie mit dem Entzug an.«

»Aber jetzt ist noch heute!« Er versuchte, eine plötzliche Panik hinter einem Lächeln zu verstecken.

»A-l-s-o. Sie machen sich die Sache nur noch schwerer.«

»Aber es ist noch heute. Sie haben doch selbst gesagt ... Bitte!«

Ohne ein weiteres Wort ging sie weg und kam mit der wertvollen gelben Tablette zurück. Es gelang ihm, sie zwischen die Finger zu nehmen und trocken hinunterzuschlucken. Sie bedachte ihn unter Kopfschütteln mit einem »Thththth«.

»Mit dieser Drogengier müssen wir aufhören, Soldat«, sagte sie süßlich.

Unwillkürlich mußte er über sie grinsen, aber vielleicht lag es auch nur an der segensreichen Woge der Entspannung, die in einer Minute durch seine Adern fluten würde.

»Genießen Sie es noch einmal«, empfahl sie und ging weg.

USN

Er konnte Leute nicht ausstehen die ihn »Soldat« nannten, aber es lag ihm fern, seine Versorgung aufs Spiel zu setzen. Die D-Pille fing an zu wirken, er spürte, wie ein erstes schwaches Glühen, ein Alles-ist-in-Ordnung-Empfinden, sich in ihm ausbreitete. Wer könnte ohne D's diesen Krieg ertragen? Er kannte keinen.

»He, was ist mit den anderen passiert? Mit meiner Einheit?« fragte er, als sie später wieder vorbeikam. »Jack, Errin, Benjy?«

»Ihre Freunde? Es tut mir leid, ich weiß es nicht. Sie sind allein hergebracht worden. Ich habe gehört, daß Sie ein einziger Überlebender sein sollen. Also, ich fürchte, ihre Freunde gehören zu den Opfern, Soldat. Oder vielleicht sind sie auch nur leicht verwundet.«

Freunde, dachte er. Ja, er mochte Jack auf eine eigenartige Weise, und Benjy war ein guter Kerl. Aber wußte sie nicht, daß man in diesem Krieg keine Freunde hatte? Wenn man D's nahm, brauchte man keine, und wenn man KZ's nahm, konnte man sich nicht einmal an das Wort erinnern.

»Was meinen Sie mit einem Entzug ab morgen? Was wird man mit mir anstellen?«

»Sie sollen nach Hause kommen, Soldat. *Nach Hause.* Ich habe Ihnen doch gesagt, Sie hatten Glück. Was glauben Sie, warum Sie in einer Übergangs-Einrichtung untergebracht sind?«

Er hatte keine Ahnung.

»Weil wir euch Jungs doch nicht vollgepumpt mit dem grauenhaften Zeug nach Hause schicken können, oder? Also müssen Sie zwei oder drei Wochen lang einen Entzug machen. So schlimm wird's schon nicht werden. Denken Sie einfach daran, daß Sie nach Hause zurückgehen.«

Er legte sich zurück, in seinem Kopf drehte sich alles. Das Glühen der D-Pille in seinem Körper überstrahlte alle Sorgen. Morgen war noch weit weg.

Aber daran denken, nach Hause zu gehen? Er hatte

kein besonders großes Verlangen danach. Zu Hause bedeutete ihm nicht mehr viel, seit sich Geri von ihm getrennt hatte. Aber um die Wahrheit zu sagen, er konnte sich kaum noch an sie erinnern. Es war eine von diesen Ehen gewesen, die noch schnell vor dem Einberufungsbefehl geschlossen wurden, und soweit er wußte, hatte er kein Kind hinterlassen. Ihre Briefe waren kurz und fast unleserlich gewesen; am Anfang enthielten sie heiße pornographische Intimitäten, und der letzte im vergangenen Herbst endete mit den Worten: »Ich denke, wir sollten uns das Ganze noch mal überlegen.«

Sie hatte bei seiner Familie in San Diego gewohnt. Das war sicher kein berauschendes Leben für sie gewesen. Er schätzte, daß sie sich in Wirklichkeit von seiner Mutter scheiden ließ. Er schmunzelte vor sich hin.

Wohin sollte er also jetzt gehen? Erst mal zurück nach San D, dann würde er schon weitersehen. Irgendwas würde sich dann ergeben. Es hatte keinen Sinn, sich jetzt schon Sorgen deswegen zu machen. Er hätte sich nicht einmal Sorgen machen können, selbst wenn er es versucht hätte.

Er erinnerte sich an die Woche, als man zum erstenmal D's ausgegeben hatte. Was für ein Wandel! All die Kerle, die vom Desertieren geschwärmt hatten, dachten nicht mehr daran. Sie hatten sich oft gefragt, was das Zeug wohl enthalten mochte. Es war nicht Kokain, nichts von dem, wovon er je gehört hatte. Wunder der modernen Wissenschaft!

Nein, Moment mal, das erste, was man ausgab, waren die KZ's gewesen. Er hatte eine Extraration erhalten, als jemand beobachtet hatte, daß er mit seiner M-18 in die Luft schoß, anstatt auf die Gués vor sich. Aber, zum Teufel, viele andere taten das auch. Die Kinder, die sie erschossen, waren so jung gewesen, und sie schossen so schlecht. Er hatte erwartet, daß die Gué-Kommunisten drei Meter groß und grimmige Kerle sein mußten.

Und keine Zwölfjährigen mit Kindergesichtchen. Natürlich waren es genau diese Zwölfjährigen, die Minen auslegten, die dann Kameraden zerfetzten, wenn sie Pech hatten, aber ... aber ... einem ins Gesicht zu sehen und ihm die Eingeweide aus dem Leib zu pusten war irgendwie anders. Sie liefen davon, so schnell sie konnten, reichte das denn nicht?

Aber die Armee sah die Dinge anders. Töten! Töten! Seine Ausbildung ... jedenfalls lief es darauf hinaus, daß man ihm irgendwelche rote Kapseln gab und ihn anwies, jedesmal eine zu nehmen, wenn er in einer Situation war, die es erforderte, daß er schoß. KZ's – Kampfzonen-Pillen –, sie hatten all seine Zurückhaltung, jemanden in die Luft zu jagen, aufgehoben und die Lust am Töten in ihm geweckt. Tatsächlich hatten sie all seine Zurückhaltung in jeder Hinsicht aufgehoben. Aber glücklicherweise erinnerte man sich an das, was man unter dem Einfluß von KZ's tat, nicht besonders gut. Sie hatten mehrere kleine Marktflecken durchkämmt und überall ihre Flammenwerfer eingesetzt, und noch von ein paar anderen Dingen waren Erinnerungsblitze geblieben. Teilansichten von weiblichem Fleisch, lautes Schreien und etwas, das ihm besonders unangenehm war – er wollte jetzt nicht daran denken.

Dann kamen jedenfalls die grünen Tiefschlaf-Pillen, und danach träumte man nicht mehr. Das Problem war nur, daß die Männer über ihren Gewehren bei Patrouillen einnickten. Daraufhin wurden allgemein die D's, Durchhalte-Pillen, ausgegeben. Das ergab die ideale Kombination.

Aber Entzug? Entzug, bevor man nach Hause ging? Niemand hatte ihnen davon ein Sterbenswörtchen gesagt. Er hatte angenommen, daß sie noch ein anderes Zaubermittelchen auf Lager hätten, daß das Ganze auf die sanfte Art auslief. Nun, es würde schon alles irgendwie gut werden. Es mußte, dachte er, während er wegdämmerte. Niemand könnte etwas so Brutales tun.

Er wachte auf, als jemand ein Tablett vor ihn hinschob. »Schonkost.«

Als er versuchte, das Zeug zu essen, ging es ihm nicht so gut. Die Wirkung der Pille ließ nach. Wahrscheinlich hatte man ihm nicht genug gegeben, seit er hier war, so daß der Spiegel in seinem Blut gesunken war.

Eine andere Schwester hatte jetzt Dienst, eine ältere, dunkelhaarige Frau. Sie brachte ihm ohne Kommentar eine D, als er danach verlangte.

»Sie beginnen morgen mit dem Entzug, das wissen Sie ja«, sagte sie zu ihm. Aber sie machte einen netteren Eindruck, eher so, als ob sie sich Sorgen um ihn machte.

»Was ist daran so Aufregendes? Ist es so schlimm?«

»N-u-n ... wie lange nehmen Sie das Zeug? Ein Jahr?«

»Ungefähr.«

»Wir bekommen jetzt erst so nach und nach Langzeiter wie Sie herein.«

»Was geschieht dabei?« hakte er beharrlich nach.

Sie zog die Augenbrauen hoch. »Ein Entzug ist immer schlimm. Sie müssen Ihren Körper dazu bringen, die Chemikalien wieder selbst zu produzieren. Man kann nur radikal vorgehen; wenn man versuchte, es langsam einzuschränken, wäre das so, als würde man einen Hund den Schwanz Zentimeter um Zentimeter anstatt auf einmal abschneiden, um ihm etwas Gutes zu tun. Aber manche verkraften es wie einen heftigen Windstoß. Die meisten, denken Sie daran!«

Er hatte keine Angst. Aber er dachte immer noch darüber nach. »Ich dachte, sie hätten noch irgendein Mittel für uns in petto. Schließlich haben sie uns an das Zeug gebracht.«

»Wollen Sie damit sagen, es wurde Ihnen befohlen, es zu nehmen?«

»Nein, das nicht ... aber es wurde einem eindringlich

nahegelegt. Denn ... denn es gab bestimmte Dinge ...« Er hatte keine Lust mehr zu reden, sondern wollte lieber das durch die D-Pille hervorgerufene Wohlgefühl genießen.

»Es gibt Slobactin. Das hilft. Man wird es Ihnen geben.«

»Danke«, sagte er, schon halb weggetreten. Sie entfernte sich.

Er legte sich zurück und sah sich beiläufig um. Der Raum schien einmal Teil eines herrschaftlichen Hauses gewesen zu sein – vielleicht ein Ballsaal. Außer seinem standen noch ein paar andere Betten darin – viel zu weit auseinander, als daß eine Unterhaltung möglich gewesen wäre. Ein Bett wurde hereingerollt, um das herum viel Getue gemacht wurde – ein Neuankömmling direkt aus dem Operationssaal, seinem Eindruck nach. Dies war offenbar eine Art Durchgangsstation. Wenn er den Kopf anhob, konnte er die Türen mit Metallgittern sehen, die in Flure führten, die vermutlich von der Armee angebaut worden waren. Zwei muskulös aussehende männliche Pfleger oder Sanitäter saßen an Schreibtischen und überwachten die Dinge. Es war sehr friedlich; das erstemal seit langem, daß er keine Schüsse hörte.

Es wurde Schlafenszeit, und die hübsche kleine blonde Schwester kam, um die Beleuchtung zu dämpfen und Tabletten zu verteilen. Die Kapsel in Gelb und Rosa, die sie ihm gab, taugten gar nichts. »Schwester, ich möchte meine Armee-Schlaftablette. Meine TL.« TL bedeutete traumlos.

»Diese hier ist genauso wirkungsvoll«, sagte sie ungerührt.

Er bezweifelte das stark. »Ich möchte meine übliche TL. Sie steht mir zu. Es ist noch heute.«

»Ihnen steht überhaupt keine bestimmte Medizin zu, Soldat. Es steht Ihnen zu, daß wir Sie heilen, und nichts anderes tun wir.«

Ihre Stimme hatte einen unangenehm scharfen Klang, und ihr Lächeln war reines Plastik.

»Aber das ist nicht fair! Die TL's sind für ... für besondere Anlässe.« Er konnte ihr nicht von seinen Träumen erzählen. »Bitte. Kann ich meine heute abend haben? Es ist immer noch heute.«

»Sie haben Ihre Schlaftablette bekommen. Jetzt beruhigen Sie sich, und schlafen Sie, Sie stören die anderen Patienten!«

»Ich werde alle anderen am Schlafen hindern, wenn Sie mir nicht die richtige geben.«

»Versuchen Sie das nicht, Soldat!« Sie lächelte zu dem Gitter hin, wo die beiden kräftigen Pfleger saßen und ihn aufmerksam beobachteten. Dann ging sie weg.

Er lehnte sich zurück und kochte innerlich. Er hatte sagen wollen, daß er im Traum brüllen würde. Nun, sie würden es schon merken.

»Wenn du es mit ihr versaust, ist das dein Ende«, sagte der Soldat im Bett nebenan, das von seinem durch einen gekachelten Pflanzentrog getrennt war.

»Aber sie hat doch gesagt ...«

»Dein Ende«, wiederholte der Mann.

Zu seiner Überraschung döste er ein, und er träumte nur harmlose Episoden mit seinem alten Hund.

Er wachte mitten in der Nacht auf und spürte, wie ein Messer unter den Rippen in ihm herumwühlte. Seine alten Magengeschwüre. Er hatte sie fast vergessen, denn seit seiner ersten TL-Tablette hatte er sie nicht mehr gespürt. Und er hatte noch ein anderes Problem, ein Kribbeln unter dem Gipsverband. Eine Wanze oder so etwas mußte daruntergeraten sein und vollführte ihren Spektakel. Er hämmerte darauf herum, ohne etwas zu bewirken, und rief schließlich nach der Schwester.

Miß Plastik erschien mit einer Taschenlampe.

»Psst! Was gibt's, Soldat?«

»Ich habe Magenschmerzen. Ich brauche ein Antisäuremittel.« Sie machte sich eine Notiz auf den Klemmblock. »Ich werde es dem Arzt sagen. Vielleicht wird er Ihnen morgen früh etwas verschreiben.«

»Morgen früh? Herrje, ich brauche es sofort, ich habe das Gefühl, daß mein Magen durchbricht.«

»Es tut mir leid, ich darf keine Medikation anordnen. Aber ich sorge dafür, daß sich der Arzt gleich als erstes um Sie kümmert. Das verspreche ich.« Zuckerpüppchen-Lächeln.

»Aber ein Mittel gegen Magensäure ist doch kein verschreibungspflichtiges Präparat, kein Medikament. Man kann doch alle möglichen Produkte tonnenweise frei über den Ladentisch kaufen. Sie müssen doch irgend etwas in der Art hier haben. Ich habe *Schmerzen.*«

»Alles bis auf Ihre Mahlzeiten fällt unter die Medikation, Soldat.« Sie knipste die Lampe aus.

»Warten Sie! Meinen Sie diesen Scheiß ernst?«

»Benützen Sie nicht so unflätige Worte.«

»Also gut, aber warten Sie noch eine Minute ... unter meinem Verband ist Ungeziefer. Ein Insekt. Ich spüre, wie es herumkrabbelt.«

Mit geübter Hand schlug sie die Decke zurück und untersuchte den oberen Rand des Gipsverbandes, indem sie ihn mit der Lampe beleuchtete.

»Es gibt kein Ungeziefer. Beruhigen Sie sich, die Tierchen werden schon wieder verschwinden.«

»Aber ich spüre sie doch! Sie beißen. Könnten Sie nicht wenigstens das Zeug aufschneiden, damit ich mich kratzen kann? Sie sagten, der Gips käme sowieso morgen runter.« Es hatte keinen Sinn, das sah er deutlich. »Haben Sie nichts, das sie daruntersprühen könnten? Ein Ungeziefer-Vernichtungsmittel?« fragte er schwach.

»Es tut mir leid, Soldat. Es gibt keine Insekten, es ist nichts unter dem Gips. Sie bilden sich das alles nur ein. So, jetzt sind wir aber brav und schlafen ... oder wollen Sie Ärger machen? Hier liegen Männer, die wesentlich schlimmer dran sind als Sie, wissen Sie!«

Er blickte in der düsteren Beleuchtung zu ihr auf, zu dem lebenden Beweis, daß ein hübsches Mädchen von einem Meter sechzig ein Monster sein kann.

»Wenn Sie mir meine TL geben würden, könnte ich schlafen. Es ist noch nicht morgen!« Seine Stimme war schrill vor Aufregung. Sie antwortete nicht, sondern knipste nur die Lampe aus und ging weg.

Er beobachtete, wie sie die Patienten in den anderen Betten auf ihrem Weg hinaus überprüfte. Zwei Männer wurden dadurch wach, schrien kurz auf und schlugen um sich. Wußte sie nicht, daß auf diese Weise geweckt zu werden ein Verhängnis bedeuten konnte? Wußte sie denn *gar nichts?*

»Ganz ruhig, Soldat«, hörte er sie sagen. Dann war sie fort.

Er legte sich zurück und spürte, wie ihn die angeblich nicht vorhandenen Insekten wie verrückt kribbelten. Die Krabbelbeine eines dieser Mistviecher kitzelten ihn genau an der empfindlichsten Stelle, in der Kniekehle. Verdammt! Er unternahm wild entschlossen den Versuch, den Gips an den Bettstangen zu zerbrechen, schaffte es aber nicht. Dann erinnerte er sich an etwas.

In einer Geschichte, die er gelesen hatte, waren solche »Insekten« ein Begleiterscheinen, wenn man Drogen absetzte, das bedeutete ein Zeichen für einen Cold Turkey. Manche Opfer wurden dadurch zum Wahnsinn getrieben, sie kratzten sich blutig. Das Delirium tremens der Drogenabhängigen. Würde sich der Entzug *so* abspielen? O Herrgott! O Herrgott!

Er versuchte, sich zu entspannen, aber an Schlaf war nicht mehr zu denken. Und sein Magen schmerzte jetzt wirklich, fraß an ihm. Es konnte gefährlich werden, wenn man kein säurehemmendes Mittel nahm, hatte ihm sein alter Doktor erklärt. Der Magen konnte durchlöchert werden. Fast hoffte er, daß es geschehen würde, das wäre Miß Plastik eine Lehre! Medikation! Mein Gott, er sah die Regale eines amerikanischen Drugstores vor sich, wo all die wundervollen Dinge greifbar nahe lagen. Wie die vielen Produkte auch hießen – in seinen Zeiten als Zivilist war er ein guter Kunde für alle gewesen. Aber die TL-Tabletten hatten mit den Schmerzen Schluß gemacht. Er mußte an größere Mengen kommen, sobald er sich bewegen konnte. Aber was war, wenn sie sie nur in Kampfzonen ausgaben? Nun, dann mußte er eben dorthin zurückkehren, wenn es sein mußte, auf Krücken. Zurück in die Schlacht? Warum nicht? Wenn ihm dort das Leben angenehm gemacht wurde und er schlafen konnte. Wie lange dauerte so ein verdammter Entzug? Zwei, drei Wochen hatten sie gesagt? Konnte er das überstehen?

Er rollte sich von einer Seite auf die andere, warf sich hin und her, um eine Lage zu finden, in der der Schmerz erträglicher wäre und die Insekten einigermaßen Ruhe gäben ... irgendwann gegen Morgen mußte er das Bewußtsein verloren haben.

Der Entzug begann offiziell direkt nach dem Frühstück, als zwei fremde Sanitäter auf sein Bett stiegen, das Gestänge überprüften und ihn in Richtung eines der vergitterten Gänge schoben. Endlich kam er in den Genuß eines Nickerchens und wäre fast nicht rechtzeitig aufgewacht, um die Veränderung seiner Umgebung mitzubekommen. Als sie das Gitter wieder verschlossen, setzte er sich auf und sah, daß er sich in einem Flügel des Gebäudes befand, den die Armee angebaut haben mußte – kahle Sperrholzwände, niedrige Decken über die ganze Strecke, auf der Türen nach beiden Seiten abgingen, bis zu einer kahlen Wand am anderen Ende. Zunächst kamen sie an ein weiteres Gitter aus dicken Stahlrohren, das in der Mitte wie poliert wirkte, als ob Hunderte von Händen es angefaßt hätten. Als sie hindurchgingen, sah er, daß die erste Tür mit einem handgeschriebenen Schild versehen war: BERUHIGUNGSRAUM. In die Tür war ein kleines, vergittertes Fenster mit einer matten Scheibe eingelassen. Laute drangen aus dem Raum – ein schwaches, unklares Wimmern oder Jammern, wie von einem weit entfernten Tier. Dann kamen sie an geschlossenen, nichtssagenden Türen vorbei, Nummer 205, 207. Bei 209 hielten die Sanitäter an, stießen sie auf und schoben ihn hinein.

Zimmer Nummer 209 maß etwa vier Meter im Quadrat und hatte ein mattes, vergittertes, undurchsichtiges Fenster. Ein Bett stand bereits darin. Die Sanitäter manövrierten es hin und her, um es hinauszuschieben.

Don sagte: »Man hat mir gesagt, daß ich heute aufstehen könnte. Der Gips soll abkommen. Wo ist der Arzt?«

»Davon weiß ich nichts«, brummte einer der Männer und öffnete die Tür.

Panik ergriff ihn. Er hatte das Gefühl, wenn er erst einmal hier eingeschlossen wäre, würde man ihn einfach vergessen, ihn verhungern und sterben lassen, in seinem schweren Gipsverband zur Unbeweglichkeit verdammt.

»Wo ist der *Arzt?* Sagen Sie Bescheid, daß ich einen Arzt brauche! Ich habe Magengeschwüre, verstehen Sie?« rief er unsinnigerweise ihren Rücken nach, als sie hinausgingen. Die Tür wurde zugesperrt.

Daraufhin zog er sich hoch, und mit gewaltiger Anstrengung gelang es ihm, das eine Bein über die Sicherheitsstangen zu bekommen. Dann sah er den Grund dafür, daß sein eingegipstes Bein so unbeweglich war: Jemand hatte es an den Bettstangen festgebunden, oben und unten. Das mußte geschehen sein, während er weggedämmert war. Er bot all seine Kraft auf und schaffte es, den oberen Knoten zu lösen, aber es war ausgeschlossen, daß er seinen Knöchel erreichen konnte. Keuchend legte er sich zurück. Seine Hände zitterten wie Blätter im Wind.

Ich funktioniere nicht, dachte er. Mein Gott, wie dringend brauche ich eine D-Pille! War es möglich, daß er noch vor zehn Tagen ein fähiger Kämpfer war, der die höchsten Berge erklomm?

Er sah sich um. Der Raum enthielt einen schlichten Stuhl, ein kleines Gestell mit Schubladen auf Rädern und eine Kloschüssel ohne Deckel. Keine Vorrichtung, um nach Hilfe zu rufen.

Das brachte ihn auf eine Idee. Er hatte einen rechtmäßigen Anspruch.

Er rief zögernd. »Schwester.« Keine Antwort, nichts. Dort draußen war niemand. Er hob die Stimme zur äußersten Lautstärke. »Schwester! Schwester! Schwester! Hilfe!«

Fast im gleichen Augenblick ertönten Schritte, und die Tür wurde geöffnet. Miß Plastik.

»Schwester, ich muß auf den Topf. Warum wurde der Gips nicht abgenommen? Sie sagten, ich könnte heute aufstehen. Wo ist der Arzt? Weiß er, daß ich Magengeschwüre habe?«

Sie sah ihn ohne die Spur eines Lächelns an. »Wir brüllen hier nicht so rum, Soldat. Das stört die anderen Patienten. Sie müssen auch an die anderen hier denken.«

»Also, wie kann ich erreichen, daß mir geholfen wird?«

»Alle fünfzehn Minuten sieht jemand nach Ihnen, rund um die Uhr. Dann können Sie sagen, was Sie brauchen.«

Sie brachten die Prozedur mit der Bettpfanne hinter sich, sie befestigte wieder den Knoten, den er gelöst hatte, und sie verschwand.

Der Morgen zog sich hin. Wie sie gesagt hatte, wurde jede Viertelstunde die Tür geöffnet, und ein Gesicht sah herein. Oft war es die dunkelhaarige Schwester, er ließ sie jedoch in Ruhe bis auf einmal, als er sie fragte, ob der Gips wirklich entfernt würde.

»Ja, bald. Der Arzt macht gerade die Runde.«

Die unsichtbaren Insekten hatten sich bis zu einem gewissen Maß beruhigt, so daß er sie fast vergessen konnte, aber statt dessen machte sich immer mehr

Schmerzen und Widrigkeiten an seinem ganzen Körper bemerkbar. Schrammen, die er sich irgendwann mal im Kampf zugezogen hatte und an die er sich nur dunkel erinnern konnte, schmerzten. Waren all das Dinge, die die D's von ihm ferngehalten hatten? Er stöhnte und versuchte, sich in eine bequemere Lage zu bringen. *Gab* es überhaupt einen Arzt an diesem verrückten Ort?

Gegen Mittag kam der Arzt, und mit ihm Miß Plastik, die sein Mittagessen brachte. Sie stellte das Tablett auf dem Schubladengestell ab, außerhalb seiner Reichweite. Der Arzt war alt, etwa im Alter von Dons Vater. Er war ein Grunz-Typ. Er bearbeitete den Gips mit einer elektrischen Säge. Miß Plastik mußte ihm andauernd irgendwelche Gegenstände reichen; Don tat es gut zu sehen, wie sie den Befehlen folgte, honigsüß.

»Du hast Glück gehabt, mein Sohn (grunz), viel Glück. Hmm. Ich glaube, ich ziehe diese Fäden jetzt raus, aber (grunz) in den nächsten drei Tagen solltest du noch nicht rumlaufen, verstanden?«

»Ich kann aber doch wenigstens zur Toilette gehen?«

»Hmm. Nun gut, ja auf die Toilette von mir aus ... aber *nur* dorthin und zurück, verstanden. Hmm. Zum Essen im Bett bleiben.«

»Jawohl, Sir.«

»Und Schwester (grunz), halten Sie ein Auge auf ihn, damit er brav bleibt.«

»Das machen wir sowieso, Sir.«

»Dann ist es gut (grunz). Wir haben dir einen Nagel in den Knochen getrieben, mein Sohn, damit du nicht mit einem kürzeren Bein rumlaufen mußt. Wir wollen nicht, daß es locker herumschlabbert (grunz), wir wollen, daß es fest zusammenwächst. Halte es deshalb so ruhig, wie du kannst.«

»Ja, Sir.«

»Hmm ... Meine Güte, das sieht ja sehr gut aus. Darf ich ein bißchen naschen?«

Ohne eine Antwort abzuwarten, fischte sich der Arzt

ein kleines Stück von irgendwas von dem Tablett, nickte und ging hinaus. Als sie das Zimmer verließen, rief Don hinterher: »Schwester, ich kann mein Essen nicht erreichen.«

»Gleich wird jemand reinkommen.«

Er lag da und beobachtete, wie es kalt wurde. Das Essen hier war schon in heißem Zustand abscheulich genug. In seiner Verzweiflung wälzte er sich auf sein gesundes Knie und schaffte es schließlich, das Bein auf den Boden zu bekommen und sich weit genug vorzubeugen, um das Tablett zu greifen und zu sich herzuziehen, als er zusammenbrach. Mein Gott, wie schwach er war!

Als er sich gerade wieder aufgerappelt hatte, wurde die Tür geöffnet, und eine unbekannte rothaarige Schwester kam herein.

»Herrje, wir *sind* aber auch ungeduldig, was?«

»Ich bin nicht mit dem verletzten Bein aufgetreten«, sagte er zu seiner Verteidigung.

»Gut.« Sie sah ihn ernst an. »Sie müssen den Rest Ihrer Tage mit dem leben, was Sie sich jetzt an Schaden zufügen. Der Arzt hat sich große Mühe gegeben. Befolgen Sie also seine Anordnungen.«

Irgendwie überzeugte ihn das. Die Schwester war eine Person mit Autorität, das spürte er. Er sah ein, daß er sich kindisch benommen hatte. Früher war er für seine Geduld und gute Laune bekannt gewesen. Was war mit ihm geschehen? Lag das alles an den Drogen? Oder daran, daß er sie jetzt nicht mehr bekam? Nun hatte er überhaupt keinen Hunger mehr, nachdem das Tablett vor ihm stand. Es war ihm sogar richtig schlecht. Und er zitterte und schwitzte.

»Schwester, mir geht es ziemlich schlecht. Es hieß, Sie hätten etwas, das hilft. Irgend etwas so ähnlich wie Baktin, glaube ich.«

»Slobactin. Ja, Sie werden es im Rahmen Ihrer normalen Medikation bekommen.«

»Und ich habe vergessen, dem Doktor zu sagen, daß ich Magengeschwüre habe. Sie machen mir jetzt wieder zu schaffen. Kann ich ein säurehemmendes Mittel bekommen?«

Sie notierte etwas auf ihrem Klemmblock. »Ich werde es dem Doktor sagen, sobald er seine Runde gemacht hat.«

Sie glättete sein Bettzeug. Als sie das Laken zurechtstrich, runzelte sie plötzlich mißbilligend die Stirn, sagte jedoch nichts mehr, bis sie ging.

Er vergaß sein Mittagessen und sank in einen schweißnassen Schlaf, aus dem er durch eine Männerstimme geweckt wurde, die sagte: »Rollen Sie hier herüber!«

»Hm?«

Es war einer der beiden kräftigen Pfleger. Er ließ etwas in das Bett fallen, etwas Schweres, das sich gleichzeitig kalt und warm anfühlte.

»Rollen Sie sich an die Kante, damit ich das hier ausbreiten kann.«

Erschöpft gehorchte er und erkannte schließlich, daß der Mann eine Gummiunterlage zwischen die Matratze und das Leintuch schob. Als er sich zurückrollte, fühlte sich das Bett feuchtkalt an und drückte hart gegen seine Wunden.

Als der Mann gegangen war, bekam Don Angst. Bedeutete diese Vorsichtsmaßnahme, daß es ihm auf widerliche Art schlecht werden würde, ohne daß er es beherrschen konnte? Wirklich, ihm war jetzt schon ziemlich schwindelig. Und verdammt, es gab kein Behältnis, in das er sich hätte übergeben können, außer dem unberührten Tablett mit dem dünnen, weichen Plastikgeschirr. Der Pfleger hatte es ihm wieder aufs Bett gestellt. Er hoffte, daß es nicht soweit kommen würde, und versuchte, tief durchzuatmen, wobei seine Rippen schmerzten.

Als das nächstemal jemand den Kopf zur Tür hereinsteckte, bat er um eine Brechschale und darum, daß das Tablett weggenommen würde. Es war die kleine Miß Plastik. Sie sah das unberührte Essen stirnrunzelnd an.

»Es fängt an, was, Soldat? Bei Ihnen geht es langsam – Sie müssen das Zeug lange Zeit genommen haben.«

»Ein Jahr lang.«

»O je, o je, Soldat, wie konnten Sie das Ihrem Körper nur antun?«

Wie hätte er ihr das erklären können, vorausgesetzt, daß es sie wirklich interessierte? Statt dessen stellte er ihr eine Frage.

»Schwester, haben Sie jemals ein Magengeschwür gehabt?«

Sie lachte. Dann hob sie keck das Kinn und sagte: »Ich habe in meinem ganzen Leben noch keinen einzigen Tag krank gefeiert.« Was sie damit sagen wollte, war eindeutig: Leute, die krank werden, sind selbst daran schuld.

»Versuchen Sie es doch mal«, preßte er zwischen plötzlich klappernden Zähnen hervor.

»Nein danke!« Gutgelaunt ging sie hinaus und nahm das Tablett mit; die Schale vergaß sie.

Der Nachmittag war schlimm. Das Jucken fing wieder an, und er kratzte sich die Arme blutig. Miß Plastik entdeckte das Blut auf dem Laken, betrachtete seine Fingernägel und schnalzte mit der Zunge. »Marie war wohl noch nicht hier.«

Kurz darauf kam ein Pfleger herein und brachte ein Mestizenmädchen in einem rosafarbenen Kittel mit.

»Zeit für die Maniküre.«

Das Mädchen nahm seine Finger mit überraschend festem Griff in ihre zierliche Hand, und schon schnitt sie seine Nägel – bis ganz dicht an die Fingerkuppe, wie er bemerkte. Als er dagegen protestierte, beugte sich der Mann über ihn. »Reine Routine, Kumpel.« Don fügte sich, und der Pfleger holte eine Filmillustrierte hervor und setzte sich auf den Stuhl. Das Schneiden ging schnell; Don wurde klar, daß er sich danach keine Erleichterung mehr verschaffen konnte, und versuchte, einen Finger zu retten. »Nichts da!« sagte Marie.

»Lassen Sie ihn – bitte!«

Der Pfleger ließ die Illustrierte sinken und beugte sich wieder über ihn. »Ich hab' gesagt, es ist Routine. Sie macht es mit allen so. Mit jedem einzelnen ... willst du Schwierigkeiten machen, Kumpel?«

Als er zu ihm aufsah, entschied sich Don dafür, keine machen zu wollen. Das Mädchen feilte zuletzt noch an seinen Nägeln herum, und dann zog sie zu seiner Verblüffung die Decke weg und knipste auch die Fußnägel mit einer Nagelzange ab.

»O nein!«

»O doch!« äffte sie ihn nach. Der Pfleger sah gleichgültig zu, als sie anfing, dann wandte er sich wieder seiner Illustrierten voller Glitzerpracht zu. »Du könntest dir eine Infektion holen, Kumpel«, bemerkte er.

Als die Arbeit beendet war, kam sich Don vor wie eine Katze, der man die Krallen gestutzt, oder wie ein Wolf, dem man die Reißzähne gezogen hat. Mein Gott, was sie alles anstellten, um ihn hilflos zu machen!

Aber das war noch nicht alles. Kurz nachdem die beiden gegangen waren, kam Miß Plastik mit einem Helfer, ebenfalls einem Mestizen, herein, der etwas trug, das Don mit großem Erstaunen als seinen Kleidersack aus dem Truppenlager erkannte. Eine bemerkenswerte Leistung der Armee. Der Sack wurde mit einem Plumps auf den Boden gesetzt, und die kleine Krankenschwester öffnete ihn mit flinken Fingern und begann seinen Inhalt auf dem Boden zu verteilen. Sie filzte ihn regelrecht. Sein Jagdmesser wanderte als erstes in einen großen Plastiksack, den sie mitgebracht hatte. Dann seine Zigaretten, und schließlich öffnete sie seinen Waschbeutel.

»Die können Sie behalten.« Sie zog Zahnpasta und

-bürste heraus, schloß den Beutel wieder und ließ ihn in den Plastiksack fallen.

»He, nehmen Sie mir das auch weg? Ich brauche die Sachen.«

»Kein Metall und kein Glas«, sagte sie streng. »Nichts Flüssiges. Und kein hartes Plastik.«

Don pflegte seine Sachen einigermaßen ordentlich zu packen; er hatte eine saubere Uniform und frische Wäsche in Plastiktüten verstaut. Die Sachen wurden beiseite gelegt und die Tüten fielen der Beschlagnahmung zum Opfer.

»Warum die?«

»Keine Tüten. Es hat Patienten gegeben, die versucht haben, sich damit etwas anzutun.«

»Mit einer Plastiktüte?«

Sie antwortete nicht. Er vermutete, sie meinte, daß man sich damit ersticken könnte. Uff – was für eine Art zu sterben. Ein Angstzittern erschütterte ihn. Wurde man hier wirklich zu solchen Verzweiflungstaten getrieben?

»Da fällt mir noch etwas ein. Wo ist meine Uhr?«

»Am Schalter. Zusammen mit ihrer Erkennungsmarke. Sie bekommen Sie beim Verlassen zurück.«

Er fühlte sich nackter denn je, aber ihm wurde wieder schwindelig, und er konnte sich nicht wehren. Diesmal brachte sie ihm eine Schale und sah zu, wie er Flüssigkeit herauswürgte. Dann stopfte sie die übrigen Sachen wieder in den geplünderten Sack, zog ihn zu und ging mit ihrem Plastikbeutel voller Beutegut hinaus.

Er legte sich schwitzend und zitternd zurück. In den Beinen spürte er einen merkwürdigen, nicht zu lokalisierenden Schmerz, den er durch keine Veränderung seiner Lage lindern konnte. Das Jucken setzte wieder ein, und als er mit seinen gestutzten Fingern darüberrieb, wurde es nur noch schlimmer. In seiner Verzweiflung gelang es ihm schließlich, aus dem Bett zu steigen und nach seiner Zahnbürste auf der Fensterbank zu greifen. Als er sich damit kratzte, brachte das eine kleine Erleichterung, aber bald waren die Borsten blutig, und er wußte, daß man ihm die Bürste wegnehmen würde, sobald das jemand entdeckte. Es gab in dem Raum kein anderes Wasser als das in der Kloschüssel, deshalb saugte er die Zahnbürste sauber; beim Geschmack seines Blutes wurde ihm vor Ekel übel.

Auf diese Weise verstrichen die endlosen Stunden, und schließlich war es Zeit für die Medikamentenverteilung. Zusammen mit den Vitamintabletten gab man ihm zwei kleine bräunliche Pillen – die Entzugsmedizin? – und einen kleinen Pappbecher mit einem Magenmittel. Rotköpfchen hatte ihn also nicht vergessen. Er stürzte es gierig hinunter und schluckte die Pillen, wobei er von den wundervollen gelben D-Tabletten träumte, die er so dringend brauchte.

Das Abendessen wurde gebracht und unangetastet wieder hinausgetragen, und dann senkte sich die Nacht herab. Zu seiner Erbitterung weigerten sie sich, die Deckenbeleuchtung auszuschalten. Er wälzte sich hin und her und warf sich herum, und schließlich blieb er mit einem kleinen Kopfkissen auf dem Gesicht liegen.

Und dann setzten die Entzugserscheinungen wirklich ein. Die unergründlichen Schmerzen, die ihn bis dahin gequält hatten, wurden zehnmal so stark: heftige Stiche in den Armen, Beinen, inneren Organen. In seinem Kopf dröhnte es. Sein Mund und seine Augen waren quälend trocken. Und das Hautjucken, das ihm schon so unerträglich vorgekommen war, verlagerte sich in das Innere seiner Glieder, wo er es nicht mehr erreichen konnte. Er wurde von Visionen heimgesucht, in denen Armeen von Termiten mit ihren kitzelnden kleinen Beinchen durch seine Blutgefäße und seine Knochenhöhlen wanderten. Die einzige Erleichterung trat ein, wenn er mit dem entsprechenden Glied heftig zuckte, doch kurze Zeit später wurde es um so schlimmer, und dann mußte er wieder zucken. Er versuchte, sich zu entspannen, aber er konnte sich nicht vor dem inneren Tiergekrabbel retten, und es bestand keine Hoffnung auf Schlaf. Die Lampe schien auf ihn herab, wie er da verdreht und gekrümmt und zuckend in einer Schweißpfütze lag und die Gummiunterlage überall an ihm klebte. Es gab einen Zeitraum, an den ihm jede Erinnerung fehlte; jedenfalls waren die beiden Pfleger hereingekommen und hatten ihn wieder ins Bett verfrachtet. Zu einem anderen Zeitpunkt war die Hitze so unerträglich, daß er aus dem Bett stieg und den Stuhl packte, um ihn durch die matte Scheibe zu schleudern und das Glas des verschlossenen Fensters zu zertrümmern. Seine Schwäche war entsetzlich, aber dennoch gelang ihm ein kräftiger Schlag mit dem Stuhlbein. Aber es handelte sich nicht um normales Glas; der Stuhl prallte ab, ohne eine Spur in der drahtverstärkten Scheibe zu hinterlassen. Weinend vor Wut und Enttäuschung versuchte er es noch einmal, mit dem gleichen Ergebnis, und schließlich taumelte er zurück ins Bett, wo er zitterte und Schweißausbrüche hatte. Seine Nase juckte und lief unaufhörlich. Er hatte nichts anderes, um sie abzuwischen, als seinen Schlafanzug.

Er erinnerte sich nur an einen einzigen Zeitabschnitt der Nacht: Gegen Morgen mußte er in einen Dämmerschlaf gefallen sein, und dann begannen die Alpträume. Das schlimmste war das feststehende Bild vom Innern einer Hütte. Eine Frau lag auf dem Boden zu seinen Füßen, er wollte sie nicht ansehen. Vor seinen Augen hing ein verschwommenes rotes und fleischfarbenes Bündel freischwebend in der Luft. Vor allem wollte er das auf keinen Fall ansehen; er hatte das Gefühl, wenn er es klar sehen würde, müßte er sterben. Er erwachte unter Zuckungen, am ganzen Körper bebend.

Das Tageslicht brachte eine kleine Erleichterung, aber nicht viel. Er weinte jetzt ununterbrochen und würgte. Er hatte den Versuch aufgegeben, sich nicht zu beschmutzen. Das Bett war vollkommen durchnäßt. Seine

Knochen hatten sich in einen Termitenbau aus Gallerte verwandelt, und die Schmerzen nagten an ihm und stachen ihn. Einmal dachte er, daß das Schlimmste überstanden sei, aber bald darauf setzte das qualvolle knochentiefe Jucken wieder ein, und er lag hilflos zuckend da, ohne Ruhe finden zu können.

Die Zeit verstrich in dumpfer Folter. Fremde Menschen blickten auf ihn herab, redeten unverständliches Zeug und taten Dinge, die ihm nicht halfen. Einige Male kam ihm zu Bewußtsein, daß er tobte und brüllte, aber er hatte keine Ahnung, was er sagte und zu wem. Die Medikamente wurden verabreicht, und sofort würgte er alle wieder heraus. Das Essen wurde gebracht und wieder weggetragen; manchmal erbrach er sich auf das Tablett in seinem Bett.

Das Brechen wurde durch einen unbeherrschten Durchfall abgelöst. Am Anfang versuchte er, aus dem Bett zu kommen und es bis zur Toilette zu schaffen, aber er war so schwach, daß es ihm nicht gelang, dann lag er am Boden in seinem Kot, bis das nächstemal jemand in sein Zimmer kam.

Die Fensterscheibe wurde dunkler, und die Nacht verstärkte alle Symptome. Zu einem Zeitpunkt wurde ihm bewußt, daß seine Handgelenke und Fußknöchel an den Bettstangen festgebunden waren, und er brüllte seinen Protest hinaus, bis seine ausgedörrte Kehle nichts mehr hergab. Neben dem Bett stand eine Infusionsvorrichtung: ein Gesicht schalt ihn, weil er die Nadel herausgerissen hatte.

Erst gegen Morgen fiel er in einen Erschöpfungsschlummer, und prompt setzten die Alpträume wieder ein. Er gehörte zu einem Spähtrupp und jagte eine Gruppe von Gués. Der Mann neben ihm fiel unter Schreien. Er hielt einen Flammenwerfer an ein strohgedecktes Dach, das Dach fing Feuer und ging in lodernden Flammen auf. Und ständig verfolgte ihn die unbewegte Szene im Innern der Hütte mit der auf dem Rükken liegenden Frau. Inzwischen hatte er herausgefunden, daß sie am Bauch verletzt war. Er versuchte, das undeutliche Bündel, das vor seinen Augen schwebte, nicht anzusehen, aber Einzelheiten an ihm wurden deutlicher; ein heller Punkt ragte aus ihm heraus, und etwas stach von unten drauf zu. Außerdem schien es zu zappeln und zu brüllen. Er wachte schreiend auf und sah, daß das Fenster hell wurde. Er spürte eine unerklärliche vorübergehende Erleichterung, die der Tagesanbruch anscheinend mit sich brachte.

Tage und Nächte, er wußte nicht wie viele, vergingen so. Die Infusionsvorrichtung wurde erneut hereingefahren, und er wurde wieder angeschlossen. Er war zu schwach, um sich zu wehren.

Schließlich kam der Nachmittag, an dem er feststellte, daß das entsetzliche innere Jucken von echten Schmerzen abgelöst worden war, was entschieden besser zu ertragen war. Als das nächstemal die Medikamente kamen, war er in der Lage, sie unten zu behalten und ein Glas Wasser zu trinken, das ebenfalls drin blieb. Doch seine Stimmung hatte sich geändert. Statt Zorn und Raserei hatten jetzt eine entsetzliche Leere und Verzweiflung von ihm Besitz ergriffen. Jeder Gedankenfaden endete in Schrecken und Tod. Sein Körper mochte vielleicht zum Teil entgiftet sein, dachte er, sein Geist war es keineswegs. Wenn das die Wirklichkeit war, dann brauchte er dringend eine Zauberpille, die ihn davor verschonte. Bilder der Tabletten formten sich vor seinem inneren Auge; sein Verlangen danach war so groß, daß er Halluzinationen hatte, in denen sie irgendwo in seinem Zimmer waren – bestimmt in seinem Kleidersack. Dreimal krabbelte er aus dem Bett und durchsuchte ihn und fand – natürlich – nichts. Er weinte. Hinter seinen Tränen keimte ein eiserner Entschluß: Irgendwie würde er an das Zeug herankommen, er würde zurückkehren unter eine Herrschaft, die das Leben erträglich machte, ja sogar angenehm. Die Tabletten gab es an der Front überall, sie wurden großzügig verteilt. Dorthin gehörte er, nicht nach Hause. Was bedeutete die Heimat, verglichen mit dieser Erlösung?

In dieser Nacht sank er in wirklich tiefen Schlaf, und damit erschien wieder ein wildes Durcheinander von neuen Alpträumen. Er schoß einem kleinen Mestizenjungen mitten ins Gesicht und sah zu, wie der Kopf des Jungen zerbarst. Sein Zug wurde mitten in der Nacht von einem Sturm der Gués auf das Munitionsdepot aufgeschreckt. Und wieder war da das stille Innere der Hütte, in der er neben der verwundeten Frau stand. Er sah ihre Verwundung jetzt deutlich, der ganze Bauch war aufgerissen, und Haut und Fettgewebe waren über der leeren Höhle zurückgeschlagen wie eine dicke Obstschale. Sie lag leicht gekrümmt da. Das Werk eines Messers mußte das sein. Und dann, unausweichlich, nahm das verschwommene Bündel vor seinen Augen klarere Gestalt an und wurde – o nein! – ein blutiges ungeborenes Baby, aufgespießt auf der langen Klinge einer Machete. Der untere Teil des Messers war deutlich zu sehen, eine Hand umfaßte den Griff. Wessen Hand? Nicht seine – o doch! –, *seine* Hand; er spürte, wie das Gleichgewicht ins Wanken kam, als sich seine grauenvolle Last bewegte, mit den Beinen strampelte. Ein verzweifelter, durchdringender Schrei entrang sich ihm.

Mit äußerster Willenskraft zwang er sich zum Aufwachen und lag keuchend da, während die Fensterscheibe blasser wurde. Und im aufsteigenden Tageslicht wußte er, daß das kein Alptraum war, das war Erinnerung. *Er hatte so etwas getan.* Er hatte die in den Wehen liegende Frau aufgeschlitzt und das Baby mit dem Messer aufgespießt. Was dann geschah, wußte er nicht – die Tat als solche reichte ihm. Unter dem Einfluß der Kampfzonen-Pillen war er zum wilden Tier geworden, das überall den Feind witterte, sogar im ungeborenen Kind. *Er* hatte das getan. Und Gott mochte wissen, was noch alles. Die Tiefschlaf-Pillen hatten ihn davon abgehalten überzuschnappen. Mein Gott, wie sehr hätte er jetzt eine gebraucht!

Als der Tag hereinbrach, kehrten seine geistigen Fähigkeiten bis zu einem gewissen Grad zurück. Zum erstenmal seit Tagen konnte er wieder denken. Er dachte darüber nach, wie weit es im Leben mit einem Menschen kommen konnte, nachdem er sich an diese Tat erinnert hatte. Unmöglich. In seiner Seele war ein einziges riesiges Entsetzen. Er konnte nicht verhindern, daß er die Schreie hörte, weitere Einzelheiten sah und den Geruch der Eingeweide wahrnahm. Nein! Er wollte dem nur noch ein Ende machen, wollte sterben.

Sterben – dieses Grauen mit sich nehmen, für immer tilgen. Ja. Jede Stunde, die er am Leben blieb, würde sein Geist von diesen Bildern gequält, von tiefster Scham und krankmachender Reue. Von der Angst, an was er sich noch erinnern würde. So konnte er nicht weitermachen. Nach Hause gehen und diese lebende Erinnerung in sich tragen wie ein Krebsgeschwür? Niemals! Er würde hier sterben, irgendwie würde er es schaffen.

Dieser Entschluß brachte ihm eine kleine Erleichterung. Aber als er wieder in einen Dämmerschlaf abglitt, kam die Erinnerung erneut, und damit die kurze Berührung von blutigen kleinen Händchen, die nach ihm grapschten, während er mit der Machete zustieß. Er schrie und wachte auf.

Einige Zeit später streckte die kleine blonde Schwester den Kopf herein. »Es geht Ihnen besser!« stellte sie strahlend fest. »Gut so, heute bekommen Sie Ausgang auf den Flur. Nichts wie raus mit Ihnen!«

Er schaffte es kaum; sie mußte ihm behilflich sein, während er sich mühsam mit dem Rücken an der Wand entlang voranbewegte. Sie führte ihn durch den Gang. Er blinzelte; er hatte vergessen, daß es auf der Welt noch etwas anderes gab als dieses Zimmer der Folterqualen.

»Am besten üben Sie ein bißchen, damit Sie es schaffen, zum Essen zu gehen. Sie werden Ihre Mahlzeiten demnächst im Tagesraum erhalten, die Bedienung am Bett ist zu Ende.« Irgendwie waren sie am Gitter am Ende des Korridors angekommen. Er hielt an und schaute mit trüben Augen hindurch.

»Wenn das Essen serviert wird, schließt man hier auf«, erklärte sie ihm. »Jemand wird Ihnen Bescheid sagen.«

Bei der Erwähnung von Essen würgte es ihn wieder, aber er erbrach sich nicht. Sie begleitete ihn, als er sich wieder mit dem Rücken an der Wand zurück zur Nummer 209 arbeitete. »Üben!« wiederholte sie aufmunternd. Als sie wieder im Zimmer waren, bemühte er sich, auf die Toilette zu kommen, schaffte es aber nicht. Als der Krampf vorbei war, half ihm Miß Plastik wieder ins Bett. Irgendwoher hatte sie einen Wischlappen aufgetrieben.

»Das war jetzt das letzte Mal. Von jetzt ab erwartet man von Ihnen, daß Sie ihr Zimmer sauberhalten. Ich lasse den Lappen noch für eine Zeit hier in der Ecke.« Mit geschickten Händen wrang sie ihn über der Toilette aus und wusch sich die Hände in der Schüssel; ihr Gesicht lief rot an. Ihm wurde bewußt, daß diese Szene sich schon zuvor wer weiß wie oft so abgespielt haben mußte.

Er wußte nicht, wie er diesen Ausflug noch einmal schaffen sollte, ganz zu schweigen davon, etwas zu essen, aber zur Zeit der Essensausgabe steckte der größere der Pfleger den Kopf herein und befahl ihm, herauszukommen. Er taumelte in den Korridor und fand ihn mit Hunderten von Leuten – so kam es ihm vor – bevölkert. Der Mann, der aus der Nummer 207 kam, war vom Haaransatz bis zu den Schultern lückenlos verbunden, nur drei schwarze Löcher ließen seine Augen und den Mund sehen. Verwirrt tastete sich Don im Strom der Menge an der Wand entlang zu dem offenen Gitter, wo er ein großes fahrbares Etagengestell mit vielen Tabletts vorfand. Ein Mann neben ihm sagte: »Such deinen Namen.« Als er sah, wie hilflos Don war, fragte er: »Wie heißt du?«

»Still.«

»Smith?«

»Nein ... Still.«

Der Fremde klopfte an eine Etage. »Hier ist es. Nimm es, und setz dich an den Tisch und iß, sonst nimmt man es dir weg!«

»Danke.«

Zitternd trug Don das Tablett zu einem freien Platz. Die Suppe war ringsum übergeschwappt. Trotz seiner Schwäche gelang es ihm, die Schale hochzuheben und etwas davon zu trinken. Überraschenderweise schmeckte sie gut. Er trank sie ganz aus. Auf allen Tabletts stand das gleiche nachgiebige weiße Plastikgeschirr, wie bei billigen Fluglinien. Kein Metall.

Als er aufstand, zupfte ihn jemand am Ärmel.

»Trag dein Tablett zurück, oder sie kriegen dich am Arsch.«

»Oh ... danke.« Er hob das eisenschwere Tablett auf, dankbar für die merkwürdige Kameradschaft in diesem Höllenloch. Die anderen waren durch die Mühle von Miß Plastik und ihren Kraftprotzen gegangen, sie wußten, wo es langging. Er bemerkte ein paar Männer, die rhythmisch mit den Knien zuckten und mit den Füßen stampften. Er wußte, was sie fühlten – das abscheuliche, unbesiegbare Jucken. Würde das jemals ganz verschwinden?

Als er in Nummer 209 zurückkam, war die nette schwarzhaarige Schwester dabei, sein Bett mit frischer Wäsche zu beziehen.

»Oh, danke.« Er sackte auf dem Stuhl zusammen.

»Und hier ist noch ein sauberer Schlafanzug.« Ihm wurde bewußt, daß er in seinem verschwitzten, kotverschmierten herumgelaufen war. Mein Gott, wie mußte er stinken!

»Sie können sich jederzeit in der Wäschekammer einen sauberen holen. Sie befindet sich gegenüber den Duschen, in der Nähe des Tagesraums.«

»Duschen?«

»Genau! Aber Sie müssen der Schwester Bescheid sagen, wenn Sie hingehen!«

»Wunderbar. Danke ... Das Problem ist, daß ich so schwach bin. *Schwach.* Ich kann es gar nicht glauben, daß ich vor ein paar Tagen noch an der Front war und gekämpft habe.«

»Das ist die Auswirkung des Amphetamin-Entzugs, mein Lieber. Man muß einen hohen Preis dafür bezahlen, daß man eine Zeitlang Supermann ist.«

»Wie lange dauert das?«

»Bis Sie es geschafft haben, es durch ständiges Üben zu überwinden. Das ist die einzige Heilmethode, ständig aktiv zu bleiben.«

»Aber es scheint mit jedem Tag schlimmer zu werden. Ich werde immer schwächer. Ich befürchte, ich werde hier sterben.«

»Sagen Sie nicht so etwas, mein Lieber! Bisher ist noch niemand am Entzug gestorben, und es wird auch keiner dran sterben. Sie werden immer gesünder werden.« Sie sah ihn ernst an und fuhr fort: »Sie sind hier vollkommen sicher. Haben Sie keine Angst!«

Irgend etwas an ihrem Tonfall machte ihn stutzig. Man spricht hier nicht übers Sterben, dachte er. Sie haben Angst vor Selbstmorden. Das meint sie mit »sicher«! Ich kann ihnen nicht entkommen. Er stieß ein gequältes kleines Lachen aus. »Sicher« bedeutete für ihn etwas ganz anderes; gut bewachte Umgrenzungen, sicher gegen Angriffe der Guévaristas.

Wo sind die Gués jetzt? Ich bin überhaupt nicht mehr auf dem laufenden.«

»Der Krieg steht gut, wie ich höre. Die Front hat sich ein ganzes Stück weit verschoben, seit sie hier eingeliefert wurden.«

»Ich muß dorthin zurück.«

»O nein, das müssen Sie nicht! Der Krieg ist für Sie vorbei, mein Lieber!« Sie knüllte die schmutzige Bettwäsche zusammen und machte sich zum Gehen bereit.

»Vielen Dank«, rief er hinter ihr her. Aber ein Gefühl der Niedergeschlagenheit hatte ihn mitten in den Magen getroffen. *Sie hatte es ernst gemeint.* Es war für ihn vorbei, die leichte Welt des Kampfes mit den kleinen wohlgefüllten gelben Pillenschachteln. Was würde er zu Hause machen? Durch die nächtlichen Straßen streunen und den Schwarzmarkt abklappern? Auf keinen Fall. Er mußte zurück. Dort an der Front gab es alles, was er brauchte, einschließlich einer sauberen Art zu sterben.

Depression und Schwindelgefühl überkamen ihn noch stärker, als er ins Bett ging. Die Bilder der sterbenden Frau, des gemarterten Babys erschienen erneut. So konnte er nicht weitermachen. Es ging nicht. Der Haß auf sich selbst wirkte wie giftige Nebelschwaden in seinem Kopf. Der Zustand dauerte den ganzen Nachmittag an.

Als er an diesem Abend zu dem Wagen mit den Tabletten kam, stellte er fest, daß jemand einen Fehler gemacht hatte. Ein echtes Metallmesser lag blitzend auf dem Tablett mit Butter und Ketchup, genau über seinem.

Niemand beobachtete ihn. Es war die Sache eines Augenblicks, das wundervolle Messer in seinem Schlafanzug verschwinden zu lassen, indem er es in den Verband steckte.

Er zwang sich so zu tun, als ob er äße, um abzuwarten, bis die anderen gegangen waren. Dann humpelte er mit seiner Errungenschaft zurück zu Nummer 209. Die Erlösung. Der Weg nach draußen. Aber erst in der Nacht, wo sollte er es solange verstecken?

Er fand einen idealen Platz – ein loses Stück Rahmen in der oberen Ecke des Fensters. Bis auf ein kleines Ende fand alles wunderbar darin Platz. Dann nahm er es wieder heraus – es war zu stumpf, er mußte es schärfen. Er könnte es an der Fensterscheibe versuchen.

Zwischen den viertelstündigen Runden der Schwestern schliff er es sorgfältig. Die Schneide wurde ganz schön scharf. Er probierte sie an seinem Handgelenk aus, wobei eine schmale rote Linie zurückblieb, aus deren Ende ein roter Tropfen perlte. Okay. Er verstaute das Messer wieder in seinem Versteck und legte sich ins Bett, um sein Handgelenk zu untersuchen und sich zu erinnern, wo man den Schnitt am besten ansetzte ... eine friedliche Art zu sterben, das Verbluten. Man wurde einfach kalt. Schade, daß er den Arm nicht über die Bettkante hängen lassen konnte, um das Blut abtropfen zu lassen, aber das würden die Kontrollrunden sofort bemerken. Im Bett würden sie das Blut unter ihm erst entdecken, wenn es viel zu spät war ... Er mußte tief schneiden, damit ein kräftiger Blutstrom herausgepumpt wurde. Das würde weh tun – aber nicht so sehr wie das Zeug in seinem Kopf. *Das* würde ihm jedenfalls nie mehr weh tun.

Im Flur draußen gab es ein Hin und Her, aber er schenkte dem keine allzugroße Beachtung. Es ging ihn nichts an. Niemals mehr ging ihn irgendwas etwas an ... der Krach kam aus dem Nebenzimmer, in dem der verbundene Mann lag. Jemand hatte Don erzählt, daß er Koch sei und sich an einem Herd verbrannt habe. Er hätte etliche Schönheitsoperationen nötig, wenn er den Entzug hinter sich hatte. Jetzt schien er sich genau vor Dons Tür zu befinden und jemanden anzubrüllen. »Lassen Sie die Hände von meinem Zimmer!« Er erreichte offenbar nichts damit. Türen wurden zugeschlagen.

In diesem Moment wurde auch Dons Tür aufgerissen, und Miß Plastik marschierte herein, gefolgt von den beiden kräftigen blonden Helfern. Don hatte ihnen im Geiste Namen verpaßt: *Hans und Klaus.*

»Stehen Sie auf, und setzen Sie sich bitte auf den Stuhl!«

»Auf den Stuhl? Warum?«

»Stehen Sie auf, und lassen Sie uns das Bett untersuchen! Es ist eine reine Routinesache.«

Während er zum Stuhl ging, tastete ihn Hans ab und unterzog ihn einer schnellen, aber gründlichen Leibesvisitation, wobei er auch die Hosenbeine seines Schlafanzuges von oben bis unten abklopfte. Dann packte er Dons Hand, drehte sie um und gab einen Grunzlaut von sich. Er hielt sie der Schwester hin, um ihr den Schnitt im Handgelenk zu zeigen. Sie nickte grimmig. Die Suche wurde intensiviert.

Klaus durchwühlte das Bett gründlich. Bettuch, Gummiunterlage, Kopfkissenbezug, alles fiel zu Boden. Dann warf er fachmännisch die Matratze herum, um an die Federn zu kommen, und untersuchte das Untergestell und das Gestänge.

Don hatte inzwischen begriffen. Sie suchten das Messer. *Sein* wertvolles Messer. Gott sei Dank hatte er seiner ersten Eingebung widerstanden, es zwischen den Federn zu verstecken.

Klaus schritt den Umkreis des Raumes ab und untersuchte die Wandleisten. Als er zu dem Schubladengestell kam, nahmen er und die Schwester es auseinander: Sie sahen unter den Boden jeder Schublade und unter den Boden des Rahmens. Dann wandte er sich der Toilette und der Waschschüssel zu, um beides sorgfältig zu prüfen, während Miß Plastik die Schubladen wieder in den Rahmen schob. Hans häufte die Decke und das Kopfkissen auf das Bett.

»Setzen Sie sich jetzt bitte aufs Bett!« Dumpf gehorchte er. Sie nahm sich den Stuhl vor. Dann machten sich Hans und Klaus wieder über die Wandleisten her, während die Schwester den Inhalt seines Kleidersacks ausschüttete.

Jetzt drehte Hans die Runde an der Wand entlang, wobei sein Blick höher und höher wanderte. Eine schnelle Untersuchung des Türrahmens, der Steckdosen – und dann war er beim Fenster angekommen. Don saß stocksteif da, er wagte nicht zu atmen oder zuzuschauen, während Hans' Hände über den unteren Teil der Umrahmung fuhren. Klaus verstaute seine Sachen wieder in dem Sack. Miß Plastik war an die Tür gegangen, wo sie stirnrunzelnd und mit dem Fuß wippend stand.

»In Ordnung.« Sie machten Anstalten zu gehen. Dons Herz machte vor Erleichterung einen Satz – doch plötzlich drehte sich Hans um und fuhr mit der Hand über den oberen Teil des Fensterrahmens. O nein! – Ein Scharren, und verdammt – gottverdammt! –, er zog das Messer aus dem Versteck, betrachtete es neugierig und prüfte die scharfe Schneide, die es dank Don bekommen hatte.

Miß Plastik und Klaus kamen mit einem Ding aus Segeltuch auf ihn zu.

»Stecken sie die Arme hier hinein!«

»Was ist das?«

»Ein Abendanzug«, sagte Hans und kicherte. Sie hatten seine Hände schon halb in den Ärmel hineingezogen, bevor er reagieren konnte. Als seine Hände nirgendwo an Manschetten stießen, erkannte er, was es war – sie zogen ihm eine Zwangsjacke an!

»Nein! *Nein!*«

»Komm, Soldat, beruhige dich! Du bist fällig für eine Nacht im Beruhigungsraum.«

»Was? Ich habe nichts getan. Sie können nicht ...«

Viel zu spät fing er an, um sich zu schlagen. Er lag jetzt mit dem Gesicht nach unten auf dem Bett, während Hans auf ihm hockte und Klaus die langen Ärmel der Zwangsjacke um seinen Körper wickelte und zuband. Er strampelte und strampelte, fand aber keinen Widerstand. Dann kniete Klaus auf seinen Beinen und zog einen starken Reißverschluß zu.

In Sekundenschnelle schafften sie ihn in den Flur hinaus, hilflos. Doch selbst in dieser Situation erlaubte ihm sein gutes Training, zu treten und einen saftigen Tritt gegen Klaus' Hosenzwickel zu zielen. Aber im letzten Moment hielt er inne – er könnte hier niemals siegen, Gott wußte, mit welchen abscheulichen Rachemaßnahmen sie ihre Wut an ihm ausließen, wenn er Klaus' Eier verletzen würde.

Sein erster Eindruck vom Beruhigungsraum wurde bestimmt von der Hitze und dem Gestank nach Desinfektionsmitteln. Es gab kein Fenster, nur einen kleinen dicken Glasstein, der in die Tür eingelassen war. Es gab einen Abort ohne Sitz. Eine nackte Matratze lag schräg im Raum auf dem Boden. Das war alles.

Sie ließen ihn auf die Matratze plumpsen, und dann kam der Höhepunkt der Entwürdigung – sie zogen ihm die Schlafanzughose aus. Er wehrte sich und schrie, und er hörte, daß seine Stimme dumpf klang. Der Beruhigungsraum hatte eine wirkungsvolle Schalldämpfung. Das schwache Wimmern, das er hier in der Nähe gehört hatte, hätte von jemandem stammen können, der sich die Lunge aus der Brust schrie.

»Wie lang? Wie lang?« flehte er.

»Wir werden sehen«, antwortete Miß Plastik spröde, und dann gingen sie hinaus. Die Tür fiel mit einem lauten Krachen ins Schloß.

Er erhob sich und lief hinterher, um das Gesicht gegen das Glas in der Tür zu drücken. Es war nur von der anderen Seite aus durchsichtig. Hinter der Spiegelung seines Gesichts sah er nur den Schein der Deckenlampe. Voller Verzweiflung ließ er sich wieder auf die Matratze fallen. Aber er kam nicht zur Ruhe – unter der Zwangsjacke begannen die unsichtbaren Insekten wieder zu jucken.

An diese Nacht konnte er sich nicht, wollte er sich nicht mehr erinnern.

Er versuchte alles mögliche, schlug sich beinahe die Zähne aus. Er entdeckte an dem Notdurfteimer eine scharfe Kante und stellte sich mit dem Rücken davor, um das Segeltuch daran aufzuscheuern. Statt dessen glättete er nur die Metallkante, die verdammte Jacke war nicht aus normalem Segeltuch, sondern aus einem superfesten Stoff. Er verbrachte eine Stunde damit, sich an die Tür zu lehnen und das Gesicht gegen das Glas zu drücken. Einmal erschien draußen ein Kopf. Er schrie: »Hilfe!!«, so laut er konnte. Der Kopf verschwand wieder.

Der Durchfall setzte wieder ein, er versuchte, den Eimer zu erreichen, beschmutzte sich jedoch. Die Bisse der Insekten waren unvorstellbar qualvoll, er konnte sich nicht hinlegen, sondern lief in dem kleinen, heißen Zimmer auf und ab, auf und ab.

Schließlich warf ihn die Schwäche nieder, er kroch zur Matratze und kauerte dort zusammengekrümmt wie eine zuckende, wahnsinnig gewordene Kugel. Endlos, Stunde um Stunde voller Qualen ...

Irgendwann während dieser Ewigkeit wurde die Tür geöffnet, und die dunkelhaarige Schwester kam herein. Sie brachte ihm ein Glas Wasser und ein kühles, feuchtes Tuch, mit dem sie ihm das Gesicht abwischte. Es tat ihm unglaublich gut.

»Wie ... lange noch?«

Sie runzelte die Stirn. »Jetzt ist es bald vorbei. Ich werde mit jemandem reden.«

»Was ist das hier ... ein Braves-Kind-böses-Kind-Spiel?«

Sie verstand nicht, schüttelte nur verneinend den Kopf.

»Hören Sie, ich schreie nicht ... nicht mehr ... ich werde ... ein braves Kind sein.«

Sanft sagte sie: »Ein Patient hat mir etwas verraten, das angeblich hilft. Suchen Sie an Ihrem Körper eine Stelle, die nicht schmerzt – vielleicht das linke Ohr, vielleicht eine Hand oder die Zunge! Irgend etwas, das nicht weh tut – und konzentrieren sie sich darauf! Denken Sie *nur* an diese Stelle, die nicht weh tut! *Denken* Sie fest daran! Man hat mir gesagt, daß es wirklich hilft.«

Dann ging sie.

Er befolgte ihren Rat. Vielleicht half es ja wirklich.

Dann änderte sich die Beleuchtung in dem Türglas. Hans und Klaus kamen herein. Sie hoben ihn hoch und lösten die Zwangsjacke. Seine Arme waren so steif, daß er sie kaum herausziehen konnte.

So beschmutzt und nackt, wie er war, wurde er durch den leeren Flur zurückgeführt und auf sein Bett gestoßen. Er war sehr darauf bedacht, kein Wort zu sagen, nicht den geringsten Widerstand zu leisten. Er hatte inzwischen über einiges nachgedacht.

Das Entscheidende war, daß er hier herauskam. Seinem Leben hier ein Ende zu machen, war schlichtweg unmöglich. Davon hatten sie ihn überzeugt. Er war unumstößlich »sicher«, das stimmte.

Sein Entkommen mußte also nach ihren Methoden ablaufen. Er mußte ihr Spiel mitspielen. Grinsen, so tun, als ob es ihm besser ginge, alles erdulden. Keine Fragen, keine Bitten um Magenmittel. Keine Diskussion über einen behutsameren Entzug. Sogar ein Lächeln für Miß Plastik ...

Würde er das schaffen? O Gott, o Gott, was täte er alles nur für das Viertel einer D-Pille! Er war so schwach, so schwach. Konnte er all das schaffen, ohne etwas einzunehmen, konnte er durchhalten?

Er mußte.

Schließlich nahmen sie an, daß er nach Hause zurückkehren würde, sie konnten ihn nicht ewig hierbehalten. Und er vermutete, daß sie überbelegt sein mußten – durch das Gitter hatte er sehr viele Betten gesehen, von dem großen Raum mit der Kuppel aus, in dem er aufgewacht war. Wahrscheinlich waren sie bestrebt, ihn als »geheilt« zu betrachten und loszuwerden.

Wahrscheinlich waren sie versessen darauf zu beweisen, daß ihr brutales System funktionierte, daß er erfolgreich »entgiftet« war.

Grimmig lächelnd lag er in seinem Schmutz und in

seiner Schande. Er würde vor einem glutgläubigen Publikum spielen.

Also versuchte er es. Fast hätte er es vor Schwäche nicht geschafft, doch er trug sein Tablett immer schön an den Tisch, zwang sich zu essen, unterhielt sich freundlich mit dem jeweiligen Typen, der gerade neben ihm saß, und erzählte niemandem etwas davon, wenn er das ganze Essen nach der Rückkehr in sein Zimmer wieder erbrach. Während die Welt um ihn herum sich in einem Schwindel drehte, schritt er mit schlenkernden Armen über den Korridor. »Üben, üben!« Die dunkelhaarige Schwester lächelte ihn an. Als Miß Plastik bei einer ihrer Runden im Viertelstundentakt den Kopf durch seine Tür steckte, zwang er sich, ihr zuzulächeln und sie zu grüßen. Einmal entschuldigte er sich sogar, daß er ihr soviel Unannehmlichkeiten bereitet hatte. Sie lächelte und sagte: »Dafür sind wir ja da, Soldat.« Vor seinem geistigen Auge entstand ein Bild, wofür sie da wäre, wenn er das Sagen hätte, und er grinste zurück. Er versuchte, sein Zimmer sauberzuhalten, und wenn eine Inspektion anstand, benutzte er den Wischlappen.

Das Problem war nur, daß er sich kein bißchen besser fühlte. Innerlich. Die Nächte waren eine Hölle von Alpträumen. Und er wurde nicht stärker, sondern schwächer; die Schwäche lastete wie ein eisernes Joch auf seinen Schultern, und nach jeder Anstrengung war ihm schwindelig, und er keuchte. Er verbarg das, so gut er konnte, und wenn er gelegentlich hinfiel, dann schob er das auf die Krankenhauspantoffeln. Eines Tages schaffte er es, zu duschen, und beinahe wäre er ertrunken, weil er in der Kabine ohnmächtig geworden war. Er fand die Wäschekammer und holte sich einen sauberen Schlafanzug, aber er brauchte fast eine halbe Stunde, um ihn anzuziehen, wobei er sich an das Regal lehnte und der Raum um ihn herum in Schwärze versank. Er wurde von Tag zu Tag schwächer.

Worin bestand der Plan – sollte sein Körper wieder

lernen, selbst die benötigten Substanzen zu produzieren, wie ihm jemand erzählt hatte? Was wäre, wenn sein Körper sich weigerte, wenn er den kritischen Punkt schon überschritten hatte? Er wußte nicht viel über die Funktionen der inneren Organe, es interessierte ihn auch nicht, aber er wußte, daß die einzelnen Menschen sich erheblich voneinander unterschieden. Was wäre, wenn er derjenige wäre, welcher sich nicht mehr erholen würde, dessen Adrenalindrüse oder was immer auch abgestorben war? Er hatte das Gefühl, daß seine Energieversorgung immer mehr nachließ, wie bei einer verbrauchten Batterie, jeden Tag wurde sie geringer. Es bereitete ihm ernsthafte Sorgen, daß er es nicht schaffen könnte, seinen Entschluß durchzuführen, daß er hier für alle Zeiten mit seinen unerträglichen Erinnerungen festsäße.

Aber wunderbarerweise funktionierte es. Sie *waren* in der Entzugsabteilung überbelegt. Es dauerte keine Woche, bis man ihn wieder verlegte, diesmal in einen Korridor, in dem Stühle standen, und mit einem freien Zugang zu der Räumlichkeit zwischen den Gittern, dem »Aufenthaltsraum«. Am Ende des Korridors befanden sich normal aussehende Doppeltüren, die auf einen gartenähnlichen Ort hinausgingen. Sein neues Zimmer war nicht größer als das bisherige, aber das Fenster, zwar ebenfalls vergittert, hatte durchsichtige Glasscheiben und Vorhänge. Er ging hin und blickte hinaus auf eine Wand und einen verwilderten Garten. Und die Fenster konnten mittels eines Drehgriffs, den man durch das Gitter erreichen konnte, geöffnet werden! Er zwang sich trotz seiner zitternden Arme, die Flügel weit aufzuschieben, dann sank er auf den Stuhl, um die frische Luft tief einzuatmen. O Gott! Einen Augenblick lang fühlte er sich wirklich besser.

An seinem zweiten Tag dort gewährte man ihm einen »Gelände-Freigang«. Hans kam, schloß die Tür am Korridorende auf und deutete hinaus auf den Weg durch den ungepflegten Garten. »Geh spazieren! Dreimal am Tag!« Dann ging er wieder hinein.

Ein paar Minuten lang konnte er es gar nicht glauben. Luft! Freier Himmel! Er vergrub das Gesicht in einer fast verblühten großen roten Rose. Welch berauschender Duft, der Duft der Freiheit ...

Zögernd, langsam ging er den Weg entlang. Ein zwei Meter siebzig hoher Maschendraht mit einem einfachen Stacheldraht als Krönung verlief neben ihm. Keine Stelle, über die er hätte klettern können. Der Zaun umschloß den Garten und ein Stück unbewirtschaftetes Land, in dem nur Bäume standen.

In diesem Moment bekam er einen Anfall von Ruhr. Er arbeitete sich durch die Hecke des Gartens in eine kleine Gruppe von Pinien. Man hatte den Zaun darum herumgeführt. Den Grund dafür sah er gleich darauf – der kleine Wald war von einem schulterhohen Dornendickicht umgeben. Er kämpfte sich durch dieses hindurch bis zu einer kleinen Lichtung in der Mitte. Hier hielt er an, da ihn ein bekannter Geruch warnte. Er brauchte eine Weile, bis er die Quelle dafür entdeckte, unter einer Decke von Piniennadeln.

Ohne Zweifel hatte sich der Trupp, der den Zaun angelegt hatte, nicht die Mühe gemacht, das Wäldchen zu untersuchen. Ein toter GI lag eingebettet in den Nadeln, seine M-30 neben der ausgestreckten Hand. Die Hand war fast bis zum Knochen verfault; der Körper war merkwürdig eingeschrumpelt und unter der Hülle des Kampfanzuges verwest. Er mußte beim letzten Angriff auf San Izquierda getötet worden sein. Aber Don verschwendete daran keinen Gedanken – mit einem erstickten Aufschrei warf er sich neben dem Toten zu Boden, und seine Hand fuhr gierig in die Tasche der steif gewordenen Jacke.

Und – oh, du lieber Gott im Himmel! – es war da!

Ungläubig zog er die kleine gelbe Schachtel heraus und öffnete sie mit krampfhaft beherrschten Fingern.

USN

Sie war ... *voll!* Oh, welch ein Schatz – er starrte auf die Reihen von D's, die Vertiefungen mit den KZ's, das Spalier der Tiefschlaf-Pillen. Hier, in seiner Hand! Vorsichtig, sehr vorsichtig nahm er eine D-Pille heraus und schloß die Schachtel wieder, bevor er sie schluckte. Welches unglaubliche Glück, das ihn gerade in dem Moment rettete, als seine Kraft endgültig zu versiegen drohte!

Dann erinnerte ihn sein Körper wieder an sein Bedürfnis, und eilig ließ er die Hose herunter. Während er da so kauerte, stellte er fest, daß der Tote zum gleichen Zweck hergekommen war – die Hose des Kampfanzugs war heruntergezogen. Jemand hatte ihn verfolgt oder auf ihn gelauert; die unteren Teile der Leiche waren weggepustet, graue Stücke des Beckens stachen aus längst totem Fleisch heraus. Große, schmierige schwarze Pfützen, Matsch, so alt, daß sich die Fliegen kaum mehr dafür interessierten. Der Tod führte sein Werk in diesen Breitengraden schnell zu Ende.

Aber er hatte ihm das unschätzbar kostbare Päckchen in seiner Hand gelassen, und das erste leichte Glühen stahl sich durch seine Adern.

Wo sollte er es verstecken?

Unter dem Beinverband. Dann erhob er sich und ging um sich spähend zurück auf den Weg, machte die Runde bis zur Tür. Unterwegs bemerkte er, daß der stabile, grobmaschige Zaun mehrere Tore hatte, die mit Ketten und Vorhängeschlössern versperrt waren.

Er klopfte an die Glasscheibe, und Hans ließ ihn sofort herein und schloß hinter ihm wieder ab.

»Das war ein wundervoller Spaziergang«, sagte er zu Hans in aufgeräumtem Plauderton. »Man fühlt sich gleich viel besser.«

In seinem Zimmer dachte er erst einmal gründlich nach. Hier kam nicht alle fünfzehn Minuten jemand herein, aber man wußte nie, wann jemand den Kopf hereinsteckte. Schließlich nahm er die Pillen aus der

Schachtel und versteckte je eine oder zwei zusammen, im Saum der Vorhänge, unter der Abdeckung der Steckdose, in einem Spalt an der Rückseite der Toilette und in anderen Winkeln. Er würde schon nicht vergessen, wo sie alle waren, er nicht! Zur Essenszeit ließ er die leere Schachtel unbemerkt in den Abfalleimer gleiten, der bei dem Tablettwagen stand.

Das Essen an diesem Abend war ein strahlendes Ereignis. Die Schwäche war einer milden Müdigkeit gewichen, alle Schmerzen waren verschwunden; die D-Pille hatte die gleiche Wirkung auf ihn wie früher, bescherte ihm ein rosiges Glühen und eine Wachheit und vertrieb alle Probleme. Er unterhielt sich mit den Leuten, stellte Fragen und hörte aufmerksam ihren Antworten zu, er half sogar einem der Zombies von der Entzugsabteilung, sein Tablett zu finden. Der Mann grunzte ihn an und sah ihm aus der Nähe in die Augen. Don sah, daß die von den KZ's verursachte Rötung noch nicht ganz verschwunden war. Sein Arm steckte in einer großen Schlinge und stand weit von seinem Körper ab. »Es wird schon werden«, tröstete Don ihn sanft. »Du mußt den Scheiß einfach hinter dich bringen.« Der Mann grunzte erneut.

Als er Miß Plastik sah, grüßte er sie fröhlich und erzählte ihr, daß der Spaziergang im Garten ihm wirklich gutgetan habe. Sei ein bißchen vorsichtiger, mahnte er sich selbst. Du benimmst dich wie betrunken. Er schwächt sein Grinsen ab.

Sie zog die Stirn kraus. »Wenn Sie nach draußen gehen, Soldat, sollten Sie besser Kleidung anziehen.«

»Kleidung?«

»In der Wäschekammer finden Sie Drillichanzüge. Dafür sind sie dort.«

Das wurde ja immer besser. Auf dem Rückweg in sein Zimmer holte er sich Jacke und Hose, die dem Anschein nach in Ordnung waren und alle Knöpfe hatten. Die Wäscherei hier wird von starken Jungs geführt, dachte er gutgelaunt und glühte innerlich durch das angenehme Gefühl, daß alles in allerbester Ordnung sei.

Zur Nacht nahm er einen Tiefschläfer, und zum erstenmal schlief er, süß und ohne Träume. Alles, was der Krieg ihm angetan haben mochte, war weit weg und ging ihn nichts an.

Sein letzter Gedanke war, daß er mit System vorgehen und sich die Tabletten einteilen mußte. Er mußte zurück an die Front. Er wußte jetzt, daß er abhängig war; mit den Pillen war er normal, ohne sie war er ein kranker Schatten. Und die Front war der Ort, wo es welche gab. Es wäre nicht schwierig, abzuhauen und dorthin zu gelangen; es gab nicht viele, die *in* die Kampfgebiete abhauten. Und wenn er sich ein paar geschickte Worte zurechtlegte, würde er es bei jeder Einheit schaffen, aufgenommen zu werden.

Die Tage vergingen wie schwebende Blumen. Immer wieder mußte er sich ermahnen, sich nicht zu euphorisch zu benehmen, aber niemandem schien an ihm etwas Ungewöhnliches aufzufallen. Sogar die dunkelhaarige Schwester akzeptierte seine Geschichte von dem Garten und wie gut ihm die Blumen getan hätten, und sie lächelte liebevoll.

Dann kam der Morgen des Tages, an dem jeder außer ihm zu wissen schien, daß er am nächsten Tag entlassen würde, gemeinsam mit vier oder fünf anderen Burschen, die ebenfalls einen Entzug hinter sich hatten.

An jenem Nachmittag machte er noch eine andere Entdeckung. Hatte er sich verrechnet, oder hatte er doch etwas vergessen? Wie auch immer, er fand nirgends mehr D's. Er konnte suchen, soviel er wollte, es gab keine mehr. TL's, und KZ's waren noch da, aber keine Durchhalte-Pillen. Na gut, zum Teufel, er hatte schon früher mal keine gehabt, er könnte es auch ohne schaffen.

Aber als die Stunden vergingen und sich die Insekten wieder bemerkbar machten, geriet seine Entschlossenheit ins Wanken. Er fischte sich mit zwei Fingern eine KZ-Pille aus dem Versteck. Sie waren eigentlich nur für Gelegenheiten der direkten Feindbegegnung gedacht. Aber hier, soweit entfernt von der Front, was konnten sie ihm anhaben? Er konnte sich nicht an irgendwelche schlimmen Nebenwirkungen erinnern, außer dem Ausbruch unbändiger Kraft …

Eine nicht existierende Kolonne von Termiten krabbelte unter seinen Hosenbund, er krümmte und kratzte sich. Eine Minute später mußte er es erneut tun. O Gott, nicht so etwas … wenn er sich sehr zusammennahm und niemanden aus der Nähe in seine Augen sehen ließ, könnte nichts passieren.

Er knackte eine KZ.

… Wie er es sich vorgestellt hatte, geschah nichts, außer daß er sich wacher vorkam und das Jucken der Insekten nachließ. Außerdem erschienen ihm die Farben heller und strahlender. Verdammt, KZ's sind nichts anderes als Super-Aufputschpillen, dachte er. Aber er war nachlässig geworden; er stand direkt vor dem Fenster, wo jeder hätte hereinsehen und ihn beobachten können. Eine perfekte Zielscheibe. Er trat zurück und zog die Vorhänge zu.

Seine Gedanken schweiften ab zum letzten Tag, den er im Kampf verbracht hatte. Anhöhe Nummer dreißig-vierzig-sieben war ihr Angriffsziel. In dieser Gegend nannte man die Berge »Anhöhen«. Die Front hatte sich inzwischen viel weiter nach vorn verschoben, hatte er die Leute sagen hören. Aber wo war der Feind jetzt?

Er sah sich besorgt um, öffnete die Vorhänge einen Spalt und spähte hinaus. Draußen bewegte sich nichts. Auch im Korridor nicht. Oder, Moment mal – sein Hörvermögen schien geschärft –, da waren Schritte am anderen Ende des Korridors, im Aufenthaltsraum. Kleine, tapsende Schritte.

Als er angestrengt lauschte, wurden sie deutlicher, schärfer. Und sie kamen in seine Richtung!

Auch konnte er ein schwaches Klappern vernehmen. Aha, das konnte nur der Schlüsselring sein, den Miß Plastik am Handgelenk trug.

*Feind*geräusche, die sich an der Wand entlang näherten. Waren sie ihm bestimmt? Automatisch verkrallte er die Hände und fuhr sich über die Schwielen an der Außenseite seiner Handflächen. War man weich geworden? War jemand auf die Idee gekommen, sie könnten ihn jetzt holen? Er legte das Ohr an die Tür und lauschte.

Es waren die Schritte einer einzelnen Person.

Die kleine blonde Schwester ist zu ihrem Nachmittagsdienst wieder mal zu früh gekommen. Sie macht viele Extraschichten, zum Teil, weil es in San Izquierda nichts zu unternehmen gibt, hauptsächlich jedoch aus einem penetranten Verantwortungsbewußtsein heraus. Zweimal hat sie beim Zurückkommen eine Tür offen vorgefunden, die verschlossen hätte sein sollen. Die Leute sind ja so nachlässig. Jetzt zum Beispiel sind wieder beide Pfleger gemeinsam zum Essen gegangen, was gegen die Vorschrift ist. Sie sieht sich im Aufenthaltsraum um; im Moment sind keine schweren Fälle hier. Aber sind die Türen zum Garten verschlossen? Die Pfleger sind in dieser Hinsicht besonders leichtfertig geworden, nachdem jetzt so viele Patienten Geländefreigang haben.

Sie beschließt, sie zu überprüfen, bevor sie den Rundgang durch die Entzugsabteilung macht.

Sie streift sich den offiziellen Schlüsselring über und macht sich auf den Weg den Korridor hinunter, tap-tap-tap.

Als sie an der letzten Tür vorbeigeht, wird diese lautlos geöffnet, und ein schattenhaftes Gesicht blickt heraus, direkt in ihres.

Um sich ihren Schrecken nicht anmerken zu lassen, setzt sie ein strahlendes Lächeln auf und sagt: »Hallo, Soldat.«

Das sind die letzten Laute, die sie von sich gibt.

Sie wird nie erfahren, was ihr an den Hals fährt, den zarten Kehlkopf zerschmettert und die Stimmbänder zermalmt. Sie hätte nie gedacht, daß eine menschliche Hand einen solchen Schlag wie mit einem Armeebeil ausführen kann, hätte nie gedacht, daß ihr die Stimme genommen werden könnte, bevor sie die Möglichkeit hätte zu schreien.

Sie sinkt schmerzverkrümmt zusammen und spürt, daß sie in das Zimmer gezerrt wird. Die Kleider werden ihr vom Leib gerissen. Sie schlägt wirkungslos auf unmenschlich starke Hände ein. Eine belegte Stimme sagt: »Du weißt doch, daß ich dich hinterher umbringe?«

Und dann trifft ein schmetternder Faustschlag ihr Gesicht, bricht ihr den Kiefer, und dann noch einer ...

»Du wirst keine hübsche Leiche sein.«

Der Pfleger, dem er den Namen Hans verpaßt hat, hat ihn bei seiner Bettdurchsuchung auf eine Idee gebracht. Jetzt hebt er die Matratze hoch und legt den kleinen Leichnam flach auf die durchhängenden Federn. An ihm ist kein Blut, nirgends ist Blut. Er zieht die Matratze wieder zurück an ihren Platz – es ist kaum eine Erhebung zu erkennen. Zur Tarnung richtete er das Bett schön ordentlich her. Jeder, der hereinsehen wird, wird ein säuberlich aufgeräumtes leeres Zimmer sehen, Soldat.

Jetzt noch ein paar Kleinigkeiten erledigen, die Pillen einsammeln und gehen. Als erstes hat er den Schlüsselring an sich genommen; an ihm sind zwei Schlüssel für Vorhängeschlösser.

Der Korridor ist leer. Hans und Klaus sind nirgends zu sehen. Die Tür zum Garten ist verschlossen, aber gleich mit dem ersten Schlüssel, den er probiert, läßt sie sich mühelos öffnen. Er schlüpft hinaus und schließt hinter sich wieder ab. Einen Augenblick später bahnt er sich einen Weg in das Pinienwäldchen.

Nichts hat sich geändert, außer daß noch ein paar Piniennadeln mehr das Gesicht der Leiche bedecken. Sein erster Gedanke gilt dem Gewehr und der Munition – aber Moment mal, er braucht ja auch eine Identität. Er greift nach der Erkennungsmarke des Toten. Die Kette gleitet durch die brüchige, hohle Knochenschale des Genicks. Isidore West – jetzt ist er Isidore West. Isidore auf dem Weg nach Izzy. West hat keine Papiere dabeigehabt, nur das abgegriffene Photo eines jungen Mädchens. Gut, er wäre also willkommen, wo immer er auftauchen würde.

Vielleicht wäre die Kampfausrüstung auch ganz nützlich. Zögernd zieht er den Toten aus der Jacke, aber er kann sich nicht überwinden, die vermoderten Stiefel anzufassen. Er schüttelt einen großen schwarzen Käfer aus dem Hemd und zieht es unter dem Drillich an, so wie es üblich ist. Den Munitionsgurt als oberstes.

Okay, jetzt durch das Tor hinaus, die M-30 in die lokkeren Hosenbeine des Drillichs gesteckt. Im letzten Moment greift er auch noch nach zwei Granaten, die West mit sich herumgetragen hat, und hakt sie an seinem Gürtel fest.

Der zweite Schlüssel öffnete das Vorhängeschloß des Tors im Zaun, und er tritt gelassen hinaus, bevor jemand in den Garten kommt. Gut so, er hat keine Lust mehr zu weiterem Zoff, obwohl er jetzt ein hübsches Plätzchen weiß, wo er Leichen verstauen kann. Er läßt die Kette wieder ins Schloß schnappen und sperrt hinter sich zu.

Draußen verläuft eine Schotterstraße. Ein Wegweiser, auf dem die Umrisse eines Busses abgebildet sind, gibt die Richtung nach San Izquierda an. Er braucht irgendein Transportmittel, und GI's können umsonst in den Bussen fahren.

Aber er wollte, er hätte eine Landkarte. Die Front müßte sich irgendwo in Richtung Norden befinden – die Himmelsrichtung kann er am Sonnenstand ablesen –, aber wo und wie weit? Er ruft sich die strategischen Karten ins Gedächtnis zurück, mit den säuberlich gezeichneten Linien und angenommenen Gué-Stellungen und Angaben über ihre Stärke, in der sogar seine eigene Kompanie markiert war. Irgendwo in den Staaten sitzen Männer in friedlichen Räumen und zeichnen diese Linien. Numerieren die Anhöhen. Bewegen kleine Zinnsoldaten durch die Landschaft, wenn sie Neuigkeiten von der Front erhalten.

Er ist ein kleiner versprengter Soldat, aber die Landkarten-Macher wissen nichts davon. Er und Isidor West.

Hinter ihm rumpelte etwas. Er dreht sich blitzartig um, aber es ist nur der Bus von San Izquierda, der aus der Richtung der Stadt kommt.

Er hält neben ihm an, wie perfekt inszeniert, und ein junges Mädchen steigt aus. Eine Sekunde lang glaubt er, es sei das Mädchen, das ihm die Nägel geschnitten hat. Aber das kümmert ihn jetzt nicht; er hüpft hinein und humpelt durch den Gang nach hinten, wobei er sein Gewehr verborgen hält. Die Wirkung der KZ-Pille scheint etwas nachzulassen. Er setzt sich auf den hintersten Platz, fischt sich noch eine Tablette heraus und schluckt sie.

In dem Bus sitzen nicht viele Fahrgäste; drei Frauen mit Babies, ein paar sehr alte Männer und Frauen, zwei oder drei Kinder, Körbe mit Hühnern und ein Schwein mit einem Seil um die Hinterbeine.

Er wartet, bis sie ein ganzes Stück weit weg vom Krankenhaus sind, erst dann bringt er das Gewehr zum Vorschein. Es bedürfte dringend einer Reinigung, aber es funktioniert noch. Er wiegt es in seinem Arm und schaukelt den Gang zum Fahrer vor.

»Wo befinden sich die Guévaristas jetzt?« fragte er in holperigem Spanisch.

»Nada, nada.« Der Fahrer macht einen belustigten Eindruck.

»Aber wo wird gekämpft?« beharrte Don. »Ich habe die Orientierung verloren.« Während er das ausspricht, erkennt er, daß der Fahrer nur das letzte Wort verstehen und meinen könnte, er sei verloren. Also versucht er es noch einmal. »*Me equivado* – ich habe mich verlaufen. *Donde* – wo sind sie? *Mis amigos* sind dort. Ich muß zu meinen Freunden.«

»Ah!« Der Fahrer macht eine weiträumige Handbewegung nach vorn. »*Al norte* – weit weg, *muy lejos,* sehr weit.«

»Ah«, sagt er jetzt seinerseits. »*Gracias.* Ich fahre mit dir nach Norden. Ich möchte nicht zurück nach San Izquierda.«

»*Si.*«

Er dreht sich um und geht zurück zu seinem Platz, wobei er beinah über das Schwein fällt.

An der nächsten Haltestelle steigt eine alte Frau mit Hühnern aus, und ein Junge auf Krücken hüpft herein. Ihm fehlt ein Fuß, das Bein endet in einem dreckigen Strumpf, der um den Stumpf gebunden ist. Er sieht aus wie ein sehr junger Sechzehnjähriger. Als er sich hinsetzt, bemerkt Don, daß er unter dem Arbeitskittel die Hose einer Gué-Uniform trägt, und sein einer Stiefel gehört zur Gué-Kampfausrüstung. Offenbar ein verwundeter Veteran, der zurückgelassen wurde, als sich die Front nach vorn verschob. Der Junge wirft ihm einen eindringlichen Blick zu, dann wendet er den Kopf ab.

Don zuckte zusammen und nimmt sich noch eine KZ aus der Schachtel. Aber sie wirkt nicht schnell genug, um ihn davon abzuhalten, an die Männer zu Hause mit ihrem behaglichen Leben zu denken, bei denen der Krieg im Saal stattfindet, die Linien auf Landkarten eintragen und ihre Zinnsoldaten hin und her schieben.

Der Bus rumpelt weiter; ab und zu hält er, um jemanden aussteigen zu lassen. Leute, die nach einem Tag in San Izquierda nach Hause zurückkehren. Da und dort, geduckt zwischen den Bäumen, stehen kleine *Casitas* im

Maya-Stil, jedes mit einer winzigen Landwirtschaft, wo Getreide und Melonen und Bohnen gedeihen. Neben den meisten steht ein Papayabaum dicht ans Dach gelehnt.

Der Bus fährt durch einen kleinen Marktflecken. Hier sind fast alle Häuser abgebrannt und ausgeplündert, trotzdem steigen zwei alte Männer aus. Der einbeinige Junge ist immer noch im Bus und unterhält sich mit einer Frau mittleren Alters. Seine Stimme hört sich wütend an.

Don muß ihn andauernd anstarren, wobei er einen kleinen Adrenalinschub verspürt. Ist dieser Bursche einer von denen, die die B-Kompanie damals vor der Anhöhe dreizehn-vierzig-sieben aus dem Hinterhalt überfallen haben? Viele seiner Kameraden mußten damals dran glauben. Es war tief drin in Bodégua, aber niemand wußte genau, wie weit. Die Grenze verlief in jenem Gebiet unklar, angeblich wurde sie von einem Gebirgskamm gebildet, der sich immer wieder verzweigte. *Es ist ihr Land* flüsterte eine Stimme immer wieder in Dons Kopf. Genau wie die Hose, die der Junge anhat, die offizielle Uniform ihrer Armee darstellt. Wie unheilvoll seine Regierung auch immer sein mag, es ist ihr Land. Nicht seins, der hier eindrang und seine Söhne erschoß. Aber dies ist der *Feind,* ein Glied im Internationalen Atheistischen Roten Kommunismus. Er sieht in diesem Moment allerdings nicht sehr nach einem Feind aus, sieht auch nicht nach einem Glied von irgend etwas aus.

Der Junge lacht grimmig über eine Bemerkung, die die Frau gemacht hat, und wirft einen Blick auf Don. »*Yanqui!*« zischt er stimmlos, jedenfalls scheint er das zu sagen – der Bus macht einen solchen Krach, daß man es schwer verstehen kann. »*Yanqui*-Mörder.« Er sieht Don mit einem harten Blick an, die Augen begegnen den seinen. Dann scheint er plötzlich etwas entdeckt zu haben, das seine Stimmung verändert. Er läßt sich in den Sitz zurückfallen und sagt etwas zu der Frau. Sie rafft ihre Körbe zusammen und steigt an der nächsten Haltestelle aus.

Don fällt ein, daß sich seine Augen wahrscheinlich von den KZ's gerötet haben, und der Junge hat es gesehen und weiß, daß Don ein Gewalttäter ist. Sie kennen sich mit KZ's aus.

Der Bus ist von der Hauptstraße abgebogen und scheint jetzt in einem Bogen nach San Izquierda zurückzufahren. Er muß aussteigen und nach einer Fahrmöglichkeit in Richtung Norden suchen.

Plötzlich neigt der Junge den Kopf und lauscht. Der Bus hält an, und Don kann es jetzt auch hören – das laute Dröhnen von Militärfahrzeugen. Im nächsten Moment werden sie auf der Straße sichtbar, die sie gerade verlassen haben – eine lange Kolonne von Lastwagen mit Tarnanstrich und Raketenträgern. Die Lastwagen sind vollgestopft mit amerikanischen Soldaten, deren Beine über die Klappen der Ladeflächen baumeln. Das müssen Ersatzmannschaften und Nachschub für die Front sein. Das ist genau die Art von Transportmittel, die er braucht. Und das muß die Hauptstraße zur Front sein. Er wird aussteigen und dorthin zurückgehen und warten.

Gerade als er auf dem Weg zur Tür ist, hört er ein weiteres Geräusch. Der verkrüppelte Junge gibt einen sonderbaren Pfiff von sich. Dann hört Don es – durch das Dröhnen der Fahrzeugkolonne und den Motorlärm des Busses dringt ein gleichmäßiges Knattern – ein Hubschrauber. Wahrscheinlich zur Begleitung der Kolonne. Aber Moment mal – irgendwas stimmt mit dem Geräusch nicht. Er dreht sich um, um aus dem Rückfenster zu blicken, und sieht, was los ist.

Es gibt keinen Zweifel – es ist die häßliche eckige Rückseite einer Krasny 16 mit herausragenden Kanonen. Ein Kampfflugzeug der Gués, das es auf die Kolonne abgesehen hat.

In der Zwischenzeit haben Kanonen irgendwo vorn das Feuer eröffnet, von einer Stelle aus, die er nicht sehen kann. Das Kampfflugzeug dreht elegant seitwärts ab, über den Bergkamm und außer Sicht. Stille tritt ein.

Eine Sekunde lang durchzuckt Don ein Doppelblitz, wie das bei KZ's manchmal passiert. Es ist hier alles so friedlich, in einem ganz gewöhnlichen Bus auf einer ruhigen Landstraße, und die Pinien rauschen sanft im Wind. Er kommt sich verheerend deplaziert vor.

Und dann glitzern jenseits des Bergkamms Rotorflügel von Hubschraubern in der Sonne, und rechts, außer Sichtweite, ist ein Getöse von Schüssen und dumpfem Knallen zu vernehmen. Plötzlich kommt Leben in die Leute im Bus, die aufgeschreckt wild durcheinander zur Tür hasten. Sie wissen, daß ein Bus eine Zielscheibe ist, und sie ziehen es vor, einzeln oder zu zweit im Gestrüpp ihr Glück zu versuchen. Das Schwein quiekt.

Aber der Fahrer macht ihnen einen Strich durch die Rechnung. Er ruft: »San Izquierda! San Izquierda!« und der Bus fährt mit großer Geschwindigkeit los. Die Leute hämmern gegen die Türen und brüllen ihn an, daß er halten soll. Don steht jetzt neben ihm und greift zur Notbremse, aber sie bewirkt nichts. Er stellt den Fuß auf die Bremse, aber der Fahrer stößt ihn weg und versucht, ihn mit einem Schlag abzuwehren. Don schlägt zurück. Der Bus schlingert an eine Haltestelle, die Leute strömen hinaus, einschließlich des Jungen auf Krücken. In letzter Minute brüllt der Fahrer etwas und hechtet nach den anderen zur Tür; Don bleibt allein im Bus zurück.

Keuchend setzt er sich auf den Fahrersitz und überlegt. Jetzt hat er wirklich ein Transportmittel – er kann dieses Gefährt wenden und der Kolonne folgen, bis er kein Benzin mehr hat.

Vor ihm ist gleich eine Kreuzung. Aber als er genauer hinsieht, stellt er fest, daß sie verstopft ist: in erster Linie durch eine Viehherde, und dann durch eine Anzahl von zivil aussehenden Autos, die offenbar darauf warten, daß die Kühe den Weg freigeben. Saubere, teuer aussehende Wagen mit Fahnen auf den Kotflügeln. Sogar die Begleitjeeps sind strahlend sauber und haben auch kleine Fähnchen. Allem Anschein nach macht hier eine hochkarätige Gesellschaft einen Ausflug. Sie scheinen das Gué-Kampfflugzeug hinter ihm nicht bemerkt zu haben. Ehrwürdige ältere Zivilisten und Generäle in ihrem Putz in Begleitung ihrer Damen sind ausgestiegen, blicken sich in der Umgebung um und sehen auf San Izquierda hinab, das direkt unter ihnen liegen muß. Zu Dons Verblüffung ziehen einige der Männer Photoapparate heraus und fangen an zu knipsen. *Touristen!* Herr im Himmel! denkt Don.

Doch dann berichtigt er sich. Das sind keine Touristen – das sind, das sind solche Männer mit ihrem behaglichen Leben, von denen er geträumt hat, diejenigen, die vor ihren großen strategischen Karten sitzen, Linien einzeichnen und ihre Untergebenen kleine Soldaten und Fähnchen verschieben lassen.

Ohne nachzudenken, hat er noch eine KZ geknackt.

Ohne nachzudenken, hat er den Bus in Bewegung gesetzt.

Automatisch öffnet er die Haken der beiden Granaten und entsichert sie. Mit übertriebener Sorgfalt bricht er mit dem Gewehrkolben die Windschutzscheibe heraus, dann dreht er das Gewehr um, so daß der Lauf nach draußen zeigt.

Die Männer vor ihm steigen wieder in ihre Autos, alle dicht beisammen.

Gut so.

Die Front, die Guévaristas verblassen, entschwinden in der Ferne. Sein Fuß tritt aufs Gaspedal, der alte Bus braust los. Schneller, noch schneller. Don sitzt halb in der Hocke, sein Gewehr ist durch den glaslosen Frontrahmen gerichtet. Mit dem Fuß steht er auf dem Gaspedal, mit dem Ellbogen lenkt er, und so legt er auf sein Ziel an.

Noch schneller prescht der Bus jetzt vor, genau auf sie zu. Die Granaten ticken. Der erste Schuß löst sich aus seinem Gewehr und findet sein Ziel. Weitere folgen. Schreie.

– Und Don Still, den Fuß auf dem Gaspedal bei seiner Himmelfahrt, feuert, feuert, feuert – endlich hat er seinen Feind vor Augen.

Originaltitel: »Yanqui Doodle«

(erstmals erschienen in »Isaac Asimov's Science Fiction Magazine«, Juli 1987);
mit freundlicher Genehmigung der Erben der Autorin und der Agentur Mohrbooks, Zürich
Aus dem Amerikanischen übersetzt von Irene Bonhorst
Illustriert von Jobst Teltschik

Jan McDonald

Vivaldi

Im Distelwollen-Sternenschiff der Einbildung näherte Dr. Carl Silverman sich dem Schwarzen Loch. Goldenes Licht von der Zuwachsscheibe überflutete die kathedralenhafte Brücke des Phantasieschiffes, und die Luft hallte von melodischen Warnungen: Auf die Schwerkraft achten, auf die Schwerkraft achten. Vor dem Fernseher ausgebreitet, das Kinn auf die Knöchel gestützt, spürte der fast zehnjährige Hugh MacMichaels, wie die endlose Finsternis des Schwarzen Loches hinausgriff und die Kraft seiner Einbildung verschlang. Als williger Blinder Passagier auf Großer Fahrt durch das Universum hatte er Supernovae wie Feuerwerke am Himmel explodieren sehen. Galaxien hatten sich wie brennende Katharinenräder vor ihm gedreht. Er hatte Wunder geschaut, bis er zu der Ansicht gelangt war, es gäbe nichts mehr, das ihn noch verwundern könne, doch das Schwarze Loch rief nach ihm, das Schwarze Loch hatte ihn gepackt und fesselte ihn mit Fäden aus purem, unzerreißbarem Erstaunen. Als der Nachspann über den Bildschirm lief, flüsterte er immer noch »Mann; oh, Mann; oh, Mann«, und Papa räusperte sich und raschelte mit der Zeitung (»Jetzt haben wir wieder eine Woche Ruhe vor diesem Unfug«), während Mama klickklackend an den Fair Isle-Pullovern des Nichtverstehens strickte. Die Kohlen im Ofen krachten zusammen und gaben eine Hitzewelle ab, der Novemberregen trommelte gegen die Fensterscheibe, und die Zehn-Uhr-Nachrichten setzten dazu an, ihre aus Verzweiflung bestehende Last über das Land zu verstreuen, doch der fast zehn Jahre alte Hugh MacMichaels war immer noch weit, weit fort und segelte zusammen mit

Dr. Carl Silverman im Sternenschiff der Einbildung an den Rand des Universums.

VIVALDI CONTROL DARMSTADT,
WEST GERMANY 23:45 UHR
Z-200 144000 KM

Als Dr. Hugh MacMichaels, bärtig, kahl werdend, mit einer Neigung zur Fettleibigkeit, durch die schwingenden Glastüren der Mission Control Darmstadt schreitet, wird er bereits von der vielköpfigen Bestie namens PRESSE erwartet.

»Dr. MacMichaels, glauben Sie, daß ...«

»Dr. MacMichaels, stimmt es, daß ...«

»Dr. MacMichaels, was ...«

»Dr. MacMichaels, wann ...«

»Dr. MacMichaels, warum ...«

Er hebt den Arm, um die Bestie zu besänftigen.

»Hat irgend jemand Kirkby Scott gesehen?«

Alain Mercier, der durch den Korridor eilt, um seinen Projektleiter zu retten, beantwortet Dr. Hughs Frage mit einem vielsagenden gallischen Achselzucken, das von einem gelandeten Shuttle und im Verkehr steckengebliebenen Taxen erzählt.

»Herr im Himmel, was geht hier vor? Wir sind doch dabei, ein Raumfahrtprogramm durchzuziehen ...«

Man hält ihm ein bedrohliches Mikrofon entgegen.

»Dr. MacMichaels, ich bin Anne Praeger vom NBC-Fernsehen. Sie haben ein Interview mit Dr. Carl Silverman, nicht wahr? Für die Sendung *Neue Grenzen?* Erinnern Sie sich? Es ist alles vorbereitet.«

Neue Grenzen? Carl Silverman? Es geht alles viel zu schnell. Zwanzig Jahre, um sich darauf vorzubereiten, doch er befindet sich immer noch über Holland in der Luft. Die ehrgeizige, professionell agierende Anne Praeger drängt den armen, verwirrten Dr. Hugh zum Interview mit Dr. Carl Silverman ins Grüne Zimmer.

Silverman, der Kapitän des Sternenschiffes der Einbildung.

Das hättest du sehen sollen, Gemma. Von Angesicht zu Angesicht, mit der Legende höchstpersönlich.

Doch die Legende wird alt, grau und müde. Zu viele Jahre zu vieler Wunder.

»Ein paar Hintergrundinformationen für unsere Zuschauer«, sagt die Legende höchstpersönlich. »Wir senden direkt über eine Satellitenschaltung, also reden Sie einfach, werden Sie nicht zu technisch. Bloß ein paar Worte über die Geschichte des Fluges zur Oort-Wolke und die später erfolgte Entdeckung von Nemesis. Dann vielleicht etwas darüber, was das Projekt *Vivaldi* zu erreichen hofft. Geben Sie den Leuten daheim bloß eine Art Überblick, in Ordnung?«

»Gewiß«, sagt Dr. Hugh und fühlt sich klein, verloren und eingeschüchtert angesichts der Scheinwerfer, Kabel, Regisseure, Toningenieure, Mikrofonhalter, die alle testen und testen, zwei, drei, vier, angesichts der gelangweilten Maskenbildnerinnen, die auf Pulver pusten, sein Haar über die kahle Stelle kämmen und irgend *etwas* wegen der grauen Büschel in seinem Bart tun ...

»Wollen Sie sich die Fragen kurz ansehen, während die fleißigen Bienchen Sie fertig machen?«

Dr. Hugh nimmt den Texthalter. Nichts Neues. Er beantwortet schon seit zehn Jahren die gleichen Fragen, die seine Raumsonde betreffen. Anne Praeger vom NBC-Fernsehen setzt sich vor einer Kamera in Positur und glättet ihr Haar, und ein störender Regisseur gibt bekannt: »Okay, Boys und Girls, wir klinken uns jetzt ein. In zwanzig Sekunden gehen wir über den Satelliten ... Anne, ich geb dir 'n Countdown für die Einführung ... Siebzehn, sechzehn, fünfzehn ...«

»Moment!« schreit Dr. Hugh in plötzlicher Panik. »Ich bin noch nicht fertig! Ich bin noch nicht fertig!«

»Dreizehn, zwölf, elf ...«

Es gab einmal zwei Männer. Der eine war alt und weise und hatte ein Gesicht wie aus Brot und Kraut. Der andere war jung und ziemlich naiv, und die Menschen sagten über ihn, daß er mit seinem Bart ein wenig Sean Connery gliche. Dies freute den jungen Mann, weil Sean Connery zu den Idolen seiner Jugend gehört hatte. Die beiden Männer – der alte und weise und der junge und ziemlich naive – hatten viele Dinge gemeinsam. Sie waren beide Astrophysiker. Sie hatten beide einen Doktortitel. Und sie träumten beide von fernen Orten; von sehr, sehr fernen Orten, die weiter weg waren als die meisten Menschen es sich vorstellen konnten: Sie träumten von der Oort-Wolke, einer großen Kometenschale, die das Sonnensystem in einer Entfernung umhüllte, die fünfhundertmal so weit entfernt war wie der fernste Planet. Sie träumten von einem Raumschiff, das dorthin reisen und die Geheimnisse dieses finsteren und abgelegenen Ortes ergründen konnte, und so taten sie ihre Ideen, Pläne, Ansichten und Phantasien zusammen und erkannten bald, daß ihr Traum gar kein Traum war, sondern ein reales und praktisches Projekt. Also legten die beiden Männer – der eine alt, der andere jung – ihr Projekt einer Universität vor, und die Universität legte es der Europäischen Raumfahrtagentur vor, und da die Europäische Raumfahrtagentur in diesem Jahr gewaltige Erfolge vorweisen konnte und die Bemühungen der Russen und Amerikaner überflügelt hatte, sagte sie, ja, natürlich könnt ihr zur Oort-Wolke fliegen, wann wollt ihr anfangen?

»So schnell wie möglich«, sagten die beiden Männer.

»Gut«, sagte die Europäische Raumfahrtagentur. »Wenn ihr jetzt noch einen Namen für euer Projekt finden könntet, geben wir euch eine Rakete vom Typ Ariane, um es auf Kiel zu legen.«

Also gingen die beiden Männer hinaus, betranken sich an diesem Abend recht ordentlich, und um drei Uhr morgens saßen sie im Vorderzimmer des jungen

Mannes und hörten sich die Four Seasons an, als beide zur gleicher Zeit und mit einer Stimme sagten: »Aha! Vivaldi!«

Am nächsten Tag erzählte der alte Wissenschaftler dem jungen Wissenschaftler ein Geheimnis.

»Hugh, ist dir eigentlich klar; um was es überhaupt geht?« Käse, Zwiebelpastete und einen halben Liter Bier zum Frühstück im ›Dreispitz‹. Der Atem des alten Mannes roch nach Bier und Zwiebeln. »Laß dich von dem ganzen Kometenwolkenzeug nicht hinters Licht führen; ich habe es nur erfunden, um das Projekt finanziert und vom Stapel zu kriegen. Um was es bei Vivaldi wirklich geht, was Vivaldi *ist,* Hugh – es ist das erste brauchbare Sternenschiff.«

Draußen fiel der süße Septemberregen auf Edinburgh nieder; lauwarm und leicht säuerlich, ein endloses Nieseln, das seit dem Ableben des Sommers im Jahr '87 ständig vom Himmel fiel. Vom sauren Regen deprimiert, fiel der Blick der grauen Augen des jungen Mannes auf die Tischplattenstatue, ein transparentes Y aus Kunststoff, mit Vivaldi als Spinne, zusammengeduckt im Zentrum ihres Netzes.

»Das hast du ja fein hingekriegt, du alter Halunke. Alpha Centauri – ich komme.«

»Dumme alte Kerle müssen einfach zwischen den Seminaren mal etwas tun, das die jungen Spunte von ihren schmutzigen Gedanken ablenkt. Vergiß nicht, Hugh – der Sternenantrieb. Darauf kannst du Gift nehmen.«

»Mal sehen, welche Art Schub können wir aus der Ionen-Antriebssektion rauskriegen, ungefähr ein Viertelprozent C?« Der jüngere Mann rechnete, und der saure Regen strömte am Fenster herab. »Zweihundert Jahre? Du kannst keine zweihundert Jahre warten, Ben; dazu bist du zu ungeduldig. Mit der Oort-Wolke wären wir besser dran. Zumindest hast du eine Chance, dabei zu sein und die Ergebnisse zu sehen. Nur zwanzig Jahre.«

»Zwanzig Jahre für dich, Hugh. Für mich eine ganz große Scheiße.«

Dreizehn Monate später wurde *Vivaldi* von Arecaibo in Französisch-Guyana auf einem ESA-Ariane-Mutterschiff gestartet. Dr. Hugh und Dr. Ben beobachteten um zwanzig Minuten nach zwei Edinburgher Zeit den Start über eine TV-Leitung, und als die letzte Stufe herunterfiel und *Vivaldi* der Sonne seine Libellenflügel entgegenstreckte, prosteten sie einander mit Whisky zu und tranken auf den Erfolg des ersten irdischen Sternenschiffes.

Die Jahre vergingen. Dr. Hugh, jung und wirklich ziemlich naiv, verliebte sich in eine nette, hübsche, unabhängige Frau namens Moira, die sich einen Dreck um Ionen-Triebwerke und Kometenwolken scherte. Er heiratete sie, zog in ein hübsches Haus in ein hübsches Edinburgher Viertel und zeugte im Zuge der Zeit ein Kind namens Gemma, das das Lebenslicht ihrer Eltern war. Sie war auch das einzige Lebenslicht ihrer Eltern, denn kurz nach ihrer Geburt wurde Moira MacMichaels von ihrem Arzt zu sich gerufen und erfuhr, daß sie nie wieder ein Kind haben dürfe. Also wurde, obwohl sie noch immer eine junge Frau war, ihre Gebärmutter entfernt, und an der leeren Stelle, wo ihre Kinder gewesen waren, wuchs etwas Verbittertes und Finsteres in ihr heran.

Während all dieser Zeit flog *Vivaldi* weiter fort von der Erde. Die Kleeblätter seiner Lichtsegel fingen das Sonnenlicht ein und verwandelten es in Strom, der ihn langsam, langsam, langsam beschleunigte, Tag für Tag, Woche für Woche, Jahr für Jahr, und er wurde immer schneller auf seiner Reise zur Oort-Wolke.

Z-62 44640 KM

»Countdown zur Trennung von der Ionen-Antriebssektion … Zwanzig, neunzehn, achtzehn …«

Als Dr. Hugh mit dem Flughafen telefoniert, um zu erfahren, wo, zum Teufel, Kirkby Scott steckt, hört er, wie Alain Mercier mit dem Countdown anfängt. Die Stimme am anderen Ende des Telefons sagt ihm, ja, Flug TW 359 aus Los Angeles ist gelandet und geht gerade durch den Zoll, doch Dr. Hugh hört sie nicht, weil er ein halbes Lichtjahr weit entfernt ist, im Sternenschiff seiner Einbildung. Vor seinem geistigen Auge sieht er, wie *Vivaldi* sich von der Trägerrakete löst und auf Nemesis zufällt, während die dreihundert Kleeblätter der Solarpaddel weiter in die Finsternis hineinsegeln, eine dreiblättrige Blume, die ihren Samen abwirft. Er schaut von seinem Tisch auf, blickt über die Köpfe des multinationalen *Vivaldi*-Teams und hat die Vision seiner Einbildung in grellbuntem SonyColor auf der Großen Wand computersimuliert.

»Träger-Trennung erfolgt, Hugh.«

So weit, so gut. Der Bordcomputer hat seit der letzten Flugprogramm-Korrektur nicht vergessen, was er tun soll. Alle Dinge laufen gut. Sind immer gut gelaufen. Von der Glätte der Fernmeßanlagen umgeben, kaschiert die *verblüffende Ähnlichkeit* die Wahrheit, daß all dies längst geschehen ist, und zwar vor sechs Monaten. Trotzdem sagt er: »Würdest du mir einen Countdown für die Sicherheitsabstandmanöver geben, Alain?«

»Gewiß. Bin gleich soweit ... Jetzt. Countdown für Sicherheitsabstandmanöver ... Vier, drei, zwei, eins ... Schieber feuern.«

Neunundfünfzig Minuten von Nemesis entfernt fällt *Vivaldi* losgelöst von der Ionen-Triebwerksektion, taumelt, Opfer der Schwerkraft, antriebslos durch den Raum, auf das Schwarze Loch zu.

Am Tag von Ben Vordermans Beerdigung regnete es, doch der Regen hatte keine besondere Bedeutung. Es regnete jeden Tag.

Gehirnschlag. So hatte der Tatbestand gelautet. Der

alte Mann war mitten im Satz tot umgefallen, fünf Minuten nachdem er eine Vorlesung vor Astronomie-Zweitsemestern begonnen hatte.

Er war noch nicht in seinem Sarg erkaltet, als die Fakultät Bodkins zum *Vivaldi*-Projektleiter in Erwägung zog. Dr. Hugh wollte damit nichts zu tun haben. Er fand diese Vorgehensweise abscheulich. Noch am Tag der Beerdigung, wobei der Regen Ben Vordermans Grab füllte, hatten Tom MacIvor und Barbara Caldwell – während der Pfarrer seine Psalmen vorlas – eine Lobby gebildet und flüsternd um die Unterstützung der Regenmantel tragenden Trauergäste gebeten. Dr. Hugh war schockiert. Er war auf die eine oder andere Weise immer noch ein ziemlich naiver Mensch. Als er Moira von diesem Frevel berichtete, gab sie ihm genau dies zu verstehen. Sie liebte ihn zwar, aber er war wirklich ziemlich naiv. Anschließend sah er sie mit anderen Augen.

Dr. Hugh schätzte die Abende, an denen Moira in Gruppenbewußtseins-Kurse, Aerobic-Veranstaltungen, Frauenseminare oder zu Versammlungen der Nationalistischen Partei ging, denn dann hatte er eine Entschuldigung, ein paar Stunden allein mit seiner fast drei Jahre alten Tochter zu verbringen. Am liebsten streckte er sich, Gemma im Arm, auf der Couch aus und beantwortete alle ihre »Wasndas?«-Fragen über die Bilder, die sie im Fernsehen sah. Diese Abende zwischen Vater und Tochter waren gesegnete, geheiligte Stunden, und es war eine gewaltsame Störung, als mitten in der Sendung »Mein Hündchen und ich« (Gemma liebte sie; sie liebte den Hund, konnte aber mit dem Quiz nichts anfangen; er hätte ihr gern einen großen Wuschelhund gekauft, aber Moira war dagegen), das Telefon klingelte und Mr. Cameron, der Fakultätsanwalt, ihn bat, am nächsten Morgen zur Testamentsverlesung zu erscheinen.

Unbehaglich, mit zu engem Kragen, saß er auf einem

jener scharfriechenden Ledersessel, die in Anwaltsbüros unvermeidlich sind, und lauschte, als Mr. Cameron andächtig und mit großer Bekümmertheit Namen, Zahlen und Besitzstände vorlas.

»Außerdem ist es – das Einverständnis des Fakultätsvorstandes vorausgesetzt – mein sehnlichster Wunsch, daß Dr. Hugh MacMichaels mir als Projektleiter der *Vivaldi*-Mission nachfolgen soll. Weil sich Hugh«, hüstelte Mr. Cameron mit übertriebenem Eifer, »im Gegensatz zu den anderen Schweinehunden in der Abteilung, in Wirklichkeit einen Dreck um den Traum schert, die Sterne zu erreichen.«

Während Dr. Hugh auf dem unvermeidlichen Ledersessel saß und den Worten lauschte, die ihn im Alter von siebenundzwanzig Jahren zum Leiter eines Unternehmens machten, das erst nach seinem vierzigsten Geburtstag Früchte tragen würde (und aus Tom MacIvor und Barbara Caldwell unversöhnliche Feinde machte, was ihn traurig stimmte, da er es gern gesehen hätte, wenn alle Menschen seine Freunde gewesen wären) kreuzte *Vivaldi* die Umlaufbahn des Asteroidengürtels und flog auf Jupiter zu.

Z-45 32400 KM

»Wir kriegen gleich Simulationen auf den Schirm ... Jetzt.«

»Schwerkraftsensoren registrieren Flußkrümmung maximierend auf exponentiale Punktquelle. Nemesis ist voll da.«

»Kurscomputer an Kreisbahn anpassen, um Fallkurve zu hemmen.«

»Kirkby Scotts Limousine hat den Flughafen verlassen und ist auf dem Weg. Trifft ein in zwanzig Minuten.«

»Jetzt müssen jede Minute die Fernaufnahmen durch die Farbsimulationsvergrößerung kommen.«

Im Wirrwarr des Jargons und der Sprachen: Französische Akzente, deutsche Akzente, italienische Akzente, die Singsang-Akzente der Skandinavier, die weichen Stimmen der Iren, das Polyglott der Beneluxer, anonyme Schweizer und lispelnde Spanier. Dr. Hughs Tiefland-Schottisch versumpft beinahe in diesem Babel.

»Schon irgendwas da, was man sich ansehen kann?«

Alain Mercier, der Stabschef der ESA Darmstadt, kompetent und nicht aus der Ruhe zu bringen, erspäht Dr. Hughs Frage aus dem Teppich der Zungen und erwidert: »Die Bilder kommen jetzt auf den Schirm ... Da ist er ...«

Und plötzlich, ungeachtet der vielen Worte, die den Kontrollraum erfüllen, kann es nie genug von ihnen geben, um das Gefühl der Seele auszudrücken, die sich das Schwarze Loch anschaut.

Dr. Hughs erster Eindruck ist der von Endlosigkeit, eines unaufhörlichen Wirbelns, eines unaufhörlichen Drehens, einer unaufhörlichen Aktivität, eines sich drehenden, wirbelnden Regenbogens mit einem Herzen aus Dunkelheit, das das alles an sich zieht und vernichtet. Er hat noch nie etwas gesehen, das so finster ist wie das Herz des Schwarzen Loches. Ausgenommen vielleicht der Tod. Er kann den Blick nicht von den Harlekinringen aus Gas und Kometeneis nehmen, die um den Kollapsar herumtreiben, einen Mahlstrom aus Elementen, die einander wie Gottes Mühlen immer feiner und feiner zerreiben, sich heißer und heißer in das glühende Plasma vor dem letzten schmerzhaften Aufschrei in die Unsichtbarkeit des Ereignishorizonts zwingen.

Das ist es, Gemma, der Alptraum einer langen Winternacht, weißt du noch? Das ist Nemesis.

Als er nach der dämlichen Abteilungsfeier spät und betrunken nach Hause torkelte, wurde Dr. Hugh von etwas, das einem Schuldgefühl nahekam, dazu gezwungen, einen Blick in das Zimmer seiner zwölfjährigen Tochter zu werfen. Als er ihre Heizdecke ausschaltete (sie schlief ewig unter ihr ein und würde eines Tages noch einen elektrischen Schlag kriegen), schaute er in ihre blitzenden Augen, die ihn ansahen.

»Papa.«

»Was haben wir denn, Schatz?«

»Ich kann nicht einschlafen, Papa.«

Zwischen sie umarmen, sie küssen, ihr Gute Nacht sagen, dem Schließen der Tür und der Frage Na-wie-wär's-soll-ich-dir-noch-eine-Geschichte-erzählen? schwankend, ließ ihn ein plötzliches, vom Whisky hervorgerufenes Magenbeben besoffen auf dem Bett Platz nehmen.

»Papa, erzählst du mir noch eine Geschichte?«

»Bist du nicht schon ein bißchen zu alt für Geschichten?«

»Nicht für Gespenstergeschichten.«

Ein glänzender Blick traf einen müden, und Vater und Tochter fühlten sich gefangen im gemeinsamen Kitzel einer Verschwörung. Für Gespenstergeschichten ist niemand zu alt.

»Na schön, eine Gespenstergeschichte. Und sogar eine wahre.«

»Toll!«

»Eine, die mir heute passiert ist.«

»Papa!« Und dann, ungläubig: »Echt?«

»Wahrhaftig. Also, hör zu! Du hast ja schon Geschichten über die Geister von Menschen und Tieren gehört, und auch über die Geister alter Züge und Schiffe, aber diese hier handelt vom Geist eines Sterns.«

»Dem Geist eines Sterns?«

»Genau. Weißt du, wenn Sterne alt werden, Milliarden Jahre alt, dann sterben sie wie Menschen, die alt werden. Sie fallen in sich zusammen, kollabieren nach innen, schrumpeln ein. Aber im Gegensatz zum Menschen – na ja, im Gegensatz zu den Menschen, die ich kenne –, kommt es bei Sternen manchmal vor, daß sie so weit und so schnell in sich zusammenfallen, daß sie ein großes Loch hinter sich zurücklassen.«

»So wie das Wasser, das durch den Abfluß in der Dusche fließt?«

»So ungefähr. Der Stern fällt in sich zusammen und stirbt, aber er läßt ein Loch zurück, wie das Lächeln der Cheshire-Katze; einen Geisterstern, und wir nennen diese Geistersterne Kollapsare. Kannst du das sagen?« Er hatte selbst Schwierigkeiten, es auszusprechen.

»Kollapsare.« Worte faszinierten seine Tochter; je länger sie waren, desto besser.

»So ist es. So ein Kollapsar ist wie eine bodenlose Grube. Alles, was zu nahe an ihn herankommt, wird in ihn hineingezogen und fällt und fällt und fällt für immer, und es kann nie wieder heraus. Ein Kollapsar verschluckt alles, sogar das Licht, deswegen nennen wir ihn auch ein Schwarzes Loch. Und je mehr er verschluckt, desto größer und stärker wird er, und je größer und stärker er wird, desto mehr kann er an sich heranziehen und verschlucken.«

»Papa ...«

»Ich komme gleich zur Sache.« Er gewöhnte sich allmählich an die Dunkelheit des Schlafzimmers, er konnte Gemmas Gesicht in den wirbelnden Punkten der Finsternis ausmachen.

»Du klingst so ängstlich.«

Und plötzlich war er es auch. Entsetzt.

»Papa.« Eine Pause. »Du hast gesagt, es wäre eine wahre Geschichte.«

»Das stimmt.«

»Soll das heißen, daß es solche Kollapsare wirklich gibt?«

»Wir haben heute den ersten entdeckt.« Vielleicht hätte er auch sagen sollen, daß zwei amerikanische Wissenschaftler an der University of California dank der Informationen einer japanischen Weltraumsonde mit einem sowjetischen Röntgenteleskop heute einen gefunden hatten.

»Klingst du deswegen so ängstlich?«

Er konnte nicht antworten, und Gemma fragte in die Stille hinein: »Papa, hat *Vivaldi* etwas mit diesem K-k-klapp ...«

»Kollapsar. Tja, *Vivaldi* ist dorthin unterwegs.«

Er würde ihren kleinen Angstschrei nie vergessen.

»Papa, aber dann wird *Vivaldi* ja für immer und ewig fallen und fallen, und ...«

»Nein, mein Schatz. *Vivaldi* wird nicht in das Schwarze Loch fallen. *Vivaldi* wird sich am Rand des Kollapsars entlangbewegen und ihn sich anschauen. Er wird nicht hineinfallen.«

Doch als er auf dem Bett seiner Tochter saß, während die Herbstwinde um das Haus heulten, hatte er das Gefühl, daß er mit den Worten, daß *Vivaldi* sich zum Schwarzen Loch begab, sagte, daß er selbst dorthin gehen würde, und er erkannte, daß es dies war, was ihn an Gemmas Worten erschreckt hatte: das plötzliche, furchtsame Abbild seines *Ichs* fiel fiel runter runter drehte drehte sich rund rund rund, schrumpfte hinein in einen kleinen, rotierenden Homunkulus von einem Vater, fiel in das Schwarze Loch.

Der Schrecken lähmte ihn; die Sterblichkeit hatte ihm auf die Schulter geklopft.

»Dann wird *Vivaldi* sich die Kometen nicht ansehen?«

Er dankte Gott für Gemmas Frage.

»Ja und nein. Der Kollapsar dreht sich nämlich um die Sonne, und das dauert Millionen von Jahren. Er ist so weit entfernt, daß er durch die große Kometenwolke zieht. Weißt du noch, wie sie heißt?«

»Oort-Wolke.« Gemma wiederholte den Namen mit ihm zusammen. Ihr Mund formte die großen, runden Worte, wobei ihre Augen vor intellektueller Erregung strahlten.

»Und zufälligerweise ist die Region, durch die er zieht, dem Ort ziemlich nahe, den *Vivaldi* ursprünglich aufsuchen sollte. Das muß man sich mal vorstellen, Herzchen, *Vivaldi* ist das erste Raumschiff, das zu einem Schwarzen Loch fliegt.«

Er wußte, daß Gemma sehr stolz auf seine Arbeit war. Nicht jeder Papa schickte Raumschiffe an den Rand des Sonnensystems. Selbst wenn dieser Papa zufällig voll wie eine Haubitze war.

»Ich habe eine Frage, Gemma. Was weißt du über Dinosaurier?«

»Du meinst den Tyrannosaurus Rex und den Brontosaurus und so weiter? Was haben die denn mit *Vivaldi* zu tun?«

»Wart's nur ab. Warum sind heute morgen nicht zwei Dinosaurier hier und unterhalten sich über Astrophysik, sondern zwei Menschen?«

»Weil ein Komet die Erde getroffen und sie alle umgebracht hat.«

»Aha! So, und jetzt wieder zur Oort-Wolke. Wenn das Schwarze Loch sich durch die Kometen bewegt, kommt es manchmal so nahe an sie heran, daß es sie anzieht und verschluckt. Aber meist schubst es sie nur aus der Wolke heraus und schiebt sie auf die Sonne zu. Das letzte Mal ist so etwas vor fünfundsechzig Millionen Jahren passiert – in der Zeit der Dinosaurier, und du weißt ja, was aus ihnen geworden ist. Diesmal sind wir an der Reihe. Vielleicht haben wir Glück, und kein Komet kommt der Erde nahe. Vielleicht haben wir aber auch keins.«

Dr. Hugh sah die Furcht im Gesicht seiner Tochter. Sie war dunkler als die Dunkelheit des Zimmers, und er verfluchte sein trunkenes Mundwerk, sie so zu ängstigen. Doch dies war die Welt, in die er sein zwölf Jahre altes Kind ebenso gesetzt hatte, wie jeder andere Vater eines zwölfjährigen Kindes: eine Welt, in der das Aussterben vom Himmel regnete.

»Papa?«

»Ja, mein Schatz?«

»Hat dieser Kollapsar einen Namen?«

»Ja, er hat einen. Die Leute, die ihn entdeckt haben, nennen ihn Nemesis.«

»Was bedeutet das?«

»Es ist der Name einer altgriechischen Rachegöttin.«

»Papa, ich fürchte mich.«

»Gemma, mein Schatz, ich mich auch.«

Z-22 15840 KM

Bei sechzehntausend Kilometern füllte Nemesis die Große Wand. Halb hypnotisiert bittet Dr. Hugh betäubt um Daten. Die Daten halten das Schwarze Loch fern von ihm, ein halbes Lichtjahr weit weg, in der Oort-Wolke, denn in seinen grellen, falschen Farben auf den TV-Schirm projiziert, ist es einschüchternd, furchteinflößend.

»Winkelrotation 24000 pi Einheitswinkel pro Sekunde.«

»Peripherie des Kollapsar-Ereignishorizonts fünfzehn Kilometer.«

»Geschätzte Masse: vierfache Sonnenmasse.«

»Strahlungstemperaturschätzung 1,47 Millionen K; Energiedichte $2{,}2 \times 10^{25}$ ev. pro Liter.«

Gemma, steh mir bei! Nemesis ist viel gefährlicher, als er es sich je vorgestellt hat. Das Schwarze Loch ist in jeder Hinsicht viel größer, als er und Kirkby Scott geschätzt haben, nachdem die Entscheidung gefällt wurde, daß *Vivaldi* zum Kollapsar fliegt. Er ist sich nicht sicher, ob *Vivaldi* die Begegnung mit dem Schwarzen Loch überstehen wird. Seine sämtlichen momentanen Vermutungen bezüglich seiner weiteren Existenz basieren auf diesen hoffnungslos optimistischen, konservativen Annahmen, und selbst damals haben die Möglichkeiten nur von sechzig Prozent zugunsten des kleinen *Vivaldi* gesprochen. Die Widrigkeiten, die auf dem Schwarzen Brett des Buchmachers in der Kantine stehen, zeigen ein völlig anderes Vertrauensklima.

Dafür ist Vivaldi nicht gebaut worden, sagt er sich. Vivaldi wurde für einen kleinen Spaziergang zu den Kometen gebaut, nicht für einen Sprung, der ihn kopfüber bis auf zwölf Kilometer an den Ereignishorizont eines Schwarzen Loches bringen soll. Alles an Nemesis ist zu hoch: seine Masse, seine Hitze, seine Strahlung, seine Schwerkraft; Nemesis ist zu groß, zu nah, zu früh.

Verdammt sollst du sein, Schwarzes Loch. Du bist zu viel, und du wirst ebenso rücksichtslos zwanzig Jahre meines Lebens verschlingen, wie du ein Körnchen Kometenstaub verschlingen würdest.

Er erinnert sich. Er erinnert sich daran, mit Gemma, als sie noch klein war, in einen Disney-Film gegangen zu sein. In diesem Film hat er eine Schlange mit rotierenden, hypnotisierenden Strudelaugen gesehen, und Gemma schrie und schrie und schrie, bis er das Kino mit ihr verließ. Und jetzt, wo er vor Nemesis' Strudelauge steht, versteht er ihre Angst.

»Dr. MacMichaels ...«

Hä? Andrea Mencke, vom Personalbüro.

»Dr. MacMichaels, ich wollte Ihnen nur sagen, daß Kirkby Scott bereits angekommen und jetzt im Hause ist.«

Eines Abends kam Dr. Hugh nach einem geschäftigen Tag am Rande des Sonnensystems nach Hause in die Milicent Crescent 26 und fand dort einen Fremden in einem geschmacklosen – aber äußerst modischen – karierten Anzug in seinem Lieblingssessel vor, der liebenswürdig auf seine entzückte, fast sechzehn Jahre alte Tochter Gemma einredete und an einem Glas seines allerbesten Malt-Whiskys nuckelte.

»Hallo, Papa.« Gemma begrüßte ihn mit einem Kuß und umarmte ihn wie einen Teddybär. »Das ist Kirkby Scott.«

»Guten Abend, Sir«, sagte der kariert gekleidete Malt-Trinker, stand auf und schüttelte ihm begeistert die Hand. »Kirkby Scott von der UCLA. Ich glaube, Sie sind derjenige, der ein Raumschiff zu meinem Kollapsar hinaufschicken möchte.«

Sein Name war Kirkby Scott. Er kam zwar von der University of California in Los Angeles, aber er war in Wisconsin geboren, wo offenbar alle Kalifornier zur Welt kamen. Er war vierundzwanzig Jahre alt und hatte gerade an der UCLA als jüngster Student seinen Astrophysik-Doktor gemacht. Er und sein Kollege Paul Maziansky – jetzt tätig im Jet Propulsion Lab in Pasadena – hatten eine Studie über die Umlaufbahnen und Perturbationen von Kometen in der Oort-Wolke angefertigt, die auf der Hypothese basierte, daß die Sonne über einen entfernten Begleiter verfügte, den sie Nemesis getauft hatten. – Toller Name, oder etwa nicht? – Mit der Sub-Hypothese, die kurz darauf bewies, daß Nemesis ein Schwarzkörper-Objekt war, möglicherweise (doch inzwischen verifiziert) ein mittelgroßer Kollapsar von schätzungsweise drei Sonnenmassen, und aufgrund dieser epochalen Entdeckung (Worte wie ›Nobelpreis‹ waren schon im Umlauf) hatten die Space Lords der UCLA, der NASA und der ESA in ihrer gemeinsamen Weisheit beschlossen, daß er, Kirkby Scott, der neue Partner von Dr. Hugh MacMichaels beim *Vivaldi*-Projekt werden würde.

Woraufhin Dr. Hugh MacMichaels vom *Vivaldi*-Projekt sagte: »Sie werden *was?*«

Er ging zu den Space Lords der ESA, und die Space Lords der ESA sagten Dinge wie »Die Amerikaner fühlen sich ausgeschlossen« und »Immerhin haben sie das Schwarze Loch entdeckt«. Außerdem sagten sie Sachen wie: »Nun seien Sie bloß nicht kleinlich« und »Bruderschaft der Forscher«. Etwas situationserhellender fügten sie noch hinzu: »Die Amis haben irgendeine Impulsfusionsgeschichte für Sternenschiffantriebe laufen, sie nennen es ›Orion‹; na, und so weiter; eine Hand wäscht die andere, Sie kennen das ja.« Und etwas finsterer sprachen sie von »alten Verbündeten« und der »Solidarität des westlichen Bündnisses«. Und am allerfinstersten: »Direktive von Ganz Hoch Oben.«

»Hat der Projektleiter da nicht auch noch ein Wörtchen mitzureden?« fragte Dr. Hugh.

»Tut uns leid, Hugh«, sagten die Space Lords der ESA. »Es ist eine politische Entscheidung.« Und damit hatte es sich. Dr. Hugh flog nach Edinburgh zurück und haßte Kirkby Scott als Mensch und als Wissenschaftler. Er leerte den Becher seiner miesen Laune über Moira, doch völlig beschäftigt mit der Finsternis, die dort eingezogen war, wo in ihr Leere herrschte, interessierte sie sich weder für ihn noch für seine Arbeit. Also schüttete er ihn über Gemma aus, und sie hörte ihm geduldig zu, doch als er sich seinen Ärger bezüglich der Europäischen Raumfahrtagentur, Kirkby Scott und Moira von der Seele geredet hatte, sagte sie: »Ich mag ihn, Papa.«

»Du magst ihn? Diesen ... diesen Stutzer? Diesen ... Popper? Diesen Angeber?«

»Er hat ein gutes Herz, Papa.«

Dr. Hugh erkannte damals noch nicht, daß seine Tochter über die Gabe des Herzenlesens verfügte, daß sie eine Art spirituellen Röntgenblick hatte, vor dem alles Innere offenlag und vor dem man keine Geheimnisse verbergen konnte. Und so haßte Dr. Hugh Kirkby Scott als Mensch und Wissenschaftler weiterhin. Doch die weiteren Tage, Wochen und Jahre zermürbten den Groll gegenüber seinem Partner und weichten ihn auf. Er wurde zu Bewunderung, dann zu offenem Gernhaben, und schließlich mußte er sich eingestehen, daß auch Menschen, die schreiend karierte Anzüge trugen (verzeihlich; Schuld war die Mode), in seinem Lieblingssessel saßen (verzeihlich; Schuld war seine Unwissenheit), seinen geliebten Malt-Whisky nuckelten und mit seiner einzigen geliebten Tochter plauschten (was unter allen Umständen unverzeihlich war), trotzdem ein gutes Herz haben konnten. Und dies wurde ihm klar, als er weit, weit weg war, an einem fernen Ort, im schwachen, fahlen Licht einer fernen Sonne, das die Solarpaddel *Vivaldis* traf, die seit sechs Jahren im Bremsmodus flog und das winzige Tröpfeln der Elektrizität seinen stürmischen Flug Tag für Tag, Woche für Woche, Jahr für Jahr zum Rendezvous mit der unsichtbaren, wartenden Nemesis verlangsamte.

Zwei Tage nach Gemmas neunzehntem Geburtstag war *Vivaldi* nur noch sechs Monate von dem Schwarzen Loch entfernt, und Dr. Hugh und Kirkby Scott waren als Ehrengäste beim 43. Internationalen Astronautischen Kongreß in Houston, Texas. Dr. Hugh war sehr aufgeregt von der Vorstellung, nach Houston zu gehen. Er hatte Raumschiffe am Rande der Sterne entlanggesteuert, aber noch nie den Atlantik überquert. Gemma war für ihn mit aufgeregt.

»Hast du deinen Paß, deine Reisetabletten, deine Ersatzbrille und den Schundroman?«

Er nickte, ja, ja, ja, ja, ja.

»Also dann! Benimm dich, und mach sie alle zur Schnecke.«

Der 43. Internationale Astronautische Kongreß war ein Triumph. Selbst wenn er noch ein halbes Jahr vom Schwarzen Loch entfernt war, *Vivaldi* hatte immerhin Todessterne, Orbitalfabriken, Jupiter-Staustrahltriebwerke, marsianische Gehboter und Orion-Impulsfusions-Sternenantriebe in den Schwingen, und die Doktoren Hugh und Kirkby, der eine in Tweed gekleidet, bärtig, freundlich verwirrt, der andere zuversichtlich, gesprächig, in seinem Paisley-Einteiler und dem passendem Staubmantel ganz das Abbild der Mode, standen vor der von einem Scheinwerfer erhellten Mittelbühne.

Beim anschließenden Empfang wollte jeder Dr. Hughs Hand schütteln und ihm erzählen, wie sehr er ihn an Sean Connery (den *einzig wahren* James Bond) erinnerte, und Dr. Hugh, verwirrt und fertig von zuviel kalifornischem Mosel, lächelte und lachte und laberte das dümmste Zeug mit respektierten Nobelpreisträgern, cleveren Jungen Männern von der NASA und ersten Autoritäten der Astronautik. Er unterhielt sich gerade ungezwungen mit einer ungemein attraktiven Journalistin vom *New Scientist* (wie leid es ihm doch tat, daß sein Abonnement vor ein paar Jahren ausgelaufen war), als ein Page erschien und ausrief Dr. MacMichaels Telefonanruf für Sie in der Rezeption Anruf für Sie an der Rezeption, und er ging und ließ die ungemein attraktive Journalistin stehen, die sein Glas hielt, um das Gespräch entgegenzunehmen, und am anderen Ende der Leitung war Moira und sagte, Gemma sei an diesem Morgen bei einem Autounfall auf der M62 umgekommen.

Z-10 7200 KM

Lässig, modisch, elegant in seinem gelben Marken-Einteiler, kommt Kirkby Scott die Treppe herunter und schiebt sich neben Dr. Hugh.

»Tut mir leid«, flüsterte er. »Wir hingen über Düsseldorf fest, weil die Fluglotsen sich mal wieder in den Haaren hatten. Es ist kaum zu glauben. Und ebenso ist es kaum zu glauben, daß oben in unserem Pausenraum Carl Silverman sitzt. Ich meine *den* Carl Silverman.«

»Ich weiß«, sagte Dr. Hugh. »Er hat mich interviewt.«

»Er hat dich interviewt? Hey, ho ... Du mußt mir später alles erzählen. Na ja, hier bin ich also. Okay, sag mir, was läuft.«

Dr. Hugh deutet mit einem Kopfnicken auf die Große Wand.

»Zehn Minuten.«

»Mann! Schon so bald? Wie lange bis zu den Aufschlagsonden?«

»Wir lassen sie um Z-4 los.«

»Wie spielt *Vivaldi* mit?«

»Gravitationsablenkung und Staubaufschlag hindern ihn daran, in einen optimalen Kurs einzuschwenken.«

»Na ja, der Border hat es so lange ausgehalten, also kann er auch noch zehn Minuten warten.«

»Gravitationsablenkung nähert sich oberem Sicherheitslimit«, meldet ein unnahbares Schweizer Fräulein von der Fernmeßkonsole.

»Gravitationsablenkung? Gravitationsablenkung? Wir haben nicht damit gerechnet, daß die Gravitationsablenkung so weit draußen noch so hoch sein kann. Hier, schauen wir doch mal, was für ein Ungetüm haben wir denn da?«

Kirkby Scott studiert die Fakten und Zahlen von Nemesis mit zunehmend zischendem Unglauben. Dr. Hugh studiert die Simulationsschemata auf dem Großen Wandsimulator. Da ist er ja, der häßliche, faßförmige, genietete *Vivaldi,* er rollt taumelnd auf den Schwartzschild-Radius zu: Sicher; aber Dr. Hugh stellt sich in seiner Phantasie die hundert alternativen Szenarien vor, in denen *Vivaldi* in blitzenden Scherben endet. *Dafür ist er nicht gebaut worden. Dafür nicht.* Er beobachtet die simulierten Staubaufschläge, die von *Vivaldis* Staubschilden abprallen (jeder Abpraller hat die zehnfache Geschwindigkeit einer Gewehrkugel; ihm fällt ein, daß er es Carl Silverman so erzählt hat) und ihm fällt auf, daß er die Luft anhält.

Warum?

Weil ich Angst habe. Angst, daß ihn jeden Moment ein Stück Eis vernichten kann; Angst vor dem, was dort draußen vor sich geht, dort draußen am Rand des Sonnensystems, und weil ich nichts anderes tun kann, als hilflos zuzusehen: Dort draußen ist etwas, das ich nicht kontrollieren kann, etwas, das mir trotzt, das mich verspottet, das mich vernichten will, und das macht mir Angst, da Vivaldi *seit Gemmas Tod das einzige in meinem Leben ist, über das ich je Kontrolle hatte. Meine Tochter, meine Frau, meine Vorlieben, meine Ängste, alles ist mir im Laufe der Jahre unter den Händen zerronnen, so wie* Vivaldi *immer weiter davongeflogen ist, und nun sitzt er am Rande des Chaos, und was kann ein Mensch da schon tun?*

Die Friedhofskapelle entsetzte Dr. Hugh. Von ihrer Position auf dem Hügel aus dominierte sie die Reihen und Gräber aus Säulenplatten und Gestein – und ihn, der sich mit seinem verbeulten roten Kombiwagen durch die gußeisernen Tore zwängte.

Jede Beerdigung erinnerte ihn an andere Beerdigungen. Bei Ben Vordermans Beerdigung hatte es geregnet, und heute regnete es auch, es war der gleiche, ewig fallende Regen, und es waren der gleiche Friedhof und die gleiche Kapelle auf dem Hügel, ausgenommen, daß der Leichenwagen zum Kapellenhügel hinauffuhr, weil ein neues Gesetz vorschrieb, jedermann müsse verbrannt werden, es sei denn, religiöse Vorbehalte sprachen dagegen.

Dr. Hugh konnte nicht sagen, warum die Friedhofskapelle ihn verstörte. Vielleicht lag es an der roten Ziegelsteinarchitektur, die ihn an die abscheuliche Forth River-Schule erinnerte; vielleicht lag es an der morbiden Phantom-der-Oper-Orgelmusik, die mittendrin abbrach, als der Sarg auf das Podium gestellt wurde; vielleicht lugte auch der Schornstein durch das fleckige Wiederauferstehung-und-das-Leben-Glas, ein finsterer Wächter der Tugendhaftigkeit. Der Mensch ist nur ein Rauchfaden, der sich schnell verflüchtigt.

Gemma war nie formell religiös gewesen, also lasen die Freunde, Verwandten und Liebhaber (er zweifelt nicht daran, daß sie existierten) Gedichte vor, legten

ihre Blumen ab, sangen Lieder und sprachen stotternde Nachrufe, während Dr. Hugh neben seiner Gattin saß und nicht glauben konnte, daß es seine Tochter war, die in diesem Ding auf dem Podium lag.

»Vielleicht möchte ihr Vater noch ein paar Worte sagen? Dr. MacMichaels?«

Es war das letzte, wonach er sich drängte. Am liebsten hätte er alles andere getan, alles andere, statt aufzustehen und sich neben den Sarg seiner Tochter zu stellen, aber Moira zischte ihm so böse und schneidend etwas zu, daß er zum Chorpult hinaufging, weil dies der einzige Ort war, an dem ihre Geringschätzung ihn nicht erreichen konnte. Doch die paar Worte, die hätten ausdrücken können, was er sagen wollte, kamen nicht.

Und dann hatte er ganz plötzlich das Gefühl, den Freunden, Verwandten und Liebhabern zuschreien zu sollen: »Was wißt ihr denn schon, was man empfindet, wenn man seine Gegenwart, seine Zukunft, sein Licht und die Frau, die man am meisten in der Welt geliebt hat, verliert?« Und er wollte ihnen sagen, daß er trotz aller Worte, die er aussprach, nicht mal den millionsten Teil dessen sagen konnte, was Gemma gewesen war, doch auch diese Worte fand er nicht, und so lehnte er sich gegen das Chorpult, und zwei Tränen rannen über sein Gesicht, und die anderen sprachen all die Worte aus, die er nicht aussprechen konnte.

Der Leichenbestatter sagte: »Und jetzt, auf besonderen Wunsch, einen Auszug aus Gemmas Lieblingsmusik, ein Titel, der ihr offenbar sehr viel bedeutet hat.«

Die pseudo-venezianischen Saiten des Vivaldi-Programms erfüllten die Kapelle. Der Leichenbestatter betätigte diskret einen Knopf, und während die computerisierten Violinen und Cembalos spielten, sank der Sarg nach unten unten unten, außer Sicht, und Dr. Hugh, der verzweifelte Vater, stand da, als sei sein Herz zu Schlacke geschmolzen. Als der Sarg aus seinem Blickfeld entschwand, spürte er Moiras vorwurfsvollen, nachtragenden Blick auf sich.

Nachdem sie sich ins Erinnerungsbuch eingetragen hatten, folgte er ihr zum Wagen, wo seine Aufmerksamkeit auf dem feuchten schwarzen Hallenvorplatz von etwas hellweiß Aufblitzendem eingefangen wurde: einer Geschäftskarte, die aus ihrer Handtasche gefallen war. Er hob sie auf und las die Adresse: »Unsterblichkeit Incorporated«, irgendwo in London.

»Ich glaube, du hast das hier verloren.«

Sie riß ihm die Karte bei dem Versuch, sie im Innern ihrer Handtasche zu verstecken, fast aus der Hand.

»Vielen Dank, Liebling.«

Als der Rauch aus dem Schornstein aufstieg, versuchte er sich an Gemmas Stimme, Gemmas Gesicht und Gemmas Lachen zu erinnern, aber er stellte fest, daß es ihm nicht mehr gelang.

Z-4 2880 KM

»Kreuzt Plasmafront; elektrische Aktivität zunehmend bis inklusive acht Prozent Sicherheitsmarkierung.«

Weiter, du zäher, kleiner Bastard.

»Strahlungsniveau deutlich zunehmend. Schadensmonitoren melden leichte Mängel in einigen Stellungskontrolltransputern.«

Du hast es zwanzig Jahre lang geschafft, bis dahin zu kommen. Jetzt dauert's nur noch ein paar Minuten.

»Verstärkter Staubaufschlag, Durchdringung der Staubschilde Nummer eins und zwei erkennbar bis zur Mylar-Aufschlagsensorenschicht.«

Mach weiter, weiter, weiter, weiter, weiter.

»Countdown zum Start der Aufschlagsonde ... Vier ... drei ... zwei ... eins ...«

»Aufschlagsonden ab!« singt Kirkby Scott. »Jetzt aber volle Pulle, ihr kleinen Schnuckis!«

Drei Lichtstreifen schwingen fächerförmig von *Vivaldi* auf der Großen Wand weg; es sind die Kometen-Aufschlagsonden Harpo, Groucho und Chico, deren ursprünglicher Auftrag radikal geändert worden ist. Man hat sie eigentlich gebaut, damit sie die Dichte und die Zusammensetzung der Oort-Kometen prüfen, doch nun hat man sie den Schlund des Kollapsars hinuntergejagt, um an etwas Unmöglichem zu zerschellen, um die Dichte und Zusammensetzung des rotierenden Kollapsars zu prüfen, den man Nemesis nennt, die Masse und die Substanz eines Wulstes, eines Fötus aus dunkler Materie in seinem Herzen, und wenn sie in der Umklammerung Nemesis' zerschellen, werden sie zu einer Offenbarung der Eschatologie vom Tode des Universums.

Von der Dunkelmaterie, der Herzmaterie, der Schwermaterie, der Leichtmaterie, und vom Material und der Substanz, von allem Zip und Zap, hängt die Art des Endes ab; ob die Ausdehnung eines Tages wieder zu einer Einheit und die Galaxien wieder zu einem Kosmischen Urei zusammengedrückt, oder ob sie auf ewig auf ihrem einsamen Kurs in die Nacht, in das Dunkel, in das wehklagende Elektronengeheul des Hitzetodes, das Chaos und die Kälte am Ende der Zeit hinausfliegen werden.

Dr. Hugh möchte nicht, daß es ein Zeitenende gibt. Er schert sich einen Dreck um die neue Offenbarung. Was ist der Tod des Universums schon, majestätisch in seinem Abstieg und seiner Schlußendlichkeit, ehrfurchtgebietend in seinem Spielraum und seiner Großartigkeit, wenn man ihn mit dem Tod seiner geliebten Tochter vergleicht, einem kurzen Menschenleben auf einem unwichtigen Dreckklümpchen am Arsch einer nicht sonderlich vielversprechenden Galaxis?

Dies ist nicht real, fällt ihm ein. *Die Linien, die Grafiken, die Alphanumerale: Einbildung. Die Wahrheit sieht so aus: Vor sechs Monaten, hört zu, vor sechs Monaten, sind drei zi-*

tronengroße Aufschlagsonden mit ausgeflippten Namen am Schwartzschild-Radius vorbeigestürzt. Und aufgrund eines ausdrücklichen Befehls der allmächtigen Relativität fallen sie noch immer, eingefroren von der Zeit. Und sie werden auch ewig weiterfallen. Unsterblichkeit.

Ein relativistisches Schaudern schüttelt Dr. Hugh.

»Hallo, Schatz, ich bin wieder da.« Zurück aus Düsseldorf von der ESA-Konferenz, die einzige Tweedjacken tragende Säule der Wissenschaft auf einem City-Hüpfer voller Industriekapitäne des Neuen Schottland. Wie üblich hat er auf dem Flug wieder zuviel getrunken, und dann, irgendwo über den Niederlanden, sind ihm wieder Gemmas kleine Sticheleien über die Unvereinbarkeit von Alkohol während einer Flugreise und dem Flugüberdruck eingefallen. Dann ist ihm mit vernichtender Schlußendlichkeit klar geworden, daß sie dieses Mal nicht da sein wird, um ihn mit einer Teddybär-Umarmung am Ausgangstor zu begrüßen, seinen gelben Beutel mit den zollfreien Getränken zu konfiszieren, ihn mit entspannender Händel-Musik aus der Auto-Stereoanlage (original, nicht irgendein Pseudo-Programm) und wirklich interessierten Fragen über das, was er getan hat, nach Hause zu fahren. Das gab es nicht mehr. Das würde es nie wieder geben.

Er war in Tränen ausgebrochen und hatte den ganzen Weg von Nord-Zeeland bis nach Edinburgh geweint, während die Industriekapitäne des Neuen Schottland ihn angestarrt hatten. »Schatz, ich bin wieder da ...« Aber sein Schatz war nicht mehr da, sie war beschäftigt mit Dingen, die jenen Platz in ihrem Leben füllten, an denen er hätte sein sollen. Keine Briefe für ihn, bloß eine glänzende Broschüre für sie, von irgendeiner Sassenach-Firma, die sich »Unsterblichkeit« nannte.

Er sah eine weiße Karte über den feuchtschwarzen Vorhallenplatz des Municipal-Krematoriums flattern.

Er nahm die schicke Broschüre mit ins Wohnzimmer

und setzte sich hin, um ihre glatten Seiten durchzublättern.

»Den schlimmsten Teil eines Sterbefalles ertragen die Hinterbliebenen.« – »Unsere Berater wissen nur allzu gut, wie der Kummer eine Familie entzweien kann ...« – »Unsere Computer-Simulacra reproduzieren auf *jede Weise* die Persönlichkeit des betrauerten Verblichenen ...« – »Indem sie mit den materiellen Manifestationen der Persönlichkeit – wie den Andenken, kleinen persönlichen Besitztümern, Tonbandaufnahmen und Fotografien – arbeiten, können unsere Computer die Persönlichkeit des Verstorbenen mit solch verblüffender Ähnlichkeit rekonstruieren ...«

Als er aus dem Fenster blickte, sah er etwas, das sich in der zerfallenden Sommerlaube bewegte; etwas, das er blitzschnell aus einem Augenwinkel wahrnahm: einen Arm.

Verblüffende Ähnlichkeit verblüffende Ähnlichkeit verblüffende Ähnlichkeit ...

Er ging ohne Angst auf die Sommerlaube zu. Durch den Gemüsegarten, an den Himbeerstöcken vorbei, ging Dr. Hugh sorgfältig lauschend auf die barocken Geigen des Vivaldi-Programms zu, das er zu ihrem siebzehnten Geburtstag gekauft hatte, als sie der elektronischen Ethnobeat-Programme, die alle gleich klangen, müde geworden war. Er umkreiste die Sommerlaube, die jetzt, wo es keinen Sommer mehr gab, nur noch anachronistisch war. Durch die Fenster sah er die Wände, bepflastert mit den geplünderten Überbleibseln Gemma MacMichaels': Fotos von Freundinnen, Katzen, Hunden, Kaninchen, Hamstern, Ponies; später die von Freunden; Gemma im Ballettkleid, Gemma als Lady Macbeth in der Schulaufführung, Gemma stolz mit dem Reifezeugnis, das ihr erlaubte, an der Universität von Edinburgh Englisch zu studieren, und die Urlaubs ... die ganzen Urlaubsschnappschüsse: Dr. Hugh mit Bierbauch, ergraut in einer Badehose auf Korfu; mit einem blöden Gesichtsausdruck, als er am Flughafen aus der Maschine stieg; in einem geliehenen Smoking von Parsons & Parsons (rote Seidenstreifen), gespannt darauf wartend, daß man die Royal Institute Awards für das Jahre 2006 verteilte ...

Moira war gründlich gewesen. Und Gründlichkeit entsprach ihrem Charakter.

Da saß etwas in einem Korbstuhl und wandte ihm den Rücken zu. Er öffnete die Tür. Rekonstruierte venezianische Geigen schwollen an, La Serenissima. An der Decke angebrachte Kameras wandten sich um und zogen die Brennweite nach, und ein abscheuliches, geschmackloses Puppending mit Gemmas Gesicht, das sich in Gemmas Korbstuhl drehte, sagte mit einem Lächeln: »Hallo, Papa.«

Die Hände vor den Mund, um das Grauen daran zu hindern, ihm aus dem Gesicht zu fallen, machte er einen Schritt zurück zur Tür.

»Kommst du nicht rein, Papa?«

Kameraaugen jagten ihn, als er zurückzuckte. »Papa, ich bin's doch!« Das Puppending hob die Hände, als wolle es ihn umarmen. Hugh McMichaels, Vater, Ehemann, Weltraumforscher, kotzte sein Air Caledonian-Frühstück aus Porridge, Speck, Eiern, Haferkuchen, Marmelade, Orangensaft und Kaffee in den Rosenkohl.

Z-NULL NEMESIS

»Z-Null. Entfernung Null. Ereignishorizont. Doktor, der Ereignishorizont!«

Der SonyColor-Mahlstrom auf der Großen Wand läßt Dr. Hugh wie einen Zwerg erscheinen. Er schließt die Augen, damit er nicht hinzusehen braucht. Z-Null. Entfernung Null. *Vivaldi* hat die Lippen des Nichts geküßt. Das Knistern harter Strahlung ertränkt alle Stimmen im Kontrollraum – bis auf eine, einen Schrei, der sich über das Zischen und Brüllen Nemesis' hinweg erhebt: Kirkby Scott.

»Wir haben's! Wir haben's! Positive elektromagnetische Ringmessungen von Harpo, Groucho und Chico, vor dem Abbruch des Kontakts! Nemesis ist die Minimaloberfläche einer B-Hypothesen-Dunkelsubstanz vierter Ordnung! Leute, sie ist Materie vierter Ordnung!« Er wendet sich triumphierend um und breitet wie Christus die Arme aus. Auf seinem Gesicht ist das alles schlagende Lächeln des Propheten des Untergangs. »Meine Damen und Herren, die verschollene Masse ist gefunden! Das Universum wird sich zu einem Punkt zusammenziehen und neu geboren werden!«

Tierische Begeisterungsschreie und Applaus erfüllen den Kontrollraum. Im Mittelpunkt des Waldes aus Armen, die sich ausstrecken, um einander zu gratulieren, umarmen sich Dr. Hugh und Kirkby Scott. Dr. Hugh hat keine Ahnung, warum.

Ruhelos, doch ohne Eile, und so leise wie das Licht, zieht *Vivaldi* in einer Kurve an Nemesis vorbei. Die Hälfte der Kontrollborde sind ein Piccadilly Circus aus Störlämpchen. Mehr Klotz als Raumschiff, bringt das erste irdische Sternenschiff Distanz zwischen sich und den Kollapsar. Es hat überlebt. Es ist durchgekommen. Es hat das Schwarze Loch geschlagen. Der Countdown steht bei Z+45 Sekunden, als die Champagnerkorken knallen, Gläser erhoben werden und ein internationaler Chor Trinksprüche auf die Zwillingshelden des *Vivaldi*-Projekts ausspricht.

Piep. Piep. Piep. Piep. Piep. Piep. Piep. Piiieee ... Der Not-Alarm. Kontrolleure eilen im Rudel auf ihre Posten, die Kunststoff-Champagnerbecher noch in den Händen. Sie können nur noch der Vernichtung zusehen.

»Kometenkopf ...«

»Uneinsehbare Seite des Kollapsars ...«

»Aufschlag schätzungsweise in ...«

Die Große Wand zeigt die Zerstörung in computervergrößerter Grellheit: Eine Wolke aus elektrisch blauen Eiskügelchen, Fragmente eines zerschmetterten Oort-Kometen.

»Umfelddetektoren noch funktionsbereit ...«

»Notausweichprogramm eingeschaltet ...«

»Korrekturdüsen feuern ...«

»Na komm, na komm, na komm ...«

Vivaldi laviert langsam, sehr, sehr langsam. Der Stab der Mission Control Darmstadt betet: Na komm, na komm, *na komm!* Von allen Menschen im Raum sieht nur Dr. Hugh, was geschehen wird, und er ruft: »Blödsinn! Blödsinn! Blödsinn!«

Der von der Strahlung gezeichnete Bordcomputer ist dermaßen mit der drohenden Gefahr beschäftigt, daß seine lobotomisierte Erinnerung alles über Nemesis und den Ereignishorizont vergessen hat. *Vivaldi* steuert sich selbst von der Eiswolke aus in die Umarmung des Kollapsars hinein.

»Zeit bis zum Ereignishorizont zweiunddreißig Sekunden«, sagt Kirkby Scott belämmert, das Gesicht blau und grün im reflektierten Glühen von Nemesis. »Zeit bis zum Ereignishorizont achtundzwanzig Sekunden ...«

Vivaldi dreht sich und richtet seine Kameras direkt auf die Singularität. Dr. Hugh MacMichaels, der gewissenhaft auf seinem Posten steht, wie seit zwanzig Jahren, schaut in das Herz des Schwarzen Lochs.

Das Herz der Finsternis.

Und er flüstert, das Gesicht blau vom Nemesis-Schein und seinem Wunder: »Heiliger Gott, da ist irgend ... etwas drin.«

Die Finsternis des Herzens.

Emotionen hatten ihn stets erschreckt. Er konnte Moiras Schluchzen nicht ertragen. Es machte sie verletzbar und human, und er hätte sie lieber unverletzbar und inhuman gesehen.

»Es war für dich, für uns. Gott weiß, wir werden nie wieder eine Gemma haben, und was soll uns jetzt, wo sie tot ist, noch zusammenhalten; was soll uns am Funktionieren halten?«

Der arme und naive Dr. Hugh hatte den grundlegenden Widerspruch, der Moiras Herzen nahe war, nie verstanden: daß die Unabhängigkeit, die sie so schätzte, bloß existierte, weil die Stabilität ihres Gatten, ihres Kindes und ihres Zuhauses ihr eine feste Basis verlieh. Er konnte nur vage erfassen, daß sie die Angst hatte, auf einem Meer des Unglücks zu treiben, ohne Hafen oder die Zuflucht einer Zukunft, die Kinder ihr verliehen. Und er konnte nie verstehen, daß er, obwohl sie ihn verachtete, für sie jetzt alles war, was sie brauchte, und daß sie, falls ihre Ehe scheiterte, unwiderruflich allein sein würde.

Und weil er nichts davon verstand, verstand er auch nicht, warum sie die Erinnerungen ihrer Tochter, *ihrer* Tochter, an die Unsterblichkeit Incorporated gegeben hatte, um sie mit Kunststoff und Metall zu beleiben. Doch Geringschätzung und Offenbarung lagen direkt hinter den Rosen, die im Säureregen braun wurden, und hinter den trostlosen Bohnen und dem verwelkenden Rosenkohl. Da er zwar zwanzig Jahre älter, aber immer noch ziemlich naiv war, würde er das Orakel befragen müssen; die Silhouette, die ihre unverständlichen Geschäfte hinter dem regennassen Fensterglas betrieb.

»Gemma.«

»Hei, Papa.«

Das Gesicht war beinahe mehr, als er ertragen konnte, aber dennoch hatte er das Gefühl, einen Finger ausstrecken zu müssen, um die Hand zu berühren, die Wange, die Braue, damit er sich selbst bestätigen konnte, daß es kein warmes Fleisch war. Seine Finger nahmen den Duft ihres Parfüms an, *Noches de Luna,* laienhaft aus dem Duty Free Shop des Flughafen geschmuggelt.

»Sie haben mich doch wirklich gut gemacht, nicht, Papa?«

Die Stimme, die Modulationen, die Redewendungen, der gesenkte Blick, das verhaltene Lächeln: die *verblüffende Ähnlichkeit*. Er wollte sie mit rohen, peinigenden Fragen zurückweisen.

»Wo also haben Sie sie eingebaut?«

»Die Computer, Papa? Unter den Dielenbrettern und über der Decke. Weißt du eigentlich, daß du eine Million Klopfkäfer und mindestens drei Mäusekolonien da unten hattest?«

Er gestattete sich fast ein Lächeln. Das Gemma-Ding las sein Fast-Lächeln mit den Kameraaugen und gab es zurück.

»Entspann dich, Papa. Warum läßt du mich nicht einfach das sein, was ich sein soll?«

Erneut die freundliche Einladung. Und wieder die rohe, schmerzhafte Zurückweisung.

»Wieviel hat sie für dich bezahlt?«

»Zwölftausendfünfhundert Pfund, nach einem monatlichen Ratenplan. Dafür hat sie ein Stimmerkennungsprogramm bekommen, das zwischen Sarkasmus, Ironie und jeder anderen Form rhetorischer Trickserei unterscheiden kann, Papa. Also hör auf, den Versuch zu machen, ein Ding in mir zu sehen. Laß mir dir helfen. Sie hat es deinetwegen getan, Papa.«

»Meinetwegen? O nein.« Aber er hatte sich von dem Gemma-Ding überfahren lassen.

»Sie hat schreckliche Angst davor, daß du sie ganz allein lassen könntest, Papa. Sie liebt dich vielleicht nicht, aber sie braucht dich. Sie braucht jemanden, und da sie dich nicht haben kann, versucht sie eben, ihre einzige Tochter wieder von den Toten auferstehen zu lassen, um ihr Bedürfnis zu erfüllen. Mich. Gemma, deine Tochter.«

Plötzlich war die Schreckgestalt mehr, als er ertragen konnte. Er taumelte hoch, Wal- und Regenbogen-Mobiles schwangen vor seinen schweren Schultern fort; er war ein wütender, hilfloser Stier-Vater.

»Aber du bist nicht Gemma. Du bist ein Ding, ein Haufen Transputer und Molekulareingänge, eine mechanische Marionette; wie etwas aus Madame Tussauds Wachsfigurenkabinett auf der Royal Mile.« Er erinnerte sich an die achtjährige Gemma, die sich in echter Angst an seinen Mantel geklammert hatte, als die Ungeheuer, Menschenfresser und Leichendiebe aus der wüsten Geschichte Schottlands aus der Finsternis nach ihr gegriffen hatten. »Du bist nicht real. Ich werde dir sagen, was real ist: Die Gemma, an die ich mich erinnere, die Gemma in meinem Herzen; das ist die echte Gemma.«

»Papa, du erstaunst mich.« Das Gemma-Ding bewegte die Augenbrauen. Wo hatte es das gelernt? Er hatte Gemmas hochgezogene Brauen noch nie widerstehen können.

»Sag, Papa, was ist der Unterschied zwischen der Gemma in deinem Kopf und der Gemma in dieser Hülle? Wir bestehen beide aus Erinnerungen. Bloß werden die Erinnerungen, die du hast, mit der Zeit verblassen, und schließlich werden sie nur noch Erinnerungen von Erinnerungen von Erinnerungen sein. Doch in mir haben sie einen Körper, sie werden nie blaß. Also – was ist so schrecklich daran? Was ist so schrecklich daran, diese Erinnerungen behalten zu wollen, jene Dinge, die das Besondere an Gemma MacMichaels – an *mir* – waren, die frisch und unvergänglich bleiben? Was ist der Unterschied?«

Er konnte dem Gemma-Ding keine Antwort geben.

An diesem Abend flog er nach Darmstadt, zu der nahen Begegnung mit Nemesis, und er hatte noch immer keine Antwort. Er wußte, daß es eine Antwort auf die Frage des Gemma-Dings geben mußte, aber er hatte einfach keine Ahnung, wo er danach suchen sollte. Er hatte nicht geahnt, daß die Antwort im Innern des Einstein-Schlundes eines Schwarzen Loches auf ihn wartete.

Piiiiiiiiiiiiiieeeeeeeeeeeeeee ...

»Krisensituation.«

»Beendigung aller Fernmeßdaten.«

»Stillstand sämtlicher Bordmonitorsysteme.«

»Wir kriegen nur noch 3K-Störgeräusche über die Kommunikationsverbindungen.«

»Keine einkommenden Daten.«

»Alle Sensoren außer Funktion.«

»Alle Systeme tot.«

Die Große Wand ist leer, wenn man von den kleinen, spöttischen Alphanumeralen in der oberen linken Ecke absieht:

Z+1:50 1320 KM

Der Kontrollraum ist vom durchdringenden Lärm des Alarms erfüllt. Jeder Kopf ist Dr. Hugh zugewandt. Was tun wir jetzt, Führer? Dr. Hugh stellt das Gepfeife ab, und seine Stimme erscheint sehr laut, als er in das interstellare Störgezische hinein sagt: »Meine Damen und Herren, wir müssen davon ausgehen, daß *Vivaldi* den Ereignishorizont überquert und seine Mission beendet hat. Ich danke Ihnen für Ihre Mitarbeit. Es war eine Freude, mit Ihnen zusammengearbeitet zu haben. Vielen Dank.«

Zischschsch. Leb wohl, Sternenschiff der Einbildung.

Kirkby Scott schlägt frustriert auf seine Schaltknöpfe ein, doch Dr. Hugh teilt sein Gefühl des Versagthabens nicht. Eher glüht er in einer eigentümlichen Erregung, als hätte ihm der Verlust von zwanzig visionären Jahren durch irgendein Universalgesetz der Konservation eine lebenswichtige Einsicht beschert. Mit Komplikationen hat er immer rechnen müssen. Jetzt, nach zwanzig Jahren, muß er sein Leben neu einrichten. Als er den Kontrollraum verläßt, hört er schon Alain Merciers abgemessene Silben: »Die Zeitnahme der *Vivaldi* Mission wurde abgebrochen bei Start Plus 6,3 zehn zu acht Sekunden um 5:45 Uhr GMT, am 27. August 2008.«

Nachdem der Dämon PRESSE wegen ihm draußen auf der Lauer gelegen hat, setzt er zum Sprung an.

»Sagen Sie, Dr. MacMichaels, wird es jetzt noch ein gemeinsames europäisch-amerikanisches Unternehmen zur Oort-Wolke geben?«

»Dr. MacMichaels, welches Licht wirft die *Vivaldi*-Mission auf die Ursprünge des Sonnensystems?«

»Dr. MacMichaels, welche Bedeutung hat das Ergebnis der *Vivaldi*-Mission für die Orion-Sonde?«

»Dr. MacMichaels, besteht Ihrer Meinung nach die Möglichkeit, daß eine Welle von Kometen aus der Oort-Wolke ausgeschert ist, und werden Sie fortan auf internationaler Himmelsbeobachtung bestehen?«

»Dr. MacMichaels, umfaßt die Enthüllung, daß Nemesis auf Hypothese-B-Dunkelmaterie besteht, auf irgendeine Weise, daß das Universum die Grenzen seiner Expansion erreicht und das Zusammenziehen zur Punktquelle innerhalb der nächsten paar Milliarden Jahre zu erwarten ist?«

Für diese Frage bleibt er stehen. Gespannt und ganz Ohr hält der Buntglas-Dämon PRESSE ihm begierig ein Meer von Mikrofonen, Kameras und Rekordern hin.

»Ganz offen gesagt, mein Junge, es ist mir scheißegal. Und euch sollte es auch egal sein.«

Der pickelgesichtige Jungreporter in seinem hellroten Einteiler und den übertrieben gepolsterten Schultern errötet.

Und Dr. Hugh ist plötzlich stinkwütend.

»Wie alt sind Sie? Neunzehn? Zwanzig? Jünger? Hör zu, Junge, zieh Leine, geh raus, such dir eine Freundin. Such dir Freunde. Hau ordentlich auf den Putz, schau dir die Welt an, unternimm was, sei etwas, genieße das Leben, benimm dich ordentlich, laß dich von allen lieben, genieße dein Leben in vollen Zügen, damit du, wenn die Zeit kommt, in der du sterben mußt, auch dies mit vollem Bewußtsein tun kannst, und zwar zufrieden, und mit dir selbst im Frieden, weil, ganz offen gesagt, mein Junge, der Tod des Universums nicht eine einzige Träne wert ist. Nicht eine einzige verdammte Träne.«

Die Türen sind nah. Hinter dem Glas: der wartende Wagen, die ordentlich angepflanzten Bäume, der Osten-ist-rot-Sonnenaufgang. Die Röte des Sonnenaufgangs hat irgend etwas mit der Ruhr zu tun. In anderthalb Stunden kann er im gähnenden Edinburgh sein. Und wenn er dort ankommt, muß er etwas tun.

Z+200

Und jetzt fährt Dr. Hughs verbeulter roter Ford-Kombiwagen durch die leeren Fünf-Uhr-Straßen von Edinburgh. Eine Zeitzone westlich, er hat die Sonne geschlagen. Unter den gelben Straßenlaternen ist die Stadt in den Besitz von Milchkarren, Zeitungswagen, Ambulanzen und ihren finsteren Brüdern von der Nachtpolizei übergegangen, und Dr. Hugh, der schnell fährt, fährt nach Hause.

Um 5 Uhr 05 biegt er auf knirschendem Kies in die Einfahrt ein. Es ist früh, keine Schlaglade geöffnet, kein Milchkarton an der Türschwelle, kein Jogger führt lässig seinen Marken-Joggeranzug und seine Schuhe spazieren. Dr. Hugh beobachtet den Sonnenaufgang über Milicent Crescent: Heute regnet es nicht; erstaunlich. Er öffnet den Kofferraum seines Wagens, doch entnimmt er ihm kein Reiseköfferchen, sondern einen roten Blechkanister. Und er betritt sein Haus nicht durch den Vordereingang, sondern geht durch die Seitentür, die in den Hintergarten führt.

Der Hund eines Nachbarn bellt, als Dr. Hugh den Garten durchquert: Er geht über den Rasen, vorbei an den sterbenden Rosen, dem Blumenkohl und den Himbeerstöcken – sie sehen grün aus: Erinnerungen an

Himbeermarmelade und Weißbrot, selbstgemacht – zum Gemma-Ding.

Das Gemma-Ding ist wach und sofort da, als er die Tür öffnet, aber Dr. Hugh weiß, daß Maschinen bis zu zwanzig Jahre ohne Schlaf auskommen.

»Papa! Weißt du, wie spät es ist?«

»Und ob.«

»Na, und wie ist es gelaufen?«

»Bestens.«

Er schraubt den Deckel des roten Blechkanisters ab. Kameraaugen rollen und stellen sich neu ein. Er schüttet den Inhalt über die Wände, den Boden, den Korbstuhl. Das Gemma-Ding kreischt und hebt voller Panik die Hände, als die Flüssigkeit über sein mit Blumen bedrucktes Kleid plätschert. Der Geruch von Benzin würgt das Gemma-Ding.

»Papa! Was machst du da? Weißt du, was du da tust?«

»Und ob«, sagt Dr. Hugh. »Und ob ich es weiß.« Und als er das Benzin über das Gemma-Ding schüttet, erklärt er es. »Ich habe jetzt nämlich die Antwort auf deine Frage. Was ist der Unterschied zwischen dir und meinen Erinnerungen an Gemma? Antwort: Es gibt keinen. Beide waren falsch. Beide sind falsch. Es ist falsch, sich an Erinnerungen zu klammern, sie zur Rechtfertigung meines Versagens zu machen, deinen Tod zu verhindern. Doch meine Erinnerungen werden sich zumindest verändern und mit der Zeit verblassen. Deswegen ist es falsch, ihnen Form und Gestalt zu verleihen und sie in einen Schrein zu stellen; dergleichen schenkt dem Tod den Sieg. Es wurde mir klar, als wir *Vivaldi* verloren. Er ist dorthin gegangen, wo ich ihn nicht mehr erreichen kann; zwanzig Jahre meines Lebens sind futsch. Mir wurde klar, daß man noch so viel wünschen, hoffen und beten kann. Nichts wird ihn wieder aus dem Loch zurückbringen, und auch dich Gemma, nicht aus dem Autowrack. Ich mußte dich verlieren, Gemma, ich mußte dich über den Ereignishorizont gehen lassen. Erinnerungen sind kein Ersatz für das Leben, und wir müssen leben, Gemma. Wir müssen.«

Und als er an der Tür steht, nimmt er ein Streichholz aus einem Streichholzbriefchen der Air Caledonia, zündet es an und wirft es dem Gemma-Ding auf den Schoß.

Die Flammenblüte wirft ihn rückwärts in das Rosenkohlbeet. Die intensive Hitze hat seine Augenbrauen versengt und seinen Bart verbrannt. Er geht rückwärts, schirmt sein ungeschütztes Gesicht mit beiden Händen ab und ist dennoch neugierig, die Zerstörung zu sehen, die er hervorgerufen hat.

In der brennenden Hülle sieht er die Kunststoffgesichtszüge des Gemma-Dings schmelzen und auf das flammende, mit Blumen bedruckte Kleid fließen. Die Fensterscheiben zerplatzen, zwölftausendfünfhundert Pfund teure Transputermodule knirschen und brennen durch, und sämtliche Fotografien, all die eingefangenen Erinnerungen, entwickeln Schwingen und fliegen wie schwarze Krähen auf dem brennenden Wind fort. Die Flammen brüllen und lecken um das schmelzende, brennende Gemma-Ding.

»Gott, es tut mir leid«, flüstert er.

Von den Explosionen alarmiert lehnen sich die Nachbarn aus offenen Fenstern; ängstliche Schafsgesichter gaffen auf den Vorstadt-Alptraum in MacMichaels Garten. Mit Schuhen und Nachthemd bekleidet rennt Moira über den Rasen zur Feuersäule.

»Jetzt gibt es nur noch dich und mich!« ruft Dr. Hugh. »Nur noch dich und mich! Keine Gemma mehr, die uns zusammenhält. Wir werden allein damit fertig – oder gar nicht. Wir sind erwachsene, reife Menschen; guter Gott, wir müssen unser Leben selbst leben!«

Moira hockt mitten im Rosenkohl auf den Knien und hält die Hände flehentlich der brennenden Sommerlaube entgegen. Tränen laufen über ihre Wangen. Der ölige schwarze Rauch steigt in den Himmel. Dr. Hugh hört in der Ferne das Heulen der Feuerwehrsirenen. Er sieht seine weinende Gattin an und kniet sich neben sie, um sie zu trösten.

Als er die Hand auf ihre Schulter legt, bemerkt er zwischen den Dornen und säurebraunen Blättern winzige Farbtupfer.

Vielleicht wird es in diesem Jahr trotz alledem Rosen geben.

Aus dem Englischen übersetzt von Ronald M. Hahn
Illustriert von Jobst Teltschik

ROBERT SILVERBERG

Vox

1

Es war das erstemal, daß ich auf Himmelsfahrt ging, und ich war ein Niemand, ein völliges Nichts, aber diese Reise hatte angeblich den Zweck, eine Persönlichkeit aus mir zu machen.

Aber wenn ich auch ein Nichts war, ich wagte es dennoch, mir die Millionen von Welten anzuschauen, und ich empfand eine große Trauer über sie. Da standen sie alle um mich herum, zogen murmelnd und summend auf ihren Bahnen durch die Nacht, und jede dieser Welten glaubte, sie ziehe wirklich einem Ziel entgegen. Und natürlich waren sie allesamt im Irrtum, denn Welten gehen nirgendwo hin, sie kreisen und kreisen und kreisen nur unablässig wie bemitleidenswerte Affen, die auf ewig an ihrer Leine angekettet um einen Pfahl wandern. Sie scheinen sich zu bewegen, das ja. Doch in Wirklichkeit stehen sie still. Und ich – der von Mitgefühl für sie zerfließend zu den Himmelswelten hinausstarrte –, ich wußte, daß trotz meines scheinbaren Stillstandes *ich* wirklich in Bewegung war. Denn ich empfand mich an Bord eines Himmelsschiffes, eines Transporters im Dienste des »Service«, und wir durchmaßen die Lichtjahre mit so unvorstellbar hoher Geschwindigkeit, daß wir ebensogut hätten bewegungslos sein können.

Ich war sehr jung. Mein damaliges Schiff (ich fliege noch heute auf ihm) war die *Schwert des Orion* auf Reise von Kansas Four, mit Anlaufzielen bei Cul-de-Sac, Strappado und Mangan's Bitch, vermittels des üblichen Spin-around-Prinzips, sowie noch ein paar anderen Welten. Es war meine erste Fahrt, und ich hatte das Kommando. Lange Zeit hatte ich gefürchtet, ich würde auf dieser Reise meine Seele verlieren. Heute weiß ich, daß sich an Bord des Schiffes etwas ganz anderes ereignete: Es ging keine Seele verloren – sondern es wurde eine gewonnen. Und vielleicht sogar mehr als das.

2

Roacher, das »Rotauge«, sagte, er finde mich »lieb«, und ich hätte ihn dafür umbringen mögen; aber natürlich war er ja bereits tot.

Man gibt nämlich sein Leben auf, wenn man in den Himmel geht. Und was man dafür eintauscht, das weiß ich – und ihr, sofern euch daran gelegen ist, ihr könnt es herausfinden; eines jedenfalls ist dabei unvermeidlich, und man kommt nicht drum herum: Man muß alles hinter sich zurücklassen, was einen je mit dem planetengebundenen Leben, dem Leben »an Land«, verknüpft hat, und man wird ein anderer. Wir sagen: Du gibst deinen Leib auf und erhältst dafür eine Seele. Aber selbstverständlich kannst du auch deinen Körper beibehalten, wenn du ihn haben willst. Die meisten von uns tun das. Aber er nutzt dir nichts mehr, jedenfalls nicht in der Art und Weise, wie ihr vielleicht glaubt, daß es von Vorteil ist, einen Körper zu haben. Jedenfalls, ich möchte euch hier berichten, wie dies bei mir vor so vielen Jahren bei meiner ersten Fahrt an Bord der *Schwert des Orion* war und was dabei geschah.

Ich war der jüngste Offizier an Bord und damit natürlich automatisch Kapitän.

Man überträgt dir nämlich gleich zu Beginn ein Kommando, noch ehe du jemand geworden bist. Das ist der einzige Test, der überhaupt etwas taugt: Man wirft dich ins Wasser, und wenn du schwimmen kannst, gehst du nicht unter und ersäufst nicht, und wenn das nicht so ist, dann sackst du eben ab. Die Abgesoffenen wandern zurück in den Tank und erfüllen dann im weiteren Verlauf eigene nützliche Aufgaben als Pusherzellen oder als Entlader, Hirnputzer oder als Allzweck-Meister-Propers oder dergleichen. Die Nicht-Ertrunkenen werden für Kommandoaufgaben abgestellt. Keiner bleibt ohne Beschäftigung. Die Ära der »Sinnlosen Verschwendung« gehört schon lange der Vergangenheit an.

Am dritten Bordtag nach dem Start von Kansas Four eröffnete Roacher mir, ich sei der entzückendste Captain, unter dem er je gedient hätte. Und er hatte unter einer ganzen Menge gedient, denn Roacher war schon vor mindestens zweihundert Jahren, wenn nicht mehr, in den Himmel gegangen.

Als Kompliment hatte er das allerdings nicht gemeint.

»Wir könnten dich in eine Flasche stecken«, sagte er, »und dich vor Ultima Thule von Bord schicken. Niemand wird dir daraus einen Vorwurf machen. Wir füllen dich um, schicken dich runter, dort fangen die Thuleys dich auf und füllen dich noch mal um, und dann ist es bestimmt möglich, daß du dich so in zwanzig oder fünfzig Jahren wieder bis Kansas Four durchschlagen kannst. Das wäre vielleicht am gescheitesten für dich.«

Roacher ist klein und verhutzelt. Er hat eine braune ausgetrocknete Haut, und in seinen Augen glimmt die purpurne Lumineszenz des Weltenraums. Einige der Orte, die er gesehen hat, sind schon vor tausend Jahren der Vergessenheit anheimgefallen.

»Geh und stopf dich selbst in 'ne Flasche, Roacher!« antwortete ich.

»Aber, Captain, Captain! Nimm es doch nicht gleich krumm! Komm, Captain, laß uns doch mal fühlen, nur so ein kleines bißchen, wie süß und bezaubernd du bist.« Er reckte eine Kralle vor und tat so, als wolle er mir das Gesicht entlangstreicheln. »Laß doch mal fühlen, Captain, bloß so ein bißchen.«

»Ich werde mir deine Seele braten, Roacher, und sie zum Frühstück fressen. So bezaubernd finde ich *dich*.

Und jetzt zieh ab, wenn ich darum bitten dürfte. Geh und steck dich an den Mast und sauf Wasserstoff, Roacher. Los, verzieh dich! Geh schon!«

»Dermaßen bezaubernd ...«, sagte er. Aber er ging. Es lag in meinem Machtbereich, ihm weh zu tun, und er wußte, daß ich dazu berechtigt war, denn ich war immerhin der Kapitän. Allerdings wußte er wohl auch, daß ich es nicht tun würde; trotzdem, mit der Möglichkeit mußte er dennoch rechnen, daß er sich geirrt hatte. Der Kapitän lebt in jenem schmalen Grenzbereich zwischen Gewißheit und Möglichkeit. Und wenn einer von der Schiffsbesatzung herauszufinden versuchen möchte, wie groß dieser Spielraum ist, dann tut er dies auf eigenes Risiko. Auch das wußte Roacher natürlich. Immerhin war er ja selber einmal Kapitän gewesen.

Wir waren bei dieser Himmelsfahrt siebzehn Mann Besatzung auf einem Schiff der Zehn-Kilo-Megasporen-Klasse, und wir waren mit vollen Adnexen nd Extensionen und allen Virtualeinrichtungen ausgestattet. Als Fracht hatten wir all die Dinge geladen, die man damals in den fernen Kolonialwelten für unverzichtbar und lebenswichtig erachtete: ausgewählte Dunst-Chips, Künstliche Intelligenzen*, Klimanodule, Matrix-Stecker, Mediq-Maschinen, Knochenbanken, Bodenumwandler, Transitkugeln, Kommunikationsblasen, Haut- und Organsynthesizer, Adhäsivplatten, um die Domestizierung von Wildtieren zu erleichtern, Gen-Ersatz-Ausrüstungen, eine plombierte Lieferung Vertilgungssand und anderer geächteter Waffentypen undsoweiter. Außerdem führten wir auch noch fünfzig Milliarden Dollar mit, in Gestalt liquider Währungskapseln, die von Zentralbank zu Zentralbank transferiert werden sollten. Hinzu kam eine Passagierfracht von siebentausend Kolonisten. Achthundert davon waren aktiv und auf den Beinen, die restlichen hatte man bis zur Körperimplan-

---

* abgekürzt: KI

tation auf ihren Bestimmungswelten in Matrixform eingelagert. Also, kurz und gut, wir hatten eine Standardfracht an Bord. Die Besatzung arbeitete auf Kommissionsbasis – ebenfalls dem Standard entsprechend – und erhielt ein Prozent des Frachtwertes, wobei die Summe gemäß dem üblichen Umlageschlüssel aufgeteilt wurde. Mein Anteil betrug ein Fünfzigstel – also genau zwei Prozent des Nettoertrags der Reise; darin inklusive mein Kapitäns-Bonus, denn sonst hätte ich wohl nur ein Hundertteil der Umlage oder noch einen viel mickrigeren lahmen Klacks abbekommen. Roacher stand – dank Seniorität – an zehnter Stelle, und Bulgar, sein Intimkumpel, auf der vierzehnten, und die beiden waren nicht einmal Offiziere. Woraus man wieder einmal erkennen kann, was für eine große Rolle »Anciennität« im »Service« spielt. Andererseits ist natürlich Anciennität gleichbedeutend mit Dauer – und wieso sollte ein hohes Überlebenspotential nicht auch belohnt werden? Auf meiner jüngsten Reise bin ich immerhin auf Platz neunzehn gekommen. Aber ich gedenke bei der nächsten weit besser abzuschneiden.

3

Keiner von euch hat jemals ein Sternschiff zu Gesicht bekommen. Wir bleiben nämlich im Himmel; wenn wir in Planetennähe kreisen, skippern Landefrachter zum Löschen zu uns herauf. Eine Million Schiffslängen ist die äußerste Annäherung, die wir jemals an eine Planetenhaut riskieren; würden wir diese Distanz unterschreiten, die gewaltigen Kräfte, die von den Welten ausgehen, würden uns zerspellen lassen.

Aber uns fehlt der Landgang wirklich nicht. Für uns ist das so etwas wie eine schwere Plage. Wenn ich jetzt – nachdem ich den größten Teil meines Lebens im Himmel verbracht habe – wieder auf festes Land treten müßte, ich würde innerhalb einer Stunde kollabieren. Und das ist ein ziemlich scheußlicher Tod. Aber wozu sollte ich je wieder einen Planetengang machen wollen? Damit ihr mich recht versteht, als ich zum erstenmal auf der *Schwert des Orion* fuhr, hätte das durchaus noch im Bereich des Möglichen für mich gestanden, aber ich habe schon seit langem darauf verzichtet. Das hatte ich euch damit sagen wollen, daß man sein Leben abstreift, wenn man in den Himmel geht. Aber selbstverständlich verliert sich auch jegliches Gefühl aus dir, daß dieses Anlandsein irgend etwas mit Lebendigsein zu tun haben könnte. Wißt ihr, wenn es euch möglich wäre, einmal in einem Sternschiff zu fliegen – oder auch nur eines so zu sehen, wie wir sie sehen –, ihr würdet mich verstehen. Aber ich werfe euch natürlich nicht vor, daß ihr so seid, wie ihr eben seid.

Ich möchte euch die *Schwert des Orion* vorführen. Aber natürlich werdet ihr sie nie mit unseren Augen sehen.

Also, was würdet ihr sehen, wenn ihr aus dem Schiff aussteigen würdet, wie wir das manchmal tun, um einen Sternausflug in die Große Freiheit zu machen?

Zunächst einmal würdet ihr das Licht des Sternschiffs sehen. Ein Interstellarschiff strahlt einen gewaltigen unablässigen Lichtschimmer aus, der den Himmel wie ein Fanfarenstoß durchschneidet. Und dieses gewaltige Licht schießt sowohl vor dem Schiff her, wie es ihm am Heck folgt. Vor dem Schiff treibt ein strahlendheller Lichtkegel glosend in die Leere. Im Kielwasser hinterläßt das Raumschiff eine derart intensive Photonenspur, daß man sie sammeln und wiegen könnte. Dieses Licht wird vom Stardrive hervorgebracht: Das Schiff frißt den Raum, und die Lichtenergie ist dabei das Abfallprodukt.

Innerhalb des Lichts würdet ihr eine zehn Kilometer lange Nadel erkennen. Sie ist das Raumschiff. Das eine Ende verjüngt sich zu einer scharfen Spitze, am anderen liegt das »Nadelöhr«; und es braucht einen Fußmarsch von mehreren Tagen, um durch sämtliche Abteilungen dazwischen von einem Ende bis zum anderen zu gehen. Es ist eine geschlossene, eine autonome Welt für sich. Die Nadel ist eine abgeflachte Nadel. Ihr könntet leicht über die Außenfläche des Schiffes laufen, über die Außenwandung des Oberdecks, das wir »Skin Deck« nennen. Oder ebenso leicht könntet ihr auf dem »Belly Deck« herumspazieren, also sozusagen auf der Bauchseite. Wir bezeichnen zwar das eine als Ober-, das andere als Unterdeck, doch wenn man sich außerhalb des Sternschiffes befindet, sind derartige Unterscheidungen bedeutungslos. Zwischen den zwei Außendecks liegen das Mannschaftsdeck, das Passagierdeck, das Frachtdeck und das Antriebsdeck. In der Regel begibt sich allerdings kaum jemand von einem Deck zu einem anderen. Wir bleiben brav, wohin wir gehören. Die Triebwerke befinden sich im »Nadelöhr«. Die Kapitänsräume ebenfalls.

Schön, diese Nadel ist also das Sternschiff, aber sie ist nicht das ganze Schiff. Was ihr nämlich nicht sehen könntet, das wären die Adnexen, Ausleger und technischen Einrichtungen. Die nämlich umgeben das Schiff in einem komplizierten Konstruktionsgeflecht. Jedoch liegen sie unterhalb der Realität und entziehen sich demzufolge der optischen Wahrnehmung. Ein Schiff bohrt sich in die Leere und streckt und breitet sich in die Länge und Weite, um Raum zu finden für all das, was es mit sich tragen muß. Und in diesen Adnexen und Seitenstrukturen lagern unsere Versorgungsgüter, der Proviant, die Treibstoffvorräte und sämtliche Frachtgüter, die zum billigeren Zweiterklasse-Tarif befördert werden. Sollte das Schiff einmal Strafgefangene transportieren – sie würden in einem der Adnexen fliegen. Wenn das Schiff auf seiner Fahrt damit rechnen muß, ernsthaften, durch Hochrechnung ermittelten Turbulenzen standhalten zu müssen, wird es sich mit Stabilisatoren ausrüsten, und diese werden in den technischen Zusatzeinrichtungen mitgeführt, von wo aus sie im Notfall aktiviert werden können. Dies sind die Geheimnisse unseres Berufs. Akzeptiert sie so, wie ich sie euch hier schildere, oder kümmert euch nicht darum, ganz nach eurem Belieben: Sie sind sowieso nicht für die Öffentlichkeit bestimmt.

Der Bau eines derartigen Schiffes dauert vierzig Jahre. Derzeit stehen zweihunderteinundsiebzig in Dienst. Es werden unablässig neue gebaut. Sie stellen die einzige Verbindung und das einzige Band dar zwischen den Mutterwelten und den achthundertachtundneunzig Kolonien und den Subkolonien der Kolonien. Seit Einrichtung des »Service« gingen vier Schiffe verloren. Über die Gründe weiß niemand etwas. Aber der Verlust eines Sternenschiffs ist die scheußlichste Katastrophe, die ich mir vorstellen kann. Der jüngste derartige Fall ereignete sich vor sechzig Effektivjahren.

Ein Interstellarschiff kehrt niemals auf die Welt zurück, auf der es gestartet wurde. Dafür ist die Galaxis zu gewaltig groß. Es macht vielmehr seine Jungfernfahrt und zieht dann in einem offenen Kreislauf endlos auf unbestimmte Zeit weiter durch den Himmel. Darin besteht der Service von »Service«. Und für uns wäre es ja auch wenig sinnvoll, zum Startplaneten zurückzukehren, weil Tausende von lokalen Jahren hinter uns dahinrasen würden, während wir unterwegs sind. Wir leben außerhalb der Zeit. Das müssen wir, denn es gibt keine andere Möglichkeit. Das ist unsere Last und unsere stolze Lust. Das heißt es, im Dienst von »Service« zu stehen.

4

Am fünften Bordtag verspürte ich einen plötzlichen Tic, ein Zupfen, ein Nagen – leiser Hinweis darauf, daß irgend etwas schiefgelaufen sei. Das Ganze war sehr belanglos, kaum wahrnehmbar, so wie die Streuung verwitterten Gerölls einem verrät, daß unter dem Hügel, den man erklettert, der Palast und die Türme einer großen Ruinenstadt begraben liegen. Sofern du nämlich nach derartigen indikativen Hinweisen nicht bewußt Ausschau hältst, wirst du sie gar nicht bemerken. Ich jedoch, ich war an jenem Tag hochgetrimmt, und es drängte mich nach Entdeckungen. Und als ich dieses flüchtige Signal auffing, daß etwas nicht in Ordnung sei, überkam mich eine eigenartige Freude.

Ich gab den Code der diensthabenden Intelligenz ein und sagte: »Was war das für ein Zittern im Passagierdeck?«

Die Intelligenz meldete sich sofort in meinem Bewußtsein – als eine scharfe graugrüne, von einer Aureole prickelnder Musik umgebene *présence*.

»Ich habe kein Zittern wahrgenommen, Sir.«

»Aber da war deutlich ein Zittern. Gerade eben. Ein kurzes Hochzucken der Daten.«

»Ist das so, Sir? Ein Anstieg des Dateninflux, Sir?« Die Intelligenz klang bestürzt, aber zugleich recht herablassend. Sie wollte mich nicht ärgern. »Welche Maßnahmen soll ich ergreifen, Sir?«

Das war die Aufforderung für mich, einen Rückzieher zu machen.

Die diensthabende Intelligenz war ein 49er Henry-Henry. Die ganze Henry-Serie gefällt sich in einer Art öliger Unschuld, die ich als unredlich empfinde. Davon abgesehen sind sie natürlich sehr fähige Intelligenzen. Ich überlegte, ob ich das Signal falsch interpretiert haben könnte. Wartete ich zu eifrig auf etwas, darauf, daß irgend etwas sich ereignete, wodurch meine Verbundenheit mit diesem Schiff greifbar bestätigt würde?

An Bord eines Interstellarschiffs gibt es so etwas wie den Eindruck von Bewegung oder Aktivität nicht: Wir schweben schweigend, lautlos, in den Gezeiten der Dunkelheit – in unserer flirrenden Lichthülle. In den großen Weiten des Universums scheint nichts sich zu bewegen, nichts scheint zu leben. Und seit dem Abflug von Kansas Four hatte ich dieses gewaltige Schweigen als etwas empfunden, das mich einer Prüfung unterzog, mir ein Urteil sprechen würde. War ich wirklich Kapitän dieses Schiffes? Schön: Aber dann wollte ich auch die Bürde meiner Stellung auf den Schultern spüren.

Wir waren mittlerweile an Ultima Thule vorbeigeglitten, und von hier an gab es keine Umkehr mehr. In unseren Lichtmantel gehüllt, von ihm getragen, würden wir von jetzt an durch den Himmel tosen, eine Bordwoche nach der anderen, bis wir in der Nähe unseres ersten Zielpunkts wieder »Land« sichten würden. Dieser Zielplanet war Cul-de-Sac im Vainglory-Archipel, weit draußen bei den Spook Clusters. Und hier, im freien Weltraum, mußte ich das Schiff unter meine Kontrolle bringen, oder es würde mich unterkriegen.

»Sir?« fragte die Intelligenz.

»Ziehen Sie ein Datenraster durch«, ordnete ich an. »Sämtliche Inputs vom Passagierdeck während der letzten halben Stunde. Da war eine Bewegung. Da war ein Hochzucken der Kurve.«

Mir war klar, daß ich mich irren konnte. Immerhin, es ist vielleicht ein wenig töricht, wenn man aus Übervorsicht irrt, aber es ist kein Verbrechen. Außerdem war mir natürlich bewußt, daß nichts, was ich zu diesem Zeitpunkt unserer Reise sagen oder tun würde, der Besatzung meiner *Schwert des Orion* anders als ausgesprochen naiv und unbedarft erscheinen mußte. Was konnte ich also schon verlieren, wenn ich eine Nachprüfung anordnete? Ich gierte nach Überraschungen. Und jede Unregelmäßigkeit, jede kleine Abweichung, die 49-Henry-Henry aufstöbern mochte, würde zu meinen Gunsten bewertet werden. Falls er nichts entdeckte, würde sich für mich auch nichts verschlimmern.

»Verzeihung, Sir«, berichtete 49-Henry-Henry kurz darauf. »Aber es hat da kein Zittern gegeben, Sir.«

»Vielleicht habe ich es überbewertet, wenn ich es ein Zittern genannt habe. Vielleicht handelte es sich nur um eine Anomalie. Was meinen Sie dazu, 49-Henry-Henry?« Und ich überlegte mir dabei, ob ich mir vielleicht etwas vergab, wenn ich so mit einer KI sprach. »Da war aber etwas. Ich bin ganz sicher. Eine unmißverständliche irreguläre Spitze im Datenfluß. Eine Anomalie, genau. Was sagen Sie dazu, 49-Henry-Henry?«

»Jawohl, Sir.«

»Jawohl, was?«

»In der Aufzeichnung läßt sich eine Unregelmäßigkeit feststellen, Sir. Ihre Beobachtung war völlig korrekt, Sir.«

»Und, weiter ...«

»Kein Grund zur Aufregung, Sir. Eine kleinere metabolische Bewegung, weiter nichts. Wie wenn jemand im Schlaf sich auf die andere Seite rollt, weiter nichts.« Du Miststück, was hast du schon für 'ne Ahnung, was Schlaf ist? »Äußerst ungewöhnlich, Sir, daß Sie fähig sein sollten, etwas derart Unbedeutendes wahrzunehmen, Sir. Ich darf das vielleicht lobend sagen, Sir. Bei den Passagieren ist alles in bester Ordnung, Sir.«

»Sehr gut. Eintrag ins Logbuch über den Vorfall, 49-Henry-Henry«, sagte ich.

»Bereits erledigt, Sir«, sagte die KI. »Erlaubnis zur Abkopplung, Sir?«

»Sie können abkoppeln«, befahl ich.

Der Musikschimmer, der seine Anwesenheit signalisiert hatte, wurde blechern und verschwand. Ich stellte mir vor, wie diese Einheit, schäbig grinsend, gespenstisch auf den Inspektionsrunden durch die tiefversteckten Nervenkanäle des Schiffes flitzte. Höhnisch grinsende Software, glosend vor Verachtung für ihren vermeintlichen Chef. Ach, der arme Captain, dachte sich das Stück. Der arme, hoffnungslos blöde kleine Junge von einem Captain. Ein Passagier muß mal niesen, und schon denkt der Kleine daran, sämtliche Schotts dichtzumachen.

Ach, laß ihn doch grinsen, dachte ich. Ich habe den Umständen entsprechend gehandelt, und das steht im Log.

Ich wußte, daß auch das nur Teil meiner Erprobung war.

Ihr meint jetzt vielleicht, daß die Stellung eines Kapitäns auf einem solchen Schiff wie der *Schwert des Orion* für eine erste Himmelsfahrt eine beängstigende Verantwortung und eine unvorstellbare Belastung darstellen müsse. Das ist auch so – allerdings nicht aus den euch vorschwebenden Gründen.

In Wahrheit ist es nämlich so, daß die Aufgaben des Kapitäns an Bord, im Vergleich zu allen anderen Besatzungsmitgliedern, als am wenigsten augenfällig erscheinen. Alle anderen haben genau bestimmte Pflichtbereiche, deren Erfüllung für den glatten Verlauf einer Reise wesentlich ist, auch wenn das Schiff im Notfall praktisch von sich aus jede Art von Ersatz für sämtliche Besatzungsmitglieder und für jeglichen technischen Vorgang durchaus selbständig in zureichendem Maße durchführen könnte. Die Aufgabe eines Kapitäns hingegen ist grundlegend abstrakter Natur, das heißt, er steht über allem. Seine Aufgabe ist es, Zeuge und Protokolleur der Reise zu sein, sie in sein Bewußtsein einzuschmelzen, ihr durch ein Muster von Entscheidungen und Reaktivhandlungen Zusammenhang und Kontinuität zu verleihen. In diesem Sinn wäre der Kapitän einfach auch nur ein Paket Software: Er ist die Codierung, vermittels derer die Reise sich als Serie linearer Funktionen darstellt. Und sollte er bei seiner Aufgabe versagen, sie nicht angemessen wahrnehmen, dann sorgen andere Besatzungsmitglieder, ohne großes Aufheben, dafür, daß die Reise weiter pflichtgemäß und programmgemäß abläuft. Effektiv wird auf einer Reise, die mit einem unterqualifizierten Kapitän stattfindet, während des Verlaufs nicht etwa die Reise zunichte gemacht, sondern der Kapitän. Bei meiner Flugausbildung wurde mir das völlig klargemacht. Die Fahrt kann – wohlgemerkt: *kann* – auch den schwächsten Kapitän überstehen. Wie ich schon sagte, vier Interstellarschiffe gingen seit Gründung des Service verloren, und niemand weiß, warum. Doch besteht auch kein Grund zu der Annahme, daß eine dieser Katastrophen auf ein Versagen des jeweiligen Kapitäns zurückzuführen wäre. Das wäre ja auch schlecht möglich, nicht wahr? Der Kapitän ist schließlich nur Überträger von fremdbestimmten Aktionen. Nicht der Kapitän gestaltet die Reise, sondern es ist vielmehr so, daß die Reise den Kapitän macht.

5

Besorgt, beunruhigt zog ich zum Öhr des Schiffes. Ich war trotz des höflichen Spotts von 49-Henry-Henry immer noch überzeugt, daß wir Ärger an Bord hatten – oder doch bald haben würden.

Und gerade als ich bis zum Außenscreen-Niveau vorgedrungen war, verspürte ich zum zweitenmal, wie etwas Fremdartiges mich berührte. Es war diesmal anders, es war tief beunruhigend.

Das Öhr bildet einen direkten Abstieg vom Skin-Deck zum unteren, dem »Bauch«-Deck und ist mit Bildschirmen ausgestattet, auf denen man tatsächliche oder virtuelle Displays sämtlicher Aspekte, der inneren wie der äußeren Umstände des Schiffes abrufen kann. Ich trat vor den großen schwarzen Facettenschirm, der uns das Simulationsbild der äußeren Realraum-Umgebung liefert, und starrte auf die kleiner werdende Scheibe des Relaispunkts von Ultima Thule, als eine neue Anomalie sich zeigte. Die vorherigen Erfahrungen waren nichts weiter gewesen als Signale meines Unterbewußtseins, ein Nagen, ein Kitzeln. Diesmal aber war es eher wie der Versuch, in mich einzudringen. Unsichtbare Finger schienen leicht über mein Gehirn zu streichen, sie tasteten und suchten Zugang. Dann zogen sie sich zurück; eine Sekunde später spürte ich in der linken Schläfe plötzlich einen stechenden Schmerz.

Ich richtete mich steif auf. »Wer ist da?«

»Hilf mir«, sagte eine tonlose Stimme.

Ich hatte schon die wilden Geschichten gehört, daß Passagier-Matrizes aus ihren Speicherkreisen ausbrechen und wie Geister frei durch das Schiff treiben können, wo sie nach einem ungeschützten Körper suchen, in den sie eindringen könnten. Die Quellen dieser Geschichten waren wenig zuverlässig: alte Halunken wie Roacher oder Bulgar. Ich tat diese Geschichten als Märchen ab, ebenso wie das Garn, das ich über die gewaltigen Tentakelkraken gehört hatte, die angeblich die Meere des Weltraums bewohnen, oder über die lockenden Meerweibchen mit ihren schimmernden Brüsten, die an Wirbelpunkten längs der Kraftlinien tanzen. Doch dies da, das hatte ich selbst gefühlt. Diese tastenden Finger, den plötzlichen scharfen Schmerz. Und ich hatte gespürt, daß da jemand Angst hatte, sich fürchtete; aber es war eine starke Wesenheit, stärker als ich, die ganz in der Nähe schwebte.

»Wo bist du?«

Es kam keine Antwort. Was immer das Wesen war, sofern es überhaupt eines war, es hatte sich nach diesem einen heimlichen Vorstoß wieder in seine Tarnung zurückgezogen.

Aber war es wirklich fort?

»Du bist noch immer irgendwo in der Nähe«, sagte ich. »Ich weiß das.«

Stille. Lautlosigkeit.

»Du hast mich um Hilfe gebeten. Warum bist du so rasch wieder verschwunden?«

Wieder keine Reaktion. Ich spürte, daß ich ärgerlich wurde.

»Also, wer immer du bist oder was immer – sprich endlich!«

Nichts. Schweigen. Hatte ich mir das Ganze nur eingebildet? Dieses Tasten? Die tonlose Stimme?

Nein. Ich war mir sicher, daß etwas Unsichtbares und Nichtwirkliches um mich herumschwebte. Und es machte mich wütend, daß es mir nicht gelingen wollte, den Kontakt wieder herzustellen. Daß etwas so mit mir spielen durfte, sich derart über mich lustig machen konnte.

Das ist immerhin mein Schiff, dachte ich. Und ich will an Bord meines Schiffes keine Gespenster haben.

»Wir können dich aufspüren«, sagte ich. »Dich in Schach halten. Dich auslöschen.«

Während ich da frustriert Drohungen von mir gab, hatte ich den Eindruck, erneut diese Berührung in meinem Bewußtsein zu fühlen, behutsamer diesmal, sehnsüchtig, bedauernd. Vielleicht bildete ich mir das auch nur ein. Vielleicht brachte ich den Gefühlseindruck nachträglich ins Spiel.

Es dauerte sowieso nur den Bruchteil einer Sekunde, falls es überhaupt geschah, und dann war ich unbezweifelbar wieder allein in mir selbst. Dieses Alleinsein war wirklich, total und unmißverständlich. Ich stand da, an die Bande vor dem Schirm geklammert, und beugte mich vor, in diese funkelnde Schwärze hinein, und ich schwankte benommen, als zöge mich etwas durch die Bordwand in den Raum hinaus.

»Captain?«

Die Stimme von 49-Henry-Henry polterte hinter mir aus dem Nichts.

»Haben Sie diesmal was gespürt?« fragte ich.

Die Intelligenz beachtete meine Frage nicht. »Captain, wir haben Ärger im Passagierdeck. Besatzung in Alarmbereitschaft. Kommen Sie rüber?«

»Richten Sie eine Transitspur für mich her«, sagte ich. »Bin schon unterwegs.«

In halber Höhe begannen Lichter zu glühen, gelb, blau, grün. Das Schiffsinnere ist ein riesiges opakes Labyrinth, und ohne eine KI, die einem den Weg weist, ist es schwierig, sich zurechtzufinden. 49-Henry-Henry baute über die Krümmung des Öhrs hin eine brauchbare Spur auf, zurück in den Hauptteil des Schiffes, und von da aus am Rand der leewärtigen Wandung zu dem Lift, der zum Passagierdeck hinabfuhr. Ich saß auf einem Luftkissentracker, der auf die Lichtsignale programmiert war. Die Fahrt dauerte nur fünfzehn Minuten. Ohne Hilfe hätte ich möglicherweise eine Woche gebraucht.

Das Passagierdeck ist eine Höhle voll von Echos und Hunderten von Särgen, manchmal sogar Tausenden, die in Dreierformation in Reihen ausgerichtet sind. Hier schläft unsere Lebendfracht, bis wir am Anflugziel sind und die Schläfer aus ihrem Konservenzustand vorsichtig zum Wachsein transferieren. Rings um die Schläfer ächzen und murmeln Maschinen und hätscheln sie während der temporären Suspension. Dahinter, ziemlich weit weg, befindet sich das Lager für Passagiere einer ganz anderen Gattung – nämlich ein Spinngewebe von Sensorkabeln, das unsere Tausende von entkörperlichten Matrizes umspannt. Bei diesen handelt es sich um Siedler, die beim Aufbruch in den Raum ihre Körper zurückgelassen haben. Es ist ein düsterer und abweisender Ort und nur schwach erhellt von wirbelnden Weichkometen, die oben kreisen und rote und grüne Funken versprühen.

Die Störung war im Bereich der Suspensionsfracht, unserer konservierten Winterschläfer. Fünf Mann der Besatzung waren bereits dort, die langgedientesten Kerle an Bord: Katkat, Dismas, Rio de Rio, Gavotte und Roacher. Und als ich sie da alle beisammen sah, begriff ich, daß es sich um etwas Wichtiges handeln müsse. Wir bewegen uns an Bord dieses riesenhaften Schiffes in weit auseinanderliegenden Bahnen: Es ist bereits außergewöhnlich, wenn wir innerhalb eines Bordmonats auch nur drei andere Besatzungsmitglieder leibhaftig treffen. Und hier hatte ich plötzlich fünf vor mir. Ich spürte ein bedrückendes Zusammengehörigkeitsgefühl von ihnen ausgehen. Ein jeder dieser Fünf war länger durch die Seen des Himmels gereist, als ich an Lebensjahren aufzuweisen hatte. Seit mindestens einem Dutzend Fahrten waren sie jetzt als Team beisammen. Und ich war der Fremde, mitten unter ihnen, der Nichterprobte, der Unvertraute, nicht ganz ernstzunehmen, weil unbedeutend. Roacher hatte mir ja bereits meine »süße Nettigkeit« um die Ohren gehaut und mich verurteilt, und damit meinte er, das war mir klar, eine fundamentale Unfähigkeit zu entschiedenem Handeln. Meiner Ansicht nach irrte er sich. Aber vielleicht hatte er mich besser erkannt, als ich mich selbst kannte.

Sie traten zurück und gaben mir den Weg frei. Gavotte, ein großer breitschulteriger Brocken von Mann mit einer verblüffend feinen und exakten Art, sich zu geben, gestikulierte mit ausgestreckten Händen herum: Da, Captain, sehen Sie? Sehen Sie das?

Was ich sah, waren grünliche Rauchschwaden, die aus einer Passagierunterkunft herausquollen, und die halbgeöffnete Glastür der Unterkunft, von oben bis unten zersprungen und vom Temperaturgefälle reifüberzogen. Ich hörte ein ekliges Tropfen. Aus einer zertrümmerten Stützleitung sprudelte in stetigen Rülpsern blaue Flüssigkeit. In dem Behältnis selbst war die bleiche nackte Gestalt eines Mannes, die Augen weit geöffnet, der Mund wie zu einem stummen Schrei aufgerissen. Der linke Arm hochgereckt, die Faust geballt. Der Körper sah aus wie eine Statue der Qual.

Die Körperteil-Rettungsapparate standen bereit. Der unglückliche Passagier würde zerlegt und alle seine weiterverwendbaren Teile würden konserviert werden, sobald ich den Befehl dazu gab.

»Ist er nicht mehr zu retten?« fragte ich.

»Sehen Sie ihn doch an«, sagte Katkat und deutete auf das Printout des Containers. Alle Kurven bereits mit Abwärtstendenz. »Wir haben jetzt bereits neunzehn Prozent Minderung, und es fällt weiter. Sollen wir mit der Demontage beginnen?«

»Fangt an!« sagte ich. »Angeordnet.«

Die Laser blitzten und peitschten. Schimmernd-feuchte Teile eines Leibes wurden sichtbar. Die metallenen Spiralarme der Körperteil-Rettungapparatur hoben sich und stießen nieder, schälten Organe heraus, die noch nicht irreparabel zerstört waren, und führten sie der Organbank zu. Gleichzeitig mit dem Instrumentenkomplex schufteten auch die Männer um die Schlachtbank herum. Sie versiegelten das aufgesprungene Gehäuse, banden die abgerissenen Zuleitungen und Friogenkabel ab.

Ich fragte Dismas, was passiert sei. Er war der Bewußtseinswächter für diesen Sektor und für die Wartung der in Suspension befindlichen Passagiere verantwortlich. Er hatte ein angenehmes offenes Gesicht, doch die trügerische Lustigkeit um seinen Mund und seine Wangen fand rätselhafterweise in den ausdruckslosen, überschatteten Augen keine Bestätigung. Er sagte mir, er habe weit, viel weiter auf der anderen Seite des Decks gearbeitet, um einen Routine-Check bei den Passagieren durchzuführen, die vor Strappado ausgeladen werden sollten. Und da habe er auf einmal eine plötzliche winzige Störung wahrgenommen, so ein momentanes Kitzeln, daß etwas nicht in Ordnung sei.

»Genau wie ich. Wann war das?«

»Halbe Stunde, vielleicht. Ich habe nicht besonders darauf geachtet. Ich dachte, es ist bloß irgendein Verdauungsproblem, Captain. Aber jetzt sagen Sie, Sie haben es auch gespürt?«

Ich nickte. »Bloß so eine Art Kitzeln. Es steht im Log.« Ich hörte das ferne Musiksignal von 49-Henry-Henry. Vielleicht war das ein Versuch der KI, sich bei mir dafür zu entschuldigen, daß sie mir nicht geglaubt hatte. »Und, was geschah dann?« fragte ich.

»Ich machte weiter mit meiner Arbeit. Vielleicht fünf, zehn Minuten lang. Dann spürte ich wieder einen Schub, diesmal war er stärker.« Er berührte seine Stirn, genau an der Schläfe, um mir zu demonstrieren, wo er es gespürt hatte. »Detektoren fielen aus. Glas zerbarst. Rannte hierher und fand diesen Passagier nach Cul-de-Sac in Konvulsionen. Bäumte sich in seinen Halterungen auf, schlug wie wild um sich. Riß sich von allen Schläuchen los und attackierte sofort das Containerfenster. Zertrümmerte es. Das ist ein sehr rascher Tod.«

»Matrix-Penetration«, sagte Roacher.

Meine Kopfhaut spannte sich. Ich wandte mich ihm zu. »Sagen Sie mir, was es damit auf sich hat.«

Er zuckte die Achseln. »Hin und wieder, aber sehr selten, überkommt jemanden in den Speicherkreisen so 'ne Art Ruhelosigkeit, und er bricht aus und streunt dann durch das Schiff. Sucht sich 'nen Körper, in den er sich einklinken kann. Genau das machen die nämlich. Die klinken sich in mich rein, oder in Katkat, sogar in Sie, Captain. In jeden, der grad greifbar ist, bloß damit sie endlich mal wieder Fleisch um sich rum spüren. Und da hat sich jemand in den Typ da eingeklinkt, und dann ist irgendwas schiefgelaufen.«

Die tastenden Finger, aber ja doch. Diese lautlose Stimme. *Hilf mir!*

»Also, ich habe noch nie was davon gehört, daß jemand sich bei einem Suspensionspassagier einklinkt«, sagte Dismas.

»Es gibt aber auch keinen Grund, warum nicht«, sagte Roacher.

»Aber was soll denn dabei rauskommen? Du steckst doch immer noch im Container. Tiefgefroren. Das ist doch auch nicht besser, als wenn man Matrix bleibt.«

»Ich wette fünf zu zwei, daß es 'ne Matrixinfiltration war«, sagte Roacher mit funkelndem Blick.

»Abgemacht«, sagte Dismas. Gavotte lachte und hängte sich an die Wette dran. Katkat, zierlich und geschmeidig, stieg gleichfalls ein, aber auf der Gegenseite. Rio de Rio, der im Verlauf seiner letzten sechs Reisen zu niemandem auch nur ein Wort gesprochen hatte, schnaubte und bedachte beide Wettparteien mit obszönen Gesten.

Ich kam mir wie ein dummer Kibitzer vor. Um wenigstens den Anschein wiederherzustellen, daß ich Kommandant sei, erklärte ich: »Wenn eine Matrix ausgebrochen ist, dann muß das ja auf dem Inventarbogen erscheinen. Dismas, checken Sie das mit der diensthabenden KI und berichten Sie mir dann! Katkat, Gavotte, Sie sorgen dafür, daß der Saustall hier aufgeräumt wird, dann versiegeln Sie alles! Und dann möchte ich Ihre Berichte im Logbuch haben, mit einer Kopie an mich persönlich. Ich werde in meinem Quartier sein. Weitere Befehle später. Die fehlende Matrix, sofern es so was ist, womit wir es hier zu tun haben, wird identifiziert, lokalisiert und wieder eingefangen werden.«

Roacher grinste mich an. Fast hatte ich das Gefühl, er ruft die anderen gleich auf, »Hipp-Hipp-Hurrah!« zu brüllen.

Ich drehte mich um, stieg auf meinen Tracker und fuhr auf der Spur der gelben, blauen, grünen Lichtsignale wieder durch das Labyrinth der Decks nach oben und zum Öhr hinauf.

Als ich in meine Kabine trat, berührte etwas mein Bewußtsein, und eine tonlose Stimme sagte: »Bitte, hilf mir!«

6

Sorgfältig schloß ich die Tür hinter mir, sicherte sie und aktivierte die Privatabschirmung. Das Kapitänsquartier an Bord eines Megasporen-Interstellarschiffes im Dienst des »Service« ist eine Welt für sich: eine immense, klare, heitere Enklave persönlicher Ungestörtheit. In meiner Kabine wirbelten funkelnde Spiralgalaxien an den Wänden. Ich hatte einen Bach und einen See und dahinter einen silbersprühenden Wasserfall. Die Luft war weich, und sie schimmerte feucht. Durch eine Handbewegung konnte ich mir aus tausend verdeckten Öffnungen Licht, Musik, Düfte und Farben herbeizaubern. Oder ich konnte die Wände durchlässig machen und mir die Flut des leuchtenden Sternenraums in ihrer ganzen Pracht hereinholen.

Ich wartete, bis ich es mir ganz gemütlich gemacht hatte, bis ich abgeschirmt und isoliert und wirklich bequem bei mir zu Hause war, ehe ich sagte: »Also schön. Was bist du?«

»Versprichst du mir, daß du mich nicht dem Kapitän verraten wirst?«

»Ich verspreche überhaupt nichts.«

»Aber – du wirst mir doch helfen?« Die Stimme klang furchtsam, zugleich aber auch drängend, fordernd und – als wäre das Wesen sehr verletzlich.

»Wie könnte ich so etwas versprechen? Du lieferst mir ja nichts, worauf ich meine Entscheidung stützen könnte.«

»Ich werde dir alles sagen. Aber zuerst mußt du mir versprechen, daß du nicht den Kapitän rufst.«

Ich kämpfte kurz mit mir, entschied mich jedoch dann für Offenheit.

»Ich bin der Captain hier«, sagte ich.

»Nein!«

»Kannst du diesen Raum hier sehen? Was meinst du, wo wir hier sind? In einem Mannschaftslogis? In der Spülküche?«

Ich spürte von meinem unsichtbaren Gefährten heftige Angstwellen ausgehen. Dann – nichts. War das Wesen fort? Dann war es ein Fehler von mir gewesen, dermaßen direkt zu sein. Dieses Phantom, dieser Spuk, mußte gefaßt werden, mußte in Isolation gebracht, möglicherweise sogar zerstört werden, ehe noch mehr Schaden angerichtet wurde. Ich hätte also doch raffinierter, hinterhältiger vorgehen müssen. Gleichzeitig jedoch wußte ich auch, daß es mir in einer ganz anderen Hinsicht leid tun würde, wenn das Ding mir einfach so entglitten sein sollte: Es bereitete mir nämlich eine Art Vergnügen, daß ich in der Lage war, mit jemandem – oder mit etwas – zu kommunizieren, der oder das weder ein Mitglied meiner Besatzung war – noch eine allmächtige, höhnisch-überlegene KI.

»Bist du noch da?« fragte ich nach einer Weile.

Schweigen. Nichts.

Es ist weg, dachte ich. Fortgefegt durch die *Schwert des Orion* wie eine Windbö. Jetzt vielleicht schon längst am anderen Ende des Schiffes.

Und dann, als habe unser Gespräch überhaupt keine Unterbrechung gehabt: »Also, ich kann es einfach nicht glauben. Ausgerechnet direkt in der Kapitänskajüte muß ich mich verlaufen, als gäbe es keinen anderen Ort.«

»Sieht wohl so aus, nicht?«

»Und du bist tatsächlich der Kapitän?«

»Tatsächlich und wirklich.«

Neue Pause.

»Du wirkst aber so jung«, sagte »Es«. »Also – für einen Kapitän ...«

»Vorsicht!« mahnte ich.

»Aber ich habe doch damit gar nichts Abfälliges sagen wollen, Captain.« Und mit einem Anflug von Keckheit, ja sogar Herausforderung, vermischt mit Unsicherheit und Furcht, fügte das Wesen hinzu: »Captain-*Sir.*«

Ich schaute zur Decke, an der leuchtende Resonatormodule über das gesamte Lichtspektrum hinwegglitten, auf und ab, während die hilfreichen Lichtpunktsklaven von einer Kreuzung zur anderen huschten, quer über die Illuminatorenbündel, und ich mühte mich, strengte mich an, auch nur einen flüchtigen Schimmer von diesem Etwas zu finden, irgendeinen elektromagnetischen Hinweis, einen winzigen. Aber da war *nichts.*

Dann stellte ich mir vor, es müsse sich um eine ungreifbare Kraft handeln, eine Art von tanzendem Irrlicht, das willkürlich durch meine Kabine flackerte, sich jetzt auf meiner Schulter niederließ, sich dann an irgendwelche Einrichtungsgegenstände klammerte, um sich dann auszudehnen und den ganzen Raum auszufüllen: ein gasförmiges Wesen, ein verspielter, ein launenhafter Elf. Das Seltsame ist, ich war nicht nur nicht verängstigt durch diese Erfahrung, nein, ich fühlte mich ganz im Gegenteil zu diesem Spukwesen überaus stark hingezogen. Irgend etwas an diesem rasch vibrierenden, so voller Widersprüchlichkeit steckenden Geist rührte mich tief innen auf seltsame Weise an. Und dabei hatte das Wesen den Tod eines meiner Passagiere auf dem Gewissen.

»Also?« sagte ich. »Du bist hier in Sicherheit. Aber wann möchtest du mir eigentlich endlich sagen, wer oder was du bist?«

»Ja, aber ist das nicht klar? Ich bin eine Matrix.«

»Weiter ...«

»Eine freie Matrix. Eine freistreunende Matrix. Eine Matrix in ziemlichen Schwierigkeiten. Ich glaube, ich habe sogar jemand verletzt. Ihn vielleicht sogar getötet.«

»Einen von meinen Passagieren?« sagte ich.

»Also weißt du Bescheid??«

»Ja, wir haben einen toten Passagier. Aber es ist uns nicht klar, was geschehen ist.«

»Es war nicht mein Fehler. Es war ein Unfall.«

»Möglich«, sagte ich. »Sag mir alles darüber. Alles!«

»Aber kann ich dir trauen?«

»Mehr als irgend jemand sonst auf diesem Schiff.«

»Aber du bist der Kapitän.«

»Genau deshalb«, sagte ich.

7

Ihr Name war Leeleaine. Aber sie wünschte, daß ich sie »Vox« nenne. Das bedeute, erklärte sie mir, »Stimme« in einer der uralten Erdsprachen. Sie war siebzehn, sagte sie, und stammte aus Jaana Head, von einer Insel vor der West-Palabar-Küste auf Kansas-Four. Ihr Vater war ein Glasbauer, die Mutter betrieb einen Laden für Gravimetrieprobleme, und sie hatte noch fünf Brüder und drei Schwestern, die alle viel älter waren als sie.

»Hast du eine Ahnung, wie so was ist, Captain? Die jüngste von neun Geschwistern zu sein? Und beide Eltern schuften die ganze Zeit? Und deine Kreuzeltern sind ebenfalls die ganze Zeit beschäftigt? Kannst du dir das vorstellen? Und dann mußt du auf Kansas Four aufwachsen, wo die Entfernung von einer größeren Stadt zur nächsten tausend Kilometer beträgt, aber du lebst ja nicht mal in einer Stadt, du *hockst* auf einer *Insel fest*. Verstehst du das?«

»Ich habe eine Ahnung, wie das ist«, sagte ich.

»Bist du auch von Kansas Four?«

»Nein«, sagte ich. »Nicht von Kansas Four. Aber ich glaube, mein Heimatort ist so ziemlich genauso gewesen.«

Dann erzählte sie mir von einer wilden, unruhigen und belasteten Kindheit voller Einsamkeit und Auflehnung. Kansas Four, habe ich gehört, ist eine wunderschöne Welt, wenn einer dazu neigt, an Welten etwas schön zu finden: eine grandiose Wildnis, über der der Himmel scharlachrot ist und an deren östlichem Horizont sich Basaltgebirge wie eine prachtvolle schwarze Mauer auftürmen. Aber so, wie Vox darüber sprach, war das ein Ort der Feindseligkeit, Trostlosigkeit und von frustrierender Ödnis. Für sie war es ein liebloser Ort, an dem sie ein Leben ohne Liebe gelebt hatte. Und dennoch erzählte sie mir von fahlvioletten Meeren, die von leuchtenden gelben Fischen nur so glühten, und von Bäumen, die in der Blütezeit zu Kaskaden von sinnverwirrenden scharlachroten Blüten wurden, und von warmen Regenfällen, die in der Luft wie Harfen tönten. Damals war ich noch nicht so lange im Himmel, daß ich vergessen hätte, wie unendlich schön ein Meer, oder Bäume, oder Regen sein können (die inzwischen für mich nichts weiter als leeres Wortgeklingel sind). Aber Vox hatte ihr Leben auf Kansas Four nicht nur als dermaßen abscheulich hassenswert empfunden, daß sie bereit war, nicht nur die Heimat, sondern auch ihre Körperlichkeit zurückzulassen.

Darin hatten wir etwas gemeinsam: Auch ich hatte meine Welt und mein früheres Leben aufgegeben, wenn auch nicht gerade meine fleischliche Materie. Aber ich hatte mich für den Himmel entschieden und für »Service«. Und Vox hatte bereitwillig eine Heimatwelt aufgegeben, und darüber hinaus auch noch ihren materiellen Körper, um dabei nur ein erdversklavtes Kriecherdasein gegen ein anderes, ebensolches einzutauschen.

»Es kam ein Tag«, erzählte sie weiter, »da wußte ich, daß ich es nicht länger ertragen konnte. Ich war so elend, fühlte mich so leer: Ich dachte daran, daß ich noch weitere zweihundert Jahre lang dermaßen scheußlich würde leben müssen, vielleicht noch länger, und mir war danach zumute, als müßte ich die Hügel ausreißen und sie einen gegen den anderen schleudern ... oder aber mich in das Senklot meiner Mutter einschmuggeln und mit ihm glatt zum Grund des Meeres hinunterfahren. Ich legte eine Liste mir möglicher Arten des freiwilligen Aus-dem-Leben-Scheidens an. Aber ich wußte, ich würde das ja doch nicht fertigkriegen, weder so, noch auf diese Art, noch auf eine andere mich umzubringen. Denn ich wollte doch *leben!* Aber, *so* leben müssen, nein, das wollte ich nicht.«

Und an eben diesem Tag, sagte sie, war das Heuer-Angebot aus Cul-de-Sac in Kansas Four eingetroffen. Die suchten Seelen. Dort waren etwa tausend vakante

Leiber verfügbar, und man brauchte Seelen-Matrizes, um sie zu füllen. Und Vox, ohne auch nur sekundenlang zu zögern, setzte ihren Namen auf die Bewerberliste.

Die Wanderung von Seelen zwischen den Welten ist eine ziemlich konstante Angelegenheit. Ich habe auf jeder meiner Fahrten Tausende von ihnen verschifft, die sich hoffnungsvoll auf den Weg machten zu neuen Körperlichkeiten auf fremden Planeten.

In jeder Welt gibt es einen Grundstock von Leibern, die auf einen Seelenersatz warten. In der Mehrzahl handelt es sich um die Opfer plötzlicher fremdbestimmter Gewalteinwirkung. Das Leben auf Erden ist riskant, und der Tod lauert an allen Ecken und Enden auf dich. Einen Körper zu retten und zu restaurieren, das ist weiter kein dermaßen schwieriges Verfahren, aber sobald die Seele einmal entwichen ist, kann man sie eben leider nie wieder einfangen. Und so werden denn die entleerten Leiber jene, die ertrinken, jener, die am tödlichen Gift von Insekten sterben, jener, die aus Fahrzeugen geworfen werden, und jener, die bei Erledigung ihrer Arbeit von einem fallenden Ast eliminiert werden, gesammelt und examiniert. Wenn sie nicht mehr reparaturfähig sind, werden sie ausgeschlachtet, demontiert, und ihre weiterverwendbaren Teile werden ins Ersatzteillager gebracht und dort zu eventueller Implantation in andere Entitäten aufbewahrt. Wenn sich die Körper allerdings ergänzen lassen, dann tut man dies, und dann lagern sie in Wartekammern, bis man neue Seelen für sie zur Verfügung hat.

Aber dann gibt es da natürlich auch jene, die ihren Körper freiwillig aufgeben, vielleicht weil sie seiner überdrüssig sind, er ihnen zur Last wird, oder weil ihnen ihre Weltenumstände unerträglich beschwerlich werden und sie eben voranzuschreiten wünschen. Und dies sind dann jene, die wir unter Vertrag nehmen, um die vakanten wartenden Leiber auf fernen Welten zu be-seelen, während dann andere nachdrängen, um die von ihnen verlassenen Leiber in Besitz zu nehmen. Die am wenigsten kostenträchtige Methode des interuniversalen Reisens besteht darin, den eigenen Körper aufzugeben und sich zur Matrixform zu reduzieren, wobei man ein unerwünschtes Leben gegen ein unvertrautes eintauscht. Und dies hatte Vox getan. Aus Schmerz und Verzweiflung hatte sie sich dazu bereitgefunden, die Essenz ihrer Wesenheit, ihr Selbst, alles, was sie jemals gesehen, gefühlt, gedacht oder geträumt hatte, in ein Gitterwerk von Elektroimpulsen konvertieren zu lassen, die mit der *Schwert des Orion* von Kansas Four nach Cul-de-Sac transportiert werden sollten. Dort lag bereits ein für sie reservierter neuer Körper bereit. Ihr eigener abgestreifter Leib hingegen würde in Kansas Four im Suspensionszustand, einer Art katatonischen Winterschlafes, aufbewahrt werden. Eines Tages, vielleicht, würde er die Behausung für irgendeine Seele auf Wanderschaft von einer anderen Welt sein – oder, wenn es keine Gebote auf ihn gab, würden ihn irgendwann die Körperverwertungsdienste ausschlachten, damit seine Bestandteile irgendeinem nützlichen Zweck zugeführt werden konnten. Doch das würde Vox niemals erfahren; und es wäre ihr auch gleichgültig.

»Ich begreife, daß man vielleicht ein unglückliches Leben für die Chance, ein glücklicheres zu bekommen, aufgibt«, sagte ich. »Aber was für einen Vorteil hat es, einen Ausbruch an Bord eines Interstellarschiffs zu machen? Wozu sollte das gut sein? Warum konntest du nicht warten, bis du auf Cul-de-Sac angekommen warst?«

»Weil es die reinste Folter war«, sagte sie.

»Folter? Was war eine Folter?«

»Das Sein als eine Matrix.« Sie lachte bitter. »Sein? Leben? Es ist schlimmer, als der Tod es jemals sein könnte!«

»Dann sag es mir doch.«

»Du hast nie eine Matrixform mitgemacht, wie?«

»Nein«, sagte ich. »Ich habe mir einen anderen Fluchtweg gesucht.«

»Dann hast du keine Ahnung. Kannst du ja auch gar nicht. Du hast hier ein ganzes Schiff voller Matrizes in Speicherzustand, in Speicherkreisen, aber du kapierst überhaupt nichts von ihnen. Stell dir mal vor, es juckt dich im Nacken, Captain. Und du hast auf einmal keine Hände, um dich dort zu kratzen. Dann juckt dich ein Schenkel. Die Brust. Du liegst da, und es juckt dich am ganzen Leib – *und du kannst dich nicht kratzen.* Verstehst du mich jetzt?«

»Wie könnte eine Matrix einen Juckreiz wahrnehmen? Eine Matrix ist nichts weiter als ein Muster von elektrischen ...«

»Ach, du bist einfach unmöglich! Du bist richtig *blöd!* Ich rede doch nicht von einem echten wirklichen Jukken. Ich hab dir doch nur ein ›angenommen‹ geliefert, ein ›zum Beispiel‹. Weil du nämlich die wirkliche Lage sowieso nie kapieren könntest. Also, schau mal: Da bist du im Speicherkreis. Und du bist eigentlich weiter gar nichts als Elektrizität. Schön, mehr ist ein Bewußtsein sowieso eigentlich nicht. Aber du hast eben einmal einen Körper *gehabt.* Dieser Körper war mit Sinneswahrnehmungen ausgerüstet, er hatte Empfindungen, Gefühle. Und du hast Erinnerungen daran. Du bist ein Gefangener. Gefangene erinnern sich an alles mögliche, was *vorher* einmal als selbstverständlich in ihrem Leben gegolten hat. Und dann wärst du bereit, alles herzugeben, wenn du nur den Wind wieder in deinen Haaren spüren könntest, oder, wie frische kühle Milch schmeckt, oder wenn du den Duft von Blumen wieder in der Nase spüren könntest. Ja, sogar den Schmerz, wenn du dich in den Finger geschnitten hast. Wie salzig dein Blut schmeckt, wenn du den Schnitt ableckst. Du erinnerst dich an alles. Ich ... ich habe meinen Körper gehaßt, verstehst du nicht? Ich konnte ihn nicht schnell genug loswerden. Aber kaum war ich ihn los, vermißte ich die Gefühlspotentiale, die er bot. Mir fehlte auf einmal die sinnliche Wahrnehmung, daß da Fleisch war, das an mir zerrt, das mich auf dem Planetenboden festklebt, ein fleischlicher Körper voller Nervenfasern, ein Leib aus Fleisch, der Lust empfinden kann. Oder Schmerz.«

»Ich verstehe«, sagte ich, und ich glaube, ich verstand sie wahrhaftig. »Aber die Fahrt nach Cul-de-Sac ist doch so kurz. Ein paar Bordwochen, und du wärest dort, frei von der Speicherenge, in deinen neuen Körper integriert und ...«

»Wochen? Also, denk doch einmal daran, wie sich der Juckreiz in deinem Nacken auswirkte, Captain. Dieses Jucken, gegen das du nichts tun kannst. Wie lange könntest du es, deiner Ansicht nach, aushalten, da so gefesselt zu liegen, ohne etwas dagegen tun zu können? Würdest du das Jucken fünf Minuten lang ertragen? Eine Stunde? *Wochen?*«

Also, ich war überzeugt, daß ein Juckreiz, auf den man nicht durch Kratzen reagiert, von alleine verschwinden würde, womöglich innerhalb von Minuten. Aber so dachte eben nur ich, und ich war nicht Vox, und ich war nie Matrix in einem Speicherkreislauf gewesen.

Ich sagte: »Schön. Und dann hast du dich losgemacht. Wie?«

»Das war nicht weiter schwierig rauszukriegen. Ich hatte ja sonst weiter nichts zu tun, als darüber nachzudenken. Also: Du legst dich parallel zur Polarität des Stromkreises. Der ist sozusagen auch eine Matrix, ein elektrisches Muster, das dich in überkreuzten Bändern festhält. Du veränderst die Anordnung. Es ist so, wie wenn du gefesselt bist und so lange herumhampelst mit den Stricken, bis du dich aus ihnen befreien kannst. Und dann, dann kannst du überall hinwandern, wo du magst. Du schaltest dich in jeden Bioprozessor an Bord ein, der dir paßt, und du beziehst von da deine Energie, anstatt vom Speicherkreis, und davon lebst du. Ich kann mich an Bord dieses Schiffes überallhin mit Lichtgeschwindigkeit bewegen. Überallhin. So schnell, wie du für ein Augenzwinkern brauchst. Und ich war auch schon überall. Ich war an der vordersten Spitze und droben/draußen am Mast; ich war drunten in den Unterdecks, und ich war in den Mannschaftsquartieren, den Frachträumen, und außerdem war ich auch ein bißchen weiter weg, bis zu einem Irgendwas, direkt außerhalb des Schiffes, das aber nicht so richtig wirklich ist, wenn du weißt, was ich meine. Etwas, das einfach nur so der Wiegendruckstock für die Wellen von Wahrscheinlichkeiten ist, die uns umgeben. Es ist, als wäre man ein Gespenst. Aber es werden damit keinerlei Probleme gelöst. Verstehst du? Die Folter geht weiter, trotzdem. Du möchtest Gefühle haben, aber du kannst es nicht. Du willst wieder angekoppelt sein, deine Sensualpotenzen, deine Inputs wollen es. Darum habe ich versucht, in den Passagier einzudringen, verstehst du? Aber er wollte mich nicht hereinlassen.«

Endlich begann ich zu begreifen.

Nicht alle, die als Kolonisten in die Himmelswelten fahren, tun das in Matrixform. In der Regel nimmt jeder, der es sich leisten kann, seinen Körper mit sich; aber das können sich eben nur relativ wenige leisten. Jene nämlich, die dann in Suspension reisen, dem tiefsten quasi-komatösen Schlaf. Wir vom »Service« transportieren keine Passagiere im Wachzustand, um keinen noch so hohen Preis. Sie wären einfach eine zu ärgerliche Belastung, würden ihre Nasen überall hineinstecken, und überall herumstöbern, uns beständig mit Fragen belabern und von vorn und hinten bedient sein wollen. Sie würden einfach den glatten Fahrtverlauf stören. Deshalb wandern sie hinunter in ihre Särge, ihre Container, und dort schlafen sie die ganze Fahrt über und verschlafen sie, alle ihre Lebensprozesse sind zu einem Stagnationszustand reduziert, zu einem Zustand des vorläufigen Todes-im-Leben, der erst reversibel wird, wenn wir die Fracht an dem Bestimmungsort auslanden.

Und die arme Vox hatte sich, nachdem sie sich aus dem Kerker ihrer Schaltkreise befreit hatte, hungrig auf die Suche nach sinnlich-greifbarem Datenmaterial begeben und den Körper eines Passagiers zu infiltrieren versucht.

Betroffen und erschüttert hörte ich dem Bericht ihrer schrecklichen Odyssee durch mein Schiff zu. Ihr Ausbrechen aus dem Speicherkreis – das war das erste Wahrnehmungssignal, das ich aufgefangen hatte, daß etwas nicht in Ordnung sei, dieser zuckende Reiz, der Tic, das Knabbern am Rand meines Bewußtseins.

Der erste übersprudelnde Augenblick der Befreiung war für sie eine einzige wilde Wonne gewesen, eine Eruption von Lust und Lebensfreude. Und dann war die Erkenntnis über sie gekommen, daß sich in Wirklichkeit nichts geändert hatte. Sie war zwar frei, aber leider noch immer ein Nichtkörper, war verhaftet in diese monströse, frustrierende Körperlosigkeit und sehnte sich nach Berührung. Möglicherweise ist diese Art Qual bei Matrizes weit verbreitet; vielleicht brechen sie deshalb aus (gelegentlich), wie Vox es getan hatte, und spuken dann wie armselige gepeinigte Gespenster durch die Schiffe. Das hatte jedenfalls Roacher gesagt: *Hin und wieder, aber nicht häufig, wird jemand in den Speicherkreisen kribbelig und findet einen Weg nach draußen, und dann streunt er durch das Schiff. Sucht nach 'nem Körper, in den er sich einklinken kann, ja, genau das machen die dann. Koppeln sich bei mir an, oder beim Katkat, die koppeln sich sogar in Sie rein, Captain. Eben jeden, der grad da ist und greifbar. Bloß damit sie endlich wieder mal was Fleischliches zu spüren kriegen ...*

Ja. Und das war der zweite Schub gewesen, der stärkere, den auch Dismas, nicht nur ich, gespürt hatte, als Vox, die sich willkürlich einen Passagier gesucht hatte, plötzlich und auf einen Impuls hin, sich in sein Hirnmaterial eingeschleust hatte. Sie hatte ihren Fehler sofort begriffen. Der Passagier, eingesponnen in was für Träumen immer, die Suspendierte haben mögen, hatten auf ihr Eindringen mit wildem panischen Entsetzen reagiert. Konvulsionen rasten durch ihn hindurch; er bäumte sich auf, krallte sich an das Apparatekonglomerat, das seiner Lebenserhaltung diente, versuchte verzweifelt diesen Sukkubus oder Inkubus auszutreiben, der ihn in Besitz genommen hatte. Und in diesem verzweifelten Befreiungskampf zerschmetterte er sein Containergehäuse und starb. Vox – auf der Flucht – voller Furcht – kobolzte durch das Schiff und suchte nach einem Versteck, und da stieß sie auf mich, der vor dem Bildschirm im Ohr stand. Also machte sie einen fruchtlosen Versuch, in mein Bewußtsein einzudringen. Aber in eben diesem Moment wurde der Tod des Passagiers von den Sensoren des 49-Henry-Henrys wahrgenommen, und als die KI Kontakt mit mir aufnahm und mir von dem Störfall berichtete, floh Vox von neuem und schwabberte erneut mißmutig-frustriert umher, bis ich mich wieder in meine Kabine begeben hatte. Sie habe keineswegs beabsichtigt, den Passagier zu töten, sagte sie. Es tue ihr ja auch leid, daß er tot sei. Jetzt spüre sie so etwas wie peinliche Verlegenheit und Furcht. Aber keinerlei Schuldgefühle. Eine Schuld wies sie beinahe unverschämt frech zurück. Ach, er ist gestorben? Nun, dann ist er eben tot. Wie schade. Aber woher hätte sie denn wissen sollen, daß dabei so was überhaupt passieren könnte? Sie suchte doch schließlich nur nach einem Körper, um dort Zuflucht zu finden. Während ich ihr zuhörte, wuchs in mir das Gefühl, daß sie jemand sein müsse, der mir vollkommen fremd ist, völlig andersgeartet als ich, eine flüchtig-ungreifbare, eine instabile und vielleicht sogar zur Gewalttätigkeit neigende Personalidentität. Aber trotzdem spürte ich, daß zwischen ihr und mir eigenartige Verwandtschaft und Vertrautheit bestehen müsse, eine Fast-Identität könnte man sagen.

So als wären wir zwei getrennte Hälften ein und desselben Geistes, als wären wir, sie und ich, nur ein und dasselbe. Aber ich verstand wirklich kaum, warum dies so sein sollte.

»Und was kommt jetzt?« fragte ich. »Du sagst, du brauchst Hilfe: Wie?«

»Nimm mich auf!«

»Wie?«

»Versteck mich! In dir. Wenn sie mich finden, werden sie mich ausradieren. Das hast du doch selbst gesagt, daß man das machen würde; daß ich aufgespürt, gefaßt und ausgelöscht werden könnte. Aber das wird nicht passieren, wenn du mich beschützt.«

»Aber, ich bin der *Captain*«, sagte ich verblüfft.

»Eben.«

»Aber, wie kann ich dann ...?«

»Sie werden jetzt schon alle nach mir suchen. Die Intelligenzen, die Besatzung ... Es macht ihnen Angst, wenn sie wissen, daß eine Matrix frei herumschwirrt. Also werden sie mich vernichten wollen. Wenn sie mich aber nicht finden können, vergessen sie mich nach einer Weile. Dann glauben sie vielleicht, daß ich in den Raum entwischt bin, oder so was ähnliches. Aber wenn ich bei dir eingeklinkt bin, dann kann mich keiner mehr finden.«

»Ich habe eine Verantwortung gegenüber ...«

»Bitte!« sagte sie. »Vielleicht könnte ich ja zu einem von den anderen gehen. Aber ich fühle mich dir am vertrautesten. Bitte! Bitte!«

»Am vertrautesten – mir?«

»Ja. Du bist nicht glücklich. Du paßt nicht dazu. Hier nicht und nirgendwo. Du kannst dich hier ebensowenig einfügen wie ich auf Kansas Four. Das habe ich sofort beim erstenmal gefühlt, als ich deinen Geist berührte. Du bist neu als Kapitän, stimmt's? Und die übrigen an Bord heizen dir ganz schön ein. Warum solltest du dir also *ihretwegen* Gedanken machen? Bitte! Du kannst doch nicht einfach zulassen, daß sie mich auslöschen. Ich bin jung. Und ich wollte keinem was tun. Ich will doch weiter nichts, als nach Cul-de-Sac fliegen und dort in den Körper eingefügt werden, der auf mich wartet. Ein neuer Anfang, nein, eigentlich mein wirklicher Anfang. Willst du nicht?«

»Wozu machst du dir die Mühe, mich um Erlaubnis zu bitten? Du kannst doch jederzeit durch meinen Stekker in mich herein, wenn du willst, nicht wahr?«

»Der andere, der erste ist aber gestorben«, sagte sie.

»Der lag in Suspension. Nicht durch dein Eindringen hast du ihn umgebracht. Er starb an der Überraschung, vor Furcht. Er hat sich selbst durch sein wildes Herumschlagen und die Zertrümmerung seines Containers umgebracht.«

»Trotzdem«, sagte Vox. »Ich würde so was nicht noch einmal versuchen – nicht mit einem unfreiwilligen, abweisenden Wirt. Nein, du mußt schon sagen, daß du mich einlassen willst, oder ich komme nicht in dich hinein.«

Ich schwieg.

»Hilfst du mir?« sagte sie.

»Komm!« forderte ich sie auf.

8

Es war genau wie bei jedem anderen Einklinken: eine elektrochemische Verbindung von einem Bewußtsein zu einem anderen, ein Ankoppeln vermittels der Einsteckhülse am unteren Ende meines Rückgrats. Was zwei x-beliebige Leute tun können, wenn sie die Vereinigung wünschen. Aber hier gab es einen wesentlichen Unterschied: Wir verwendeten nämlich keinen Jack, keinen Stecker. Wir übersprangen die ganze komplizierte Prozedur des Checkens von Bandbreiten, Voltspannungen und die Wahl des richtigen Transformer-Adapters. Sie brachte das alles einfach durch Angleichung evozierter Potentiale zuwege. Ich verspürte eine kurze scharfe Wahrnehmung, dann war sie in mir.

»Atme!« befahl sie. »Atme ganz tief durch! Füll deine Lungen! Reib die Hände gegeneinander! Berühre deine Wangen! Kratz dich hinter dem linken Ohr! Bitte! Bitte! Es ist so lange her, seit ich wirklich etwas *gefühlt* habe.«

Die Stimme klang ebenso wie vorher, gleichzeitig real und unwirklich. Sie besaß keine Substanz, keine Dichte der Klangfarbe, kein Timbre, überhaupt machte sie nicht den Eindruck, als entstehe sie durch die Schwingungen von Stimmbändern über einer Luftsäule. Aber sie war klar, fest, auf eine gewichtige Art sogar substanzbehaftet, eine echte Stimme in jeglicher Hinsicht, nur daß da eben nicht eine körperliche Wesenheit sprach. Ich vermute, daß sie während der Zeit, als sie noch nicht in mir war, wohl einen Faserstrang ihres Selbst in mein Nervensystem hatte ausstrecken müssen, um diese Stimme zu erzeugen. Jetzt war dies nicht mehr nötig. Aber trotzdem nahm ich ihre Stimme noch immer als von außen kommend wahr, obwohl sie doch inzwischen in mir Wohnung bezogen hatte.

Sie sprudelte über von Bedürfnissen.

»Trink Wasser!« bedrängte sie mich. »Iß was! Kannst du mit den Fingerknöcheln knacken? Mach es mal, mach es! Steck die Hand zwischen die Knie und drück zu! Da ist so viel, was ich spüren möchte. Hast du hier Musik? Spiel was für mich, magst du? Etwas Lautes, was ganz Scharfes!«

Nach und nach, während ich tat, was sie forderte, wurde sie ruhiger.

Mich selbst erfüllte sonderbare Gleichmut. Ich hatte nun kein besonderes Wahrnehmungsgefühl von ihrer Anwesenheit in mir, kein fremdartiges Druckgefühl unter der Schädeldecke, keine gleitenden Empfindungen das Rückgrat hinauf und hinab. Auch gab es keine Vermischung ihrer Denkströme mit den meinen. Sie schien nicht in der Lage, die Bewegungen oder Reaktionen meines Körpers zu kontrollieren. In dieser Hinsicht war unser Kontakt weniger intim, als es jede x-beliebige gewöhnliche Steckvereinigung zwischen zwei Menschen gewesen wäre. Aber dies war – wie ich bald herausfinden sollte – nur so, weil sie es so wollte. Wir sollten nämlich nicht lange in diesem Zustand sorgfältiger Abgrenzung verharren.

»Fühlst du dich jetzt wohler?« fragte ich.

»Ich hab schon geglaubt, ich werd verrückt – wenn ich nicht bald etwas wieder fühlen könnte.«

»Und du kannst jetzt wieder fühlen?«

»Durch dich, ja. Alles, was du berührst, spüre ich.«

»Aber du weißt doch, ich kann dich nicht lang verstecken. Sie werden mich meines Kommandos entheben, wenn ich dabei ertappt werden, daß ich einem Flüchtling Unterschlupf gewähre. Oder sie tun Schlimmeres mit mir.«

»Du brauchst von jetzt an nicht mehr laut mit mir zu sprechen«, sagte sie.

»Das verstehe ich nicht.«

»Du *sendest* einfach. Wir beide haben jetzt ein und dasselbe Nervensystem.«

»Du kannst also meine Gedanken lesen?« sagte ich, immer noch laut.

»Nein, nicht wirklich lesen. Ich bin nicht in die übergeordneten Zerebralzentren eingeklinkt. Aber ich fange die motorischen und sensorischen Neuralvorgänge auf. Und subvokale Äußerungen. Weißt du, was das ist? Also, ich kann deine Gedanken *hören*, wenn du es willst, daß ich sie höre. Das ist etwa so, wie wenn man in Verbindung steht. Du warst doch schon in Verbindung, oder?«

»Doch, ab und zu schon.«

»Na, dann kennst du das ja. Du machst einfach den Kanal für mich frei. Schließlich kannst du ja nicht im Schiff herumlaufen und mit einer unsichtbaren Person sprechen, verstehst du. *Sende* mir was ... es ist nicht schwer.«

»So etwa?« sagte ich, während ich mir visuell vorstellte, wie ein Pack von Verbalinformation durch meine Hirnkanäle glitt.

»Na, siehst du? Du kannst es ja!«

»Aber trotzdem«, sagte ich zu ihr. »Du kannst da nicht einfach über längere Zeit bei mir bleiben. Das mußt du dir klarmachen.«

Sie lachte. Nein, es war unverkennbar ein zwar tonloses, aber eindeutiges Lachen. »Du klingst dermaßen ernst. Ich wette, du bist noch immer ganz erstaunt darüber, daß du mich überhaupt in dich reingelassen hast.«

»Das bin ich zweifellos. Hattest du denn geglaubt, daß ich das tun würde?«

»Aber klar doch. Vom ersten Moment an wußte ich das. Du bist nämlich von Grund auf eine sehr freundliche Person.«

»Bin ich das, Vox?«

»Aber natürlich. Du mußt nur dir selbst erlauben, nett zu sein.« Und wieder dieses lautlose Lachen. »Und ich, ich weißt nicht einmal, wie du heißt! Da sitze ich direkt in deinem Kopf und kenne nicht einmal deinen Namen.«

»Adam.«

»Das ist ein hübscher Name. Ist es ein Erdenname?«

»Ja, von der Alten Erde. Sehr alt.«

»Und du stammst von der Erde?« fragte sie.

»Nein. Oder höchstens in dem Sinn, daß wir ja alle Erdenkinder sind.«

»Also, woher dann?«

»Ich möchte eigentlich lieber nicht davon reden«, sagte ich.

Sie überlegte. Dann: »Hast du den Ort, an dem du aufgewachsen bist, denn so gehaßt?«

»Bitte, Vox ...«

»Na klar, du hast ihn gehaßt. Genau wie ich Kansas

Four gehaßt habe. Wir sind vom gleichen Stoff, du und ich. Wir sind einander gleich. Nur, du hast ein Übermaß an Vorsicht mitgekriegt, und ich bin ganz Impulsivität. Aber davon abgesehen, sind wir ein und dieselbe Person. Das ist auch der Grund, weshalb wir so gute Teilhaber sein können. Ich bin glücklich, daß ich dein Teilhaber sein darf, Adam. Und du wirst mich doch nicht zwingen wegzugehen, nicht wahr? Wir gehören zueinander, du und ich. Du läßt mich doch bleiben, bis wir Cul-de-Sac erreicht haben. Ich weiß es, du wirst es tun.«

»Vielleicht. Vielleicht auch nicht.« Ich war mir, so oder so, keineswegs sicher.

»Oh, du wirst schon. Du wirst tun, was ich will, Adam. Ich kenne dich nämlich besser, als du dich selber kennst.«

9

Und damit begann alles. Ich lebte in einem neuen Bereich, einem Zustand außerhalb meines sicheren wohlgefestigten Selbstgefühls, ich war dermaßen weit über die Schranken dessen hinausgestoßen, was ich für die mir angemessene anständige Verhaltensweise hielt, daß sich in mir nicht einmal so etwas wie Erstaunen angesichts dessen einstellte, was ich tat. Ich hatte sie, diese Vox, in mich aufgenommen, und mehr war dazu nicht zu sagen. Ein Fremdwesen – unter meinem Cranium. Sie hatte sich flehend an mich gewandt – und ich, ich hatte ihr Zugang gewährt. Es war wirklich so, als wäre ihre freche Unbekümmertheit ansteckend. Und obschon ich keineswegs die Absicht hatte, ihr länger als nötig, als unbedingt nötig, Unterschlupf in mir zu gewähren, begriff ich doch zu diesem Zeitpunkt bereits, daß ich nichts unternehmen würde, um sie loszuwerden, ehe nicht ihre Sicherheit garantiert war.

Nur, wie sollte ich sie verstecken?

Unsichtbar war sie ja vielleicht, aber doch keineswegs unauffindbar für Detektoren. Und inzwischen suchten alle auf dem ganzen Schiff nach ihr.

Ich hatte sechzehn Mann Besatzung an Bord, die samt und sonders streunende Matrizes fürchteten, als wären es Vampire. Und solange sie nicht eingefangen war, würden die weiter nach ihr das Schiff durchsuchen. Aber nicht nur meine Humanbesatzung. Auch die KIs würden einen beständigen Monitorcheck ihretwegen aufrechthalten, und nicht weil sie so etwas wie Furcht kannten, sondern eben aus einer reinen Effizienzprogrammierung. Sie hatten schließlich von Vox nichts zu fürchten, aber es lag in ihrem Interesse, daß die Frachtunterlagen stimmten und nichts fehlte, wenn wir an unserem Bestimmungsplaneten anlegten.

Die Besatzung mißtraute mir sowieso von Anfang an. Ich war ihnen einfach zu jung, zu grün, zu *süß und nett.* Genau der Typ, dem man zutrauen konnte, daß er einen geheimen Ausreißer verstecken würde. Außerdem war es ja wahrhaftig ziemlich wahrscheinlich, daß andere ihre heimliche Anwesenheit in mir bemerkten, weil ihnen irgendwelche Signale auffielen, die für mich nicht erkennbar waren. Und was die KIs betraf, so hatten die zu allen erdenklichen Daten Zugang, weil dies für ihre routinemäßigen Wartungsaufgaben eben erforderlich war. Möglicherweise konnten sie sogar an mir physiologische Veränderungen feststellen, Schwankungen in meinem Reaktionsmuster, der Kreislaufeffizienz oder sonstwas, was sie dann auf die rechte Spur bringen würde. Wie hätte ich so etwas wissen können? Also mußte ich wohl beständig auf der Hut sein, daß niemand die Anwesenheit des geheimen Teilhabers in meinem Denkbewußtsein entdeckte.

Die erste Prüfung bestanden wir knapp eine Stunde später. Das Kommunikationslicht begann zu blinken, und ich hörte die ferne Musik der diensthabenden KI.

Diesmal war es ein 612-Jason, der die Spätschicht übernommen hatte. Sein Aurealfaktor war golden, die Musik ein dunkles Pulsen. Die Jasons sind normalerweise brutal-direkter, aber weniger herablassend und hochnäsig als die KIs der Henry-Serie, und im allgemeinen mag ich sie eigentlich lieber. Jetzt aber jagte mir das Kontaktlicht einigermaßen Entsetzen ein, diese Musik – das Wissen, daß die Schiffsintelligenz mit mir zu sprechen wünschte. Ich bog mich verkrampft von dem aufdringlichen Eindringling fort, so wie man es wohl tut, wenn man das Gesicht eines andern nicht allzunahe an sich herankommen lassen möchte.

Selbstverständlich besaß die KI kein Gesicht, das einem hätte zu nahe kommen können. Sie war weiter nichts als eine Stimme, die zu mir aus einem Lautsprechergitter redete, und ein Gebräu magnetischer Impulse, das irgendwo aus den Kontrollzonen des Schiffs zu mir herübergespeist wurde ... Trotzdem, in meiner Vorstellung war dieser 612-Jason ein riesiges glühendes Auge, das in mich eindrang und die in mir versteckte Vox anstierte.

»Was ist denn?« fragte ich.

»Zusammengefaßter Bericht, Captain. Auszugsweise. Über den verstorbenen Passagier und die entwischte Matrix.«

Tief in meinem Innern verspürte ich so etwas wie ein hastiges Wegtauchen, und dann begannen die Hautteile meiner Schultern und meiner Arme zu glühen, als die Angstchemophoren durch meine Venen zu schießen begannen wie eine Sturzflut. Natürlich wußte ich, daß es Vox war, die in einem plötzlichen Schreckzustand reagierte und alle Aggressionsschleusen in meinem Hormonsystem öffnete. Es war genau das, was ich so gefürchtet hatte. Denn wie sollte ein 612-Jason diesen enormen innersekretorischen Ausstoß als Reaktion auf seine Kommunikation übersehen?

»Weiter«, sagte ich, so unbeteiligt wie möglich.

Aber etwas wahrzunehmen ist eine Sache, die Daten zu interpretieren eine andere. Für die Schwankungen im Ausstoß der endokrinen Drüsen bei einem menschlichen Wesen kann es eine Unzahl von Ursachen und Auslösern geben. Für mich – in meinem schuldbeladenen Gewissen – mußte alles allen wie ein brennender Fingerzeig auf meine Sünde erscheinen. Aber der 612-Jason ließ durch nichts erkennen, daß er irgendeinen Verdacht hegte.

Die Intelligenz informierte mich: »Der verstorbene Passagier war Hans Eger Olafssen, 54 Jahre, Bürger von ...«

»Ach, lassen Sie doch diese Einzelheiten. Schickt mir einen Ausdruck darüber.«

»Die entflohene Matrix«, fuhr 612-Jason unerschüttert fort, »ist eine Leelieaine Eliani, siebzehn Jahre, geboren auf Kansas Four, Zielort Cul-de-Sac, Vainglory Archipel, gemäß Transmissions-Fraktur No. D-14871532, Datum vom 27ten Tag des dritten Monats des ...«

»Auch davon einen Ausdruck!« unterbrach ich ihn. »Was ich wissen will, das ist, wo sie sich jetzt befindet.«

»Dazu können wir keine Auskunft geben.«

»Das ist keine befriedigende Antwort, 612-Jason!«

»Zum jetzigen Zeitpunkt kann keine bessere Antwort gegeben werden, Captain. Man hat Spürkreisläufer aktiviert, und sie bleiben weiterhin konstant im Suchmodus.«

»Und?«

»Wir verfügen über keinerlei Daten über den jetzigen Aufenthaltsort der entkommenen Matrix.«

Auf diese ruhige, desinteressierte Äußerung der KI reagierte Vox in mir unmittelbar. Das hormonale Reaktionslevel veränderte sich von Angstoutput zu Erleichterung. Sofort kühlte meine brennende Haut ab. Würde der 612-Jason dies ebenfalls vermerken und aus diesem minimalen Hinweis in der Lage sein, den Grundtext meiner Körperreaktionen in eine Informationssequenz zusammenzustoppeln, durch die mein krimineller Verstoß gegen die Vorschriften erkennbar werden würde?

»Entspann dich nicht zu früh«, sagte ich stumm zu Vox. »Es könnte sich um eine Falle handeln.«

Und zu 612-Jason sagte ich: »Was für Daten habt ihr denn dann?«

»Zweierlei ist bekannt: die Zeit, zu der der Eliani-Matrix die Negation ihres Containerstromsystems gelang, und der Zeitpunkt ihres vermutlichen Versuchs, sich Neuralzugang in den Suspensionspassagier Olafssen zu verschaffen. Weitere Daten sind bisher nicht erfaßt worden.«

»Des *vermutlichen* Versuchs?« sagte ich.

»Es gibt keine Beweise, Captain.«

»Olafssens Konvulsivzustand? Die Zertrümmerung des Containergehäuses?«

»Wir wissen, daß Olafssen auf eine Elektrostimulierung reagierte, Captain. Der Ursprung dieser Stimulation konnte nicht ausgemacht werden, wobei allerdings vermutet wird, daß sie von der entflohenen Matrix Eliani ausging. Doch dies sind Details einer späteren Untersuchung. Es liegt nicht in meinem verantwortlichen Aufgabenbereich, definitive Kausalzusammenhänge aufzuzeigen.«

Gut gebrüllt, wie eine echte KI der Jason-Serie, dachte ich.

Ich sagte: »Ihr habt also keine wirksamen Methoden, die Bewegungen dieser Eliani-Matrix zu verfolgen? Wollten Sie mir das sagen?«

»Wir haben es mit sehr kleinen Impedanzen zu tun, Sir. Bei normalem Funktionsverlauf des Schiffs ist es sehr schwierig, eine Matrixmanifestation von den normalen Schwingungen und Impulsen des allgemeinen Elektrosystems zu unterscheiden.«

»Wollen Sie damit sagen, es müßte schon etwas Bedeutenderes sein, etwa wenn die Matrix versuchte wieder in ihren ursprünglichen Speicherkreis zurückzuklettern, damit sich das auf dem Monitorsystem abzeichnet?«

»Sehr wahrscheinlich, Sir.«

»Gibt es eine begründete Vermutung, daß die Eliani-Matrix sich überhaupt noch an Bord befindet?«

»Es gibt keinen Grund zu der Annahme, daß sie es nicht mehr ist, Captain.«

»Mit anderen Worten, ihr habt nicht die geringste Ahnung von irgendwas in Zusammenhang mit der Eliani-Matrix.«

»Ich habe Ihnen sämtliche bis jetzt bekannten Daten vorgelegt. Die Bemühungen zur Auffindung der Entflohenen werden fortgesetzt, Sir.«

»Glaubst du immer noch, es ist eine Falle?« fragte Vox in mir.

»Es hört sich von Minute zu Minute besser an. Aber sei jetzt still, lenk mich nicht ab, ja?«

Zu der KI sagte ich: »Schön, halten Sie mich über die Lage auf dem laufenden. Ich werde jetzt schlafen, 612-Jason. Ich möchte den Tagesschlußbericht, und dann will ich, daß Sie verschwinden und mich in Ruhe lassen.«

»Sehr wohl, Sir. Fünfter Bordtag. Schiffsposition: sechzehn Units vom letzten Landehafen, Kansas Four. Planmäßige Begegnung mit den Relaiskräften beim Kreiselpunkt Ultima Thule wurde erfolgreich durchgeführt, um ...«

Die KI summte monoton weiter und weiter: der Bericht der Routineabläufe des Tages, in ihrem Einerlei nur unterbrochen durch den ungewöhnlichen Eintrag vom Verlust eines Passagieres und den vom Entkommen einer Matrix; danach wieder Standarddaten, Treibstoffziffern, Geschwindigkeitslotungen und alles übrige. An den ersten vier Abenden an Bord hatte ich mich ernsthaft bemüht, diesen Sturzbach ritualisierter Abspulung der Logeinträge aufzunehmen, als hinge mein Kapitänspatent davon ab, daß ich den ganzen Wust meinem Gedächtnis einprägte, doch an diesem fünften Abend hörte ich kaum noch hin, und so verpaßte ich beinahe mein Stichwort, als ich an der Reihe war, mein Plazet zu geben, ehe ich mir für die Nacht Freiwache nahm. Vox mußte mich regelrecht anstupsen, damit ich merkte, daß die KI noch auf etwas wartete. Also erteilte ich dem 612-Jason mein Plazet und meldete mich ab, und dann vernahm ich die angenehmen Geräusche seiner schwächer werdenden Musik, während er den Kontakt ausklinkte.

»Was glaubst du?« fragte Vox. »Er weiß nichts, oder?«

»Noch nicht«, sagte ich.

»Du bist ein richtiger Pessimist, wie?«

»Ich glaube, wir kommen vielleicht damit durch«, erklärte ich ihr. »Aber sobald wir allzu selbstsicher werden, ist es aus. Alle auf diesem Schiff wollen wissen, wo du bist. Der kleinste Ausrutscher – und wir sind beide erledigt.«

»Schon gut. Halt mir keine Predigt!«

»Ich will mir Mühe geben. Aber jetzt laß uns ein bißchen schlafen.«

»Ich brauche keinen Schlaf.«

»Oh, ich schon.«

»Könnten wir nicht erst noch ein wenig miteinander reden?«

»Morgen.«

Aber natürlich war von Schlaf keine Rede. Ich war mir dieser fremden Entität in meinem Innern nur allzu stark bewußt, die vielleicht gerade in diesem Augenblick in den verstecktesten Winkeln meiner Psyche herumschnüffelte. Oder nur darauf lauerte, in meine Träume einzudringen, sobald ich einschlief. Jetzt, zum erstenmal, glaubte ich auch, ihre Gegenwart spüren zu können, selbst wenn sie schwieg: wie ein heißer Identitätsknoten war das, der sich an meine Hirnhaut preßte. Aber vielleicht bildete ich es mir auch nur ein. Jedenfalls lag ich steif und verkrampft da und war so hellwach wie nur je in meinem Leben. Und nach einer Weile mußte ich den 612-Jason rufen und ihn bitten, mich unter Draht zu setzen; doch selbst dann war mein Schlaf, als er endlich kam, unruhig.

10

Bis zu diesem Punkt unserer Reise hatte ich fast alle Mahlzeiten allein in meiner Kabine eingenommen. Ich hielt das für eine Möglichkeit, meine Autorität an Bord des Schiffs (so wenig ich davon auch haben mochte) zu demonstrieren. Durch mein Fernbleiben von der Messe erzeugte ich eine Art Erhabenheit, eine Aura, nämlich die eines nüchternen, unnahbaren Schiffsführers; und ich entging dadurch der Peinlichkeit, über Männern im Stuhl des Kommandanten sitzen zu müssen, die in jeglicher Hinsicht weit erfahrener, nicht nur viel älter waren als ich. Es bedeutete für mich kein großes Opfer. Mein Quartier war überaus bequem, das Essen war das gleiche, wie das in der Messe servierte, der Servo-Steward, der es mir brachte, war geschult und schweigsam. Ein Problem der Isoliertheit ergab sich nicht. In meinem Wesen hatte schon immer etwas Einzelgängerisches gelegen, aber dies gilt wohl für die meisten Angehören des »Service«.

Als ich jedoch am nächsten Morgen nach dieser – wie mir vorkam – endlosen Nacht erwachte, ging ich zum Frühstücken in die Messe hinunter.

Es handelte sich dabei keineswegs um eine planmäßige Änderung meiner Politik, nicht um einen Entschluß, zu dem ich nach scharfem, sorgfältigem Überlegen gelangt wäre. Es war überhaupt nicht meine Entscheidung. Und auch Vox schlug es mir keineswegs vor, obgleich ich ziemlich sicher bin, daß sie mich dazu inspirierte. Es war ein reiner Automatismus. Ich stand auf, duschte und zog mich an. Ich muß gestehen, daß ich alles über die Ereignisse des Vorabends vergessen hatte. Vox in mir verhielt sich still. Erst als ich unter der Dusche stand und die angenehmen warmen Ultraschallvibrationen spürte, kam sie mir wieder in den Sinn: Es trat ein beunruhigendes Gefühl auf, so als wäre ich gleichzeitig an zwei verschiedenen Orten, und sofort danach überkam mich ein erstaunlich kurioses Gefühl der Scham wegen meiner Nacktheit. Beide Gefühlswahrnehmungen vergingen rasch wieder. Doch sie hoben mir immerhin das unerhörte Faktum wieder ins Bewußtsein, das zu unterdrücken mir ein paar Minuten lang gelungen war: daß ich in meinem eigenen Körper nicht mehr allein war.

Sie sagte nichts. Ich auch nicht. Anscheinend wollte ich mich nach der verblüffenden Kungelei der letzten Nacht wieder in die Wortlosigkeit zurückziehen, in Nichtdenken, in eine Art von Automatenbewußtsein. Mir fiel ein, daß ich frühstücken müsse, also rief ich mir einen Tracker herauf, der mich in die Messe bringen sollte. Als ich aus meiner Tür trat, sah ich verblüfft, daß mein Servo-Steward mit seinem Tablett bereits unterwegs war zu mir. Möglicherweise war er genauso erstaunt, als er mich ausgehbereit sah, doch gab sein glattes Metallgesicht natürlich keine Gefühlsregung preis.

»Ich nehme heute mein Frühstück in der Messe ein«, informierte ich ihn.

»Sehr wohl, Sir.«

Mein Tracker kam. Ich kletterte auf den Sitz, und er machte sich sofort auf seinem Luftkissen zur Messe auf.

Unsere Messe auf der *Schwert des Orion* ist eigentlich ein prächtiger Speisesaal am Öhrende des Mannschaftsdecks; durch eine Glaswand hat man Ausblick auf alle Lichter des Himmels. Dank einer Laune des Konstrukteurs liegt diese Glaswand unter unseren Füßen, und so ziehen die Sterne und ihre an sie gefesselten Planetenwelten unter uns vorbei. Die übrigen Wände bestehen aus irgendeinem silbrigen, von feinen

Goldwirbeln durchsetzten Metall, und alles schimmert im spiegelnden Licht der vorbeiziehenden Sternhaufen. In der Mitte befindet sich eine Tafel aus schwarzem Stein, und an ihr die festen Plätze für jedes der siebzehn Besatzungsmitglieder. Es ist ein prachtvoller, wenn auch etwas lächerlicher Raum, und er soll wohl auf diese protzige Weise beständig an den Reichtum und die Macht von »Service« gemahnen.

Als ich eintraf, waren drei meiner Schiffsgefährten bereits an ihrem Platz. Pedregal war da, der Superkargo, ein vierschrötiger, mürrischer Mann, dessen breiter Hirnschädel direkt aus seinen Schultern herauszuwachsen schien. Auch Fresco war bereits da, der Navigator, eine schlanke undurchsichtige, geschmeidige Person von dunkler Hautfarbe und sexueller Ambiguosität, die von Trip zu Trip veränderlich war, wie man mir gesagt hatte, so daß er von männlich zu weiblich konvertieren konnte, und umgekehrt, je nachdem, wie es gerade seinem persönlichen Intimrhythmus entsprach. Der dritte Mann am Tisch war Raebuck, mit dem Aufgabenbereich Kommunikation, ein älterer Mann, dessen kühler, ausdrucksloser Blick entweder Gelangweiltheit oder Drohungen signalisierte, ich konnte mir nie darüber klarwerden, was es war.

»Ja, da ist doch der Captain«, sagte Pedregal gelassen. »Und er beehrt uns mit einem seiner kostbaren Besuche.«

Alle drei starrten mich mit jener begierig-prüfenden Intensität an, die ich allmählich als unausweichlich zu meinem Leben an Bord gehörig akzeptieren lernte: die fortgesetzte Schwitztour, der jeder Frischling im »Service« unterzogen wird, das ewige Bohren nach seiner verwundbarsten Stelle. Bei mir war diese ein Parsek breit, und ich war mir sicher, sie würden sie sofort ausfindig machen. Aber ich war fest entschlossen, mich ihnen zu stellen, stures Glotzen gegen stures Glotzen, Trick gegen Trick, Test gegen Test.

»Guten Morgen, Gentlemen«, sagte ich also. Und dann, mit einem flüchtigen Blick, fügte ich hinzu: »Guten Morgen, Fresco.«

Dann nahm ich am Kopfende der Tafel Platz und ließ den Steward kommen.

Allmählich wurde mir klar, warum ich mich an diesem Morgen aus meiner Kabine bewegt hatte. Teilweise war es eine Reflexhandlung, bedingt durch die Inkubation durch Vox in mir, ein Ausdruck jener neuen Komponente von überstürzten, impulsiven Entscheidungen, die mit ihr in mich Einzug gehalten hatten. Aber in der Hauptsache, das erkannte ich nun, war es doch auch mein ganz persönlicher Schlachtplan, der in irgendeinem unzugänglichen tiefliegenden Winkel meines Doppel-Bewußtseins ausgebrütet worden war. Um nämlich Vox möglichst gut vor Entdeckung zu schützen, mußte ich in die Offensive gehen; anstatt mich in meinem Quartier herumzudrücken und auf diese Weise womöglich gefährlichen Argwohn bei meinen Schiffsgefährten zu erwecken, mußte ich frech und forsch unter ihnen erscheinen, herausfordernd ihnen beinahe meine Tat vor die Nase halten, so tun, als sei alles in bester Ordnung – und sie auf diese Weise zwingen, das auch zu glauben. Eine derartige kühne Tatbereitschaft entsprach im Grunde meinem Temperament überhaupt nicht. Aber vielleicht konnte Vox ein paar Kraftreserven beibringen, aus denen ich Potenz ziehen konnte. Falls nicht, waren wir beide verloren.

Raebuck sagte, ohne dabei einen von uns besonders anzuschauen: »Ich nehme an, die Störfälle gestern haben bei unserm Captain das Bedürfnis nach Solidarisierung ausgelöst.«

Ich blickte ihm fest in die Augen. »Danke, ich bin bestens versorgt, Raebuck. Aber ich will zugeben, daß die gestrigen Vorfälle beunruhigend waren.«

»Eine eklige Geschichte«, sagte Pedregal und schüttelte gewichtig den halslosen Schädel. »Und sehr merkwürdig. Daß da 'ne Matrix sich in einen Passagier einschleust. Also, so was ist mir wirklich noch nie untergekommen. Und daß der Passagier dabei dann auch noch draufgeht ... Schlimm. Sehr, sehr schlimm.«

»Ach, das kommt schon gelegentlich mal vor, daß man einen Passagier verliert«, sagte Raebuck.

»Aber es ist ziemlich lang her, daß das auf 'nem Schiff passierte, auf dem ich fuhr«, erwiderte Pedregal.

»Auf der *Emperor of Callisto* ging uns einmal eine ganze Partie verloren«, sagte Fresco. »Kennt ihr die Geschichte? Das war so vor dreißig Jahren. Wir fuhren den Run von Van Buren zum San-Pedro-Haufen. Dabei haben wir die Pulsation einer Supernova aufgefangen, und die diensthabende Intelligenz geriet ins Flattern. Pumpte irgendwie eine Ladung Aluminiumsalze in die Versorgungsschläuche und murkste so fünfzehn, sechzehn Passagiere ab. Ich hab die Kadaver gesehen, bevor sie in den Converter wanderten. Die waren echt nicht mehr zu retten.«

»Doch«, sagte Raebuck. »Die Story hab ich gehört. Und dann war da die Sache mit der *Queen Astarte*, ein paar Jahre später. Unter Kapitän Tchelitchev, 'ne kleine zierliche russischstämmige Person mit grünen Augen von einer der Troika-Welten. Die machten da einen routinemäßigen Bestandscheck, und dabei wurden zwei Stellenwerte versetzt, und ein fehlerhaftes Liefersignal hat sich eingeschlichen. Ich glaube, es waren damals sechs Tote, die wegen vorzeitiger Umgießung an Luftvergiftung starben. Die Tchelitchev hat sich das verdammt sehr zu Herzen genommen. *Verdammt sehr.* Aber das machen ja nun mal Kapitäne eigentlich immer.«

»Und dann, dieser Vorfall auf der *Hecuba*«, sagte Pedregal. »Die war keins von meinen Schiffen, der Himmel sei gepriesen! Da hatten sie 'nen Kapitän, der fing auf einmal an Amok zu laufen, weil es ihm zu still auf dem Schiff war. Der wollte einfach, daß sich da ein paar

Passagiere rumtreiben, also fing er an und weckte sie auf ...«

Raebuck ließ ein unmerkliches Erstaunen erkennen. »Was? Davon weißt du? Und ich hab immer gedacht, daß die Sache unterdrückt werden sollte.«

»Ach, man hört eben so dies und das«, sagte Pedregal mit dem Anflug eines schiefen Grinsens. »Der Kapitän hieß damals, glaube ich, Catania-Szu, ein Mann von Mediterraneo, und ziemlich überspannt, wie sie eben alle dort sind. Ich arbeitete damals auf der *Valparaiso*, auf Fahrt von Mendax-Nine nach Skylla-und-Charybdis und anliegende Gegenden, und als wir im Seneca-System haltmachten, um dort Fracht anzulanden, erfuhr ich die ganze Geschichte von einem Schiffsschreiber namens ...«

»Was, du warst auf der *Valparaiso?*« fragte Fresco. »War das nicht das Schiff, auf dem sie vor so zehn, elf Jahren auch eine entwischte Matrix hatten? Ne echte Seelenfresserin, wenn man den Berichten Glauben schenken will ...«

»Das war nach meiner Zeit«, erklärte Pedregal mit einem herablassenden Handwedeln. »Aber selbstverständlich habe ich davon gehört. Beim Ausschiffen der Ladung hörst du so ziemlich alles. Und Seelenfresser, das erinnert mich daran, wie das damals ...«

Und damit begann er ein Horrorgarn zu stricken, über eine Spin-Station in irgendeinem entfernten Quadranten der Galaxis. Aber er kam mit seiner Geschichte kaum über die Hälfte hinaus, als Raebuck ihn mit einer noch blutrünstiger-gruseligen Erinnerung aus seinem Lebenserfahrungsschatz unterbrach, und dann schnitt diesem Fresco das Wort ab, denn in ihm brodelte bereits die Ungeduld, und er mußte uns von einem Schiff berichten, in dem sich gleichzeitig *drei* freigekommene Matrizes umhertrieben. Ich hegte nicht den geringsten Zweifel daran, daß die ganze Show zu meiner Aufklärung und Erziehung inszeniert wurde, um mir zu beweisen, wie ernst man derartige Vorfälle im »Service« nehme und daß die Kapitäne, unter deren Führung sich derlei ereignete, in die Geschichte der Sternfahrt (oder doch in deren folkloristische Überlieferung) mit einem besudelten Namen eingingen. Allerdings ließen mich diese Versuche meiner Crew, falls es denn tatsächlich in ihrer Absicht gelegen haben sollte, mich außer Fassung zu bringen, ganz ungerührt. Die stumme Vox in meinem Innern speiste mich mit einem merkwürdigen zuversichtlichen Vertrauen, das es mir gestattete, die mehr düsteren Aspekte in diesen Anekdoten und Gruselgeschichten zu ignorieren.

Ich hörte nur einfach zu und spielte meine Rolle: die des Neophyten, des Grünschnabels und tumben Neulings, der hingerissen ist von der Profundität an Erfahrung und Erkenntnis, die sich aus diesen Weltraummärchen zu ergeben schien.

Dann, schließlich, sagte ich: »Wenn eine Matrix freikommt, wie lange kann sie sich dann im allgemeinen freischwebend halten, ohne gefaßt zu werden?«

»Also, normalerweise ein bis zwei Stunden«, sagte Raebuck. »Wenn die durchs Schiff treiben, hinterlassen sie natürlich eine elektronische Spur. Und die nehmen wir auf und riegeln dahinter alle Zufahrtswege ab, und irgendwann schnappen wir sie uns dann, wenn sie in die Enge getrieben sind und nicht mehr ausweichen können. Und dann ist es natürlich kein Problem mehr, sie wieder in ihre Flaschen zurückzustecken.«

»Und was ist, wenn sie sich bei einem Mitglied der Schiffs-Crew einklinkten?« fragte ich.

»Dann erwischen wir sie nur um so leichter.«

Kühn fragte ich: »Hat es jemals Fälle gegeben, wo sich eine freigekommene Matrix in ein Besatzungsmitglied einklinkte und über längere Zeit unentdeckt blieb?«

»Niemals«, sagte eine neue Stimme. Das war Roacher, der soeben in die Messe gekommen war. Er stand am unteren Ende des langen Tischs und stierte mich an.

Seine sonderbaren phosphoreszierenden Augen zentrierten sich scharf und bohrend auf die meinen und hielten mich fest. »Egal, wie raffiniert eine Matrix ist, früher oder später findet ihr Wirt eine Möglichkeit, um Hilfe zu bitten.«

»Und wenn der Wirtskörper es vorzieht, keine Hilfe zu holen?« fragte ich.

Roacher sah mich sehr eindringlich und genau an.

War ich zu weit vorgeprellt? Hatte ich zuviel verraten?

»Ja, aber das wäre dann ja wohl ein regelwidriges Verhalten!« sagte er in einem Ton gespielter Verblüffung. »Das wäre ja eine kriminelle Handlung.«

11

Sie hat mich gebeten, sie zu einem Starwalk mitzunehmen und ihr die Große Weite uneingeschränkt zu zeigen.

Das war am dritten Tag, nachdem sie sich in mir verkrochen hatte. Das Leben an Bord der *Schwert des Orion* war wieder zur Normalität zurückgekehrt oder, um es genauer auszudrücken, es hatte inzwischen eine neue Routine angenommen, für die das Vorhandensein einer unentdeckten und scheinbar unauffindbaren freischwebenden Matrix inzwischen zu einer Konstante geworden war, über die man nicht weiter nachdachte.

Wie Vox angedeutet hatte, gab es an Bord Leute, die rasch zu der Überzeugung gelangten, die entflohene Matrix müsse in den Raum entwichen sein, da die wachsamen Schiffs-KIs keine Spur von ihr zu entdekken vermöchten. Doch es gab auch andere, die sich weiter heimlich über die Schultern umschauten, bildlich oder wortwörtlich, als rechneten sie damit, daß die Entflohene sich unverhofft in die Spinalanschlüsse rammen könnte, die den Zugang zu ihren Nervensystemen bildeten. Sie führten sich haargenau so auf, als wenn es im Schiff spukte. Um diese unruhigen Gemüter zu befriedigen, befahl ich vierundzwanzigstündige Rundumüberprüfungen der Stromkreise, bei denen alle freischwingenden Impulse und jede Unregelmäßigkeit der Energieströme entdeckt werden mußten. Jede derartige Anomalie der elektrischen Abläufe wurde pflichtschuldigst untersucht, aber natürlich führte keine dieser Untersuchungen zu irgendwelchen signifikanten Resultaten. Denn seitdem Vox sich in meinem Gehirn niedergelassen hatte, anstatt durch die Energieleitungen des Schiffes zu geistern, war sie solcherlei Aufspürmethoden völlig entzogen.

Ob irgend jemand die Wahrheit vermutete, das konnte ich allerdings nicht wissen. Vielleicht argwöhnte Roacher etwas; doch er unternahm keinen Versuch, mich öffentlich zu beschuldigen, noch machte er nach diesem ersten Mal in der Messe je wieder eine Anspielung auf die entsprungene Matrix mir privat gegenüber. Vielleicht wußte er überhaupt nichts; vielleicht aber wußte er auch alles, machte sich aber nichts daraus; oder er behielt seine Entscheidung für den Augenblick noch für sich. Ich jedenfalls konnte das unmöglich erraten.

Nach und nach gewöhnte ich mich an mein Doppelleben, ebenso wie an die Doppelzüngigkeit, die jetzt meine Tage prägte. Vox hatte sich anscheinend sehr schnell angepaßt und kam mir jetzt ebenso als Teil meiner selbst vor wie einer meiner Arme oder eins meiner Beine. Wenn sie sich schweigend verhielt – und oftmals hörte ich mehrere Stunden hindurch keinen Pieps von ihr –, nahm ich sie ebensowenig wahr, wie man normalerweise seinen Arm oder sein Bein bemerkt; dennoch aber wußte ich auf irgendeine Weise stets, daß sie »da« war. Die Abgrenzungen zwischen ihrem und meinem Bewußtsein erodierten konstant immer mehr. Sie lernte, wie sie mich infiltrieren konnte. Manchmal hatte ich den Eindruck, wir seien so etwas wie gemeinsame Mieter ein und derselben Wohnung, und nicht etwa ich der reguläre Dauermieter und sie der Gast. Ich sah mein eigenes Bewußtsein mehr und mehr als nicht wesentlich verschieden von dem ihren, als ein reines Geflecht von elektrischen Impulsen, das momentan in dem weichen feuchten Materieball Wohnung gefunden hatte, der das Gehirn des Kapitäns der *Schwert des Orion* war. Jeder von uns beiden, so schien es, konnte sich in diesem weichen feuchten Materieball frei bewegen, wie es ihm beliebte, und herein oder hinaus huschen, wie es die geisterhafte Art von Matrizes ist.

Bei anderen Gelegenheiten war es ganz anders: Ich dachte mit keinem Gedanken an ihre Anwesenheit in mir und ging meinen Aufgaben nach, als habe sich gar nichts für mich verändert. Es traf mich dann stets überraschend, wenn Vox sich mir gegenüber mit einem plötzlichen Kommentar, irgendeiner hastigen Frage als »da« zu erkennen gab. Ich mußte lernen, meine Reaktionen zu unterdrücken, wenn ich mich in der Gesellschaft anderer Besatzungsmitglieder befand. Obwohl niemand um uns herum etwas hören konnte, wenn sie zu mir oder ich zu ihr sprach, war mir natürlich bewußt, daß unsere Maskerade beendet sein mußte, sollte jemand mich dabei ertappen, wie ich in einem Augenblick der Unachtsamkeit ein Gespräch mit einem unsichtbaren Gefährten führte.

Wie tief sie bereits mein Bewußtsein durchdrungen hatte, verdeutlichte sich mir, als sie mich bat, sie zu einem Starwalk mitzunehmen.

»Was, du weißt davon?« fragte ich bestürzt, denn diese Sternspaziergänge sind das intime Privatvergnügen der Raumfahrer, und ich selbst hatte nichts von ihnen gewußt, ehe ich in den »Service« aufgenommen wurde.

Vox schien verblüfft über meine Bestürzung. Wie beiläufig äußerte sie, daß die Einzelheiten über Starwalking allüberall zur allgemeinen Grundbildung gehörten. Aber etwas an ihrem Ton klang falsch. Konnten die Landkriecher mit unserem so besonderen Freizeitvergnügen wirklich dermaßen vertraut sein? Oder hatte Vox ihr Wissen in den bisher mein Privatbesitz gewesenen Bereichen meines Bewußtseins aufgepickt?

Ich zog es vor, nicht zu fragen. Aber mir war nicht wohl bei der Vorstellung, daß ich sie mit mir in die Große Weite nehmen sollte, so sehr ich mich auch selbst inzwischen dort hinaussehnte. Sie war keine von uns. Sie war Planetarier; und sie hatte nicht das »Service«-Training absolviert.

Das erklärte ich ihr.

»Nimm mich trotzdem mit«, sagte sie. »Es ist die einzige Chance, die ich je bekommen werde.«

»Aber die Ausbildung ...«

»Die brauch ich nicht. Jedenfalls nicht, wenn du sie gehabt hast.«

»Und was ist, wenn das nicht genügt?«

»Es wird genügen«, sagte sie. »Ich weiß, daß es für uns beide reicht, Adam. Wir brauchen wirklich vor nichts Angst zu haben. Du hast doch das Training mitgemacht, nicht wahr? Schön, und ich bin du.«

12

Also fuhren wir gemeinsam über den Transit-Track aus dem Öhr zum Drive-Deck hinunter, wo das Herz des Schiffs verborgen ruht und pulsierend Träume träumt von fernen Galaxien, während es uns unbeirrbar weiterzerrt durch die nie endende Nacht.

Wir durchquerten Zonen tiefster Finsternis und Zonen voller Lichtkaskaden, fuhren durch Orte, an den kreisende, silbern strahlende Helizes wie spiralförmige Nordlichter im Raum hervorbrachen, durch Passagen, die in ihrer verrückten Ausformung in jedem, der sie durchreist, das Entsetzen der Zeit im Mutterschoß wieder heraufbeschwören mußten. Ein Sternenschiff birgt viele Rätsel und Geheimnisse. In ehrfürchtigem Schrekken erstarrt, hatte Vox sich in dem ihr zustehenden Abschnitt unseres Gehirns verkrochen. Ich konnte ihre Schwingungen ehrfürchtiger Ergriffenheit eine nach der anderen spüren, während wir tiefer hinabstiegen.

»Bist du wirklich ganz sicher, daß du das willst?« fragte ich.

»Ja!« schrie sie heftig. »Weiter!«

»Es besteht aber die Möglichkeit, daß man dich entdeckt«, mahnte ich.

»Es besteht auch die Möglichkeit, daß ich nicht entdeckt werde«, antwortete sie.

Und wir stiegen tiefer hinab. Wir befanden uns jetzt im Bereich der drei Cyborg-Schubzellen, Gabriel, Banquo und Fleece. Es waren dies drei Besatzungsmitglieder, die man nie am Tisch in der Messe zu sehen bekam, denn sie hausten hier in den Wänden des Drive-Decks, waren permanent eingeklinkt und pumpten unablässig ihre Energien in den gewaltigen Schlund des Schiffs. Ich habe euch ja bereits von dem Spruch erzählt, der bei uns im »Service« gilt: Daß man beim Eintritt in den »Service« seinen Körper aufgibt und seine Seele gewinnt. Für die meisten von uns ist das eine bloße Floskel, nur so eine Redewendung: Denn was wir aufgeben, wenn wir den Planetenhüllen für immer Adieu sagen und unser neues Leben in Sternenschiffen beginnen, das ist nicht der Körper als solcher, sondern nur die trivialen Bedürfnisse der Körper, all die schweißduftenden miefenden Ausscheidungsmechanismen, die für die Landkrebser so unendlich wichtig sind. Einige von uns »Service«-Leuten allerdings nehmen ihre Entsagung strikt wörtlich. Das Fleisch ihrer Leiber ist für sie ein Hemmnis und ohne Bedeutung; also streifen sie es völlig ab, da sie ja wissen, daß sie auch ohne es das Leben in einem Sternenschiff in seiner ganzen Fülle genießen können. Sie erklären sich damit einverstanden, zu Zusatzfunktionen des Stardrive umgestaltet zu werden. Und sie liefern die Rohenergie, aus der die kinetische Schubenergie gewonnen wird, die uns durch den Himmel schleudert. Ihre Arbeit ist immerwährend; ihre Belohnung ist eine Art Unsterblichkeit. Eine Wahl, die ich nicht zu treffen imstande wäre, und ihr wahrscheinlich auch nicht ... Aber für diese Leute bedeutet sie eben die Seligkeit. Daran kann man einfach nicht zweifeln.

»So bald schon wieder auf dem Starwalk, Captain?« fragte Banquo. Denn ich war bereits am zweiten Bordtag der Reise hergekommen, weil ich es nicht erwarten konnte, dieses große Privileg der Angestellten des »Service« zu genießen.

»Wieso? Ist daran was Schlimmes?«

»Aber nein, gar nicht«, sagte Banquo. »Es ist bloß ungewöhnlich, weiter nichts.«

»Also, alles klar«, sagte ich. »Das interessiert mich nicht.«

Banquo ist ein schimmerndes Metallovoid und etwa doppelt so groß wie ein Menschenschädel, und er sitzt auf einer Ankoppelbuchse in der Wand. Innerhalb des Ovoids befindet sich die Matrix dessen, was einstmals Banquo war, als er vor langer Zeit auf einer Welt namens Sunrise lebte, wo es keine Nächte gibt. Aber anscheinend waren die goldenen Dämmerungen und die lichterfüllten Tage auf Sunrise für Banquo nicht gut genug gewesen. Seine Sehnsucht ging dahin, ein schimmerndes Metallovoid zu werden, das an Bord der *Schwert des Orion* im Drive-Deck an der Wand hing.

Alle drei Cyborgs konnten einen Starwalk arrangieren. Aber Banquo hatte das eben beim erstenmal für mich getan, und so fand ich es am besten, wenn ich mich auch diesmal an ihn wandte. Von den dreien war er sowieso der angenehmste, und mir kam er als recht liebenswürdig und zugänglich vor. Gabriel dagegen war mir bei meinem ersten Besuch doch als ziemlich unfreundlich, abweisend und unverständlich erschienen. Aber er ist ein frühes Modell und hat als Cyborg an Bord von Sternenschiffen die drei Menschenleben vergleichbare Zeitspanne verbracht, und so hatte er im Grunde nicht mehr sehr viel Menschliches in sich. Fleece hingegen mißtraute ich: Sie war so viel jünger, eine Blitzdenkerin, die zu spitzfindigen Frozzeleien neigte. Sie war womöglich durch ihre bizarre, leicht irritierbare Art eher in der Lage, das versteckte Fremdwesen aufzuspüren, das mit mir auf den Trip gehen würde.

Ihr müßt nämlich wissen, wenn wir einen Starwalk machen, dann verlassen wir nicht wirklich das Schiff, obwohl dies der Eindruck ist, den wir dabei gewinnen. Wenn wir nämlich auch nur für einen Moment das Schiff verließen, würden wir augenblicklich fortgerissen und wären für immer und ewig in den Abgründen des Himmels verloren. Das Verlassen eines Himmelssternenschiffes läßt sich nicht mit dem Verlassen einer ordinären von einer Planetenbasis ablegenden Interplanetarfähre vergleichen, die durch den Normalraum fliegt. Aber auch wenn es möglich wäre, ein Schiff wie meines zu verlassen, wäre das doch völlig sinnlos. Es gibt nämlich außerhalb überhaupt nichts zu sehen. Ein Sternenschiff bewegt sich durch weitgehend leere Finsternis.

Doch obschon es da vielleicht nichts zu sehen gibt, bedeutet das nicht, daß dort draußen das Nichts wäre. Da ist nämlich das ganze Universum – dort draußen. Wenn wir es sehen könnten, während wir diesen Raumbereich durchfahren, der der Himmel ist, würden wir feststellen, daß das Universum flach und gekrümmt ist, so daß für uns der Eindruck entstünde, die Illusion, wir sähen alles gleichzeitig, sämtliche weit hinausgeschleuderten Galaxien bis zurück zum Urbeginn aller Zeit. Und das ist die Große Leere, die Große Weite, die Totalität des Kontinuums. Wir sehen es über unsere Außenschirme in Simulationsform, denn wir brauchen hin und wieder die Versicherung – daß da »etwas« ist.

Ein Sternenschiff fliegt längs der gewaltigen Kraftlinien, welche die immense Leere durchkreuzen, nicht unähnlich der Kompaßrose auf der Seekarte eines Seefahrers der Vorzeit. Wenn wir zu einem Starwalk aufbrechen, reisen wir auf genau diesen Linien, wir werden durch sie festgehalten und sind dennoch fest in dem Schiff verankert, das uns durch den Himmel trägt. Scheinbar treten wir hinaus in den Raum; scheinbar können wir auf unser Schiff hinabschauen, oder zu den Sternen und all den Planetenwelten des Himmels. Für diesen Augenblick werden wir zu Mini-Sternenschiffen, die an der Flanke des großen Schiffes dahinfliegen, das unsere Mutter ist. Es ist reine Magie, es ist pure Illusion, aber es kommt dem, was wir als Wirklichkeit wahrnehmen können, dermaßen nahe, daß die Unterschiede nicht mehr feststellbar sind, und das heißt letzten Endes ja wohl, daß es keinen Unterschied »gibt«.

»Bereit?« fragte ich Vox.

»Ganz und gar.«

Aber ich zögerte immer noch.

»Bist du *sicher?*«

»Nun mach schon!« sagte sie ungeduldig. »Mach es!«

Ich klinkte den Jack selbst an meinem Rückgrat ein. Banquo erledigte die Impedanzangleichung. Also, wenn er meinen blinden Passagier aufspüren konnte, dann war jetzt der Moment. Aber er ließ durch nichts erkennen, daß irgendwas nicht stimme. Er machte den Crosscheck; ich gab ihm das Zeichen zum Weitermachen; dann kam eine momentane brennende Wärme auf der Dorsalseite meines Nackens, als meine Neuralmatrix (und die mit mir verbundene von Vox) durch Banquo hinausraste und zur Verschmelzung mit dem Kern des Schiffes hinabstürzte.

Wir wurden gepackt, hineingezogen und von der immensen Energiemasse verschlungen, die das Schiff ist. Als uns die Wicklungen der Maschine packten, wurden wir um und um und herumgewirbelt, von einem Vektor zum nächsten, erbarmungslos gedehnt, von unvorstellbarem Fluktuationsstrom aufgebläht. Und dann, plötzlich war rings um uns die strahlende Helligkeit, ein gewaltiges Licht, das sich in den Himmel ausdehnte wie ein mächtiges Brüllen. Wir waren außerhalb des Schiffes. Wir waren auf dem Starwalk.

»Aah«, sagte Vox. Ein winziger leiser Schrei, ein gedämpftes fast atemloses Keuchen des Erstaunens.

Die flammende Lichthülle des Schiffs breitete sich über die Himmelsfinsternis wie ein weißer Schatten. Der gewaltige Konus kalten Feuerscheines griff weit vor uns ins Leere und krümmte sich bestürzend steil zur Himmelswölbung hinauf, und hinter uns erstreckte sich der Feuerstrahl bis jenseits der Grenzen unseres Sehvermögens. In dem Feuermantel war die schlanke Nadelgestalt des Schiffs deutlich erkennbar, die konische Nadel mit ihrem Öhr ... die ganzen zehn Kilometer auf einen Blick leicht überschaubar.

Und da waren die Sterne. Und die Welten des Himmels.

Der Stardrive bewirkt unter anderem, daß die Dimensionen zusammenbrechen, alle übereinander und durcheinander und in sich zusammenfallend. Auf diese Weise werden übermäßige, das Menschenmaß übersteigende Räume reduziert, und es wird für Menschen möglich, die Galaxis zu durchqueren. Es gibt darin keine Logik, keine folgerichtigen Zusammenhänge mit dem Himmel, wie er sich unseren Augen darstellt. Wo immer wir hinblicken, wir sehen das Universum in sich selbst zurückgestülpt, sehen es in seiner Ganzheit, in einer unendlich unbegrenzten Folge von unbegrenzten Segmenten seiner selbst sich offenbaren. Jeder Sternsektor umfaßt alle Sterne. Jeder definierte Zeitraum umfaßt *alle* Zeit, die vergangene und die noch kommende. Und was wir da sehen, übersteigt eigentlich unser Begriffsvermögen – und das ist auch sehr gut so; denn was uns da geschenkt wird, wenn wir durch das Öhrende des Sternenschiffs auf die Nacktheit und Blöße der Himmel schauen, das ist die Sicht durch das Auge Gottes auf das Universum. Und wir, wir sind eben keine Götter.

»Was siehst du?« fragte Vox murmelnd in mir.

Ich mühte mich, es ihr zu beschreiben. Ich zeigte ihr, wie sie ihren relativen Standpunkt bestimmen könne, damit es für sie so etwas wie Oben und Unten, Vorn und Hinten, einen Ablauf von Zeit und Geschehen, von einem Anfang zu einem Ende gäbe. Ich wies sie auf die willkürlich bestimmten Koordinatenachsen hin, vermittels derer wir uns in dieser fundamental unbegreiflichen Kampfarena orientierten. Ich entdeckte für sie ihr bekannte Sterne, ihr bekannte Planeten. Ich zeigte sie ihr.

Sie begriff nichts davon. Sie schwamm völlig.

Ich sagte ihr, das sei bei mir auch so gewesen, als ich im Simulator mein Training absolvierte. Sie brauche sich wirklich nicht zu schämen. Alle seien da völlig durcheinander, sagte ich, und keiner, selbst wenn er tausend Jahre an Bord eines Sternenschiffs geflogen ist, das über die Himmelsstraßen pflügt, könnte jemals mehr erreichen, als ein paar grobe Näherungsbegriffe und Umschreibungen dessen, was ein Starwalk wirklich an Offenbarung bietet. Das wirkliche Verständnis, sagte ich, übersteigt die Potenz selbst der Besten unter uns.

Ich konnte fühlen, wie sie sich mühte, all das zu erfassen, das vor uns emporstieg und kreiste und schwamm. Ihr Bewußtsein war wach und lebhaft, wenn auch erst halbgeformt, und ich fühlte, wie sie sich ein eigenes System von Erklärungen und Annahmen, von Analogien und Entsprechungen erarbeitete. Ich half ihr jetzt nicht mehr. Es war für sie am besten, wenn sie dies allein bewältigte; und außerdem hatte ich ihr keine Hilfe mehr zu bieten.

Ich mußte mich mit meiner eigenen Bestürzung und Verwirrung auseinandersetzen – auf diesem meinem zweiten Sternspaziergang im Himmel.

Wieder blickte ich auf die Myriaden von Welten hinab, die da auf ihren Bahnen kreisten. Ich konnte sie mühelos sehen, die kleinen hellstrahlenden sich drehenden Kugeln in der immensen Nacht der Großen Leere: rote Welten, blaue Welten, grüne, manche zeigten ihre volle Rundung, andere waren nur dünne Sicheln. Aber sie glitten unbeirrbar die ihnen bestimmte Spur entlang! Und wie sie sich an ihre Elterngestirne klammerten!

Ich erinnerte mich an jenes andere Mal, vor einigen wenigen Bordtagen war das erst gewesen, als ich so tiefes Mitgefühl für sie empfunden hatte, solch starke Bekümmerung. Weil ich wußte, daß sie auf immer dazu verurteilt waren, demselben Weg um denselben Stern zu folgen, hoffnungslos an ihn gekettet, ohne Sinn ewig ein und dieselbe Spur entlangziehend. Sie selbst mochten sich vielleicht als ungebundene Wanderer sehen, doch mir waren sie als höchst erbärmliche Sklaven erschienen. Darum hatte ich angesichts dieser Himmelswelten Betrübnis empfunden; doch diesmal verspürte ich zu meinem Erstaunen kein Mitleid, sondern nur so etwas wie Liebe. Es gab keinen Grund, ihretwegen traurig zu sein. Sie waren so, wie sie waren, und diese festgelegten Bahnen und das gehorsame Kreisen auf ihnen waren für mich auf einmal von höchster Richtigkeit. Sie waren zufrieden, das zu sein, was sie waren. Wenn sie sich – und sei es nur für einen Augenblick – aus dieser Verkettung lösten, würde im Universum ein derart gewaltiges Chaos ausbrechen, daß es nicht wieder einzudämmen wäre. Diese kreisenden Sternenwelten sind die Grundfesten, auf denen alles andere errichtet ist; sie wissen das, und es macht sie stolz; sie erfüllen getreulich ihre Aufgaben, und wir schulden ihnen Achtung für ihre hingebungsvolle Arbeit. Und Hand in Hand mit der Achtung geht Liebe einher.

Das muß Vox sein, die da in mir spricht, sagte ich mir.

Ich hatte nie derartige Gedanken gehegt. Die Planeten auf ihren Bahnen *lieben?* Was war das denn für eine Vorstellung? Nun, vielleicht auch nicht absurder als meine frühere, daß sie mir leidtaten, weil sie keine Sternenschiffe waren; doch dieser Gedanke war spontan aus der Tiefe meiner Seele aufgetaucht, und mir war er damals einigermaßen sinnvoll vorgekommen. Doch jetzt hatte er einer völlig andersartigen Anschauung Platz gemacht.

Ich liebte diese Welten, die sich da vor meinen Augen durch die gewaltige Nacht des Himmels bewegten – und doch bewegungslos waren.

Ich liebte das fremde Flüchtlingsmädchen in mir, weil es diese Welten ansah und sie wegen ihrer Unbeweglichkeit liebte.

Ich spürte nun, wie Vox mich ergriff, mich ungeduldig weiter hinaus in die Tiefen des Himmels mitnahm. Sie hatte es nun verstanden und wußte, wie es geht. Und sie war weit wagemutiger, als ich es mir je zu sein erlaubt hätte. Gemeinsam waren wir auf dem Himmelstrip, auf einem Sternenspaziergang. Nein, wir schlenderten nicht bloß gemütlich dahin, wir stürzten und tauchten und schwebten zwischen den Sternen dahin wie Götter. Ihr heißer Atem versengte uns. Ihre pulsierende Helligkeit schlug uns donnernd entgegen. Ihre gelassenen Bewegungen dröhnten um uns wie eine gewaltige Musik. Weiter und weiter zogen wir, Hand in Hand, Vox führte, und ich ließ mich von ihr ziehen, tiefer und tiefer in den schimmernden Abgrund hinein, der das Universum ist. Bis wir schließlich innehielten, treibend in der Mitte des Kosmos, unser Schiff nirgends in Sicht, nur wir zwei, inmitten eines Panzerwalls von Sonnen.

In diesem Augenblick war meine Seele von einer heftigen Ekstase erfüllt. Ich hatte das Gefühl, die ganze

Ewigkeit in meinen Händen zu halten. Nein, das ist verkehrt herum ausgedrückt und erweckt den Eindruck, als hätte ich einen Anfall von cäsarischem Größenwahn bekommen, was ganz und gar nicht der Fall war. Vielmehr fühlte ich mich ergriffen und umfaßt von der ganzen Unendlichkeit, eingeschlossen in die liebende Umarmung eines geschlossenen, vollkommenen Kosmos, in dem alles an seinem Platz war und immer sein mußte.

Um dies zu erleben, gehen wir auf den Himmelstrip, gehen wir auf Starwalk. Wegen dieses Gefühls, in der göttlichen Vollkommenheit des Universums geborgen zu sein.

Wenn dies geschieht, kann man nicht voraussagen, wie es sich auswirken wird; doch gewöhnlich bringt es eine innere Verwandlung mit sich. Nach meinem ersten Starwalk war mir keine Umgestaltung bewußt geworden; doch in nur drei Tagen, seitdem hatte ich mich impulsiv einem umherschweifenden Phantom geöffnet, hatte nicht nur einen schweren Verstoß gegen die Dienstvorschriften begangen, sondern auch wider die Natur meines eigenen Wesens, so wie ich es verstand, gesündigt. Ich glaube, ich habe dies bereits gesagt, daß ich von jeher ein höchst verschlossener Mensch war. Und obgleich ich Vox Asyl gewährte, war ich erleichtert und dankbar dafür, daß ihr Bewußtsein und das meine innerhalb unseres gemeinsamen Gehirns als abgegrenzte Entitäten fortbestanden hatten.

Und jetzt auf einmal versuchte ich mein möglichstes, die vielleicht noch zwischen uns bestehenden Barrieren niederzureißen.

Bisher hatte ich ihr nichts darüber preisgegeben, wie mein Leben verlaufen war, ehe ich in den Himmel ging. Ihren gelegentlichen Fragen war ich mit ausweichender Sprödigkeit begegnet, mit Halbwahrheiten oder mit unverblümter Abweisung. So hatte ich mich stets allen Leuten gegenüber verhalten, mit einer gewohnheitsmäßigen Zurückhaltung und Heimlichtuerei, der Unbereitschaft, mich anderen nackt zu zeigen. Vox gegenüber hatte ich mich womöglich noch mehr verschlossen als gegenüber all den anderen, weil ihr Bewußtsein dem meinigen ja nun einmal so nahegerückt war. Als befürchtete ich, daß ich durch die Preisgabe auch nur kleiner Intimkenntnisse über mich ihr die Bahn freimachen könnte, sich meiner gänzlich zu bemächtigen, mich in ihre eigene lebensvolle, undisziplinierte Seele hineinzusaugen.

Jetzt aber bot ich ihr freudig und ungehemmt meine Vergangenheit dar. Langsam begannen wir den Rückzug von diesem Ort der Offenbarung im Zentrum aller Dinge. Und während wir am Herzen der Großen Leere schwebend verhielten, zwischen der Finsternis und dem Strahlenlicht, das von unserem Schiff erzeugt wurde, erzählte ich ihr alles über mich, was ich bisher verheimlicht hatte.

Vermutlich waren es ganz triviale, unwichtige Dinge, doch für mich waren sie allesamt mit starker Bedeutung beladen. Ich nannte Vox den Namen meines Geburtsplaneten. Ich ließ sie ihn betrachten – seine bleifarbene See zeigte ich ihr, den rauchfarbenen Himmel. Ich zeigte ihr das karge halbversteppte graue Karstland hinter meinem Elternhaus, über das ich stundenlang ganz allein zu laufen pflegte: ein hochgeschossener schlaksiger Junge, der verbissen und unermüdlich dahinrannte, als wären ihm Dämonen auf den Fersen.

Ich ließ sie alles sehen: das düstere bedrückte Kind, den problembeladenen verklemmten Jungen, den übervorsichtigen, mißtrauischen jungen Mann. Die Spielkameraden, die nie zu Freunden wurden, sondern immer fremd blieben, die Freunde, deren Stimmen in leerem hallenden Nachgeplapper ertranken, Geliebte, deren Liebe ohne Substanz war und bedeutungslos. Ich erzählte Vox von meinen Empfindungen, daß ich das einzige lebendige Wesen in der Welt sei, daß alle anderen um mich herum irgendwelche künstlichen Gebilde seien, vollgestopft mit Drähten und Zahnrädern. Oder daß die Welt nur ein farbloser schaler Traum sei, in dem ich mich irgendwie verfangen hätte, aus dem ich aber irgendwann erwachen würde, um in eine Welt voller Licht und Farben und üppiger Greifbarkeit zu gehen, in die wahre, wirkliche Welt. Oder, daß ich vielleicht überhaupt kein menschliches Wesen sein könnte, sondern von vollkommen andersgestalteten Wesen in der Menschengalaxie zurückgelassen und ausgesetzt wurde, die irgendwann in ferner Zukunft wiederkehren und mich abholen würden.

Ich erzählte ihr das alles mit leichtem Herzen und unbeschwert, und sie nahm es leichthin auf. Sie erkannte meine Geständnisse als das, was sie waren – nicht die Symptome einer Geistesstörung, sondern nur die trübseligen, armseligen Phantasien und Wunschvorstellungen eines einsamen Kindes, das sich abstrampelte, einen Sinn zu entdecken, in einem unbegreiflichen Universum, in dem es sich als ein Fremdling fühlte und voll Angst war.

»Aber du bist dem entkommen«, sagte Vox. »Du hast etwas gefunden, wo du hingehörst und dazugehörst!«

»Ja«, sagte ich. »Ich bin davongekommen.«

Und dann erzählte ich ihr von jenem Tag, an dem ich plötzlich ein Licht am Himmel erblickt hatte. Als erstes schoß mir durch den Kopf, daß meine wahren Eltern zurückgekehrt sein müßten, um mich zu holen; der zweite Gedanke war, daß es ein vorbeiziehender Komet sein mußte. Aber das Licht war ein Sternenschiff aus dem Himmel, das in unserem System planetenwärts gekommen war. Und als ich an jenem längst verschwundenen Tag durch die Dunkelheit nach oben blickte, um wenigstens einen kurzen Blick auf die Landeschiffe zu erhaschen, die zu dem Himmelsschiff hinaufschossen, um dort Fracht und Passagiere aus unserer Welt umzuschiffen, die dann zu einem unerforschlich fremden Ort am anderen Ende der Galaxie reisen würden, da begriff ich, daß mein wirkliches Zuhause in einem Sternenschiff war. Und ich begriff, daß es mir schicksalhaft bestimmt sei, in den »Service« einzutreten.

Und so ergab es sich, sagte ich zu Vox, daß ich meine Welt zurückließ, meinen Namen abstreifte, mein Leben ablegte (soweit ich etwas dergleichen gehabt hatte), um in die Truppe der Leute einzutreten, die zwischen den Sternen reisen. Ich verschwieg ihr nicht, daß dies meine erste Fahrt sei, erklärte ihr, daß es die sonderbare Betriebspolitik im »Service« sei, jeden Jungoffizier zu testen, indem man ihm sofort ein Schiffskommando überträgt. Vox fragte, ob ich hier glücklich geworden sei, und ich sagte hastig, ja, das sei der Fall. Und dann, einen Augenblick später, fügte ich hinzu: Nein, noch nicht, aber immerhin sähe ich jetzt die Möglichkeit, es zu werden.

Sie sagte dann einige Zeit lang nichts. Wir schauten den Sternenwelten beim Kreisen zu und sahen die Sternensonnen wie feurige Farbdorne auf ihre fern-fernen Bestimmungen zurasen, sahen das wilde heiße Licht des Schiffes selbst im Firmament dahinströmen, als wäre es das Blut eines exotischen Gottes. Der Gedanke an alles, was ich aufs Spiel setzte, indem ich Vox in mir Unterschlupf bot, überfiel mich. Aber ich schob ihn beiseite. Hier war weder der Ort noch die Zeit für Zweifel oder Furcht oder böse Vorahnungen.

Schließlich sagte sie: »Ich bin froh, daß du mir das alles gesagt hast, Adam.«

»Ja. Ich auch.«

»Ich habe es von Anfang an erkannt, was für ein Mensch du bist. Ich habe es gefühlt, aber ich mußte es aus deinen eigenen Worten, deinen Gedanken erfahren. Es ist schon so, wie ich sagte. Du und ich, wir sind von der gleichen Art. Wir sind etwas Besonderes. Kantige Zapfen in einer Welt der runden Löcher. Du bist davongerannt und zum ›Service‹ gegangen, und ich bin davongelaufen, um ein neues Leben im Körper irgendeines anderen zu suchen.«

Ich begriff, daß Vox nicht von meinem Körper sprach, sondern von ihrem neuen Leib, der auf Cul-de-Sac auf sie wartete.

Aber ich begriff auch, daß es etwas bei ihr gab, worüber sie mir bisher nie etwas gesagt hatte, nämlich was für einen Makel ihr alter Körper gehabt hatte, daß sie ihn hatte ablegen müssen. Wenn ich sie nur umfassender kennte, dachte ich, dann würde ich sie tiefer lieben können – einschließlich Unvollkommenheiten und derlei –, denn so geht das mit der Liebe. Aber sie war stets zurückgewichen, wenn ich darauf anspielte, und darum drängte ich sie auch nicht weiter. Jetzt aber, hier unter dem kühlen Glühen des Himmels, jetzt mußten wir doch gewiß den Punkt des vollkommenen Vertrauens, die völlige Vereinigung der Seelen erreichen können.

Ich sagte: »Laß mich dich sehen, Vox.«

»Mich sehen? Wie könntest du ...«

»Gib mir ein Bild von dir. So, wie es bisher ist, bist du für mich etwas zu Abstraktes. *Vox,* was ist das? Eine *Stimme,* nichts als eine *Stimme.* Du redest zu mir, du lebst in meinem Innern, und ich habe noch immer nicht den blassesten Schimmer, wie du aussiehst.«

»So möchte ich es auch weiterhin haben.«

»Aber willst du mir denn nicht zeigen, wie du aussiehst?«

»Ich sehe wie nichts aus. Ich bin ein Matrix. Nichts weiter als Elektrizität.«

»Ja, das begreife ich schon. Aber ich meinte, wie du *vorher* ausgesehen hast. In deinem alten Selbst, das du auf Kansas Four zurückgelassen hast.«

Sie gab mir keine Antwort.

Ich dachte, sie zögert nur, überlegt es sich; aber die Zeit verstrich, und ich hörte noch immer nichts. Nur Schweigen kam von ihr, ein Schweigen, das zwischen uns wie ein stählerner Vorhang niedergegangen war.

»Vox?«

Nichts.

Wo verbarg sie sich? Was hatte ich getan?

»Was ist denn los? Ist es, weil ich dich darum gebeten habe?«

Keine Antwort.

»Also, ist ja schon gut, Vox. Vergiß es! Es ist überhaupt nicht wichtig. Du brauchst mir gar nichts zu zeigen, was du mir nicht zeigen willst.«

Nichts. Stille.

»Vox? Vox?«

Die Welten und die Sternensonnen stürzten vor mir kreisend ins Chaos. Das Licht meines Schiffs raste brüllend von einem Ende des Spektrums zum anderen hin und her. In wachsender Panik suchte ich nach ihr, aber ich konnte keine Spur ihrer Anwesenheit in mir entdekken. Nichts. Nichts.

»Sind Sie okay?« ertönte eine andere Stimme. Banquo – aus dem Schiffsinnern. »Ich krieg da ein paar ziemlich heftige Signale rein. Sie sollten besser an Bord kommen. Sie sind sowieso schon lang genug da draußen gewesen.«

Vox war verschwunden. Ich hatte eine unüberschreitbare Tabugrenze verletzt ... ich hatte sie erschreckt und sie vertrieben.

Wie betäubt gab ich Banquo das Signal, und er holte mich wieder an Bord.

13

Allein zog ich wieder durch die dunklen, geheimnisvollen Regionen des Schiffes aufwärts, Schicht um Schicht, bis zum Ohr. Das hämmernde Schweigen ließ nicht nach, es war wie das Donnern einer gigantischen Brandung gegen eine endlose Küste. Vox fehlte mir entsetzlich. Eine derart absolute Isolation, wie ich sie jetzt fühlte, hatte ich noch nie erlebt. Mir war nicht richtig bewußt geworden, wie stark ich mich daran gewöhnt hatte, daß sie »da« war, und auch nicht, wie niederschmetternd es für mich sein würde, wenn sie mich verließe. Während dieser paar wenigen Tage, während derer ich ihr Asyl und Unterschlupf geboten hatte, war es mir irgendwie zur Überzeugung geworden, daß es der menschliche Normalzustand sei, zwei Seelen in einem Gehirn wohnen zu haben, und daß es eine Schande und Schmach sein müsse, so – wie ich jetzt in meinem Cranialgehäuse – allein zu sein.

Als ich mich der Stelle näherte, an der das Mannschafts-Deck sich zur Öhrkrümmung verengt, trat abrupt und ohne Anrede aus den Schatten eine schlanke Gestalt mir in den Weg.

»Captain!«

Ich war in Gedanken so mit dem Verlust von Vox beschäftigt, und er hatte mich wirklich überrascht, also sprang ich tief erschreckt zurück.

»Mann Gottes!«

»Ich bin's bloß. Bulgar. Kein Grund zur Aufregung, Captain, bloß Bulgar.«

»Ich will nicht gestört werden«, sagte ich und winkte ihm brüsk, er solle mir aus dem Weg gehen.

»Nein, Captain. So warten Sie doch. Einen Moment, bitte!«

Er klammerte sich an meinen Arm und hielt mich zurück, als ich weitergehen wollte. Ich blieb stehen und wandte mich ihm zu. Ich zitterte vor Zorn und Überraschung.

Bulgar, der Koppelkumpel von Roacher, war ein sanfter kleiner Mann mit einer leisen Stimme, breiten Lippen, olivdunkler Haut und riesigen traurigen Augen. Er und Roacher waren als Partner durch die Weiten des Himmels gefahren, lange ehe ich geboren wurde. Und wenn Roacher klein und hart war, wie eine Frucht, die man hundert Jahre unter der Sonne hat trocknen lassen, war sein Kumpel, Bulgar, klein und zart und erweckte einen irgendwie prallen, sanftgefüllten Eindruck. Die zwei bildeten eine komplementäre Einheit. Gemeinsam boten sie den Anschein der Vollkommenheit, eines unangreifbaren Ganzen: Ich konnte mir gut vorstellen, wie sie in ihrer Koje lagen, aneinandergekoppelt, eins in zwei Körper, einander intimer verbunden sogar noch, als Vox und ich es gewesen waren.

Mit einiger Anstrengung gewann ich meine Fassung wieder. Zwischen den Zähnen preßte ich hervor: »Ja, was gibt's, Bulgar?«

»Könnte ich Sie mal 'nen Augenblick sprechen, Captain?«

»Wir sprechen doch. Was wünschen Sie von mir?«

»Die ausgerissene Matrix, Sir.«

Meine Reaktion war wohl heftiger, als er erwartete. Er riß die Augen weit auf und wich ein, zwei Schritt von mir zurück.

Er fuhr sich mit der Zunge über die Lippen, ehe er sagte: »Also, wir haben uns gefragt, Captain, eben mal so gefragt, nicht, wie es mit der Suche weitergeht – und ob Sie vielleicht wissen, wo die Matrix sein könnte ...«

Steif fragte ich: »Wer ist *wir*, Bulgar?«

»Die Mannschaft. Roacher. Ich. Ein paar von den anderen. Aber eben hauptsächlich Roacher, Sir.«

»Aha. Also, Roacher wünscht zu wissen, wo diese Matrix sich aufhält.«

Das Männchen rückte näher an mich heran. Er schien mich tief bis ins Innerste bohrend anzustarren, als forsche er hinter der Maske meines betont ausdruckslosen Gesichts nach einer Spur von Vox. Wußte er etwa Bescheid? Oder wußten sie vielleicht sogar alle Bescheid? Mir war so, als müßte ich laut brüllen: *Sie ist nicht mehr da ... sie ist fort ... sie hat mich verlassen ... sie ist abgehauen in den Raum.* Doch anscheinend beunruhigte Roacher und seine Kameraden etwas ganz anderes als die Möglichkeit, daß Vox bei mir Unterschlupf gefunden haben könnte.

Bulgar sprach mit leiser, einschmeichelnder, aber besorgter Stimme. »Captain, Roacher macht sich wahnsinnige Sorgen. Der war nämlich schon früher mal auf Schiffen, wo eine Matrix ausgebrochen und entwischt ist. Und er weiß, was für 'ne Menge Ärger die sein können. Er macht sich ehrliche Sorgen, Captain. Das muß ich Ihnen leider sagen. Ich hab den noch nie so erlebt, so ... so durcheinander und voller Angst.«

»Was meint er denn, was diese Matrix ihm antun kann?«

»Er hat Angst, daß sie ihn übernehmen und rumkriegen könnte«, sagte Bulgar.

»Übernehmen? Rumkriegen?«

»Na, daß die Matrix durch seinen Stecker in seinen Kopf kommen könnte. Sich da mit seinem Hirnmaterial vermischt. Man weiß ja, daß so was früher schon mal passiert ist, Captain.«

»Und wieso sollte es unter allen Besatzungsmitgliedern auf diesem Schiff ausgerechnet Roacher passieren? Warum nicht Ihnen? Oder Pedregal? Oder Rio de Rio? Oder noch einmal irgendeinem der Passagiere?« Ich holte tief Luft. »Oder mir, wenn wir schon mal dabei sind?«

»Sir, er möchte halt nur wissen, wie die Lage jetzt ist, mit der Matrix. Und ob Sie irgendwas rausgekriegt haben, wo die jetzt ist. Und ob Sie sie schon in die Falle gekriegt haben.«

Etwas an Bulgars Blick war merkwürdig. Ich bekam allmählich das Gefühl, wieder einmal einem Test unterzogen zu sein, einer neuen Prüfung. Diese Behauptung, Roacher quäle sich mit Angstvorstellungen herum, er könne von dieser entwischten, freischwebenden Matrix infiltriert und »besessen« werden, das war vielleicht nur eine vorsichtige Art, auf den Busch zu klopfen, um herauszufinden, ob das vielleicht bei mir schon der Fall sei.

»Sag ihm, es ist fort«, erklärte ich.

»Fort, Sir?«

»Fort. Weg. Verschwunden. Die Matrix ist nirgends mehr in unserem Schiff. Sag ihm das, Bulgar. Er kann also aufhören, sich Sorgen darüber zu machen, daß sie ihm sein kostbares Steckerloch raufschlüpfen könnte.«

»Ne *sie*, Sir?«

»Matrix, weiblich, ja. Aber das spielt jetzt keine Rolle. Sie ist verschwunden. Das, Bulgar, können Sie ihm sagen. Sie ist entkommen. In den Himmel hinausgeflogen. Der Störfall ist vorbei.« Ich funkelte ihn an. Alles in mir verlangte danach, ihn loszuwerden, mich in meinen Winkel zu verkriechen, um dort meinem jungen Kummer die Wunden zu lecken. »Sollten Sie nicht eigentlich allmählich wieder auf Ihrem Posten sein, Bulgar?«

»Sehr wohl, Sir«, sagte er. »Zu Befehl, Sir. Danke, Sir. Ich werde es ihm sagen, Sir.«

Er verzog sich in die Schatten. Ich stieg weiter hinauf.

Unterwegs kam ich an Katkat vorbei, und kurz darauf auch an Raebuck. Sie schauten mich wortlos an. Katkat hatte so einen irgendwie vorwurfsvollen, dabei aber fast liebevollen Ausdruck im Gesicht, aber Raebucks eiskaltes, fast bösartiges Starren ließ mich doch beinahe zusammenzucken. Beide sagten auf jeweils unterschiedliche Weise: *Schuldig, schuldig, schuldig.* Ja, aber worin?

Früher hatte ich mir eingebildet, daß jeder, dem ich an Bord unseres Schiffes begegnete, mit einem einzigen kurzen Blick befähigt sein müsse zu erkennen, daß *ich* die Entflohene versteckte, und daß sie alle nur darauf warteten, daß ich mich durch irgendeinen blödsinnigen achtlosen Fehler verraten würde. Und nun war auf einmal alles umgestülpt, ins Gegenteil verkehrt. Die Männer schauten mich an, und ich sagte mir, die denken jetzt: *Der ist da ganz allein in sich selbst. Er hat über-*

haupt keinen anderen. Und ich scheute vor ihnen allen zurück, weil ich mich meines Alleinseins und meiner Einsamkeit schämte. Mir war bewußt, daß dies scharf an der Grenze zum Wahnsinn lag. Ich war überdreht, überarbeitet, übermüdet; und vielleicht war es ja auch falsch gewesen, nach so kurzer Zeit ein zweitesmal auf einen Himmelstrip zu gehen und zwischen den Sternen umherzuwandern. Ich brauchte eine Ruhepause. Ich mußte mich verkriechen.

Allmählich wurde ich mir eines Wunsches bewußt, es möge jemanden hier an Bord der *Schwert des Orion* geben, mit dem ich über all das sprechen könnte. Aber mit wem denn, lieber Himmel? Roacher? 612-Jason? Ich war doch hier vollkommen isoliert. Das einzige Wesen, mit dem ich auf diesem Schiff reden konnte, war Vox gewesen. Und sie war fort.

Sobald ich sicher in meiner Kabine war, koppelte ich mich in den Mediq-Raster ein und gönnte mir eine zehnminütige Purgation. Der Reinigungsprozeß half mir. Die Phantomängste und die verworrenen Gefühle der Unsicherheit, die sich meiner bemächtigt hatten, begannen sich zurückzuziehen.

Dann holte ich mir das Bordlog herein und überflog die Liste meiner Kapitänspflichten, soweit ich für den restlichen Tag noch welche hatte. Wir näherten uns einem Spinpunkt, einem jener Kraftknoten, die äquidistant über den Himmel verteilt sind und die ein Sternenschiff beim Transit ansteuern und benutzen muß, um sich weiter vorwärts durch den nächsten Sektor des Universums schleudern zu können. Der Spinimpuls wird automatisch erreicht, jedoch liegt zumindest in der Theorie die Verantwortung für die erfolgreiche Durchführung beim Kapitän: Mir oblag es, die Kommandos zu erteilen und den Prozeß von der Einleitung bis zur Vollendung zu beaufsichtigen.

Doch dafür war noch reichlich Zeit.

Ich akzedierte 49-Henry-Henry, die diensthabende

KI, und verlangte die neuesten Daten über die Matrixsituation.

»Keine Veränderung, Sir«, berichtete die KI sofort.

»Und das heißt?«

»Suchbemühungen werden weiter durchgeführt, wie angeordnet, Sir. Aber bisher haben wir den Aufenthaltsort der entflohenen Matrix nicht ausfindig machen können.«

»Keine Hinweise? Nicht mal eine winzige Spur?

»Überhaupt keine Daten, Sir. Es gibt essentiell keine Möglichkeit, die winzige elektromagnetische Schwingung einer Matrix aus dem Hintergrundrauschen des elektrischen Gesamtsystems des Schiffes auszufiltern.«

Ich glaubte ihm. Denn 612-Jason hatte mir dies bereits mit nahezu den gleichen Worten gesagt.

Ich sagte: »Ich habe Gründe zu der Vermutung, daß die Matrix sich nicht mehr im Schiff aufhält, 49-Henry-Henry.«

»Ist das so, Sir?« sagte 49-Henry-Henry in seiner üblichen distanzierten, halb-spöttischen Weise.

»Ja, das ist so. Nach sorgfältiger Prüfung der Umstände gelangte ich zu der Überzeugung, daß die Matrix im früheren Verlauf des heutigen Tages von Bord ging und daß wir nichts mehr von ihr hören werden.«

»Geht das als offizielle Position ins Logbuch, Sir?«

»Und deshalb, 49-Henry-Henry, können Sie sofort die Spürmodes ausschalten und die Akte schließen. Wir machen einen Debeteintrag für eine Matrix, und die Buchführung des ›Service‹ kann das später zurechtbiegen.«

»Sehr wohl, Sir.«

»Ausklinken!« befahl ich der KI.

49-Henry-Henry verschwand. Ich saß dann still in meiner prächtigen Kabine und überdachte noch einmal meinen Sternenspaziergang, durchlebte noch einmal dieses Gefühl der Harmonie und Liebe und des Einsseins mit den Himmelswelten, das mich überkommen hatte, als Vox und ich an der Brust der Großen Weite schwebten. Und wieder durchstach mich das schneidende Verlustgefühl wie in dem Augenblick, da Vox sich von mir getrennt hatte. In Kürze würde ich aufstehen, in die Kommandozentrale gehen und so tun müssen, als überwachte ich die Spinaufnahme; doch jetzt, für diese kleine Weile, blieb ich, bewegungslos und schweigend, wo ich war, und starrte meiner Verlassenheit mitten ins Herz.

»Aber ich bin doch gar nicht fort«, sagte plötzlich eine ruhige Stimme.

Sie traf mich wie ein Faustschlag in die Herzgrube. Es dauerte eine Weile, ehe ich sprechen konnte.

»Vox?« fragte ich endlich. »Wo bist du, Vox?«

»Na, genau hier.«

»Wo, hier?« fragte ich.

»Na, innen. Ich war nie fort.«

»Du warst nie ...«

»Du hast mich durcheinandergebracht. Ich mußte mich eine Weile verstecken.«

»Aber du wußtest, daß ich dich zu finden versuchte?«

»Ja.«

Mir stieg Hitze in die Wangen. Zornige Wut toste wie ein Hochwasser durch meine Adern. Ich merkte, daß ich kochte.

»Du hast also gewußt, wie mir zumute war, als du ... als ich glauben mußte, daß du ganz fortgegangen bist.«

Nach einer Weile sagte sie, sogar noch gelassener: »Ja.«

Ich zwang mich, ruhiger zu werden. Ich hielt mir selbst vor, daß sie mir ja nichts schulde, höchstens ein bißchen Dankbarkeit, weil ich ihr Unterschlupf gewährt hatte, und daß es im Grunde gar nicht ihr Problem sei, wenn sie mir durch ihr Verstummen Schmerzen bereitet hatte. Außerdem mahnte ich mich selbst zu bedenken, daß sie ein Kind sei, ein wildes, aufsässiges, unbeherrschtes Kind.

Nach einiger Zeit sagte ich: »Du hast mir gefehlt. Ich hab dich schmerzlicher vermißt, als ich eingestehen mag.«

»Das tut mir leid«, antwortete sie; es klang reumütig, aber nicht übermäßig bedauernd. »Ich mußte einfach für eine Weile fort. Du hast mich verwirrt, Adam.«

»Als ich dich fragte, dich bat, daß du mir zeigst, wie du früher ausgesehen hast?«

»Ja.«

»Ich kapiere nicht, warum dich das dermaßen umwerfen konnte.«

»Das brauchst du auch nicht«, sagte Vox. »Jetzt macht es mir nichts mehr aus. Wenn du willst, kannst du mich sehen. Aber willst du das noch immer? Also, da. Das bin ich. Das war ich einmal. Wenn es dir widerlich ist, gib nicht mir die Schuld. Ist das klar? Klar, Adam? Also, da. Schau hin! Das da, das bin ich.«

14

In mir knirschte etwas, etwas verdrehte sich, es war ein schmerzhafter, heftiger Ruck, so als werde eine lastende Barriere mit Gewalt beiseite gezerrt. Und dann entfaltete sich auf meinem inneren Sichtschirm der prächtige scharlachrot strahlende Planetenhimmel von Kansas Four.

Aber sie zeigte es mir nicht nur, sondern sie führte mich regelrecht dorthin. Ich fühlte den weichen feuchten Wind auf dem Gesicht, ich atmete die süße, leicht prickelnde Luft, ich hörte das verstohlene Schaben schimmernder ledriger Blattwedel, die von grellgelben Bäumen herabhingen. Unter den nackten Sohlen spürte ich, daß der schwarze Humusboden warm und nachgiebig war.

Ich *war* Leeleaine, die es vorzog, sich Vox zu nennen.

Ich war siebzehn Jahre alt, und durch mich rasten Kräfte und Zwänge, die so gewaltig waren wie Orkane.

Ich war *sie* in ihrem inneren Selbst, und ich sah sie auch von außen.

Ich hatte lange Haare, dichte, dunkle, lange Haare, die mir in ungebändigten Wirbeln und Locken und Zauseln tief in den Rücken fielen. Meine Hüften waren breit, die Brüste voll und schwer: Ich konnte ihr Gewicht spüren, und sie schmerzten. Fast war es, als wären sie prall von Milch, aber das war es nicht. Mein Gesicht war gespannt, argwöhnisch-wachsam, trotzig, und es brannte vor zornerfüllter Intelligenz. Kein abstoßendes Gesicht eigentlich. Nein, Vox war kein unattraktives Mädchen.

Wegen ihrer früheren Weigerungen, sich mir zu zeigen, hatte ich damit gerechnet, daß sie häßlich sei, vielleicht irgendwie entstellt, daß sie sich in einer grobschlächtigen, hinderlich schweren Fleischesgestalt hatte herumschleppen müssen, die als ein ständiger Vorwurf auf ihr lastete. Sie hatte ihr Leben auf Kansas Four als so öde bezeichnet, als so traurig, als so erbärmlich, daß sie einfach in einem Weiterleben dort keine Möglichkeit, keine Hoffnung mehr habe sehen können. So daß sie ihren Körper abgestreift hatte, um sich auf reine Elektrizität reduzieren zu lassen, mit dem Versprechen, daß ihr ein neuer Leib gegeben werden würde – irgendein Körper –, sobald sie in Cul-de-Sac gelandet sei. *Ich habe meinen Körper gehaßt*, hatte sie mir gesagt. *Ich konnte ihn nicht schnell genug loswerden.* Sie hatte sich sogar geweigert, mich auch nur einen flüchtigen Blick auf diesen früheren Leib werfen zu lassen, und hatte sich statt dessen in ein so totales, stundenlanges Schweigen zurückgezogen, eine Verzweiflungsstarre, die so groß war, daß ich glauben mußte, sie sei aus mir entflohen.

Das Ganze war mir in diesem Augenblick absolut unerklärlich. Denn die Leeleaine, die ich jetzt endlich *sah*, die ich selbst *war*, war ein prächtiges, gesundheitsstrotzendes Mädchen. Schön, nein, eigentlich nicht schön, dazu war sie doch zu drall und deftig, nehme ich an, aber nicht im entferntesten häßlich: die Augen, warm und intelligent, die Lippen, voll, die Nase feingeformt. Außerdem war es auch ein gesunder Körper, kräftig und voller Leben. Und natürlich war sie in keiner Weise deformiert; und wieso war ich nur auf den Gedanken gekommen, sie könne es sein, wo es doch eine ganz simple Sache von ein paar retrogenetischen Operationen gewesen wäre, jeden beliebigen ärgerlichen Defekt zu beheben? Nein, der Körper, den Vox aufgegeben hatte, war absolut in Ordnung, auch wenn sie sich seiner so schämte und ihn dermaßen drastisch verleugnete.

Dann begriff ich, daß ich ihren Leib mit dem Blick des Außenstehenden sah.

Ich sah sie sozusagen per Relais und filterte und interpretierte die mir von ihr gebotene Information, indem ich sie durch das Gehirn eines objektiven Beobachters laufen ließ. Und der war ich. Ich, der wirklich überhaupt nichts davon wußte, was es bedeutet, ein anderer zu sein als ich selbst.

Irgendwie – es handelte sich um eine jener automatischen, nicht-bewußten Adjustierungen – veränderte sich mein Wahrnehmungsfokus. Sämtliche altvertrauten Bezugsrahmen fielen von mir ab, und ich gestattete mir, jegliches Gefühl aufzugeben, daß wir getrennte Identitäten seien.

Ich *war/wurde* sie. Ganz, bedingungslos, unentwirrbar *sie.*

Und ich verstand endlich.

Gestalten flitzten zuckend um sie her, schattenhaft, unstet, instabil, irritierend bis zum Wahnsinn. Brüder, Schwestern, Eltern, Freunde – alle waren sie für sie wie Fremde. Jeder auf Kansas Four war ihr ein Fremder, und alle würden es immer bleiben.

Sie verabscheute ihren Körper nicht etwa, weil er

häßlich gewesen wäre, unansehnlich oder schwach, sondern weil er ihr als Kerker erschien, als ihr Gefängnis. Sie fühlte sich in ihm eingesperrt wie hinter drükkenden Steinmauern. Ihr Leib hing um sie herum wie ein Käfig aus Fleisch, drückte sie nieder, fesselte sie an diese hübsche Welt namens Kansas Four, auf der sie nichts außer Schmerz und Isolation und Entfremdung erfahren hatte. Und so war ihr Körper – dieser völlig ansehnliche gesunde Körper – ihr verabscheuungswürdig geworden, weil er das sichtbare Zeichen und Symbol für die Kerkerhaft ihrer Seele war. Mit ihrem ungezügelten, unheilbar ruhelosen Temperament war es ihr nicht gelungen, sich in einem Leben in der erstickenden vorhersehbaren Eintönigkeit von Kansas Four einzurichten, auf diesem Planeten, auf dem sie niemals etwas anderes sein konnte als ihrem innersten Wesen nach eine Ausgestoßene. Und es gab nur eine Möglichkeit für sie, von Kansas Four wegzukommen, nämlich daß sie den Körper preisgab, der sie dort festhielt; und deshalb hatte sie sich in wütendem Abscheu gegen ihn gewandt, ihn abgelehnt, ihn verabscheut und verachtet und ihn schließlich aufgegeben. Keiner, der sie nur von außen betrachtete, konnte das jemals begreifen.

Doch ich verstand nun.

Ich erkannte noch weit mehr als dies in dem einen blitzhaften Augenblick der Gemeinschaft zwischen ihr und mir. Ich verstand, was sie gemeint hatte, als sie mich ihren Zwilling nannte, ihr Double, ihr anderes Ich. Selbstverständlich waren wir einander völlig unähnlich: ich, der nüchterne, schwerfällige, gesetzte, pedantisch genaue Mann – sie, die unbesonnene, sprunghafte, impulsive, stürmische junge Frau. Doch hinter alledem waren wir einander gleich: Misfits, Außenseiter, für die Gesellschaft nicht taugliche, verstörte Wanderer durch Welten, die wir nicht geschaffen hatten. Wir hatten jeder höchst unterschiedliche Methoden gefunden, um mit unserem Schmerz fertig zu werden. Und doch waren wir ein und dasselbe, die zwei Hälften einer einzigen Entität.

Jetzt werden wir immer beisammen bleiben, sagte ich mir.

Und genau in diesem Augenblick zerriß unsere Verbindung. Sie brach sie ab – es muß ihr Tun gewesen sein, vielleicht weil sie sich davor fürchtete, daß unsere eben gewonnene Intimität zu stark werden könnte –, und ich war erneut von ihr abgetrennt; zwar immer noch Wirt und Asylgewährer für sie in meinem Gehirn, doch durch die Begrenzungen meiner Eigenindividualität, durch mein Selbst von ihr abgegrenzt. Ich spürte sie, in mir, als eine warme, aber abgelöste, diskrete Nähe. Immer noch in mir, ja. Aber erneut von mir getrennt.

15

Es gab Arbeit an Bord. Seit Tagen hatte mich das Eindringen von Vox in mich auf bestürzende Weise abgelenkt. Aber ich wagte es nicht, zu vergessen, daß wir uns mitten in einer Himmelstraverse befanden. Unser aller und das Leben der Passagiere hing von der exakten Durchführung unserer Aufgabe ab – auch der meinigen. Und ganze Welten warteten sehnsüchtig auf die wundervollen Wohltaten, aus denen unsere Fracht bestand. Meine momentane Aufgabe war die Überwachung der Spinakquirierung.

Also bat ich Vox, sie möge mich kurzfristig verlassen, während ich den Spin-around routinemäßig erledigte. Dabei mußte ich einige Zeit lang bei anderen Besatzungsmitgliedern eingeklinkt sein; diese könnten sehr leicht fähig sein, Vox in mir zu entdecken; man könne wirklich nicht sagen, was dann passieren könnte. Doch sie weigerte sich. »Nein«, sagte sie. »Ich geh nicht weg von dir. Ich will nicht dort hinaus. Aber ich werde mich verstecken, ganz tief drunten, genau wie neulich, als du mich so verwirrt hast.«

»Vox ...«, begann ich.

»Nein. Bitte, nicht! Ich mag nicht darüber reden.«

Mir blieb nicht genug Zeit, sie zur Vernunft zu bringen. Und außerdem konnte ich fühlen, wie tief, heftig und hartnäckig sie entschlossen war.

»Also schön«, sagte ich. »Dann versteckst du dich eben, wenn du das unbedingt so haben willst.«

Dann machte ich mich auf den Weg aus dem Ohr zum Maschinen-Deck hinunter.

Die restlichen Männer, die für den Spin-Fang benötigt wurden, waren bereits im Großen Navigationssaal versammelt: Fresco, Raebuck und Roacher. Raebucks Aufgabe war es, dafür zu sorgen, daß die Kommunikationsverbindungen glatt funktionierten. Fresco hatte die Navigationskoordinaten zu erstellen. Und Roacher, der Energie-Ingenieur, mußte die Fluktuationen im Cycling des Drains und Input-Outputs überwachen. Meine Funktion bestand darin, bei den jeweiligen Prozeßstadien das Stichwort zu liefern. Um die Wahrheit zu gestehen, ich war ziemlich überflüssig, denn Raebuck und Fresco und Roacher hatten auf zig Reisen jeweils dutzendmal so etwas erledigt, und sie brauchten mich dabei als Kybernetiker wirklich überhaupt nicht.

Und wenn wir schon bei der Wahrheit sind: Auch die drei Männer waren überflüssig, denn unser 49-Henry-Henry überwachte uns ja alle zusammen, und die KI war durchaus in der Lage, den gesamten Prozeß ohne menschliche Hilfe durchzuziehen. Trotzdem, es galt hier, Formalitäten gerecht zu werden, und sie sind ja keineswegs nur eitles Zeug.

An Mentalkapazität, Interfacing-Fähigkeit und Reaktionsgeschwindigkeit sind die Künstlichen Intelligenzen den Humanwesen weit überlegen, aber dennoch sind sie nichts weiter als Diener, und überdies ein Hilfspersonal, dem jedes echte Verständnis für menschliche

Gebrechen oder für die Vielschichtigkeiten der menschlichen Ethik mangelt. Man darf sie einfach nur als Werkzeuge einsetzen, niemals als Entscheidungsbefugte. Gesellschaften, die verantwortliche Entscheidungen über Leben und Tod ihren Beamten-Dienern überantworten, stellen unweigerlich früher oder später fest, daß diese Staatsdiener sie an der Kehle packen und ihnen die Luft abwürgen. Aber, was mich, den damaligen Frischling und Novizen angeht, so war auch meine Rolle durchaus vertretbar: als Brennpunkt des Unternehmens, Primärinitiator, Führer/Leiter und Beobachter des Prozesses. Es ist möglich, daß jeder x-Beliebige diese Funktion ausüben könnte, aber das änderte ja nichts an der Tatsache, daß *jemand* dies tun mußte, und traditionsgemäß war dies nun einmal der Kapitän. Nennt das von mir aus einen hochstilisierten Ritualtanz um irgendwelche Goldenen Kälber, wenn ihr mögt. Aber wir kommen einfach nicht darum herum, daß Menschen ein Bedürfnis nach Ritualen und starren Sterilisierungen besitzen. Derartige Aspekte eines Prozesses mögen vielleicht als unwesentlich erscheinen, dennoch sind sie mit einem gewissen Nutzen und einer gewissen Signifikanz behaftet, und letztlich kann man sie auch, wenn man will, als wesentlich ansehen.

»Fangen wir an?« fragte Fresco.

Wir klinkten uns ein, Roacher direkt ins Schiff, Raebuck in Roacher, Fresco in mich, ich ins Schiff.

»Simulation«, ordnete ich an.

Raebuck gab den ersten Code ein, und der große hallende Raum, der Große Navigationssaal, begann von Lichtern zu pulsieren: eine Darstellung des Himmels rings um uns herum, die Kraftlinien, die Spin-Punkte, die Sternsonnen, die Planeten. Wir bewegten uns ungehindert in freiem Fall, wir schwebten so lässig dahin wie altgediente Engel. Fast hätte man uns ohne große Mühe einreden können, wir befänden uns auf einem Starwalk.

Das Simulacrum des Schiffs stand als scharfer greller Lichtpfeil direkt links unter uns. Vor uns pulste wie ein Nest sich ringelnder wütender Schlangen die Kugel, die den dantesken Spin-Punkt »Lasciate Ogni Speranza« darstellte: dichtgespulte stumpfgraue Kabel mit Einschüssen von schreiend scharlachroten Fibern.

»Annäherungsmodus einleiten«, ordnete ich an. »Rezeptoren aktivieren. Schwellenausgleich einleiten. Momentum-Vergleiche einleiten. Beschleunigungstikker. Winkelgeschwindigkeit überprüfen. Start der Spinfusion. Verschiebungsselektion einbringen. Mastausfahren. Ready für Übernahmebereitschaft.«

Bei jedem Befehl berührte der dafür abgestellte Mann eine Taste oder ein Lenkpaneel, oder er schickte einfach nur einen Blitzimpuls durch die Steckerkoppelung, über die er direkt oder indirekt mit dem Zentralhirn des Schiffes verbunden war.

Aus höflichem Takt mir gegenüber warteten sie ab, bis mein Kommando erfolgt war, doch die Schnelligkeit, mit der sie die Befehle ausführten, verriet mir, daß ihr Hirn bereits arbeitete, während ich noch sprach.

»Das ist doch richtig aufregend, nicht?« sagte Vox urplötzlich.

»Um Himmels willen, Vox! Was versuchst du denn jetzt schon wieder anzurichten?«

Ich wußte es zwar nicht, aber es hätte ja sein können, daß die anderen alle ihren Eklat so deutlich gehört hatten, als hätte sie ihn über einen Lautsprecher gebrüllt.

»Ich meine«, fuhr sie einfach fort, »ich hab mir bloß nie vorgestellt, daß es *so* sein könnte. Ich spüre, wie die ganze ...«

Ich brüllte ihr entsetzt einen stummen Befehl zu, sie solle gefälligst still sein. Daß sie jetzt, trotz meiner Vorwarnung, einfach so auftauchte, das sei doch einfach das Verhalten einer Irrsinnigen. In der inneren Stille, die dem folgte, spürte ich nur eine Art psychischen Widerhalls, wie das trübe Nachschwingen einer Saite, einen Hauch von Verdrießlichkeit und Unlust. Doch in diesem Augenblick hatte ich wirklich keine Zeit, mir Gedanken über die Seelenstimmung von Vox zu machen.

Als unser Mast ausgefahren wurde, schossen Bogenmuster von Steuerenergien durch die Große Navigations-Halle. Der Mast, das war natürlich nicht die Tragkonstruktion für eine Segelbestückung, wie es auf Schiffen der Fall ist, die planetengebundene Meere befahren, sondern eher einer riesigen Antenne vergleichbar, die uns mit dem vor uns liegenden Spin-Punkt in Verbindung setzen konnte, also, der Mast wurde ausgefahren – und unser Schiff und der Spin-Punkt vor uns packten einander wie kräftige vielarmige Ringkämpfer. Glühende Lichtbänder, dunkelrot, hellgrün, golden, amethystfarben, schossen voltigierend und rikoschettierend umher. Der »Spin-around-Point«, inzwischen aktiviert und zwischen Energiezuständen hin- und herzitternd, umfaßte uns mit Millionen von Greifarmen wie Tentakeln, fing uns ein, machte sich bereit, uns um seine Achse zu wirbeln und weiterzuschleudern bis zur nächsten Tankstelle auf unserer Reise über den Himmel.

»Akquisition«, verkündete Raebuck.

»Weiter zu Entnahmebereitschaft«, sagte ich.

»Bereitschaft vorhanden«, sagte Raebuck.

»Richtmodus«, sagte ich. »Dimensionsraster elf.«

»Dimensionsraster elf«, wiederholte Fresco.

Mittlerweile sah es so aus, als stünde der ganze Raum in Flammen.

»Wunderschön«, murmelte Vox. »So schön ...«

»Vox!«

»Erbitte Spin-Befehl!« sagte Fresco.

»Spinbefehl erteilt«, sagte ich. »Raster elf.«

»Raster elf«, wiederholte Fresco. »Spin ausgeführt.«

Ein leichtes Beben fuhr durch mich hindurch, wellenförmig. Und es durchlief Fresco, Raebuck und Roacher.

Das war das Schiff, personifiziert durch unseren 49-Henry-Henry, und sie beendeten den Energieaufnahmeprozeß. Der Spin-Punkt »Lasciate Ogni Speranza«* hatte uns eingefangen, wir hatten die Beschleunigungsabsorption ausgeführt, den Schwenk, frischer Spin war uns zugeflossen, und wir waren aufs neue durch den Himmel hinausgeschleudert und strebten unserem Anlaufplaneten zu. Ich hörte, daß Vox in mir schluchzte, nicht etwa verzweifelt, sondern eher in einem ekstatischen Seufzen der Erfüllung.

Dann klinkten wir uns alle aus. Und Raebuck, dieser säuerlich humorlose Kerl, rang sich sogar den Anflug eines Lächelns ab, als er sich mir zuwandte und sagte: »Gut gemacht, Captain.«

»Genau«, sagte Fresco. »Sehr gut. Sie sind quick im Lernen.«

Ich sah, wie Roacher mich mit seinen kleinen Glitzeraugen prüfend ansah. Na los, mach schon, du Scheißer! dachte ich. Verpaß du mir ruhig auch ein Lob, falls du das hinkriegen kannst!

Doch er gloste mich nur an. Mit einem Achselzucken wandte ich mich ab. Was Roacher dachte oder sagte, das spielte für mich weiter keine große Rolle, sagte ich mir.

Während wir aus dem Großen Navigationsraum in verschiedene Richtungen davongingen, schob sich Fresco an meine Seite. Wortlos stapften wir zu den Transit-Trackern, die auf uns warteten. Und gerade, als ich meinen besteigen wollte, sagte er – oder war er gerade mal wieder »sie« – leise: »Captain?«

»Ja, was gibt's denn, Fresco?«

Fresco beugte sich zu mir herüber. Schwimmende, sanftschlaue Augen, listig-flüchtiges kleines Lächeln. Und dennoch spürte ich von unserem Navigator ein warmes Gefühl zu mir herüberfließen.

---

* »Lasciate ogni speranza«, d. h. »Laßt alle Hoffnung fahren«, steht in Dantes *Göttlicher Komödie* über dem Tor zur »Hölle«. – *Anm. d. Übers.*

»Das ist ein sehr gefährliches Spiel, Captain.«

»Ich weiß nicht, wovon Sie reden.«

»Oh, das wissen Sie ganz genau«, sagte Fresco. »Es hat keinen Zweck, es zu leugnen. Da drin waren wir zusammengekoppelt, oder? Und ich habe da was gespürt. Ich weiß Bescheid.«

Darauf gab es nichts zu sagen. Also sagte ich auch nichts.

Dann sagte Fresco: »Wissen Sie, ich mag Sie. Und ich werde Ihnen bestimmt nichts in den Weg legen. Aber Roacher, der weiß es auch. Ich habe keine Ahnung, ob er es schon früher gewußt hat, jetzt jedenfalls weiß er Bescheid. Wenn ich Sie wäre, Captain, ich würde das ziemlich beunruhigend finden. Bloß mal so als 'nen kleinen Hinweis gedacht unter Eingeweihten, okay?«

16

Nur ein Idiot wäre wohl in der Lage gewesen, so weiterzumachen, wie ich es bisher getan hatte. Vox erkannte die Gefahren ebensogut wie ich. Wir konnten einfach nichts vor irgend jemand mehr geheimhalten; wenn Roacher Bescheid wußte, dann wußte auch Bulgar Bescheid, und in kürzester Zeit würden alle im Schiff es wissen. Es konnte auch kaum ein Zweifel daran bestehen, daß 49-Henry-Henry im Bild war. Bei dem höchst intimen Kontakt in der Navigationszentrale mußte für sie alle Vox so unüberhörbar gewesen sein, wie eine rote Stirnbinde unübersehbar ist, sofern ich so etwas getragen hätte.

Es wäre wenig sinnvoll gewesen, wenn ich sie angemotzt hätte, weil sie ihre Anwesenheit in mir während der Energie-Übernahme dermaßen plump preisgegeben hatte. Was passiert war, das war nun mal passiert. Anfangs hatte ich gedacht, ich würde nie begreifen können, warum sie so etwas getan hatte; doch dann wurde es nur zu leicht verständlich. Es handelte sich um genau das gleiche unvorhersehbare, wild-spontane Impulsivverhalten, das sie dazu veranlaßt hatte, sich in die Psyche eines Suspensionspassagiers gewaltsam einzudrängen und so seinen Tod zu bewirken. Sie war einfach jemand, der außerstande war zu denken, bevor er sich in Aktionen stürzte. Ein derartiges Verhalten war mir von jeher als verwirrend und unbegreiflich erschienen. Sie war meine Gegnerin und mein Gegenstück und dabei zugleich auch mein Doppelselbst. Aber hatte ich denn nicht selber auch etwas recht »Vox-haftes« getan? Als ich sie in mich aufnahm, als sie mich um Asyl bat, und ich nicht eine Sekunde lang an die möglichen Folgen gedacht hatte?

»Wo kann ich denn hin?« fragte sie verzweifelt. »Wenn ich wieder frei durchs Schiff wandere, werden sie mich aufspüren und abkapseln. Und dann werden sie mich auslöschen. Sie werden ...«

»Ruhig, ganz ruhig!« sagte ich. »Keine Panik! Bloß keine Panik! Ich versteck dich schon, wo keiner dich finden kann.«

»In einem Passagier?«

»Nein. Das können wir kein zweitesmal versuchen. Es gibt keine Möglichkeit, einen Passagier auf das vorzubereiten, was mit ihm geschehen wird, also wird er in Panik geraten. Nein. Ich werde dich in einem der Adnexen verstecken. Oder vielleicht in einer der Virtualitäten.«

»Der – *was?*«

»Dem Extra-Frachtbereich. Den subspatialen Extensionen, die das Schiff umgeben.«

Sie war sprachlos. »Aber die sind ja nicht einmal real existent! Ich war in so einem Ding, als ich um das Schiff herumgewandert bin. Das sind doch weiter nichts als Probabilitätsschwingungen!«

»Aber du wärst dort in Sicherheit«, sagte ich.

»Ich hab Angst. Es ist schon schlimm genug, daß *ich*

nicht mehr real existiere. Aber an einem Ort verstaut zu werden, der seinerseits auch nicht real ist ...«

»Du bist so real, wie ich es bin. Und die Ausleger sind genauso wirklich wie das ganze restliche Schiff. Es handelt sich nur um eine andersgeartete Realitätsform, weiter nichts. Da draußen wird dir außerdem nichts Böses zustoßen. Du hast mir doch gerade gesagt, daß du schon mal dort gewesen bist, richtig? Und du bist auch ganz problemlos da wieder rausgekommen. Dort können sie dich nicht aufspüren, Vox! Aber das muß ich dir sagen, wenn du in mir bleibst – oder sonstwo im Zentralbereich des Schiffes, dann werden sie dich finden und dich auslöschen. Und mich wahrscheinlich gleich mit.«

»Das sagst du im Ernst?« Es klang reumütig.

»Komm schon! Uns bleibt nicht viel Zeit.«

Unter dem Vorwand einer Routineinspektion des Inventars (die durchaus im Rahmen meiner Verantwortungspflichten lag) verschaffte ich mir Zutritt zu einer der Virtualitäten. In diesem Fall: zu dem Lager, in dem die Probabilitätsstabilisatoren untergebracht waren. Es war recht unwahrscheinlich, daß irgend jemand Vox dort suchen würde. Die Chance, daß wir zwischen unserem derzeitigen Punkt und Cul-de-Sac in eine Zone der Probabilitätsturbulenz geraten könnten, war minimal; und auf einer normal verlaufenden Reise machte sich kein Mensch die Mühe, jemals irgendeine der Virtualitäten zu betreten.

Aber, ich hatte Vox belogen – oder doch wenigstens mich einer Halbwahrheit schuldig gemacht –, als ich ihr sagte, oder sie glauben machte, daß sämtliche unserer Extern-Adnexen von gleich hohem Realitätsgrad sind. Gewiß, die Adnexen sind greifbar und fest in einem materiellen Sinn; sie unterscheiden sich vom Schiff selbst nur durch den Spin ihrer dimensionsbestimmten Polarität. Sie sind unsichtbar, außer im Aktivierungszustand, und sie bedeuten für uns auch keinen zusätzlichen

Treibstoffverbrauch, doch niemand hegt Zweifel an ihrem Vorhandensein, und deshalb vertrauen wir ihnen wertvolle Fracht an, und gelegentlich sogar Passagiere.

Die Ausleger sind um eine ganze Abstufung weiter von der Basisrealität entfernt. Sie sind nicht nur in ihrer Dimensionspolarität verschoben, sondern auch in der zeitlichen Kontinuität: das bedeutet, daß wir sie per Zeitverschiebung mitführen, im allgemeinen zehn oder zwanzig virtuelle Jahre in der Vergangenheit oder Zukunft. Die Risiken dabei sind extrem gering, der Gewinn durch Reduktion der Generatorkosten enorm. Dennoch achten wir sehr genau darauf, welche Art Fracht wir in ihnen aufbewahren.

Und was die Virtualitäten angeht ...

In der Bezeichnung drückt sich bereits ihr Unsicherheitsfaktor aus. Es handelt sich bei ihnen um rein probabilistische Entitäten, die die meiste Zeit in der sogenannten stochastischen Leere vorhanden sind, von der das Schiff umgeben ist. Mit schlichteren Worten: ob sie tatsächlich zu einem gegebenen Zeitpunkt vorhanden sind oder nicht, ist eine Wette wert. Wir wissen uns zu ihnen zur Zeit der höchsten Probabilität Zugang zu verschaffen, und unsere technischen Verfahren sind recht zuverlässig, und darum können wir die Virtualitäten als Ausweichfrachträume verwenden, wenn unsere Ladungen außergewöhnlich umfangreich sind. Im allgemeinen allerdings ziehen wir es vor, in ihnen nichts wirklich Wichtiges zu lagern, da die Öffnungszeiten von Virtualitäten auf extreme Weise schwanken können, zwischen ein paar Mikrosekunden und Megajahren, wodurch ein rascher Abruf eine recht riskante Angelegenheit werden kann.

Und obwohl ich dies alles wußte, steckte ich Vox trotzdem in eine Virtualität.

Aber ich mußte sie einfach verstecken. Und zwar mußte dies ein Ort sein, an dem niemand nachsehen würde. Die Gefahr, daß ich sie später wegen der Virtualitätsfluktuation nicht wieder würde heraufrufen können, war nur gering. Die Gefahr hingegen war viel größer, daß man sie entdeckte und wir dann beide bestraft werden würden, wenn ich sie in irgendeinem Bereich des Schiffes mit höherem Probabilitätsgrad verweilen ließe.

»Ich möchte, daß du hier bleibst, bis die Gefahr vorbei ist«, erklärte ich ihr ernst. »Schluß mit den launischen Reisen durch das Schiff, keine Exkursionen in Außenadnexe, überhaupt keine kleinen Ausflüge mehr, gleich welcher Art und egal, wie unruhig du wirst. Ist das klar? Ich ruf dich von hier unten wieder rauf, sobald ich es für sicher genug halte.«

»Du wirst mir fehlen, Adam.«

»Du mir auch. Aber es muß nun mal sein.«

»Ich weiß.«

»Wenn man dich entdecken sollte, bestreite ich, irgendwas von dir zu wissen. Ich mein das im Ernst, Vox.«

»Ja, ich verstehe.«

»Du wirst nicht lang hier drinbleiben müssen. Das verspreche ich dir.«

»Kommst du mich besuchen?«

»Das wäre kaum besonders klug«, sagte ich.

»Aber vielleicht tust du es trotzdem?«

»Vielleicht. Das weiß ich jetzt noch nicht.« Und ich öffnete den Zugangskanal. Vor uns klaffte die Virtualität auf. »Geh rein«, sagte ich. »Hinein mit dir! Los! Rein jetzt! Geh, Vox! Geh!«

Dann spürte ich, wie sie mich verließ. Fast war es wie eine Amputation. Das Schweigen, diese Leere, die plötzlich über mich hereinbrachen, lasteten zehnfach schwerer auf mir als das Gefühl, das ich erfahren hatte, als sie sich nur in mir versteckt hatte. Und jetzt war sie fort. Seit Tagen war ich nun zum erstenmal wieder wahrhaft allein.

Ich verschloß die Virtualität wieder.

Als ich zum Öhr zurückkehrte, wartete dicht bei der Kommandobrücke Roacher auf mich.

»Haben Sie 'nen Moment Zeit für mich, Captain?«

»Was gibt's denn, Roacher?«

»Die entschlüpfte Matrix. Wir haben Beweise, daß sie sich immer noch an Bord aufhält.«

»Beweise?«

»Sie wissen schon, was ich meine. Sie haben es genauso gespürt wie ich während der Akquisition. Das Ding hat da was gesagt. Hat geredet. Das war direkt bei uns im Navigationssaal, Captain.«

Ich hielt seinem kalten Phosphorblick ruhig stand und sagte gelassen: »Mein ganzes Augenmerk war auf unsere Aufgabe konzentriert, Roacher. Die Spin-Akquisition ist für mich noch nicht zur zweiten Natur geworden wie für Sie. Ich hatte nicht die Zeit, irgendwelche Matrizes dort herumschwirren zu spüren.«

»Ach, hatten Sie nicht?«

»Nein. – Enttäuscht?«

»Dann könnte das aber bedeuten, daß Sie selber der Träger der Matrix sind«, sagte er.

»Wie denn das?«

»Wenn das Ding in Ihnen drinsteckt, tief drunten auf 'ner subneuralen Stufe, dann bemerken Sie es vielleicht nicht mal. Aber wir würden es merken. Raebuck, Fresco, ich. Und wir haben alle was bemerkt, Captain. Und wenn es nicht in uns drinsteckte, dann mußte das Ding sich ja wohl in Ihnen aufhalten. Und wissen Sie, das geht nicht, daß eine Matrix in unserm Chef rumwandert. Da kann keiner sagen, wie stark so was sein Urteilsvermögen verzerren könnte. In was für Gefahren uns das bringen könnte.«

»Ich trag aber keinerlei Matrizes mit mir herum, Roacher.«

»Wie können wir da sicher sein?«

»Möchten Sie mal nachprüfen?«

»Ein Jack-up? Sie meinen, Sie und ich sollten uns einklinken?«

Diese Vorstellung war mir zwar widerlich, aber ich kam nicht darum herum, diesen Vorschlag zu machen.

»Einen – Jack-up, richtig«, sagte ich also. »Eine Communio. Wir zwei, Sie und ich, Roacher, und zwar jetzt sofort. Also, kommen Sie, lassen Sie uns die Bandbreiten bestimmen und die Verbindung herstellen! Bringen wir es hinter uns!«

Er schaute mich lange an, als überlegte er den Wahrscheinlichkeitsgrad, daß ich ihn zu bluffen versuchte. Schließlich muß er aber wohl doch zu der Überzeugung gelangt sein, daß ich ein zu naiver Grünling sei, als daß ich das Spiel bis zu einer dermaßen riskanten Wendung weiterreizen könnte. Er begriff, daß ich mir einen solchen Bluff nicht leisten würde, daß ich vielmehr fest überzeugt sein müsse, bei der Sache als unbesetzt erkannt zu werden, weil ich sonst niemals freiwillig das Angebot gemacht hätte.

»Nein«, sagte er schließlich. »Die Mühe können wir uns sparen.«

»Sind Sie sicher?«

»Wenn Sie mir sagen, Sie sind clean ...«

»Aber es ist doch möglich, daß ich sie mit mir rumschleppe und gar keine Ahnung davon habe«, sagte ich. »Das haben Sie selber mir doch gesagt.«

»Da machen Sie sich mal keine weiteren Gedanken. Das würden Sie nämlich wissen, wenn Sie sie in sich hätten.«

»Aber da können Sie doch nie Gewißheit haben, wenn Sie sich nicht selbst überzeugen. Also, kommen Sie, Roacher, machen wir den Jack-up!«

Er runzelte die Stirn. »Machen Sie sich keine Gedanken«, wiederholte er und schickte sich an wegzugehen. »Wenn Sie dermaßen scharf auf ein Jacking sind, dann müssen Sie einfach clean sein. Aber das will ich Ihnen noch sagen, Captain: Wir kriegen die, wir finden die, wo immer sie sich versteckt. Und dann ...«

Er beendete seine Drohung nicht. Ich stand da und starrte seiner sich entfernenden Gestalt nach, bis er nicht mehr zu sehen war.

17

Danach schien einige Tage hindurch alles seinen normalen Verlauf zu nehmen. Wir schossen weiter auf Cul-de-Sac zu. Ich erledigte meine Routineaufgaben pflichtgemäß, so sinnlos sie mir auch vorkommen mochten. Bei den meisten Pflichten war dies der Fall. Mir war bislang noch überhaupt kein Gefühl dafür zugewachsen, daß mein Kommando über die *Schwert des Orion* in irgendeiner Weise mehr als eine höchst hypothetische Sache sein könne. Aber ich tat natürlich, was ich zu tun hatte.

In meiner Nähe sprach keiner von der entschlüpften Matrix. Doch bei den seltenen Malen, bei denen ich unterwegs im Schiff auf irgendwelche Besatzungsmitglieder stieß, entnahm ich den verdeckt-verdrießlichen abgewandten Blicken der Männer, daß ich noch immer unter Verdacht stand. Aber sie hatten keine Beweise. Und die Matrix äußerte sich auch in keiner irgendwie feststellbaren Form an Bord. Die KIs des Schiffes waren außerstande, auch nur die leiseste Spur ihres Vorhandenseins aufzufinden.

Ich war allein – und, Himmel, war das eine lausigschmerzhafte Geschichte für mich!

Ich vermute, wenn man einmal erlebt und geschmeckt hat, wie dieses Verbundensein, diese Kommunion rund um die Uhr, dieser perpetuierliche Konnex und Jack-up-Zustand wirklich ist, kann man nie wieder so sein wie vorher. Ich weiß das nicht: Es gibt keine seriöse, gesicherte Literatur über Fälle von Besessenheit durch freischweifende Matrizes, nur eben die abergläubischen Schiffermärchen, die man selten ernstnehmen kann. Ich kann einzig auf Grund meines ganz persönlichen Elendszustands urteilen, den ich durchlebte, seit Vox fort war. Dabei war sie doch nur ein halbwüchsiges Mädchen gewesen, ein wildes Fohlen, instabil und unzuverlässig, nicht-geformt; und doch ... und dennoch, sie hatte in mir gelebt, und wir waren zueinander gekommen, um eine tiefstintime Form der Teilnahme zu gestalten, die beinahe so etwas war wie eine eheliche Verschmelzung. Doch, ja, man könnte es so nennen.

Nach fünf, sechs Tagen begriff ich, daß ich sie wiedertreffen mußte. Und das Risiko kümmerte mich dabei nicht.

Ich akzedierte die Virtualität und schickte ein Signal hinein, daß ich hineinkommen wolle. Es kam keine Reaktion, und einen entsetzlichen Augenblick lang fürchtete ich bereits das Schlimmste: nämlich daß Vox irgendwie von den mysteriösen Mechanismen der Virtualität verschluckt und vernichtet worden sein könne. Aber dies war nicht so. Ich trat durch das rosiggesäumte Lichtfeld, das die Schleuse zu der Virtualität darstellte, und sofort spürte ich sie mir ganze nahe, fühlte ihre feste Umklammerung, fühlte, wie sie vor Freude zitterte.

Aber sie versagte es sich noch, in mich einzudringen. Sie wollte, daß ich ihr erkläre, es bestehe keine Gefahr. Ich winkte sie herein; und dann widerfuhr mir erneut dieses brennendscharfe Gefühl, das ich noch so gut in Erinnerung hatte, als sie in mein Neuralgeflecht hineinglitt – und wir wieder eins wurden.

»Ich kann leider nur kurz bleiben«, sagte ich. »Es ist noch immer ziemlich riskant, wenn ich mit dir zusammen bin.«

»Ach, Adam, Adam, für mich war das hier drin so scheußlich ...«

»Ich weiß. Oder ich kann es mir vorstellen.«

»Suchen die immer noch nach mir?«

»Ich glaube, allmählich fangen sie an, wieder einen klaren Kopf zu kriegen, was dich angeht«, sagte ich. Und wir beide lachten über die implizierte Doppeldeutigkeit.

Ich wagte es nicht, länger als ein paar Minuten zu bleiben. Ich hatte nichts weiter beabsichtigt, als eine flüchtige Seelenberührung herbeizuführen, mich zu vergewissern, daß es ihr gutgehe, und den Trennungsschmerz zu lindern. Aber es widersprach den Dienstvorschriften, daß ein Schiffskapitän überhaupt je eine Virtualität betrat. Und in einer auch nur merklich länger zu bleiben, würde für mich ein echtes Entdeckungsrisiko darstellen.

Allerdings war mein nächster Besuch bereits von längerer Dauer, und der dritte noch länger. Wir betrugen uns wie heimlich Liebende, die sich in dunklen Waldstücken zu verstohlen, hastig-köstlichen Begegnungen treffen. Unbeobachtet da draußen in der nicht-ganzrealen Adnexstruktur des Schiffes, vereinigten wir unser beider Ich, und wir flüsterten miteinander in jener typischen gehetzten Intensität, bis mir einfiel, es sei an der Zeit, daß ich wieder verschwände. Und immer versuchte sie mich länger bei sich zu behalten; aber wenn ich wirklich gehen wollte, setzte sie dem keinen sehr großen Widerstand entgegen, auch kam sie niemals mit dem Vorschlag, ob sie mich nicht in den gesicherten Schiffssektor begleiten dürfe. Nein, es war ihr inzwischen bewußt geworden, daß der einzige Ort, an dem wir einander nahekommen konnten, in der Virtualität bestand.

Wir näherten uns inzwischen den Außenbereichen von Cul-de-Sac. Bald würden wir in Planetennähe gelangen, und die Landeschiffe würden zu uns heraufkommen, um die für diesen Hafen bestimmte Fracht zu übernehmen. Es war an der Zeit, daß ich mich allmählich mit dem Problem befaßte, was mit Vox geschehen sollte, wenn wir an unserem Bestimmungsort angelangt waren.

Und dies war etwas, gegen das ich mich innerlich sträubte. So sehr ich mir auch Mühe gab, ich brachte es nicht über mich, ich konnte mich einfach nicht dazu zwingen, den Schwierigkeiten nüchtern ins Auge zu blicken, von denen ich genau wußte, daß sie uns in Kürze bevorstanden.

Aber sie, sie konnte es.

»Wir müssen doch allmählich in der Nähe von Cul-de-Sac sein«, sagte sie.

»Wir sind bald dort, ja«, antwortete ich.

»Ich hab darüber nachgedacht. Wie ich die Sache anpacken muß.«

»Was heißt das?«

»Ich bin eine verlorene Seele«, sagte sie. »Im wahrsten Wortsinn. Es gibt für mich keine Möglichkeit, je wieder ins Leben zurückzukehren.«

»Ich versteh ...«

»Aber, Adam, begreifst du denn gar nichts?« schrie sie auf einmal heftig. »Ich kann doch nicht einfach nach Cul-de-Sac runterschwubsen und mir dort einen Körper schnappen und mich auf die Warteliste der Kolonisten setzen lassen. Und auch du kannst mich doch nicht dort runterschmuggeln, wenn grad keiner zuschaut. Sobald jemand eine Inventarprüfung oder eine Paßkontrolle durchführt, wäre ich doch tot. Nein, es gibt nur einen Weg, wie ich dorthin kommen kann, und das ist, daß ich wieder fein säuberlich in meinem Original-Lager-Speicherkreis verpackt bin. Aber auch wenn ich wüßte, wie ich da wieder hineinkommen sollte und das hinkriegen würde, ich würde mich doch bloß einer Strafverfolgung aussetzen, vielleicht sogar der Auslöschung. Auf der Ladeliste werde ich doch bereits als ›abhanden gekommen‹ geführt, stimmt's? Ich werde gesucht, weil man mich verdächtigt, den Tod eines Passagiers verursacht zu haben. Und plötzlich tauche ich wieder in meinem Speicherkreis auf. Glaubst du wirklich, die würden mich freundlich nach Cul-de-Sac ausladen und mir dort den Körper geben, der für mich bereitliegt? Das ist kaum wahrscheinlich. Und es ist ebensowenig wahrscheinlich, daß ich jemals lebendig aus diesem Kreis wieder herauskommen werde, nicht wahr, sobald ich mal wieder drin bin. Vorausgesetzt, daß ich da *wirklich* wieder zurückkönnte. Ich habe keine Ahnung, wie ein Speicherkreis gesteuert wird, weißt du es? Und es gibt einfach keinen, den man fragen könnte.«

»Was willst du damit sagen, Vox?«

»Ich *will* gar nichts damit sagen, sondern ich *sage* es. Ich muß allein von diesem Schiff runterkommen und dann verschwinden.«

»Nein. Das kannst du doch nicht machen!«

»Aber sicher kann ich das. Es wird genauso sein wie ein Starwalk. Ich kann überall hingehen, wozu ich Lust habe. Mitten durch die Hülle des Schiffs, hinaus in den Himmel. Und ich kann immer weitergehen.«

»Nach Cul-de-Sac?«

»Ach, bist du blöd«, sagte sie. »Nicht nach Cul-de-Sac. Nein. Nicht irgendwohin. Das Ganze ist erledigt für mich, vorbei, aus, diese Idee, mir einen neuen Körper zuzulegen. Ich besitze jetzt keine legale Existenz mehr. Ich bin schmutzig geworden. Na schön – ich gebe es ja zu. Und ich akzeptiere, was mir jetzt bevorsteht. So schlimm wird es nicht werden, Adam. Ich gehe auf Starwalk. Hinaus und hinaus und weiter hinaus, für immer und ewig.«

»Das darfst du nicht«, sagte ich. »Bleib hier bei mir!«

»Wo? Hier draußen – in diesem leeren Laderaum?«

»Nein«, erklärte ich ihr. »In mir. Genauso wie jetzt in diesem Augenblick. So, wie wir es vorher waren.«

»Und wie lange, glaubst du, würden wir damit durchkommen?« fragte sie.

Ich antwortete nicht.

»Jedesmal wenn du dich in Instrumente einkoppeln mußt, werde ich mich ganz tief drunten verstecken müssen«, sagte sie. »Und ich kann nicht garantieren, daß ich jedesmal tief genug runtersteige oder lange genug dort bleibe. Also werden sie mich früher oder später bemerken. Mich finden. Und dann werden sie mich auslöschen, und dich werden sie aus dem ›Service‹ feuern, oder vielleicht werden sie auch dich auslöschen. Nein, Adam, es könnte einfach nicht klappen. Ich werde nicht schuld daran sein, daß du mit mir vernichtet wirst. Ich habe dir bereits genug Schaden zugefügt.«

»Vox ...«

»Nein. Es muß so sein.«

18

Und so war es dann auch. Wir befanden uns bereits tief im Spook Cluster, und der Vainglory Archipel brannte hell auf meinem Realraum-Bildschirm. Irgendwo dort unten lag der Planet Cul-de-Sac, und ehe wir in seine Nähe kamen, würde Vox sich davonstehlen müssen, hinaus in die große Himmelsnacht.

Das Manöver einer Planetenannäherung gehört wahrscheinlich zu den schwierigsten Bewegungen für ein Sternenschiff; und der Kapitän und sämtliche anderen Besatzungsmitglieder sind dabei bis an die Grenzen ihrer Leistungskapazität gefordert. Und obschon ich in meinem Gewerbe ein Neuling war, wurde von mir die Durchführung komplexer anstrengender Prozesse erwartet. Wenn ich dabei versagte, konnten notfalls andere Besatzungsmitglieder sich einschalten und korrigieren, oder aber – in wirklichen Schwierigkeiten – konnten die KIs des Schiffs meine Entscheidungen umstoßen; doch falls so etwas sich ereignen sollte, würde meine Laufbahn erledigt sein, und es gab die kleine, aber nicht auszuschließende Möglichkeit, nehme ich jedenfalls an, daß das Schiff selbst ernstlich beschädigt werden oder sogar havarieren konnte.

Wie dem immer auch sei, ich war fest entschlossen, Vox den schönsten und besten Start ins neue Leben zu bieten, der mir nur möglich war.

Am Morgen der Approximation stand ich eine Weile im Outerscreen-Stand und starrte auf diese Welt hinunter, der man den Namen »Sackgasse« gegeben hatte. Sie glühte wie ein rotes Auge in der Nacht. Ich wußte zwar, dies war der Planet, den Vox für sich ausgesucht hatte, aber dennoch erweckte er in mir ein Gefühl des Widerwillens, er wirkte beinahe irgendwie bösartig. Allerdings hatte ich inzwischen gegenüber allen Welten der Planetenbewohner dieses Gefühl. »Service« hatte mich verändert, und mir war klar, daß diese Umgestaltung nicht rückgängig zu machen war. Niemals wieder würde ich auf eine dieser Welten hinuntersteigen. Meine Welt war von nun an das Sternenschiff.

Ich ging zu der Virtualität, in der Vox auf mich wartete. »Komm!« sagte ich, und sie ging in mich ein.

Vereint durchquerten wir das Schiff bis zum Großen Navigationszentrum.

Das Team für die Approximation war bereits versammelt: Raebuck, Fresco, Roacher (schon wieder) und Pedregal, der das Ausladen der Fracht überwachen sollte. Diensthabende KI war der 612-Jason. Ich bedachte sie alle mit einem knappen grüßenden Nicken, und dann gingen wir an die Serienkopplung für die Approximation.

Augenblicklich spürte ich, wie Roacher in mir herumsondierte, um die flüchtige Intelligenz aufzuspüren, der ich, wie er noch immer argwöhnte, Unterschlupf gewährt haben könnte. Vox verkroch sich in sich selbst und wich sozusagen außer Sichtweite tief in den Hintergrund aus. Aber es kümmerte mich inzwischen nicht mehr. Sollen sie doch herumstochern und bohren, dachte ich. Bald ist es ja alles vorbei.

»Bitte um Approximationsanweisungen«, sagte Fresco.

»Simulation«, ordnete ich an.

Das rotglühende Auge von Cul-de-Sac zuckte vor uns als lebensechtes Display im Raum auf. Gegenüber hatten wir das Simulacrum des Schiffes, in Schichten weißer Flammenhüllen gebettet, wellenförmig fließend wie Nordlicht.

Ich erteilte den Befehl, und wir begannen mit dem Approximationsmodus.

Selbstverständlich konnten wir uns der Planetenhülle nicht weiter als bis auf eine Million Schiffslängen nähern, da uns sonst die Kräfte von Cul-de-Sac erbarmungslos auseinanderreißen würden. Doch mußten wir das Schiff richtungsgleich mit seinem ausgefahrenen Mast setzen, der auf den Äquator des Planeten zielte, und wir mußten diese Fixposition beibehalten, während die planetaren Landeschiffe von Cul-de-Sac von ihrer roten Welt zu uns heraufgeschwärmt kamen, um unsere Fracht auszuladen.

Der 612-Jason gab mir die Koordinaten, und ich gab sie an Fresco weiter, während Raebuck die Kanäle freihielt und Roacher dafür sorgte, daß wir für unser Manöver genug Energie hatten. Aber als ich Fresco die Daten rübergab, tat ich das mit Signalumkehrung. Ich bezweckte damit, daß der Leitmast nicht nach unten, nicht auf Cul-de-Sac gerichtet werde, sondern nach draußen zu den Gestirnen des Himmels.

Zunächst fiel es keinem von den anderen auf. Alles schien superglatt zu verlaufen. Da nämlich meine Umorientierung exakt war, hätte man nur bei einer höchst genauen schiffsnahen Inspektion der Position feststellen können, daß wir uns effektiv um 180 Grad gedreht hatten.

In freiem Fall, schwerelos in der Großen Navigationszentrale schwebend, gewann ich beinahe den Eindruck, als könne ich die Bewegungen des Schiffes ausmachen.

Reine Illusion, soviel wußte ich. Aber eine starke Illusion! Diese riesige zehn Kilometer lange Nadel, das Schiff, meine *Schwert des Orion*, schien bewegungslos stillzustehen und sich dann, langsam, langsam, um ihre Achse zu drehen, über sie hinwegzukippen, bis ihr gewaltiger Leitmast den Sternen zugewandt war. Vorsichtig, langsam, leise und unmerklich ...

Es war eine ungeheuer freudige Empfindung – das Schiff in der Hand zu halten!

Das Schiff gehörte mir! Ich, ich hatte es bezwungen.

»Captain?« Fresco, ganz leise.

»Nur ruhig. Fresco. Geben Sie weiter Energie!«

»Captain, aber die Signale kommen mir komisch vor ...«

»Nur ruhig. Langsam.«

»Captain, kann ich einen Koordinatencheck haben.«

»Gleich, in einer Minute«, wies ich ihn ab.

»Aber ...«

»Nur keine Panik, Fresco ...«

Inzwischen spürte ich auch von Pedregal einige Unruhe herüberkommen, und dann ein träges, aber ziemlich kühles Fragen von Raebuck; dann wieder Roacher, der sich bohrend wie eine Sonde in mich vorschob – vielleicht immer noch auf der Jagd nach Vox, oder vielleicht versuchte er auch nur festzustellen, was los war. Sie wußten, daß irgend etwas schiefgelaufen sein mußte. Aber sie wußten nicht, was.

Wir hatten inzwischen beinahe die volle Extension erreicht. In mir war ein elektrisches Beben. Vox, die durch die Schichtungen meines Bewußtseins heraufstieg, sich den Randbezirken näherte, sich für den Abflug bereitmachte.

»Captain! Wir stehen in umgekehrter Position!« rief Fresco.

»Weiß ich«, sagte ich. »Langsam weiter. Wir werden gleich umschwenken.«

»Der ist verrückt geworden«, platzte Pedregal heraus.

Ich fühlte, wie Vox aus meinem Bewußtsein davonglitt. Doch irgendwie besaß ich noch immer Kenntnis von ihren Bewegungen – ich vermute, weil ich in den 612-Jason eingeklinkt war, und 612-Jason überwachte natürlich alles. Aber Vox verschmolz glatt und problemlos mit der Wandung des Schiffs.

»*Captain!*« Fresco brüllte jetzt und begann mit mir zu kämpfen, um die Kontrolle zu übernehmen.

Ich hielt den Navigator mit ausgestrecktem Arm zurück. Und ich beobachtete mit seltsamer, wunderbar benommener Unberührtheit, wie Vox in einem blitzschnellen Augenblick durch die gesamten Schaltkreise des Schiffes fuhr und an der Spitze des den Sternen zugewandten Leitungsmasts auftauchte ... und sich von dort ihrem Schicksal entgegenschleuderte.

Weil ich das Schiff gewendet hatte, konnte man sie nicht wieder einfangen, und das kraftstarke Navigationsraster von Cul-de-Sac konnte sie auch nicht einschleusen. Sie würde frei und ungehindert in den Himmel hinausziehen können. Für Vox war es jetzt, als treibe sie ins Meer hinaus. Nach einer Weile würde sie so weit entfernt sein, daß ihr die Einkoppelung in die Bioprozessoren an Bord nicht mehr möglich sein würde, durch die ihre Bewußtseins- und Persönlichkeitsmuster gestützt und erhalten wurden, und obwohl das Gewebe oder Netz von Elektroimpulsen, das eben die Vox-Matrix darstellte, auf immer und ewig weiter und weiter nach außen ziehen würde, würde das Konglomerat von Identitätsreaktionen, aus denen Vox bestand, bald seinen Zentralpunkt, seinen Fokus verlieren, zu flattern beginnen und unscharf werden. In kurzer, oder vielleicht auch in gar nicht so kurzer Zeit, würde ihr das Eigengefühl – ganz unvermeidlich – verlorengehen, daß sie eine unabhängige Entität sei. Das heißt, sie würde sterben.

Ich folgte ihr so lange, wie es nur möglich war. Ich sah

einen Funken durch die gewaltige Nacht wandern. Und dann – nichts mehr.

»Okay«, sagte ich zu Fresco. »Jetzt werden wir das Schiff wieder auf die richtigen Koordinaten bringen, damit die ihre Fracht abholen können.«

19

Das alles war vor vielen Jahren. Und wahrscheinlich erinnert sich niemand mehr an diesen Vorfall, der selbst mir heute eher wie ein Traum erscheinen will. Seitdem bin ich auf der *Schwert des Orion* fast zu allen Anlauforten der Galaxis geflogen. Auf manchen Reisen war ich Kapitän, auf anderen Lademeister, Superkargo, ein Hirnputzer, manchmal sogar eine Pushzelle. Für uns, die wir für »Service« arbeiten, besteht da kein Unterschied.

Ich denke oft an sie. Es hat eine Zeit gegeben, in der das An-sie-Denken bedeutete, daß ich mich mit Kummer und Schmerz oder Gefühlen von nicht wiedergutzumachendem Verlust herumschlug. Aber das ist jetzt nicht mehr so. Seit vielen Jahren schon nicht mehr. Außerdem, sie muß schon seit langem tot sein, wie stetig und wie zugleich beweglich ihr Lebensfunke auch gewesen sein mag. Und dennoch – sie lebt noch. Dessen bin ich mir völlig sicher. Es gibt in mir selbst einen Ort, eine Stelle, an denen ich ihre Wärme wiederfinden kann, ihre Kraft, ihre quirlige, sprunghafte Vitalität und ihre plötzlichen Ausbrüche von Impulsivität. Ich fühle diese Wesensaspekte von ihr, diese ganz besonderen Geschenke an mich, die sie mir während der kurzen Zeit der Asylsuche in mir machte, noch immer als etwas Lebendiges und Gegenwärtiges in mir, und ich glaube, das wird wohl immer so sein, auch wenn ich von einer Welt der Zwänge und Fesselungen zur anderen reise, während ich unablässig und endlos weiterziehe durch die dunklen Lichtjahre in diesem gewaltigen Himmelsschiff.

Aus dem Amerikanischen übersetzt von Roland Fleissner